À PROPOS DE L'AUTRICE

Originaire d'Afrique du Sud, Joss Wood est passionnée par les voyages, notamment dans les contrées les plus sauvages de l'Afrique. Elle aime les enfants, les animaux, la lecture et écrire.

Désir interdit

*

Une porte sur le paradis

*

Architecte, femme et mère

JOSS WOOD

Désir interdit

INTÉGRALE

AMOUR, GLOIRE ET POUVOIR

Traduction française de
TANIA CAPRON

SAGAS

HARLEQUIN

Collection : SAGAS

Titre original :
FRIENDSHIP ON FIRE

Ce roman a déjà été publié en 2019

HARPERCOLLINS FRANCE
83-85, boulevard Vincent-Auriol, 75646 PARIS CEDEX 13
Service Lectrices — Tél. : 01 45 82 47 47 - www.harlequin.fr
ISBN 978-2-2804-8495-4 — ISSN 2426-993X

Composé et édité par HarperCollins France.
Imprimé en décembre 2022 par CPI Black Print (Barcelone)
en utilisant 100% d'électricité renouvelable.
Dépôt légal : janvier 2023.

FSC www.fsc.org MIXTE Papier issu de sources responsables FSC® C159065

Pour limiter l'empreinte environnementale de ses livres, HarperCollins France s'engage à n'utiliser que du papier fabriqué à partir de bois provenant de forêts gérées durablement et de manière responsable.

Prologue

Callie Brogan posa un baiser sur les cheveux couleur de sable doré de sa fille, comme elle le faisait depuis bientôt trente ans. Elle avait une conscience aiguë que rien n'était assuré dans une vie, l'amour, l'affection, ni la vie elle-même, et elle saisissait chaque occasion qui lui était donnée d'embrasser ses sept poussins.

Elle ne les avait pas enfantés tous les sept, bien sûr, Dieu merci. Levi et les jumelles, Jules et Darby, étaient ses enfants biologiques. Les frères Lockwood, Noah, Eli et Ben, étaient ses enfants de cœur. Eux étaient les fils de sa meilleure amie, qui avait été sa voisine également. Bethann Lockwood. Bethann était décédée dix ans plus tôt. Quant à Dylan-Jane, ma foi… DJ était une autre enfant qui lui avait été donnée par le cœur.

Sa vie d'avant était derrière elle, celle de la femme adorée d'un homme d'affaires de Boston, prodigieusement riche, puissant et prospère. Ray, son amour, était parti, lui aussi. Cela faisait trois ans qu'elle était veuve.

Callie était seule à présent. À cinquante-quatre ans, il était temps pour elle de réinventer sa vie. C'était terrifiant…

Qui était-elle d'autre que la mère de ses enfants et la femme d'un époux si plein d'énergie et d'exubérance ?

La femme qu'elle était désormais était pour elle une étrangère. Elle devait refaire connaissance avec elle-même.

— Maman ?

Callie cligna des yeux et croisa le regard brillant de sa fille. Comme chaque fois, elle retint son souffle. Jules avait les yeux de Ray, cette nuance unique, incandescente, d'argent bleuté. Pour la millième fois, Callie sentit monter la vague de chagrin familière, qui l'envahit comme une houle.

Bon sang, combien son homme lui manquait ! Son rire canaille, ses bras puissants, l'amour avec lui. Oui, faire l'amour lui manquait aussi, terriblement.

— Maman ? Ça va ?

Jules était toujours si intuitive… Callie chassa ces pensées. Elle avait beau être une mère moderne, et sa fille une adulte à présent, il n'était pas question de lui parler de son désir et de sa frustration. Elle haussa les épaules et sourit.

— Tout va bien.

— Je ne te crois pas, rétorqua Jules, sourcils froncés.

Callie regarda autour d'elle. Elle aurait voulu que Noah, Eli et Ben soient ici. Eli et Ben s'étaient excusés pour le déjeuner dominical. Ils passaient presque tout leur temps libre à restaurer un catamaran. Et Noah se trouvait en Italie. Ou était-ce en Grèce ? À Cannes ? Ce garçon prenait l'avion comme le commun des mortels sa voiture.

Reviendrait-il un jour à Boston ? Noah n'était pas du genre à parler de ses états d'âme, mais elle voyait bien que l'attitude de son beau-père après le décès de Bethann l'avait horrifié. Il avait bien trop d'orgueil pour montrer à quel point il était blessé, à quel point il se sentait seul, trahi et perdu. Comme sa mère, il considérait qu'exprimer ses émotions et ses peurs était une preuve de faiblesse.

Son indépendance était frustrante pour Callie, mais elle n'en aimait pas moins ce garçon. Cet homme, plutôt : il avait plus de trente ans, à présent.

Levi vint s'asseoir dans le plus grand des deux canapés de cuir du salon et posa son verre de whisky sur la table basse.

— Alors, maman, c'est quoi, cette grande nouvelle ?

Callie prit place dans l'autre, Jules tout près d'elle, sur l'accoudoir. Darby et la meilleure amie des jumelles, DJ, s'installèrent de part et d'autre de Levi. Tout doucement, Jules lui caressait le dos de haut en bas.

— Oui, dit-elle, que se passe-t-il, maman ?

Ça y est, nous y sommes.

— Mardi dernier, c'était le troisième anniversaire de la mort de votre père.

— On sait, maman, murmura Darby, qui tenait un verre de vin du bout de ses doigts fins.

— J'ai décidé qu'il allait y avoir du changement.

Jules leva les sourcils, l'air intrigué. La désertion inattendue de Noah et sa disparition brutale l'avaient rendue réfractaire aux coups de tête et aux changements.

— D'accord… Quel genre de changement ?

Par la baie vitrée, Callie voyait le lac et le terrain de golf.

— Avant votre naissance à tous, le père de Bethann avait décidé de transformer son domaine en résidences privées, et de créer le golf et le club de loisirs. Votre père a été parmi les premiers à acheter et faire construire ici. Notre maison est toujours l'une des plus grandes du domaine, celle des Lockwood mise à part.

Elle percevait l'impatience ennuyée de ses enfants. Ils avaient vécu toute leur vie ici et connaissaient l'histoire par cœur.

— Elle est désormais beaucoup trop grande pour moi. Les locataires de la maison qui se trouve de l'autre côté du domaine, celle qui a trois chambres, viennent de donner leur congé. Je vais m'y installer.

L'ennui se mua en consternation horrifiée. Visiblement, l'idée de perdre la maison où ils avaient grandi leur déplaisait.

— Rassurez-vous. Quand je mourrai, cette maison te reviendra, Levi. Mais il me semble que tu pourrais en prendre possession dès maintenant. Je vous ai tous entendu parler d'acheter quelque chose à vous. Pour toi, Levi, cela n'aurait pas grand sens, puisque tu as cette maison. Les jumelles pourraient s'y installer en attendant de trouver quelque chose à leur convenance. Il y a quatre chambres ici, et plein de pièces à vivre. C'est central, c'est pratique, et vous n'auriez rien d'autre à payer que les factures diverses.

— Emménager avec Levi ? Aïe, fit Darby avec une moue.

C'était prévisible. Mais elle avait auparavant échangé un long regard plein d'excitation avec sa jumelle. Callie savait ce qui allait suivre.

— Et DJ pourrait s'installer dans l'appartement au-dessus du garage ! s'exclama Jules, les yeux brillants.

Elle adorait cette maison. Tous l'adoraient. Quoi de plus normal ? La bâtisse offrait de superbes espaces, avec ses hauts plafonds et ses parquets anciens, son jardin et sa grande cour. Elle était toute proche du club de sport privé de Lockwood, que tous fréquentaient régulièrement. La Taverne, un pub et restaurant italien qui jouxtait le club, restait l'un de leurs endroits favoris pour se retrouver et boire un verre. Toutes les fois que leurs plannings surchargés le leur permettaient, les garçons jouaient au golf dans le vaste domaine arboré qu'ils connaissaient depuis l'enfance.

C'était leur chez-eux.

— Tu ne veux quand même pas que j'habite avec mes sœurs, maman ? intervint Levi. C'est déjà bien assez de les avoir supportées toute ma jeunesse !

Il mentait et chacun le savait. Il adorait ses sœurs et serait ravi de pouvoir garder leurs soupirants à l'œil sans devoir les traquer sur les réseaux sociaux. La fibre protectrice de Levi était épaisse comme une corde de marine.

— C'est pourtant la solution parfaite. Tu n'auras plus à payer de location le temps de trouver la maison de tes rêves. Et puis, Levi, je sais que Noah et toi avez englouti l'essentiel de vos économies dans ce projet de marina et qu'il va falloir un moment avant que vous ne vous renflouiez.

Callie fronça le nez. En vérité, Levi avait probablement toujours quelques millions à portée de main. Les Lockwood étaient l'une des familles les plus fortunées de Boston.

— Maman, c'est gentil et nous apprécions ta proposition, mais tu devrais savoir que nous sommes tous parfaitement à l'aise et que tu n'as vraiment plus à t'inquiéter pour nous.

Peut-être, mais elle restait leur mère, faillit répliquer Callie.

Elle le serait toujours. Et elle se ferait toujours du souci pour eux. Un jour, ils comprendraient.

— Tu es sûre de vouloir déménager dans la maison d'Ennis Street ? s'enquit Jules.

Elle en était certaine. Il y avait trop de souvenirs dans cette maison-ci, trop de fantômes.

— J'ai besoin de nouveaux espaces. Papa n'est plus là, mais moi si, et j'ai pris la décision de… réinventer ma vie. J'ai une liste longue comme le bras de choses que je veux faire avant d'avoir cinquante-cinq ans.

— C'est-à-dire dans dix mois, précisa Darby.

Merci, Darby, au cas où j'aurais oublié.

— Et qu'est-ce qu'il y a sur ta liste, maman ? demanda Jules d'un air amusé.

Callie sourit.

— Ma foi, les trucs habituels. Un voyage en France, des cours d'histoire de l'art, apprendre à dessiner…

Jules eut un sourire indulgent. Mon Dieu, la pauvre tomberait de sa chaise si elle savait que sa mère rêvait d'une nuit torride avec un inconnu, de sauter à l'élastique, de partir écouter rugir les tigres dans la jungle, de dormir nue au soleil…

Et ce qu'elle ne leur dirait surtout pas, c'était que son souhait le plus cher était de les voir trouver l'amour, les uns et les autres. Non qu'elle tienne absolument à ce qu'ils se marient. Parfois, le mariage, comme dans le cas de sa meilleure amie, ne valait même pas le papier du contrat.

Non, ce qu'elle voulait, c'était que ses enfants rencontrent la personne qui viendrait combler leur vie.

Et par-dessus tout, en ce moment précis, elle aurait voulu que Noah soit à la maison, revienne vivre à Boston. Comment l'aider à trouver le bonheur tant qu'il était de l'autre côté de la planète ?

1

Noah enfouissait les doigts dans ses épais cheveux et plongeait le regard dans ces yeux incroyables, qui avaient exactement la couleur de la nouvelle lune dans l'océan austral. Il connaissait ce parfum, excitant et doux à la fois, qui flottait à la surface de sa peau. La bouche entrouverte de Jules contenait toutes les promesses de baisers délectables. Il sentait son idiot de cœur sauter dans sa cage thoracique comme s'il voulait s'en échapper, pour aller se blottir dans sa main.

Jules s'arqua sous lui, ses seins et ses hanches poussaient contre son ventre, son sexe dur…

Jules, sa meilleure amie.

Il ne pensait plus à rien, le temps s'envolait, les sons de la fête du nouvel an s'éteignaient, plus rien n'importait que Jules.

Il ferait vite. Juste un petit baiser, pour goûter. Rien de plus. Il ne pouvait pas faire davantage. Il en mourait d'envie, mais des tas de raisons lui interdisaient de la toucher, de poser la main sur ses fesses parfaites, sur ses petits seins ronds…

Un baiser. C'était tout ce à quoi il pouvait prétendre.

Noah effleura ses lèvres, se perdant dans son parfum, dans sa saveur. Pour la première fois depuis des mois, son chagrin s'évaporait, ses pensées s'illuminaient. Quand il sentit la langue de Jules se glisser entre ses dents, il oublia la culpabilité qui pesait si lourd sur ses épaules, les décisions qu'il avait été contraint de prendre. Jules était au creux de ses bras, elle l'embrassait, et le monde prenait enfin tout son sens…

Il tendit la main pour la serrer davantage dans ses bras, enrouler les jambes autour de ses reins, pour se coller contre elle, quand il sentit qu'on le saisissait violemment par les épaules et les cheveux. Il bascula en arrière, tomba lourdement sur le coccyx, et vit Morgan et son père qui le regardaient en riant à en perdre haleine. Il croisa le regard de Jules. Des larmes ruisselaient sur ses joues.

— Salaud ! vociféra Morgan.

— Bravo, mon garçon, gloussa Ethan. Tu es bien le fils de ton père, biologique ou pas.

Jules ne disait rien. Elle pleurait en silence.

Encore ce rêve. Noah Lockwood repoussa son oreiller et ses draps. Il étouffait. Il s'assit, jambes repliées devant lui, se passa la main sur la nuque. Tâtonna en pestant à la recherche de son verre d'eau sur la table de nuit, puis s'assit sur le bord du lit et attrapa son boxer, abandonné sur une chaise voisine. Il jeta un coup d'œil à Jenna, une amie avec qui il sortait de temps à autre quand il était au Cap, puis alluma la lampe de chevet. Elle regarda sa montre en pestant à voix basse, repoussa les draps à son tour et partit en quête de ses vêtements.

— Tu veux en parler ? demanda-t-elle.

Certainement pas. Il avait déjà du mal à se confier à ses frères ou à ses amis les plus proches, il ne risquait pas de parler de ce rêve à une copine qu'il voyait rarement. Ce serait trop long à expliquer et Noah détestait les explications. Cela l'aurait contraint à affronter ses peurs, son sentiment de culpabilité et son passé. Il s'efforçait autant que faire se pouvait de ne pas penser au passé. C'était à peu près aussi agréable que de passer sur la chaise électrique.

Il ouvrit la porte-fenêtre puis sortit dans l'air salé et encore frais de la nuit. Les lueurs d'un nouveau jour perçaient derrière les arbres qui entouraient la propriété. Il adorait cette ville entre mer et montagnes et se réjouissait toujours d'y revenir. C'était magnifique. Tout comme Oahu, Cannes ou Monaco l'étaient.

Reste que ce n'était pas chez lui. Boston lui manquait tant qu'il avait du mal à respirer, parfois. Mais il ne pouvait plus rentrer. La dernière fois qu'il était parti, il avait cru mourir. Il ne voulait pas revivre une telle expérience.

Noah embrassa rapidement Jenna et la raccompagna à la porte. Enfin seul ! Il enfila un T-shirt qui traînait là, prit son téléphone et ressortit sur le balcon, où il se percha sur l'accoudoir d'un solide fauteuil Morris.

Son rêve lui laissait un goût amer dans la bouche. Il inspira longuement, s'efforçant d'y voir clair. Après ses cauchemars, il éprouvait toujours le besoin de parler à ses frères. Il composa le numéro d'Eli, sachant qu'il le joindrait plus facilement que Ben.

— Noah, j'allais justement t'appeler.

Il avait beau se trouver de l'autre côté du globe, à Boston, Noah l'entendait comme s'il était dans la pièce voisine. Il perçut immédiatement la préoccupation dans la voix de son frère.

— Que se passe-t-il ? demanda-t-il en s'efforçant de cacher son inquiétude.

Il était l'aîné, et bien qu'il soit toujours au loin, c'était lui qui, par mail et par téléphone, tenait le gouvernail du gros paquebot Lockwood. Ce n'était pas tout à fait vrai puisque Levi avait investi l'argent hérité de Ray dans la marina et le chantier naval de la côte nord, ce qui avait permis à Noah de se mettre à distance. Eli et Ben avaient tendance à s'enflammer un peu vite et à prendre des décisions sur un coup de tête, mais pas Levi. Noah était ravi de pouvoir se reposer sur lui pour la gestion du quotidien.

— Callie nous a appelés tout à l'heure. Il y a une pancarte « À vendre » chez les Lockwood.

— Ethan vend la maison ?

— Pas seulement la maison : il vend tout. Notre maison, le domaine, le club, le golf, les bâtiments. Il vend aussi la fondation LCC Trust. Bref, il liquide tout. Sauf les habitations particulières.

Noah laissa échapper un juron retentissant.

— On dirait qu'il a besoin d'argent frais, une fois de plus. OK. Donne-moi le temps de digérer ça. Je te rappelle dans quelques minutes.

Il ferma les yeux et calma sa respiration, laissant la colère et la déception l'envahir. Dix ans plus tôt, il avait poursuivi devant les tribunaux l'homme qu'il avait appelé papa, qu'il avait adoré, dont il s'était cru aimé. Il avait découvert après le décès de sa mère que ce mariage en apparence parfait était une imposture. L'homme qu'il mettait sur un piédestal, le seul père qu'il avait connu, était un coureur de jupons, malhonnête, qui dilapidait la fortune des Lockwood. Pour l'empêcher de réduire à néant les dernières possessions de la famille, transmises de génération en génération du côté de sa mère – un legs suffisamment important pour que celle-ci ait convaincu et leur père biologique et leur beau-père de prendre son nom de jeune fille à elle —, il avait fallu faire appel aux meilleurs juristes.

Noah se frotta les yeux, en se remémorant les jours sombres, après le décès de sa mère, passés à attendre la décision du tribunal. Celui-ci leur avait accordé le permis de construire pour la marina et le chantier naval de Boston, et avait attribué à Ethan le Lockwood Country Club, ce qui incluait leur maison, les installations sportives, les boutiques et les terrains qui les entouraient. Ethan s'était également vu octroyer tout ce que contenait la maison ainsi que les millions placés sur le compte de leur mère. Et il avait réussi à tout engloutir dans l'alcool, les femmes et les fredaines.

La lutte avait été âpre pour défendre leur héritage, et Noah restait écœuré de tout ce qu'il avait appris au sujet d'Ethan et de sa mère. Cette façade de bonheur parfait qu'ils avaient toujours présentée n'était qu'un simulacre, un mensonge, une illusion. Leur père adoptif avait trompé leur mère, puis choisi l'argent plutôt que ses fils, et avait ainsi révélé qu'il n'avait jamais aimé aucun d'eux.

Noah ne comprenait toujours pas comment il avait pu ne pas s'en apercevoir, se rendre compte que son père était en fait un salopard et que chacun de ses « je t'aime » et de ses « je suis fier de toi » n'était que pure hypocrisie. Confronté aux preuves de sa trahison, il avait conclu que l'amour n'était qu'une émotion sans valeur, le mariage une imposture. On ne pouvait se fier aux gens qui clamaient leur amour.

Morgan Blake le lui avait confirmé.

L'année où tout s'était effondré, il avait passé les fêtes de Noël avec elle et ses parents. Il avait besoin d'anesthésier sa douleur et, une fois les parents de Morgan partis se coucher, il avait plongé dans la bouteille de whisky hors de prix d'Ivan Blake. Il avait un souvenir très vague de Morgan babillant sur le mariage, l'engagement… Il était soûl, elle avait glissé sa main dans son pantalon et il ne comprenait plus grand-chose à ce qu'elle disait.

Le jour suivant, il s'était présenté au repas de Noël avec une gueule de bois épouvantable et s'était étonné des félicitations qui fusaient de toutes parts à propos de leurs fiançailles. Il avait tenté d'expliquer qu'il y avait erreur, qu'il n'avait aucune intention de se marier, mais Morgan était radieuse et sa tête à lui sur le point d'exploser. Il s'était efforcé de passer la journée en minimisant les dégâts et d'attendre d'être en tête à tête avec elle pour battre en retraite. Il lui expliquerait aussi gentiment que possible et romprait enfin, comme il essayait de se décider à le faire depuis des semaines. Il avait assez de problèmes comme ça pour y ajouter une petite amie pleine d'attentes et d'exigences.

Mais Ivan Blake s'était rendu compte que Noah était pétrifié à l'idée de cet engagement soudain. Il l'avait pris à l'écart dans son bureau, pour lui révéler que Morgan, qui souffrait de troubles bipolaires, était fragile sur le plan psychique. Très protecteur vis-à-vis de sa fille, il avait mené son enquête et savait tout de Noah. Qu'il était navigateur, l'un des meilleurs amateurs du pays, voulait passer professionnel et avait besoin d'une équipe pour continuer la compétition.

Ivan savait également que Noah avait des problèmes de liquidités, connaissait les montants que lui proposaient les sponsors et le nom des nombreuses sociétés qui désiraient s'associer ce talent, le plus prometteur de sa génération. Il savait même que Noah n'avait aucune envie d'épouser Morgan.

Après lui avoir énoncé tout cela, il lui avait fait une offre totalement délirante. Il offrait à Noah une somme d'argent exubérante, le triple de ce que lui proposait le sponsor le plus généreux, pour s'offrir le yacht de son choix et l'équipe qui lui permettrait de s'engager dans le circuit professionnel.

L'offre s'accompagnait d'une condition totalement délirante elle aussi. Tout ce que Noah avait à faire, c'était de rester fiancé à Morgan pendant deux ans.

La première réaction de Noah avait été de refuser, puis il avait hésité. Trois fois plus que la dernière offre qu'on lui avait faite ? C'était une opportunité phénoménale. Ivan lui avait assuré que les fiançailles ne seraient que virtuelles, le temps de permettre à Morgan de sauver la face et de se soigner. Noah serait de toute façon en mer la plupart du temps, il n'aurait qu'à envoyer quelques mails et à passer chaque mois quelques coups de téléphone par satellite.

Ah oui, il faudrait aussi qu'il se tienne à l'écart de cette petite, Jules Brogan. Morgan ressentait leur amitié comme une menace et cela provoquait chez elle des crises d'angoisse nuisibles à son rétablissement.

À peine une semaine plus tard, le soir du nouvel an, Noah avait totalement oublié cette clause, quand il s'était retrouvé à échanger un baiser passionné avec Jules. Ce baiser qu'il revivait sans cesse dans ses rêves.

Stop. On ne pense pas à ça.

Il devait se concentrer sur le problème du moment : Ethan vendait la maison de sa mère, la maison de leur enfance, et les terres qui appartenaient à leur famille depuis plus d'un siècle et demi. Cette maison qui avait été le foyer de générations de Lockwood, il n'était pas question qu'il la voie partir entre d'autres mains. Son grand-père avait fondé et fait bâtir le club. Sa mère avait été présidente-directrice générale du groupe et de la fondation, c'était elle qui avait décidé de faire construire des logements sur le domaine, en en limitant le nombre aux soixante-dix maisons actuelles, pour préserver le maximum d'espaces verts.

Réfléchis, Noah, tu es en train d'oublier quelque chose.

Il tapotait nerveusement son téléphone sur sa cuisse en se remémorant les termes de la décision de justice. Ça y était, il se souvenait de ce qui le titillait ! Il appuya sur la touche « rappel ». Son frère décrocha aussitôt.

— Eli, selon les termes du jugement, Ethan est obligé de nous proposer l'affaire avant de la mettre à la vente.

— Je ne me souviens pas de cette clause.

— S'il veut vendre, il doit nous laisser trois mois pour acheter nous-mêmes, et il est forcé de nous vendre à vingt pour cent en dessous du prix du marché.

Eli émit un petit sifflement surpris.

— Waouh, sacré détail.

— Nous payons très cher notre avocat pour ce genre de détail, ce qu'Ethan semble avoir fort opportunément oublié.

— J'appelle l'avocat pour faire appliquer la clause. Mais Noah, même si nous obtenons la possibilité d'acheter…

— Nous *avons* cette possibilité, rectifia-t-il.

— Le prix est colossal, même défalqué de vingt pour cent. Il s'agit d'une demeure exceptionnelle, historique, et d'un terrain immense. Sans parler du club, des bâtiments, des installations sportives… et du terrain de golf. On parle de sommes considérables, là. Ben et moi ne pourrons pas suivre.

Noah réfléchit longuement.

— Nous devons prendre une hypothèque.

— Enfin, Noah, il faudrait compter près de cent millions, fit Eli d'un ton sceptique.

— Nous devons réunir vingt pour cent de la somme.

Pour toute autre décision aussi lourde, Noah aurait pris le temps de faire les études nécessaires sur les retombées financières, la possibilité future de lever l'hypothèque, etc. Mais dans ce cas précis, il considérait de son devoir de préserver le patrimoine des Lockwood.

— Tu sais qu'on vient d'acheter un catamaran. Sa restauration a siphonné toutes nos économies. On aura terminé dans un mois, voire deux, et il faudra encore attendre quelques semaines pour le revendre. Même si nous trouvons un acheteur rapidement, son prix de vente ne suffira pas à couvrir les vingt millions de mise de fonds. Tu les as en banque, toi ?

— Non, je ne vais pas te mentir. J'ai investi dans cette nouvelle marina avec Levi. Je vais vendre mon appartement dans le sud de Londres, il devrait trouver acquéreur rapidement. Et mes parts d'une affaire où j'ai investi en Italie. Mon associé les rachètera. Le tout devrait se monter à huit millions.

— OK, il en reste douze à trouver. Ben et moi avons chacun un million en placements qu'on peut récupérer.

Noah fut soulagé de voir que ses frères marchaient avec lui et tenaient autant que lui à conserver le domaine. Il ne pourrait rien faire sans eux. Il passa en revue tout ce qu'il possédait.

— J'ai trois millions de placements. Il en manque encore sept. Flûte.

Un long silence passa.

— Donc c'est fichu, a priori, constata-t-il.

Il avait l'impression que des marteaux-piqueurs lui vrillaient le cerveau. Eli toussota.

— Il y aurait bien une solution. J'ai entendu dire que Paris Barrow veut se faire construire un super yacht, mais elle est furieuse de devoir attendre près de dix mois pour la conception. Je sais que tu détestes t'occuper de ce genre de palaces flottants tape-à-l'œil, comme tu dis, mais si tu réussissais à mettre tes réserves de côté, je pourrais arranger un rendez-vous.

— Quel budget ?

— Soixante millions, à ce que j'ai entendu dire. Tes tarifs comme designer se montent à combien ? Dix pour cent ? Ce qui fait six millions. Je suis sûr qu'on parviendrait à rassembler un million de plus, en cherchant bien.

Noah s'abîma dans ses pensées. Il avait plusieurs projets en vue, mais pas un qui rapporterait une telle somme. Il devait tenter l'affaire.

— OK, organise un rendez-vous avec cette bonne femme. On verra bien.

— Cette « bonne femme » est l'une des premières fortunes de Boston, répliqua doucement Eli. Travailler pour elle veut dire rentrer ici.

— Je sais.

Noah coupa la communication et resta immobile à fixer ses pieds nus. Il était tout à la fois terrifié et excité par la perspective de retourner dans cette ville qu'il avait évitée pendant dix ans. Cela signifiait devoir affronter son passé, mais aussi pouvoir enfin passer du temps avec ses frères, DJ, Darby. Et Callie. Elle lui manquait tellement.

Mais Boston, c'était avant tout Jules. Sa meilleure amie. La personne qu'il aurait tant voulu protéger. Il avait tout détruit en l'embrassant, puis en l'ignorant et en restant fiancé à une femme qu'il n'aimait pas et qu'elle détestait, avant de l'abandonner, purement et simplement. Elle ne lui avait pas pardonné et il doutait qu'elle puisse le faire un jour.

Jules fronça les sourcils en découvrant le panneau « À vendre » planté sur le gazon devant la résidence des Lockwood. Elle s'engagea dans l'allée de sa maison et pila en découvrant la Ducati noir mat parquée à l'endroit qu'elle occupait habituellement, à côté du garage. Elle se gara en pestant contre son frère qui avait garé son nouveau jouet sur sa place à elle.

Elle se tourna pour regarder une nouvelle fois le panneau « À vendre ». Ça lui faisait un choc de découvrir que les garçons renonçaient à garder la demeure familiale. Mais bien sûr, conserver et entretenir une maison de cette taille coûtait un bras, une jambe et même quelques organes vitaux. Elle se frappa du poing la cage thoracique pour évacuer la brûlure. Elle avait passé tant d'heures dans cette maison, à se faufiler jusqu'à la chambre de Noah. C'était il y a longtemps, quand ils étaient amis, avant qu'il ne fiche tout en l'air en l'embrassant inconsidérément, alors qu'il s'était engagé auprès de Morgan.

Le drame, c'était qu'elle ne pouvait oublier ce baiser. Si cela avait été un baiser banal, moyen, voire « normal », elle aurait pu passer à autre chose. Mais aujourd'hui encore, cela restait pour elle *le* baiser, le mètre étalon de tous les autres. Passionné, tendre, très doux. Et affolant. Malheureusement, ce baiser, c'était son meilleur ami qui le lui avait donné, avant de se révéler être un parfait minable.

Jules entra dans la maison déserte. Il était encore très tôt, à peine 8 heures passées, mais les jumelles étaient au travail depuis plusieurs heures déjà. Pour sa part, elle en avait terminé avec son chantier de la Napa Valley avec deux semaines d'avance. Les ouvriers avaient été remarquablement efficaces et le client remarquablement accommodant, cela tenait du miracle. Depuis qu'elle avait obtenu la palme des Nouveaux Talents comme décoratrice d'intérieur, cinq mois plus tôt, elle enchaînait les contrats et était demandée de toutes parts. Elle allait pouvoir souffler quelques jours, une semaine, peut-être : se lever plus tard, rentrer plus tôt, se poser. Elle avait terriblement besoin de se poser, de décompresser et de s'occuper de son cerveau et son corps surmenés.

Or ce vol de nuit l'avait achevée, bien qu'elle ait voyagé en classe affaires. Elle se hissa à l'étage, en évitant machinalement la latte grinçante qui signalait jadis aux parents ou à sa jumelle curieuse qu'elle s'échappait en cachette.

Elle laissa sa valise à roulettes devant la porte de sa chambre et, tout en ôtant son T-shirt crasseux, se dirigea vers la salle de bains, à l'autre bout du couloir.

Une bouffée de vapeur l'accueillit, ainsi que le bruit du jet puissant de la douche. Elle fit volte-face, étonnée que Darby ou DJ soit là. Et resta pétrifiée devant la… vision, il n'y avait pas d'autre mot, apparue derrière la porte vitrée.

Un mètre quatre-vingt-treize de peau bronzée sur des muscles parfaitement dessinés, les cheveux plaqués autour d'un visage aux traits énergiques, des yeux bruns pailletés d'or. Un torse large, semé de poils blonds, un ventre plat et dur, des hanches fines et solides qui attiraient le regard vers un buisson de poils plus sombres, et juste en dessous… Un pénis prometteur, qui s'animait visiblement.

Noah… Mon Dieu. Il était de retour et se trouvait sous sa douche, nu et superbe comme le *David* de Michel-Ange. Elle releva les yeux vers son visage. Le désir qu'elle lut dans son regard fut comme une caresse sur la pointe de ses seins. Elle déglutit, la bouche soudain desséchée, voulut bouger mais ses pieds étaient rivés au sol. Incapable de respirer, elle parvenait tout juste à s'interdire de tendre la main pour le toucher. Mais elle ne pouvait s'empêcher de continuer à regarder, à se repaître de sa vue.

Noah, nu, dans sa salle de bains. Sans la quitter des yeux, il coupa l'eau et écarta les cheveux de son visage. Puis il ouvrit la porte de la cabine de douche, sortit et mit les poings sur ses hanches. Jules baissa les yeux. Son sexe était dressé, superbe…

L'un d'entre eux allait-il enfin se décider à parler et à dissiper cette atmosphère chargée d'électricité et de désir ? Étaient-ils devenus fous ? Elle tenta de bouger, mais Noah fit un pas vers elle et posa une main mouillée sur sa joue, pour lui caresser les lèvres du pouce. Il sentait le savon, le shampooing et le mâle. Le désir, brûlant et épais comme du miel, coulait dans ses veines, montait entre ses jambes. Bras ballants, elle accrocha son regard, trop consciente de son sexe érigé qui venait toucher la ceinture de son pantalon, de la pointe de ses seins qui se tendait sous la dentelle de son soutien-gorge.

Il la fixait de ses yeux où les paillettes d'or flamboyaient. Et puis sa bouche, sa bouche si appétissante, fondit sur elle. Il glissa les mains sur sa taille nue, les fit descendre sur ses fesses, la plaqua contre son corps humide et ferme. Jules hoqueta quand la langue de Noah se glissa entre ses lèvres entrouvertes, sans songer une seconde à résister.

C'était une version encore magnifiée du baiser magique qu'ils avaient échangé dix ans plus tôt. S'y ajoutaient la moiteur, la fièvre, plus vive encore que jadis. L'étreinte de Noah était plus impétueuse, sa bouche plus avide, son désir plus clair. Ses mains couraient sur sa peau, expertes, assurées. L'une d'elles vint se poser sur son sein droit, écarta le bonnet du soutien-gorge. Il pressait à présent sa chair, leurs peaux se joignaient. Elle gémit doucement et il émit un grondement sourd. Son pouce tournait sur son mamelon, rude, presque rêche, excitant.

Jules plaça les mains sur son ventre, pour arpenter les lignes de ses abdominaux, enrouler les doigts autour de…

Mais qu'est-ce qu'elle fabriquait ? Elle s'écarta d'un mouvement brutal, leva les mains devant elle, paumes ouvertes, pour l'arrêter quand il fit un pas pour la reprendre dans ses bras. Puis elle le fusilla du regard.

— Qu'est-ce que tu fabriques, Lockwood ? Tu débarques dans ma vie et tu m'embrasses, sans un mot ? Qu'est-ce que tu t'imagines ? Qu'on allait finir nus, par terre, dans ma salle de bains ?

— Je n'ai pas beaucoup d'habits sur moi, rétorqua Noah en regardant ses seins gonflés par le désir, sa gorge rougie, ses lèvres humides. Oui, en effet, il me semble qu'on allait vers quelque chose comme ça.

Jules ouvrit la bouche, bégayant de fureur.

— Je… Toi… Espèce de fourbe !

Noah tendit la main pour attraper une serviette derrière lui et, avec des gestes beaucoup trop lents, la drapa sur ses hanches. Il avait le culot d'afficher un sourire. Elle l'aurait giflé.

— Bon, ce n'est pas si désagréable de voir que notre attirance n'a pas diminué, si ?

Elle lui lança un regard furibond, marmonna un juron et se retourna vers la porte.

— Jules ?

Elle prit tout son temps pour se retourner.

— Quoi ?

Les bras croisés, il souriait jusqu'aux oreilles.

— Salut. Je suis content de t'avoir revue.

À nouveau, elle resta médusée, puis secoua la tête et se rua dans sa chambre. Avait-elle des hallucinations ou tout cela arrivait-il vraiment ? Elle regarda son soutien-gorge mouillé, les taches d'eau sur son pantalon. Non, elle ne rêvait pas. Noah était de retour. De retour dans sa vie.

Voilà donc sa récompense pour avoir achevé son travail en avance ? La vie était injuste. Tout ce qu'elle aurait voulu à présent, c'était reprendre un vol pour Napa Valley. Elle chercha une raison de retourner sur le chantier qu'elle venait de clore, passa en revue tous les points… Non, les finitions étaient exemplaires, le client extatique, le chèque encaissé…

Elle venait de passer trois mois en Californie et s'était languie de rentrer, de vider les cartons empilés contre le mur, de faire le point avec Darby et DJ qui, en plus d'être ses sœurs et amies de cœur, étaient aussi ses associées. Sa jumelle, Darby, était l'architecte de Winston et Brogan, leur agence, Jules en était l'architecte d'intérieur et DJ gérait toute la partie administrative de la société. Elles s'étaient parlé tous les jours, plusieurs fois dans la journée, mais Jules avait envie de les serrer dans ses bras, de s'asseoir avec elles pour leurs sacro-saints petits déjeuners de travail, en vrai, et non via Skype, et de partager une bouteille de vin bien frais à la fin de la journée. Elle se rembrunit. Pas une fois au cours de leurs discussions l'une ou l'autre avait jugé bon de l'informer que Noah était rentré à Boston. Bizarre.

Cinq mots : « Noah est rentré à Boston. » Ce n'était pas compliqué. Ou encore mieux, dix mots : « Noah est rentré à Boston et s'est installé chez toi. » Ce n'était pas comme si elles avaient pu ne pas le remarquer !

Jules s'assit sur le bord de son lit et sentit sous ses pieds un objet étranger. Baissant les yeux, elle découvrit une paire de bottes masculines, pointure 47. Elle balaya la pièce du regard. Une chemise, d'homme toujours, était posée sur le dossier de sa chaise à damier rouge et blanc, un attaché-case de cuir et un téléphone sur sa coiffeuse. Noah avait probablement rangé ses vêtements dans son placard. Non seulement il reprenait place dans sa vie, mais il prenait place dans sa chambre et même, littéralement, dans son lit ! Elle pressa rageusement les touches de son téléphone et pesta en tombant sur les messageries des filles. Elle leur laissa à chacune un message pour le moins acide. Elle s'apprêtait à appeler Levi – qui lui non plus ne lui avait rien dit —, quand son téléphone vibra.

— Maman, devine qui je viens de trouver à la maison en rentrant ? lâcha-t-elle d'un ton sarcastique. Je suppose que, toi non plus, tu ne savais pas que Noah était là, bien sûr ?

— Zut, tu l'as vu ?

En effet. Sous la douche. Nu comme un ver. *Et je devais avoir l'air prête à lui sauter dessus pour le dévorer tout cru parce que sans dire un mot il s'est mis à m'embrasser comme un forcené !*

— Pour le voir, je l'ai vu.

— J'avais demandé aux filles de te prévenir, grommela Callie.

— Où es-tu ? J'entends du bruit.

— Dans un salon de thé fabuleux qui vient d'ouvrir à côté du gymnase. L'ambiance est géniale et le café est délicieux.

— Et le propriétaire est super beau gosse ! fit une voix de basse profonde, à l'autre bout du téléphone.

Sa mère éclata de rire. Quoi ? Elle était en train de flirter ?

— Sans doute. Mais trop jeune et trop sportif pour moi.

— Sportif, d'accord, reprit la voix enjouée, mais pas trop jeune. Dix ans, qu'est-ce que c'est ? Dites à votre mère de m'accorder un rendez-vous !

Eh bien, qu'est-ce que tu attends, maman ? Malgré sa contrariété, Jules ne put s'empêcher de rire en entendant sa mère gronder à mi-voix pour faire taire son soupirant.

— Écoute, tu devrais accepter la proposition de ce monsieur, tu pourrais passer un bon moment.

— Je ne veux pas parler de ça avec toi, répliqua Callie.

Jules l'entendait presque rougir. Habituellement, sa mère partageait tout avec ses filles. Elle devait donc être plus troublée qu'elle ne voulait l'admettre. Intéressant. Mais avant qu'elle puisse poser une question, Callie reprit :

— Bon, dis-moi, quel effet ça te fait, de voir Noah de retour à Boston ?

Ça me fait que je ne sais plus où j'en suis. Je suis sidérée. Excitée. Dingo.

Elle ne voulait pas laisser voir à sa mère combien elle était affectée par la nouvelle. Pourtant, elle avait l'impression que la terre s'était transformée en sable sous ses pieds. Elle eut un petit rire impatient.

— Ça n'a rien de sidérant. Noah a le droit de rentrer chez lui.

— Arrête, ma chérie, cela fait des années que tu le redoutes.

— Ne sois pas bête, maman, murmura Jules, les yeux fixés sur le parquet brillant sous ses pieds.

— Jules, tu es terrifiée parce que tu ne peux plus laisser tout cela de côté. Revoir Noah va t'obliger soit à couper les ponts pour de bon, soit à lui pardonner.

— Il n'y a rien à lui pardonner.

Oui, bon, d'accord, elle avait eu quelques différends sur de menus détails avec ce play-boy et lui reprochait deux, trois choses. Du genre, se fiancer avec une fille qu'il n'aimait pas, l'embrasser elle au nouvel an alors qu'il était fiancé et rester fiancé à cette fille, tout en disparaissant brusquement, sans une explication – elle était furieuse qu'il ait lâché l'université sans passer son diplôme. Et cerise sur le gâteau, ne jamais lui refaire signe, même quand il avait finalement rompu avec Morgan.

En l'espace de sept ans, les deux hommes qu'elle aimait le plus, son meilleur ami et son père, avaient disparu sans raison, sans explication, de façon absurde. Son père, malgré sa forme éblouissante, avait été foudroyé par une crise cardiaque. Elle ne parvenait pas à imaginer quel motif valable avait pu pousser Noah à renier une amitié qui durait depuis l'enfance, au point de ne pas être là auprès d'elle aux obsèques de son père. OK, elle était un peu injuste. Noah se trouvait à l'époque au beau milieu de l'océan pour une régate de professionnels.

— Non merci, pas de café, Mason, chuchota Callie, interrompant les rêveries de Jules.

Elle saisit l'occasion de changer de sujet.

— Joli prénom, Mason. Il est sexy ? S'il est trop jeune pour toi, je peux peut-être tenter ma chance.

— Il est bien trop âgé pour toi et ce n'est pas ton genre.

La réponse avait fusé, un peu plus cassante que nécessaire. Sa mère avait-elle vraiment le béguin pour le patron du salon de thé ? Pourquoi pas, après tout ? Il était temps qu'elle recommence à vivre.

— Je ne me spécialise dans aucun genre, maman.

Ce qui était vrai. Elle sortait avec des hommes de tous genres, de toutes ethnies… Mais cela ne durait jamais. Pas besoin d'un diplôme de psychologie pour comprendre que la perte des deux hommes qu'elle chérissait le plus et en qui elle avait eu le plus confiance l'avait fait entrer dans le club des inquiètes, qui hésitaient devant tout engagement.

— Bien sûr que si. Ton genre est blond aux yeux noisette avec un corps à faire pleurer Michel-Ange.

Michel-Ange ? D'où sa mère sortait-elle cela ?

— Pourquoi est-ce que tu dis ça ?

— Je suis âgée, Jules, mais je ne suis pas encore morte. Noah est sublime.

L'image de Noah, nu, constellé de gouttes d'eau, surgit devant ses yeux. Pitié !

C'était à n'y rien comprendre. Noah avait été on ne peut plus clair en s'éloignant d'elle si brutalement. Elle n'avait pas reçu le moindre signe de vie, hormis les mails collectifs qu'il envoyait à toute la tribu pour leur donner des nouvelles de ses courses. Et par la suite, quand il s'était retiré du monde de la compétition, de sa société de construction navale. Il ne donnait jamais aucun détail personnel, partageait simplement ses observations, toujours fines et sensibles, des pays qu'il traversait et des gens qu'il croisait. Ses messages étaient toujours intéressants, mais impersonnels, et elle n'avait jamais souhaité y répondre. Après tout ce qu'ils avaient partagé, elle ne pouvait se contenter de si peu.

— Écoute, maman, arrête, OK ?

Il y eut un silence à l'autre bout du téléphone, la façon qu'avait sa mère de montrer sa réprobation.

— Ce n'est pas la peine de bouder, reprit Jules. Cette histoire ne regarde que Noah et moi. Reste en dehors de ça. Je sais que tu m'aimes, maman, mais fais-moi confiance, je sais ce que j'ai à faire à propos de Noah.

Simplement l'éviter. Brillante idée.

— Le problème, ma chérie, c'est que vous êtes tous les deux aussi entêtés. Il faut mettre tout ça au clair, Jules, j'en ai assez de cette guerre froide.

Et elle raccrocha. Jules fixait son téléphone, estomaquée. Sa mère était difficile à perturber et considérait que raccrocher au nez de quelqu'un était le summum de la goujaterie. Mais Jules était adulte, à présent. Elle devait agir selon ses convictions. Et laisser sa relation avec Noah au passé.

Elle soupira. Que faire ? Son instinct lui dictait de partir en courant. Elle entendit la porte de la salle de bains s'ouvrir et un bruit de pas qui venait dans sa direction. Se levant d'un bond, elle attrapa son sac et courut à la porte. Lorsqu'elle l'ouvrit, elle faillit rentrer tête la première dans Noah, qui était toujours torse nu, sa serviette sur les hanches.

— Je sors. Je veux que, quand je rentre, tu aies débarrassé toutes tes affaires de ma chambre, déclara-t-elle d'un ton aussi ferme que possible.

— Levi m'avait dit que tu serais absente encore deux semaines, c'est lui qui a insisté pour que je reste chez vous quand il est venu me chercher à l'aéroport, hier. Ne t'en fais pas, je vais prendre une chambre à l'hôtel ou m'installer sur le *Resilience*.

Le voilier était amarré dans la marina. Noah tenait comme à la prunelle de ses yeux au joli douze mètres jadis affrété par son arrière-arrière-grand-père. Le bateau était petit mais luxueux, et il le préférait nettement à une chambre d'hôtel.

— Combien de temps restes-tu ici ?

Elle avait besoin de savoir quand sa vie reprendrait son cours normal, quand le sol mouvant redeviendrait stable.

— Je ne sais pas exactement. Un mois, peut-être deux.

Formidable. Huit semaines pour devenir complètement folle. Comme si elle n'avait pas assez de stress à gérer comme ça. Elle se massa les tempes. Bon sang, il avait fallu que ça tombe aujourd'hui. Le voir faisait bouillonner en elle une soupe d'émotions amères et gluantes, de déception, de ressentiment, de chagrin, de désir et de passion… Si elle s'était écoutée, elle se serait jetée dans ses bras en lui disant combien il lui avait manqué, ce garçon dont elle avait été si proche et qu'elle brûlait à présent de connaître de façon intime, comme l'homme et la femme qu'ils étaient devenus.

Elle secoua la tête et bouscula Noah pour sortir, courant presque jusqu'à l'escalier. *Mettre tout ça au clair, maman ?* Plus facile à dire qu'à faire.

2

Après un échange bref et tendu avec Levi, Callie laissa partir sa tête en arrière. Levi avait fini par reconnaître qu'aucun d'entre eux n'avait prévenu Jules que Noah était revenu. Ni qu'il s'était installé dans sa propre chambre. Bon sang, et ils se croyaient des adultes ?

Une main effleura ses cheveux et elle entrouvrit les yeux pour regarder Mason. Sa chevelure sombre grisonnait à peine aux tempes, ses yeux bleu vif étaient marqués de quelques rares lignes très fines en leur pourtour et son corps était plein de vigueur. Le patron du salon de thé paraissait plus près de quarante ans que de quarante-cinq. Oui, il était très séduisant. Oui, il était charmant. Mais pourquoi diable, dans un lieu où se retrouvaient régulièrement des dizaines de femmes pour la plupart plus jeunes, plus jolies et plus minces qu'elle, lui aurait-il prêté attention ?

Mason posa un café crème sous son nez et prit la chaise à côté d'elle. Callie était contrariée de se sentir aussi troublée. Ce n'était tout de même pas du désir, cette chaleur qu'elle sentait dans son ventre ?

— Je t'ai invité à t'asseoir ?

— Ne sois pas méchante, répliqua Mason en croisant ses avant-bras musculeux sur la table. Que se passe-t-il ?

Elle faillit ignorer sa question, mais elle ressentit soudain le besoin de parler avec une personne extérieure à ce clan fatigant qui était le sien.

— Je me suis disputée avec ma fille, répondit-elle en le regardant par en dessous.

Il avait l'air si attentif qu'elle prit peur et battit en retraite.

— Elle me demandait si tu étais beau et si elle pouvait faire ta connaissance. Elle est magnifique. Élancée, les cheveux très bruns, des yeux bleu argenté stupéfiants.

— Elle est sûrement splendide, mais tout ce que je veux, moi, c'est un rendez-vous avec une petite blonde voluptueuse.

Callie regarda autour d'elle. De qui parlait-il ? Il se mit à rire.

— Je parle de toi, c'est avec toi que je veux un rendez-vous.

— J'ai cru que tu plaisantais.

— Absolument pas. Je suis très sérieux.

C'était tellement bizarre. Il semblait gentil et honnête. À quel jeu jouait-il ?

— Tu ne veux pas sortir avec moi, Mason.

— Je suis un grand garçon, tu sais, tu ne peux pas me dire ce que je veux ou pas, répliqua-t-il.

Il parlait d'une voix douce, mais résolue, et dans cette détermination couvait un désir ardent. Cela faisait si longtemps qu'elle n'avait pas éprouvé ce genre de choses auprès d'un homme… Elle ne savait plus comment se comporter, que dire. Pour la première fois depuis plus de trente ans, elle avait envie d'embrasser un homme qui n'était pas son époux, d'explorer un corps inconnu. Mason était magnifique pour son âge, pas elle. Ses seins s'étaient ramollis, elle avait du ventre et de la cellulite sur les cuisses. Elle avait envie de coucher avec un homme, certes, mais cela relevait plus du fantasme que de l'espoir réel. Si elle trouvait le courage d'exposer son corps fané, ce ne serait certainement pas devant un apollon au physique de champion de natation.

Face à Mason, elle se sentait fragile et, pire encore, vieille. Ils avaient dix ans d'écart, tout de même, et dix ans faisaient une grande différence, d'âge, de forme physique, mais aussi de condition. Elle était extrêmement riche. Pas Mason, pour ce qu'elle en savait. Connaissait-il sa situation financière ? Recherchait-il une femme pour l'entretenir ? Quel était son but ?

— Parle-moi de ta fille, dit-il en reculant sur sa chaise.

Bonne idée. Avec un peu de chance, ses histoires de famille le feraient partir en courant.

— Laquelle ? J'en ai trois, deux biologiques, une d'adoption. J'ai aussi quatre fils, un seul est mon fils biologique.

Mason cilla et se passa une main sur le visage, un peu interdit. Callie s'esclaffa.

— Tu as des enfants ?

— Deux garçons, quinze et dix-sept ans.

— Mon plus jeune fils a vingt-huit ans. Ben.

Voilà qui lui ferait clairement prendre conscience de leur différence d'âge.

— Une vraie douairière, constata Mason en soupirant.

Il se releva et rangea sa chaise, puis, posant une main sur la table et l'autre sur le dossier derrière la nuque de Callie, comme pour l'emprisonner, il plongea son regard bleu dans le sien.

— Tu peux continuer à jouer au chat et à la souris, Callie. J'aurai mon rendez-vous.

Elle sentit sa respiration se suspendre. Il était si proche qu'elle distinguait une fine cicatrice sur sa lèvre supérieure, humait l'arôme du café dans son souffle.

— Et tant que j'y suis, autant te prévenir tout de suite : nous finirons au lit. À un moment ou un autre, tu seras à moi.

Elle s'aperçut avec colère que des larmes lui brûlaient les yeux et que son cœur s'emballait.

— Je ne suis pas... Je ne peux pas... Je ne suis pas prête.

Il resta imperturbable.

— Je n'ai pas dit que ça devait être aujourd'hui, Callie. Un jour tu seras prête, et alors, boum ! acheva-t-il en levant les mains pour mimer.

Boum ? Sérieusement ? Elle se raidit.

— Vraiment ? Ça marche avec les autres, ce genre de discours ?

— Je n'en sais rien, tu es la première à qui je le tiens, assura-t-il en se penchant pour poser un baiser sur ses cheveux. Commence à te faire à cette idée, Callie. Oh ! et laisse tes enfants tranquilles. À vingt-huit ans et plus, ils sont assez grands pour prendre leurs décisions tout seuls.

Callie fixa son dos d'un œil noir tandis qu'il s'éloignait. Non mais, qui était-il pour lui dire comment s'occuper de ses enfants ? Et comment osait-il lui parler de manière aussi crue ? Il croyait qu'elle allait se coucher sur le dos et roucouler de bonheur en l'entendant ? Un arrogant M. Je-sais-tout qui se croyait sorti de la cuisse de Jupiter.

Même s'il avait des fesses admirables…

Noah aurait préféré rencontrer Paris Barrow à son bureau, mais avait-elle un bureau, cette mondaine plusieurs fois divorcée et une fois veuve ? Elle avait insisté pour aller prendre un verre à l'April, un bar chic de Charles Street. En fin d'après-midi, heureusement, ce serait encore assez calme et il pourrait lui faire préciser des points importants pour le projet. La taille du yacht, la capacité du moteur, monocoque ou catamaran, ce genre de « détails » qui lui donneraient une base pour commencer à travailler. Et par la même occasion, signer un contrat serait parfait, afin qu'il soit certain d'être payé pour son travail. Après quelques tentatives frustrantes de conversation téléphonique, il lui avait fallu se rendre à l'évidence : Paris Barrow avait la capacité de concentration d'un jeune chat.

Il entra. Le bar était luxueux et sophistiqué, comme la plupart de ses semblables dans les hôtels des grandes villes riches. Il en avait vu tellement. Sa cliente n'était pas arrivée. Commandant une bière, il s'installa.

C'était sa deuxième journée à Boston et il avait l'impression de n'être jamais parti. La veille, après s'être fait chasser par sa casse-pieds préférée, il était allé prendre ses quartiers sur le *Resilience*. Ses frères et Levi avaient débarqué avec un pack de bières chacun, qu'ils avaient éclusées consciencieusement, bien installés sur le pont de teck, pieds ballants au-dessus de l'eau. Personne ne lui avait posé de questions sur son départ précipité de la maison, ce dont il leur savait gré. Il n'avait pas envie de parler de Jules.

Il remercia la serveuse qui apportait sa bière et la but presque d'un trait. Il aurait bien voulu pouvoir faire disparaître aussi facilement l'image de Jules dans la salle de bains. Il avait entendu la porte s'ouvrir et elle était là, buste nu, un rêve éveillé en couleurs. Ses cheveux lui tombaient en cascade sur les épaules, son corps mince était souple et sensuel. Ses seins, sous la dentelle rose pâle, avaient pris un volume appétissant. Il en avait immédiatement remarqué les pointes rose sombre, dressées, et la rougeur sur sa gorge.

Puis il avait commis l'erreur de la regarder dans les yeux.

Il gigota, embarrassé. À cette simple évocation, son sexe s'était tendu.

Il avait vu dans ses yeux la stupeur et le choc. De toute évidence, personne ne l'avait informée de son retour. Et très vite étaient apparus la douleur et le ressentiment, mais aussi, oui, il en était certain, un désir fou et violent. Elle le dévorait du regard, et il savait qu'elle avait eu les pensées qui l'avaient si souvent hanté, lui aussi.

Il avait envie de coller les mains sur son corps longiligne, la bouche sur ses lèvres, sur sa peau, sur les endroits les plus secrets de son corps, de la faire gémir... Ce qui s'était déclenché lors de ce long baiser voluptueux, en sommeil depuis plus de dix ans, était toujours bien vivant.

Son désir était irrésistible et il n'y avait pas résisté. L'embrasser, la toucher était si bon. Plus que ça, c'était extraordinaire, bien mieux que tout ce qu'il avait rêvé. Il avait failli l'attirer sous la douche, la déshabiller sous l'eau brûlante, la plaquer contre le mur carrelé... Plus rien n'existait, même respirer paraissait secondaire. Il était fou d'elle.

— Noah ? Noah ?

Il sursauta et sortit de sa rêverie. Les yeux bleus rieurs de Paris le dévisageaient, éclairant son visage sans une ride. Il se leva pour serrer la main qu'elle lui tendait. C'était une vraie beauté pour ses soixante ans, la chirurgie esthétique et les cosmétiques modernes faisaient des merveilles. Paris prit place en face de lui et posa son sac de créateur sur la table en commandant un martini. Ils échangèrent les politesses d'usage, puis elle s'adossa à la banquette.

— J'ai cru comprendre que vous aviez été fiancé à Morgan Blake ?

Oh ! par pitié. Sans répliquer, il attendit qu'elle poursuive.

— Je lui ai dit que vous travailliez pour moi.

— Ma foi, techniquement parlant, ce n'est pas encore le cas. Vous n'avez pas signé le contrat ni payé le premier acompte. Au jour d'aujourd'hui, nous en sommes toujours au stade des discussions.

Paris plissa le nez puis ouvrit son sac, dont elle tira un portefeuille de cuir. Noah comprit qu'il s'agissait d'un chéquier quand, sourcils froncés, elle l'ouvrit et sortit un stylo en or. Il resta impassible, le cœur battant à cent à l'heure en la regardant écrire, puis il prit le chèque et le rangea soigneusement dans sa poche de poitrine. Alors il sortit de son classeur le contrat qu'il avait préparé et elle y apposa une signature alambiquée. C'était fait, et il recevrait le solde quand elle donnerait son feu vert pour le projet final.

— Bien, pouvons-nous parler de Morgan, à présent ?

— Non.

— Pourquoi ? s'enquit Paris avec une moue boudeuse.

— Parce que nous devons parler de coque, de tirant d'eau, de mètres carrés, de vitesse, répondit Noah d'une voix posée. J'ai besoin de savoir tout ce que vous voulez.

Paris prit un air de profond ennui.

— Je veux que vous me fassiez un yacht génial avec le budget que je vous ai donné. On dit que vous êtes hyper créatif et que vous avez un talent indécent, donc lâchez-vous. Je veux un bateau qui fera baver tout le monde de jalousie. Mais je ne veux pas qu'on m'enquiquine avec les détails.

Une aubaine, se réjouit-il *in petto.* Rien de tel pour lui que d'avoir carte blanche et faire ce qu'il voulait. En espérant seulement que Paris ne changerait pas d'avis trois fois en cours de route ou une fois le travail terminé… Il faudrait veiller au grain. Il lui tendit sa copie du contrat, cilla en voyant qu'elle le pliait grossièrement en quatre et le jetait dans son sac. Elle avala son martini d'un trait et fit signe à la serveuse de lui en apporter un deuxième.

— Et donc, à propos de Morgan…

Mais quelle mouche la pique donc ?

— Paris, cela me met vraiment mal à l'aise de parler de cela avec vous. Vous êtes ma cliente.

Paris balaya ces mots d'un geste.

— Oh, allons ! Je suis affreusement romantique et terriblement curieuse. J'adore connaître les petites histoires des gens. Vous vous y habituerez, vous verrez.

Certainement pas.

— Il n'y a plus de Morgan, Paris. Cette histoire est terminée depuis très longtemps.

— Mais j'ai eu l'impression qu'elle était toute prête à reprendre un nouveau départ…

Oh, pitié ! Il devait absolument trouver une parade.

— Mon amie ne serait peut-être pas tout à fait d'accord.

— Vous avez une petite amie ? s'exclama Paris, les yeux brillants. Qui est-ce ?

Il aurait pu parler de Jenna, au Cap, ou de Yolande, à Londres, deux amies belles et talentueuses avec qui il couchait de loin en loin. Mais ce fut un autre nom qui fusa.

— Jules Brogan.

Paris ouvrit de grands yeux ravis.

— Mais je la connais ! Elle a refait ma résidence secondaire de Hyannis Port.

Et flûte ! Flûte, flûte, flûte, flûte !

— Elle a été élue meilleure décoratrice d'intérieur de Boston il y a quelques mois.

Ah bon ? Pourquoi personne ne le lui avait dit ? Bon, leurs proches ne voulaient pas aborder ces sujets avec eux.

— C'est votre petite amie ?

— Nous nous connaissons depuis l'enfance.

Au moins une chose de vraie dans tout ça. La bouche rose de Paris se fendit en un sourire béat.

— Elle pourrait s'occuper de la décoration de mon yacht ! Vous êtes censé gérer aussi l'aménagement intérieur, n'est-ce pas ?

— Oui, en effet, mais j'ai ma propre équipe de décorateurs à Londres, j'ai l'habitude de travailler avec eux.

La conversation prenait une tournure qui ne lui plaisait pas du tout. Comment en étaient-ils arrivés là ? Il n'aurait jamais dû lui raconter ce mensonge.

— Je veux Jules, déclara Paris d'un ton buté.

Son expression s'était durcie, et Noah découvrit une nouvelle facette de cette femme. Une femme richissime et choyée, qui avait l'habitude d'obtenir tout ce qu'elle voulait.

— Ne m'obligez pas à déchirer ce contrat et à vous redemander mon chèque, Noah.

Catastrophe. Il se massa la nuque. Paris mettrait ses menaces à exécution, c'était évident. Ses désirs étaient des ordres. Il se renversa dans son fauteuil avec un soupir.

— Vous allez me donner du fil à retordre, n'est-ce pas ? demanda-t-il d'un ton résigné.

Le visage de Paris s'illumina.

— Ça, mon cher, vous n'avez pas idée ! Et donc, qu'est-ce que je dois dire à Morgan ?

Noah gémit et commanda un double whisky.

Jules entendit vibrer son téléphone et, sans regarder l'écran, coupa l'appel. 8 h 30, et on était… Elle plissa les yeux pour regarder en bas à droite de son ordinateur… Jeudi. Le seul moyen qu'elle avait trouvé de ne pas penser à Noah était de se remettre au travail. Aussi, au lieu de s'accorder le répit dont elle avait tant besoin, s'était-elle engouffrée tête baissée dans une longue journée de seize heures et s'était-elle concocté un planning surchargé pour n'avoir aucun temps mort. Elle déplaça la souris pour consulter la liste de ses tâches du jour. À 9 heures, réunion avec les filles, suivie d'un défilé de rendez-vous avec des clients, fournisseurs et artisans. Le dernier était noté à 17 h 30, puis elle filerait chez son esthéticienne pour une épilation des sourcils et du maillot. Pourquoi avait-elle ajouté le maillot à la dernière minute ? Aucune raison, mais pas de quoi épiloguer.

Mais bien sûr... Grosse maligne...

Elle prit son mug et grimaça en sentant le café froid lui couler dans la gorge. Pouah ! Elle se leva quand son portable émit sa sonnerie discrète. Jules plissa les yeux, le numéro sur l'écran lui était inconnu. Même s'il était encore tôt, elle ne pouvait ignorer l'appel : la plupart de ses clients et fournisseurs avaient son numéro personnel, car elle se devait d'être disponible à toute heure.

— Jules.

Cette voix, et la façon dont elle prononçait son nom.

— Noah.

À une époque, elle aurait ri à l'idée qu'il l'appelle, son cœur aurait chaviré en entendant cette voix. Mais elle n'était plus cette enfant qui vénérait Noah, ni cette adolescente qui pensait que le soleil se levait et se couchait avec lui. Il n'était plus son meilleur ami, celui à qui elle disait tout, celui qui la comprenait mieux encore que sa jumelle.

— Qu'est-ce que tu veux, Lockwood ?

— Il faut qu'on parle.

— Tiens. C'est exactement ce que je t'ai dit, il y a dix ans, rétorqua Jules d'un ton acerbe.

Après cette fichue soirée, il l'avait soigneusement évitée, n'avait pas répondu à ses appels, à ses messages. Elle n'avait pas imaginé un instant qu'il partirait, jusqu'à ce qu'il se présente chez eux pour lui dire au revoir. Sans faire allusion à leur baiser. Quand elle avait voulu lui parler, il avait refusé : il n'avait pas le temps et il n'y avait rien à dire. Ils restaient fiancés, Morgan et lui, il quittait le lycée, s'en allait faire de la voile, ne savait pas s'il pourrait donner très souvent des nouvelles. Il ne fallait pas qu'elle s'inquiète.

Elle avait sauté de joie en recevant son premier e-mail : elle était si heureuse qu'il aille bien et soit en tête de la course. Il racontait les couchers de soleil prodigieux, les baleines qu'il avait croisées, le grain essuyé la veille, le manque de vent du jour… À le lire, elle se sentait à nouveau connectée à lui. Peut-être leur relation pouvait-elle être sauvée.

Puis elle s'était rendu compte que le mail était adressé à tout un groupe de personnes. Sa mère, ses frères et sœurs, les amis du lycée, tous l'avaient reçu. Et jamais par la suite elle n'avait reçu de message personnel ni d'appel téléphonique. Elle avait été reléguée au même rang que les autres et la douleur était aussi cuisante que si une colonie de fourmis rouges l'avaient prise d'assaut. Comment cet homme qui était tout pour elle avait-il pu disparaître aussi brutalement, comme s'il n'avait jamais existé ?

— Il n'y a rien à dire, Noah. Beaucoup trop d'eau a passé sous les ponts. Nous sommes adultes à présent et capables de nous comporter raisonnablement devant les autres, mais il est inutile de tenter de faire renaître quelque chose qui est derrière nous.

— Ce n'est pas derrière nous, Jules, rectifia Noah avec douceur. Nous entamons tout juste le nouveau chapitre d'un livre qui n'a jamais été écrit. Sauf que j'ai besoin de te parler, car j'ai un travail pour toi, conclut-il d'une voix froide.

Elle laissa retomber sa main et fixa son écran.

— Laisse tomber, Noah, dit-elle en secouant la tête. À propos de travail, je vais être en retard à ma réunion.

— Ne me raccroche pas au nez, Jules…

Elle appuya sur le bouton rouge et jeta rageusement le portable sur son bureau. Travailler pour lui ? Plutôt mourir.

Le salon d'exposition de Winston faisait également office de salle de conférences et, la plupart du temps, Jules, Darby et DJ y commençaient leur journée autour d'un café, regardant passer les piétons devant leur large vitrine. Jules prit place sur une chaise tendue de toile de Jouy, en déclarant qu'il était grand temps de refaire la pièce. C'était elle qui donnait aux clients leur première impression, à leur arrivée. Il fallait réfléchir à quelque chose de neuf et d'original.

— Des tons crème chic, des roses féminins ou le flamboiement des strass ? lança-t-elle avant de reprendre une gorgée de café au caramel.

— Strass et paillettes, répondit immédiatement Darby sans lever les yeux de son smartphone. Il faut quelque chose de pop.

— Si vous êtes d'accord toutes les deux, je vous suis, approuva DJ, comme elle le faisait toujours.

Jules sourit. Leur amie était une véritable magicienne pour toutes les questions d'argent, mais n'avait pas la moindre fibre artistique. Elles formaient une équipe de rêve. Darby concevait les structures, Jules les aménageait et DJ s'occupait des factures. Cette collaboration si harmonieuse était la raison principale de leur succès, qui avait fait de leur agence l'une des meilleures de la région. Bien sûr qu'il leur arrivait de se chamailler. Elles se connaissaient depuis toujours, savaient tout les unes des autres et sur quel bouton appuyer pour obtenir une réaction instantanée. Mais ce n'était jamais grave ni méchant, et elles ne se gardaient aucune rancune de quoi que ce soit.

Darby croisa les jambes et Jules admira l'escarpin effilé qu'elle laissait se balancer au bout de son pied. Superbe nuance de rose *nude* et découpe en forme de cœur sur les orteils. Parfait, elle les lui emprunterait très bientôt. Elles avaient partagé le même utérus, elles pouvaient bien partager leur garde-robe.

— Vous vous rappelez Tina Harper ? Elle était au lycée avec nous. Elle est enceinte de quatre mois, annonça Darby en regardant au plafond.

Jules vit le sourire contraint de sa sœur et son cœur se serra. Sous cette apparente désinvolture se cachait une blessure cruelle. Sa sœur avait appris à l'adolescence qu'elle ne pourrait probablement jamais avoir d'enfant, à cause d'une endométriose chronique. Ses chances étaient infimes, voire nulles. Or son plus grand souhait était d'être maman, avec ou sans homme. Vu la façon dont leurs vies amoureuses évoluaient, ce serait plutôt sans…

— Elle n'est pas sortie avec Ben ? s'enquit DJ.

— Alors ça, va savoir, répondit Darby avec un haussement d'épaules. Il fut un temps où Ben faisait portes ouvertes dans sa chambre.

— Il continue, souligna Jules.

Le plus jeune des frères Lockwood accumulait les conquêtes. Mais on aurait pu en dire autant de son propre frère Levi et d'Eli. Et probablement aussi de Noah.

Noah. Comme toujours, la simple évocation de ce nom la faisait chavirer. Si elle pensait à ce moment torride dans la salle de bains, son cœur allait s'arrêter de battre.

— Alors, dit DJ, quel effet ça fait de voir Noah de retour ?

— Il est peut-être de retour à Boston, mais pas pour moi, répliqua Jules d'un ton qui se voulait indifférent.

La question lui avait été posée par chacun des membres de sa famille, curieux de savoir ce qui avait pu jeter un tel froid entre eux. Sa réponse était immuable : « Nous avons juste pris des voies différentes », et provoquait toujours les mêmes froncements de sourcils et moues dubitatives. Mais elle en restait là, même s'ils revenaient régulièrement à la charge. Elle savait que Noah n'avait rien dit, d'une part parce qu'il n'était pas du genre à s'épancher, d'autre part parce que sinon elle l'aurait su. Les Brogan comme les Lockwood n'étaient pas connus pour leur capacité à tenir leur langue.

Parfois, elle était tentée de leur dire qu'ils avaient échangé un baiser éperdu, juste pour voir leur réaction. Mais cent questions auraient suivi : pourquoi ne se voyaient-ils plus, pourquoi n'étaient-ils pas ensemble, pourquoi… ?

Elle-même ne cessait d'y réfléchir et elle avait du mal à s'endormir, cherchant à comprendre pourquoi la situation s'était enlisée, pourquoi ils ne parvenaient pas à crever l'abcès.

Peut-être parce qu'il était parti presque aussitôt après leur dérapage. Il avait pris tant de décisions sans lui demander son avis, sans même lui en parler : arrêter ses études, se fiancer, devenir navigateur professionnel… Bien sûr, rien ne l'y obligeait, mais ils avaient toujours tout partagé jusque-là. Il lui racontait ses rêves, ses projets. Cet hiver-là, Noah était devenu muet, et c'était comme si vingt ans d'amitié n'avaient plus aucune valeur. Qu'il ne se soit finalement jamais marié avec Morgan n'avait pas été une surprise, mais ce n'était pas une consolation. Il avait gâché deux ans de sa vie, de son argent pour cette fille. OK, c'étaient son temps et son argent, après tout. Mais Jules avait regardé avec défiance et même mépris leur attirance naissante. Son silence, son attitude blasée et dédaigneuse, son absence de tout geste pour maintenir le contact entre eux, préserver leur amitié, tout cela avait profondément abîmé le lien qui les unissait. Elle ne pourrait plus jamais lui faire vraiment confiance, ni être son amie.

Et encore moins son amante. La confiance était vitale dans une relation de cette importance.

— Tu as fait des rencontres, en Californie ? demanda Darby d'un air curieux.

— Sans commentaire.

— Ah, ah ! Et donc ? insista sa sœur avec malice.

— Deux rendez-vous, point barre. Un homme qui vit à l'autre bout du pays, ça ne rime pas à grand-chose.

Elle accordait toujours deux rendez-vous pour se faire une idée, considérant que le premier rendez-vous était toujours stressant et qu'il fallait se laisser une chance. Qui était parfait au premier abord ? Si cela se passait bien, elle prolongeait un peu, pour être certaine que ce n'était pas seulement ses hormones qui parlaient. Rares étaient ceux qui passaient la barre des deux semaines. Et la plupart ne réussissaient pas le test d'embrasser mieux que Noah.

Au vrai, personne n'embrassait mieux que lui. Deux hommes étaient parvenus jusqu'à son lit. L'un avait tenu quelques semaines, l'autre était retourné avec son ex-petite amie. En résumé, elle n'avait pas eu de relation qui ait duré plus de quatre mois depuis le lycée et, à presque trente ans, elle n'avait eu que trois amants. Pitoyable.

Elle continuait à accepter des rendez-vous, en se disant qu'un jour viendrait où quelqu'un lui ferait oublier la déflagration de ce premier baiser sous le gui. Elle devait trouver. Impossible que ces deux baisers restent la meilleure expérience « sexuelle » de toute son existence !

— Je devrais peut-être me remettre sur Tinder, murmura-t-elle, presque pour elle-même.

Mais à cette idée, son cœur se recroquevilla avec horreur. Chercher des hommes sur Internet était un peu sordide.

— Ah non, pitié ! se récria DJ. Des tordus ou des loosers, tu n'as pas besoin de ça.

— Dit la fille qui a un homme sous la main quand elle veut, grommela Jules.

Depuis le lycée, DJ sortait avec Matt, un avocat spécialiste des droits de l'homme, qui apparaissait régulièrement dans sa vie pour redisparaître un peu plus tard. DJ admettait volontiers que c'était un arrangement confortable : partager de bons moments au lit avec un homme qu'elle appréciait et respectait. Jules aurait bien aimé pouvoir l'imiter.

— Je t'en supplie, ne va pas sur Internet, plaida Darby. Tu as une espèce de magnétisme avec les tarés.

Elle ne pouvait pas le nier. Tout ce qu'elle demandait, c'était un homme comme ses frères, sauf qu'ils étaient de vrais coureurs de jupons. Des hommes intéressants, brillants, honnêtes et fiables, enfin, disons : trois sur les quatre. Un homme comme eux ou comme son père, était-ce vraiment trop demander ? Ils n'étaient pas les seuls types bien de Boston, tout de même ? Parviendrait-elle un jour à oublier ses peurs et à faire confiance à quelqu'un ?

De la pointe de son escarpin, DJ lui donna un coup léger dans le tibia. Jules cilla.

— Qu'est-ce qu'il y a ?

— Tu devrais peut-être arrêter les rendez-vous pendant un moment, Jules. Tu as un peu touché le fond, ces derniers temps, tu ne crois pas ? Je ne sais pas ce que tu cherches, mais tu ne le trouves pas, c'est clair.

— Qu'est-ce que tu cherches, en fait ? demanda Darby.

Jules fixa un point dans le vide. *Je cherche un homme qui me fasse me sentir vivante, forte, féminine, désirable au-delà de toute mesure. Comme quand Noah m'embrasse. Un homme qui m'empêche de penser à lui. Qui me fasse oublier que lui me manque, qui comble ce vide dans ma vie. Un homme qui me fasse ressentir tout ce que je ressens quand lui est là. Noah ne peut pas être le seul capable de ça, non ? Ce serait trop cruel. Il y a forcément quelqu'un quelque part…*

Mais son comportement des années plus tôt l'avait fait dégringoler du paradis dans un enfer auquel rien ne la préparait. Elle s'était sentie misérable et accessoire. Il l'avait ignorée, sans se soucier de son opinion. Cela, elle aurait peut-être pu le pardonner, mais pas le saccage de leur amitié.

DJ tapa dans ses mains, ce qui annonçait qu'elle se mettait au travail. Jules se força à revenir au présent. Elle avait des études à faire pour la restauration d'un bed and breakfast légendaire, des artisans à voir pour les finitions du mobilier d'un bar à Black Bay. Mieux valait suspendre ses recherches quelque temps et s'immerger dans le travail. Elle en avait assez pour s'occuper des mois.

— Je boucle le journal comptable, j'ai besoin de tous vos justificatifs, annonça DJ, ce qui fit grimacer Jules. Il me faut les devis estimatifs pour le dossier Duncan.

— Aïe, geignit Jules, qui adorait faire des croquis mais détestait s'occuper de la paperasse. Quelle est la date limite ?

— Avant-hier.

— Tu es vraiment psychorigide.

— Absolument. C'est grâce à ma névrose qu'on a des comptes positifs, ma chérie, sans moi, ce serait la catastrophe.

Darby et Jules rirent de bon cœur. Chacune d'elles était indispensable et précieuse à l'équipe.

Darby jeta un coup d'œil à sa montre et se leva. Un mètre quatre-vingts, longue et gracieuse. À travers la vitrine, Jules accueillit d'un petit salut de la main Dani, leur assistante, Merry, qui s'occupait des achats, et les deux stagiaires.

Son sourire s'évanouit quand elle vit qui arrivait derrière. Une grande silhouette musclée, dans un pantalon de toile, une chemise Oxford bleue et une veste bleu marine. Les cheveux bouclés étaient coupés court et, comme toujours, une barbe blonde de trois jours ombrait son visage.

Quand les yeux de Noah croisèrent les siens à travers la vitre, Jules sentit son estomac faire un bond. Visiblement, il était bien décidé à avoir une discussion.

3

Jules coinça les mains sous ses cuisses pour les empêcher de trembler. Darby et DJ se retournèrent avec curiosité et bondirent de leurs fauteuils en apercevant Noah. Des sourires radieux illuminaient leurs jolis visages : il était depuis toujours un de leurs préférés. Ils s'embrassèrent avec chaleur et pendant qu'ils échangeaient des nouvelles, Jules eut le temps de l'examiner des pieds à la tête. Grand, épaules larges, blond… Beau comme un dieu et sexy en diable, certes. Mais sous ce vernis de séducteur il y avait beaucoup de profondeur, elle le savait pour en avoir été si proche, jadis.

Ses yeux étoilés de fines rides étaient sombres à cet instant sous les sourcils froncés. Il souriait, oui, mais pas si franchement ni si gaiement, avec le sourire dévastateur de leur enfance. Elle voyait les muscles contractés de son cou et de sa mâchoire. Il n'avait pas l'air content.

Il se tourna vers elle et ce fut comme si les centaines de non-dits lançaient entre eux deux une lourde chaîne. Il écarta les pans de sa veste pour glisser les mains dans ses poches, en se balançant sur ses talons. Son regard descendit lentement, sur sa bouche, sur sa gorge, ses seins, ses hanches, puis refit le chemin inverse, laissant un sillon brûlant de désir et d'attente, presque aussi vif que quand ils s'étaient embrassés. Elle avait à nouveau dix-huit ans, elle était prête à le suivre où il voudrait… Elle se rembrunit.

— Que fais-tu ici ? s'enquit-elle d'un ton trop sec.

Il sortit les mains de ses poches et croisa les bras.

— Ravi de te voir moi aussi, Jules, répliqua-t-il d'un ton glacial.

Percevant le malaise, Darby s'interposa.

— Veux-tu un café ?

— Non merci, ma belle, répondit Noah.

— Que viens-tu faire ici ? répéta Jules en nouant des mains tremblantes autour de son genou.

— Je viens pour le travail, répondit-il avec un signe de la tête vers l'escalier en colimaçon qui menait aux bureaux et à la salle de réunion. Il faut que je te parle.

Il lui proposa sa main pour l'aider à se relever, mais elle l'ignora. Elle ne voulait pas le toucher, elle ne se faisait pas confiance. Tout en fusillant Darby et DJ des yeux, elle se leva lentement et prit le temps de brosser quelques peluches inexistantes sur son pantalon de lin, histoire de se donner une contenance. Mais ses sœurs semblaient aussi surprises qu'elle.

— Très bien, malheureusement je n'ai pas beaucoup de temps : j'ai un rendez-vous téléphonique dans trente minutes.

Il n'y avait pas plus de rendez-vous téléphonique que de peluches sur son pantalon, mais cela lui offrait une sortie de secours. Elle fit signe à Noah de la suivre. En gravissant l'escalier, elle sentit son parfum subtil d'eau de Cologne et la chaleur de son corps monter vers elle.

Elle était à deux marches au-dessus de lui. Si elle se retournait maintenant, leurs visages se trouveraient à la même hauteur. Elle aurait juste devant elle ses yeux sombres et profonds, sa bouche si tendre. En tendant la main, elle saurait si sa barbe était aussi douce qu'elle en avait l'air, les muscles de ses épaules aussi durs…

Elle jura intérieurement. Comment étaient-ils passés de cette amitié si simple à ce désir brûlant ? Comment était-elle devenue cette forcenée qui ne rêvait que de lui arracher ses vêtements et de goûter à sa peau ? Elle fulminait en arrivant à la dernière marche, furieuse contre elle-même : elle aurait préféré mourir que de montrer à Noah qu'il avait du pouvoir sur elle, depuis qu'elle avait vu son corps nu sortant de la douche, ses mains… Bon sang, Brogan, tu vas arrêter ça tout de suite !

Serrant les poings, les bras collés à ses flancs, elle se fraya un chemin dans l'espace encombré de son bureau jusqu'à son fauteuil et lui indiqua la chaise qui lui faisait face, séparée d'elle par un plateau de bois et d'acier. Puis elle s'assit, le fixa et lança :

— Du travail, donc ? De quoi s'agit-il ?

Noah prit place et croisa les jambes, une cheville sur son genou. Les yeux de Jules étaient ceux du ciel au lever du jour sur une mer calme. Lumineux, un mélange intrigant de bleu, gris et argent. Les regarder le ramenait à ces matins parfaits et libres, où tout semblait possible, avec pour seule contrainte le vent dans ses voiles et le soleil sur son visage.

Et comme si ces yeux et cette chevelure de jais ne suffisaient pas, Dieu (ou mère Nature ?) avait tenu à y ajouter un corps long, mince, aux courbes parfaites, au parfum suave et à la peau douce. À se tenir si près d'elle, dans cet espace rempli d'échantillons de tissus colorés, de croquis, de revues et de nuanciers, il se sentait manquer d'air. Il était tenté de partir en courant, loin d'elle et des souvenirs qu'elle ravivait en lui. C'était ce qu'il avait fait dix ans plus tôt, à cause d'une clause dans son contrat avec Wind and Solar. Il avait brusquement pris conscience, lors de cette fête du nouvel an, que son amie n'était plus une enfant mais une femme qui l'attirait irrésistiblement. Avant de l'embrasser, il n'imaginait pas pouvoir être son amant. Ils étaient si bons amis. Mais après ce baiser, il avait su que plus rien ne serait jamais pareil.

En partant, frissonnant, sous la neige, il avait compris que quelque chose d'essentiel avait changé.

Il avait toujours affronté la vie tête la première, menton et poings levés, qu'il s'agisse de vagues déferlantes, du décès de sa mère ou de la métamorphose de son père en un monstre cupide. Il avait cette capacité à prendre du recul, à faire le tri et à ne pas se laisser submerger par les émotions. Si tenté qu'il soit de céder à ses pulsions et à son désir « romantique », il était assez intelligent pour savoir qu'il s'en mordrait les doigts.

Ses autres problèmes, il parvenait à les garder à distance : son engagement factice avec Morgan, l'argent qui manquait pour défendre son héritage… Mais avec Jules, il se tenait sur une corde raide. Ils ne pouvaient plus être amis, pas être amants, et rien d'autre entre les deux. Ils partageaient les mêmes frères et sœurs, une trentaine d'amis, il adorait les parents de Jules. Levi et lui avaient envisagé de travailler ensemble depuis l'adolescence. Leurs liens étaient inextricables et, si les paramètres de leur relation venaient à changer, ils se rompraient.

Si Jules lui faisait du mal, il pouvait compter sur ses frères pour voler à sa rescousse, quel que soit leur amour pour elle. Elle était leur sœur née d'une autre mère. Si lui faisait du mal à Jules, ses sœurs à elle le voueraient aux gémonies… Mais quoi qu'il advienne, c'était tout l'équilibre de leur clan qui serait mis en péril et il ne voulait pas être responsable de ça.

Il n'allait pas renoncer aux maigres restes de l'héritage Lockwood à cause d'une folie passagère. Il devait sauver le chantier naval et la marina, et maintenant en plus, le domaine tout entier. Sinon pour lui, au moins pour ses frères. Il le devait à sa mère.

— Tu vas rester muet jusqu'à ce que je devine ce qui t'amène ?

La voix cassante de Jules le ramena au présent. Il cligna les yeux, passa la main sur son visage. C'était vrai, il avait une raison très précise et concrète d'être ici.

— Je te félicite pour ce prix, Ju, attaqua-t-il.

Il était très fier d'elle, sincèrement, malgré tout le reste. Il avait toujours été convaincu de son talent, mais n'imaginait pas que la réussite viendrait si vite. On disait que l'agence connaissait un succès fulgurant. En quatre ans, les trois amies s'étaient imposées comme une équipe de choc.

— Merci, repartit froidement Jules, en tapotant du bout des doigts avec impatience.

Bon, inutile de tergiverser plus longtemps.

— J'ai un travail pour toi.

Jules esquissa un petit sourire forcé.

— J'ai du travail par-dessus la tête pour des mois.

— Oui, je m'en doute. On m'a confié la conception d'un super yacht, très différent des bateaux de course sur lesquels j'ai construit ma réputation. Ma cliente a été catégorique : c'est toi qu'elle veut pour t'occuper du design intérieur.

— Ce serait sûrement intéressant, mais je ne peux pas prendre de client supplémentaire, Noah. C'est tout simplement impossible.

Elle s'adossa à son siège et croisa les jambes. Son regard était gris acier. Elle se réjouissait de le voir ainsi à sa merci, de prendre sa revanche en lui disant « non ». Bien sûr, il l'avait meurtrie, mais il avait besoin d'elle et beaucoup de choses dépendraient de sa capacité à la convaincre de l'aider. Il allait lui expliquer tout ça quand son portable sonna. Soulagé de ce maigre sursis, il le sortit de sa poche et regarda le numéro qui s'affichait. Un numéro qui ne lui était que trop familier. Pourtant, depuis le temps, elle avait dû changer de numéro. Quoique, lui avait toujours le même depuis ses vingt ans. Pourquoi Morgan l'appelait-elle ? Contrarié et inquiet, il secoua la tête en remisant son téléphone dans sa poche sans décrocher. Il n'avait rien à lui dire.

— Bien, cette non-conversation a été un plaisir, mais je dois me remettre au travail, annonça Jules en se levant et en lui indiquant la porte.

Noah pesta à mi-voix et se passa la main dans les cheveux, d'un geste irrité.

— Ju, nous devons parler… du moins, j'ai besoin de te parler, moi.

Jules posa les deux mains à plat sur son bureau et le transperça d'un regard glaçant.

— Non, Noah, pas du tout. Tu ne peux pas entrer comme ça dans mon bureau pour me demander de te consacrer du temps après avoir disparu pendant des années sans un mot d'explication. Comment oses-tu me demander de travailler pour toi, après m'avoir traitée comme tu l'as fait ? cracha-t-elle en secouant la tête, les yeux brillants de larmes rageuses. Je t'ai pleuré, j'ai dû faire le deuil de tout ce que nous partagions. Tu m'as laissée tomber, comme si notre amitié n'était rien, comme si je n'étais rien.

Elle fit le tour de son bureau pour aller ouvrir la porte. La voyant baisser la tête, il réalisa pour la première fois à quel point il l'avait blessée. Il eut l'impression qu'on lui transperçait le cœur. Personne n'avait idée du mal qu'il avait eu à quitter Boston. Sur le papier, le pacte semblait plutôt plaisant : on lui offrait tout l'argent dont il avait besoin pour partir à l'aventure. Il avait vingt-trois ans, le monde s'ouvrait à lui, la vie était un jeu. Mais son cœur pleurait des larmes de sang. La mort de sa mère l'avait laissé désemparé et bouleversé, il était fou de rage contre Ethan qui l'avait traitée de manière indigne et leur avait menti à tous.

Et tous ses repères se trouvaient à Boston. Le regard bienveillant et le soutien de Callie et de Ray, la proximité de Levi et de ses frères, qui parlaient peu mais étaient toujours là, l'affection et la gaieté de DJ et Darby, leurs textos quotidiens… Et Jules. Son sourire, son écoute, son rire, tout.

Il avait tourné le dos à tout ce qui avait du sens pour lui. Le moment avait été terrifiant. Naviguer sur l'océan Pacifique, ce traître capricieux et redoutable, avait été un jeu d'enfant en comparaison. Il avait cru ne pas survivre à ce départ, il ne pouvait donc retourner à cette vie, recommencer à compter sur l'amitié de Levi, le soutien de Callie, la muraille protectrice formée par ses frères et la magie de Jules, qui faisait que tout était toujours plus beau et meilleur. Il ne pourrait supporter de perdre tout cela une deuxième fois. La première avait déjà été de trop.

— J'ai un appel à passer et des clients qui m'attendent, le prévint Jules en lui faisant signe de sortir.

Noah se leva et repassa une main dans ses cheveux. OK, rien de catastrophique, il dirait à Paris que Jules n'était pas disponible, point. Ce n'était pas la fin du monde, Paris comprendrait cela, les contraintes professionnelles.

Les contraintes professionnelles. À dire vrai, il était nettement préférable qu'ils n'aient pas à travailler ensemble. Il aurait bien du mal à s'en tenir à des relations strictement professionnelles avec Jules.

Il s'arrêta devant la porte et inclina légèrement la tête pour planter ses yeux dans les siens, avec leur teinte prodigieuse. Il avait besoin de laver le chagrin qu'il y lisait.

— Je n'ai jamais voulu te faire du mal, Jules.

Elle le dévisagea d'un air de défi.

— C'est pourtant ce que tu as fait. Et tu ne t'en es jamais expliqué.

Noah n'avait pas pour habitude de s'expliquer. Il soupira, lui effleura la tempe de ses lèvres, et le parfum envoûtant de Jules lui emplit les narines. Avant de faire une bêtise, il partit.

Ce ne fut qu'une fois sur le trottoir que les battements de son cœur commencèrent à ralentir et que son esprit s'éclaircit. Il leva le bras pour héler un taxi. Il valait beaucoup mieux que Jules n'ait pas le temps, ou l'envie, de travailler pour lui. Elle réduisait son cerveau en bouillie.

Le samedi suivant, Jules passa acheter deux wraps œufs-bacon et se rendit à la marina, où elle était sûre de trouver Levi. Ils avaient beau habiter la même maison, cela faisait un siècle qu'elle n'avait pas passé un peu de temps avec son frère aîné. Elle avait très envie de le voir, mais il y avait aussi un autre motif à sa venue. Elle voulait faire fabriquer un cadre métallique pour une table basse et Levi, ou plus précisément sa nouvelle société, Lockwood-Brogan Marina, possédait un poste de soudure. Levi avait un diplôme d'études commerciales, mais il était aussi expert en soudure, et elle comptait bien le soudoyer avec ses wraps. S'il ne pouvait ou ne voulait pas, elle pourrait toujours demander à Eli ou Ben. Les trois frères Lockwood avaient, comme Levi, passé leurs étés d'étudiants à effectuer divers petits jobs. Ils étaient adroits de leurs mains, le grand-père de Noah y avait veillé, et par conséquent, ses sœurs et elle avaient rarement besoin de faire appel à des entreprises pour leurs menus travaux. Ils leur devaient bien ça, après toutes les années qu'ils avaient passées à leur jouer des tours pendables, lits en portefeuille, kidnappings de poupées, apparitions terrifiantes…

Elle entra dans le hall d'accueil délicieusement frais de la marina et sourit à Meredith, la nouvelle réceptionniste. La jolie jeune femme blonde était occupée avec un couple, mais elle adressa un sourire à Jules, accompagné d'un signe du menton qui signifiait que Levi était dans son bureau. Jules la remercia d'un hochement de tête et emprunta le raccourci qui menait au bureau de son frère, avec sa vue spectaculaire sur la marina. Levi, cheveux brun foncé et yeux bleus, avait les pieds sur son bureau et sa tablette sur les genoux.

— Tu joues à *Angry Birds* ? s'enquit Jules en lui lançant les sandwichs.

— Tu me connais trop bien, soupira Levi, qui posa la tablette sur son bureau déjà bien occupé et renifla le sachet. Œufs-bacon. Toi, tu as quelque chose à me demander.

— Un cadre à souder pour un meuble.

Levi déballa son sandwich, y mordit goulûment et secoua la tête.

— Vois ça avec Eli, il est bien meilleur que moi pour ce genre d'objets. Il pourrait même t'envoyer un des soudeurs du chantier.

— Mais ça va prendre des siècles ! geignit Jules en posant une fesse sur le bureau.

Elle lui agita le deuxième wrap sous le nez en battant des cils d'un air énamouré. Levi adorait qu'on l'adore.

— Lee, s'il te plaît ? Tu as un poste à souder et, sauf erreur, tu n'es pas précisément débordé, ajouta-t-elle en pointant un doigt accusateur vers la tablette. Les barres d'acier sont déjà dans ton atelier à la maison.

— Pour ton information, répliqua Levi d'un air sombre, je consultais nos comptes.

Elle perçut la préoccupation dans sa voix.

— Il y a un problème ?

Levi laissa passer un instant avant de répondre.

— Nous venons de racheter la majorité des parts de la marina et nous avons commencé la rénovation des installations du front de mer. On est riches en capital, mais très justes côté liquidités, ces temps-ci.

— Et à part ça, tout va bien ?

— Oui, du moins pour moi, et en ce qui concerne les affaires. Mais je m'inquiète pour Noah. Il a de gros soucis d'argent. Tu sais qu'il a décidé de racheter le Country Club à Ethan ? Toute la propriété ?

— Comment ça ? s'étonna-t-elle en fronçant les sourcils. Ce n'est pas la fondation Lockwood qui possède tout ça ?

— La fondation appartient à Ethan, pas aux gars. Il a obtenu la propriété quand ils l'ont assigné en justice. Tu n'es pas au courant ? Comment ça se fait ?

Parce qu'elle ne parlait plus avec Noah. Ni de Noah.

— Tu ne t'es pas demandé pourquoi Noah s'est installé sur le *Resilience* et pas à la maison ?

— Eh bien, si, sauf que… Je savais qu'Ethan et Noah s'étaient brouillés, mais sans plus. OK, qu'est-ce qui s'est passé ?

— Demande à Noah. C'est à lui de te le dire s'il en a envie.

— Tu n'en sais rien, toi non plus ? s'étonna Jules.

— Noah n'est pas un grand bavard, tu le sais bien.

En effet. Mais Levi avait éveillé sa curiosité.

— Bon, qu'est-ce que tu sais ?

Levi se passa une main dans les cheveux, l'air préoccupé.

— Les frères Lockwood doivent réunir un gros acompte pour obtenir un emprunt qui leur permettra de racheter le domaine. Noah a accepté un contrat important pour la construction d'un yacht, mais le client est difficile et lui donne du fil à retordre.

— Noah livre toujours dans les délais, il est connu pour ça.

Noah avait en effet la réputation d'être l'un des meilleurs fabricants de bateaux de course.

— Oui, mais le client – une cliente, je crois – veut quelque chose qu'il ne peut pas obtenir et c'est une clause suspensive, si j'ai bien compris. S'il n'est pas payé pour le travail qu'il a déjà effectué, il ne pourra pas faire face.

« Ma cliente est catégorique : c'est toi qu'elle veut pour assurer toute la décoration intérieure. » Jules cessa de respirer. Son « non » définitif avait mis Noah dans une situation impossible. *Mon Dieu, Noah !*

— La cliente ne veut rien entendre et cela remet tout en question. Or tu sais à quel point il tient à cette maison.

Naturellement. Tous ses souvenirs de sa mère étaient liés à cette maison, au club qu'elle dirigeait et à ces terres.

Levi fit une boule de l'emballage de son wrap et le lança à travers la pièce, tout droit dans la poubelle. Il regarda le deuxième du coin de l'œil.

— OK, je te fais ta soudure cet après-midi si tu me donnes ton sandwich.

Mais au lieu de le lui tendre, elle s'en empara d'un geste vif et partit vers la porte.

— Hé, reviens ici !

— Noah est là ? Toujours dans le bureau du grand-père ?

— A priori, oui. Il a des horaires infernaux.

Son frère lui adressa une grimace suppliante mais elle lui tira la langue et sortit. Elle avait d'autres projets pour ce sandwich.

— Je ne fais pas ta soudure si tu ne me le donnes pas ! l'entendit-elle menacer en regagnant l'escalier en spirale qui conduisait à la salle de réunion et au bureau de Noah.

Tant pis. Elle avait plus important à régler.

4

Bermuda bleu marine, T-shirt gris, Noah se retourna en entendant Jules entrer sans frapper. Il parut dérouté mais se reprit très vite et son visage redevint impénétrable, comme à son habitude.

— Bonjour, Jules.

Au diable les politesses, il n'était plus question de cela.

— Pourquoi ne m'as-tu pas dit que tu avais un problème ?

Noah haussa les épaules avec lassitude.

— Tu as tes propres impératifs, je n'ai pas à te demander de faire passer tes projets après les miens. Je pensais que je parviendrais à persuader la cliente de prendre un autre décorateur.

— Et tu as réussi ?

Noah jeta son crayon sur son bureau et se massa un point entre les sourcils.

— Non.

— Autrement dit, soit j'en suis, soit tu perds le contrat ?

Noah pinça les lèvres, grimaça, puis hocha la tête.

— En gros, oui. Mais ne t'en fais pas pour ça, Jules. J'ai d'autres clients qui me supplient de leur concevoir un yacht. Ce n'est pas la fin du monde.

— Mais si tu perds le projet, tu perds tout le travail déjà accompli et l'argent dont tu as besoin pour le domaine ?

— Levi est vraiment incapable de tenir sa langue. Je vais trouver quelque chose. Et si je n'y parviens pas maintenant, j'attendrai jusqu'à ce que le domaine retourne à la vente. Il sortirait de la famille pour la première fois depuis 1870, mais je le rachèterais un jour ou l'autre.

Sa détermination était claire. Il ferait tout pour récupérer la propriété familiale. Mais à quel prix ? Il avait déjà perdu sa mère, son foyer… Ce n'était pas juste. Qui pouvait être sûr qu'une autre opportunité de ce type se présenterait ?

Une société gérait désormais le club et les installations sportives. Mais Jules ne pouvait imaginer voir la maison adorée de Beth occupée par des étrangers. Et s'ils décidaient de procéder à des changements ? D'ajouter des extensions ? De casser des murs ? Non. Il revenait à un Lockwood de vivre ici.

Elle n'avait pas mesuré les conséquences de son refus, puisque Noah ne lui en avait rien dit. Elle était exaspérée. Si elle avait su, elle n'aurait pas hésité une minute. Cette affaire ne concernait pas seulement Noah, mais également Eli et Ben. Leur refuser son aide lui faisait l'effet de laisser tomber et Bethann et ses fils. Certes, elle avait beaucoup de travail, mais elle pourrait en déléguer une partie à ses partenaires afin de dégager un peu de temps pour ce projet.

Elle laissa tomber son sac sur une chaise près de la porte et posa le sandwich devant lui sur son bureau presque vide. Elle n'aurait rien pu avaler, la situation était trop préoccupante. Mais lui avait peut-être faim.

— Mange. Après tu me brieferas pour le design.

Noah la regarda avec méfiance.

— Tu acceptes le travail ?

Exaspérée, elle leva les yeux au ciel.

— Bien sûr que je prends le boulot.

— Et pourquoi ?

— Parce que, aussi insupportable que tu sois, les Lockwood, votre maison et toi faites partie de ma famille. Et une famille doit se serrer les coudes face aux problèmes. Tu as besoin de ce contrat et, pour l'avoir, tu as besoin de moi. Pas question que je sois responsable de la vente de votre propriété à je ne sais qui. Bethann reviendrait me hanter toutes les nuits.

— C'est très probable, en effet. Je le redoute moi aussi.

Noah baissa les yeux et, à voir la façon dont ses épaules se détendaient, elle comprit qu'il dissimulait son soulagement. Il détestait être pris en flagrant délit de faiblesse ou en difficulté. Il voulait rester aux yeux de tous et de lui-même le marin sans peur et sans reproche, capable de tout affronter sans sourciller et de façon que chacun pense que tout cela était pour lui une partie de plaisir. Elle était la seule personne, à l'exception peut-être de ses parents, qui savait les angoisses qui l'habitaient.

En cet instant, elle voyait les tensions s'évaporer, percevait presque physiquement son soulagement. Et soudain, elle fut prise de l'envie absurde de l'enlacer, de poser la tête sur son torse et de lui chuchoter que tout irait bien. Mais elle ne pouvait rien faire de tel.

Elle avait eu foi en lui, jadis, lui avait confié ses peurs, ses sentiments, ses espoirs les plus secrets. Et il l'avait trahie, il avait tourné le dos à tout ce qui les liait, il l'avait reniée.

Elle s'interdit de se laisser aller au souvenir de cette époque où tout était plus beau, meilleur. Elle ne devait pas rechuter. Noah serait un client comme un autre, ou presque. Elle avait une tâche à accomplir, il ne s'agissait de rien d'autre que de travail, le reste était perdu à jamais.

Elle ferait son maximum pour l'aider, donnerait le meilleur d'elle-même, mais jamais plus elle ne lui accorderait sa confiance.

— Je te remercie, Jules. Cependant il y a une chose que tu dois savoir avant d'accepter.

Quoi encore ? Cela commençait mal… Noah prit une grande inspiration et se lança.

— Ma cliente croit que nous sommes ensemble.

— Que quoi ?

— Elle croit que tu es ma petite amie, mon amoureuse, appelle ça comme tu voudras.

Elle le dévisagea fixement. Son estomac se révulsait comme sur des montagnes russes. Sa petite amie ? D'où cette femme tenait-elle une idée pareille ? Et pourquoi cette idée lui envoyait-elle des décharges dans la moelle épinière ? La petite amie de cet homme beau et fort… De ce traître… Elle ne tournait vraiment pas rond.

Se retrouver seule avec lui était déjà une torture. Bien sûr, elle lui en voulait toujours autant, ou plus exactement, elle était toujours blessée à vif. Malgré cela, elle bouillonnait, l'esprit et les sens enflammés. Elle se mordit les lèvres, déglutit, consciente de la pulsation entre ses jambes, de la tension de ses seins contre la dentelle de son soutien-gorge.

Elle se sentit ridicule au dernier degré.

Baissant les yeux sur le large torse de Noah, elle s'autorisa même à descendre jusqu'à ses cuisses musclées, puis planta le regard sur le dallage noir et brun qui recouvrait le sol. Elle ne devrait pas se complaire à l'admirer, elle avait bien plus sérieux à gérer. Les idées farfelues de leur cliente, par exemple. Elle lui décocha un regard inquisiteur.

— Tu peux m'expliquer comment je suis passée du statut de designer à celui de petite amie de l'architecte ?

Noah fit la grimace, l'air embarrassé.

— Elle essayait de me caser avec… quelqu'un, du coup, je lui ai dit que j'avais déjà une amie. Elle m'a demandé qui, et ton nom est le premier qui me soit venu.

Son nom à elle ? Alors qu'il devait avoir une dizaine de conquêtes qu'il aurait pu mentionner ? Un homme aussi sexy et brillant que lui devait avoir un carnet d'adresses plein à craquer de demoiselles qui ne demandaient qu'à lui tomber dans les bras.

— Tu sais comment ça se passe à Boston : c'est une ville minuscule, par certains aspects. Elle a entendu parler de toi et elle s'est monté la tête. Elle te veut, toi, et personne d'autre pour s'occuper des aménagements intérieurs.

Au moins, elle avait produit une bonne impression sur quelqu'un, c'était réconfortant. Une richissime désœuvrée prête à dépenser des fortunes pour se faire fabriquer un nouveau jouet.

— Bon. Rassure-moi : ta cliente n'est pas Paris Barrow ? Je suis prête à travailler avec n'importe qui. Sauf elle.

Noah ferma les yeux et Jules poussa un gémissement rageur. Misère… L'univers tout entier avait donc juré d'avoir sa peau ? La voilà qui se retrouvait piégée à devoir travailler pour cet homme qui lui faisait perdre la tête et la femme la plus insupportable de la planète !

Non que Paris soit méchante. Elle était juste incapable de prendre une décision et de s'y tenir. Un jour, elle ne jurait que par les tons pastel ; le lendemain, c'étaient les couleurs de terre chaude, et deux jours après, les lumières de la Méditerranée. Du bois, oh et puis non, de l'acier. Ah, et pourquoi pas de la mosaïque ? Ou les trois à la fois ? Elle vivait dans une bulle, entourée de gens dont le but unique était de lui complaire. Ce que Paris voulait, Paris l'obtenait. Quel que soit le nombre de ses changements d'avis. Un cauchemar charmant et généreux…

Le pire de tout, c'était son romantisme aussi incurable que maladif. Plusieurs fois mariée, divorcée et même veuve, elle faisait de chaque nouvel élu l'amour de sa vie, pour les siècles des siècles. Elle était actuellement en quête de l'élu numéro six. Elle ne se satisferait pas de savoir que Noah et elle se contentaient de se fréquenter. Le temps d'un battement de ses longs cils, elle les aurait fiancés et aurait réservé l'église.

Jules leva les deux mains en signe de refus catégorique.

— Alors là, hors de question. Paris Barrow ? Débrouille-toi sans moi.

Le sourire de Noah la fit chavirer.

— Poule mouillée, susurra-t-il à voix basse.

Jules se leva avec un grand geste désespéré.

— Tu ne te rends pas compte ! C'est une agence matrimoniale à elle toute seule, cette femme ! Tous les gens qui la côtoient tombent comme des mouches !

— Elle les trucide ? ricana Noah, un sourcil levé.

— Très drôle. Ils se retrouvent englués, ils tombent amoureux, se marient, comme si elle les avait ensorcelés. Et toi, tu lui racontes qu'on se fréquente ?

— Euh, pire que ça, je lui ai dit que tu étais ma petite amie...

— Oh, pitié ! Elle va nous harceler parce que nous ne sommes pas mariés ni même fiancés ! Elle est farouchement opposée à toute consommation hors mariage.

Noah eut un petit rire très bas, qui lui donna la chair de poule.

— Je crois que tu dramatises, Ju. On fera mine d'être ensemble, elle nous titillera un peu, on la laissera parler, et voilà tout.

Elle s'assombrit.

— Tu n'as aucune idée de ce dont tu parles.

Il croisa les bras. Ses biceps tendirent l'étoffe de sa chemise. Jules soupira. Même ses bras étaient magnifiques. Noah reprit un air sérieux.

— Est-ce que ça va te poser un problème ?

Un problème ? Non, il n'y avait personne dans sa vie. Mis à part lui. Depuis qu'il était apparu dans son bureau, reparu dans sa vie, elle ne cessait de penser à lui. Quel goût avait sa peau ? Ses lèvres ? Comment serait-ce de toucher ses muscles si durs, de se coller contre lui ? Et au-delà de l'attirance physique, il y avait tout une part d'elle-même qui avait envie de retourner au temps d'avant, de retrouver leur complicité, de connaître ses pensées. Elle aimait tellement sa façon d'analyser les choses, la tendresse qu'il dissimulait sous son armure. Ce mélange de désir et d'amitié était ravageur. Elle le sentait capable de l'entraîner exactement là où elle ne voulait pas aller. Car le passé était mort et enterré, et elle ne pouvait courir le risque de perdre Noah une deuxième fois, de lui donner une fois encore le pouvoir de la briser.

Cette attirance qu'elle ressentait, quoi de plus normal ? Elle était une femme ordinaire, avec des besoins et des désirs qu'elle avait trop longtemps négligés. Noah était l'idéal du mâle propre à combler tous les besoins. Son désir pour lui était le fruit de tout cela : le manque, la nostalgie, une pointe de curiosité également. Il ne signifiait rien d'autre. Vraiment rien. Noah n'était qu'un ami de la famille, point.

Un ami de la famille doté d'un corps à se damner et d'un visage d'angc. Pas de chance.

— Jules ? Est-ce que ça peut te poser un problème, si on prétend qu'on est ensemble ?

Elle revint sur terre et secoua la tête.

— Non. Je n'ai personne dans ma vie, actuellement.

— Bon, tant mieux. Pour simplifier les choses, je propose qu'on ne rencontre jamais Paris ensemble. On va aux rendez-vous séparément et chacun s'occupe de sa partie.

Il avait raison. Inutile de donner du grain à moudre à Paris. Elle ne pourrait guère se faire d'opinion ni intervenir, de cette façon.

— Ça me paraît un plan raisonnable. Quand veut-elle me voir ?

— Le plus vite possible… Cette semaine, si on peut organiser ça. Elle a une fichue tendance à oublier les rendez-vous et à s'envoler sans prévenir pour Madrid ou Mexico.

Elle connaissait ce travers de la capricieuse mondaine. Quand elle avait travaillé pour sa maison, il était arrivé à plusieurs reprises que les ouvriers soient bloqués à ne rien faire pendant qu'on attendait une validation, pour finalement apprendre que mademoiselle se prélassait dans un spa à Monte-Carlo.

Mais, un problème à la fois.

— Bon, commençons par le commencement. Qu'est-ce que tu as en tête pour l'aménagement ?

Noah fronça les sourcils.

— Tu ne préfères pas avoir les consignes de la cliente ?

— En principe, si. Mais avec Paris, qui change d'avis toutes les heures, il est préférable de ne pas trop la laisser jouer avec la boîte de crayons de couleur, crois-moi.

Elle alla jusqu'à la chaise et se pencha pour tirer de son sac un carnet de notes. Elle crut entendre un grognement assourdi dans son dos. En se retournant, elle vit que Noah fixait le plancher, un poing serré sur sa cuisse.

— Ça ne va pas ? s'enquit-elle en revenant près du bureau.

Elle vit ses yeux lancer un éclair et eut un mouvement de

recul. Noah se leva, lentement, avec des gestes calculés, et ce fut comme s'il n'y avait plus d'air dans la pièce. Cette force magnétique qu'elle voyait sur son visage et dans son regard, c'était du désir. Un désir pur et sans voile. Pour elle.

Bon sang.

Le carnet glissa de ses doigts quand Noah lui prit les hanches à deux mains, quand son parfum frais et épicé monta à ses narines, quand ses seins palpitants se retrouvèrent contre sa poitrine. Elle ne put se retenir de se coller à lui dans une pulsion animale, ses hanches juste sous les siennes, son ventre sur… Oui, là, son sexe si long et si dur, pour elle.

Il lui fallut faire appel à tout ce qui lui restait de neurones pour frapper son torse et le repousser. Il ne bougea pas d'un pouce.

— Si tu es ma fausse petite amie, je veux quand même un vrai baiser.

— C'est une très mauvaise idée, Noah.

— Tant pis, chuchota-t-il en baissant le visage vers le sien. Chaque fois que je t'ai vue depuis mon retour, j'ai eu envie de t'embrasser. C'est bizarre, mais il faut que je vérifie. Est-ce que j'ai rêvé tout ça ? La force de notre baiser ? Je ne navigue plus beaucoup, Ju, mais t'embrasser est la seule chose qui ait déclenché en moi une charge d'adrénaline comparable.

Comment pouvait-elle résister ? Dans ses bras, elle devenait la femme qu'elle avait toujours voulu être. Forte, désirable, séductrice, puissante.

Mais c'était une très, très mauvaise idée…

Puis elle ne réfléchit plus. Les lèvres de Noah étaient sur les siennes. Avec toute l'assurance de l'homme qu'il était désormais, un homme qui savait qui il était, ce qu'il valait et comment combler une femme. Il avait pris sa bouche, la dévorait. Au moment où elle crut s'évanouir dans un spasme, tant son plaisir était extrême, il s'adoucit, devint tendre et cajoleur. Puis il recommença et recommença encore.

C'était terriblement frustrant, mais aussi merveilleusement excitant. C'était cela qui lui avait tant manqué chez tous les autres hommes qui l'avaient embrassée. Aucun d'eux n'avait fait fondre son cœur ni embrasé sa chair comme lui. Aucun homme ne l'avait fait se sentir ainsi : une femme intense, puissante, et tout à la fois fragile et vulnérable. Ce qu'il lui faisait ressentir, c'était tout ce à quoi elle aspirait.

Elle aurait dû s'écarter, prendre la fuite. Mais les mains de Noah ne quittaient pas ses hanches. Il ne bougeait pas, ne se frottait pas contre elle, ne forçait rien. Il se servait seulement de sa langue, de ses lèvres, de ses dents aussi, un peu. Et c'était si bon. Elle leva les mains, les glissa sous sa chemise, entreprit d'explorer les vallées et les collines des muscles de son dos, les stries de son ventre ferme, la pointe de ses tétons d'homme, larges et plats, la fine ligne de poils qui menait… Elle ne descendit pas plus bas. Si elle s'autorisait à le toucher là, si lui s'aventurait vers ses seins ou ses cuisses, ils se retrouveraient en un instant nus devant une large baie vitrée donnant sur une marina grouillant de monde. La tentation était torturante.

Un grondement sourd monta de la gorge de Noah, puis sa bouche se détacha de la sienne, son front vint se poser sur le sien. Il avait fermé les yeux.

— Bon sang, murmura-t-il.

Il n'avait pas besoin d'en dire plus, elle comprenait ce qu'il ressentait. Comme elle, il avait espéré que l'attraction qui les avait poussés l'un vers l'autre, il y avait des années, aurait disparu. Mais non. Elle était bien là, plus vive et plus brûlante encore. Il serra les doigts sur la chair de ses hanches.

— Jouer ton petit ami sans en avoir les bénéfices risque d'être beaucoup plus désagréable que je le croyais.

Tout ce qu'elle aurait voulu dire, c'était : « Tant pis, déshabille-toi. » Mais elle se força à reculer d'un pas et se passa la main dans les cheveux.

— Ceci n'aurait pas dû arriver, Noah. Il ne se passera rien.

Peut-être que, à force de le répéter, cela finirait par entrer dans leurs têtes de bois. Du bout du doigt, il écarta une mèche de cheveux de sa joue.

— Mais c'est arrivé, Ju. On ne peut pas faire comme s'il ne se passait rien entre nous.

— Je sais, mais nous ne continuerons pas sur cette pente.

— Et pourquoi pas ? Nous sommes adultes, tous les deux. Cela n'a rien de si grave.

Le regard assassin de Jules le pétrifia.

— Peut-être que le sexe ne signifie rien pour toi, Noah, mais pour moi, si. Ce n'est pas une façon agréable de prendre du bon temps ou de combler un manque. Je ne veux partager l'expérience qu'avec des hommes en qui j'ai confiance. Malheureusement, tu n'en fais plus partie.

Elle se baissa pour ramasser son carnet et ne pas voir son regard, ignorant la petite voix qui lui disait qu'elle l'avait blessé. Elle se redressa en serrant son carnet contre sa poitrine et tourna les talons.

— Je crois qu'il faut que nous nous accordions un moment pour reprendre nos esprits et réfléchir.

Elle avait besoin de mettre de la distance, de se protéger de la fièvre passionnée qui tournoyait entre eux.

— Je m'en vais. Si tu peux m'envoyer les plans du yacht, je commencerai à y réfléchir et nous pourrons proposer un premier projet à Paris.

Noah hocha la tête tout en se frottant la nuque.

— Très bien, acquiesça-t-il sans discuter.

— La prochaine fois que nous nous verrons, ce sera en professionnels, et uniquement ainsi, Noah. Ce genre d'étreinte ne peut pas se reproduire.

Il fit la moue, comme un enfant boudeur et sceptique.

— Je ne peux pas faire comme si je n'éprouvais rien pour toi, Jules. Ni comme si tu n'avais jamais été ma meilleure amie. Je ne peux pas me comporter avec toi en simple collègue.

Jules passa la bandoulière de son sac à son épaule. Les doigts glacés de la tristesse lui enserraient le cœur.

— Quand tu as choisi de disparaître, de fouler aux pieds notre amitié, tu as tout brisé et tout rendu impossible. Tu ne nous as pas laissé une chance, ni à notre attirance, ni à notre amitié. J'ai tenté de sauver ce qui nous liait, mais tu n'as pas fait un pas vers moi. C'était ta décision et ton choix, Noah. Maintenant, il faut en assumer les conséquences. Je t'appellerai quand j'aurai quelque chose à te montrer.

Elle marcha d'un pas mécanique jusqu'au hall d'entrée, au bord de la nausée, malade de chagrin et de désir frustré, mais parvint à lancer un salut guilleret à Levi et à Meredith. Ce ne fut que quand elle eut passé la porte et chaussé ses lunettes de soleil qu'elle laissa les larmes couler. Elle avait pourtant juré de ne plus jamais pleurer sur Lockwood.

Darby s'appuya nonchalamment contre sa porte et Jules croisa son regard dans son miroir en pied. Chaque fois qu'elle bougeait la tête, une mèche s'échappait de son chignon en désordre. Vêtue d'un jogging taille basse et d'une brassière, sa jumelle – qui était une fausse jumelle – avait l'air d'un top model. Elle aurait pu s'enrouler dans une toile de tente et lui donner des airs de robe de créateur.

— Un rendez-vous ? s'enquit Darby avec un grand sourire.

Mais Jules perçut l'inquiétude dans ses yeux.

— Rien de sérieux. Ça fait si longtemps que Robert insiste pour que je dîne avec lui. Je lui ai dit que j'étais libre ce soir.

Elle avait fréquenté Robert l'année qui avait précédé le départ de Noah. Il avait toujours été bien plus investi qu'elle dans leur relation et elle lui avait fait du mal en lui annonçant que tout était fini. C'était un homme charmant et très gentil, son premier vrai petit ami, son premier amant.

— Je croyais que tu avais peur de lui laisser croire ainsi que vous pourriez vous remettre ensemble ?

Exact. Mais ça, c'était avant. Avant que Noah ne resurgisse et ne fasse danser la sarabande à son cœur, sa tête et son corps tout entier. Jules se détourna. Elle ne pouvait pas regarder sa sœur en face. Elle avait déjà du mal à se regarder en face elle-même. La seule raison qui lui avait fait appeler Rob, c'était qu'elle voulait reprendre le contrôle. Elle espérait qu'un miracle se produirait et qu'en le revoyant elle tomberait amoureuse de lui d'un coup de baguette magique. Elle connaissait Rob, savait à quoi s'en tenir avec lui et qu'attendre de lui. Elle était en zone sûre. Un homme sécurisant, prévisible.

Tout ce que Noah n'était pas.

Elle était vraiment pathétique.

Honteuse, elle ne répondit pas. Elle devait vraiment se ressaisir. Darby entra et vint s'asseoir au pied du grand lit à la couverture de lin immaculé. Elle replia les jambes et enroula les bras autour de ses genoux, une lueur de curiosité dans ses yeux gris ardoise.

— Où étais-tu passée ? On ne t'a pas vue de la journée.

— J'avais envie d'être un peu seule.

Après avoir quitté Noah, elle avait éprouvé le besoin de marcher, puis de courir. Elle gardait toujours une tenue de sport propre dans son coffre, aussi avait-elle décidé d'aller au parc de Blue Hills Reservation, à la sortie de la ville, pour expulser sa frustration sur un sentier de trail. Elle avait parcouru cinq kilomètres et passé le reste de l'après-midi sur la berge du lac.

Elle avait embrassé Noah. Et elle avait aimé ça, ce qui était un euphémisme. Son crayon dans une main, son carnet de croquis sur les genoux, elle était demeurée immobile, à contempler le paysage. Mais elle voyait à peine le ciel bleu et la forêt, focalisée sur le film qui se rejouait en boucle dans sa tête… Ces lèvres fraîches et entreprenantes, ce corps collé au sien, cette peau chaude et souple sous ses doigts, les petits grognements de plaisir qui roulaient dans sa gorge. Elle ne cessait de penser à ce qu'ils avaient fait. Qu'est-ce que cela pouvait bien signifier ?

Quand elle s'était lassée de retourner ces visions dans sa tête, elle s'était laissée aller au souvenir des moments passés avec lui, jadis, sur le toit de sa maison, à parler de tout et de rien. Les textos idiots qu'ils s'échangeaient, les blagues qui ne faisaient rire qu'eux. Elle était très proche de Darby et DJ, bien sûr, mais Noah la comprenait mieux que quiconque.

Pourquoi cette attirance irrépressible ? Où tout cela allait-il les mener ? Jules regardait sa jumelle, incapable de lui avouer, même si elle lui disait tout, qu'elle avait failli supplier Noah de la prendre, là, par terre, dans son bureau. Même si elle lui confessait qu'elle était à la fois horrifiée et aux anges chaque fois que Noah apparaissait devant elle.

— Jules, explique-moi ce qui se passe.

Elle ne pouvait pas. Pas aujourd'hui. Ses sentiments la dépassaient, elle ne pouvait en parler.

Elle décida de changer de sujet. De toute façon, elle devait informer ses sœurs qu'elle avait pris un nouveau dossier.

— J'ai accepté un contrat aujourd'hui.

— Un nouveau ? Mais tu es déjà débordée !

Elle ne le savait que trop bien.

— C'est pour Noah. Sa cliente veut que je me charge du design intérieur de son nouveau yacht, faute de quoi elle aurait rompu le contrat. J'ai été obligée d'accepter.

— Ça m'étonne que Noah se soit soumis à un chantage.

Personne d'autre que Levi n'était donc au courant de la tourmente que traversaient les enfants adoptifs d'Ethan ? Jules aurait voulu pouvoir lui expliquer la situation, mais ce n'était pas à elle de le faire. Elle avait toujours gardé pour elle les confidences de Noah.

— C'est un contrat très important pour lui.

— C'est toi qui vois, Jules, mais attention au burn-out. Tu es déjà surmenée.

Jules savait qu'en ce moment même Darby était en train de tenter d'évaluer son niveau de stress, son poids, son état général. Sportive acharnée, passée de l'équipe de basket féminine de son lycée au triathlon puis au CrossFit, Darby était une maniaque de la vie saine. Elle avait banni de son alimentation toute nourriture industrielle, avait arrêté le café, et même le chocolat ! Le chocolat, rendez-vous compte ! Jules se demandait comment elle survivait.

— Laisse tomber Robert et viens à la Taverne avec nous.

— Ce serait vraiment grossier.

Et lui ferait repenser aux soirées si joyeuses qu'elle avait passées dans ce pub avec Noah. Sans compter que les frères Lockwood pourraient y faire un tour, ce soir, et qu'elle serait obligée de se mordre la langue toute la soirée pour s'empêcher de le supplier de l'emmener chez lui. La journée avait été assez pénible comme ça.

— Est-ce que je peux juste me permettre une remarque ? Tu ne disparais que quand tu n'as pas envie de parler, et tu n'as pas envie de parler quand quelque chose te trouble. Et le seul homme qui t'ait jamais troublée, à ma connaissance, c'est Noah. Alors ? Il t'a embrassée, ou quoi ?

Dans le miroir, Jules vit son visage devenir cramoisi. Malédiction. Quel mensonge allait-elle pouvoir inventer, maintenant ?

Darby vint se poster derrière elle et la prit dans ses bras, posant son menton sur l'épaule de sa sœur. Dans le miroir, le gris ardoise rencontra l'argent pur. Darby secoua la tête, un sourire très doux au coin des lèvres. Sa jumelle lisait en elle comme dans un livre ouvert.

— Ce n'est qu'une simple attirance, Darby.

Darby lui pressa doucement l'épaule.

— Je veux bien te croire, sœurette, mais quantité de choses accompagnent parfois le désir. Et dans votre cas, c'est visible comme le nez au milieu de la figure.

5

Se retrouver à la Taverne, c'était voyager dans le temps. Rien n'avait changé, dans ce bar chic. Le personnel toujours vêtu de chemises immaculées, pantalons noirs et tabliers rouges, les photos noir et blanc de paysages italiens des années 1950 et 1960, et Dom, le patron, les cheveux un peu plus gris, le ventre un peu plus rond, qui veillait toujours au grain.

Noah reconnut plusieurs des hommes présents, qui le reconnurent également, il le savait. Le grand-père Lockwood avait eu l'idée de ce country club, puis sa mère avait conçu et fait bâtir les deux restaurants et le bar, le gymnase et les boutiques. Une de celles-ci était devenue un petit *coffee shop* très apprécié.

Il se sentait à sa place ici, avec ses frères, et cela faisait du bien de troquer son costume chic contre un jean, un T-shirt et des bottes. Le bar du club-house avait un code vestimentaire un peu plus strict, réservé aux hommes d'affaires, mais la Taverne était vraiment un lieu pour se détendre et relâcher la pression. Ici, il n'était plus le navigateur ni le constructeur de yachts, il n'avait rien à prouver. Et tout ce qu'il aimait était là : bière glacée, bonne musique, rires joyeux et la compagnie de gens qu'il connaissait depuis l'enfance.

Il ne manquait que Jules.

Il balaya la salle du regard, s'arrêta sur Dom, qui remplissait un verre de vin. Il aurait voulu remonter le temps, se retrouver à l'époque où Dom n'avait pas de cheveux gris, où Jules le regardait comme s'il était un super-héros, l'époque où il ignorait qu'Ethan se souciait plus de son compte en banque que de ses fils adoptifs, où il ne savait rien des tempêtes qu'il aurait à traverser.

C'était bizarre d'être ici sans Jules, mais c'était préférable. Il était incapable de se concentrer depuis qu'il l'avait vue. Il avait bien tenté de se changer les idées en allant déjeuner avec Ben et la nouvelle conquête de ce dernier, échangeant avec Eli des grimaces atterrées devant ses roucoulades et ses mimiques de fillette. Ils évitaient de parler boulot, ce qui était un soulagement pour Noah, qui n'était pas pressé de révéler à ses frères qu'il travaillait avec Jules. Les questions fuseraient : Ah, enfin, vous vous êtes réconciliés ? Que s'est-il passé entre vous ? Qu'as-tu fait pour la mettre si en colère ?

Il devrait leur parler. Ils appartenaient à l'une des familles les plus en vue de Boston. Il faudrait leur parler et leur expliquer qu'il était censé sortir avec Jules. La rumeur ne prendrait pas longtemps avant de se répandre.

La meilleure manière d'éviter les étincelles, c'était d'éviter Jules, mais comment faire ? Ils allaient devoir travailler ensemble, il avait déjà informé Paris que Jules était dans l'affaire. Il se trouvait à Boston pour au moins un ou deux mois, et tous deux avaient famille et amis en commun. Ils seraient obligés de se côtoyer. Comment se retenir de la toucher ? Surtout s'ils devaient feindre une liaison. Ces baisers échangés étaient comme une cuillère de rhum donnée à un alcoolique à qui l'on agitait la bouteille sous les yeux.

Être avec Jules, l'embrasser et ne pouvoir aller plus loin était une punition cruelle et inédite.

Il n'avait jamais mesuré combien il l'avait blessée, combien son départ l'avait affectée. Il était englué dans son propre chagrin, son apitoiement sur lui-même, à quoi se mêlait le mal du pays, si aigu qu'il s'interdisait de penser à ceux qu'il avait laissés derrière lui. Il s'était focalisé sur l'instant : gagner les courses, être le meilleur. Se mettre à distance, se déconnecter et rester dans sa bulle était devenu une habitude qui lui permettait d'enchaîner les succès. Il allait toujours de l'avant, sans jamais s'arrêter pour réfléchir.

Et soudain, voici qu'il devait se faire violence pour garder ses distances et se maîtriser. À cause de Jules.

Levi s'approcha avec une queue de billard qu'il lui planta dans les côtes.

— Tu pourrais au moins avoir l'obligeance d'admirer, quand je te mets une raclée !

Noah regarda la table de billard et pesta. Il ne restait plus que quelques boules et, si Levi les rentrait, il perdait sa mise. Celui-ci se pencha sur la table et ajusta son tir. Mais à la grande surprise de Noah, il s'interrompit pour le scruter d'un œil inquisiteur.

— Il y a quelque chose que je devrais savoir ? Tu as l'air ailleurs.

Noah aurait pu mentir, mais pas à Levi. Il pouvait cacher des choses à ses frères, ils étaient plus jeunes et tout cela ne les regardait pas. En revanche, Levi était le frère de Jules. Un frère très protecteur, qui plus est. S'il devait lever le couvercle, autant que ce soit maintenant.

— Je repensais au passé, répondit Noah en portant sa bouteille à ses lèvres. Je mène une vie bien différente de celle que j'avais envisagée.

— Une clientèle richissime et des réceptions à foison, résuma Levi avant d'envoyer la boule numéro cinq tout droit dans la poche de droite.

— C'est à peu près ça, confirma Noah. Faire un truc de ce genre, une partie de billard avec un ami, ne m'était pas arrivé depuis des lustres.

— Tu n'as à t'en prendre qu'à toi-même, déclara Levi sans ambages. On était là, nous.

Il n'avait rien à rétorquer à cela. Noah posa sa bouteille sur le guéridon voisin et s'appuya des deux mains sur sa queue de billard. Il fallait que l'information sorte.

— Lee, Jules et moi, nous…

— Ouh là, stop ! s'exclama Levi en levant une main. Je ne veux rien savoir.

Noah lui-même aurait préféré se taire, mais il devait cette information à Levi, même s'il lui taisait qu'il désirait sa sœur avec une férocité qui l'effrayait lui-même. Il essaya plusieurs formulations, sans succès. Toutes lui vaudraient un nez cassé. Il devait aller droit au but.

— Paris Barrow croit que nous sortons ensemble – c'est une longue histoire —, et je dois admettre qu'il se passe quelque chose entre nous.

— C'est tout ? fit Levi en levant les yeux au ciel.

— Compte tenu du fait que j'essaye de m'épargner un voyage aux urgences, je dirais « oui », c'est tout.

Levi le dévisagea et se rembrunit.

— Mettons que tu n'as rien dit, admit-il en se penchant sur la table de billard.

Il se figea, releva la tête, parut sur le point de parler, se pencha à nouveau, sourcils froncés. Finalement, il se redressa de toute sa hauteur et jeta sa queue sur le tapis en faisant voltiger les boules restantes.

— Enfin quoi, Noah ! C'est ma sœur, et tu es mon plus vieil ami. Je devrais te mettre mon poing sur la figure rien que parce que tu en parles, mais tu te vexerais et tu disparaîtrais encore pendant dix ans !

Sous l'agacement, Noah entendit la colère et, bien pire, le ressentiment. Jules n'était pas la seule que sa désertion avait affectée. Levi avait été blessé lui aussi, et sans doute Eli et Ben, ainsi que DJ et Darby, moins durement peut-être. Quant à Callie, il ne voulait même pas y penser. Levi lui donna une bourrade qui le fit vaciller.

— Ne fais pas de bêtises, Noah. Si tu la fais souffrir à nouveau, ça va mal se passer. Nous sommes associés et la situation deviendrait très désagréable pour tout le monde. Fais très attention. Un faux pas serait lourd de conséquences.

Noah savait tout ça, il n'était pas stupide à ce point.

— Maintenant la partie est fichue et je suis de mauvais

poil, merci beaucoup, grommela Levi en partant vers le bar d'un pas furieux.

Bien joué, Lockwood, tu peux être fier de toi. Juste à cet instant, son téléphone vibra dans sa poche. Il lut le nom qui s'affichait sur l'écran. Morgan. Bon sang !

Hello ! Où es-tu ? Ça te dirait de prendre un verre en souvenir du bon vieux temps ?

Deux secondes après, Noah avait texté « NON », en majuscules. Il éteignit son téléphone et le remisa dans sa poche. Ni maintenant, ni jamais.

Plutôt se couper une main que laisser cette fille refaire irruption dans sa vie. Qu'elle soit superbe et fabuleuse au lit avait pu le séduire quand il avait vingt-trois ans, mais il n'était resté que trop longtemps avec elle. Jules l'avait détestée dès qu'elles s'étaient connues, et l'aversion était réciproque. Jongler entre sa *meilleure* amie et sa *petite* amie avait été un calvaire. Le temps passant, Morgan était devenue de plus en plus exigeante et Jules, de plus en plus désobligeante vis-à-vis d'elle.

Une bouffée d'air frais vola dans la pièce. Il se retourna et toutes ses tentatives de se raisonner s'évaporèrent instantanément. Jules entrait, vêtue d'une robe noire minuscule qui épousait ses courbes et allongeait encore ses jambes. L'encolure américaine mettait en valeur ses seins parfaits et découvrait la peau crémeuse de ses épaules et de ses bras. Elle était impeccablement maquillée, sa si jolie bouche – qu'on oubliait parfois tant ses yeux éclipsaient tout le reste – luisait d'un gloss très clair. La pensée lui vint de prendre ces lèvres pleines entre ses dents. Elle avait relevé ses cheveux en un désordre sophistiqué et deux petits diamants brillaient à ses oreilles.

Elle est à moi, se mit à hurler tout son corps.

Tu te calmes, Cro-Magnon, répliqua son cerveau. *Et de toute façon, tu ne crois pas à tout ça : l'amour, l'engagement, le couple...* L'exemple de sa mère et d'Ethan le lui avait appris :

l'amour rend stupide et fait agir sans discernement. Il n'avait aucune intention de les suivre dans cette voie et se réjouissait d'avoir reçu cette leçon à temps.

Alors, plutôt que de courir vers elle pour l'enlacer et l'embrasser follement, il se retourna vers le petit rire qui se faisait entendre dans son dos. Le joli visage de DJ affichait un grand sourire.

— Vous regarder tous les deux a toujours été l'un de mes divertissements préférés.

Jules avança dans le bar presque comble et d'instinct se dirigea vers l'angle du fond, sur la droite, là où la petite bande avait l'habitude de se retrouver. Ils étaient tous là. Darby, penchée sur une table de billard, était encore sur le point de réussir un coup impossible, Eli la regardait d'un air dépité, se préparant à une défaite annoncée, Levi et DJ étaient adossés au mur, quant à Ben, il était accoudé au comptoir, flanqué d'une jolie blonde, et ne semblait manquer de rien.

Certaines choses ne changent jamais…

Elle slaloma entre les tables en saluant les habitués et sourit à Dom. Quand elle s'approcha du billard, son cœur tomba dans son estomac. Noah était là, dans un angle, plus beau que jamais. C'était à cause de lui qu'elle avait écourté son dîner avec le charmant Robert, à cause de lui qu'elle n'avait cessé de regarder sa montre, à cause de lui qu'elle était venue ici au lieu de rentrer tout droit chez elle. Comme un pigeon voyageur, dont il était la destination incontournable.

Contrariée et irritée d'agir de façon si infantile, elle choisit de l'ignorer. Non, elle n'avait pas remarqué les épaules larges qui tendaient le coton blanc de son T-shirt, la façon dont son jean épousait les muscles de ses cuisses et ses hanches. Avant lui, elle n'avait jamais regardé un homme au-dessous de la ceinture. Elle se sentit rougir et ferma les yeux, mortifiée.

Personne d'autre ne lui faisait perdre ainsi toute pudeur.

Comme s'il l'avait sentie arriver, il tourna la tête et leurs regards s'aimantèrent. Des dizaines de mots et de questions se mirent à fuser entre eux. Et elle reçut clairement certains messages : *J'ai envie de toi, tu m'as manqué, tu es époustouflante, pourquoi tout ça est-il si compliqué ?* Ils n'avaient jamais eu besoin de parler.

Et lui ? Était-il toujours capable de savoir ce qu'elle pensait rien qu'en la regardant ? Voyait-il qu'elle était terrifiée par son retour ? Comprenait-il qu'elle aurait voulu pouvoir revenir en arrière, l'embrasser sans peur, se livrer à lui comme elle ne s'était jamais donnée à aucun homme ? Oui, elle en était sûre.

Elle le regarda venir vers elle et fut prise du désir désespéré de se précipiter vers lui, de glisser les doigts dans ses cheveux épais, de sentir son corps rouler contre le sien. Ce qu'ils avaient envie de faire et ce qu'ils feraient étaient aux antipodes…

Il tendit un gin tonic à Jules, reçut son merci à peine articulé et appuya son épaule contre le mur auquel elle s'était adossée. Sous son maquillage expert, elle semblait épuisée. Elle travaillait beaucoup trop, tout comme lui, et peut-être passait-elle de longues heures à rêver, elle aussi, à tout ce qui pourrait advenir entre eux, sans pouvoir s'endormir. Noah, lui, finissait par s'effondrer de sommeil, et se réveillait douloureusement excité de ces trop longues nuits, l'esprit empli d'elle, tremblant presque de désir frustré.

— Darby a l'air de faire un carton, constata-t-il pour tenter de détourner les images qui lui venaient, Jules nue sous lui, sur lui… Depuis quand est-elle si bonne au billard ?

Jules sourit et il retrouva l'enfant qu'elle avait été, drôle et malicieuse.

— Elle a eu une histoire d'amour avec un champion de billard, au lycée, ils y passaient des heures. Elle disait que c'était le seul moyen qu'elle avait trouvé pour attirer son attention. Tout ce qu'elle y a gagné, c'est de devenir une joueuse redoutable. On était ravies de ses talents, DJ et moi.

— Ah oui ? Pourquoi ça ?

— Elle défiait des types qui se moquaient d'elle en la traitant de jolie poupée. Elle gagnait à tous les coups et ça nous payait les consos. Il y a même eu des paris qui nous ont permis de partir en week-end à la mer ou au ski ! Tu sais qu'on avait un budget serré avec papa et maman, si on voulait de l'argent pour faire la fête, il fallait bosser.

Ray et Callie jugeaient qu'il était bon pour les enfants de travailler pour obtenir ce qu'ils souhaitaient. La mère de Noah ayant suivi leur exemple, ses frères et lui avaient dû travailler au club comme caddy, et à la marina quand leur grand-père était en vie. Il leur en avait voulu à l'époque, mais ces longs étés où il avait dû peiner un peu lui avaient enseigné la valeur du travail. Il n'aurait jamais fait un tel parcours dans la voile et dans la finance s'il n'avait pas appris à faire profil bas et à travailler. Et Jules n'aurait pas créé sa société.

S'il avait un jour des enfants, c'est une leçon qu'il leur transmettrait. Mais avoir des enfants et se marier, ou vice versa, n'était pas au programme. Pour l'instant, il devait construire le yacht de Paris, racheter la propriété et repartir d'ici. Jules ne faisait pas partie de ce programme, elle non plus. Un coup d'œil à sa montre lui apprit qu'il était déjà presque minuit. Il n'avait pas prévu de rester si tard, il lui restait des choses à finir avant de se coucher. Mais quand Jules était arrivée, il avait su qu'il n'irait nulle part. Il voulait rester auprès d'elle, respirer son parfum délicieux.

Et il avait un peu trop bu. Il n'était pas en état de conduire pour rentrer, un de ses frères devrait le ramener. Mais Eli les avait quittés pour aller discuter avec une jolie rousse dans un coin de la salle, et Ben… Ben était parti, bien sûr. Il n'avait plus qu'à prendre un taxi.

Il prit son téléphone et le ralluma. L'écran se mit à clignoter comme un arbre de Noël.

— Eh bien, tu es très demandé, constata Jules, d'un ton cassant où perçait une pointe de jalousie.

Ce qui le remplit d'aise. Avec un léger sourire, il fit défiler ses messages. L'un était de Paris, l'autre de son équipe de retour à Londres, quatre, non cinq, non sept, de Morgan.

— Quelle enquiquineuse, marmonna-t-il.

— Un problème ? s'enquit Jules, un sourcil arqué.

N'ayant rien à cacher, il lui tendit son téléphone pour qu'elle constate par elle-même.

— Waouh, s'étonna Jules.

— Comme tu dis. Je t'ai expliqué que c'était l'une des raisons pour lesquelles j'avais donné ton nom à Paris ? Elle avait entendu dire que Morgan voulait qu'on se remette ensemble.

Jules baissa la tête, caressant le bord de son verre du bout du doigt.

— Et alors ? C'est de l'ordre du possible ?

— Plutôt me faire casser trois dents par ma bôme dans une tempête, répondit-il d'un ton neutre.

Comme il l'avait espéré, elle releva la tête, retenant un sourire. Il vit du soulagement et de l'amusement dans son regard.

— Pourquoi imagine-t-elle que cela puisse être possible, alors ?

— Parce qu'elle a une imagination débordante ?

Jules lui donna une petite tape sur le bras, comme pour le punir de se montrer sarcastique. Il se massa la nuque.

— Je ne plaisante pas complètement. Cette fille est bipolaire et elle a de vrais problèmes psychologiques. Son père me l'a décrite comme « fragile émotionnellement ».

Il avait envisagé de rompre quand elle avait fait sa première dépression véritable, restant deux semaines sans sortir de son lit, sans manger ni boire ou presque, ni se doucher. Elle avait surmonté cette mauvaise passe et il avait préféré lui laisser le temps de se rétablir avant de lui annoncer que c'était terminé.

Mais chaque fois qu'il tentait de prendre ses distances, elle rechutait. Il s'inquiétait vraiment pour elle. Quand elle allait bien, c'était une compagne très agréable et, pour être franc, ce qui se passait entre les draps n'était pas pour rien dans cette stupide idée de s'engager l'un avec l'autre.

Son père avait sauté sur l'opportunité et offert à Noah ce dont il avait besoin au moment opportun. Deux ans avaient passé. La première chose qu'il avait faite, quand son contrat de sponsoring avec Wind and Solar était arrivé à terme, c'était de rendre visite à Morgan pour lui annoncer qu'il rompait leurs fiançailles. Pourquoi avait-il pris cette peine, il se le demandait, car ils vivaient déjà totalement à l'écart l'un de l'autre. Mais il avait pensé qu'il convenait de le faire. Une semaine plus tard, Ivan lui adressait un texto l'informant que Morgan était à l'hôpital, pour une nouvelle dépression nerveuse dont tous le rendaient responsable.

Il s'était pourtant efforcé de procéder en douceur. À peine un mois après avoir quitté Boston, leurs appels bihebdomadaires étaient devenus mensuels, puis bimestriels. Les fois où ils s'étaient vus durant ces deux années se comptaient sur les doigts de la main.

Il lui adressait les mêmes e-mails qu'à l'ensemble de sa liste. Au début, Ivan envoyait à grands frais sa fille le rejoindre dans les ports où les compétiteurs faisaient escale, mais ces visites s'étaient raréfiées, elles aussi. Dieu merci. Il recevait les financements de Wind and Solar et nouait quelques liaisons sans histoires, quand il en avait le temps.

Et voilà que dix ans plus tard, alors qu'il était supposé avoir gagné en sagesse et en maturité, il se retrouvait dans une situation tout aussi fausse, mais cette fois avec Jules. C'était déprimant. Et peut-être tout ce dont il était capable, au fond.

Jules paraissait surprise. Sa curiosité et sa franchise naturelle reprirent finalement le dessus.

— Je ne comprends toujours pas pourquoi tu t'es fiancé avec elle. Je sais très bien que tu ne l'aimais pas… Pas vraiment, se reprit-elle à mi-voix en baissant les yeux.

C'est vrai, il n'avait jamais été véritablement amoureux. Et il n'en avait aucune envie. Que pouvait-il y avoir de pire que de croire que quelqu'un vous aime, vit et serait prêt à mourir pour vous, pour finalement découvrir que vous avez été dupé et que rien de tout cela n'était réel ? Le concept même de l'amour était nébuleux et trop sujet à des malentendus.

Que répondre à la question de Jules ? Même avec elle, il ne pouvait parler, car ses fiançailles de circonstance avec Morgan, qui lui semblaient le bon choix à l'époque, n'étaient pas quelque chose dont il était très fier.

— J'avais mes raisons, Jules. On peut changer de sujet ?

Il vit la poitrine de Jules se soulever, retomber, et quand elle releva enfin les yeux vers lui, il y lut une profonde tristesse. Elle ouvrit la bouche, puis la referma en secouant la tête.

— Qu'est-ce que tu allais dire, Ju ?

Elle se mordilla la lèvre, éliminant ainsi le reste de son gloss, puis haussa une épaule.

— Simplement qu'avant je pensais qu'on se disait tout. Mais en fait, c'était faux. Moi je te disais tout, alors que l'inverse n'était pas vrai. Tu as toujours soigneusement trié ce que tu voulais que je sache ou pas. Maintenant que je suis adulte, je m'en rends compte. Et cela m'attriste.

Comment pouvait-elle ne pas voir qu'il lui en disait plus à elle qu'à n'importe qui d'autre ? Qu'à une époque elle le connaissait mieux que quiconque ?

— Je t'ai toujours parlé, Jules, je t'ai toujours dit tout ce que je pouvais dire. Parler de nos petits amis ou de nos parents n'était pas des sujets très profonds, si ?

— Ça allait beaucoup plus loin que ça, tu le sais parfaitement, répliqua-t-elle.

Oui, il le savait, mais il ne voulait pas y penser. Il ne voulait pas se souvenir de ce temps où tout était beaucoup plus simple, où sa mère était en vie, où son père l'aimait et où la vie était belle. Ses plus gros problèmes consistaient à choisir dans quelle course il allait se lancer, à obtenir sa feuille de route dans les temps, ou un rendez-vous avec la jolie fille qui suivait les cours sur le système marin.

— Nous ne pouvons pas réécrire le passé, Jules. Nous devons nous débrouiller avec ce qui se passe ici et maintenant.

Il était fatigué. Et triste aussi. C'était l'aspect sombre de se retrouver ici, au milieu de sa famille et de ces gens qui le connaissaient trop bien. Il ne pouvait se couper de toute émotion, prendre ses distances comme il en avait l'habitude. Tout cela l'impliquait beaucoup trop sur le plan personnel.

Il n'était pas si facile de se confier à quelqu'un qui avait passé la majeure partie de sa vie de l'autre côté de la rue. Il avait désiré d'autres femmes, bien sûr, mais il n'y avait jamais eu personne qui occupe ses pensées, qui le hante, pour parler clairement, même quand il était adolescent.

Il nageait en pleine confusion et voyait bien qu'il était prêt à envoyer voltiger toute prudence et à avouer à Jules qu'elle hantait ses pensées. Il était temps de rentrer.

Eli était parti avec la demoiselle rousse. Il ne lui restait plus qu'à prendre un taxi pour retourner à son bateau, ou rentrer avec Jules et dormir sur le canapé. S'il parvenait à dormir, en la sachant à l'étage au-dessus, dans un lit confortable…

Va pour le taxi.

Génial.

6

Jules prit place dans le fauteuil que Noah destinait aux visiteurs et déposa ses pieds nus sur son bureau. Elle abandonna son crayon gras sur le carnet posé sur ses genoux et tortilla ses cheveux pour les relever en une torsade savante, où elle planta un crayon vert anis, fourrageant pour qu'il maintienne le tout. Puis elle regarda Noah, assis en face d'elle, des lunettes fumées perchées sur l'arête du nez. Il fronçait les sourcils, l'air intensément concentré, et ses mains passaient nerveusement de sa tablette à sa calculatrice. À intervalles réguliers, il se penchait pour gribouiller quelque chose sur les plans étalés devant lui.

Terriblement sexy, le marin.

Profitant de ce qu'il avait le regard rivé sur les plans, elle releva un peu sa jupe étroite pour libérer ses cuisses. Elle se sentait prise dans un tube depuis qu'elle était partie de son bureau pour retrouver Noah et Paris chez Joelle, un bar mondain de la galerie commerciale la plus chic de Back Bay, que fréquentait le tout-Boston. Malgré leur insistance pour que Paris rencontre Jules en tête à tête, la milliardaire avait tenu à voir son « équipage », comme elle le clamait, au complet.

Tandis qu'elle sirotait une margarita après l'autre, Jules et Noah bataillaient pour faire le tri de ses envies, souhaits, désirs et besoins réels concernant l'aménagement du yacht.

Deux heures et quatre margaritas plus tard, dont ils n'avaient quant à eux pas bu une goutte, ils en étaient toujours au même point. Le rendez-vous se conclut quand Paris leur tendit un carton de papier glacé pour les inviter à une soirée qu'elle donnait à la fin du mois.

— Il y aura juste quelques amis, tenue décontractée, venez pour 19 heures.

Jules savait par expérience que tenue décontractée voulait dire tout ce qu'on voulait de la robe de bal au maillot de bain et qu'il fallait ajouter au moins une heure ou deux à l'horaire indiqué. Paris n'était jamais ponctuelle, c'était de notoriété publique.

Elle tapota sa feuille blanche de la pointe de son crayon.

— Pour résumer, elle veut de grands volumes, mais cosy, de la sophistication, mais simple. L'essentiel étant que l'on voie que tout cela a coûté une fortune.

Noah leva la tête pour la regarder, non sans marquer un léger temps d'arrêt sur ses cuisses dénudées. Elle se retint de rabaisser sa jupe en hâte. Inutile de lui montrer qu'elle avait suivi son regard. Et que cela lui plaisait qu'il regarde ses jambes.

Il se redressa, leva les bras vers le plafond pour s'étirer et sa chemise se tendit sur son torse large et son ventre parfaitement plat. Elle distingua les pointes plus sombres de ses tétons sous le fin coton blanc et ne put s'empêcher de laisser ses yeux vagabonder vers son bas-ventre, et la bosse prometteuse qui tendait le tissu gris de son pantalon. Ses cuisses devaient être bronzées et dessinées au cordeau, comme quand il avait quatorze ans.

Misère, son vieil ami et nouveau collègue était vraiment canon.

Bon, mais tout cela ne l'aidait pas à résoudre son problème du moment : qu'est-ce que Paris pouvait bien vouloir, bon sang ? Jules grommela.

— J'ai du mal à trouver l'inspiration.

— Comment est-ce que je peux t'aider ? dit Noah en se levant, mains sur les hanches.

Jules fit pivoter sa tête en se massant les cervicales.

— Est-ce qu'elle a expliqué quoi que ce soit quand tu l'as

vue la première fois, au sujet du design intérieur ? N'importe quoi qui puisse me mettre sur une piste ?

Il réfléchit quelques instants.

— Pas vraiment, non. Elle m'a dit qu'elle voulait faire baver ses amis, m'a donné son budget et m'a demandé de lui faire signe dès que j'aurais réfléchi à quelque chose. J'ai réussi à lui soutirer quelques infos essentielles, notamment à quoi elle destine ce fichu navire, pour commencer. Son idée, c'est de pouvoir partir en croisière dans les Caraïbes, voire jusqu'en Méditerranée, et d'organiser de grandes fêtes. Donc grands espaces de réception et pontons immenses. Elle regardait ailleurs dès que je mentionnais quoi que ce soit de l'ordre de la mécanique ou du design. « Noah, mon chou, fais-moi un bateau inouï, voici une petite avance pour commencer. » Visiblement, le fait que ça flotte sur l'eau ne l'intéresse que de très loin, conclut-il d'un ton impassible.

Jules se mit à rire.

— Je ne vois vraiment pas ce qui te fait croire une chose pareille, dit-elle avec malice. Bon, raconte-moi, il est comment, ce bateau ?

Noah fit le tour et vint poser une fesse sur le coin du bureau.

— Je t'ai envoyé les plans, il y a tout dedans.

— Oui, mais cela ne me dit pas de quoi il a l'air. Je pourrais partir du design de l'ensemble…

— Je ne t'ai pas transmis les dessins ? s'étonna-t-il.

— Eh non.

Il fronça les sourcils, contrarié, alla prendre un dossier sous une pile posée sur la table à dessin et revint se percher sur le coin du bureau en le lui tendant. Il paraissait nerveux, comme s'il recherchait son approbation et craignait qu'elle n'aime pas son travail.

Ce qui était déconcertant, car Noah était l'homme le plus sûr de lui qu'elle ait jamais connu.

Elle parcourut le dossier, fascinée. Sous les ébauches hâtives des maquettes, elle voyait la fluidité sensuelle, presque féminine, qui se dégageait des lignes et des courbes du superbe bâtiment. Noah avait repris ses ébauches sur ordinateur, et les épreuves couleur donnaient une telle réalité au yacht qu'elle avait l'impression de l'avoir sous les yeux, dix fois plus beau que les croquis préparatoires ne le laissaient présager. Élancé, élégant, racé… Spectaculaire.

— Mon Dieu, Noah, c'est…

Les mots lui manquaient pour exprimer avec précision son admiration. Elle soupira en se renversant dans le fauteuil et le fixa du regard.

— C'est… énorme.

— Tu aimes ?

— Tu veux rire ? C'est magnifique, à couper le souffle… C'est… *supercalifragilisticexpidélilicieux*. Vraiment.

Un éclat de fierté brilla dans les yeux de Noah.

— Je suis content.

— Tu peux, confirma-t-elle en tapotant les dessins du bout du doigt. Tu as vraiment mis une âme là-dedans. En fait, tu sais exactement à quoi ce bateau doit ressembler, extérieur comme intérieur.

Il acquiesça. Jules reprit son carnet, ouvrit une page vierge, saisit un feutre rose vif et attendit.

— Bon. Je voyais quelque chose de féminin, en écho aux lignes fluides, mais quand je dis « féminin », je veux dire « élégant et sexy », pas de fanfreluches ni de trucs tendance.

— J'imagine bien des meubles blancs, très cosy, avec des touches de couleur, lança-t-il. Des couleurs féminines, des orange, des roses, des rouges, mais dans des tonalités soutenues. Il y a beaucoup d'ouvertures et de baies vitrées, la mer doit être utilisée comme un élément de décoration.

Il lui fit un certain nombre de suggestions de ce type. Elle prenait des notes avec zèle, concentrée, parfaitement en phase. Des matériaux nobles mais contemporains, des espaces de rangement invisibles, il avait pensé à tout. Il arriva enfin au bout de ses idées, fort heureusement car elle avait un début de crampe dans la main. Il agrippa le bord de son bureau et la fixa d'un regard intense.

— Crée quelque chose de sexy, mais classe. Accueillant et ouvert, avec une pointe de mystère néanmoins. Regarde en toi.

Elle eut un léger mouvement de recul à ces derniers mots et l'air entre eux devint épais et brûlant.

— Que veux-tu dire ? fit-elle d'une voix rauque.

C'était comme si Noah avait atteint un point secret en elle, et que ses vêtements s'envolaient.

— Je regarde le navire et je te vois, toi. Sexy, svelte, fragile et forte.

— Noah, souffla Jules.

Ce nom chuchoté semblait soudain comporter trois, quatre syllabes, comme une supplique, mais que demandait-elle au juste ?

Je t'en supplie, embrasse-moi ? Je t'en supplie, ne m'embrasse pas ? Je t'en supplie, souffle sur le feu qui couve en moi ? Je t'en conjure, éteins tout ça ?

— Que puis-je pour toi ?

Rien, je ne sais pas, tout.

Une minute, deux passèrent dans un silence total. Ou dix secondes, comment savoir ? Puis Noah se remit sur ses pieds, lui prit son carnet et le jeta par terre, l'attrapa par les deux bras, l'attira vers lui, plus haut, toujours plus haut, jusqu'à ce que sa bouche soit juste devant la sienne, puis qu'elle la touche, si douce, chaude, délectable…

Et les mains de Noah furent sous sa jupe et celle-ci fut relevée, découvrant complètement ses cuisses. Leurs sexes étaient à présent l'un contre l'autre, le sien si incroyablement dur, et ses seins se pressaient contre son buste. Elle ne pensait plus à rien d'autre.

Elle était enfin arrivée au port, là où elle voulait être et nulle part ailleurs. Des années durant, elle avait embrassé des hommes, ressentant au pire de la répulsion, au mieux : « OK, pas mal. » Personne ne chavirait ses sens comme lui. Personne ne lui donnait le sentiment qu'elle était prête à faire l'amour avec même au cœur d'une attaque aérienne ou dans un tunnel sur le point de s'effondrer. Elle était prête à tout pour avoir une chance de le toucher. Et d'être touchée par lui.

C'était une catastrophe.

La main de Noah se glissa derrière sa cuisse, toucha la peau nue de ses fesses.

— Un string. Magnifique.

Mais ce serait encore mieux d'être débarrassé de ce bout de tissu qui prétendait être un sous-vêtement.

— Enlève-le, souffla-t-elle contre ses lèvres, en glissant les mains dans l'interstice entre sa ceinture et le bas de son dos, impatiente de descendre plus bas, de sentir ses fesses dures sous ses paumes.

Noah recula. Il la dévorait des yeux, passionnément concentré sur ce qu'il était en train de faire. Et tout ce qu'elle voulait, c'était lui appartenir, ne serait-ce que pour ce court moment.

— Jules…

Elle savait ce qu'il allait dire et ne voulait pas l'entendre. C'était une mauvaise idée. Oui. Ils venaient juste de se retrouver. Oui. Une vie entière avait passé et ils ne savaient pas ce qu'ils feraient demain. Oui. Mais elle voulait que ceci advienne, elle voulait le connaître de cette façon-là, avant même de tenter de réparer leur amitié. Ce contrat les contraignait à passer trop de temps ensemble pour qu'elle puisse résister plus longtemps et le tenir à distance, même si elle l'avait voulu.

Or elle ne le voulait pas. Elle voulait que Noah reprenne sa place dans sa vie, revienne combler le vide de son cœur. Ils pouvaient redevenir amis.

Il savait qu'il ne pourrait rien y avoir d'autre entre eux, de toute façon, non ? Une nuit, une amitié fragile, c'était tout ce qui leur serait donné. Ils feraient enfin l'amour et, ensuite, ils pourraient passer à autre chose.

Elle avait beau perdre la tête en le sentant ainsi dans ses bras, elle n'oubliait pas qu'elle ne pourrait plus jamais lui faire confiance. Il repartirait, comme il l'avait fait dix ans plus tôt, mais cette fois elle ne le laisserait pas emporter son cœur avec lui. Le plaisir et le sexe, c'était possible, elle pouvait lui donner son corps, connaître la passion, elle lui faisait confiance sur ce point. Et demain serait un autre jour.

— J'en ai envie, Noah. J'ai envie de toi.

Il parut sur le point de répliquer, mais elle colla ses lèvres sur les siennes, glissa la langue entre ses dents. Elle entendit son râle sourd, félin, sentit les doigts de Noah se crisper dans la chair de ses fesses. Elle avait gagné. Ou il l'avait laissée gagner, peu importait.

— Une seule fois, murmura-t-il en baissant la tête pour embrasser sa gorge. Une fois, et on arrête.

Elle hocha la tête. Tout ce qu'il voudrait. S'il le lui demandait, elle donnerait un rein au marché noir, en cet instant. En avait-il conscience ? Elle était ensorcelée.

C'était la première fois qu'elle ressentait un tel plaisir au cours de simples préliminaires. Que lui réserverait la suite ?

N'y tenant plus, elle s'écarta légèrement et s'attaqua aux boutons de sa chemise. Elle avait besoin de le voir, de le sentir sous ses doigts. Et après tout, ce n'était que justice, car son string gisait déjà à leurs pieds. Les mains de Noah se glissaient entre ses jambes, ses doigts lui touchaient le sexe, lui arrachant des gémissements. Elle écarta les pans de sa chemise, colla les lèvres sur sa peau nue, au-dessus de son cœur. Était-elle vraiment en train de faire l'amour avec Noah ?

Cette pensée la terrifia soudain. Elle posa le front contre sa poitrine, les mains figées sur la boucle de son ceinturon, immobiles. Était-ce une erreur ? Bien sûr que oui. Noah s'immobilisa à son tour.

— Tu hésites ?

— Oui. Non. Je ne sais pas.

— Si tu veux qu'on arrête, nous pouvons encore faire comme s'il ne s'était rien passé. Mais nous pouvons aussi continuer et faire ensuite comme s'il ne s'était rien passé. D'une manière ou d'une autre, tout ceci ne sera qu'un rêve merveilleux demain matin… ou un souvenir fantastique.

— Tu veux qu'on arrête ?

Il étouffa un petit rire étranglé dans ses cheveux.

— Ma belle, j'ai dans les bras une femme incroyablement sexy, sur laquelle je fantasme depuis que j'ai goûté à sa bouche délicieuse il y a dix ans. Ce baiser a tout changé pour moi et, depuis, je rêve de t'embrasser, de te goûter partout, dans les moindres recoins. Non, bien sûr que non, je ne veux pas qu'on s'arrête.

— Tu as pensé à moi ? s'étonna-t-elle.

D'un doigt, il repoussa une mèche de cheveux qui avait glissé sur son front.

— Beaucoup plus que je n'aurais dû me le permettre. Je t'ai imaginée nue, avec moi, fiévreuse, et la réalité est encore meilleure que dans mes rêves.

— Comment un simple baiser peut-il ainsi tout changer ?

— Je n'en sais fichtre rien, répondit-il en dégageant le bas de son T-shirt de soie de la ceinture de sa jupe.

Il passa la main sur son ventre, ses côtes, puis remonta jusqu'à son sein. Du pouce, il écarta la dentelle de son soutien-gorge et pressa son téton dressé à faire mal.

— On arrête ou on continue, Jules ? Tu dois me le dire maintenant.

Juste une fois, voilà ce qu'elle voulait. Ou se mentait-elle à elle-même ? Serait-il si facile d'oublier ces instants quand le jour se lèverait ? Elle se cherchait une excuse, n'importe laquelle, pour s'autoriser cette étreinte. Assez de paroles, il suffisait d'agir. Elle saisit le bas de son T-shirt et, doucement, le fit passer par-dessus sa tête, découvrant son soutien-gorge de fine dentelle blanche. Elle entendit Noah haleter, sentit son regard brûlant sur ses seins.

— Je suppose que c'est oui ?

— Oui, oui et oui, répondit-elle d'une voix rauque.

Elle hoqueta quand Noah lui prit les mains et l'entraîna dans un angle de la pièce, derrière sa table à dessin. Il la plaqua contre le mur, tout en défaisant l'attache frontale de son soutien-gorge. Puis il prit ses deux seins, et elle gronda :

— Tu aimes faire ça dans les coins ?

— Les fenêtres. La marina. Personne ne voit ici, marmonna-t-il en se penchant pour sucer son sein droit.

Un éclair brûlant fusa jusqu'à son sexe et elle gémit. Il parlait par monosyllabes et, elle, elle ne pouvait plus dire un mot. Elle lâcha prise. Plus rien ne pouvait lui faire de mal, désormais. Elle tendit les mains, déboucla sa ceinture et, rendue maladroite par la précipitation, parvint miraculeusement à déboutonner son pantalon. Elle ne put résister à la tentation de faire descendre les doigts sur son sexe, l'imaginant déjà lentement, délicieusement en elle. Elle ouvrit la fermeture Éclair, dégagea son sexe dressé et referma sa main dessus, massant son gland avec son pouce. Noah jura et lui releva brusquement la jupe jusqu'à la taille. Ils étaient encore à demi vêtus mais peu leur importait : tout ce qu'ils voulaient, c'était qu'il soit en elle, qu'il la remplisse, qu'il la fasse crier.

— Préservatif, grommela Noah.

Il avait raison, ça aussi, c'était important. Il tendit la main derrière lui, fouilla son bureau à tâtons jusqu'à ce qu'il mette la main sur son attaché-case, qu'il tira vers lui et ouvrit tout grand. Après avoir farfouillé un instant sous les papiers, il exhiba un petit sachet à l'emballage fripé. Elle le regarda avec une grimace.

— Il n'a pas l'air très neuf.

— Ça fera l'affaire, répliqua Noah en déchirant l'étui en plastique et en laissant ses papiers s'éparpiller sur le sol.

Elle voulut l'aider à mettre en place le préservatif, mais il lui écarta les mains. Puis il glissa les doigts entre ses jambes. Elle frémit. Oh mon Dieu, oui. Ça. Là.

— Tu aimes ça, mon cœur ?

— C'est tellement bon.

Jules se sentait prise dans une spirale de plaisir pur. Levant la tête, elle chercha la bouche de Noah. Il l'embrassa, un baiser âpre et plein de désir, puis il lui prit les cuisses, les enroula autour de ses hanches et plongea en elle. Jules se sentait transportée, à la fois protégée et exposée, apaisée et exaltée, prête à fondre ou à se briser.

— Noah, souffla-t-elle, le visage enfoui dans son cou.

Dans un autre monde, un téléphone sonna, le sien, mais elle refusa de se laisser happer par l'extérieur. Ce que lui faisait Noah était si puissant, si envoûtant qu'elle n'aurait jamais imaginé un tel miracle possible. Mais la sonnerie retentit à nouveau. Elle se raidit. Noah lui prit le visage dans une main, la força du bout du pouce à relever le menton jusqu'à ce que leurs regards se fixent l'un à l'autre.

— Toi et moi, Jules. Le reste du monde peut aller au diable.

Elle eut un petit hochement de tête, mais déjà il poussait plus fort, plus loin en elle, lui tirant un long gémissement.

— C'est si bon, Noah, c'est magique de te sentir comme ça.

— Attends, Jules, tu vas voir, ça va être encore mieux.

— Je ne peux pas. Je ne peux plus attendre, je dois… mon Dieu !

Noah s'arrêta. Jules frémit et voulut l'inciter à reprendre. Elle crut l'entendre rire doucement, mais il avait recommencé à bouger, glissant dehors, dedans, la racine de son pénis frottant son clitoris et l'univers bascula. Des étoiles et des rires, de l'électricité et des éblouissements… C'était si violent, si bouleversant. Ses yeux s'emplirent de larmes et elle baissa la tête pour que Noah ne puisse voir l'émotion qui la submergeait.

Il ne s'agissait que de sexe, merveilleux et formidable.

Elle tenta d'ignorer la voix insistante, tout au fond de son cœur, qui lui disait qu'il s'agissait de bien autre chose, que cela avait toujours été et qu'elle était folle de croire qu'elle pourrait partager ceci avec lui sans la moindre conséquence.

C'est Noah, disait la voix. *Ton meilleur ami et ton fantasme le plus torride. Ce n'est pas un homme parmi d'autres, un homme avec qui tu as juste connu le meilleur orgasme de ta vie. C'est l'homme qui fait battre ton cœur. C'est ton cœur lui-même.*

Non. Ça ne pouvait pas être vrai.

Ces hormones stupides ne la laissaient pas en paix, la sérotonine la rendait sentimentale. Elle ne devait pas laisser la frontière se brouiller entre le sexe, l'amitié et l'amour. Le sexe, c'était le sexe, l'amitié et l'amour n'avaient rien à voir là-dedans. Elle n'était pas bête au point de se laisser aller à des rêves d'amour éternel.

Il avait pris sa meilleure amie contre le mur. Il n'était pas très fier de lui. Il se passa la main sur le visage, en écoutant l'eau couler dans le cabinet de toilette qui jouxtait son bureau. Il n'avait jamais voulu ça.

Quel menteur...

Depuis qu'il était de retour, il n'avait pas été capable de penser à grand-chose d'autre qu'à la toucher, la sentir, la goûter, se glisser dans sa chaleur irrésistible. Il n'avait pas menti quand il lui avait dit qu'il avait très souvent pensé à tout cela durant ces dernières années. Il avait parcouru des océans et passé de longues nuits solitaires, à rêver dans le roulis des flots.

Mais il n'avait pas voulu une étreinte pareille, contre un mur, dès la première fois, en plus. C'était n'importe quoi.

Il remit sa chemise dans son pantalon et se lissa les cheveux. Il se pencha pour ramasser ses dossiers et le carnet de Jules, sourit en voyant son écriture de petite fille, rose et ronde. Il le referma, ramassa les feutres qui avaient roulé à terre, remit de l'ordre sur le bureau.

Qu'allait-il se passer, à présent ?

Il regarda la porte close en se demandant quelles pensées agitaient en ce moment l'esprit si vif de Jules. Lui s'efforçait de remettre ses idées en place. Sa seule conviction, c'était que jamais, au grand jamais, il n'avait éprouvé un tel plaisir en faisant l'amour. Pourtant, il était loin d'avoir été abstinent. Il avait été célibataire presque toute sa vie et les opportunités n'étaient pas difficiles à trouver.

Jusqu'alors, cela avait été agréable, drôle, plaisant sur le moment. Il repensait rarement à ses conquêtes. Mais ce qu'il avait partagé avec Jules, il ne l'oublierait pas aussi facilement. Peut-être ne l'oublierait-il jamais.

Tout cela s'était passé en un éclair et il n'en était pas fier non plus. Pourtant, des milliers d'images virevoltaient devant ses yeux. Ses iris devenus bleu marine quand elle avait joui, ses sourcils froncés quand elle avait senti monter la vague. La cicatrice sur le dos de sa main, la ligne de grains de beauté derrière son oreille gauche. Le goût à la fois épicé et fruité de sa bouche et son parfum… Jamais plus il ne pourrait sentir une orange sans être pris de désir.

Comment allait-il pouvoir travailler à quelques centimètres de la femme qui lui avait fait connaître le meilleur orgasme de son existence ? Il allait devoir réaménager la pièce, sinon il ne serait plus jamais capable de se concentrer. Dès demain il déplacerait son bureau pour l'installer dans l'angle opposé. Il n'y avait pas autant de lumière et la vue était moins belle, mais au moins il pourrait travailler.

À moins qu'il ne se leurre. La réapparition de Jules dans sa vie était une distraction dont il n'avait pas besoin. Il avait besoin d'elle pour mener à bien son projet. Elle était la designer en vue du moment et pouvait désormais se permettre de choisir ses clients. Dès que Jules aurait rendu ses projets, si par miracle Paris s'entichait de l'un d'eux immédiatement, on pourrait conclure l'affaire et son compte en banque toucherait le jackpot.

Il avait déjà fait approuver l'emprunt, en attendant de vendre son appartement de Wimbledon et que George lui ait racheté sa part de leur entreprise prospère en Italie.

C'était absurde de se dire qu'il avait plusieurs millions d'actifs mais que, pour une simple question de timing, il avait au moment présent un gros problème de trésorerie.

Auquel s'était ajouté depuis un quart d'heure un énorme problème de vie privée.

Son téléphone vibra sur le bureau. Il jura en le prenant et vit qu'il avait raté plusieurs appels, notamment d'un numéro inconnu, géolocalisé à Boston. Il composa le numéro de la messagerie tout en gardant un œil sur la porte du cabinet de toilette.

« Je ne peux pas en croire mes oreilles ! Comment peux-tu oser me ridiculiser de cette façon, Noah ? Paris Barrow me dit que tu sors avec Jules Brogan. Pourquoi est-ce que tu ne te promènes pas tout simplement avec une banderole disant que je ne suis rien du tout pour toi ? »

Il regarda l'écran, coupa le message et soupira. Être harcelé par son ex était un excellent moyen de s'interdire de rêvasser. Et de se démoraliser complètement, aussi.

Bon sang ! Ignorer Morgan et ne pas lire ou écouter ses textos et ses messages interminables ne suffirait pas à se faire comprendre. Que cette histoire avec Jules soit inventée de toutes pièces ou non, elle ne regardait personne et il n'avait pas de comptes à rendre. Il allait être contraint de voir Morgan et de lui mettre les points sur les « i », en des termes que pourrait comprendre un gamin de cinq ans. Sa vie amoureuse et sa vie en général n'étaient pas son problème.

Mais il fallait se rendre à l'évidence, son retour avait rallumé les ardeurs de Morgan.

La porte se rouvrit et il observa l'expression de Jules, un mélange de détermination et d'accablement. Rien n'avait changé, donc. Ils ne réitéreraient pas l'expérience, mur ou pas mur. Bon sang !

Jules se frotta les mains sur les cuisses, croisa les bras, et ce geste fit remonter ses seins. *Bravo, Lockwood, le QI d'un homme des cavernes, vraiment.*

— Bon, voilà, c'est arrivé, lâcha-t-elle avec un coup d'œil furtif à l'angle près du bureau.

Qu'était-il censé ajouter ? « Eh oui, c'est arrivé. Et j'aimerais bien que ça arrive une nouvelle fois, très bientôt, dans un lit… »

— Ce n'est pas ce que nous avons fait de plus intelligent, Lockwood.

Déjà les regrets… Jules prit son sac, ramassa ses feutres et son carnet. Il inspira et perçut un mélange irrésistible de sexe, de savon et de citrus. Jules, si femme, si fraîche, en une seule bouffée. Il sentit son sexe tressaillir.

— Je rentre, la journée a été longue.

En effet, et ils l'avaient achevée en faisant trembler les murs. Il se tança intérieurement pour cette pensée. C'était stupide, même venant de lui. Il se rembrunit, attendant qu'elle dise enfin ce qu'elle avait en tête.

C'était une très mauvaise idée, cela ne se reproduira pas. On va faire comme si de rien n'était. Comme si cela n'avait pas été le rapport sexuel le plus étourdissant de ma vie.

Jules lui accorda un demi-sourire en serrant son carnet sur son cœur.

— Je vais travailler avec ce que tu m'as donné et j'espère avoir quelques croquis, voire des échantillons de matériau pour toi d'ici deux ou trois jours. Ça ira ?

De quoi est-ce qu'elle parlait ?

Il lui avait fait des suçons dans le cou et son corsage était boutonné n'importe comment. Il eut envie de la remettre nue, de lui faire l'amour sur son bureau… Après quoi, mais seulement après, il la rhabillerait correctement. Ou alors il ferait tout simplement disparaître ses vêtements et la garderait comme ça, nue, pour toujours.

— Noah ?

Elle le dévisageait avec curiosité, semblant attendre une réponse. Est-ce qu'elle avait dit quelque chose ?

— Oh ! mon Dieu, je le savais, tout ça devient trop bizarre, murmura Jules en baissant les yeux. Tu as peur que le ciel te tombe sur la tête ? Allez, détends-toi, je ne vais pas te demander à quoi tu penses ni si on pourrait recommencer, j'ai bien compris notre accord.

Leur accord ?

— Mais de quoi parles-tu ? demanda-t-il.

Il fut surpris d'avoir réussi à articuler une phrase dans le bon sens. Elle lui tapota l'épaule, un peu comme sa mère pour le réconforter quand il avait dix ans.

— Tout va bien, Noah. C'est un volcan qui couvait depuis dix ans, il fallait qu'il explose. On peut revenir à ce qui fonctionne le mieux pour nous, maintenant.

— Et c'est-à-dire ? éructa-t-il.

Bon sang, il avait une voix de crapaud. Jules esquissa un petit sourire pâle.

— On redevient amis, fit-elle en tapotant non plus son épaule mais son bras.

Il se retint de se jeter sur elle.

— J'y vais. Je t'appelle dans un jour ou deux, OK ?

Il la regarda sortir du bureau, puis entendit son pas précipité dans l'escalier métallique qui menait au parking. Hayden, le garde de nuit de la marina, veillerait à ce qu'elle arrive sans encombre à sa voiture. Il pouvait rester ici sans se faire de souci.

OK ? Non, pas du tout.

Mesdames et messieurs, l'oscar de la meilleure actrice est attribué à... Jules Brogan !

Pourquoi avait-il fallu que les choses se passent ainsi ? Ç'aurait très bien pu être moyen, ou normal. Mais cet embrasement, cet ouragan, ce feu de savane ? Tourner les talons et s'éloigner de Noah lui avait demandé un effort herculéen. Et à présent, au bas des marches qui menaient au hall d'entrée, elle devait se faire violence pour ne pas rebrousser chemin.

Il n'y avait pas d'avenir pour eux deux. Il n'y en avait jamais eu. Il n'était ici que de passage, le temps de mener à bien ses projets et de régler ses affaires. Dans quelques semaines, deux mois tout au plus, il serait reparti. Et elle resterait là, son cœur sanglant dans les mains, ne pleurant plus seulement la perte d'un ami mais aussi celle d'un amant. Elle avait suffisamment pleuré sur Noah, cela suffisait.

Pourtant, les larmes menaçaient déjà de couler. Elle ne pouvait pas laisser l'histoire se répéter ainsi. Ils se devaient de maintenir des relations claires, professionnelles, efficaces.

À quoi donc avait-elle pensé ? Avait-elle seulement pensé, d'ailleurs ? Les baisers de Noah, aujourd'hui comme hier, lui faisaient perdre la raison. Comment avait-elle pu croire qu'elle saurait garder le contrôle ?

Il l'avait touchée, troublée, captivée. Quand un feu sombre s'était mis à brûler dans ses yeux, sa libido avait pris le dessus comme si elle avait à nouveau dix-sept ans.

Elle remercia d'un signe de la main le gardien de nuit qui proposait de l'accompagner jusqu'à son véhicule et sortit dans la nuit chaude. Elle prit le temps de respirer profondément, laissant l'air nocturne lui ramener ses esprits tandis qu'elle s'éloignait le long de la marina.

Bien, sers-toi un peu de ton cerveau, Brogan.

On n'était plus à l'époque de la reine Victoria, tout cela n'avait rien de catastrophique. Elle avait parfaitement le droit de coucher avec un homme et d'y prendre du plaisir, cela n'avait pas à impliquer quoi que ce soit. C'était juste un agréable moment entre deux adultes consentants et sains de corps et d'esprit. Un moment de plaisir physique, sans conséquence.

Contre le mur de son bureau.

Elle soupira. Elle n'avait pas l'âme romantique, mais ne se mentait pas. Malgré ses airs désinvoltes et ses paroles de brave petit soldat, les rapports physiques étaient pour elle lourds de sens. Partager l'intimité de son corps avec quelqu'un, cet acte si personnel, n'était pas quelque chose qu'elle faisait avec de parfaits étrangers sans relation sérieuse. Il n'y en avait pas eu beaucoup…

Faire l'amour avec Noah était une erreur de parcours, une anomalie incompréhensible.

Avant de passer le portillon qui marquait l'extrémité de la marina, elle se retourna pour contempler l'immeuble de trois étages et soupira lourdement.

Elle ne pourrait répéter cette erreur. Le seul comportement raisonnable et sensé à présent, ce serait d'ériger un mur entre eux.

Mais il lui fallut cinq minutes pour ouvrir la porte de sa voiture et dix de plus pour se décider à tourner la clé de contact et à démarrer.

7

Callie embrassa tour à tour DJ, Darby puis Jules, qu'elle serra sur son cœur quelques instants supplémentaires. Elle aurait voulu que sa fille reste encore un peu, pour lui demander pourquoi elle avait passé l'essentiel de leur petit déjeuner à regarder d'un air absent par la vitrine du café.

— Tout va bien, ma princesse ? lui chuchota-t-elle à l'oreille.

Comme quand elle était petite, Jules appuya le front contre son cou.

— Tout va bien, maman.

Ça n'allait pas, c'était évident, mais ce n'était ni le lieu ni le moment d'en parler. Il y avait trop d'oreilles qui traînaient. Ses sœurs, et aussi Mason. Callie l'avait présenté à ses filles. Il s'était montré courtois, gentiment professionnel, Dieu merci. Elle lui savait gré de ne pas flirter avec elle devant autrui, en particulier ses enfants.

C'était un moment qu'elle consacrait à ses filles, elle ne voulait pas penser à lui. Son regard traversa la salle de restaurant et elle constata qu'il la regardait. Elle secoua la tête. C'était tellement embarrassant ! Par-dessus le marché, il n'était pas du tout son type d'homme. Trop jeune, trop beau, trop… pauvre ?

Oh, pitié, elle n'était pas snob à ce point ? Elle avait assez d'argent pour vivre sept vies, et il n'était pas précisément sans le sou. Il avait une belle affaire, semblait tout à fait à l'aise, et elle n'avait jamais jugé un homme sur son compte en banque. Pourquoi le faire avec lui ?

Parce qu'elle cherchait tous les motifs possibles pour le mettre à distance. C'était absurde, rien ne se passerait jamais entre eux ! Irritée contre elle-même, elle recula d'un pas et prit le joli visage de Jules dans ses deux mains, en soupirant devant son air perdu.

Il n'y avait qu'une seule chose à dire, une seule chose que Jules avait besoin d'entendre à ce moment.

— Tiens bon, ma chérie. Garde le cap, jusqu'à ce que tout s'éclaire.

C'était le leitmotiv de Ray, une phrase qu'il se plaisait à leur répéter. Et dont l'efficacité se vérifiait presque toujours. Sauf quand il était mort, l'année où il arrivait enfin à la retraite.

— C'est ce que je voulais entendre, maman, murmura Jules avec un sourire triste. Il me manque, tu sais.

— Il me manque à moi aussi, répondit Callie en lui caressant la joue.

Elle la raccompagna jusqu'à la porte, la tenant par la main. Quand elle embrassa à nouveau ses filles, elle croisa le regard de Mason par-dessus l'épaule de Jules. Il la fixait de ses yeux bleus, avec une tendresse mêlée de désir. Elle maudit la vague de chaleur qui roula en elle. Jules s'écarta légèrement et la regarda avec un petit sourire malicieux.

— Il est vraiment très beau, maman.

Ça, elle n'avait pas besoin qu'on le lui rappelle. Elle ouvrit la porte et chassa sa progéniture en secouant la tête puis alla se rasseoir à sa table et tira son agenda de son sac. Elle l'ouvrit à la première page pour parcourir sa liste de choses à faire.

Déménager dans une autre partie de la ville, c'était fait. Elle pouvait barrer cet item. Voyons le numéro deux. Partir écouter rugir les tigres dans la jungle. Elle devait organiser un voyage. Mais en avait-elle toujours autant envie ?

— Partir écouter rugir les tigres dans la jungle, passer une nuit torride avec un inconnu, sauter à l'élastique, dormir nue au soleil…

Elle entendit la voix près de son oreille avant d'avoir senti Mason arriver dans son dos. Elle se tourna vivement et se retrouva nez à nez avec lui, son beau visage, sa bouche si appétissante, à quelques centimètres. Elle voulut protester : comment osait-il lire son carnet intime par-dessus son épaule ? Mais elle ne put émettre un son. Il lui caressait le dos du bout du pouce et, de son autre main posée sur la table, il l'emprisonnait entre son bras et sa poitrine.

Si proches. Ils auraient pu s'embrasser.

— Sais-tu à quel point j'ai envie de goûter à tes lèvres, en ce moment ? murmura Mason.

— Tu as lu… C'est personnel, bredouilla-t-elle, mortifiée.

Elle était écarlate. Elle parlait de sexe dans sa liste, donc à présent il savait qu'elle y pensait. Elle jeta des regards inquiets autour d'elle, persuadée que tous avaient les yeux braqués sur eux. Des gens avec qui elle jouait au bridge ou au tennis et qui la voyaient mourir d'envie d'embrasser Mason.

Elle était en train de perdre la tête.

— Je peux te dire ce qu'il y a sur ma liste à moi, si ça te réconforte.

Il remonta la main le long de son dos et vint se poser sur sa nuque. Sa paume était si chaude.

— Tu vas piquer mes idées et dire que tu as les mêmes, grommela-t-elle en plaquant la main sur son carnet ouvert pour l'empêcher de lire.

— J'ai déjà fait des voyages, je me suis jeté d'un pont suspendu à un élastique, j'ai eu ma dose. J'ai aussi eu ma dose de nuits sans lendemain. Mais un nouveau voyage quelque part, ça, je ne dirais pas non.

Il sourit et elle sentit son cœur chavirer. Elle enfouit le visage dans ses mains en gémissant.

— Tu es quoi, en fait, un mutant avec des yeux bioniques qui lit à travers les mains ?

Il rit et elle frissonna.

— Il n'y a que quelques lignes sur ma liste, Callie.

— Je ne veux rien savoir, coupa-t-elle.

Elle posa la main sur son épaule pour le repousser, mais s'attarda sans le vouloir. Ces muscles de velours épais sous son polo, c'était merveilleux… Elle se rendit compte qu'elle était en train de le caresser et retira précipitamment la main. Pour rougir de plus belle, misère !

— *Vade retro* !

Il la gratifia d'un sourire éclatant et s'empara du stylo qu'elle tenait à la main avant de saisir son carnet qu'il ouvrit à une page vierge. Il ôta le capuchon du stylo et inscrivit quelques mots d'une écriture rapide. Puis il revint à la page où se trouvait sa liste à elle, écrivit encore, avant de lui rendre le carnet. Il avait mis des astérisques à côté de « passer une nuit torride avec un inconnu » et de « faire l'amour par téléphone », et avait tracé une flèche qui menait à un numéro de téléphone.

Elle devait être écarlate, à présent. Mason lui caressa la joue du bout du doigt en souriant avec douceur, puis s'éloigna. Elle resta de longues secondes immobile, puis tourna la page pour aller à la prétendue liste de Mason. Elle comportait trois phrases.

• « Obtenir un rendez-vous avec Callie.

• La faire rire.

• L'embrasser pour lui souhaiter bonne nuit.

• Voir page précédente pour suggestions optionnelles. »

Il était sexy, et il était intelligent. Une combinaison redoutable.

Depuis son arrivée au Whip, un bar à cocktails très sélect d'un hôtel de Charles Street, Noah semblait tendu. Il avait la mâchoire crispée et le regard sombre, comme s'il était profondément contrarié. Que s'était-il passé ? Jules avait-elle fait quelque chose ?

— Tout va bien ? s'enquit-elle en lui donnant un coup de coude.

— Parfaitement bien, grinça-t-il entre ses dents serrées.

Jules soupira. Leur dernière conversation à la Taverne lui avait rappelé qu'elle avait toujours dû insister pour pousser

Noah à la confidence. Il était de ces gens très rares qui intériorisent absolument tout et ne font confiance qu'à leur propre jugement pour affronter leurs problèmes. À la différence du reste du clan, il avait toujours refusé de parler de ses petites amies, de ses études, de ses soucis… Le meilleur moyen de lui tirer les vers du nez, c'était de le rejoindre sur le toit de sa maison et de refuser de bouger jusqu'à ce qu'il parle. Elle avait ainsi appris que sa petite amie de première l'avait plaqué, qu'il avait décidé de faire des études de construction navale et que sa mère venait de se faire diagnostiquer un cancer du pancréas.

Elle devait déjà batailler pour obtenir trois mots quand ils se trouvaient sur un toit à près de dix mètres de hauteur, elle n'avait aucune chance en cet instant, dans une pièce pleine de gens dont le passe-temps favori était les commérages.

Elle accepta sa proposition d'aller lui chercher un verre et, assise sur son tabouret de bar devant un guéridon, regarda autour d'elle. Murs couleur citrouille, chandeliers noirs, moquette arlequin ; un décor chic et chaleureux, constata-t-elle. De même que Darby étudiait et commentait toujours les architectures de très près, analyser les décors était un réflexe chez elle.

Noah lui tournait le dos. Apparemment, il allait devoir attendre un moment avant de se faire servir. Elle posa sa pochette noire sur le guéridon, mal à l'aise. D'un accord tacite, ils ne s'étaient pas vus cette semaine et s'étaient laissé de l'espace. Elle n'avait pas eu beaucoup le temps de penser à lui. Seulement quand elle s'éveillait seule dans son lit, quelques milliers de fois durant la journée et de longues heures le soir avant de trouver le sommeil. Elle poussa un soupir. Malgré la surcharge de travail et son emploi du temps aberrant, le besoin qu'elle ressentait de le voir ou lui parler était par instants asphyxiant. Chaque fois qu'une pensée lui venait, c'était avec lui qu'elle aurait voulu la partager. Ici ou là, en voyant un agencement novateur, un visage intéressant, n'importe quoi qui éveillait son attention, elle tendait la main vers son portable, prête à appeler Noah pour lui en parler.

Elle replongeait dans ses habitudes d'adolescente, quand elle était en contact permanent avec lui. Mais il y avait autre chose. Chaque fois qu'elle se forçait à remettre son téléphone dans sa poche, à effacer le texto qu'elle commençait à écrire, elle avait l'impression de couper un bout d'elle-même, d'agir de manière anormale.

D'accord, ne pas être en connexion avec lui était contre nature. Heureusement, son instinct de conservation était plus fort que sa tendance au romantisme, aussi maintenait-elle les distances. Malgré tout, son cœur avait effectué une pirouette quand elle lui avait ouvert la porte quelques minutes plus tôt. Et failli s'arrêter de battre quand il avait doucement posé la main au creux de ses reins pour l'escorter jusqu'à la belle limousine qu'il gardait jalousement dans un garage souterrain chez Eli. Durant tout le trajet, elle avait agrippé la poignée de la porte pour ne pas incliner la tête sur son épaule ni glisser les doigts sous sa nuque.

Elle jeta un nouveau coup d'œil vers lui, vers ses épaules larges sous la veste légère. Elle avait vraiment besoin de boire quelque chose. Ou d'un coup de pied aux fesses.

Noah était inaccessible. Il l'avait été hier, l'était aujourd'hui et le serait toujours demain.

— Jules Brogan ?

Elle se retourna et sourit en découvrant un homme longiligne, aux cheveux grisonnants et au regard vert acéré qui lui tendait la main. Elle inclina la tête, cherchant à se rappeler son nom.

— Ivan Blake.

Un nom qu'elle connaissait, en effet, sans parvenir à se rappeler comment. Elle espérait que la mémoire allait lui revenir, mais il reprit.

— J'ai cru comprendre que vous travailliez pour Paris.

— À l'aménagement de son yacht, en effet.

— Et que vous êtes l'amie de Noah ?

En quoi ceci le regardait-il ? Elle attendit sans mot dire qu'il poursuive.

— Vous ne savez pas qui je suis, n'est-ce pas ?

— Je devrais ? s'enquit-elle d'un ton glacial.

— Je suis le père de Morgan.

— Ah…

Que dire de plus ? « Je n'ai jamais aimé votre fille et je pense qu'elle joue avec Noah comme avec un violon » ?

— Morgan est ici ?

Si tel était le cas, la soirée risquait de devenir très intéressante. C'est-à-dire vraiment stressante.

— Elle ne se sentait pas bien, elle est restée à la maison.

Dieu merci !

— Elle a tenté de reprendre contact avec Noah et elle pense que vous l'en empêchez.

— Noah est un grand garçon, monsieur Blake, répliqua-t-elle en désignant l'intéressé, qui dépassait de près d'une tête la plupart des hommes agglutinés devant le bar. Je ne vois pas comment je l'empêcherais de faire ce qu'il veut.

— Je crois que vous ne comprenez pas, mademoiselle Brogan.

— C'est vous qui ne me comprenez pas, rétorqua-t-elle, irritée. Noah est un adulte déterminé, intelligent et accompli. S'il voulait renouer avec Morgan, je ne pourrais rien faire pour l'en empêcher. Et dites-moi, monsieur Blake, quand Morgan va-t-elle cesser d'avoir recours à son papa et s'occuper de ses affaires elle-même ?

— Morgan est fragile.

Elle est surtout manipulatrice. Jules préféra se taire. Elle aurait voulu partir mais, piégée par la foule, elle s'efforça de rester courtoise et impassible.

— Cela vous intéresserait-il de travailler pour moi ?

Elle ouvrit de grands yeux, abasourdie.

— Pardon ? Morgan vous étriperait si vous m'engagiez.

— Pas si vous prenez vos distances avec Noah. Pour lui

laisser une chance, expliqua Ivan d'une voix à la fois grave et coupante comme un rasoir.

— Je n'ai pas besoin de travail, monsieur Blake.

— Mais votre sœur, oui. Cela fait un moment qu'elle cherche un projet qui lui permettrait de percer et de se faire connaître. Elle a besoin d'une opportunité et vous pouvez la lui donner. Je siège au conseil d'administration d'une fondation très bien lotie qui se consacre à la promotion des arts et des artistes de la ville. La fondation a fait l'acquisition d'un immeuble, pas très loin de l'Institut d'art moderne, que nous avons l'intention de démolir afin de construire un musée et une deuxième galerie d'art, plus petite. Nous cherchons un architecte pour la conception de ce bâtiment.

Bon sang, tout à fait dans les cordes de Darby !

— Éloignez-vous de Noah, comme il s'est éloigné de vous, et je parlerai de votre sœur.

Incroyable ! Jules fronça les sourcils, abasourdie. Elle avait l'impression d'être dans un mauvais film.

— Vous plaisantez, n'est-ce pas ? Les choses ne se passent pas comme ça dans la vraie vie, vous savez ?

— Oh que si, bien plus souvent que vous ne le croyez, assura-t-il avec un sourire dur. Réfléchissez à ma proposition. Je suis prêt à donner sa chance à Darby, et éventuellement à vous confier quelques études à vous aussi.

— Si je romps avec Noah, précisa Jules en s'efforçant de ne pas lui éclater de rire au nez.

Tout cela était irréel et absurde. Il offrait un contrat magnifique à Darby, qui propulserait sa carrière dans la cour des grands, à condition que Jules rompe avec son petit ami… imaginaire. Waouh !

Elle était tentée d'accepter. C'était la chance de sa vie pour sa sœur. Une galerie et un musée ? Darby vendrait son âme pour un contrat de ce type. Mais elle hésita, consciente qu'elle devait refuser. Il le fallait.

— Rejeter mon offre serait un mauvais choix, mademoiselle Brogan. Je peux vous faire de la publicité, à votre sœur et à vous… dans un sens comme dans l'autre.

Ce qui voulait dire ? Il menaçait de nuire à leur carrière ? Elle inclina la tête et le dévisagea, surprise de la résignation qui était apparue dans ses yeux. Il n'aimait pas agir ainsi. Cet homme était éreinté, poussé dans ses retranchements.

— Pourquoi vous laissez-vous utiliser de cette façon ? demanda-t-elle avec douceur.

Il poussa un lourd soupir. Chagrin, colère et inquiétude se disputaient sur son visage. Il la fixa longuement et elle crut qu'il ne répondrait pas.

— Parce que si je ne le fais pas, finit-il par lâcher à voix si basse qu'elle l'entendait à peine, je crains qu'elle ne commette l'irréparable. Dites-moi ce que vous décidez, mademoiselle Brogan, conclut-il en se passant la main sur la mâchoire.

Et avant qu'elle ait pu répondre, il avait disparu dans la foule, laissant Jules se demander si elle avait rêvé.

— As-tu vu Morgan ? s'enquit Noah, l'air tendu.

Elle se retourna. Une fois de plus, il avait fière allure dans son costume noir, sa chemise à carreaux noir et vert-de-gris et sa cravate noire impeccablement nouée. Elle suivit son regard : il regardait Ivan Blake, les yeux étincelants de colère.

Il lui tendit une margarita frappée qu'elle but avec soulagement.

— Elle n'est pas là, ne t'inquiète pas.

Elle vit son visage s'éclairer et ses épaules se détendre. Ainsi son humeur de dogue venait de sa crainte de tomber sur son ancienne petite amie. Elle comprenait mieux.

— Ouf. Comment le sais-tu ?

— Son père me l'a dit.

— Il est venu te parler ? Qu'est-ce qu'il voulait ? Ah, ne dis rien, poursuivit-il avec un petit rire amer. Il veut que tu rompes avec moi.

— Exactement. Comment le sais-tu, toi ?

— Parce que Morgan me bombarde de messages et de textos pour qu'on se voie et que je lui redonne une chance.

Elle l'attrapa par le revers de sa veste, poing serré.

— Accepte et je te noie de mes mains dans la baie. Je te donne ma parole.

Avec un petit sourire, il se dégagea et lissa calmement le revers de son col.

— Je ne suis pas complètement idiot. Je ne me laisserai pas prendre au piège une deuxième fois, n'aie crainte.

— Tu ne dois pas la laisser te harceler, Noah. Parle-lui.

— Je n'arrête pas ! rugit-il d'une voix sourde. Je lui ai proposé qu'on se voie, je suis même passé chez eux, mais personne n'a répondu. Même si j'ai vu bouger les rideaux de sa chambre.

— Tu sais où est sa chambre ?

Il haussa les épaules.

— On était fiancés, je te rappelle. Je n'y comprends rien : elle m'a couru après pendant trois semaines, et maintenant, elle ne veut pas me parler et ne m'ouvre pas la porte.

— Bien sûr que non. Elle sait parfaitement que tu vas lui tenir un discours qu'elle ne veut pas entendre. Alors elle envoie son père pour accomplir ses petites manigances.

Noah resta de marbre, mais elle vit la préoccupation dans ses yeux.

— Il serait en mesure de t'utiliser ?

Elle faillit le gifler.

— Je vais faire comme si tu ne m'avais pas posé cette question.

— Excuse-moi. C'est qu'Ivan Blake est très fort pour trouver sur quel bouton appuyer afin d'obtenir ce qu'il veut, ou ce que veut sa fille, en l'occurrence.

Il y avait manifestement un passif et elle avait bien l'intention d'apprendre lequel. Mais pour le moment, il y avait un autre point qu'elle avait besoin de clarifier.

— Pourquoi as-tu dit que tu t'étais fait piéger ? Tu es resté trop longtemps fiancé avec elle pour prétendre que tout était mauvais dans cette histoire.

— Au lit, c'était fabuleux, admit-il avec un geste d'excuse. J'étais jeune et elle était très douée. Mais cela mis à part…

— Au risque de me répéter, tu es resté presque deux ans et demi avec elle ! Il y a bien une raison ?

Jules était sûre qu'il lui cachait quelque chose, une pièce du puzzle qui lui manquait. Une pièce essentielle. Il but une longue gorgée de whisky, sans la quitter des yeux.

— Je n'ai jamais demandé sa main à Morgan.

Ah bon ? Comment était-ce possible ? Elle ne s'était pas attendue à cette révélation.

Noah se passa la main dans les cheveux, visiblement mal à l'aise. Bien fait pour lui. Il le méritait, pour avoir laissé la situation se déliter ainsi. Fabuleuse au lit ! Bon sang !

— Cette fameuse veille de Noël, on a parlé de fiançailles, mais j'étais soûl et épuisé, et je ne me souviens de presque rien. Je me suis réveillé avec une gueule de bois d'anthologie et quand je suis descendu au salon, j'ai été accueilli par une salve de félicitations, ajouta-t-il en baissant la voix jusqu'au chuchotement pour qu'elle seule puisse l'entendre. Me marier était la dernière chose à laquelle je pensais à l'époque. Et c'est toujours le cas, conclut-il d'une voix ferme.

Cette déclaration fit à Jules l'effet d'un coup de poignard entre les côtes. Elle eut l'impression que quelque chose mourait en elle à cet instant précis, au milieu de cette élégante assemblée de Bostoniens richissimes. Elle se sentait abandonnée et désespérée.

Elle n'avait jamais imaginé qu'il puisse souhaiter rester célibataire. Car il avait la capacité de sa mère à aimer les gens qui en valaient la peine. Elle en avait fait partie, à une époque, et ce garçon si taciturne, en qui elle avait placé sa confiance, l'avait alors aimée, elle en était certaine.

Mais le Noah adulte, dur, impénétrable, plein d'assurance, ne l'aimait pas et ne s'autoriserait jamais à le faire. L'idée se fit jour en elle avec brutalité : si Noah devait ne jamais se marier, cela voulait dire qu'elle non plus… Elle chassa cette pensée avec rage. Ce qu'il faisait de sa vie n'avait rien à voir avec elle.

Mécontente d'elle-même, elle décida de revenir à leur sujet de discussion.

— Mais pourquoi ne les as-tu pas détrompés ?

En le voyant grimacer, elle se demanda s'il allait lui dire la vérité ou trouver une échappatoire.

— Bon. Alors, je me retrouve le jour de Noël, avec un mal de crâne à se taper la tête contre les murs et, avant que je réalise où j'étais, Ivan débarque avec une proposition de contrat de sponsoring inespérée. Trois fois plus que toutes les offres que j'avais eues jusque-là. Plus un nouveau voilier et un équipage de haut niveau.

Elle n'en croyait pas ses oreilles.

— Tu étais bien sponsorisé par Wind and Solar, non ?

— Dont il est actionnaire majoritaire, chose que peu de gens savent. Il m'a fait une offre impossible à refuser.

— Donc tu as laissé tomber l'université pour partir ?

Elle vit la mâchoire de Noah se crisper.

— C'est toi qui vois les choses comme ça.

— Tu es parti sans une explication, siffla Jules, sans presque me dire un mot. Tu m'as laissée tomber et tu as piétiné notre amitié. Et tu as trahi la promesse à ta mère de veiller sur tes frères et de finir tes études.

Il était devenu livide. Elle regrettait déjà ses paroles. Ce n'était pas comme si les frères de Noah étaient enfants et sans ressources. Eli était déjà à l'université et Ben allait y entrer. Tous deux avaient des gens auprès d'eux, vers qui se tourner en cas de besoin : sa mère et son père, ainsi que Levi.

Ses frères s'en étaient parfaitement bien sortis et le fait que Noah rate sa dernière année d'études n'avait pas nui à sa carrière, loin de là. Qui était-elle pour le juger ? Reste néanmoins qu'il avait rompu plusieurs promesses.

« Nous serons toujours amis, Ju. Je serai toujours là pour toi, tu peux me faire confiance… »

Elle lui avait fait confiance. Jusqu'à ce que ça ne soit plus possible.

Noah vida son verre d'un trait.

— Alors, soyons précis. J'ai terminé mes études, au moins j'ai tenu ma promesse. J'ai fait de mon mieux pour m'occuper d'Eli et de Ben. C'est aussi pour eux que je devais accepter la proposition de ce… type. Je regrette de ne pas avoir été là, Jules, de ne pas avoir pu te serrer dans mes bras aux obsèques de ton père. Je n'avais pas le choix, tu comprends ?

— Tu ne me dis pas tout, Noah.

Il se rapprocha d'elle, la piégeant entre le mur et son parfum frais et boisé. Et son corps, ce traître, réagit aussitôt à cette proximité : ses seins se tendirent vers lui et sa bouche devint sèche. Il usait de sa séduction pour détourner la conversation et, le pire, c'était qu'elle s'en moquait. Elle ne pensait plus qu'à l'embrasser.

Elle ne devait pas, car ils risquaient de se retrouver dans un lit. Elle posa la main sur sa poitrine pour le repousser doucement.

— Nous sommes censés être amants, Jules. Il faut agir en conséquence, murmura-t-il en se penchant vers elle.

Leurs visages étaient tout proches, elle soupira, se contraignant à se détendre.

— Tu me rends folle, Noah.

— Je peux t'en dire autant, poupée.

Il posa ses lèvres sur les siennes et elle jeta les bras autour de sa nuque, glissant les doigts dans l'épaisseur soyeuse de ses cheveux, dévorée par l'envie de le caresser partout.

Il s'écarta doucement et lui prit la joue, effleura sa bouche du gras du pouce. Elle frissonna.

— Je préfère de très loin cette Jules-là, tendre et sexy, à celle qui lance des récriminations.

Elle voulut protester mais il posa son front contre le sien.

— Wind and Solar m'a fait un pont d'or, mais le prix à payer était lourd. J'étais coincé entre le marteau et l'enclume.

Elle se raidit, se doutant qu'elle n'allait pas aimer la suite.

— Après la mort de maman, j'avais besoin d'argent, d'urgence. Le marché était que je demeurerais fiancé à Morgan pendant deux ans, le temps qu'elle guérisse.

Elle cligna des yeux, s'efforçant de digérer ce qu'elle venait d'entendre. Ce fut le moment que choisit leur cliente pour faire son apparition, une coupe à la main, un sourire extatique aux lèvres.

— Me voici ! La fête peut commencer ! Approchez, approchez, il y a là des gens que je veux vous présenter. Julia, ma chérie, tu es superbe ! Venez, venez tous !

8

Pourquoi les gens pensaient-ils toujours qu'elle s'appelait Julia ? Elle s'appelait Jules, elle était superbe, et elle lui posait un sérieux problème. Car Noah n'avait qu'une envie, la prendre par la main et courir loin de cette salle pleine de monde, vers un recoin secret où il pourrait lui ôter sa robe. Si on pouvait appeler « robe » cette petite chose en dentelle rose et noir, à la fois sophistiquée et décalée, terriblement affriolante, qui lui allait à la perfection. Une queue-de-cheval très haut sur le crâne dégageait son visage parfait au maquillage si discret qu'elle semblait n'en porter aucun.

Son amie d'enfance, maigrichonne et dégingandée, s'était métamorphosée en un splendide papillon. Jules était tout à la fois un soleil et un ouragan, une mer calme et un torrent. Elle comportait toutes les beautés d'un coucher de soleil sous les tropiques et les tumultes de l'océan Arctique. Elle évoquait les mers qu'il avait sillonnées, fascinantes, hypnotiques, dotées du pouvoir d'apaiser son âme et de l'exalter. Redécouvrir Jules, c'était comme se préparer à traverser l'Atlantique, sans savoir ce qu'il trouverait en route, mais rempli d'excitation. Il se sentait vivant.

Il se laissa aller au plaisir de la contempler tandis qu'elle suivait Paris. Cela faisait neuf jours, vingt-trois heures et trente minutes qu'il ne l'avait pas vue, depuis qu'elle était sortie de son bureau, et tout le temps qu'il n'avait pas passé à travailler, il avait rêvé d'elle.

Il secoua les épaules. Il valait mieux qu'il pense à autre

chose, avant de se rendre totalement ridicule. Il connaissait un moyen radical pour se calmer.

Il parcourut la salle des yeux. Il devait parler au père de Morgan et mettre les choses au clair. Plutôt plonger dans une mer infestée de requins que de renouer avec Morgan, il fallait qu'elle le comprenne. Il était désolé qu'elle n'aille pas mieux, mais ce n'était plus son problème.

Il vit Jules sourire et son cœur fit un bond dans sa poitrine. Fichue Paris ! Il fallait toujours qu'elle arrive au mauvais moment.

À quoi pensait Jules en cet instant ? Avait-elle compris qu'il n'avait pas eu le choix, à l'époque ? Il avait fait ce qu'il pensait devoir faire, piégé entre le diable et le triangle des Bermudes, mais si elle en concluait qu'il n'était qu'un imbécile guidé par la cupidité, il ne pouvait s'en prendre qu'à lui-même.

S'exprimer, s'expliquer n'était pas son point fort, tant s'en faut. Il préférait l'action aux mots et, même à ses frères, il n'avait jamais révélé toute l'étendue de la trahison d'Ethan. Ils ne savaient rien de ses liaisons et de tout l'argent qu'il avait dépensé pour des filles d'à peine vingt ans.

Il leur avait épargné tout cela, estimant qu'ils n'avaient pas à porter ce fardeau. Avec le recul, il se disait parfois qu'il aurait dû aller chercher des conseils et du réconfort auprès de Callie et de Ray, mais il s'en était abstenu, préférant tout prendre sur lui. Ils auraient tout de suite compris à quel point il était blessé, bouleversé et, s'il s'était laissé aller, il n'était pas certain qu'il aurait été capable de se relever.

Et peut-être y avait-il aussi une autre raison qui lui avait fait accepter la proposition d'Ivan. Elle lui donnait l'opportunité de fuir tout cela : la mort de sa mère, la traîtrise d'Ethan et ce qui s'était passé avec Jules.

Quand il était en mer, il ne pouvait penser à rien d'autre. La sécurité de son équipage, c'était sa responsabilité et elle passait avant tout. Il se devait de tout compartimenter, d'être à même de garder du recul, de ne pas agir sous le coup de l'émotion. Cette aptitude, qui l'avait mené à maints succès, était devenue une habitude, presque une seconde nature.

Et puis, il trouvait difficile de communiquer avec Jules, ces temps-ci. Elle lui occupait l'esprit en permanence, et pas seulement à cause du désir qu'elle lui inspirait. Il se surprenait à se poser des questions bizarres. Préparait-elle toujours son muesli elle-même, détestait-elle toujours les olives et se badigeonnait-elle le visage de ces mélanges farfelus d'avoine et de miel ? Il devait souvent résister à l'envie de lui téléphoner, juste pour entendre sa voix, son rire…

Et au désir de la retrouver dans ses bras, nue, magnifique…

Il glissa un doigt dans son col pour le desserrer et surprit le regard préoccupé de Jules. « Est-ce que ça va ? » lui demandaient ses yeux. Elle avait l'air songeur, sûrement pensait-elle à leur conversation. Il ne devait pas s'attendre à ce qu'elle se satisfasse de ses demi-réponses, elle avait encore des questions à poser.

Devait-il y répondre ou non ? C'était la première fois depuis… ma foi, depuis sa naissance, qu'il ressentait le besoin d'avoir l'avis de quelqu'un d'autre, un regard neuf. Pas de quelqu'un d'autre, non, l'avis de Jules, et d'elle seule.

Il était beaucoup plus facile de parcourir le monde, d'apparaître dans la vie des gens puis de disparaître, sans conséquences. Il boutonna sa veste, rejeta ses épaules en arrière et se recentra sur le présent. L'introspection attendrait. Pour le moment, il devait aller serrer des mains, faire des sourires, discuter de bateaux et de navigation, raconter les anecdotes mémorables de sa carrière, écouter des amateurs lui parler de choses auxquelles ils ne connaissaient rien.

Cela faisait si longtemps qu'il se livrait à ce petit jeu… Il comprenait la nécessité de soigner ses relations. Plusieurs amis de Paris seraient prêts comme elle à dépenser des dizaines de millions de dollars pour se faire construire un yacht, autant qu'ils se tournent vers lui pour ce faire. Il devait bien l'admettre, la conception de ce vaisseau de luxe avait été beaucoup plus passionnante qu'il ne l'avait envisagé. Les bateaux restaient sa passion et il ne rechignait pas à faire quelques mondanités avec des clients potentiels.

Allez, au boulot, Lockwood, va gagner ta croûte.

Il chercha Jules des yeux et l'aperçut, qui regardait fixement un homme aux cheveux argentés planté devant elle et dos à lui. Le visage de Jules reflétait sa surprise et son inquiétude. Sans hésiter, il traversa la pièce pour la rejoindre. Il arrivait près d'elle quand il entendit une voix grave qui l'interpellait. Il se figea.

Rien d'étonnant à ce que Jules ait eu l'air prise de court. La voix de cet homme avait suffi à lui glacer le sang. Son beau-père était à Boston ? Que faisait-il ici ? Avant de quitter Le Cap, Noah avait mené sa petite enquête. Ethan était à Cannes, lui avait-on appris, et semblait déterminer à y rester.

Mais son beau-père se trouvait ici, dans la seule ville dont Noah aurait voulu qu'il se tienne éloigné.

Il serra les poings et, levant les yeux, croisa le regard de Jules, plein de sympathie, qui lui disait silencieusement qu'elle était avec lui, même si elle ignorait pourquoi il s'était brouillé avec son beau-père. Ce soutien muet fut comme une gorgée de cognac chaude et parfumée.

— Reste calme, lui lança-t-elle.

Noah prit ses doigts et hocha la tête, puis se retourna.

— Ethan.

Le monde entier parut se figer autour de lui, dans l'attente de ce qui allait se passer. Il se reprit. Personne, mis à part ses frères, n'était au courant de la guerre qu'ils se livraient. Ethan n'avait pas dû aller se vanter que son fils adoptif avait engagé une procédure contre lui. Il ne laissait voir aux yeux du monde que le vernis d'un séducteur riche et mondain. Il gardait ses manigances de serpent par-devers lui.

— Salut, fiston.

Noah serra les dents. Il aimait tant qu'Ethan l'appelle ainsi, jadis. Les gènes et le sang semblaient n'avoir alors aucune importance. Aujourd'hui, ce mot était comme de l'acide à son oreille. Se faire dépouiller avec ses frères de leur héritage avait quelque peu troublé son adoration.

Il dut se faire violence pour serrer la main qu'Ethan lui tendait et garder un ton neutre en lui parlant.

— Je croyais que tu étais dans le sud de la France.

Ethan saisit un verre sur un plateau qui passait là et sourit. Ses yeux bleus étaient froids comme de la glace.

— Ça fait un mois que je suis rentré, répliqua-t-il en buvant, sans le quitter du regard un seul instant. Comme tu le sais, j'ai mis le domaine en vente.

Noah serra la main de Jules pour se retenir de lancer son poing dans la figure de son interlocuteur.

— Et comme tu le sais, toi, j'ai activé la clause qui me permet de faire une offre le premier, à vingt pour cent au-dessous du prix du marché.

— Mon avocat m'en a informé. Quel ennui de devoir attendre ! ironisa Ethan avec un sourire de requin. Mais, si tu ne peux pas réunir l'argent, je suis prêt à te le vendre malgré tout.

— Et quelle sera la contrepartie ?

Il y aurait une contrepartie, il y en avait toujours une.

— La marina. Tu me laisses la marina plus vingt millions, et je te laisse la propriété avec tout le bazar de ta mère.

Le « bazar » de sa mère… Il parlait des meubles de famille, des tableaux, l'argenterie. Mais qu'en restait-il à ce jour ?

Il allait le tuer, vraiment. Bien sûr, la maison avait une valeur sentimentale énorme, mais la marina était un placement en or, qui trouverait preneur en un clin d'œil. C'était ce qu'Ethan voulait : gagner de l'argent, facilement, sans penser à rien ni personne d'autre que lui. Quel sale type.

Et à présent, il se servait de l'attachement de Noah au domaine familial. Mais jamais ce dernier n'accepterait pareil compromis. Levi était associé à part entière dans cette affaire et ne permettrait pas un arrangement aussi désavantageux. Et Noah en avait assez de se faire spolier par son beau-père.

— Hors de question, répliqua-t-il.

— Dommage. J'aime encore mieux faire faillite que te laisser la propriété.

— Ne me fais pas pleurer, tu es bien trop cupide pour faire faillite, gronda Noah d'une voix venue du fond d'un abîme.

Les yeux d'Ethan étaient injectés de sang et il semblait sur le point de perdre son sang-froid. Lui mettre son poing dans la figure serait une telle satisfaction.

— J'ai un plan B, ne t'en fais pas pour moi. Si tout se passe comme prévu, je retirerai la propriété de la vente. Quoi qu'il arrive, je ne mettrai pas un sou de plus pour la maison de ta mère. Plutôt la voir tomber en ruine, brique par brique.

La menace était vaine, et proférée dans le seul but de pousser Noah à bout, car tous deux savaient parfaitement que l'entretien de la maison était entièrement couvert par les bénéfices du club. En aucun cas les gestionnaires du domaine ne laisseraient dépérir la superbe demeure qui contribuait au caractère d'exception des lieux.

Noah se raidit, seule la pression de la main de Jules dans la sienne lui permit de garder une expression impassible. Lui lâchant la main, elle s'avança entre eux deux avec un sourire. Pourtant, son regard était glaçant.

— Oncle Ethan, ça fait si longtemps, commença-t-elle d'une voix suave et dure qu'il ne lui avait jamais entendue.

Le sourire de l'interpellé devint onctueux. Il n'avait jamais pu résister à l'attention d'une jolie femme. Surtout quand elle était jeune. Cette faiblesse vidait d'ailleurs son compte en banque plus rapidement qu'un robinet grand ouvert.

— Je devrais me souvenir, je suis désolé, ravissante demoiselle, je ne sais plus… Attendez, Jules Brogan ?

— Elle-même, fit-elle avec un petit signe de tête.

Ethan s'empourpra et glissa un doigt dans le col de sa chemise.

— J'ai été désolé d'apprendre pour ton père.

— Mais pas assez pour venir à ses funérailles, toutefois.

— Noah non plus, rétorqua Ethan avec une moue.

Typique, sa façon de toujours reporter les torts sur autrui.

— Si ma mémoire est bonne, Noah était alors au beau milieu de l'océan Indien. En revanche, je n'ai pas su ce qui vous avait empêché d'être là pour soutenir ma mère quand elle a perdu l'homme qui avait été votre voisin et ami pendant plus de vingt ans… ? La femme qui vous préparait à manger, à vous et vos fils, quand Bethann est tombée malade et après sa mort, la femme qui s'est occupée de vos enfants après l'école, qui s'en est plus occupée que vous-même, d'ailleurs…

— Ah…

Le visage congestionné et l'air traqué d'Ethan réjouissaient Noah au plus haut point. Jules allait poursuivre, mais il vit Paris qui les rejoignait. Il prit Jules par la nuque et lui tourna doucement la tête dans sa direction. Leur hôtesse et cliente était une experte en potins et il ne voulait surtout pas qu'elle tombe en plein mélodrame.

Il ouvrit de grands yeux en voyant Paris passer son bras autour du cou d'Ethan et lui poser un baiser sur la tempe. Elle leur décocha un sourire éclatant.

— Surprise ! Mon chéri m'a expliqué que vous ne vous étiez pas vus depuis longtemps et que vous aviez eu une petite dispute. J'ai pensé que ce serait l'occasion idéale de vous réconcilier ! s'exclama-t-elle, les yeux brillants d'excitation. Ethan m'a dit que c'est lui qui vous avait tout appris sur les bateaux. Il m'a adorablement proposé de me conseiller pour la fabrication de mon yacht.

Noah était au bord de la nausée. Il vit une jubilation sournoise dans les yeux d'Ethan et dans son sourire triomphant. Il tenait sa vengeance.

— Mon cœur, il y a de la musique, il faut danser ! pépia Paris avant de poser un baiser sur les lèvres d'Ethan.

Celui-ci leva son verre devant Noah, qui sentit des doigts glacés lui enserrer la gorge.

— On se reparle très vite… fiston.

Et le couple s'éloigna.

Noah se força à inspirer à petits coups, entendant à peine Jules lui parler.

— Noah, ça va ? répéta-t-elle, l'air consterné.
— Non. Ça ne va pas du tout.

Jules peinait à se remettre de cette rencontre inattendue. Elle ne pouvait qu'imaginer ce que ressentait Noah. Ils avaient quitté la fête aussitôt qu'ils l'avaient pu et étaient rentrés chez elle dans un silence de mort. Sans un mot, Noah était sorti de voiture pour lui ouvrir la portière et la raccompagner à sa porte. Dans l'ombre du perron, il l'avait dévisagée d'un air indéchiffrable.

Elle avait tant de questions à lui poser, pour comprendre, pour débroussailler la situation, mais il était tard. Et des explications n'étaient pas ce dont elle ressentait le besoin, en cet instant. Pour l'heure, elle voulait lui donner quelque chose, à lui…

Elle l'avait cherché des yeux à deux ou trois reprises au cours de la fin de la soirée au Whip. Il discutait, paraissait prendre du bon temps, mais elle sentait bien qu'il donnait le change. Il jouait la comédie avec talent, sauf qu'elle le savait à bout, émotionnellement et psychologiquement. C'était la première fois qu'elle prenait conscience avec une telle acuité que ce retour à Boston et l'obligation d'affronter son passé faisaient endurer un calvaire à Noah.

En face de Jules, de l'autre côté de la rue, se dressait la maison Lockwood, austère et menaçante sous le ciel assombri. Noah était revenu pour s'occuper de cet héritage, mais les difficultés s'accumulaient. Elle avait cru jusqu'ici que sa brouille avec son beau-père n'était rien d'autre que ça, une brouille, un affrontement du vieux mâle contre un jeune mâle, qui s'apaiserait de lui-même. Elle n'avait pas remarqué jusqu'à présent qu'Eli et Ben ne parlaient jamais d'Ethan : celui-ci était toujours parti quelque part et elle s'était dit que Noah avait plus de contacts avec lui parce qu'il était lui-même un voyageur.

Mais elle avait fait erreur sur toute la ligne. Noah et Ethan se haïssaient. Quelque chose de grave s'était produit, qui avait tout détruit.

Noah s'appuya sur l'encadrement de la porte où elle se trouvait adossée, la main posée au-dessus de sa tête, et baissa les yeux vers elle. Son visage était aussi fermé que la grande maison en face.

— La soirée a été longue, et pénible, Ju. Je n'ai pas envie d'en parler et encore moins de répondre à des questions.

— Je m'en doute, répliqua-t-elle en posant ses deux mains à plat sur la porte de bois dans son dos.

Elle se cambra et leva le visage vers lui, en baissant délibérément les paupières. Elle savait ce que Noah désirait et c'était la seule chose qu'elle pouvait lui donner. Qu'elle voulait lui donner. Ou plutôt, qu'elle avait besoin de lui donner. Mettre de côté les problèmes et se laisser aller aux seules sensations. Peaux tièdes, lèvres humides, chaleur…

La voix de Noah lui parvint, très basse, mais ferme.

— J'ai envie de toi. Mais tu le sais déjà.

— En effet, confirma-t-elle en glissant une main derrière sa nuque. Et j'ai envie de toi, moi aussi. Emmène-moi dans mon lit. Non. Emmène-moi dans un endroit où plus rien n'existera que ce désir.

— Rien n'a changé, Jules. Dès que j'aurai racheté la propriété, je repartirai, lâcha-t-il d'une voix égale.

Ce constat abrupt la blessa, bien sûr, mais ne la détourna pas de ce qu'ils avaient tous deux en tête.

— Embrasse-moi.

Les yeux de Noah la transperçaient et elle percevait la tension dans tout son corps. Elle crut qu'il allait l'entraîner rapidement, se satisfaire avec impatience, fiévreusement.

Aussi fut-elle surprise par la douceur et la tendresse qu'elle sentit dans son baiser.

Il plia les genoux, plaça un bras sous ses fesses et la souleva pour que leurs bouches se retrouvent au même niveau. Ses pieds pendaient dans le vide, mais cela importait peu, car Noah la tenait, explorait sa bouche, la goûtait avidement. Elle colla les seins contre son torse, leva un genou pour caresser son sexe dur. Hum…

Il la reposa, ses yeux demandaient la clé sans qu'il ait besoin de parler. Elle se lécha les lèvres, secoua la tête, elle ne savait plus. Avec un petit soupir, Noah attrapa son sac et l'ouvrit, en sortit la clé et déverrouilla la porte.

— Tu parviens encore à utiliser ton cerveau, c'est impressionnant. Moi je n'arrive pas à penser à autre chose.

— C'est que je suis très motivé, dit-il en la prenant par le poignet pour l'entraîner à l'intérieur. Je n'ai pensé qu'à t'enlever cette robe durant toute la soirée.

Elle sourit, l'explication était convaincante. Minute, cette robe lui avait coûté un bras ! Elle posa les mains sur la poitrine de Noah pour le retenir.

— Si tu abîmes cette robe, Lockwood, je te tue. Je suis très sérieuse, Noah ! insista-t-elle devant son sourire carnassier.

Il leva les mains en signe de reddition, mais son visage affichait un mélange de détermination, d'affection et d'admiration.

— Tu es belle à mourir, Jules.

Quand il parlait avec cette voix-là, sans son assurance ni ses airs canailles, elle le voyait comme personne d'autre ne le voyait jamais, exposé et mis à nu. Elle aimait savoir que tant de douceur se dissimulait sous sa carapace de mâle alpha.

Elle aimait tout de lui. Elle l'aimait, tout simplement.

Et elle n'aurait pas dû.

Mais elle ne voulait pas y penser maintenant. Refermant la porte, elle entremêla ses doigts aux siens et le conduisit vers l'escalier. Elle sourit quand tous deux, instinctivement, évitèrent les marches qui craquaient et longèrent le mur du couloir pour étouffer leurs pas, comme si ses parents étaient toujours dans la grande chambre du bas.

Elle fit entrer Noah dans sa chambre, referma la porte et envoya valser ses escarpins. Puis elle se retourna et le regarda de la tête aux pieds, en prenant son temps, tandis qu'il la dévorait des yeux en retour. Elle avait intérêt à se dépêcher d'enlever cette robe, car la lueur affamée dans les yeux de

Noah ne lui disait rien qui vaille. Elle trouva le fermoir de la glissière sous son bras gauche, le fit descendre avec lenteur. La robe s'ouvrit, glissa au sol et elle s'en dégagea d'un pas sur le côté, avant de la poser sur le dossier d'une chaise. Elle trouvait plus de plaisir à ce strip-tease improvisé qu'elle ne l'aurait cru. Du coin de l'œil, elle saisit son reflet dans le miroir, le soutien-gorge sans bretelles et le tanga assorti. Elle n'était pas plus exposée qu'elle ne l'aurait été en maillot de bain, pourtant elle se sentait sexy et voluptueuse, comme une femme amoureuse qui attend son homme.

N'était-ce pas exactement le cas ?

Qui devait faire le premier pas ? Elle n'en avait aucune idée, et resta là, devant lui, sentant l'électricité grandissante entre eux. Noah leva un sourcil, dans l'expectative.

— Tu es sûre que c'est ce que tu veux ? demanda-t-il d'une voix très calme. Si nous commençons, je risque de ne pas pouvoir m'arrêter.

— Je suis très sûre.

— Alléluia.

Il ôta sa veste, sa cravate d'un geste prompt et les lança sur la chaise. Puis il s'avança vers elle, tout en ouvrant le col de sa chemise. Il fit courir un doigt sur le côté de son cou. Sa clavicule. La naissance de ses seins. Elle sentait une nuée de papillons frémir dans son ventre. Il prenait tout son temps et c'était cent fois plus érotique que des baisers passionnés et des mains fiévreuses.

Chez un homme si réservé, si athlétique, cette douceur inattendue était une surprise merveilleuse. Mais elle le savait, tout allait s'accélérer, s'embraser, le magnétisme entre eux était trop irrépressible.

Il avait pris sa tête entre ses deux mains pour permettre à ses pouces de lui caresser les sourcils, de descendre sur ses tempes, de longer ses pommettes.

— Embrasse-moi, Noah.

Il esquissa un sourire.

— Chut. Ne pense à rien. Calme-toi. Profite. Rien ne presse.

Il pencha le visage vers elle et lui effleura les lèvres. Leur baiser se prolongea, long, langoureux, faisant pulser en elle des ondes de plaisir. Elle laissa courir ses mains sur lui, partout où elle trouvait un coin de peau, puis elle entreprit de déboutonner sa chemise, tellement fébrile et maladroite qu'il lui sembla prendre des heures avant que les deux pans du vêtement ne s'ouvrent enfin. Elle glissa les doigts dans les poils de son torse, sur ses côtes, ses pectoraux plats et durs, les muscles de son abdomen… En le sentant frémir sous ses caresses, elle avait l'impression d'être dotée de super-pouvoirs.

Elle fit courir le bout de son index le long de son sexe tendu sous la laine fine de son pantalon. Noah émit un grondement sourd. Alors elle déboucla sa ceinture, ouvrit sa braguette et libéra son membre dur, qu'elle emprisonna dans ses deux mains, arquant le dos tandis que Noah embrassait sa gorge, suçotait la peau de son épaule ronde. Sans prévenir, il la fit pivoter et lui attrapa les mains pour les plaquer contre le mur. Elle hoqueta en sentant sa bouche lui parcourir la colonne vertébrale, remarqua à peine que son soutien-gorge tombait au sol à ses pieds. Il se colla à elle, lui prit les seins dans ses mains, les massa jusqu'à ce que les pointes deviennent presque douloureuses.

— J'ai envie de toi, souffla-t-il contre son oreille tout en glissant les pouces dans son tanga qu'il fit descendre sur ses cuisses.

L'instant d'après, les mains de Noah étaient sur ses fesses, et ses doigts s'inséraient entre ses jambes, trouvant sans hésiter le petit bouton de chair si sensible. Elle releva les bras au-dessus de sa tête, appuya le front contre ses poignets, haletante.

Un doigt la pénétra, un autre, elle se sentait décoller du sol, s'élever, basculer, perdre tout contrôle. Noah la lâcha avec un petit rire et caressa son ventre plat, ses seins ronds…

— Noah, je t'en prie…

Il se pressait derrière elle, son sexe dur contre ses fesses.

— Oui, chérie ?

— Je veux…

— Tu veux… ?

Elle se retourna à demi pour le regarder, implorante. Ses yeux brillaient d'éclats dorés, mais déjà sa bouche avait repris la sienne et il l'embrassait avec passion. Elle se retourna complètement, passa une jambe sur sa hanche et gémit en le sentant contre elle.

Mais il s'écarta, la souleva et, la portant à demi, la mena jusqu'à son lit. Là il s'assit, l'installa sur lui, une jambe de chaque côté de ses cuisses, sexe contre sexe, et repoussa les mèches de son visage.

— Mon cœur, je dois prendre un préservatif, et enlever ces vêtements. Je ne vais pas te faire l'amour à moitié habillé.

Elle ondula doucement des hanches et sourit quand il leva les yeux au ciel.

— Juste une minute.

Elle regarda avec délices les muscles de ses bras et ses abdominaux se contracter quand il se leva et alla fouiller dans la poche intérieure de sa veste, dont il sortit un étui de trois préservatifs. Elle s'allongea et le regarda se dévêtir. Il avait un tatouage au-dessus de la hanche et elle attendit qu'il vienne se rasseoir près d'elle pour l'examiner mieux. C'était une corde de marine. Le nœud était placé sur la pointe de la hanche et la corde courait jusqu'à son bas-ventre. Elle passa ses doigts sur l'encre bleue, admirant le travail de l'artiste et la façon dont il avait rendu l'aspect élimé et vieilli de la corde.

— La mer te manque, Noah ?

Il glissa les doigts dans sa longue chevelure.

— Pas autant que tu m'as manqué, toi.

Elle leva vers lui de grands yeux, doutant de ce qu'elle devait répondre. Il pencha son grand corps sur elle, l'obligeant à ouvrir les jambes.

— J'ai besoin de toi, Jules, j'ai besoin d'être en toi, de te sentir… De me sentir… bon sang…

Mais elle savait, sans qu'il ait besoin de terminer sa phrase, ce qu'il s'était apprêté à lui dire : « de me sentir comblé ».

Elle l'enlaça tandis qu'il la pénétrait, doucement, peau contre peau, une seconde seulement. Comme lui, elle aspirait à cette union, sans plus aucune barrière, ni morale ni physique. Il se retira, enfila un préservatif et revint sur elle. Et lui fit l'amour, merveilleusement, comme il faisait toute chose.

9

Quand elle entra dans la cuisine ensoleillée le lendemain matin, Darby lui prit les mains et se mit à sautiller.

— Juju ! Il y a du nouveau !

Jules regarda la cafetière en essayant de chasser la brume qui empêchait son cerveau de se mettre en route. Elle était épuisée par sa nuit avec Noah sans dormir ou presque. À ce propos, où était le héros du jour ? Le lit était vide quand elle s'était réveillée, il n'était pas dans la salle de bains, et pas davantage ici. Sans doute avait-il préféré ne pas affronter la famille dès le matin. Elle aurait bien aimé pouvoir en faire autant. Mais il lui fallait de toute urgence un café.

— Devine qui avait un rendez-vous hier ? demanda Darby, toujours sautillante.

Bon. D'accord. Darby et elle étaient liées par ce truc des jumeaux, mais impossible qu'elle ait deviné que Jules avait passé la nuit avec Noah. Impossible. Jules lui tourna le dos sans répondre au salut de Levi et sortit un mug du placard pour se servir un grand café. Elle prit son temps avant de se retourner, forma des vœux pour qu'ils ne remarquent pas le suçon sous son menton et son teint illuminé par les hormones.

— Il n'y a pas un commandement dans la Bible qui interdit de parler de ce genre de choses le dimanche ? s'enquit-elle.

Levi, qui faisait fondre du beurre pour préparer des œufs brouillés — la belle initiative ! —, jeta un coup d'œil à Darby.

— Je voudrais bien, mais je ne crois pas, hélas, fit-il mine de déplorer avant de se tourner vers Jules en fronçant les sourcils. C'est de toi qu'il est question ?

— De moi ? fit Jules en posant une main sur son cœur. Pourquoi moi ?

Levi se contenta de secouer la tête en se concentrant sur ses œufs.

Bon sang, il n'y avait rien de mal là-dedans. Noah et elle étaient adultes, consentants, célibataires, mais elle était mal à l'aise à l'idée que son frère sache qu'ils avaient… Elle haussa les épaules. Inutile de se poser trop de questions tant qu'elle n'avait pas injecté sa dose de caféine vitale à son organisme.

Darby inclina la tête.

— Tu as l'air crevée, Jules. Tu n'as pas beaucoup dormi, cette nuit ?

— La semaine a été très, très longue, et la soirée mouvementée. Ethan était à la fête de Paris. Figurez-vous qu'il va lui servir de conseil pour son yacht et faire l'intermédiaire entre Noah et elle.

— Quelle guigne ! pesta Levi.

— Où est le problème ? demanda Darby en prenant une pomme et en s'asseyant sur le plan de travail. Ethan s'y connaît, c'est lui qui a fait découvrir la voile à Noah, non ?

Levi secoua la tête sans répondre. Jules posa une main sur son bras et attendit qu'il relève la tête.

— Que sais-tu de leur brouille, Levi ?

— Pas grand-chose. Tu connais Noah, il ne parle pas beaucoup, c'est le moins qu'on puisse dire. J'ai rassemblé des infos par bribes grâce à Eli et Ben, mais je ne sais pas ce qui s'est passé exactement. Et de toute façon, je ne te dirai rien, Jules. C'est à lui de t'en parler.

La réaction était à prévoir, Levi n'était pas un bavard.

— Je ne comprends rien à ce que vous racontez, se plaignit Darby entre deux morceaux de pomme.

— Je t'expliquerai ce que je pourrai quand je pourrai, Darb, répliqua Jules avant de changer de sujet, car Noah aurait détesté apprendre qu'on parlait de lui. Alors, c'est quoi cette grande nouvelle ?

— Oh, pitié, des commérages maintenant ! ronchonna Levi. Vous ne pouvez pas attendre qu'on ait fini de déjeuner ?

— Absolument pas. Et il s'agit de ta mère, Levi, fit Darby en pointant l'index sur lui.

Levi fronça les sourcils.

— Qu'est-ce qui se passe ? Maman a un problème ?

Levi était capable de se montrer terriblement protecteur. Jules sirotait son café en surveillant ses frère et sœur par-dessus le bord de sa tasse.

— Pas du tout, répliqua Darby avec un sourire narquois. Elle va très bien, au contraire. J'ai appris qu'elle était sortie danser hier. Avec un galant très galant.

Pourvu que ce soit le patron du café. Mis à part le fait qu'il était tout à fait sexy dans le genre vieux baroudeur, son idylle avec leur mère leur assurerait d'être approvisionnés en bon café. Bon, ce n'était pas glorieux, ce genre de raisonnement, mais son addiction l'y contraignait.

— Elle n'est pas allée en discothèque, quand même ? s'enquit Levi.

Oui ! Vas-y maman !

— En discothèque ? Grands dieux ! pouffa Darby.

Levi semblait sur le point d'exploser. Pourquoi ne voyait-il pas que Darby voulait le faire enrager ?

— Darb, commença Jules sur le ton de la mise en garde.

— Bon, d'accord. Non, elle n'est pas allée en boîte, mais dans un club de salsa et elle avait l'air très contente.

— Et d'où tu tiens cette information ? s'enquit Levi d'un air méfiant.

Darby, qui avait des amis dans toute la ville, adorait qu'ils lui racontent ce qu'ils apprenaient. Elle était une version vivante des réseaux sociaux.

— C'est une amie d'amie qui l'a vue. Et elle avait un dîner avec un monsieur, la veille.

Deux rendez-vous ? Trop forte ! Jules ne put retenir un

grand sourire, mais Levi avait l'air sur le point d'étrangler quelqu'un.

— Qui est-ce ? On le connaît ? Je vais aller la voir et…

Elle le regarda en haussant un sourcil interrogateur.

— … Et je vais avoir une conversation sérieuse avec elle.

Jules gloussa.

— Du calme, Rambo. Elle a bien le droit de s'amuser.

— Elle peut très bien s'amuser au bowling ou au golf, elle n'a pas besoin d'aller danser la salsa avec on ne sait qui !

Il prit quelques petits oignons blancs et se mit à les hacher furieusement.

— Maman est grande et fait ce qu'elle veut. Elle a le droit de profiter de la vie. Ça fait longtemps qu'elle est seule. Si elle a envie de voir quelqu'un, tant mieux. Comme ça, il y en aurait au moins un d'entre nous pour s'éclater un peu.

Levi laissa tomber son couteau.

— Boucle-la, Darby. Je suis sérieux.

Darby éclata de rire et regarda Jules, espérant visiblement qu'elle se joigne à son hilarité.

Maman n'est pas la seule qui s'éclate, Darb…

Comme si elle l'avait entendue penser, sa jumelle cessa de rire, écarquillant les yeux. Jules se mordit la lèvre. En temps normal, elle partageait tout avec sa sœur, mais là elle n'était pas prête. Elle ne savait même pas ce qu'elle éprouvait, sinon la plus grande confusion.

Darby jeta un regard en coin à Levi. Il se concentrait sur ses oignons, alors elle en profita pour lancer à sa sœur un regard en point d'interrogation.

Noah ? demanda-t-elle en silence.

Jules acquiesça imperceptiblement, puis secoua la tête en levant une main, pour demander à sa jumelle de laisser tomber le sujet. Darby esquissa une moue boudeuse, puis retourna s'asseoir sur sa chaise.

On en reparlera.

Je sais. Mais pas maintenant.

Ça va ?

Ouais. Un peu sonnée.

Juste : il était bien ?

Jules posa une main sur son cœur.

Incroyable.

— Qu'est-ce qui vous arrive ?

Jules se tourna vers DJ, qui arrivait sur le pas de la porte et les observait.

— Ma mère sort danser la salsa avec des types, je pète un câble et Jules n'a pas dormi de la nuit, répondit Levi en relevant la tête et pointant son couteau de cuisine vers ses deux sœurs. Et Jules et Darby font leur numéro de jumelles télépathes, pour couronner le tout.

DJ posa les poings sur ses hanches et les regarda chacun à son tour.

— Votre mère a amplement mérité de s'amuser un peu. Et si j'ai bien compris, elle n'est pas la seule à avoir passé une bonne nuit ?

OK, donc ce n'était pas juste un numéro de jumelles télépathes, ça fonctionnait aussi avec d'autres. DJ alla se placer derrière Levi et pointa le doigt vers le plafond.

Noah ?

Qui d'autre ?

C'était bien ?

Sérieux ? Mais qu'est-ce qu'elles avaient toutes à la questionner sur les prouesses de Noah au lit ?

— Je sens l'air qui bouge derrière moi, DJ, grommela Levi. Ça suffit, avec vos histoires de fesses. Je ne veux rien savoir sur qui couche avec qui. Rien de rien. Est-ce qu'il faut que j'aille casser la figure à quelqu'un ? conclut-il en regardant Jules d'un air sombre.

— Non, non, s'empressa-t-elle de répondre. Tout va bien. Je vais bien, ajouta-t-elle en voyant l'expression inquiète de son frère. Tout le monde va très bien.

Levi croisa les bras avec assurance.

— Tout va bien, donc, répéta-t-il d'un ton sarcastique. Tant mieux. Cela m'embêterait de devoir casser la figure de mon meilleur ami. À propos, tu peux aller le chercher pour lui dire que le petit déjeuner sera prêt dans un quart d'heure ?

Finalement, Levi ne se débrouillait pas si mal que ça en télépathie, lui non plus.

Comme elle l'avait fait des centaines de fois par le passé, mais plus depuis des années, Jules grimpa à la treille couverte de lierre jusqu'à la chambre qui avait été celle de Noah. Qu'est-ce qu'elle était en train de faire ? Elle n'avait plus dix ans. Ni quatorze. Ni même dix-huit !

Un mois après le décès de Bethann, Ethan avait fermé la maison et emménagé dans l'appartement qu'ils possédaient en ville. Elle se souvenait de conversations surprises entre son père et sa mère, qui blâmaient son manque de respect et son attitude. Mais comme elle était alors trop jeune pour se soucier d'autre chose que d'elle-même, elle n'avait guère pris garde à ce qu'elle entendait. Tout ce qu'elle savait, c'était que Noah s'était montré blessant avec elle et que sa famille, qui semblait pourtant si unie, avait implosé avec la mort de Bethann, à la lecture du testament. Trois mois plus tard, Noah avait quitté Boston et disparu de sa vie.

Pourquoi n'avait-elle pas cherché à en savoir plus ? En réalité, il était facile de comprendre que Noah souffrait, de voir à quel point il était malheureux avec sa fiancée. Morgan ne lui apportait pas le soutien dont il avait besoin, c'était une évidence. Peut-être que leurs relations physiques lui avaient fait du bien pendant un temps, mais cela ne pouvait suffire à panser ses blessures et ses craintes.

Jules savait très bien pourquoi elle n'avait pas creusé la question. Elle lui en voulait trop de ses fiançailles. Était-elle jalouse ? Elle avait été si frustrée de le voir se renfermer dans sa coquille. Elle ne s'était occupée que de son propre chagrin, de son ressentiment et de sa colère.

Mais tout cela avait eu lieu il y avait longtemps. Elle devait faire face au Noah d'aujourd'hui, adulte, tout comme elle. Il n'était plus un jeune homme, ni elle une adolescente. Peut-être seraient-ils capables de faire la part des choses entre le sexe, la complicité, l'amour, l'amitié.

Elle avait d'autres préoccupations, sa carrière brillante, sa vie de femme à accomplir… De femme qui en cet instant précis se conduisait comme une ado transgressive, à vrai dire. Elle atteignit la fenêtre à guillotine et passa la jambe par-dessus l'appui.

Elle sauta à l'intérieur. Noah était bien là, dans un vieux jean et une chemise grise aux manches retroussées. Il sortait de la douche, ses cheveux blonds encore humides étaient plus sombres. Le parfum de savon et de dentifrice se mêlait à l'odeur de poussière et de renfermé de la pièce restée longtemps close.

Elle se redressa, fit claquer ses mains sur ses hanches et le dévisagea.

— Levi m'a chargée de te prévenir que le petit déjeuner était presque prêt.

Noah s'assit au bord du lit, sourcils froncés.

— Je n'ai pas très faim.

Elle aurait voulu aller s'asseoir près de lui, le prendre dans ses bras et le bercer, mais elle sentait sa tension. Il ne se livrerait pas aussi facilement, elle allait devoir le pousser un peu. Elle s'assit donc sur l'appui de la fenêtre en étendant ses jambes devant elle.

— Tu as préféré te réfugier dans la maison de ton père ?

— La maison d'Ethan, rectifia Noah d'une voix sifflante. Il n'est plus mon père depuis dix ans.

— Que s'est-il passé ?

Il baissa les yeux, joignit les mains entre ses genoux.

— Le testament de ma mère n'était pas très clair et laissait une marge d'interprétation. Ethan en a profité pour tenter de nous spolier. À un moment, il a dû choisir entre hériter de plusieurs millions ou garder ses fils. Il a choisi les millions… Il nous a élevés, poursuivit-il après s'être éclairci la gorge. Nous l'appelions « papa ». Eli et Ben étaient tout petits quand il est arrivé dans notre vie. Il a été notre père pendant plus de vingt ans. Il était là quand on avait un match, une compétition, une remise de prix. J'étais persuadé qu'il aimait notre mère de toute son âme… Deux semaines après la mort de maman, reprit-il une fois l'émotion passée, je l'ai appelé à l'appartement. Une femme a répondu au téléphone, une très jeune femme, à en juger par sa voix. Il était sous la douche, et elle m'a dit qu'il allait être occupé toute la soirée, « si je voyais ce qu'elle voulait dire ».

Jules se retint de courir le prendre dans ses bras, mais si elle agissait ainsi, il se fermerait comme une huître. Elle serra les doigts sur le rebord de la fenêtre.

— Le lendemain, je suis allé voir Ethan. Il m'a ri au nez. Il m'a dit que je devais grandir, que la fille qui m'avait parlé n'était ni la première ni la dernière. « Tous les hommes font ça », a-t-il conclu.

Faux. Son père à elle n'avait jamais trompé sa mère. Elle voyait les genoux de Noah trembler.

— Il a continué sur le même ton. Il avait fait son boulot, il nous avait élevés, comme le voulait notre mère, et maintenant, il récupérait le fruit de ses efforts. La société, la maison, le compte en banque, tout ça lui revenait de droit, pour avoir passé vingt ans coincé dans ce mariage.

Jules se mordit la lèvre. Le ton lugubre de Noah la rendait malade.

— En gros, si je restais tranquille, si je le laissais tout prendre, il continuerait à payer pour nos études. Sinon, bon vent.

— Mon Dieu, Noah…

— Je ne pouvais pas le laisser faire sans me battre. Il m'a fallu de l'argent pour embaucher des avocats. Le père de Morgan a fait le nécessaire. Il m'a donné plus qu'il me fallait, à condition que je reste fiancé à Morgan pendant deux ans. La bataille a été très rude et, finalement, le juge nous a octroyé la marina et le chantier naval. Ethan a eu l'argent et les propriétés. J'ai été obligé de continuer la navigation pour gagner l'argent nécessaire au renflouement de la marina et du chantier naval, qui n'étaient plus rentables.

— Et tu as réussi, Noah, tu as sauvé la compagnie créée par ton grand-père.

— Mais le prix à payer a été énorme, Jules. Quand j'ai finalement rompu avec Morgan, elle a fait une dépression nerveuse et a été hospitalisée. Ils ont dit que c'était ma faute, même si notre relation ne se bornait plus qu'à quelques coups de fil et quelques mails depuis des mois.

— Il leur fallait un coupable, Noah, tu étais tout désigné.

— Sans doute.

Il se leva et alla jusqu'à son bureau, le regard fixé sur la collection de médailles accrochées au mur et de trophées posés sur les étagères.

— Les gens pensaient qu'à mes yeux courir pour Wind and Solar était le rêve ultime.

— Ce n'était pas le cas ?

Il tourna vers elle un visage dévasté qui la bouleversa.

— Quitter Boston a été un cauchemar. Bien sûr, naviguer, c'était génial, visiter différents pays, aussi. Mais quand j'ai pris cet avion, j'ai laissé tout ce qui comptait pour moi. J'essayais de me remettre de la mort de maman, c'était arrivé de manière si brutale, si injuste. Et je perdais mon père également. Je ne le reconnaissais plus. Le voir nous traîner devant les tribunaux, pour des histoires d'argent ! J'ai dû abandonner mes frères livrés à eux-mêmes, en espérant qu'ils seraient assez raisonnables pour ne pas s'attirer d'ennuis et se tourner vers nos proches en cas de besoin. J'ai laissé Levi, et tous mes amis. Et toi, la personne qui me connaissait le mieux au monde. Je t'ai quittée sur ce malentendu bizarre, ce désir tombé de nulle part, tout à coup… J'avais l'impression que ma vie tout entière m'était arrachée.

Un silence passa.

— C'est un peu ce qui s'est produit, fit observer Jules. Tu aurais pu me confier tout ça, Noah. J'aurais compris. Bon sang, j'avais tant besoin de comprendre !

Il haussa les épaules.

— Le temps a passé trop vite et, comme je te l'ai dit, les mots sont devenus trop difficiles à prononcer, après.

Il pressa les pouces sur ses yeux. Était-ce pour qu'elle ne les voie pas briller ? Elle-même sentait monter les larmes. Il croisa les bras, renversa la tête en arrière afin de fixer le plafond, respira longuement. Quand il la regarda, son expression était dure et résolue.

— Je ne veux pas revivre ça, Jules. Je ne veux pas risquer de me retrouver à la case départ, perdu, terrifié. J'ai appris à me débrouiller seul, à vivre seul… Je ne peux pas envisager de recommencer avec les amis, la famille, je ne crois plus à tout ça.

Elle n'avait pas souvenir de lui avoir demandé quoi que ce soit, mais admettons. Il regarda tout autour de lui.

— C'est juste une maison, après tout. Des objets. Une ville. Rien de plus. Ma mère n'est plus là et je ne vais pas changer le passé en rachetant cet endroit. Je ne peux pas défaire ce qu'il a fait, ni changer mes choix. Maman se contrefiche que la maison reste ou non dans la famille. Elle n'est plus là, bon sang !

Le juron prononcé d'une voix étouffée et rageuse la fit cligner des yeux.

— Je pourrais aussi bien oublier tout ça. Partir. J'ai un client qui me propose depuis des semaines de venir le voir en Sardaigne, un autre à Hawaï, pour des missions que je mènerais à bien en deux temps, trois mouvements. Je n'ai absolument aucune raison de rester ici, Jules, tu comprends ? Je n'ai pas besoin de psychodrame. Je peux tout à fait retourner au soleil, à la mer, aux rencontres sans lendemain…

Elle acquiesça lentement. Chaque mot était un coup de poing dans son estomac. Il ne voulait pas de cette vie ici, il ne voulait pas d'elle. Il n'aspirait qu'à la liberté, elle le savait, l'avait toujours su. Cela n'aurait pas dû faire aussi mal. Elle repoussa une mèche de cheveux derrière son oreille, se contraignit à le regarder dans les yeux, sans dissimuler ce qu'elle ressentait.

— Je regrette que telle soit ton opinion, Noah. Que vivre ici ne te semble pas correspondre à ce que tu veux.

— Tu ne sais rien de ce que je veux, Jules !

Si, mais à quoi bon tenter de l'en convaincre ? Elle essaierait malgré tout, au moins une dernière fois.

— Tu as besoin de nous, Noah, de nous tous. Et de moi. De te réveiller le matin avec à tes côtés quelqu'un qui t'aime, qui te comprend, qui sait ce que tu as vécu et qui sera toujours de ton bord. Tu as besoin de passer du temps avec tes frères, de jouer au billard à la Taverne, au golf dans la propriété. De prendre le café avec ma mère et de parler de la tienne. D'acheter cette maison. Tu as besoin de rester ici.

Noah la toisait d'un air sombre et elle voyait espoir, frustration et angoisse batailler dans ses yeux.

— Qu'est-ce qui te fait dire ça ?

L'amour qu'elle avait pour lui. Elle l'aimait depuis toujours et son amour avait resurgi dès qu'elle l'avait revu, nu, sortant de sa douche. Il avait juste fallu un peu de temps à son cerveau pour qu'il accepte ce que son cœur avait toujours su.

— Ce qui me fait dire ça c'est que, si tu prends le large maintenant, si tu laisses cette maison derrière toi, tu le regretteras chaque jour de ta vie. Ta vie est ici, Noah. Avec moi.

Elle leva une main pour l'empêcher de parler. Inutile de s'infliger une rebuffade.

— Je sais. Je sais parfaitement combien cela a pu être dur pour toi parce que j'ai vécu tout ça, moi aussi. Ne plus t'avoir dans ma vie a été horrible. J'avais décidé de ne plus jamais me mettre dans une situation pareille, de ne plus jamais te donner une chance de me refaire du mal. Et me voilà devant toi, à recommencer. L'amour fait peur, Noah. Et alors ? Crois-tu que l'amour soit quelque chose qui tombe comme ça, sans qu'on ait à se poser de questions ? Si tu repars, je vais retomber au fond du gouffre, une fois encore. Mais je ne peux pas divorcer de moi-même, Noah. T'aimer fait partie de moi.

Elle se remit sur ses pieds avec un sourire contraint et repassa la jambe par-dessus l'appui de la fenêtre.

— Si tu t'en vas, sans te battre pour ta maison, pour moi ou pour ta vie, tu vieilliras avec tes regrets et tu ne pourras plus te regarder en face.

— Je ne t'aime pas, Jules.

Les mots avaient jailli avec une telle force et une telle spontanéité qu'elle ferma les yeux comme sous l'effet d'une gifle.

— Bien sûr que si, Noah. Tu m'aimes depuis toujours. Moi aussi, je t'aime depuis toujours. Mais tu as peur de l'admettre. Tu es mort de peur à cette idée.

Il n'y avait aucune raison que Mason apprenne que Callie avait eu des rendez-vous la semaine précédente. Plusieurs de ses amies fréquentaient son café, certes, mais il n'avait certainement pas pour habitude de questionner les dames sur leur vie.

S'il le faisait, tant pis pour lui, il n'aurait pas dû.

Ses amies ne lui diraient rien, de toute façon. Dans leur petit groupe, Mason faisait partie des gens dont on parlait, pas de ceux à qui l'on parlait. Cette pensée la troubla. Elle se sentait affreuse et elle avait honte. Elle n'aurait même pas dû venir ici. Mais elle était accro à son visage adorable tout autant qu'à son café. Allons, qui essayait-elle de leurrer ? Il aurait pu lui servir de la lavasse qu'elle serait revenue de la même façon. Elle était vraiment pathétique.

Elle poussa la porte et se maudit en se surprenant à le chercher aussitôt des yeux. Elle avait décliné une invitation de Patrick pour aller au golf dans la matinée, ainsi qu'un déjeuner avec John. Tous deux avaient eu l'air d'apprécier leur premier rendez-vous, mais pour sa part, hormis la salsa, elle s'était ennuyée à mourir. Tout ça à cause de Mason, alors que Patrick et John étaient l'un et l'autre parfaits, courtois, intéressants, au faîte d'une carrière brillante, du haut de leur soixantaine. Bref, des fréquentations idéales pour une femme de son âge.

Ennuyeux à s'en décrocher la mâchoire. Et l'air si vieux !

— Arrête de froncer les sourcils, tu vas avoir des rides, murmura Mason dans son cou.

Il était là, chemise blanche aux manches retroussées flottant sur un short kaki, une tasse de café dans une main et une part de gâteau à la carotte dans l'autre. L'eau lui vint à la bouche. Le dessert ? Ou lui ? Elle ne pouvait pas s'autoriser ce genre de choses, elle devait garder sa ligne et sa vie sous contrôle.

— J'ai déjà des rides, objecta-t-elle en s'asseyant à la table la plus proche.

— Pratiquement aucune, répliqua-t-il en la détaillant paisiblement. Tu as une peau sublime. Veux-tu un café ?

Non, je veux cesser de penser à toi, je veux cesser d'imaginer tes mains sur moi, ta langue dans ma bouche. Je veux rencontrer des hommes sans avoir l'impression de vous tromper tous les deux, mon mari et toi !

— Je suppose que oui, soupira-t-elle.

Il alla servir la table voisine et revint à la sienne, lui prit le menton pour la forcer à relever la tête vers lui. Il avait l'air interrogateur.

Il lui caressa la lèvre de la pulpe du pouce.

— Arrête de te conduire comme si tu avais cent dix ans.

Elle aurait dû protester, l'envoyer au diable. Mais sa voix rauque et la tendresse qu'elle contenait lui faisaient chaud au cœur, et au corps. Et surtout à cet endroit secret et fragile, au bas du ventre. Elle lui indiqua la chaise en face d'elle.

— Ne reste pas à me tourner autour comme un rapace. Assieds-toi si tu veux, mais… arrête ça.

Il s'assombrit, se glissa sur la chaise et posa les avant-bras sur la table sans un mot, se contentant de la dévisager de ses yeux attentifs. Elle tapotait nerveusement la table du bout des doigts en cherchant ce qu'elle allait bien pouvoir dire. Elle ne pouvait pas lui avouer qu'il lui avait manqué, qu'elle avait envie d'être près de lui, que dîner avec un autre homme lui paraissait absurde.

— Cal, parle-moi.

— Ma fille, Jules, traverse un moment difficile. Elle aime

un homme qui, je crois, l'aime lui aussi, mais ils ne parviennent pas à se trouver.

Mason réfléchit un moment en silence.

— Je comprends très bien que cela te tracasse, en tant que mère. Mais ce n'est pas cela qui te perturbe en ce moment précis. Dis-moi la vérité.

Mason fit signe à une de ses serveuses qui passait là pour lui demander un café au lait, puis se retourna vers Callie.

— Je voulais un expresso, marmonna-t-elle.

— Si tu veux quelque chose, tu demandes. C'est moi qui suis censé être l'enfant, dans cette histoire, non ? répliqua-t-il d'une voix dure qu'elle ne lui avait jamais entendue.

Elle rougit, se renfonça dans sa chaise, luttant contre la colère qui la gagnait. Il n'était coupable de rien et se comporter comme une adolescente revêche n'aidait pas.

— Une des choses que j'apprécie chez toi, Callie, c'est que tu es quelqu'un de franc et direct, du moins il me semble. Donc je te le demande une dernière fois : qu'est-ce qu'il y a ?

Il la fixait d'un regard impassible, la mâchoire tendue. Elle fit tourner son pouce sur la surface de la table.

— J'ai eu deux rendez-vous la semaine dernière.

Elle le vit se raidir.

— En quoi est-ce que ça me concerne ?

— Des hommes d'affaires, très sympathiques, beaucoup plus de mon âge et…

— Je crois que je vais aller vomir, la coupa Mason.

— Et ennuyeux comme la mort. J'ai passé tout mon temps à me demander pourquoi tu n'étais pas à leur place.

Le regard de Mason s'éclaira, puis s'assombrit, puis redevint lumineux. Il semblait si plein d'émotion, d'attention, et, oui, de désir.

— Qu'est-ce que tu viens de dire, Callie ?

— Je dis que je suis une femme de cinquante-quatre ans, qui sort d'un deuil et de la ménopause, aussi. Je suis un vrai cocktail d'hormones, de confusion, d'insécurité. Je suis terrifiée à l'idée de coucher avec quelqu'un et terrifiée à l'idée de ne plus jamais coucher avec quelqu'un. J'ai été une épouse, je reste une mère et j'ai oublié comment être une femme.

Mason se passa la main sur le menton. Cette déclaration sans fard le déstabilisait.

— J'ai envie et je n'ai pas envie. Je ne veux pas te mentir, mais je ne veux pas me mentir à moi-même pour autant. Je ne me remarierai jamais. Ray a été le seul époux que j'aurai jamais.

— Dieu du ciel.

Si elle s'interrompait maintenant, elle ne pourrait plus jamais finir.

— Si tu me le demandes encore, je pourrais finir par accepter un rendez-vous. Je pourrais peut-être même trouver le courage de mettre mon corps et mes kilos en trop entre tes mains, peut-être même te laisser m'embrasser.

— « Peut-être même » ? Arrête ta chanson.

Il l'obligea à se lever et l'entraîna entre les tables pleines de monde, jusqu'au fond de la salle. Elle tentait de dégager sa main, mais il la tenait fermement. Et, à vrai dire, c'était l'une des choses les plus excitantes qu'elle vivait depuis le jour où ils avaient fait l'amour, Ray et elle, dans un jacuzzi…

Le bruit de la porte battante, poussée vigoureusement par Mason, la ramena au présent. Il lui fit traverser une petite cuisine et, lui tenant toujours fermement le poignet, ouvrit une porte à l'arrière. Un air chaud et humide lui parvint tandis qu'ils descendaient quelques marches. L'instant d'après, elle se trouvait adossée à un mur de brique râpeux, les yeux de Mason plantés droit dans les siens.

— Dis-moi maintenant que tu ne veux pas et je m'en vais.

Elle posa les mains sur son torse, leva les yeux vers lui.

— Je veux, mais je ne devrais pas.

— Et moi je te le répète : arrête ta chanson.

Il lui prit le visage entre ses mains et sa bouche se colla à la sienne. Il l'embrassa, la lécha, prit possession d'elle comme si elle lui appartenait. Ce n'était pas le baiser d'un enfant, mais celui d'un homme qui savait ce qu'il voulait et comment l'obtenir. Il ne montrait aucune hésitation : il avait lu le désir dans ses yeux et n'était pas du genre à patienter des semaines, pour être sûr qu'elle était vraiment prête.

Il avait raison, elle était prête. Elle le suivait. Elle laissa ses mains parcourir son dos solide, pétrir ses fesses dures, caresser son ventre plat. Encouragé par ses caresses, il glissa la main entre eux deux pour prendre l'un de ses seins, qu'il pressa jusqu'à ce qu'il ne soit plus qu'une pointe dure. Et tout naturellement, voluptueusement, elle se frotta contre lui, le bas de son ventre, son sexe long, si dur…

Mon Dieu, elle était en train d'embrasser un homme qui n'était pas son mari, qui était beaucoup plus jeune qu'elle, dans une arrière-cour de café.

Ouh là, on se calme, Callie !

Sentant sa résistance, Mason posa son front contre le sien.

— Je t'en supplie, ne regrette pas, Callie. Tu ne fais rien de mal.

Elle laissa retomber les bras le long de son corps tandis que le visage de Ray s'affichait sur le grand écran de son cerveau. Que dirait-il de ça ? Que diraient ses enfants ? Ses amis ? Elle s'écarta d'un pas. Mason avait les joues enflammées et une expression de frustration intense.

— Mais c'est pourtant l'impression que j'ai.

— Et c'est reparti, soupira-t-il en se passant la main dans les cheveux. Il est mort, Callie, et toi tu es toujours en vie, tu es toujours là, toujours aussi attirante. Tu es toujours une femme. Tu n'es pas morte avec lui.

— Une part de moi est morte avec lui, Mason ! s'écria-t-elle. La part de moi qui s'éveille en ce moment n'arrive pas à concilier tout ça.

Un éclair de contrariété brilla dans les yeux de Mason.

— Je ne vais pas me mettre à genoux, Callie, ni te courir après ou t'attendre éternellement.

Elle vit rouge.

— C'est bien une parole d'homme, ça, siffla-t-elle. Les choses ne vont pas comme tu veux, alors tu ne trouves rien de mieux que de menacer ? Tu sais quoi, Mason ? Je ne suis ni assez jeune ni assez sotte ni assez peu sûre de moi pour me précipiter dans les bras d'un petit jeunot. Les choses iront à mon rythme, ou pas du tout, conclut-elle d'un ton rageur.

Elle vit le regret dans ses yeux, sa bouche qui s'entrouvrait pour une excuse. Il avait cédé à la colère et le regrettait, mais il lui avait donné un prétexte idéal pour battre en retraite, rétablir de la distance entre elle et cet homme qui avait débarqué dans sa vie et l'avait mise sens dessus dessous.

— Je ne reviendrai plus pendant quelque temps, annonça-t-elle. J'ai besoin de réfléchir un peu.

Il acquiesça d'un signe de tête. Sa contrariété était visible, mais il avait repris le contrôle de lui-même. Il esquissa un geste en direction de la porte.

— Je te rejoins dans quelques minutes, j'ai besoin d'un peu de temps, moi aussi.

— Pour quoi faire ? demanda-t-elle sans réfléchir.

Sans crier gare, il lui prit la main et la posa sur lui. Son sexe était dur à travers l'étoffe de son short. Elle se pencha pour l'embrasser, mais il recula d'un pas et tourna la tête.

— Retourne au café, lâcha-t-il d'une voix rauque et mélancolique. On se reverra quand on se reverra.

Fiche le camp, Callie.

C'était la seule chose à faire, même si elle n'en avait nulle envie. Elle se contraignit à rouvrir la porte qui menait au café et retraversa la cuisine glaciale.

Retour au monde réel. Sûr. Si solitaire et si morne.

10

« Bien sûr que si, Noah. Tu m'aimes depuis toujours. Moi aussi, je t'aime depuis toujours. Mais tu as peur de l'admettre. Tu es mort de peur à cette idée. »

Les paroles de Jules tournoyaient dans sa tête depuis trois semaines. Il aurait voulu les ignorer, comme des fadaises nées de l'imagination fertile de son amie, mais elles revenaient, incessamment, comme une obsession.

Il la désirait, c'était vrai. De tout son être. Mais il redoutait ce que cela impliquerait de s'engager avec Jules. Il fut un temps où il avait tout : une famille sur qui compter, des parents qui le chérissaient, des frères insupportables qui se seraient fait tuer pour lui, des amis. Des amis chers et proches.

Puis comme une voiture qui s'écrase contre un mur, sa vie avait volé en éclats et le monde qu'il connaissait avait été réduit à néant. Tout ce qu'il croyait connaître, ce à quoi il se fiait, s'était volatilisé. Ses proches se muaient en étrangers, son père devenait un ennemi, son amitié avec Jules se teintait de désir… Il n'avait pas choisi de partir, et cela lui faisait toujours aussi mal.

Comment lui serait-il possible d'aimer ? Quelque chose, quelqu'un ? Et même sa vie ? Le risque de se voir tout reprendre était trop terrifiant. Pourtant, il ne se sentait pas capable de recommencer à vivre sans Jules. Ni de penser à elle comme à une amie.

Il se sentait pris au piège.

Bien sûr qu'il l'aimait. Il aimait la Jules de dix ans qui

grimpait aux arbres et attrapait des grenouilles. Il aimait la Jules de quatorze ans avec son appareil dentaire, l'adolescente qu'il avait vue devenir femme. Et il y avait eu ce jour où il l'avait embrassée et où des galaxies sans limites avaient paru s'ouvrir sous ses yeux. Il avait alors découvert le pouvoir qu'elle avait de métamorphoser l'univers. Rien n'avait changé, Jules restait et resterait toujours celle qui faisait tourner le monde pour lui. Les marées allaient et venaient, la lune montait et redescendait, les océans étaient changeants, mais Jules était sa boussole, son étoile du berger.

Où qu'il soit, il avait envie d'être avec elle. Mais la peur, glaçante, paralysante, lui pétrifiait le cœur. Il lui semblait plus aisé de faire face à un requin dans le Pacifique qu'à ces émotions incompréhensibles.

Il leva la tête en entendant frapper un petit coup à sa porte. Levi apparut dans l'encadrement, en bermuda de surf et chaussures bateau, son T-shirt rouge décoloré par le sel et le soleil. Il avait un pack de bières sous le bras, les bouteilles glacées gouttant sous l'effet de la condensation. Oui, une ou deux bières ne seraient pas de refus.

Levi entra, lui tendit une bière et s'affala sur un fauteuil en étendant ses longues jambes devant lui. Noah ouvrit la bouteille, en but la moitié d'un trait, puis la fit rouler sur sa tempe douloureuse.

— Il te reste deux jours pour faire une offre officielle ou le domaine Lockwood sera mis en vente, déclara Levi d'un ton neutre.

— Oui. Et aucune chance que Paris signe le contrat. Ethan l'en empêchera.

— Jules a terminé ses croquis ?

Noah jeta un œil vers le dossier. Croquis, échantillons de tissus, gros plans sur les détails de l'intérieur… Elle avait accompli un travail exceptionnel et n'importe qui aurait été emballé. Cela faisait plusieurs semaines que tout avait été envoyé par mail.

— Oui. Et moi aussi. On n'attend plus que la validation de Paris.

— Tu la vois quand ?

— Je n'ai toujours pas de rendez-vous.

Levi fit la grimace et Noah haussa les épaules.

— Je sais bien que je devrais m'en occuper, mais à quoi bon ? Ethan va dénigrer tout ce que nous montrerons et demander de nouvelles propositions. Et pendant ce temps, l'horloge tourne. J'ai travaillé sur d'autres projets, mais qui ne me rapporteront jamais autant d'argent. C'est fichu.

Levi fronça les sourcils et fit un signe du menton dans sa direction.

— Excusez-moi, monsieur, vous êtes qui ? Noah Lockwood ne bosse plus ici ?

Pour seule réponse, il le fusilla du regard.

— Noah, ce qui a toujours fait la différence chez toi, comme navigateur, et pour tout le reste, c'est ta confiance absolue dans tes capacités. Tu te donnes à cent pour cent et tu ne baisses jamais les bras. Qu'est-ce qui t'arrive, là ? Tu t'es toujours battu jusqu'au bout, poursuivit Levi sans lui laisser le temps de répliquer. Il t'arrivait même de passer la ligne d'arrivée sans te rendre compte que tu avais fini et que tu avais gagné. Parce que tu étais totalement focalisé sur ce que tu étais en train de faire. Il te reste deux jours. Pourquoi n'es-tu pas en train de te battre ?

— Je… Euh…

— Ma sœur, ton avenir, votre avenir, méritent toutes les batailles, Noah. Tu dois rassembler tes forces et ta détermination.

L'émotion de Levi était audible. Il se pencha vers lui, le regard acéré.

— Reviens dans la course. C'est la Rolex Sydney Hobart. Tu es au coude à coude avec ton dernier rival dans le détroit de Bass, ça passe ou ça casse. Tu vas le laisser gagner ou tu vas tenir ton cap et aller à la victoire ?

Noah sentait l'adrénaline monter dans ses veines, le sel des embruns sur ses lèvres, le vent dans ses cheveux. Les voiles claquaient au-dessus de sa tête, il entendait les bravos de ses coéquipiers qui encourageaient le navire. Sans quitter Levi des yeux, il vida sa bière et attrapa son téléphone.

— Je tiens le cap.

Levi approuva d'un signe, son regard s'éclaira.

— Merci, mon Dieu. Je n'avais pas très envie de devoir te mettre une raclée.

Pour la première fois depuis des jours, Noah sourit.

— Comme si tu en étais capable. Allez, fiche-moi le camp, j'ai un rendez-vous à caler et une maison à acheter.

Levi se releva. Il malaxait le plastique du pack de bières.

— Et une princesse à conquérir ?

— Oui. Une princesse à conquérir.

— Et si tu échoues ? fit son ami, l'air soucieux.

Noah arqua un sourcil.

— Je n'échoue jamais, Levi. Mais il y a une première fois à tout. Et si cela arrive, eh bien, je ferai comme d'habitude.

— C'est-à-dire ?

— Je ferai face au vent et je réduirai ma voilure.

Je ne pleurerai pas. Jamais de la vie. Il s'agit de travail. Paris est une cliente et Noah un collaborateur. Tu peux y arriver, Brogan. Tu le dois. Tu es une dure à cuire.

Jules posa la main sur le mur. Elle attendait l'ascenseur dans le hall. Elle regarda le marbre luxueux. Chaque cellule de son corps était douloureuse. Ses yeux étaient rouges d'avoir tant pleuré et pris si peu de repos. Elle se sentait nauséeuse de la tête aux pieds. Même ses cheveux lui faisaient mal. Bon sang, elle était lamentable.

C'était sa faute. Elle savait qu'elle ne devait pas se laisser aller. Elle savait qu'elle aurait à nouveau le cœur brisé. Le cœur brisé. L'expression était si réductrice. C'était tout son corps qui était rompu, toute sa vie qui était mise en pièces. Elle aurait voulu se retrouver enfant, avec ses genoux encroûtés et ses bras cassés. Ça guérissait, ça, au moins. Tandis que ce trou à l'estomac, cette douleur lancinante à l'âme l'accompagneraient pendant très longtemps. Elle ne serait plus jamais la même, elle le savait. Elle serait plus prudente, plus dure, plus perdue et plus seule encore.

Voilà à quoi se réduirait sa vie, désormais.

Elle baissa les yeux sur son portable et le message si factuel qui s'affichait sur l'écran.

Rendez-vous chez Paris à 17 heures. Sois ponctuelle.

Message suivi de l'adresse de la milliardaire.

Noah et elle ne s'étaient pas reparlé depuis leur entrevue dans sa chambre, presque un mois plus tôt. Il n'était pas venu prendre le petit déjeuner ce jour-là et ne lui avait plus fait signe, ni le lundi, ni les jours suivants. L'histoire se répétait. Noah s'éloignait d'elle.

Alors elle avait travaillé d'arrache-pied pour le yacht de Paris. Le plus tôt elle en aurait fini, le plus tôt tout cela relèverait du passé. Et elle avait envoyé son projet par coursier au bureau d'études de Noah. Deux semaines plus tôt.

Elle allait enfin recevoir un retour, savoir ce qu'il en pensait. Peut-être allait-elle devoir défendre des propositions que Noah détestait. Elle avait sa fierté et une réputation à tenir. Elle était une professionnelle, autrement dit elle devait se rendre à ce rendez-vous. Elle n'avait jamais fait faux bond à un client et ce n'est pas aujourd'hui qu'elle allait commencer. Quoi qu'il lui en coûte de revoir Noah, en sachant que sa peur avait gagné, elle allait monter dans ce fichu ascenseur et finir le travail.

Allez, du nerf, Brogan.

Une heure, ou un peu plus, et elle en aurait fini. Elle pourrait rentrer chez elle, se rouler en boule sous une couverture et tout oublier. Après avoir laissé couler toutes les larmes qui lui nouaient la gorge en cet instant.

Elle sortit de la cabine et longea le vestibule interminable, tout en se répétant que c'était la dernière fois qu'elle le verrait. Arrivée devant la porte, elle se massa le sternum.

Une heure, Brogan, tu peux y arriver, et tu n'as pas le choix.

Elle était épuisée, tendue comme un arc, et affreusement triste.

Elle frappa et sursauta quand la porte s'ouvrit aussitôt.

Noah était là, plein d'assurance, calme, en costume gris, chemise blanche et cravate rouge sang. Il semblait sortir de chez le coiffeur, prêt à entrer dans n'importe quelle salle de conseil pour prendre le contrôle des opérations.

Elle le regarda avec méfiance. Lui affichait un petit sourire presque tendre. Tout cela l'amusait donc ? Son héritage était en jeu, elle-même presque K-O, et lui s'amusait ? Elle accueillit avec gratitude la colère qui monta en elle. Serrant les poings, elle retint sa respiration, consciente que sa rage devait être visible.

— Tu as l'air d'une cocotte-minute prête à exploser.

Une cocotte-minute ? Une centrale nucléaire, oui ! Comment osait-il ? Il n'avait vraiment aucune idée de ce qu'elle endurait ? Elle allait se jeter sur lui et le tuer à mains nues.

— Je… Tu… Oh ! bon sang !

Elle se frotta les tempes. Elle ne pouvait pas, c'était impossible. Elle devait partir et aller sombrer au fond de son lit. Elle n'était pas une dure à cuire, ses nerfs la lâchaient.

— Je ne peux pas rester, balbutia-t-elle en tournant les talons.

Mais la main de Noah sur son bras l'obligea à se retourner pour lui faire face. Puis cette main se posa sur sa hanche, et il l'attira à lui et la serra si fort qu'une fourmi n'aurait pu se glisser entre eux. Ses lèvres effleurèrent les siennes, mais il releva bientôt la tête.

Que faisait-il ? Comment pouvait-il continuer à la torturer de la sorte ? Elle glissa une main sous sa veste, saisit la peau au niveau de sa taille et la pinça avec rage. Elle vit ses yeux s'écarquiller.

— Aïe, qu'est-ce qui te prend ?

— Tu penses que je peux vraiment supporter que tu m'embrasses, tout en sachant que c'est la dernière fois ?

siffla-t-elle, furieuse contre lui et contre elle-même, à cause des larmes qui lui montaient aux yeux.

Noah se frotta la nuque d'un air surpris.

— Jules, chérie, attends.

— Attends quoi ? Ça suffit, Noah, je ne veux plus de ça.

De la pointe de ses phalanges, Noah lui donna une petite caresse sur la joue.

— Je te le demande une dernière fois, Jules, fais-moi confiance. Je t'en supplie.

Elle secoua la tête en essuyant ses larmes.

— Je ne peux pas, Noah. Tu m'as tout pris, la confiance et la force.

— Bon sang, Jules, je…

— Julia ? Oh ! Julia est arrivée ?

Venue d'on ne sait quelle pièce de l'immense appartement, la voix de Paris lançait des trilles aigus.

— Noah, c'est Julia ? Fais-la venir ici pour prendre une coupe et me montrer son magnifique travail !

Jules ferma les yeux, pinça les lèvres et, sans un regard pour l'homme auquel elle devait renoncer à jamais, entra d'un pas mécanique dans l'appartement.

Il était considéré comme l'un des navigateurs les plus doués de sa génération. Il gagnait beaucoup d'argent, comme sportif et comme homme d'affaires, il était un bon frère, un excellent ami. Mais tout cela n'avait plus aucune valeur. Il n'était rien d'autre que le sale type qui faisait pleurer Jules.

Plus jamais. À partir de maintenant, le bonheur de Jules serait sa priorité absolue. Il ferait en sorte qu'elle n'ait plus jamais un doute à son sujet, il ne la ferait plus jamais souffrir. Il se raidit et la suivit dans les appartements dégorgeant de richesses de Paris.

Ethan était là, bien entendu. Noah avait beaucoup réfléchi à ce rendez-vous et il avait un plan. Il prit les rênes de la présentation, conscient que Jules avait besoin d'un peu de temps pour se ressaisir, et débuta par une visite virtuelle du yacht. En un instant, il eut connecté son portable à l'écran géant présent dans la pièce et la présentation commença. Mis à part le roulis des vagues sous la coque et le goût du sel marin sur la langue, sa cliente put parcourir, comme si elle s'y trouvait, chaque espace du bâtiment. Ainsi qu'il le leur avait demandé en préambule, Paris et Ethan s'abstinrent de tout commentaire avant qu'il ait terminé.

Paris battit alors des mains.

— C'est magnifique, soupira-t-elle. Merveilleux, il est somptueux. Comment vais-je le baptiser ?

— Comme vous voudrez, répondit Noah avec un sourire, qui se figea quand il croisa le regard vide de Jules.

— Avant que tu ne t'emballes trop, ma chérie, intervint Ethan d'une voix grave, je dois te mettre en garde : il y a quelques défauts rédhibitoires dans la conception de Noah.

Des défauts rédhibitoires ? Comment Paris pouvait-elle ne pas discerner le venin dans ses paroles, la jalousie dans ses yeux ? Le combat s'engageait.

Noah croisa les jambes et inclina la tête, l'air paisible. Ethan planta ses yeux dans les siens avec un sourire mauvais. Il était convaincu que Noah ne s'abaisserait jamais à parler de questions personnelles. Il avait toujours préféré saigner à mort plutôt que demander un pansement.

Mais pas cette fois. L'enjeu était trop grave.

— Il n'y a aucun défaut de conception, déclara Noah d'une voix parfaitement égale. Ethan cherche uniquement à me faire du tort.

Paris haussa les sourcils, l'air interloqué.

— Quelle idée ! Ethan est ton beau-père, il t'a élevé. Il veut juste que tout soit parfait et il défend mes intérêts.

Noah secoua la tête. Il sentait le regard de Jules rivé sur lui.

— Ethan ne parle jamais que dans son intérêt à lui, Paris. Il ne veut pas que vous validiez ce projet. Car si j'obtiens ce contrat, il sera contraint de me vendre la propriété Lockwood à vingt pour cent de moins que le prix du marché, comme en a décidé le tribunal. Ce qui représente pour lui une perte de vingt millions.

— Mensonges ! s'insurgea Ethan, devenu cramoisi.

Noah décroisa les jambes, se pencha pour attraper un dossier dans sa serviette et en tira une copie du jugement. Il la fit glisser jusqu'à Paris.

— Voilà la preuve de ce que j'avance.

Puis il se pencha au-dessus du bureau et prit la main de Paris. Il regrettait de devoir se montrer blessant, mais il n'y avait pas à hésiter une seconde. Il s'agissait de Jules, de leur héritage, à ses frères et à lui, et de se débarrasser à jamais d'Ethan. D'ailleurs, Paris et Ethan n'étaient ensemble que depuis quelques semaines. Elle était tout aussi victime que lui des manigances de son beau-père.

— Paris, j'ai de l'affection pour vous. Vous êtes une cliente difficile, mais vous avez un cœur gros comme ça, vous êtes généreuse et romantique, pleine de charme et pétillante. Mais on ne peut nier que vous avez un certain âge.

Paris plissa les yeux sous le constat tandis qu'Ethan grognait sa désapprobation. Noah les ignora. Il garderait son cap.

— Ethan ne sort jamais avec des femmes plus âgées, ni même de son âge. Il ne fréquente que des jeunes femmes de moins de vingt-cinq ans.

Allez, vas-y, va jusqu'au bout, Noah

— La raison pour laquelle il vous fréquente, c'est parce que vous êtes riche et qu'il est ruiné.

— C'est totalement faux ! rugit Ethan. Comment oses-tu ? C'est de la calomnie !

— Noah…

Il fit mine de ne pas avoir entendu la voix douce de Jules et jeta un coup d'œil à Ethan, qui semblait sur le point de faire une attaque. Il sortit une liasse de papiers qu'il posa devant Paris.

— Voici les photos de ses dix dernières petites amies et une copie de ses comptes. Ethan doit de l'argent à la moitié de la ville.

Paris se mit fébrilement à feuilleter les papiers. Quand elle releva la tête, ses yeux lançaient des éclairs.

— Ce sont des montages ! hurla Ethan. Tu n'as aucune preuve. Tout ça est faux, Paris. En plus, il t'a menti, lui aussi. Il n'est pas du tout fiancé à Jules. Il a juste inventé ça pour faire vibrer ta corde romantique.

Noah vit le doute passer dans les yeux de Paris. Il soutint son regard en attendant qu'elle prenne la parole. Si elle ne le croyait pas, il était fichu. Il perdait la maison, l'argent, des heures de travail… Tout ça, il pourrait s'en remettre. Mais perdre Jules ?

— Vous n'êtes pas fiancés, Jules et toi ?

— Non, répondit-il d'un ton trop sec, ce qui tira un petit hoquet à Jules. Nous nous connaissons depuis trop longtemps et trop bien pour que notre relation se réduise à ça. C'est autre chose.

Paris inclina la tête en fronçant les sourcils.

— C'est quoi, alors ?

Il allait devoir se lancer. Et devant témoins, qui plus est. Très bien. Il se tourna vers Jules. Elle ouvrait de grands yeux remplis d'incompréhension et d'anxiété.

Parfait, on en est au même point.

— Jules est ma meilleure amie depuis toujours. Elle est mon ancre, mon socle, mon centre de gravité, la raison qui fait se lever le soleil et tourner la terre… Nous avons fait semblant qu'il y avait quelque chose entre nous, c'est vrai, parce que nous croyions qu'il n'y avait rien. Ou du moins, nous ne savions pas ce que c'était, ni que cela avait toujours été en nous. En moi, en tout cas.

Jules joignit les mains, le visage livide, avec une expression d'espoir et de supplique, attendant qu'il bannisse définitivement toute peur, qu'il fasse renaître la confiance. Il garda les yeux rivés sur elle tout en s'adressant à Paris.

— Signez ce contrat ou non, Paris, une part de moi sera triste de devoir renoncer à cette maison et à ce domaine qui sont dans ma famille depuis des générations, mais j'en prendrai mon parti. Ce que je ne peux pas perdre, c'est Jules. Je ne peux pas vivre sans elle, je refuse. Je suis prêt à vivre dans une boîte en carton, tant que c'est avec elle…

Sa voix se brisa quand il vit des larmes baigner les yeux de Jules. Il se mordit l'intérieur de la joue. Était-ce un bon signe ? Un mauvais ? Il ne savait plus quoi penser.

— Tu es toute ma vie, Jules, reprit-il en s'adressant à elle désormais. Et tu le seras toujours. Je t'en fais le serment.

Elle porta son poing à sa bouche. Ses larmes ruisselaient sur son visage. Pourquoi pleurait-elle ? Avait-il encore une chance ? Il l'espérait tant. S'ils avaient été seuls, il lui en aurait dit beaucoup plus. Il l'aurait suppliée de lui accorder un dîner, une danse, n'importe quoi. Il était assez intelligent pour savoir qu'il l'avait blessée, une fois de plus, et qu'elle aurait besoin de temps pour lui pardonner, pour réapprendre à lui faire confiance.

Mais il était prêt à attendre. Il n'irait nulle part et, s'il devait vraiment partir, il reviendrait aussitôt à Boston.

Paris s'éclaircit la gorge et repoussa les papiers posés devant elle.

— Dehors, tonna-t-elle.

Il fallut quelques secondes à Noah pour comprendre qu'elle ne s'adressait pas à lui mais à Ethan.

— Tu as une minute pour sortir de chez moi. Si tu ne le fais pas, je te ferai inscrire sur liste noire dans toute la société bostonienne et auprès de toutes les femmes fortunées de la région, jeunes ou pas.

Noah se retourna vers Jules avec un grand sourire et son cœur bondit quand il lut de l'espoir dans ses yeux. Il esquissa un mouvement pour se lever, mais Paris lui saisit le poignet, en lui plantant ses ongles surdimensionnés dans la peau.

— Pas de ça, Noah. Tu ne bouges pas tant que nous n'avons pas repassé en revue tous les détails. Puis je signe et je te fais un chèque.

Noah grogna et Jules gémit. Paris les regarda tour à tour avant de pousser un soupir de résignation.

— Oh ! d'accord, c'est bon. On signe et je fais le chèque, mais je vous attends tous les deux dès demain pour parler de ma splendeur de bateau. Vous vous serez mis d'accord d'ici là ?

— Je l'espère, répondit-il.

Jules sortit un mouchoir de son sac pour s'essuyer les yeux et inspira profondément. Puis elle fit un petit signe de tête vers le dossier.

— Terminons ça, Noah.

Noah avait estimé que l'endroit le plus proche et le plus tranquille était le *Resilience*. Contrairement à ce qui se passe dans les films, ils ne dévalèrent pas les trottoirs de Boston en courant à perdre haleine et en bousculant les badauds jusqu'à la marina. Dans un silence total, ils reprirent l'ascenseur et arrêtèrent un taxi à la sortie de l'immeuble. À la grille d'accès, Noah tapa son code, précéda Jules dans le tourniquet et la guida jusqu'au dernier ponton, où était arrimé son superbe yacht classe J, aisément reconnaissable à sa haute silhouette racée.

Jules avait l'impression de ne plus toucher terre. Noah lui avait-il vraiment déclaré, en public, qu'il l'aimait ? Cela paraissait irréel, comme un rêve fabuleux dont elle voulait ne jamais se réveiller. Elle retira ses souliers, se détendit au contact du teck tiède sous ses pieds nus et alla jusqu'à la proue, où elle s'assit, jambes pendant dans le vide.

Puis elle leva la tête. Noah était là, au-dessus d'elle, l'air hésitant. Elle tapota la place à côté d'elle et il s'y glissa, tout en ôtant sa veste et sa cravate. Il leva le visage vers le soleil.

— Tu pensais vraiment tout ce que tu as dit ? demanda-t-elle avec douceur.

— Vraiment. Tout, dit-il en hochant la tête. Tu avais raison, tu sais. Je t'ai toujours aimée.

Elle entendit à peine ces mots tant son cœur tambourinait dans sa poitrine. Oserait-elle y croire ? Était-ce réellement en train d'arriver ? Il eut un sourire timide quand il écarta une mèche de ses cheveux, que le vent renvoya aussitôt devant sa bouche.

— Est-ce que… tu m'aimes ? Tu me l'as dit, mais je comprendrais que cela ait pu changer, ces dernières semaines.

Elle sentit sa peur d'être rejeté et abandonné, et son cœur se serra. Ce Noah-là, vulnérable, humble et inquiet, elle ne l'avait jamais vu, personne ne l'avait jamais vu. Cela signifiait beaucoup. Elle avait de l'importance pour lui.

Elle posa le bout des doigts sur sa joue, les fit courir sur ses lèvres.

— Mon premier souvenir, c'est toi qui me relèves alors que je suis tombée. Je crois que Darby m'avait poussée de la balançoire. Tu m'as aidée et je t'ai regardé. Je me sentais comblée. Mon cœur de trois ans te connaissait… Non, ce n'est pas ça, se reprit-elle, cherchant ses mots. J'ai passé ces dix dernières années à chercher quelque chose que j'avais toujours eu, que je ne trouvais que quand j'étais avec toi. Tu es tout ce dont j'ai besoin, Noah. La seule chose dont j'ai besoin. C'est plus que de l'amour. C'est…

Elle hésita.

— … Ce qui doit être, acheva-t-il avec un sourire.

C'était bien cela. Côtoyer Noah était dans l'ordre des choses. Ils avaient chacun sa carrière, ses centres d'intérêt, ses amis, mais ils étaient destinés à ne former qu'un. De la même façon qu'elle et Darby avaient partagé le même utérus, elle était persuadée qu'elle et Noah partageaient le même cœur.

Les lèvres de Noah vinrent effleurer les siennes, mais il recula en sentant le désir monter en lui.

— Est-ce que nous pouvons y arriver ? À être ensemble ?

— Nous pouvons tout faire, Noah. Que ton travail te force à aller aux quatre coins du monde est un problème que nous pouvons résoudre.

Ce serait dur de se séparer de lui, mais il en valait la peine. Il valait tous les efforts.

— J'ai des clients aux quatre coins du monde, mais cela n'implique pas que je me déplace systématiquement. Les techniques modernes me permettent de travailler de n'importe où. Avec mes collaborateurs free-lance, nous communiquons déjà essentiellement par mail. J'aurai toujours des déplacements à faire, mais je peux très bien me baser ici, à Boston.

— C'est ce que tu souhaites ?

— Jules, je veux être là où tu es, répondit-il d'une voix à nouveau pleine d'assurance. Ta société est ici, tes clients sont ici. Si je veux être avec toi, je serai ici. Je m'installe ici, avec toi. D'ailleurs, mes frères sont ici, tout comme Levi et la marina. J'aurai tout ça, en bonus.

Le soleil éclatant réchauffait l'air frais. Elle inspira lentement, pour calmer son cœur et éclaircir son cerveau étourdi. Puis elle plaqua les deux mains sur ses cheveux pour les empêcher de voltiger en tous sens. Il fallait qu'elle regarde Noah dans les yeux pour lui poser la question qui lui brûlait les lèvres.

— Est-ce que je peux te faire confiance ? Peux-tu promettre de ne plus jamais repartir en emportant mon cœur ?

Il plongea ses yeux dans les siens.

— Mon cœur est à toi, ma chérie. Il l'a toujours été. Mais tu le sais.

— Le mien aussi.

Il lui remit à nouveau sa mèche derrière l'oreille.

— Je dois aller à Costa Smeralda rencontrer un magnat du pétrole qui veut que je lui dessine un yacht de compétition. Cela ne lui suffit plus d'avoir des puits de pétrole, des hôtels et des chevaux de course, il veut se lancer dans la navigation. Je me disais que tu pourrais venir avec moi, cela nous ferait une lune de miel de fiançailles ?

— Alors nous allons nous marier ?

— Bien sûr que nous allons nous marier. Mais pour le moment, tu dois m'embrasser.

Aussitôt dit, aussitôt fait. Pour être exact, ils s'embrassèrent si longtemps et avec tant d'abandon que le garde de la marina reçut des plaintes contre ce couple qui se croyait seul au monde, comme le résuma un vieux marin à la retraite.

Il fallut que Levi crie leurs noms pendant plus d'une minute pour qu'ils se séparent enfin.

— Vous ne pourriez pas utiliser la chambre ? les réprimanda-t-il en voyant leurs visages radieux apparaître par-dessus la coque du navire.

— Lee, nous avons décidé de nous marier ! s'exclama Jules, au comble de la joie.

Levi mit les poings sur ses hanches avec un sourire.

— Ma petite, ça avait été décidé il y a plus de vingt ans par Bethann et maman. Vous avez mis le temps pour appliquer le programme.

Jules et Noah se regardèrent, hilares. C'était sûrement vrai, mais ils n'en avaient cure.

— Félicitations, jeunes gens, mais évitez les démonstrations d'affection publiques, OK ?

Jules se mit à rire en secouant la tête.

— Je t'aime Noah, déclara-t-elle quand Levi se fut éloigné.

Il lui semblait qu'elle ne pourrait jamais le répéter assez. Elle avait dix ans à rattraper.

— Moi plus que toi, ma belle. Je t'emmène à la cabine ? proposa-t-il en lui tendant la main.

Jules la prit et il l'attira contre lui.

Désormais, il l'emmènerait où il voudrait.

Épilogue

Une qui partait, quatre autres qui suivraient, songeait Callie depuis l'appel de Jules, une heure plus tôt. Devant la vitrine du café, elle fixait l'écriteau : « Fermé ». Il était 17 heures passées, Mason fermait à 16 h 30. Il devait être rentré chez lui.

C'était mieux ainsi. Elle ne savait même pas ce qu'elle fabriquait là. Elle posa la main sur la vitre froide et se souvint de s'être sentie aussi excitée que Jules quand Ray et elle avaient annoncé qu'ils s'aimaient et allaient se marier. Tout était si nouveau. Elle était vierge, lui n'avait eu qu'une amante avant elle. C'était leur premier amour, leur seul amour. Elle ne voyait pas comment elle aurait pu aimer un autre que Ray et ne pensait pas en être capable.

Il avait été un époux merveilleux, un amant attentif, un excellent père. Ils avaient voyagé, élevé leurs enfants, développé des amitiés. Elle continuait de l'aimer à chaque bouffée d'air qu'elle respirait. Il avait été pour elle le monde entier et l'était toujours. Pour faire son deuil, elle avait participé à un groupe de soutien et elle savait qu'elle idéalisait en partie sa relation avec Ray et leur relation, comme tout le monde. Mais ils s'étaient vraiment amusés ensemble, et la vie était belle.

Son attirance pour Mason, ces rêves enfiévrés totalement fous, ces fantasmes où elle le voyait la toucher, en des endroits que Ray et elle étaient les seuls à connaître, la remplissaient de culpabilité et de remords. Elle avait l'impression de tromper

Ray. Son désir pour cet homme plus jeune qu'elle, si séduisant, la déchirait.

Et plus encore l'affection qu'elle ressentait pour lui, la connexion entre eux. Elle n'avait pas le droit. Elle se sentait à la fois terrifiée et excitée quand elle le voyait, mais également contrariée, irritée, déboussolée. Même les premiers temps, elle n'avait pas connu une passion si dévorante, avec Ray. Leur amour était une flamme stable et paisible, et non ce feu d'artifice.

Elle aimait son mari. Vraiment. Alors pourquoi en cet instant où elle n'aurait dû songer qu'au bonheur de sa fille ne cessait-elle de penser à l'homme aux yeux bleu jean ?

Pourquoi s'était-elle précipitée ici, impatiente de partager avec lui la nouvelle ? L'idée qu'il était la première personne à qui elle avait eu envie de l'annoncer lui glaçait le sang.

Leur histoire ne pouvait pas marcher. Elle était Callie Brogan, la veuve qui portait encore le deuil de son mari, et lui était Mason, le patron du salon de thé.

La porte bougea et elle releva son visage baigné de larmes. Il était devant elle, la prenait par le poignet et l'attirait doucement dans le café vide, dont les chaises étaient relevées sur les tables, un seau et une serpillière abandonnés au centre de la pièce. Il essuya ses larmes de son pouce et la serra avec douceur contre lui.

— Chérie, qu'est-ce qui t'arrive ?

— Rien. Ma... Ma fille est amoureuse et elle va se marier, balbutia Callie entre deux sanglots.

Elle enfouit le nez dans sa chemise de flanelle et son parfum chaud.

— Je suis tellement heureuse. Je voulais juste te le dire.

Mason posa une joue contre ses cheveux et lui caressa le dos. Il savait exactement ce dont elle avait besoin.

Il la serra dans ses bras.

JOSS WOOD

Une porte sur le paradis

INTÉGRALE

AMOUR, GLOIRE ET POUVOIR

Traduction française de
SOPHIE WATINE-VIEVARD

SAGAS
HARLEQUIN

Titre original :
HOT CHRISTMAS KISSES

Ce roman a déjà été publié en 2019

Prologue

Noël, l’année précédente

Quelque part dans la campagne du Devon, à 4 500 kilomètres de chez elle à Boston, DJ Winston lissa sa robe bordeaux et argent et se tourna vers l’écran de son ordinateur.

Ses deux meilleures amies, les sœurs jumelles Darby et Julie Brogan, étaient confortablement installées sur le canapé de son bureau dans le Massachusetts. Elles s’apprêtaient à offrir un bon déjeuner à l’équipe pour célébrer la fin d’une année de travail, après quoi l’entreprise serait fermée le temps des fêtes de Noël.

— Embrassez tout le monde de ma part et souhaitez-leur de bonnes vacances.

DJ fit comme si elle n’avait pas remarqué la réaction de Darby. Oui, elle était incapable de souhaiter un joyeux Noël aux gens. Elle avait beau essayer, les mots restaient coincés dans sa gorge. Joyeux Noël et bonne année ! Ho, ho, ho… Non, c’était au-dessus de ses forces. Elle était très douée pour discuter contrats, marge brute et taux d’intérêt mais, ces mots-là, elle ne pouvait pas les prononcer. La période des fêtes la ramenait à ses huit ans, petite fille angoissée qui se demandait si ses parents l’aimaient.

Elle savait que les jumelles auraient voulu en discuter avec elle, mais c’était un sujet tabou. Elle les adorait, mais préférait garder ses distances, même avec les gens qu’elle aimait. La distance, c'était son filet de sécurité, sa bouée de sauvetage. Cette stratégie avait parfaitement fonctionné durant son enfance et son adolescence, il n'y avait donc aucune raison d'en changer.

— Ta robe est magnifique avec tes cheveux bruns et la couleur de tes yeux, dit Darby.

— Exactement les couleurs qui te conviennent, approuva Julie. Mais, quand on est grande et mince comme toi, tout vous va, évidemment.

Non, ce n'était pas évident.

Même si les jumelles la trouvaient séduisante, elle se voyait toujours comme l'adolescente dégingandée et trop brune qui mettait si mal à l'aise sa mère, blonde aux yeux bleus. Fenella voulait bien reconnaître que DJ était plutôt intelligente, mais elle était trop grande et manquait de charme. Ça, c'était ce que sa mère disait quand elle était de bonne humeur. DJ préférait oublier les remarques qui fusaient quand elle était en colère.

— Alors, demanda Darby, quand est-ce que Matt arrive ?

— Il ne vient pas, répondit DJ avec un soupir exaspéré.

— Il t'a posé un lapin ? Sympa, comme cadeau de Noël, commenta Julie, sarcastique comme à son habitude.

DJ soupira. Décidément, Darby et Julie ne comprenaient pas que leur organisation au coup par coup leur convenait à elle et Matt. Et ça marchait très bien depuis six ans. En fonction de leurs emplois du temps, Matt et elle se retrouvaient le temps d'une nuit ou d'un week-end. L'occasion pour DJ d'échapper à sa vie de chiffres, de marges de profit et de coûts de production. Quand ils étaient tous les deux, elle s'autorisait à être une autre version d'elle-même aimant s'amuser, exubérante et sensuelle.

Même si la situation durait depuis des années, DJ était parfaitement consciente que leur accord n'était que temporaire. Ni elle ni Matt n'attendaient rien de l'autre, à part la perspective de faire l'amour avec un bon partenaire, de franches parties de rigolade et de se détendre en compagnie de quelqu'un qui n'exigeait rien d'autre. Elle n'avait pas besoin de davantage.

Elle n'envisageait absolument pas d'avoir un petit ami ou un amant régulier ; après avoir été abandonnée par son père et rejetée par Fenella, elle n'avait aucune intention d'offrir son cœur blessé à un autre être humain, qui ne manquerait pas de le piétiner.

Ces week-ends imprévus avec Matt lui convenaient, sauf qu'hier il avait annulé sous prétexte que, même si c'était Noël, il devait rester aux Pays Bas pour voir un client en grande difficulté. Étant donné que Matt était un avocat des droits de l'homme réputé, ce client pouvait aussi bien être un réfugié politique croupissant en prison ou une tribu d'aborigènes chassée de la terre de ses ancêtres et menacée de perdre sa culture et son mode de vie.

Et le fait que son amoureuse occasionnelle ait besoin d'échapper à Noël et soit très excitée à l'idée de le voir ne pesait pas très lourd dans la balance.

DJ avait d'abord envisagé de ne pas aller au mariage de son amie, mais ça voulait dire passer Noël à Boston. Impossible. Assister à ce mariage le soir du réveillon était un moindre mal.

Jetant un œil sur l'horloge de son ordinateur, elle soupira :

— Il faut que je me maquille en vitesse, sinon je serai en retard à la messe.

— Enlève d'abord ta robe, tu risques de la tacher, dit Darby en fronçant les sourcils.

Bonne idée. Et comme elles étaient amies depuis la maternelle, cela ne la gênait absolument pas de se déshabiller devant les jumelles. Ce qu'elle trouvait difficile, c'était de leur laisser voir à quel point elle était déboussolée à l'intérieur.

— Soutien-gorge pigeonnant, string et talons, siffla Julie. Matt Edwards ne sait pas ce qu'il loupe.

— Tout à fait d'accord.

Cette voix.

Le cœur de DJ fit un bond dans sa poitrine. C'était ridicule.

Matt, nonchalamment appuyé contre le chambranle de la porte était, comme d'habitude, naturellement sexy. Grand, blond, avec des yeux verts et un bronzage de surfer, on aurait dit une publicité pour le soleil, la mer et le sexe. Un physique en totale contradiction avec ce qu'il était : un brillant avocat international à l'intelligence acérée.

Instantanément, DJ eut la bouche sèche et elle dut lutter pour ne pas courir vers lui et lui retirer tous ses vêtements. Elle mourait d'envie de lui arracher sa veste de lin crème et sa chemise bleu marine. Après quoi, elle s'attaquerait à sa ceinture de cuir puis aux boutons de son jean branché. Dans sa main, il serait chaud et dur…

C'était toujours comme ça. Il suffisait que Matt pose ses magnifiques yeux verts sur elle pour qu'elle bascule du mode calme et contrôlé au mode folie sensuelle. Elle ne l'aimait pas – c'est à peine s'ils se connaissaient – mais elle désirait que sa bouche et que ses mains viennent caresser tous les endroits secrets de son corps.

Pour l'amour du ciel, essaie de te contrôler un peu.

— Je croyais que tu ne pouvais pas te libérer, dit DJ, incapable de masquer sa joie. *Bravo, tu as l'air parfaitement détachée, ma fille.*

Elle jeta un coup d'œil sur sa robe sur le lit et songea brièvement à la remettre. Mais quelle importance ? Matt l'avait déjà vue sous toutes les coutures plus d'une fois.

— Le rendez-vous avec mon client a été décalé, dit Matt en franchissant de son élégante démarche les quelques pas qui les séparaient.

Une fois tout près, il lui caressa le visage, son pouce jouant légèrement avec la lèvre inférieure de DJ. Puis il baissa les yeux, et elle sentit son regard s'attarder sur son soutien-gorge affriolant et la minuscule pièce de lingerie située plus bas. Le désir qu'elle lisait dans ses yeux l'excita comme à chaque fois. Qu'un homme aussi sexy que Matt la veuille, elle, la réchauffait jusqu'au plus profond d'elle-même.

— Charmante tenue, Dylan-Jane, dit-il d'une voix un peu sourde quand leurs regards se retrouvèrent.

Il était le seul, à part sa mère, à l'appeler par son prénom entier. Mais sorti de la bouche de Matt, il lui faisait l'effet d'une caresse.

— Salut.

Elle était incapable de prononcer un mot de plus.

— Salut.

Matt vint effleurer sa bouche avec la sienne. Ils étaient un peu hésitants, comme à chaque fois. DJ n'aurait pas pu expliquer pourquoi Matt retardait le baiser, mais elle adorait qu'ils fassent durer ce moment, ça n'en était que plus excitant. Leur premier baiser, après une longue séparation, était toujours merveilleux.

Enfin, les lèvres de Matt vinrent redécouvrir les siennes, et ce fut comme toujours à la fois doux et très sensuel. Les baisers suivants seraient passionnés, incontrôlés comme un incendie, mais ce premier baiser était tendre bien que chargé de promesses de ce qui viendrait plus tard.

À ce propos…

DJ s'arracha à contrecœur à leur baiser et à la chaleur du corps de Matt.

— Il faut qu'on se prépare, sinon on sera en retard au mariage.

— Oui, vous avez un quart d'heure pour sortir de cette chambre si vous voulez arriver à l'église avant la mariée.

DJ sursauta en entendant la voix de Darby. Regardant son ordinateur, elle vit que ses amies étaient toujours là, avec une mine inquiète. Heureusement qu'elles n'avaient vu de ce baiser que le dos puissant et les fesses parfaites de Matt.

— Hello, Matt, dit Darby.

Matt secoua la tête et leva les yeux au ciel, puis, un sourire malicieux aux lèvres, il se retourna vers l'écran.

— Mesdames.

— On peut dire que c'était moins une, dit Julie d'un ton acerbe.

Matt s'avança vers le bureau et sourit à l'écran.

— Au revoir, mesdames, dit-il en refermant l'ordinateur.

Puis il se retourna vers DJ.

— Tu m'as manqué.

DJ leva les yeux vers lui. La part cynique en elle se demandait s'il lui disait ça pour l'inciter à aller au lit. Mais l'expression sur son visage semblait sincère. D'ailleurs, Matt n'utilisait jamais ces méthodes-là. Soit elle était pleinement partante, soit il ne se passait rien. Il n'était pas du genre à supplier ou à la contraindre.

Et puis, ils savaient tous les deux comment les choses allaient se passer depuis la seconde où elle l'avait vu apparaître à la porte.

— Toi, à moitié nue avec de la lingerie sexy… J'ai droit à mon cadeau de Noël en avance, dit Matt en replaçant tendrement une boucle de cheveux derrière son oreille. Malheureusement, je suis parti en catastrophe du bureau pour attraper un avion et, depuis, j'ai couru pour ne pas arriver en retard. Donc, je n'ai pas eu le temps d'acheter de préservatifs. Est-ce que tu en aurais, par hasard ?

DJ secoua la tête, dépitée. Matt ne lui faisait jamais l'amour sans protection.

— Dommage. Dans ce cas, allons à la messe de mariage et on reprendra plus tard.

Pitié, non.

— Ou alors, on peut faire… autrement, suggéra DJ en faisant glisser son doigt le long de son érection.

— Je n'ai pas envie de ça, Dylan-Jane. J'ai besoin d'être en toi. Je vais aller acheter des préservatifs et je reviens. On manquera la messe, mais on devrait arriver à l'heure à la réception.

Sa voix rendue un peu rauque par la frustration acheva de faire fondre DJ.

— Je prends la pilule, Matt. Et il n'y a eu personne depuis la dernière fois qu'on s'est vus. Si c'est pareil pour toi…

— Oui, c'est pareil pour moi, dit-il avant de l'embrasser. Mais tu es bien sûre ? Il n'y aura pas de mauvaise surprise ?

S'il l'avait mieux connue, il n'aurait pas eu besoin de poser la question. Bien sûr, elle adorait les moments pleins de passion qu'ils passaient ensemble, mais elle était une autre personne dans la vraie vie. À Boston, tout était planifié, et elle ne laissait aucune place à l'imprévu.

Un bébé, c'était le rêve de Darby, pas celui de DJ.

— Ne t'inquiète pas, dit-elle en faisant glisser son pantalon et son caleçon le long de ses hanches. Puis, elle enroula ses bras autour de son cou et murmura, sa bouche collée à celle de Matt : Viens en moi. Ça fait si longtemps.

Sans plus attendre, il entra en elle puis la déposa sur le lit. DJ savait bien que Matt se contenait, qu'il faisait comme toujours en sorte que leurs retrouvailles physiques soient douces et lentes. Mais ce n'était pas ça dont elle avait besoin ; elle voulait que ce soit fort, dur, rapide.

Matt bougeait lentement en elle. Elle était à la torture et, quand elle laissa échapper un gémissement, il sourit.

Il possédait tout un répertoire de sourires, mais celui-ci était le préféré de DJ : à la fois mauvais garçon et enfant de chœur, plein de malice.

Alors, il passa ses mains sous ses hanches, la souleva et accéléra le rythme, ses puissants coups de reins déchaînant en elle l'incendie qu'elle désirait si fort.

C'était si délicieux qu'elle fut presque tentée de se murmurer à elle-même : joyeux Noël.

1

Presque un an plus tard…

Dans le grand hall de l'aéroport Logan International, Matt se frayait un passage à travers la foule. Passé maître dans l'art d'utiliser son smartphone tout en marchant, il consultait ses messages : au moins dix envoyés par le bureau et quelques SMS personnels. Mais aucun de Dylan-Jane.

Cela faisait plus d'une semaine qu'il lui avait proposé de se retrouver à Boston et elle ne lui avait toujours pas répondu.

Peut-être le faisait-elle attendre parce qu'il ne lui avait pas fait signe depuis longtemps. Il avait été très occupé, et ils s'étaient moins vus cette année que d'habitude. Beaucoup moins. Mais il était là aujourd'hui.

— Matt !

Il se retourna et sourit en voyant son vieil ami Noah Lockwood venir à sa rencontre. C'était une agréable surprise.

Matt rangea son téléphone dans la poche intérieure de sa veste noire et serra la main de Noah.

— Ça me fait plaisir de te voir, mais qu'est-ce que tu fais ici ?

— Je viens de déposer Julie. Elle doit voir un client à New York. Comme je savais que tu arrivais aujourd'hui, j'ai consulté les horaires et je me suis dit que j'allais t'offrir une bière.

Excellente idée. Cela faisait des mois, plus d'un an peut-être, que Noah et lui n'avaient échangé que de brefs coups de fil ou e-mails. À l'université, ils avaient été très proches et, malgré des vies professionnelles intenses, Matt considérait toujours Noah comme un ami.

C'était aussi Noah qui lui avait présenté DJ, et il lui en serait reconnaissant à jamais.

Ils entrèrent dans le premier bar et s'installèrent dans un coin tranquille. Quelques minutes plus tard, on leur apportait deux bières bien fraîches.

Noah leva son verre.

— Qu'est-ce qui t'amène à Boston ? demanda-t-il.

Comment répondre ? Matt sentit sa gorge se serrer. Contrairement aux autres visites en coup de vent à son grand-père, celle-ci allait être… compliquée.

Pleine d'émotion, éprouvante, difficile.

Toutes choses qu'il s'efforçait généralement d'éviter.

— Je vais installer mon grand-père dans une maison de retraite, répondit-il mécaniquement.

— Le juge quitte sa maison ? Pourquoi ? demanda Noah, l'air étonné.

Matt but une gorgée de bière et se frotta les yeux.

— Il présente des signes de démence et d'Alzheimer. Il ne peut plus vivre seul.

— Je suis désolé. Combien de temps comptes-tu rester ?

— Je n'en sais rien, dit Matt. Je n'ai aucune plaidoirie prévue avant le nouvel an. Je resterai sans doute jusqu'après Noël. Donc au moins les trois prochaines semaines.

Sous le regard attentif de Noah, Matt eut presque envie de révéler à son ami l'autre motif de sa présence à Boston. Mais parler était difficile pour lui.

Noah n'insista pas et changea de sujet :

— Est-ce que tu vas contacter DJ pendant ton séjour ?

— Qui veut le savoir, toi ou ta fiancée ? demanda Matt, légèrement acerbe.

Noah sourit.

— En partant, Julie ne m'a pas dit : « Je t'aime, mon bel étalon », mais « Tâche de savoir pourquoi Matt et DJ ne se parlent plus depuis presque un an. »

Matt secoua la tête.

— J'aurais cru que Darby et Julie seraient ravies de savoir que DJ et moi nous étions éloignés. Elles ne m'apprécient pas vraiment.

— Je suis pris entre deux feux, dit Noah d'un air embarrassé. Quand je t'ai présenté DJ, je ne pensais pas que votre histoire durerait des années, mais j'ai dit aux jumelles de vous laisser tranquilles. Vous êtes adultes et vous savez ce que vous faites. Mais elles l'aiment et elles sont inquiètes.

— Quoi ? Pourquoi inquiètes ? s'alarma Matt.

— Parce qu'elle n'est plus la même depuis quelques mois. Elle est silencieuse, plus réservée, moins… heureuse.

— Et elles m'en veulent ? conclut Matt.

— Elles s'interrogent, surtout. Comme DJ ne dit rien, Julie m'a demandé de te parler. Bon sang, on se croirait revenus au lycée.

— Donc, tu ne voulais pas juste m'offrir une bière ?

— Écoute. Oublie ça, dit Noah, visiblement mal à l'aise. Ça ne nous regarde pas, ni Julie ni moi.

Matt ne parvenait même pas à être agacé. Il enviait depuis toujours l'amitié de Dylan-Jane avec les jumelles. Elles auraient été prêtes à se battre les unes pour les autres. Lui faisait cavalier seul depuis toujours et, très pris par sa carrière, il n'avait pas le temps de cultiver des amitiés intimes. Sans parler d'une relation amoureuse.

— DJ et moi avons un accord, dit Matt en choisissant soigneusement ses mots. Ni elle ni moi ne recherchons une relation installée. Je suis désolée si elle a passé une année difficile mais ça n'a rien à voir avec moi. On a toujours dit qu'on ne reprocherait rien à l'autre si la vie ou d'autres personnes nous empêchaient de nous voir.

— D'autres personnes ? Tu vois une autre femme ?

C'était risible. L'année avait été assez difficile pour ne pas en rajouter avec une nouvelle relation. Il avait eu son lot de cas compliqués et de coups bas, avait appris la mort d'une de ses ex, et il devait maintenant gérer la vie de son grand-père autrefois si brillant.

Entamer une liaison avec une nouvelle personne alors qu'il se sentait si abattu émotionnellement n'était sûrement pas la solution. Quand il était adolescent, il avait compris la leçon : émotion et dépendance formaient un cocktail dangereux.

À seize ans, il était tombé amoureux. Son ex, Gemma, et lui avaient tout prévu : après le lycée, ils iraient à l'université, puis ils se marieraient, auraient des enfants… et leurs sentiments ne changeraient jamais. Elle était la femme de sa vie, son tout…

À dix-sept ans, elle lui avait dit qu'elle était enceinte. En apprenant qu'ils allaient avoir un bébé, il avait été fou de joie ; il allait enfin avoir la famille qu'il n'avait jamais eue. Une famille *à lui*, qu'il devrait chérir et protéger.

Mais, au bout de dix jours, Gemma lui avait annoncé qu'elle avait fait une fausse couche, qu'elle déménageait et qu'elle changeait de lycée.

Elle ne l'aimait pas, ne l'avait jamais réellement aimé…

Depuis, il savait que l'amour était un mythe, un outil de manipulation, qu'il n'existait pas. D'ailleurs, ses parents, ses grands-parents et Gemma le prouvaient bien. À l'âge de dix-sept ans, il avait compris que l'amour n'était qu'une construction mentale et, depuis, rien n'avait pu le faire changer d'avis.

Désormais, il croyait au sexe. Mais à l'amour ? Plus du tout.

Et, dans son esprit, sexe rimait avec DJ.

Elle non plus ne voulait pas d'une relation durable. Comme lui, elle était allergique à l'engagement. Ils passaient ensemble juste assez de temps pour s'apprécier sans devenir proches. C'était parfait…

Du moins, ça l'avait été.

Il était de retour à Boston, sa ville à elle, et il n'avait aucune raison de ne pas la voir. Il y avait si longtemps qu'il ne l'avait pas tenue dans ses bras, qu'il n'avait pas goûté sa peau, senti son parfum fruité, entendu son rire. DJ, son exubérance et sa sensualité étaient exactement ce dont il avait besoin. Elle l'empêcherait de se focaliser sur cette fameuse nouvelle, qui lui avait fait l'effet d'une bombe.

— Est-ce que tu comptes la voir pendant ton séjour ? lui redemanda Noah.

— Oui.

Bien sûr qu'il allait la voir.

— Elles m'ont dit de te prévenir que, si tu lui faisais du mal, elles te tueraient à coups de tessons de bouteille de bière. Mais je ne suis que le messager, dit Noah en levant les mains en signe d'apaisement.

Noah paya les bières en refusant de partager la note avec Matt.

— Si tu n'as pas envie de passer trois semaines à l'hôtel, tu es le bienvenu dans la maison d'amis de Lockwood House.

Si Matt avait bon souvenir, la propriété de Noah se situait dans les quartiers huppés du nord de Boston. C'était une offre généreuse.

— Merci, Noah. Avec plaisir.

— C'est Julie qui a eu l'idée. Comme ça, elle pourra garder un œil sur toi, dit Noah avec un sourire. En plus, notre maison est juste en face de celle où vivent Darby, DJ et Levi Brogan. L'hyper protecteur Levi Brogan qui ignore que tu couches depuis cinq ans avec une femme qu'il aime comme sa sœur.

Noah tapa sur l'épaule de Matt et sortit du bar.

Matt regarda son téléphone et activa sans même y réfléchir l'icône de sa galerie de photos. Il fit défiler les images de Dylan-Jane, ravivant autant de souvenirs, et s'arrêta sur une photo d'elle sur une plage privée de Saint-Barthélemy. Elle était allongée face à la mer, mais avait la tête tournée vers lui et son appareil-photo. Elle était magnifique. Son regard noir flamboyant, ses joues légèrement rosies, la nuance corail de ses tétons sur ses seins bronzés par le soleil.

Incapable de résister, il l'avait prise dans ses bras, portée jusqu'à la mer, et ils avaient fait l'amour dans l'eau. Divin.

Il avait de nombreux beaux souvenirs avec DJ mais celui-ci,

où il lui avait fait l'amour dans l'océan puis à nouveau sur le sable, était un de ses préférés.

Il avait vraiment besoin de se fabriquer de nouveaux souvenirs…

Matt rechercha ensuite sa dernière conversation avec DJ. Il lui disait qu'il serait à Boston la semaine suivante et lui demandait s'ils pouvaient se voir. Pour toute réponse, DJ lui avait envoyé une émoticône de visage surpris…

Il fronça les sourcils. Un visage surpris, ça n'était pas un oui…

Ni un non, d'ailleurs…

C'était étrange de la part de DJ de lui répondre ainsi. Habituellement, elle était très claire. Elle était libre ou pas. Ils ne jouaient pas au chat et à la souris. Ne se mentaient pas. Soit ils avaient envie de passer ensemble un jour ou trois ou quatre, soit ils n'en avaient pas envie. Ils pouvaient prendre du temps l'un pour l'autre. Ou pas. Cette année, ils n'avaient pas réussi à se voir, mais c'était la vie. Il se disait qu'elle était très occupée à diriger sa florissante entreprise de design, et lui-même avait été submergé de travail. Sans parler de ses problèmes personnels à régler…

Mais peut-être sortait-elle avec quelqu'un d'autre ?

L'estomac de Matt se noua mais il s'exhorta à se reprendre. Il n'avait pas le droit d'être jaloux. Ils s'étaient mis d'accord qu'on ne pouvait pas rester monogame en vivant si loin l'un de l'autre. Lui l'avait été cette année, mais c'était plus dû aux circonstances qu'un véritable choix. Ils avaient décidé ensemble d'être transparents et de se le dire si quelqu'un d'autre entrait en scène. Et DJ ne lui avait annoncé ça ni par téléphone ni par e-mail. En fait, depuis le mois de mars, elle ne l'avait pas contacté une seule fois. Avant ça, il recevait des messages un peu délirants, des mèmes Internet amusants qui le faisaient rire, des selfies décalés.

Il fronça les sourcils en se rappelant que ses amies s'inquiétaient pour elle. Était-elle malade ? Occupée ? Contrariée ?

Ou, pire, lassée de lui, de ce qu'ils partageaient ?

Son téléphone bipa. C'était un texto, cette fois. Et, grâce à la tonalité spéciale, il savait de qui il venait.

Hello. Il est encore trop tôt. J'ai encore besoin de temps.

Pas de problème. Ne nous mettons pas la pression. Je reste à Boston jusqu'après Noël, sauf urgence.

Et voilà. Maintenant, il n'avait plus qu'à attendre que la fille dont Gemma ne lui avait jamais parlé se décide à le recontacter. Et il n'allait pas voir son grand-père avant demain.

Qu'allait-il faire du reste de sa journée ?

Pourquoi ne pas passer voir Dylan-Jane, histoire de savoir s'ils pouvaient reprendre les choses là où ils les avaient laissées…

Et aussi, s'avoua-t-il, pour voir de lui-même si elle était heureuse ou pas.

Mason James apporta un expresso à l'étudiant qui s'était installé à une table d'angle du Coffee Shop à Lockwood Estate. Il jeta un œil à l'équation mathématique complexe que le jeune homme tentait de résoudre et vit immédiatement où il avait fait fausse route. Son premier réflexe fut de pointer l'erreur, mais il se reprit.

Trois ans plus tôt, les situations et les équations complexes étaient son univers, et il gagnait scandaleusement bien sa vie en résolvant des problèmes. Des problèmes si importants qu'ils engageaient souvent des destinées, et toute cette pression avait fini par lui donner une tension dangereusement élevée et par lui provoquer un ulcère à l'estomac. Cela avait également mis un terme à son mariage et menacé sa relation avec ses fils.

Mason s'était donc retiré du business de l'expertise et s'était acheté ce très chic Coffee Shop, histoire de continuer à s'occuper. Il assistait aux matchs de hockey et de base-ball de ses fils, jouait à des jeux vidéo avec eux et les aidait à faire leurs devoirs. Le reste du temps, il vendait du café, des muffins et des pâtisseries en savourant les vertus de l'ennui.

L'ennui ne mettait pas son cœur en danger ni ne creuserait davantage son trou à l'estomac.

Cela dit, pour lui, cette équation était très simple. Quel mal y avait-il à aider ? Il désigna une des lignes à l'étudiant.

— Retravaillez celle-ci.

— Excusez-moi, mais je suis en doctorat au MIT…

Mason ne prit même pas la peine de dire au jeune homme que lui avait *eu* son doctorat du MIT et bien d'autres, et il se contenta de montrer à nouveau la ligne. L'étudiant commença par froncer les sourcils puis poussa un profond soupir. Oui, il avait vu la lumière.

— Merci beaucoup.

Mason lui sourit et s'apprêtait à regagner sa petite cuisine quand il entendit que la porte s'ouvrait. Il n'avait pas besoin de regarder, il savait parfaitement qui c'était, et son cœur commençait déjà à s'emballer.

Mason regarda le nouvel objet de ses pensées entrer dans son coffee shop en compagnie d'une jeune femme brune qui tenait une pile de magazines sur le mariage. Julie, l'une de ses filles jumelles, d'après ses souvenirs. Callie avait passé son bras autour de la taille de sa fille et était littéralement rayonnante.

C'était une maman magnifique.

Mason se passa la main sur le front. La dernière chose à laquelle il s'attendait quand il avait ouvert ici, c'était de tomber sous le charme d'une incroyablement désirable veuve. Eh oui, elle était plus âgée que lui. Et alors ? Il pouvait sortir avec des femmes plus jeunes. Il l'avait fait, d'ailleurs. Et aucune ne l'avait autant captivé que Callie Brogan. C'était inexplicable, et il ne suffisait pas de le vouloir pour que ses sentiments disparaissent.

Pourtant, Dieu sait qu'il avait essayé.

Callie releva la tête et planta son regard dans le sien. On aurait dit qu'un arc électrique se formait entre eux. Comme à chaque fois, il sentit son sexe durcir. Et, même à plusieurs mètres, il vit que Callie aussi réagissait physiquement à sa présence. Seigneur, elle avait une poitrine magnifique. Callie avait beau s'en défendre, elle était aussi attirée par lui qu'il l'était par elle. D'ailleurs, comment se faisait-il que ça ne se soit pas encore terminé au lit ?

Ah, oui. Parce qu'elle n'était pas prête. Parce qu'elle était encore amoureuse de son défunt mari.

Mason leva les yeux au ciel. Lui qui était réputé pour être un des esprits les plus brillants de sa génération ne savait pas comment attirer cette femme dans son lit.

C'était tout ce qu'il voulait, une bonne séance de jambes en l'air avec une femme séduisante et intéressante. Il ne recherchait pas l'amour ni que ça dure toujours. En tant que scientifique, il ne croyait en rien de tout ça. L'espèce humaine n'était pas assez évoluée pour ça. Mais le sexe, quelques nuits torrides ? Alors là, oui. L'instinct le plus primitif de l'homme, ça, c'était du tangible.

Il s'imaginait jouer les hommes des cavernes avec Callie. Ce serait une belle journée de printemps. Il la jetterait sur son épaule, la porterait jusqu'à sa Ducati, l'installerait derrière lui, et démarrerait sur les chapeaux de roues. Une fois qu'ils seraient arrivés dans un endroit tranquille, il s'arrêterait.

Ensuite, il la déshabillerait, la coucherait en travers de sa moto et s'enfoncerait en elle tout en lui pétrissant les seins, la bouche collée à sa nuque…

— Pardon, monsieur ? Je suis à nouveau coincé. Vous pouvez m'aider ?

Mason se ressaisit.

Puisqu'il n'était question pour l'instant ni de sexe sur une moto ni même d'une belle journée de printemps, autant faire des maths. Tout en gardant un œil sur Callie, ce qui constituait le plus grand de ses plaisirs dernièrement.

2

Matt entra dans le showroom de Brogan et Winston et balaya la pièce du regard. Il aima ce qu'il vit. Pas étonnant que l'entreprise ait une excellente réputation et que son carnet de commandes soit plein. Le long d'un mur de briques apparentes courait une banquette à la droite de laquelle étaient disposés un canapé à rayures blanches et vertes et un fauteuil blanc réveillé par des coussins orange, ainsi qu'une table basse où trônait un vase rempli de fleurs fraîches. Quelques œuvres d'art funky achevaient de rendre cette zone d'attente aussi cosy que branchée.

En tant que directrice financière, DJ travaillait en coulisses, mais Matt savait combien son travail concourait au succès de l'entreprise. Lui, par exemple, n'aurait pas pu se passer de sa responsable administrative, Greta.

Matt entendit du bruit à sa gauche et vit une paire de bottes et des genoux adorables descendre l'escalier de métal. Il connaissait ces jambes ; il avait goûté l'arrière de ces genoux et joué avec ces mignons doigts de pieds durant des heures. Peu à peu, DJ apparut : jupe courte sur collants noirs, chemisier blanc et ce long cou gracile. Quand elle arriva au pied de l'escalier, il put enfin voir son visage pour la première fois depuis des mois. Et, comme à chaque fois, sa beauté lui coupa le souffle.

Elle avait relevé ses épais cheveux bruns en un chignon un peu lâche, portait des lunettes à monture noire et avait passé un léger gloss rose sur ses lèvres. Elle était à la fois magnifique, très femme d'affaires et excitante.

Plus que deux pas et elle serait dans ses bras. Il la serrerait contre lui et…

— Matt.

Aucune manifestation de joie et pas même un sourire ? Qu'avait-il bien pu se passer entre Noël dernier et maintenant ?

Matt crut même déceler dans le regard de DJ une dose de méfiance. Elle semblait penser qu'elle se serait bien passée de sa visite. Eh bien, tant pis. Il aimait les situations claires. Quand ils s'étaient quittés à la fin de leur séjour en Angleterre, tout allait bien. Certes, plusieurs mois avaient passé mais, à moins qu'elle ait désormais un petit ami, rien n'aurait dû avoir changé. Et si elle avait rencontré quelqu'un – rien qu'à cette idée, son sang se glaça dans ses veines –, pourquoi ne lui avait-elle rien dit ? Ça faisait partie de leur accord, bon sang.

— Tu vois quelqu'un d'autre, Dylan-Jane ?

Elle mit un peu de temps avant de comprendre, ouvrit de grands yeux et secoua la tête. Donc, pas de petit ami.

— Mais alors, où est le problème ?

DJ lui désigna les escaliers d'un geste.

— Allons parler de ça en privé, tu veux ?

Matt la suivit dans les escaliers puis le long d'un petit couloir, entra à sa suite dans une pièce terriblement dépouillée et vit qu'elle se dirigeait vers son grand bureau.

Elle voulait établir une distance physique entre eux mais il n'allait pas la laisser faire. Il la saisit par le poignet et l'attira à lui, jusqu'à ce que sa poitrine touche son torse. Il baissa les yeux vers elle.

— Alors, personne d'autre ?

— Non.

Dieu merci. Le regard de Matt descendit de ses yeux à ses lèvres, puis remonta vers ses yeux. Elle comprit immédiatement ce qu'il voulait… Et, oui, c'était ce qu'elle voulait aussi. Un an plus tôt, il aurait plongé vers sa bouche, sûr d'être le bienvenu, mais il s'était créé comme une barrière entre eux. Il allait devoir attendre qu'elle fasse le premier pas, attendre qu'elle se dresse sur la pointe des pieds pour l'embrasser. Cela prit une minute, peut-être plus, mais ses lèvres finirent par retrouver les siennes, et soudain le monde retrouva tout son sens.

Matt prit immédiatement le contrôle du baiser. Dévorant ses lèvres, il passa un bras autour des hanches de DJ et la plaqua contre lui. Son corps réagit immédiatement. C'était si chaud, si bon. Le paradis…

Moins d'une seconde plus tard, Dylan-Jane ouvrait les lèvres pour accueillir sa langue, passait ses bras autour de son cou et fourrageait dans ses cheveux. Il ressentit un intense soulagement : Dieu merci, le désir entre eux était bien vivant.

Il retrouva le goût à la fois doux et épicé de sa langue et soupira. Oui, ça lui avait manqué. Il aimait tant entendre ses gémissements et les sortes de ronronnements d'aise qui montaient de sa gorge.

Il la sentait complètement dans l'instant avec lui, mais résista à l'envie de la déshabiller en se disant qu'il ne pouvait pas lui faire l'amour sur le divan de son bureau en plein milieu de la journée. Mais l'embrasser, il pouvait. Lui laisser panser les blessures de son âme. Ce dont il avait le plus besoin, c'était de la tenir dans ses bras…

Elle était si douce et en même temps si sensuelle. Matt eut l'impression d'être le roi du monde en la sentant frémir sous ses caresses. Il avait besoin d'être plus près d'elle, d'embrasser un endroit plus intime que sa bouche. Il fit sauter les boutons du haut de son chemisier de soie. D'une main, il écarta son soutien-gorge en dentelle et satin, libérant ses seins fermes. Il baissa la tête et posa ses lèvres sur un des mamelons avant de le lécher, savourant le frémissement qui la parcourait.

C'était si bon d'avoir cet effet sur elle, de pouvoir la faire passer de la tristesse au plaisir, de provoquer ses gémissements, de sentir son dos se cambrer de désir. Dans ses cheveux, les doigts de Dylan-Jane se crispèrent quand il souffla légèrement sur son mamelon humide, et il sentit qu'elle exigeait, implorait plus.

Matt glissa une main le long de ses fesses, puis remonta sa jupe pour lui caresser l'arrière des cuisses. Il voulait ses jambes autour de lui, ses seins dans sa bouche. Il avait besoin d'entrer en elle, d'être en elle. Il avait besoin d'elle.

Sa main se glissa entre ses jambes et ses doigts écartèrent ses délicats dessous pour…

Pour rien. DJ s'était esquivée. Elle était déjà de l'autre côté de la pièce, la bouche humide de ses baisers et les yeux brûlants de désir. Elle avait envie de lui, alors pourquoi se trouvait-elle à plusieurs mètres de lui ? Il fit un pas vers elle, mais elle leva les mains.

— On est dans mon bureau. Je ne coucherai pas avec toi ici.

Logique. Dans combien de temps pouvaient-ils partir ? Il y avait si longtemps qu'il ne l'avait pas vue nue, embrassée à en perdre la tête, entendue râler de plaisir entre ses bras.

— D'ailleurs, je ne coucherai plus avec toi.

Quoi ? Il n'y avait personne d'autre. Ils venaient d'échanger un baiser à faire fondre un glacier. Ils couchaient ensemble depuis des années. Il allait passer plusieurs semaines à Boston et elle voulait rompre ?

Franchement, il n'y comprenait plus rien.

— Assieds-toi, il faut qu'on parle, dit DJ en lui indiquant le divan.

Il aurait préféré faire l'amour mais, comme c'était hors de question, Matt s'assit docilement.

— Un café ?

Matt acquiesça et s'obligea à observer calmement DJ tandis qu'elle lui préparait un café avec un nuage de lait mais sans sucre, qu'elle posa sur la table basse avant de s'asseoir en face de lui.

Ses jambes étaient agitées. Elle était nerveuse. Voilà qui était intéressant.

— Que viens-tu faire à Boston et combien de temps comptes-tu rester ?

— J'ai des affaires personnelles à régler qui vont m'obliger à rester quelques semaines. Entre autres, convaincre mon grand-père de déménager dans une maison de retraite médicalisée.

Il vit que DJ était sincèrement touchée par la nouvelle, et son cœur tressaillit. Il adorait ses yeux, si expressifs, la façon dont on pouvait y lire toutes ses émotions… et leur couleur chocolat.

— Il est malade ?

— Alzheimer.

— Je suis vraiment désolée, Matt, dit-elle tout en inclinant la tête, l'air curieux. Et quelle est ton autre affaire personnelle ?

Il ne se sentait pas prêt à lui parler, ni à personne d'autre, de sa fille Emily.

D'ailleurs, il n'était pas là pour parler. Il voulait ressentir. Il voulait toucher la peau de l'intérieur de ses cuisses, sentir le goût de ses seins dans sa bouche. Avec elle, en lui faisant l'amour, il pourrait oublier tous ses problèmes. Dylan-Jane était son refuge, la femme de ses fantasmes, la relation parfaite parce que superficielle. Elle n'exigeait rien d'autre que ce qu'il était prêt à donner.

Et voilà qu'au lieu de l'accueillir, et de s'abandonner au plaisir avec lui, elle battait en retraite. Elle le repoussait de toutes ses forces et cela se voyait à sa façon de se tenir jambes serrées, avant-bras posés sur ses genoux. Elle examina ses mains un moment avant de lever les yeux vers lui.

— Si on jouait cartes sur table ?

Il hocha la tête, même s'il ne s'attendait pas à une bonne main.

— Ta présence à Boston, même pour quelque temps, ça ne me convient pas.

Ce n'était pas ce qu'il avait envie d'entendre. Il était très déçu. Il s'était dit que passer du temps avec DJ lui permettrait de se changer les idées et de se remonter le moral.

— J'ai une vie ici. Où il n'y a pas de place pour un avocat beau gosse qui veut partager mon lit. Mais on pourrait partir quelque part pour le nouvel an et voir si la magie fonctionne encore.

Matt n'arrivait pas à estimer si elle était sérieuse, et ne pas savoir à quoi s'en tenir l'agaçait prodigieusement. Et il y avait quelque chose dans le ton de sa voix… Derrière son discours de femme libérée, il sentait de la vulnérabilité et… peut-être de culpabilité.

— Qu'est-ce que tu ne me dis pas, DJ ?

— Je ne vois pas de quoi tu parles, rétorqua-t-elle.

Bon sang, même ce ton de vieille fille prude l'excitait.

— Allez, crache le morceau, DJ.

— Ah, ces avocats ! soupira-t-elle, mais ses yeux lançaient des éclairs. Si tu n'étais pas aussi craquant, jamais je ne serais sortie avec toi. Il n'y a pas de place dans ma vie pour une relation établie avec toi. Je travaille énormément et j'aime mon indépendance. Et puis, cette période de l'année me donne le cafard, alors je préfère être seule.

Elle n'aimait pas Noël ? Pourquoi ça ? Et pourquoi cela l'intéressait-il tout à coup ? Depuis sept ans, il s'était arrangé pour ne pas lui poser de questions, ne jamais approfondir. Maintenant, sa première réaction était de trouver une pelle et de se mettre à creuser le sujet ?

Reprends-toi, mon vieux !

— À part un week-end avec toi de temps en temps, j'aime être seule. Te voir une fois ou deux par an, ça me suffit.

Matt se cala plus profondément sans le canapé et soutint le regard de DJ. Elle s'efforçait si visiblement de garder son calme, de le convaincre qu'elle était froide et ne ressentait rien. Mais il lui faudrait devenir bien meilleure menteuse si elle voulait lui faire gober son baratin. Elle n'était ni froide, ni sophistiquée, ni dure. En fait, elle avait une trouille bleue qu'il soit ici, à Boston.

Mais pourquoi était-il si facile pour elle de passer quelques jours avec lui, alors qu'elle redoutait de le voir régulièrement ?

Et lui, qu'est-ce que tout ça pouvait bien lui faire ? Pourquoi ne laissait-il pas tomber ? Il n'avait qu'à sortir de ce bureau, entrer dans le premier bar venu et, après quelques verres et une heure ou deux à échanger des banalités, il était sûr de rentrer avec une fille. Mais il n'avait pas envie de coucher avec une parfaite étrangère.

Il n'avait envie que d'une seule femme…

Il se pencha vers elle et lui caressa doucement la joue. Le désir brûlait dans les yeux de DJ et, à son contact, sa peau se réchauffa et la pointe de ses seins vint tendre la soie de son chemisier.

Elle n'avait jamais été capable de dissimuler son attirance pour lui. Alors, il décida de pousser son avantage.

Il parla d'une voix douce mais résolue.

— Voilà ce qui va se passer, Dylan-Jane. Je vais m'installer dans la maison en face de chez toi et nous allons nous voir souvent. Tes amis sont les miens, donc nos chemins vont se croiser. Et je ferai tout pour qu'ils se croisent parce qu'il y a trop longtemps que je ne t'ai pas fait l'amour et que j'en meurs d'envie. Alors, oui, cette année a été un peu inhabituelle. Mais je n'admets pas que tu ériges une barrière entre nous. Et je compte bien non seulement la faire tomber, mais découvrir pourquoi tu fais ça.

— Matt…

— Je n'ai pas fini. Nous avons toujours été honnêtes l'un avec l'autre, mais là tu ne l'es pas. Je crois qu'une part de ce que tu dis est vraie – tu aimes être seule et tu détestes Noël –, mais il y a autre chose.

— Tu ne m'as pas dit toute la vérité non plus à propos de ta présence à Boston, fit remarquer DJ.

En effet. Il était bien obligé de le reconnaître.

— Mais ça n'a rien à voir avec nous, alors que je suis sûr que ton attitude de rejet me concerne. Nous concerne. Je t'en prie, DJ, parle-moi.

DJ se leva, alla jusqu'à la fenêtre et croisa les bras. Elle baissa la tête et il vit ses épaules trembler. Seigneur, il espérait qu'elle n'était pas en train de pleurer. Les larmes étaient sa kryptonite. Il se leva à son tour et se plaça derrière elle sans la toucher. Lui offrant silencieusement son soutien.

— Tu peux me parler, Dylan-Jane.

Elle garda le silence un moment mais, quand elle se retourna, il vit qu'elle avait capitulé. Enfin !

— Quand on a fait l'amour le soir de Noël, je suis tombée enceinte.

Ses paroles lui firent l'effet d'un uppercut dans le plexus solaire. Il avait l'impression d'étouffer et essayait de comprendre ce que cela signifiait. Puis, DJ prit une grande inspiration et ajouta :

— J'ai perdu le bébé en février.

Il fallut une minute, une heure – dix ans – pour que son cerveau redémarre. Il se croyait calme mais, quand ils sortirent de sa bouche, ses mots ressemblaient à un rugissement.

— Pourquoi ne m'en as-tu pas parlé ? Dès que tu as su ?

DJ recula d'un pas, complètement blême.

— J'ai essayé…

— Pas tant que ça, on dirait, hurla Matt, incapable de contrôler la puissance de sa voix. J'avais le droit de savoir, merde ! Comment as-tu osé me priver de ça ? Tu m'as menti ! Tu m'as laissé croire une chose qui était l'exact contraire de la vérité. Bon sang, Gemma…

Gemma ? Est-ce qu'il venait vraiment de dire ça ?

Matt regarda DJ. Elle se dirigeait vers la porte, elle voulait s'éloigner de lui. Et il ne pouvait pas le lui reprocher. Dans sa colère, il avait mêlé ce que Gemma et ce que DJ avaient fait, et il ne savait pas lui-même à quelle situation il venait de réagir. Il fallait qu'il s'en aille, qu'il réfléchisse à ce qu'elle avait dit, à ce qui s'était passé.

Il ouvrit la porte à la volée et se retrouva nez à nez avec Julie et Darby qui lui bloquèrent le passage, telles deux mamans ourses protégeant leur rejeton.

— Que s'est-il passé ? demanda Julie, l'air féroce.

— Tu lui as fait du mal ? ajouta Darby tout aussi férocement. Si tu lui as fait du mal, on la poussera à porter plainte.

Seigneur, mais pour qui le prenaient-elles ?

— Elle va bien. On s'est juste disputés, répondit Matt d'un ton las.

Il avait besoin d'air. Il avait l'impression que son cœur allait exploser et il pressa sa main sur sa poitrine pour atténuer la douleur. Une part de lui n'arrivait toujours pas à croire à ce que DJ venait de lui révéler. Pour la deuxième fois dans sa vie, une femme lui avait annoncé qu'elle avait perdu son bébé. Mais, contrairement à Emily quelques mois plus tôt, ce bébé-là ne lui écrirait jamais pour lui dire qu'il était son enfant biologique et qu'il souhaitait le rencontrer.

Il n'avait pas envie de fonder une famille. Il n'était pas taillé pour être père, mais cette pensée le rendait profondément triste.

3

DJ restait figée, sidérée par l'extrême violence de la réaction de Matt. Elle avait passé des heures à imaginer cette conversation et, pas une seconde, elle n'avait pensé que Matt, toujours si maître de lui-même, perdrait à ce point le contrôle.

Elle se laissa tomber dans son canapé et prit sa tête entre ses mains. Après avoir vainement tenté de le joindre à plusieurs reprises en mars, elle s'était dit qu'il était inutile d'informer Matt de sa grossesse et de la fausse couche qui avait suivi. Tout s'était passé si vite et il était si loin. Et puis, quelle importance dans sa vie à lui ? Aucune. Zéro.

Elle s'était même attendue à ce qu'il soit heureux qu'elle ne soit plus enceinte. Après tout, elle-même avait été soulagée de perdre le bébé, même si elle se sentait coupable de ressentir ça. D'abord, elle n'aurait pas à annoncer à sa mère qu'elle allait devenir une mère célibataire. Quant à son père, elle ne l'avait pas vu depuis qu'elle était petite, donc cela n'aurait rien changé.

En fait, si elle n'avait jamais voulu d'enfants, c'était à cause d'eux. Ses parents. Elle était terrifiée à l'idée de se révéler aussi incapable d'élever un enfant qu'ils l'avaient été.

Le souvenir du départ de son père la hantait toujours. Il était parti le jour de Noël pour aller vivre avec une autre femme et son enfant, une fille qu'il n'avait pas tardé à adopter. Et il l'avait laissée seule avec Fenella et sa langue acérée. Dès lors, DJ n'avait eu de cesse de faire carrière et de gagner assez bien sa vie pour ne plus dépendre financièrement de sa mère. La leçon qu'elle avait apprise de ses parents, c'est que personne ne pouvait vous faire plus de mal que les gens que vous aimiez.

La porte de son bureau s'ouvrit sur ses deux meilleures amies. DJ se leva, et Darby l'examina de la tête aux pieds.

— On a entendu des cris. Il t'a fait mal ? Ça va ?

— Comment ? Mais non ! dit DJ en fronçant les sourcils. Matt ne me ferait jamais de mal.

— On l'a entendu hurler, répondit Julie. Que s'est-il passé ?

Et voilà.

Si elle n'était pas très prolixe à son sujet, DJ ne mentait jamais à ses amies. Elle leur fit signe de s'asseoir. Elle avait déjà lâché une bombe aujourd'hui. Autant en finir.

C'était long de garder un secret pendant un an et, maintenant que Matt était au courant, elle ne voulait plus rien leur cacher. Darby et Julie étaient ses amies, et elle voulait partager ça avec elle. Même si ce ne serait pas facile, et particulièrement dur pour Darby.

En regardant les jumelles, DJ songea qu'elles n'auraient pas pu être plus différentes. Julie était brune aux yeux bleus, tandis que Darby était une blonde aux yeux gris. La seule chose qu'elles avaient en commun, c'était un goût parfait pour s'habiller et, à cet instant précis, une expression soucieuse sur le visage. Les jumelles prirent place sur le divan, et Darby indiqua le fautcuil à DJ.

— Assieds-toi, lui suggéra Julie.

DJ prit une grande inspiration, attendit que ses genoux cessent de trembler et se dirigea vers le fauteuil en lançant un regard plein d'envie à la machine à café. Seigneur, elle avait besoin de caféine, si possible par intraveineuse. Si on y ajoutait une bonne dose de whisky, elle ne serait pas contre.

— Raconte-nous, dit Darby d'un air inquiet.

DJ croisa les doigts autour de ses genoux. Son cœur battait la chamade. Quand elle était enfant, à chaque fois qu'elle avait tenté de communiquer avec sa mère, elle s'était fait rabrouer ou humilier. Depuis, elle était incapable d'exprimer ses pensées ou ses sentiments sans tout gâcher.

Comme tout à l'heure avec Matt.

Son expérience lui disait que cette conversation aussi allait mal tourner. C'était pour ça qu'elle aimait tant les chiffres et les données. Cela lui évitait d'avoir à parler.

— On s'inquiète pour toi, DJ, dit Julie.

— Et si tu dis que ça va, je te flanque une gifle ! ajouta Darby, l'air féroce. On sait qu'il y a quelque chose qui ne va pas et que ça dure depuis des mois !

C'en était trop pour DJ. Des larmes se formèrent dans ses yeux et roulèrent sur ses joues.

Julie s'agenouilla devant elle.

— Pour l'amour du ciel, parle-nous ! Ta mère t'a encore fait du mal ? C'est Matt ? Qu'est-ce qu'il t'a fait ?

— Ce n'est pas ça, commença DJ. Puis, rassemblant son courage, elle leva les yeux vers Darby. C'est si difficile pour moi, Darby. Je ne sais pas comment te dire ça…

— Vas-y, dit Darby.

— Quand on s'est vus à Noël dernier, Matt et moi, je suis tombée enceinte. Et j'ai fait une fausse couche en février. Je ne l'ai pas dit à Matt. Ni à personne.

Julie poussa un cri de surprise, mais DJ s'inquiétait plus pour Darby. Elle vit le visage de son amie se décomposer et ses mains se mettre à trembler. Exactement comme elle s'y attendait. Et elle ressentit le besoin de se justifier.

— C'était un accident. Je n'ai rien calculé. Je savais que ça te ferait de la peine et c'est pour ça que je n'ai rien dit. Je me sentais si coupable de ne pas vouloir être enceinte alors que, toi, tu as tellement envie d'un enfant. Et je me sentais, je me sens encore coupable et triste d'avoir perdu cet enfant.

Darby se leva d'un bond, secoua la tête et regarda Julie.

— Non mais, tu y crois, toi ?

Julie se releva et se rapprocha de Darby, signifiant qu'elles étaient soudées, une équipe, et que DJ s'était exclue du groupe.

— Et, à en juger par ses cris, Matt est furieux parce qu'à lui non plus tu n'avais rien dit ?

DJ ne répondit pas.

— Et c'est son droit. Il a absolument raison d'être fou furieux, Dylan-Jane, ajouta Julie.

DJ se mordit la lèvre. Elle leva les mains en signe d'impuissance et murmura :

— Je suis désolée.

— Et moi, je suis désolée que tu n'aies pas eu assez confiance en nous pour nous en parler plus tôt, DJ, dit Darby, les larmes aux yeux. Désolée que tu me croies assez mesquine pour ne penser qu'à moi quand tu affrontes une des situations les plus difficiles de ta vie. Désolée que tu fasses si peu cas de notre amitié. Et de toi-même.

Les paroles de son amie étaient empreintes d'une telle tristesse qu'elles lui crevèrent le cœur.

— Quand vas-tu enfin comprendre que tu as le droit de ne pas être parfaite, DJ ? Que tu es humaine ? poursuivit Darby. Bon sang, ça fait des mois qu'on attend que tu nous parles, que tu nous demandes de partager ton fardeau. Mais non ! Rien ! Ensuite, tu as eu l'air de commencer à aller mieux, alors on a décidé de ne pas insister. Et, maintenant, on apprend que tu as été enceinte, que tu as fait une fausse couche et que tu as préféré tout porter toute seule ?

— Tout le monde s'est inquiété pour toi, DJ. Maman, Levi, les enfants Lockwood, ajouta Julie. Quand vas-tu enfin comprendre que tu comptes autant que tout le monde dans cette famille ? Quand vas-tu finir par accepter que nous sommes là pour toi ?

DJ aurait dû les croire. Elle aurait aimé pouvoir. Jamais elles ne l'avaient laissée tomber, mais elle était terrifiée à l'idée que cela puisse arriver un jour.

À huit ans, elle croyait être le centre de l'univers de son père, mais il était parti sans se retourner. Et Fenella aussi l'avait rejetée. À chaque fois qu'elle la négligeait ou la dénigrait, DJ se sentait aussi seule, aussi abandonnée que le jour où son père était parti.

Elle préférait encore anticiper que ceux qu'elle aimait

finiraient par l'abandonner quand elle aurait le plus besoin d'eux que de revivre une telle souffrance.

— J'en ai vraiment assez que tu cherches tant à être parfaite, à rester dans ta bulle, reprit Darby. Je sais que c'est dur de te dire ça, mais tu dois prendre une décision. Soit tu fais vraiment partie de notre vie et tu acceptes de compter sur nous, soit tu t'en vas. En tout cas, on ne veut plus revivre ça !

Voilà pourquoi elle ne se livrait pas. Une fois de plus, elle avait fait tomber sa carapace et on en profitait pour la blesser. Elle avait parlé à Matt et il avait explosé. Elle s'était ouverte aux jumelles et elles lui posaient un ultimatum.

— On a besoin que tu nous parles ! dit Darby. On veut être au courant des petites et des grandes choses, de ce qui va et de ce qui ne va pas. Et arrête de chercher toutes les excuses pour éviter les réunions de famille à Noël. Passe du bon temps avec nous ces prochaines semaines. Pour la première fois de ta vie, accepte réellement ce que faire partie d'une famille signifie. Si tu n'en es pas capable, je crois qu'il vaut mieux arrêter là. On t'aime trop pour n'avoir droit qu'à une façade. On mérite mieux !

Darby n'avait pas élevé la voix, mais DJ savait qu'elle pensait chaque mot qu'elle venait de prononcer. Elle se tourna vers Julie avec l'espoir qu'elle serait aussi choquée qu'elle par cette diatribe, mais Julie avait juste l'air triste.

— Tu nous diras ce que tu as décidé, Dylan-Jane.

Seigneur.

Julie suivit sa sœur et, quand la porte se referma sur elles, DJ se laissa tomber sur son fauteuil, les yeux perdus dans le vague.

Oui, c'était officiel. Elle n'était vraiment pas faite pour les conversations à cœur ouvert.

Le lendemain soir, Matt traversa la rue pour se rendre chez Levi Brogan. Comme la plupart des maisons du quartier, y compris Lockwood House, la demeure était de style géorgien, avec son portique et ses colonnes. Les trois étages de la façade étaient couverts de lierre ainsi que le garage et l'appartement d'amis qui le surmontait.

Il aimait ce quartier huppé, l'espace entre les maisons, les grands arbres et les rues tranquilles. Bien sûr, il s'était habitué au tumulte de La Haye, mais tout était si serein ici.

C'était la première fois qu'il y venait. C'était le monde de Dylan-Jane. Celui de ses amis.

Pendant des années, ils s'étaient retrouvés en terrain neutre, dans des endroits où ni l'un ni l'autre n'avait d'attaches. Ces destinations leur rappelaient inconsciemment que le temps qu'ils passaient ensemble ne faisait pas partie de la vraie vie.

Mais être ici à Boston, dans sa ville, et loger en face de chez elle changeait la donne. Il ne pouvait pas prendre l'avion pour établir une distance. Ses obligations envers son grand-père et le rendez-vous qu'il espérait avec Emily coïncidaient avec son besoin de voir DJ.

Il la désirait. Bien sûr. Il ne voyait pas comment il pourrait cesser de la désirer un jour. Mais ici, à Boston, il en venait à se demander s'il n'y avait pas plus que ça entre eux. Dans laquelle de ces maisons avait-elle passé son enfance ? Avait-elle grimpé dans ce magnifique érable ? Avait-elle été du style garçon manqué ou au contraire très petite fille, une chipie ou une enfant sage ?

Matt tenta de chasser ces questions de son esprit. Cela deviendrait beaucoup trop compliqué s'il se mettait à considérer sa relation avec DJ sous un angle différent.

Et il n'aimait pas les complications. Il évitait tout risque. Ces dix-huit dernières années, il s'était efforcé de ne pas songer à fonder une famille. Son enfance avait été partagée entre des parents imprévisibles et des grands-parents trop rigides, et aucun de ces modèles n'avait répondu à ses besoins. Pas question de perpétuer ce cycle dysfonctionnel…

Jusqu'à maintenant, il avait réussi à ne pas s'impliquer, à se suffire à lui-même… Mais, depuis qu'il était à Boston, il pensait à la famille et autres fantasmes infantiles.

Il fallait qu'il arrête. Il n'était plus un gamin manquant de confiance en lui. Au diable le passé…

Malgré tout, il restait là, les mains dans les poches, hésitant à franchir le portail. Il savait bien qu'il ne pourrait jamais y avoir rien de plus entre DJ et lui, mais il lui devait des excuses. Il avait mal réagi. Elle avait vécu une terrible expérience et s'était confiée à lui. Il avait vu son chagrin et, pourtant, il avait préféré s'apitoyer sur lui-même. Il aurait dû l'écouter, chercher à la comprendre, au lieu de s'emporter.

Non, il n'y avait pas de quoi être fier.

Il se décida enfin à pousser le portail, monta les quelques marches menant à la porte de bois sculptée et toqua. Une voix féminine lui répondit d'entrer. Suivant le son de la voix, il se retrouva dans un grand salon rempli de divans, couverts de toutes sortes de tissus et de couleurs. Étonnamment, l'effet était réussi. C'était à la fois luxueux, chic et cosy, et il se sentit immédiatement à l'aise.

Julie et Darby étaient assises sur un divan orange, accrochées à leurs verres de vin comme à des bouées de sauvetage et l'air très tendues.

Matt fronça les sourcils à la recherche de DJ. Où était-elle ?

Darby échangea un long regard avec Julie et soupira :

— Matt, il ne manquait plus ça.

— Est-ce que DJ va bien ?

— DJ va *toujours* bien, Matt, dit Darby d'un ton amer.

Mais derrière le sarcasme, Matt sentit du chagrin et de l'inquiétude.

— Elle est dans son appartement, finit par dire Julie. Ça n'est pas facile pour elle depuis hier, alors abstiens-toi de t'acharner sur elle.

Matt fut rassuré de constater que Julie cherchait encore à protéger son amie.

— Tu lui en veux toujours ?

Non. Sa colère était dirigée contre lui-même maintenant.

Matt haussa les épaules. Il n'avait pas l'habitude de parler de sa vie personnelle, mais ces filles étaient les meilleures amies de DJ.

— Je l'ai appelée plusieurs fois. Je lui ai envoyé des SMS et des mails. Elle ne répond pas.

— Bienvenue au club, dit Darby, déçue. Bon sang, j'ai envie de l'étrangler !

Vu. Il débarquait en plein drame. Il valait peut-être mieux revenir quand tout se serait calmé. Il n'aimait les effets dramatiques que dans une salle de tribunal, quand il pouvait les utiliser contre l'adversaire.

— Que s'est-il passé ? demanda Matt.

— Hier, on lui a posé un ultimatum. C'était moche, répondit Darby, le menton tremblant et les larmes aux yeux.

D'accord. Si Darby pleurait, il y avait des chances pour que DJ soit dévastée et en larmes elle aussi.

Matt lança un regard désespéré vers la porte. Il aurait voulu être n'importe où plutôt qu'ici. Quelque part où il n'y avait pas de femmes en pleurs, de meilleures amies qui se disputaient, tout ce trop-plein d'émotions.

— Je devrais peut-être m'en aller, dit-il.

— Tu ne vas pas t'en tirer comme ça, dit Julie en se levant. Pour rejoindre son appartement, le plus simple, c'est de sortir par la cuisine. Les escaliers sont juste à droite. Dis-lui de se joindre à nous demain soir pour aller faire du patin à glace. Que ce sera notre première activité-pour-se-mettre-dans-l'esprit.

— Dans l'esprit de quoi ?

Une lueur de gaieté s'alluma dans les yeux de Julie.

— Les semaines qui précèdent Noël, on se retrouve tous pour faire des choses sympas. C'est papa qui a lancé cette tradition. Et DJ trouve toujours une excuse pour ne pas participer.

— Ah, bon ? Je croyais qu'elle adorait passer du temps avec vous.

Julie interrogea sa sœur du regard avant de répondre.

— DJ donne beaucoup plus qu'elle ne prend. Ça fait vingt-cinq ans qu'on se connaît, mais elle ne nous parle toujours pas. Peut-être que ta présence ici la fera changer.

Elle semblait pleine d'espoir, et Matt n'aimait pas trop le fil que semblaient suivre les pensées de Julie.

— N'allez pas vous faire des idées, les filles. DJ et moi sommes bien d'accord pour ne pas tomber amoureux. Nous ne sommes pas comme ça.

Deux paires d'yeux le vrillaient littéralement, et Matt sentit une goutte de sueur perler à sa tempe. Ces filles étaient vraiment coriaces. Il enfonça le clou :

— Sérieusement, ça ne fait pas partie du programme.

Toujours aucune réaction à part ces regards intenses.

Matt se surprit à construire mentalement un plaidoyer pour les convaincre qu'il n'y avait rien de plus entre lui et DJ qu'une incapacité à ne pas se jeter l'un sur l'autre quand ils se voyaient.

Ce n'est pas si compliqué, Edwards. Dis-leur que tu aimes beaucoup DJ, que tu la respectes infiniment, mais que tu n'as pas l'intention de faire ta vie avec elle. Ni avec personne d'autre. Jamais.

Le problème n'était pas DJ, c'était lui.

Il ouvrit la bouche mais aucun son ne sortit. Parfait. Cela ne lui était jamais arrivé.

Décidément, Boston réservait bien des surprises.

Mason fit comme s'il ne remarquait pas les regards interrogateurs que lui lança Callie quand elle le vit assis à la table d'Eric pour l'aider à saisir les subtilités des équations aux dérivées partielles. D'ailleurs, à entendre Eric soupirer, soit il expliquait mal, soit le niveau d'un doctorat en mathématiques était trop élevé pour lui.

Voyant le regard du jeune homme se focaliser sur son avant-bras, il comprit qu'Eric avait du mal à associer cerveau de génie et tatouage *hardcore*. Le fait que Mason porte un pantalon de treillis et des bottes de motard avait l'air de le perturber, mais…

Merde, après tout. Il y avait bien longtemps qu'il n'éprouvait plus le besoin d'impressionner quiconque, et surtout pas un étudiant boutonneux. Après lui avoir suggéré de s'adresser à son professeur, Mason quitta la table d'Eric et se concentra sur un problème bien plus plaisant. Et épineux.

Callie Brogan était là, et sa journée s'en trouvait illuminée. Eh oui, c'était officiel : malgré ses airs de dur, il était pitoyable.

Callie le regarda s'approcher, et son regard navigua de lui à Eric. Il avait l'impression de voir tourner les rouages de son esprit agile.

— Qu'est-ce que vous faites avec Eric ?

Il se retint de caresser ses cheveux blonds. Il les imaginait glisser, si soyeux, entre ses doigts pendant qu'il l'embrassait à pleine bouche. Mais, vu le regard inquisiteur de Callie, il était seul dans son monde de fantasmes.

— Je l'aide à faire ses maths.

— Eric est un des meilleurs étudiants en mathématiques du MIT, je ne vois pas comment vous pourriez l'aider, dit Callie en fronçant les sourcils.

Elle ne l'épargnait pas mais, Dieu merci, il avait un moral d'acier.

— J'ai eu une vie avant de travailler ici, Callie.

— Et que faisiez-vous ?

— Vous ne m'avez pas googlisé ?

— Je préfère trouver l'info directement dans la bouche du cheval… ou plutôt de l'âne, en l'occurrence.

Seigneur, il adorait son insolence.

— Si vous acceptez un rendez-vous, je vous le dirai.

Voyant que Callie s'apprêtait à le mettre sur le gril, il la devança :

— Au fait, où en êtes-vous de votre liste des choses à faire avant de mourir ?

Il avait entendu dire qu'elle avait un rendez-vous – mais bien sûr, pas avec lui – et cela le rendait dingue.

— Le coup d'un soir et l'amour au téléphone, c'est fait ?

Callie rougit. De colère ou de gêne ? Peut-être les deux.

— Ça ne vous regarde pas.

Mais ses yeux démentaient ses paroles, et il se sentit soulagé.

Il allait réitérer sa proposition d'un rendez-vous quand Callie lui demanda :

— Ça vous a fait mal ?

Elle parlait de son tatouage.

Un mal de chien mais pas question de l'avouer. Callie se pencha pour observer le motif polynésien. Du doigt, elle suivit le parcours d'une veine saillante, et une onde de désir lui électrisa l'échine.

— Vous en avez d'autres ? lui demanda-t-elle, plantant ses yeux dans les siens.

Hum, c'était trop facile.

— Si nous étions nus tous les deux, vous le sauriez tout de suite, dit-il avec un sourire.

Callie émit un son qui tenait à la fois du rire gêné et de l'amusement. Adorable.

Elle se redressa, croisa les bras et leva un sourcil.

— Vous faites quelque chose vendredi soir ? Vers 19 heures ?

Mason ne tenta même pas de dissimuler sa surprise :

— Non. Pourquoi ? Si c'est pour me proposer un cinéma suivi d'un dîner et d'une partie de jambes en l'air, ma réponse est oui, oui, oui.

Callie leva les yeux au ciel. Vraiment, que c'était bon de la taquiner.

— Ce n'est pas un rendez-vous galant, mais…

Il retint son souffle.

— Mon clan va faire du patin à glace le premier vendredi de décembre. Pourquoi ne venez-vous pas, vous et vos fils ? Vous savez patiner, j'imagine ?

— Mais bien sûr. Pourrai-je vous tenir la main sur la glace ?

— Dites-moi plutôt comment il se fait que vous soyez si bon en maths.

— Cette information vous coûtera un baiser.

— Sur la joue.

— Avec la langue.

— Vous n'êtes sûrement pas aussi bon et je ne suis pas aussi curieuse !

Mason se pencha par-dessus la table, son regard rivé à celui de Callie :

— Si, je le suis. Et si, vous l'êtes.

Il était si près qu'il lisait le trouble dans ses yeux. Il baissa le regard vers ses lèvres pulpeuses, puis remonta vers ses incroyables yeux bleus. Incapable de résister, il déposa un baiser sur le coin de sa bouche.

— À vendredi, ma belle.

— Vous êtes vraiment l'homme le plus agaçant que je connaisse.

Mason sourit et s'éloigna de la table, conscient que Callie regardait ses fesses.

Oui, vraiment. Excellente journée.

4

Matt frappa à la porte de DJ. N'obtenant pas de réponse, il tourna la poignée. C'était ouvert. Il entra et il fallut quelques secondes à ses yeux pour s'ajuster à la lumière très diffuse.

L'appartement ressemblait à une page de magazine, magnifiquement décoré, coussins disposés à la perfection sur le canapé qui lui faisait face. Sur la table basse, un vase bas où flottaient des corolles de fleur, et les magazines sous la surface de verre était rangés au cordeau. Dans un coin de la pièce, le bureau était vide à l'exception d'un fin ordinateur portable fermé et d'un classeur noir. Sur l'étagère face au bureau, une rangée de classeurs, noirs eux aussi, aux étiquettes soigneusement libellées. On aurait cru que personne ne vivait ici.

Un décor en contraste total avec les chambres d'hôtel en désordre qu'ils avaient partagées toutes ces années, avec des vêtements éparpillés, des serviettes de bain jonchant le sol et des chaussures traînant un peu partout. DJ lui avait dit qu'elle n'était pas la même personne chez elle et avec lui, et son appartement étayait cette version.

Matt alla jusqu'à un canapé qui faisait face à un bow-window donnant sur un petit étang gelé et un green de golf.

Jolie vue, se dit-il.

Il baissa les yeux et s'aperçut que DJ était allongée sur le canapé, les yeux fermés. Sa respiration était régulière. Elle dormait. Matt nota les taches sur son visage et les traces de larmes sur ses joues, et il soupira. Contournant le canapé, il s'assit sur une table basse, posa ses avant-bras sur ses cuisses et se mit à regarder DJ.

Elle était toujours aussi belle et naturelle. Ses cheveux étaient plus longs et ses pommettes plus marquées. Le bouton ouvert de son chemisier blanc sur mesure laissait entrevoir un peu de la dentelle de son soutien-gorge et la courbe de ses seins. Toujours aussi sexy…

Matt remonta vers son visage. Elle était belle mais, même dans son sommeil, elle semblait triste. Mon Dieu, qui était responsable de ça ? Lui ? Ses amies ? Sûrement un peu tous.

Comme si elle avait senti sa présence, DJ ouvrit lentement les yeux. Elle tendit la main et vint lui effleurer la joue.

— Matt.

Incapable de résister, il se pencha vers elle, couvrit sa bouche de la sienne, glissa sa langue entre ses lèvres. Il sentait le goût des larmes et voulait l'effacer avec celui de la passion qu'ils partageaient et qui était capable de mettre tout le reste en perspective.

— Matt, gémit-elle.

Il l'embrassa à nouveau. C'était là qu'ils se retrouvaient. Ils ne savaient pas se parler, ne se comprenaient pas vraiment. Mais, pour se donner mutuellement du plaisir, ils étaient les meilleurs.

Rien de tel que le sexe pour remettre les compteurs à zéro, les ramener à une époque où ils se sentaient bien ensemble, à une époque où leur relation était simple.

DJ noua les bras autour de sa nuque. À genoux, elle se pressa contre lui, et de sa bouche picora son cou.

Il la repoussa doucement ; il voulait voir son visage, ses yeux. Son regard un peu voilé par le sommeil se fit plus langoureux.

— Embrasse-moi, dit-elle d'une voix un peu rauque.

Il n'attendait que ça. Ses mains remontèrent dans ses cheveux, et sa langue se mit à explorer sa bouche. Il lui renversa légèrement la tête, et son baiser se fit plus profond, plus passionné, presque féroce. DJ gémissait, agrippée à son T-shirt, émettant ce son venu du fond de sa gorge qui trahissait son excitation. Matt passa de sa bouche au lobe de son oreille, qu'il suça avec gourmandise tout en défaisant les boutons de son chemisier.

— Vite, Matt. Je te veux en moi.

— Non. Ça fait presque un an. Pas question que je me précipite, dit-il en lui caressant les seins à travers son soutien-gorge en soie.

Puis il se pencha, prit le bout d'un de ses seins dans sa bouche et sentit les ongles de DJ se planter dans ses épaules. Il savait que cette caresse lui faisait toujours perdre la tête.

Matt se leva, passa son bras autour de la taille de DJ, la releva et la plaqua contre lui. Il était tellement excité qu'il se demandait s'il serait capable de se contenir assez longtemps pour tirer le plus de plaisir possible de leurs retrouvailles. DJ lui faisait vraiment perdre le contrôle.

— Déshabille-toi, dit-elle, d'une voix haletante en lui retirant sa veste. Je veux sentir ta peau sous mes mains.

Elle arracha sa chemise de son pantalon et découvrit son ventre et son torse, qu'elle couvrit de baisers légers. Puis elle défit sa ceinture et l'aida à se débarrasser de son pantalon avant de prendre son sexe brûlant dans sa main. Puis, elle posa sa tête sur son torse pendant qu'il la déshabillait à son tour.

Elle ne portait plus qu'un minuscule string rouge terriblement féminin, terriblement sexy, terriblement DJ. D'un doigt, il écarta la délicate dentelle et se mit à la caresser, se délectant de la sentir si excitée.

— Tu as envie de moi, dit-il d'une voix sourde.

— Ça m'a tellement manqué. Tu m'as tellement manqué. Viens. J'ai besoin de te sentir en moi.

Matt sentait qu'elle n'était plus loin de la jouissance. Il se pencha pour ramasser sa veste et prit son portefeuille. Il en sortit un préservatif, que DJ l'aida à dérouler sur son sexe dressé.

L'instant suivant, il était assis sur le canapé, les jambes de DJ enroulées autour de sa taille. Sa peau contre la sienne. Elle se souleva, et il s'apprêta à endurer la délicieuse torture de pénétrer en elle le plus lentement possible, mais elle le voulait en elle, tout de suite.

Tout entier en elle, il sentait sa chaleur irradiante l'envelopper par vagues. Il aurait voulu faire durer, il aurait voulu la faire jouir encore et encore. Et la regarder dans les yeux à ce moment-là… mais, quand elle râla de plaisir, il fut parcouru d'une décharge fulgurante et la rejoignit dans la jouissance.

À ce moment-là, ce fut comme si le ciel se déchirait. Tout était clair, tout prenait sens, rien n'était impossible.

Tandis que son cœur reprenait un rythme normal, il sentit le souffle encore un peu haletant de DJ contre sa peau, respira le mélange enivrant de son parfum léger, du savon et de son odeur. De la main, il effleura son dos, à la peau si douce et si chaude.

DJ enroula ses bras autour de son cou et vint loger sa tête au creux de son épaule. Matt voulut parler mais, une fois encore, les mots restèrent bloqués dans sa gorge.

Comment lui dire que jamais ça n'avait été aussi bon ? Que jamais il ne s'était senti aussi proche d'elle ? Qu'il ne pouvait s'imaginer faire ça avec une autre femme ?

Il saisit doucement DJ par les hanches et la déposa délicatement sur le canapé à côté de lui. Quand il se leva, il sentit que son regard se posait sur lui, qu'elle se demandait pourquoi il s'était aussi brusquement détaché d'elle.

Sans oser la regarder, il ramassa ses vêtements et se dirigea vers la salle de bains. Là, il s'agrippa au lavabo et s'obligea à regarder son reflet dans le miroir. Il grimaça en voyant ses yeux remplis de panique.

Et il y avait de quoi être paniqué. Oh ! Seigneur, il était dans le pétrin.

Ça n'avait pas été un simple moment de plaisir. Une simple relation sexuelle. Il n'avait pas envie de s'en aller. Non. Il avait envie de recommencer. Il avait envie de lui faire l'amour jusqu'à la fin de sa vie.

Non. Pas de ça. Ils avaient eu une relation sexuelle. Une

parmi beaucoup d'autres ces dernières années. Rien n'avait changé.

Rien du tout.

Tout avait changé.

Le regard rivé sur la porte de la salle de bains, elle rassembla ses vêtements. Elle aurait aimé croire que tout ça s'était passé parce qu'elle était à moitié endormie quand elle avait senti la présence de Matt, mais cela aurait été hypocrite. Matt lui avait demandé si elle avait envie de lui et elle avait dit oui.

Après tout, il y avait tellement longtemps.

Mais ce n'était pas la raison. Non. Une part d'elle espérait qu'en faisant l'amour… Non. Qu'en ayant une relation sexuelle, ils seraient comme par magie transportés dans le passé, à une époque où tout n'était entre eux qu'un pur moment de plaisir, sans stress et sans angoisse.

À la même époque l'année précédente, sa relation avec Matt était simple. Ils se retrouvaient, faisaient l'amour et s'en allaient, chacun de son côté. À part quelques jours, ici et là dans l'année, leurs vies ne se mêlaient pas.

Maintenant, il était à Boston. Et il vivait de l'autre côté de la rue. Et, comble de malchance, il fallait que ça arrive en décembre, le mois qu'elle détestait le plus.

DJ se dirigea vers la fenêtre et regarda la rue. La plupart des maisons étaient décorées à l'approche des fêtes. Levi avait l'intention de s'y mettre bientôt, ainsi que Noah et Julie pour Lockwood House.

Chaque petite lumière, chacune des couronnes qui ornaient les portes lui rappelait le jour où son père avait descendu l'allée de leur maison, tandis qu'une toute petite DJ restait seule à pleurer sous le porche illuminé.

Elle allait bientôt avoir trente ans et elle aurait dû avoir dépassé cette haine de Noël. Mais chaque année, à mesure que les guirlandes s'allumaient, que les bonshommes de neige et les rennes se multipliaient sur les pelouses, elle sentait s'intensifier le malaise.

Elle n'avait franchement pas besoin que le plus sexy des avocats des droits de l'homme du monde vienne en plus labourer son pauvre cœur.

Elle entendit la porte de la salle de bains s'ouvrir et se retourna. Comme elle, Matt s'était rhabillé, mais les boutons de sa chemise étaient encore défaits et il était toujours pieds nus. Il avait l'air tout à fait à l'aise chez elle. Et à sa place dans son appartement si soigneusement décoré. DJ se demanda à quoi pouvait ressembler l'endroit où il vivait, s'ils avaient les mêmes goûts, si ses meubles et les objets qu'il aimait s'harmoniseraient avec les siens.

Mais pourquoi réfléchir à des choses pareilles ?

Matt n'était qu'un oiseau de passage. Et c'était ce qu'elle aimait chez lui. Elle savait pertinemment qu'il n'était pas du genre à s'installer et qu'elle ne serait pas surprise une fois qu'il partirait.

Parce que les gens finissaient toujours par s'en aller.

À part les Brogan. Et les Lockwood.

DJ poussa un long soupir. Depuis qu'elle les connaissait, elle se protégeait contre l'éventualité qu'eux aussi l'abandonnent. Mais, en gardant ses distances, elle avait fini par créer un malaise entre les jumelles et elle.

— Pourquoi cet air morose ? lui demanda Matt.

En levant les yeux, DJ vit qu'il l'observait mais, au lieu de répondre, elle inclina la tête sur le côté.

— Qu'est-ce que tu fais ici ? Pourquoi n'as-tu pas appelé avant de passer ?

— J'ai essayé. Une bonne trentaine de fois.

Effectivement. DJ avait coupé son téléphone après sa dispute avec Matt et les jumelles ; elle avait besoin d'être un peu seule. Mais il fallait qu'elle le rallume.

— Après ton départ, les jumelles et moi, on s'est disputées à cause du boulot. J'avais besoin d'être un peu tranquille.

— J'ai vu tes amies en venant ici. Si vous vous étiez disputées à cause du travail, vous n'auriez pas toutes le nez et les yeux aussi rouges, dit Matt.

Zut. Il n'était pas dupe.

— Le sujet de votre dispute est profond et d'ordre personnel. Une part de moi voudrait prendre ta défense, mais je pense que tu es capable de mener tes combats toute seule. Je ne suis le chevalier blanc de personne, dit Matt d'un ton un peu sévère.

D'accord. Message reçu. Il ne fallait pas s'attendre à ce qu'il vole à son secours. Heureusement qu'elle savait depuis des années qu'on ne pouvait compter sur personne. Au moins, elle n'était pas déçue.

— Tu n'as pas répondu à ma question, répliqua DJ. Pourquoi es-tu venu ?

Elle ne voulait pas lui faire l'insulte de croire qu'il n'était venu que pour le sexe. Apparemment, il avait été aussi surpris qu'elle par le cours que les choses avaient pris.

— Est-ce que tu aurais une bière à m'offrir ? demanda-t-il au lieu de répondre à sa question.

Boire un verre était une excellente idée. Pourquoi n'y avait-elle pas pensé plus tôt ?

— Bien sûr.

Matt la suivit jusqu'au coin cuisine. Les coudes sur l'îlot central, il la regardait s'affairer.

— Je ne t'imaginais pas vivre dans un endroit pareil, Dylan-Jane.

— Comment ça ? dit-elle en fronçant les sourcils.

Matt secoua la tête pour refuser le verre qu'elle lui tendait et prit seulement la bouteille de bière.

— C'est très minimaliste. Luxueux mais tellement bien rangé. Je te croyais encore plus désordonnée que moi.

DJ s'appuya contre le comptoir, bras croisés.

— C'était les vacances. Je te l'ai toujours dit, les moments que je prenais loin de Boston avec toi étaient une parenthèse. Une parenthèse pendant laquelle je n'avais pas besoin d'être parfaite.

— Mais qui te demande d'être parfaite ?

DJ se tourna vers le réfrigérateur, ouvrit la porte et prit son temps pour choisir une bouteille de vin avant de prendre un verre. Elle n'avait nullement l'intention de répondre à cette question.

— J'imagine que tu veux parler de ce qui s'est passé, dit-elle en se versant un verre de vin.

— Je suis prêt à écouter tout ce que tu voudras bien me dire, DJ.

Elle lui fit signe de la suivre et retourna s'asseoir sur le canapé, devant le bow-window. Confortablement calée à un bout du canapé, elle lui désigna l'autre bout. Matt repoussa la table basse et étendit ses longues jambes. Le spectacle de la lune sur le petit étang était magnifique et apaisant.

DJ lui expliqua les choses simplement, sans se perdre dans les détails. Elle avait pris un médicament homéopathique qui avait atténué l'efficacité de sa pilule. Au début, elle avait cru à une intoxication alimentaire, mais ensuite elle avait réalisé qu'elle n'avait pas eu ses règles depuis deux mois.

— Pourquoi ne m'as-tu pas appelé ? Pourquoi as-tu voulu traverser ça toute seule ?

— Je savais que j'aurais dû t'en parler, mais comment faire ? Que te dire ? Il n'y avait rien d'autre entre nous que des week-ends de temps en temps et le plaisir que nous prenions ensemble, et voilà qu'un enfant était en train de grandir en moi… Un enfant que nous ne voulions ni l'un ni l'autre. Et puis, il est parti. Fin de l'histoire.

— Tu sais bien que non, railla Matt. Tu sais, je t'aurais écoutée, DJ.

Peut-être, mais elle n'aimait pas se confier. Elle n'avait notamment jamais parlé de son passé, de son enfance. Quel intérêt de se plaindre ? Elle avait survécu au départ de son père, survécu quand il l'avait remplacée en adoptant la fille de sa nouvelle femme, à peine un an plus tard. Toute communication entre eux avait cessé, et DJ s'était retrouvée seule avec Fenella, une femme brillante qui écrasait tout sur son passage.

Personne ne connaissait la femme irritable, frustrée et égoïste qui élevait DJ. En public, Fenella se montrait affectueuse avec elle. Ce n'était qu'une fois à la maison qu'elle redevenait méchante et critique avec sa fille, qui n'était jamais à la hauteur de ce qu'elle attendait d'elle.

DJ leva les yeux vers Matt et, quand leurs regards se croisèrent, ils étaient pleins de désir. Matt posa ses lèvres sur les siennes et DJ soupira. Le passé s'effaça, ses larmes n'étaient plus qu'un lointain souvenir et sa dispute avec Julie et Darby, leur ultimatum, tout était oublié. Il n'y avait que Matt et ce qu'elle ressentait pour lui.

C'était tellement plus facile de communiquer physiquement. De laisser les émotions de côté. Mais il se détacha d'elle, passa la main dans ses cheveux et prit une longue gorgée de bière tout en tournant son regard vers la fenêtre et le paysage glacé.

— J'adore t'embrasser, mais ça ne me semble pas être une bonne idée pour l'instant. Tu sais comme moi qu'on ne s'arrêterait pas là et qu'on utiliserait le sexe pour éviter cette conversation. Nous sommes toujours aussi attirés l'un par l'autre, Dylan-Jane.

— C'est vrai, admit DJ. Pourquoi ne peut-on pas s'en empêcher ?

— Peut-être parce qu'on se sert de ça pour maintenir une distance entre nous, pour éviter d'avoir de vraies conversations.

DJ ouvrit la bouche pour protester mais elle comprit qu'il avait raison. Les conversations profondes et les tourbillons d'émotions ne faisaient pas partie de leur répertoire. Elle et Matt se retrouvaient immédiatement au lit et faisaient l'amour avec ardeur et dans la légèreté. Leurs rencontres n'avaient été que rires, shots de tequila, repas servis dans leur chambre et draps parfumés.

Jamais ils ne pourraient revenir à ça. Jamais plus elle ne serait capable d'envoyer à Matt un mail contenant un lien pour une auberge dans le Vermont ou un château en Écosse suggérant qu'ils s'y retrouvent. Jamais plus elle ne le retrouverait dans le hall d'un hôtel ou dans un aéroport. Jamais plus elle ne se plongerait nue dans un jacuzzi, le dos calé contre son torse puissant, leurs jambes emmêlées.

La distance et les événements des onze derniers mois avaient modifié leur relation, et ils se trouvaient désormais dans un *no man's land*. Parce que, même s'ils venaient de faire l'amour, ils ne pouvaient plus être amants pas plus que, malgré leur première vraie conversation, ils n'étaient amis. La situation est indéfinissable, nébuleuse.

Et DJ détestait le flou. Dans sa vie réelle, tout était réfléchi, compris, classé dans des compartiments. Dans le travail, elle était efficace, méticuleuse parfois jusqu'à l'excès. C'en était presque maladif, et Julie et Darby ne manquaient pas une occasion d'en rire. Mais le fait était que les comptes étaient équilibrés au cent près et que leurs créditeurs étaient payés dans les délais. Elle faisait du sport régulièrement et allait chez le dentiste et le médecin tous les six mois. Comme à son bureau, il régnait un ordre parfait dans son appartement, et sa voiture était immaculée.

Elle contrôlait le matériel, mais les gens la laissaient perplexe. Matt, les Brogan… Ils cherchaient tous à communiquer avec elle sans comprendre qu'elle ne voulait pas partager d'émotions trop intimes. Il était donc plus facile, plus sûr, de battre en retraite.

Du mois, ça l'avait été.

Mais, ces derniers mois, les choses avaient changé. Elle avait changé. Et voilà qu'on était à quelques semaines de Noël, que Matt était ici et que, soudain, elle se sentait reliée à lui émotionnellement comme jamais auparavant.

Elle ne savait pas comment gérer ça.

DJ regarda Matt qui passait sa main dans sa nuque. Elle aurait voulu remplacer ses doigts par les siens, attirer sa tête vers elle et l'embrasser. Mais elle ne pouvait pas. Ils l'avaient fait une fois, comme pour briser un trop long jeûne. Mais c'était impossible. Pas ici. Ici, c'était le monde réel et, dans son monde réel, elle n'embrassait pas les hommes trop beaux sur le point de quitter la ville. Parce que, sinon, les baisers mèneraient aux dîners, aux nuits passées ensemble, aux petits déjeuners puis à d'autres dîners et, bientôt, elle se retrouverait en train de réorganiser toute sa vie pour le satisfaire, pour faire en sorte qu'il l'aime. Elle négligerait ses propres besoins et sentiments dans l'espoir qu'il l'aime. Ce qui n'avait jamais réussi avec sa mère.

Donc, peu importait ce qu'elle croyait ressentir, mieux valait garder ses distances que de tomber dans ce piège. Elle était parfaitement consciente que ses parents lui avaient transmis une vision déformée de l'amour, mais elle ne pouvait rien y changer. Elle n'était pas faite pour les relations… La preuve, elle venait juste de gâcher une amitié de vingt-cinq ans.

— Qu'est-ce qui nous vaut cet énorme soupir ? demanda Matt.

Haussant les épaules, DJ décida de choisir la plus facile des réponses.

— Je réfléchis au moyen d'arranger les choses avec mes deux meilleures amies. Elles sont tellement en colère contre moi.

— Si ça peut te consoler, je pense qu'elles n'ont pas complètement renoncé. Elles m'ont chargé de te dire qu'elles comptent bien que tu ailles à la patinoire demain soir.

— C'est trop cruel, grogna DJ. Elles savent bien que je suis nulle en patinage.

Elle l'était parce qu'elle trouvait toujours une excuse pour ne pas se joindre aux Brogan à la patinoire, pour éviter leurs activités au moment des fêtes et les souvenirs qui semblaient se nourrir de chants de Noël, de boules de gui, de cookies et de lait de poule.

— J'y vais aussi, déclara Matt, les yeux brillants.

Elle avait envie de sourire comme lui, de se perdre dans son regard émeraude, mais elle s'obligea à se ressaisir.

— Mieux vaudrait que nous évitions de trop nous voir, Matt.

Il soutint son regard pendant une longue minute. DJ avait l'impression qu'il sondait son âme, la dépeçant morceau par morceau. Quand il finit par parler, son ton était doux mais déterminé :

— Toi et moi allons trouver un nouveau moyen de gérer

notre relation et ça commence maintenant. Je vais te prendre par la main et je vais t'apprendre à patiner, et nous allons faire en sorte de devenir ce que nous n'avons jamais été… des amis.

5

Une fois Matt parti, DJ resta assise sur son canapé dans le noir, la tête entre les mains. Vraiment, elle ne comprenait rien aux gens.

Après des années de sexe débridé, de week-ends sans complications, Matt pensait qu'ils devaient essayer d'être amis… Mais qu'est-ce que ça voulait dire, enfin ? Qu'elle devait oublier qu'il pouvait la mettre dans tous ses états d'un simple regard, juste en posant sa main sur sa peau ? Comment pouvait-elle être son amie alors qu'elle ne rêvait que de l'embrasser à pleine bouche et de caresser ses larges épaules ? Après tout ce qu'ils avaient fait ensemble, comment pouvait-il s'imaginer qu'elle pouvait faire taire son désir, oublier ce qu'il déclenchait chez elle ?

Mais effectivement, même si elle mourait d'envie de lui sauter dessus dès qu'il entrait dans une pièce, ce n'était plus possible. Il n'était pas là juste pour une nuit ou un week-end. Il serait là demain, dans deux jours et même dans deux semaines. Il n'était plus son fantasme ; il était là, il faisait partie de sa vie de tous les jours, et elle ne savait pas quoi faire.

La solution de Matt était d'essayer autre chose : il voulait qu'ils deviennent amis. Mais, avant de se faire un nouvel ami, il fallait qu'elle répare les dégâts avec les anciennes.

Elle tapa un message sur son téléphone :

Est-ce qu'on peut se parler ? Dans 15 minutes dans la cuisine ?

Les deux filles répondirent par l'affirmative, et DJ ressentit une vague de panique à l'idée de devoir s'ouvrir. Elle se dit qu'elle n'avait rien à craindre. Que, même si elles se fâchaient, elles n'allaient pas la dénigrer ou l'humilier. Qu'elles ne lui avaient jamais témoigné que de l'amour…

Sans s'accorder le temps de s'appesantir, elle composa le numéro de Callie.

— Ma chérie.

Callie lui répondit comme elle l'avait toujours fait. Le cœur de DJ s'emballa puis se calma. Cette femme avait toujours été son roc, une source d'amour inconditionnel.

— Bonsoir, Cal.

— Que se passe-t-il ? demanda Callie. DJ se la représenta, penchée en avant, son instinct maternel en alerte. On ne pouvait rien cacher à Callie.

— Tout va bien, mais j'ai besoin de te parler. Et aux jumelles aussi.

— Sur une échelle de un à dix ?

DJ eut l'impression de revenir des années en arrière ; Callie était la maman à qui tous les enfants allaient demander conseil, et, pour évaluer la gravité du problème, elle avait inventé un système : un à trois signifiait que ça n'aurait plus d'importance d'ici trois mois, quatre à sept que c'était assez important, et huit à dix concernait les problèmes susceptibles de changer une vie.

— Douze ? soupira DJ.

Callie garda le silence une dizaine de secondes.

— Je suis là dans cinq minutes.

Et voilà. Sans poser de questions. DJ raccrocha, enfila son manteau et les vieilles bottes rangées devant sa porte et sortit dans la nuit. Le temps qu'elle descende les escaliers, qu'elle traverse la pelouse et qu'elle gravisse les marches menant à la magnifique demeure, l'air glacial lui avait brûlé la gorge et lui avait fait monter les larmes aux yeux.

Même si elle avait grandi dans une maison sans doute encore plus luxueuse, c'était dans cette demeure d'inspiration géorgienne qu'elle se sentait chez elle. DJ repéra le SUV de Levi garé le long du garage à quatre portes, où leurs voitures de sport et la superbe moto étrangère de Levi étaient bien à l'abri.

Ils appartenaient tous à un milieu privilégié sur le plan matériel, DJ en était consciente et reconnaissante, mais l'argent, elle ne le savait que trop bien, ne vous protégeait pas de la souffrance.

DJ se débarrassa de son manteau et de ses bottes dans le vestiaire et pénétra dans la chaleureuse cuisine en même temps que les jumelles, qui arrivaient par le hall. Sans dire un mot, Julie sortit trois verres à pied tandis que Darby choisissait une bouteille de vin français.

— Votre mère va arriver, dit tranquillement DJ.

Elles ne répondirent pas. Julie se contenta de sortir un autre verre, et Darby versa le vin. Rien ne vint rompre le silence jusqu'à ce que Callie fasse irruption par la porte de derrière, jette son manteau de cachemire sur le dos d'une chaise et retire ses gants à l'aide de ses dents.

— Que se passe-t-il et qu'est-ce que j'ai loupé ? demanda-t-elle en s'asseyant et en attrapant un verre.

Quand elle voyait Callie, DJ ne comprenait pas comment cette femme pouvait se trouver vieille ou grosse. Bien sûr, elle n'était pas filiforme et elle n'avait pas l'air d'avoir trente ans, mais elle restait une des femmes les plus séduisantes qu'ait croisées DJ. Fenella, elle, était d'une beauté froide et ses traits étaient parfaits, mais Callie était tellement plus solaire. Elle était chaleureuse, respirait l'amour et était bourrée de charme.

Pas étonnant que le Beau Gosse du Coffee Shop la drague.

Julie tapota la main de DJ pour la ramener au présent, précisément là où elle n'avait pas envie d'être.

Allez, prends sur toi, chérie. D'accord, ça n'allait pas être évident, mais qu'allait-il se passer sinon ? Elle allait perdre les jumelles ? Hors de question.

Jamais.

Trois paires d'yeux magnifiques la regardaient, et DJ prit une grande inspiration. Puis, elle se lança :

— Je vous ai caché un grand secret à toutes. Au début de l'année, j'ai fait une fausse couche. J'étais enceinte de Matt.

— Oh ! ma chérie, je suis désolée pour toi, s'exclama Callie, les yeux embués.

— Je suis désolée de ne pas vous avoir parlé de ce que je traversais, reprit DJ simplement. J'aurais dû le faire. Si je ne l'ai pas fait, c'était pour protéger Darby…

DJ vit que Darby voulait protester mais elle leva une main pour lui faire signe de patienter.

— Mais je sais maintenant que ce n'était qu'une excuse.

— Qu'est-ce que ça veut dire, DJ ? demanda Julie.

— C'est plus simple de garder les choses à l'intérieur. De les enfouir. DJ se mordit l'intérieur de la lèvre. Je… Je ne sais pas me confier. Je suis nulle en amitié.

Une fois encore, DJ leva la main pour les empêcher de l'interrompre.

— Je suis nulle mais je vais essayer de m'améliorer. Il faut que j'y arrive, en partie parce que vous me le demandez.

— Seulement en partie ? s'enquit Julie en levant un sourcil.

— Et aussi parce que c'est ce que nous essayons de devenir, Matt et moi.

— Il t'a friendzonée ? demanda Darby d'un air amusé.

— C'est une décision commune, répondit DJ en lançant un regard gêné à Callie. Après ce qui s'est passé cette année, les choses ont changé. On ne pouvait pas reprendre les choses là où elles en étaient, alors on s'est dit qu'on allait essayer autre chose.

Julie éclata de rire.

— C'est trop drôle. On ne peut pas être ami avec quelqu'un qui vous excite autant. Ça va être marrant à observer.

Puis, elle toucha le bras de DJ, et son expression se fit sérieuse :

— On reviendra sur lui plus tard… J'avais oublié à quel point il était sexy… Mais j'ai quelque chose à dire avant.

Et voilà. Elle était à peu près sûre d'être tirée d'affaire, mais elle allait avoir droit à une leçon de morale.

— DJ, tu es la femme la plus indépendante que nous connaissons, et ça n'est pas peu dire, commença tranquillement Julie. Tu es d'une loyauté absolue envers nous et, chaque fois qu'on a besoin de toi, tu es prête à déplacer des montagnes. Tu aimes donner, mais il est temps que tu comprennes que tu dois également prendre. Le fait que tu ne t'appuies pas sur nous, que tu ne te confies pas, nous a inquiétées. Mais aussi blessées. On sait que tu trouves ça difficile de parler…

Difficile ? Non. Impossible !

— Mais tu ne dois pas continuer à t'isoler, à rentrer dans ta coquille quand tu traverses une épreuve. Dans la vie, il y a des hauts et des bas, mais à partir de maintenant tu ne te débrouilleras plus toute seule. Est-ce que c'est clair ?

DJ acquiesça, clouée à son siège par le regard de Julie.

— Votre ultimatum est toujours d'actualité ?

Elle avait besoin de savoir. Elle ne pouvait pas vivre avec cette épée de Damoclès au-dessus de la tête.

Callie fronça les sourcils, et Darby et Julie échangèrent un regard coupable.

— On était en colère contre toi et on voulait te faire réagir. Mais jamais on ne t'aurait laissée tomber, j'espère que tu le sais, reconnut Darby.

— Vous avez menacé de la laisser tomber ? demanda Callie d'une voix glaciale. Le problème, quand on se connaît si bien et depuis si longtemps, c'est qu'on sait exactement où appuyer pour faire le plus mal possible. C'était vraiment cruel de menacer DJ de ça précisément.

DJ s'agita sur son siège, mal à l'aise. Jamais elle n'aurait imaginé que la conversation aboutirait à une dispute entre Callie et ses filles. Voilà ce qui arrivait quand elle se décidait à parler !

— Maman, DJ sait que c'était juste pour lui faire entendre raison ! protesta Darby.

— En agitant sa plus grande peur ? Son père est parti à Noël et Fenella a plusieurs fois menacé de faire la même chose ! Elle a souvent dit à DJ que son père avait eu raison, que DJ n'était pas assez gentille, ni assez intelligente ou jolie pour que son père, ou elle-même, ait envie de rester avec elle.

Repoussant sa chaise, Darby fit le tour de la table en courant et prit DJ dans ses bras.

— Pardon, DJ. J'aurais dû réfléchir.

DJ se dégagea de l'étreinte de Darby, posa une main sur le bras de son amie et de l'autre, prit la main de Julie.

— Tout va bien. Et vous aviez raison d'être en colère. J'aurais dû me confier à vous.

— Bien sûr que tu aurais dû, rétorqua sévèrement Callie.

DJ hocha la tête. La colère de Callie était en quelque sorte le fruit d'une vie d'amour, et DJ était consciente de la chance qu'elle avait que ces femmes merveilleuses soient dans sa vie, qu'elles soient là pour la soutenir.

C'était des mots difficiles à dire, mais elle en avait besoin…

— Je vous aime, dit-elle, d'une voix cassée. Puis, après une courte pause : Ceci étant, est-ce que je suis vraiment obligée de participer à tout le tralala de Noël ?

— Oui ! s'écrièrent Callie, Julie et Darby d'une seule voix.

Raté. Mais ça valait le coup d'essayer.

Darby retourna s'asseoir tandis que Julie remplissait les verres. Un silence qui n'avait rien d'inconfortable s'installa pendant quelques instants. Puis, Darby leva les yeux vers DJ :

— Je peux être honnête ? demanda-t-elle.

— Tu l'es toujours, murmura Julie.

— Est-ce que je suis jalouse que tu sois tombée enceinte sans faire exprès ? Oh ! oui. Est-ce que j'ai pensé que c'était injuste ? Oh ! oui. Et je crois que c'est naturel, dit Darby, d'une voix un peu assourdie.

Ne sachant que répondre, DJ attendit que Darby poursuive.

— Mais ce sont *mes* émotions. C'est à moi de les gérer. Je sais que toutes deux, vous aurez sans doute des bébés. Un jour, je ne sais pas quand, l'une de vous portera un enfant et je serai heureuse d'être à ses côtés, de vivre cette expérience, même par procuration. Quand ça arrivera, je veux être impliquée. Ne me laissez pas en dehors de ça.

DJ se pencha par-dessus la table pour essuyer les larmes de Darby, sans se rendre compte que sur ses joues à elle aussi les larmes coulaient.

La porte de derrière s'ouvrit sur Levi. Son regard passa d'un visage couvert de larmes à l'autre. Il traversa la cuisine et se dirigea droit vers le rouleau de papier absorbant dont il arracha plusieurs feuilles. Il avait grandi au milieu d'elles et de leurs épanchements, aussi c'est avec une maîtrise parfaite qu'il essuya larmes et nez qui coulaient.

Quand il eût terminé, il jeta les mouchoirs improvisés à la poubelle et elles entendirent enfin le son de sa voix :

— Vin, larmes et mains enlacées… Qui est le coupable ?

Matt avait déjà affronté des criminels endurcis, des avocats rusés, des juges coriaces et des policiers pas commodes sans jamais se sentir nerveux ou dépassé. Il avait la loi pour lui et il savait comment utiliser les textes pour la faire pencher de son côté le cas échéant. Sans se vanter, il était sacrément bon.

Mais là, alors qu'il s'apprêtait à toquer à la massive porte de bois des Brogan, il se sentait fébrile.

Dylan-Jane lui avait envoyé un message pour l'inviter à dîner, et il hésitait encore. Les réunions de famille, ça n'était pas son fort et, dans le domaine des repas familiaux, il avait été exposé à tous les extrêmes. Avec ses parents, les repas étaient du genre improvisé, au milieu de convives ivres ou défoncés, ou les deux, avec peu à manger. Chez ses grands-parents, il y avait une profusion de nourriture, mais c'était guindé et on ne discutait que de choses ennuyeuses ou de droit et de politique.

Heureusement, les dîners familiaux de sa fille, celle qu'il n'avait pas encore rencontrée, étaient plus agréables. D'après ses mails, la famille d'Emily était soudée. Elle avait deux frères plus jeunes, également adoptés, une maison pleine d'animaux de compagnie, un père qui réussissait professionnellement et qui l'adorait et une mère qui s'occupait de la maison. Matt se réjouissait qu'elle ait grandi dans un foyer stable et aimant.

Lui avait connu un foyer pauvre et instable et un autre riche et stable, mais dans les deux cas on tolérait tout juste sa présence, et la plupart du temps on l'ignorait.

Et voilà qu'il était sur le point d'affronter une autre famille. Et, comme si ça ne suffisait pas, il lui faudrait faire taire son désir pour DJ.

Dire que c'était lui qui avait lancé l'idée qu'ils soient amis… Bon sang, il se sentait tout sauf amical. Comment pourrait-il être l'ami de DJ alors qu'il ne pensait qu'à l'embrasser passionnément, à explorer avec sa langue son cou et ses seins parfaits et à prendre dans sa bouche un de ses merveilleux tétons ? Alors qu'il voulait sentir ses gémissements de plaisir sur ses lèvres à lui, sur sa peau. Alors qu'il voulait entendre son souffle haletant après la jouissance.

Impossible. Ils ne pouvaient pas être amis. Se contenter de ça après des années de sexe merveilleux, c'était vraiment la pire des idées.

— Matt.

Il se retourna. La porte était ouverte, et DJ attendait qu'il entre. Après avoir retiré son manteau, il prit le temps de bien la regarder. Elle avait repris des couleurs depuis la dernière fois qu'ils s'étaient vus, et ses immenses yeux presque noirs brillaient.

Il avait toujours adoré ses yeux. C'était la première chose qu'il avait remarquée chez elle, lors de leur rencontre. Ce soir-là, elle n'était pas maquillée et portait un jean moulant et un haut plus moulant encore. À la seconde même où leurs regards s'étaient croisés, son pauvre cœur était tombé aux pieds de DJ.

Exactement comme maintenant.

Ce soir, elle portait un jean de créateur avec un T-shirt rouge à manches longues très simple. Une tenue simple pour un dîner en famille, et pourtant elle était aussi sexy qu'une diva sur un tapis rouge. Son jean mettait en valeur ses longues jambes et la douce courbe de ses hanches… Sans parler de ses fesses… magnifiques.

Franchement, comment résister à l'envie de la toucher ?

DJ lui tendit la main pour qu'il la prenne. Elle n'avait pas l'habitude de ce genre de gestes d'affection, mais Matt prit sa main et enlaça ses doigts avec les siens. Levant les yeux vers lui, elle eut un sourire un peu timide.

— Salut.

Résistant à l'envie de l'embrasser à pleine bouche, il déposa un baiser sur sa tempe.

— Est-ce que ça va ? lui murmura-t-il à l'oreille.

— Beaucoup mieux, oui, répondit DJ d'une voix douce.

— Tu as pu discuter avec tes amies ?

Elle avait la main posée sur son torse. Juste dessous, son cœur battait la chamade.

— Oui. Et ça s'est bien passé. On a fait la paix mais elles refusent de laisser tomber pour Noël.

— Un de ces jours, il faudra que tu me dises pourquoi tu détestes Noël, murmura Matt.

— Le jour où tu me donneras la vraie raison de ta présence à Boston, répliqua DJ.

Elle leva la tête vers lui. Ses yeux le suppliaient de lui dire la vérité. Il savait que c'était en partie par curiosité. Mais c'était aussi parce qu'elle se sentait vulnérable de s'être confiée à lui. Elle pensait sans doute que, s'il se livrait à son tour, le rapport de force pourrait être rétabli. Mais il ne pouvait rien lui dire.

Il l'avait promis à Emily mais, surtout, le climat émotionnel avec DJ était déjà assez chargé comme ça. Il repartait dans quelques semaines et il espérait bien qu'avec la nouvelle année ils reviendraient à leurs week-ends de plaisir sans complications. Ils ne pourraient jamais rebasculer du statut d'amis à celui d'amants si leurs sentiments prenaient trop d'ampleur à Boston.

Du sexe et des week-ends sympas, c'était comme ça qu'ils fonctionnaient. Matt fronça les sourcils en sentant le goût amer qui lui remontait dans la gorge à l'idée qu'il puisse vouloir davantage que ça.

Mais qu'est-ce qui lui prenait ?

— Edwards.

Matt se retourna. À l'autre bout du couloir se tenait Levi Brogan, bras croisés et l'air sévère. Cheveux bruns, barbe de trois jours tirant sur le roux, regard glacial et attitude belliqueuse, il émanait de Levi Brogan assez d'agressivité pour déclencher une guerre de territoire, et Matt comprit d'instinct qu'il valait mieux éviter le conflit.

Levi traversa le hall et ouvrit la porte de la maison.

— Dehors, dit-il en s'adressant à Matt.

Matt sentit qu'on bougeait derrière lui. Il se retourna et vit trois Lockwood mâles qui s'avançaient vers lui, mais Levi leva la main pour les arrêter.

— Non. C'est entre lui et moi.

— Arrête ça, Levi ! Ça n'a rien à voir avec toi, s'écria DJ en se plaçant devant Matt.

Seigneur ! Est-ce qu'elle cherchait à le protéger ? Une boule de chaleur se forma dans l'estomac de Matt. Et puis, il comprit qu'elle s'interposait entre deux hommes plutôt imposants. Ce n'était pas la place d'une femme.

— Ne reste pas là, ordonna Matt tout en soutenant le regard de Levi.

— Non ! C'est ridicule ! On dirait des hommes des cavernes.

Matt la saisit par la taille, la souleva et la déposa, assise, sur la console du hall, une pièce très ancienne et visiblement très chère. Mais peu lui importait.

— Tu es légère comme une plume, murmura Matt, en plaçant ses mains de part et d'autre des cuisses de DJ. Il attendit que ses yeux rencontrent les siens en se demandant depuis quand quelqu'un n'avait pas pris sa défense, ne s'était pas inquiété pour lui, et pourquoi il avait l'impression que son cœur était baigné d'une douce chaleur.

— Levi est très protecteur. Il pourrait te faire mal, chuchota DJ.

Devant son air inquiet, Matt réprima le sourire qui lui montait aux lèvres.

— Je sais, mais ça va aller.

— Je ne veux pas que vous vous battiez.

— Nous sommes des grands garçons, Dylan-Jane, et avec de la chance, nous n'en arriverons pas là.

Comme il n'avait visiblement pas réussi à la rassurer, il haussa légèrement les épaules et ajouta :

— En tout cas, je te promets de ne pas frapper le premier.

— Ah, les hommes. Vous êtes vraiment ridicules.

— Je sais.

Matt lui déposa un baiser sur le nez et se redressa. Sans un regard pour Noah et ses frères, il franchit la porte ouverte et alla rejoindre Levi sous le porche. Les mains dans les poches, il attendit que ce dernier prenne la parole.

— Quand je suis rentré, elles étaient toutes en larmes.

Étant donné que Levi ne lui avait pas posé de question, Matt ne se donna pas la peine de lui répondre. Un truc d'avocat.

Comme Levi n'ajoutait rien, Matt finit par se lasser d'attendre.

— Si vous avez l'intention de me frapper, allez-y.

Levi redressa la tête, et Matt crut déceler une lueur d'amusement dans son regard.

— Pas sûr que vous teniez le choc, dit Levi d'une voix narquoise.

— C'est ce qu'a dit le dernier type que j'ai étalé, répliqua Matt d'un ton léger.

Levi croisa les bras sur son torse puissant, faisant saillir ses biceps. Oui, ce type était plus grand que lui, mais pas de beaucoup, et Matt était rapide et souple. Il se débrouillerait. Il l'espérait, du moins.

— Alors, quel est le plan pour la suite ? demanda Levi.

— Je ne suis pas sûr de comprendre la question, Brogan.

Levi avait l'air contrarié, ce qui, pensa Matt, devait être son expression habituelle.

— Je n'aime pas l'idée que vous passiez votre temps à entrer et à sortir de la vie de DJ.

— Ce qui se passe entre DJ et moi n'a rien à voir avec vous et votre famille.

— Évidemment que si ! D'après ce que j'ai compris, les deux premières années, votre petit système a semblé fonctionner. Elle continuait à voir des hommes et on en a même rencontré quelques-uns…

À l'idée que DJ fréquente d'autres hommes, une brume rouge se forma devant les yeux de Matt. Ces sept dernières années, il ne s'était pas inquiété une seule fois de savoir si elle couchait avec d'autres hommes. Pourquoi maintenant ?

— Et puis, elle a arrêté. Nous tous, on drague, on s'amuse. Mais pas elle. Et j'ai… Nous avons tous l'impression que vous vous amusez avec elle, que vous la manipulez pour la garder à votre disposition.

Matt détestait l'idée d'avoir à s'expliquer mais, apparemment, les amis de DJ étaient sincèrement inquiets. Il fallait qu'il tourne ça de façon que tout le monde puisse dîner ensemble ensuite.

— J'aimerais savoir quoi vous dire pour mettre un terme à cette conversation. Tout ce que je sais, c'est que DJ et moi avons un accord.

— Du sexe et pas d'engagement ?

— Oui.

Après tout, c'était une décision commune, entre deux adultes, et Matt n'avait aucune raison d'avoir honte. Agacé et désireux de retourner dans la maison, si possible sans s'être fait casser le nez, Matt soupira :

— J'aime beaucoup DJ et je la respecte. Elle le sait. J'imagine que vous avez entendu parler de la fausse couche et je ne veux pas en discuter, sinon pour vous dire que nous essayons de trouver comment avancer tous les deux. Je ne veux pas que Dylan-Jane souffre et je ferai ce qu'il faut pour que ça n'arrive pas. C'est tout ce que je peux vous promettre.

Levi se caressa la barbe, hocha la tête et tendit la main.

— Levi Brogan, grand frère protecteur.

Matt se saisit de la main tendue en se disant que l'épreuve de l'interrogatoire était finie mais, quand Levi lui agrippa plus que virilement l'épaule, il dut s'obliger à ne pas montrer sa douleur.

— Allons boire une bière.

Matt laissa quelques secondes d'avance à Levi, le temps de récupérer un peu. Ce type savait se servir de ses muscles, et il était ravi que ses poings n'aient pas eu l'occasion de croiser son visage.

Finalement, ne pas avoir à gérer les grands frères protecteurs était une autre bonne raison de ne pas s'engager. Même si voir DJ prendre sa défense lui avait réchauffé le cœur et si savoir que des types bien veillaient sur elle était rassurant.

6

En arrivant avec ses deux fils à Frog Pond, littéralement Étang aux grenouilles, Mason James balaya du regard la patinoire préférée des Bostoniens. Il amenait Emmet et Teag patiner dans ce célèbre endroit depuis qu'ils tenaient à peine debout et, même s'ils feignaient d'être blasés, il savait bien que ses deux garçons adoraient les brillantes illuminations de Noël et l'atmosphère festive qui animaient Frog Pond.

Son regard passa de l'un à l'autre. Le temps filait trop vite, bon sang. D'ici un an ou deux, sa maison se retrouverait vide. Plus de chaussures traînant partout, plus de chambres en désordre, plus de frigidaire à constamment remplir.

Il serait seul.

Et ses fils lui manqueraient. Bien sûr. Ils formaient une bonne bande depuis un bout de temps maintenant, mais il n'avait pas peur d'être seul. C'est de s'ennuyer qu'il avait peur. Même si le Coffee Shop représentait un agréable changement de rythme, ce n'était pas ce dont il voulait s'occuper jusqu'à la fin de ses jours.

Ça, il ne le savait pas encore.

Mais aider ce gamin à faire ses maths lui avait procuré un plaisir aussi intense qu'inattendu. Il avait oublié à quel point les équations pouvaient être belles.

C'était la première fois depuis bien longtemps qu'il reconnaissait que son ancienne vie lui manquait. Que la satisfaction de résoudre des problèmes complexes lui manquait. Alors, bien sûr, il ne voulait pas retourner à une vie de stress, mais il ne se voyait pas non plus vendre des cafés ad vitam aeternam.

Ici, c'était sa ville, et le MIT avait été son terrain de jeu. Grâce à son travail au Think Tank, un groupe de réflexion composé des plus grands cerveaux, et à certains brevets, il avait acheté plusieurs maisons, s'était offert d'onéreux jouets pour grands garçons et disposait d'un joli petit matelas à la banque. En plus de ça, il était en forme, en pleine santé et pas mal physiquement. Il pouvait faire ce dont il avait envie, aller n'importe où. Il avait besoin d'aventure. Et surtout de plus de sexe.

C'était peut-être ce qui expliquait son attirance si forte pour Callie. Elle représentait un défi d'un niveau qu'il n'avait jamais expérimenté. Réussir à la faire craquer s'avérait aussi complexe que la théorie des cordes.

Mason laissa échapper un long soupir, et ses deux fils se tournèrent vers lui, le regard curieux.

— Un problème, papa ? demanda Emmet.

— Tout va bien.

Comme s'il allait expliquer à ses ados qu'il avait des problèmes avec une femme. Ils étaient suffisamment obsédés par les filles en ce moment sans en rajouter.

À ce propos, il regarda autour de lui à la recherche d'une blonde pulpeuse, en se demandant si Callie n'avait pas fort opportunément oublié sa proposition de le retrouver ici. Peut-être qu'elle s'était à nouveau laissé gagner par la peur et qu'elle se protégeait de l'attirance qu'ils ressentaient l'un pour l'autre. Il n'en pouvait plus d'attendre.

Il la désirait, elle le désirait… Cela n'aurait pas dû être aussi compliqué.

— Ça serait bien plus marrant avec une crosse et un palet.

Teag était le plus mordu de hockey de ses deux rejetons.

— Sauf qu'il n'y aurait pas de jolies filles, répliqua Emmet en s'avançant vers la piste.

Mason observa Emmet établir un contact visuel avec une fille âgée d'un an ou deux de plus que lui. Il vit son regard séducteur et sa tête se redresser. La jeune beauté blonde indiqua la piste de glace du menton, l'invitant à l'y rejoindre, et l'estomac de Mason se noua. Bon sang, il allait devoir répéter son discours sur le fait de prendre les bonnes décisions et de *toujours* porter un préservatif. Parler de sexe responsable avec son fils aîné alors que sa propre vie sexuelle était un désert, c'était une torture d'un genre très spécial.

— Mason ?

Une onde de désir le parcourut de haut en bas et le sang quitta son cerveau pour aller se loger directement dans son bas-ventre. Avec l'impression d'être à peine plus âgé que ses fils, Mason se retourna lentement et plongea son regard dans les yeux brillants de Callie, dont les cheveux blonds étaient en partie cachés par une casquette en laine qui couvrait ses oreilles. Elle avait le nez et les joues rouges, et son manteau rose vif laissait entrevoir ses magnifiques jambes moulées dans un jean serré. Elle paraissait aussi à son aise sur la glace que sur la terre ferme.

— Salut.

Il entendit Emmet glousser et comprit sans même le regarder que son fils levait les yeux au ciel, se moquant ouvertement de son père. Il lui donna un léger coup de coude, puis désigna sa progéniture d'un geste :

— Voici mes monstres, Teag et Emmet. Les gars, je vous présente Mrs Brogan.

Teag marmonna un bonsoir mais Emmet tendit sa main gantée en souriant.

— Très heureux de faire votre connaissance, madame.

N'importe quel autre père aurait été fier des bonnes manières dont faisait preuve Emmet, mais Mason savait bien que son fils était un séducteur-né, capable de charmer n'importe quelle femme âgée de zéro à cent dix ans. C'était son super pouvoir.

— Très heureuse également, répondit Callie en serrant sa main. Vous savez patiner, les garçons ?

— Bien sûr. Je les amène ici depuis qu'ils sont bébés.

— Quand on était en primaire, il ne pouvait déjà plus suivre, plaisanta Emmet.

— Mais bien sûr.

Mason leva les yeux au ciel en se tournant vers Callie, et ils échangèrent un sourire complice.

Elle avait l'air si jeune sans rouge à lèvres et les joues rosies par le froid. Il mourait d'envie de se pencher par-dessus la rambarde et de poser sa bouche sur la sienne pour vérifier si ses lèvres étaient aussi froides qu'il l'imaginait.

Tirant son portefeuille de la poche de son jean, il prit quelques billets et les tendit aux garçons.

— Allez prendre les tickets. Je vous retrouve à l'entrée.

— Tu cherches à te débarrasser de nous, papa ? Pour qu'on ne te fasse pas honte devant la jolie dame ? demanda Emmet en riant.

— Vous me faites honte en permanence, répondit Mason, sachant pertinemment que ses fils ne le prendraient pas au sérieux.

Ils savaient très bien qu'il les aimait et qu'il était fier d'eux.

— Allez donc embêter quelqu'un d'autre.

Teag haussa les épaules et Emmet éclata à nouveau de rire. Après avoir dit au revoir à Callie, ils se fondirent dans la foule. Mason se tourna vers Callie et posa ses mains par-dessus les siennes sur la rambarde.

— Est-ce que vous serez encore là quand je reviendrai ?

— Est-ce que vous avez envie que je sois là ? demanda Callie en levant un de ses fins sourcils.

— Vous n'avez pas idée à quel point, répondit Mason avec ardeur.

— Vous ne voulez pas rester avec vos enfants ?

— Même si je voulais, eux n'en ont pas envie. Et ils ne plaisantaient pas quand ils disaient être bien meilleurs que moi en patinage.

Mason caressa la joue de Callie d'un doigt, frustré de ne pas pouvoir sentir sa peau à travers le cuir de son gant. Alors, il le retira et prit son visage en coupe dans sa main. C'était tellement mieux ainsi. Du pouce, il vint effleurer ses lèvres.

Il ne pouvait pas résister, il fallait qu'il goûte. Juste un tout petit peu. Il pencha la tête vers elle, mais Callie le repoussa doucement.

— Mason ! Vos fils pourraient vous voir m'embrasser !

— Je suis presque certain que le choc ne leur serait pas fatal.

— Je n'apprécie pas les démonstrations d'affection en public, dit Callie d'un air légèrement guindé.

Mason passa à nouveau son pouce sur ses lèvres avant de la libérer tout en poussant un soupir un peu exagéré.

— J'en déduis que mon fantasme de vous emmener sur ma Ducati jusque dans un coin désert pour vous prendre sauvagement ne se réalisera jamais ?

Callie en resta bouche bée. Elle rougit, mais la teinte plus profonde que prirent ses yeux bleus n'échappa pas à Mason… Désir ? Curiosité ?

— Qu'attendez-vous exactement de moi, Mason ? demanda Callie.

C'était une bonne question, et il pouvait y répondre honnêtement :

— Du sexe. De bonnes parties de rigolades. Des conversations. Et encore du sexe.

— Je ne cherche pas l'amour, Mason. Je n'en ai ni envie ni besoin.

Lui déposant un baiser sur la tempe, Mason lui murmura à l'oreille :

— Ce n'est pas ce que je vous demande, Cal.

Avec les lumières qui se reflétaient dans ses yeux et l'amusement qu'il y lisait, il la trouvait parfaite. C'était son ange de Noël à lui. Il s'écarta, résistant à son instinct, qui lui commandait de l'embrasser là, tout de suite, et de plonger sous son manteau pour caresser ses seins.

Bon sang, elle le rendait dingue.

Callie s'éloigna en patinant à reculons et lui lança un sourire si lumineux que son cœur fit un bond – à la plus grande surprise de son propriétaire qui n'aurait jamais cru qu'il en était encore capable.

— Dépêchez-vous d'arriver, Mason, que je vous montre de quoi je suis capable.

Il lâcha un court éclat de rire.

— Ne vous vantez pas !

Callie effectua alors une pirouette, tournant de plus en plus vite, au point que Mason avait du mal à la suivre du regard sans être un peu étourdi. Quand elle s'arrêta, elle n'était pas essoufflée et parfaitement droite sur ses jambes.

— Frimeuse, grogna Mason, incapable de masquer son sourire.

— Je vous laisse dix minutes. Après, je me trouve un autre cavalier pour patiner et flirter, dit Callie d'un air coquin.

Il adorait ses yeux rieurs, sa bouche pulpeuse, l'énergie qui émanait d'elle. Il restait là, à la regarder, figé, sans pouvoir bouger.

Cette femme le captivait littéralement.

— Que se passe-t-il ? demanda Callie en rajustant sa casquette de ses mains gantées.

— Rien. Vous êtes juste tellement belle que j'en ai le souffle coupé.

L'expression de Callie s'adoucit et ses yeux se voilèrent légèrement. Mais non. Il n'avait pas cherché à la faire pleurer. Il n'avait dit que la stricte vérité. Ça venait du fond du cœur.

Bon sang, que venait faire son cœur là-dedans ? C'était tout à l'heure, quand il parlait de pur désir, qu'il était dans le vrai. Son cœur n'avait rien à voir dans tout ça.

L'engagement, la monogamie, le mariage… Il avait déjà donné. Il n'avait aucune intention de repartir sur ce chemin-là.

Callie fit un petit tour sur elle-même et, quand elle tapota sa montre, son regard avait retrouvé toute sa gaieté :

— Huit minutes. Attention, l'heure tourne.

Mason se précipita vers le guichet… Pas question de laisser passer sa chance avec la femme la plus fascinante de la patinoire.

À peine posa-t-elle les pieds sur la glace de la patinoire de Frog Pond que DJ sentit qu'ils se dérobaient sous elle. S'agrippant à la rambarde, elle ravala un juron et tenta de retrouver son équilibre tout en jetant un œil aux alentours.

Noah et Julie patinaient ensemble, main dans la main, tandis que devant eux, Darby faisait ostensiblement sa crâneuse. Levi, Ben et Eli venaient derrière, évidemment aussi à l'aise sur la glace qu'ils l'étaient sur les voiliers qu'ils aimaient tant barrer.

Où était Callie ? DJ balaya la patinoire du regard et l'aperçut à l'autre bout en train de bavarder avec… DJ plissa les yeux. Ce n'était pas le type sexy du Coffee Shop ? *Bravo, Callie.*

Elle tenta de se retourner pour se retrouver face aux patineurs et pouvoir tout à loisir observer Callie en train de flirter avec Mason, mais ses pieds refusaient de lui obéir. Jurant entre ses dents, elle resta là où elle était et poursuivit ses observations. Malgré son aversion pour tout ce qui avait un rapport avec Noël, elle devait reconnaître que les ampoules colorées qui décoraient les arbres autour du bassin formaient un joli spectacle. Le bleu, le rouge, le vert, le jaune et le rose dominaient dans les branches, tandis que la buvette était illuminée de petites lumières blanches.

Elle comprenait presque qu'on puisse aimer ça. D'une main, elle redescendit son bonnet sur ses oreilles, avant de plonger son nez dans son écharpe. Elle avait laissé en plan une feuille de calcul au bureau dans sa hâte d'arriver à la patinoire. Pas parce qu'elle voulait patiner, mais parce qu'elle savait qu'elle y verrait Matt.

DJ le désirait avec une force qui lui coupait la respiration et faisait trembler ses genoux. Elle sentait encore son odeur, un mélange de bois de santal et d'épices comme elle voyait ses grandes mains, masculines et puissantes. Elle imaginait ces mains sur son corps, dans ses cheveux, entre ses jambes.

Elle avait dû l'évoquer très fort parce que, soudain, elle aperçut Matt, qui vola littéralement au-dessus de la glace à sa rencontre avant d'effectuer un arrêt parfait juste devant elle.

DJ eut à peine le temps de distinguer un jean foncé, un

manteau poil de chameau et un bonnet rouge avant que les mains nues de Matt attirent son visage à lui et que ses lèvres chaudes se posent sur les siennes. Elle agrippa son manteau d'une main et gémit quand sa langue força doucement sa bouche et que son baiser se fit plus profond. Elle savourait son goût, où se mêlaient des arômes de menthe, de café et de doux péché. Un cocktail enivrant qui lui fit lâcher la rambarde.

Ses pieds chassèrent, et elle se sentit tomber, entraînant Matt dans sa chute. Ils atterrirent tous les deux brutalement sur la glace, et DJ sentit l'air jaillir de ses poumons quand son coccyx entra en collision avec le sol gelé.

Matt se redressa immédiatement sur ses bras pour la soulager de son poids.

— DJ ? Ma chérie ? Est-ce que ça va ?

Elle ouvrit la bouche mais aucun son n'en sortit. Elle essaya encore une fois… mais rien.

— Tu as la respiration coupée, dit Matt en se mettant à genoux à côté d'elle sur la glace. Assieds-toi et prends de longues et profondes inspirations. Il faut que tu gardes ton calme. Détends-toi.

Facile à dire pour lui. Ce n'était pas lui qui était en train d'étouffer. Il la redressa, prit son visage entre ses mains et la regarda dans les yeux.

— Respire pour moi, Dylan-Jane. Allez, vas-y. Tu peux le faire.

DJ sentait l'air rentrer dans ses poumons. À chaque respiration, la panique cédait un peu plus de terrain. Elle retrouvait son calme.

Dès qu'elle le put, elle parla :

— On peut dire que tu es à tomber par terre, Edwards, dit-elle en tendant la main pour que Matt l'aide à se relever.

— Techniquement, c'est toi qui m'as fait tomber, répondit Matt en lui passant un bras autour de la taille.

Elle se laissa aller contre lui, totalement en confiance. Elle savait qu'il ne la lâcherait pas.

Elle chercha la sortie des yeux. Le patinage n'était vraiment pas pour elle.

— Est-ce que tu peux m'aider à sortir, Matt ?

Il se pencha, l'attira entre ses jambes et la bloqua avec ses genoux. Avec les mains de Matt sur ses hanches, elle se sentait stable. Il était si près, leurs souffles se mêlant dans l'air froid de la nuit, que DJ eut envie de l'embrasser encore, mais elle se rappela à temps que c'était ce qui avait provoqué leur chute.

Et d'ailleurs, pour commencer, elle n'aurait pas dû penser à un baiser. Est-ce qu'ils n'étaient pas censés être amis ?

Elle gémit, et Matt, tout à fait en phase avec elle, lui jeta un regard de côté en souriant.

— C'est l'enfer, hein ? dit-il.

— Quoi donc ?

— D'avoir tellement envie l'un de l'autre. Je regarde ta bouche et je me rappelle le goût qu'elle a. Je regarde tes mains en rêvant qu'elles… me caressent.

— Qu'elles te caressent où ?

Il prit la main de DJ, la passa sous son manteau et la posa sur son bas-ventre. À travers le tissu de son jean, DJ sentit son sexe durcir au contact de sa main.

Une onde brûlante de désir dégringola le long de son dos jusqu'entre ses cuisses. Matt laissa retomber sa main. Et voilà ! Une simple petite démonstration, et elle était toute chamboulée.

DJ observa le petit air satisfait de Matt. Il avait l'air de bien s'amuser. C'était trop injuste qu'il puisse avoir l'air si calme et imperturbable alors qu'elle était devenue rouge écarlate et que ses jambes étaient toutes flageolantes.

Il fallait qu'il paye.

DJ lui adressa son sourire le plus enjôleur.

— Et, moi, je n'arrête pas de penser à Saint-Barth. Tu étais très craquant menotté à ce lit à baldaquin

Elle sentit le dos de Matt se tendre, l'entendit respirer bruyamment et poursuivit en souriant :

— Si je me souviens bien, je n'ai utilisé que ma bouche.

Matt grogna quelque chose qui ressemblait bien à un

chapelet de jurons très créatifs. Son expression douloureuse fit sourire DJ.

Scores à zéro… Maintenant il était aussi excité qu'elle.

— C'est notre première sortie tous les deux en tant qu'« amis » et, au bout de dix minutes de conversation, on se retrouve déjà dans une chambre, se plaignit Matt.

— Tu n'avais qu'à pas commencer en m'embrassant, répliqua DJ.

— *Tu* n'avais qu'à pas commencer en ayant l'air aussi sexy et mal à l'aise, à lutter de toutes tes forces pour ne pas apprécier les illuminations et les décorations de Noël, à essayer de résister à cette joyeuse atmosphère de fête.

Zut, il l'avait percée à jour.

Il irradiait littéralement de chaleur. Se rapprochant de lui, elle agrippa les passants de son jean.

— Et alors on s'est embrassés et tu as décollé immédiatement.

Il resserra son étreinte autour de ses hanches.

— Qu'est-ce qu'on va faire, Dylan-Jane ? Je n'arrête pas de me dire qu'après tout ce qu'on a fait ensemble, y compris la petite fantaisie sexuelle de Saint-Barth, essayer d'être ton ami est la suggestion la plus idiote que j'aie jamais faite. Dis-moi que tu as aussi envie de moi que j'ai envie de toi.

— Matt…

— C'est un oui, un non… Un bon-sang-je-n'en-sais-rien ?

— Les trois à la fois, murmura DJ en levant les yeux vers lui. On n'a même pas essayé d'être amis, Matt !

— Je sais. Mais je sais aussi que, dès qu'on se retrouvera seuls tous les deux, nos vêtements voleront dans tous les sens, soupira-t-il.

Et c'était vrai.

Il plongea son regard dans le sien. Ils ne percevaient plus la présence des enfants qui s'amusaient à se poursuivre sur la glace, des amoureux qui patinaient bras dessus, bras dessous. Ils ne voyaient plus le Père Noël et ses elfes qui exécutaient des figures au milieu de la patinoire. DJ se perdit dans son regard, et elle aurait voulu qu'ils soient seuls, qu'ils soient nus et qu'il entre en elle doucement.

— J'ai envie de toi, DJ. Je ne veux que toi.

Bon sang, Matt !

Elle s'obligea à détourner le regard et prit une grande goulée d'air froid. Si elle n'avait pas su qu'elle allait à nouveau atterrir sur les fesses, elle se serait éloignée de lui au plus vite.

Il fallait qu'elle soit raisonnable. Au moins une minute. Pour pouvoir clarifier les choses.

— Où est-ce que tu veux en venir, Matt ? Est-ce que tu veux dire que nous devrions coucher ensemble ?

— Je ne peux pas penser à toi comme à une amie, dit Matt en hochant la tête. Je suis incapable de te traiter comme une bonne copine. Donc, tant que je suis à Boston, faisons comme nous faisons d'habitude. Nous n'avons qu'à nous dire que c'est un week-end comme les autres… juste un peu plus long. Quand je repartirai après Noël, on s'embrassera, on se dira au revoir et tout redeviendra comme avant.

Est-ce qu'elle en était capable ? Est-ce qu'elle pourrait mélanger sa vie réelle avec sa vie fantasmée en sortant tout simplement avec lui ? Est-ce que cela permettrait de mettre un terme à ce désir brûlant et dévastateur qui s'emparait d'elle chaque fois qu'elle le voyait ?

Arrête un peu, Dylan-Jane.

Elle se faisait des illusions si elle pensait que ce serait pareil que leurs week-ends au bout du monde. Il était dans sa ville, il la voyait vivre sa vraie vie. Ici, à Boston, il ne pouvait pas demeurer l'homme de ses fantasmes ; elle ne pourrait pas faire semblant de croire que sa vraie vie n'existait pas. C'était *sa* vie et il était bel et bien là.

Il fallait être réaliste, ils ne pourraient pas passer tout leur temps à faire l'amour. Il leur faudrait se parler davantage, faire des choses ensemble. Et, ça, c'était dangereux. Une des raisons pour lesquelles elle limitait les moments qu'elle passait avec Matt, c'était qu'elle tenait à lui. Beaucoup. Elle adorait son sens de l'humour décalé, son intelligence supérieure et aussi son intégrité et son sens de l'honneur.

Elle pourrait se laisser tenter et vouloir plus que partager de bons moments au lit. Elle pourrait se mettre à songer à l'engagement, à une vraie relation, au fait de se donner à une personne.

Et attendre ça d'un homme, rechercher son amour, c'était le meilleur moyen pour qu'on lui brise le cœur.

Elle avait eu le cœur brisé quand son père était parti. Elle connaissait bien le sentiment d'abandon. Et, grâce à sa mère, elle savait aussi ce que c'était qu'aimer quelqu'un qui ne vous aime pas en retour. Elle ne voulait pas revivre ça. Rien de tout ça.

Mais, surtout, elle ne voulait pas tomber amoureuse.

Alors, ne tombe pas amoureuse, c'est simple.

— Est-ce que tu comptes me laisser sur le gril longtemps ?

Elle aurait dû refuser, mais elle n'allait pas le faire. Coucher avec Matt, avoir une liaison avec lui, elle ne pensait en fait qu'à ça depuis qu'il était réapparu dans sa vie.

— D'accord. On n'a qu'à sortir ensemble.

Incapable de regarder Matt, DJ lança un regard d'envie à la buvette, à ses lumières qui semblaient lui dire de venir se réchauffer.

— Et si on y allait ? Chez toi ou chez moi ?

— J'ai envie de toi, Dylan-Jane, dit Matt avec un petit rire, mais je pense qu'on peut encore patienter quelques heures. Je vais t'apprendre à patiner et, ensuite, on ira rejoindre ta famille.

DJ regarda dans la direction que lui indiquait Matt et vit Darby et Julie qui patinaient en se tenant par le bras. Noah tenait l'autre main de Julie, et Callie, dont le chevalier servant avait disparu, avait logé sa main au creux du coude de Levi. Tous ensemble, ils venaient dans la direction de DJ.

Julie et Darby furent les premières à arriver près d'elle et elles affichaient toutes les deux un air inquiet.

— On t'a vue tomber. Est-ce que ça va ?

— Oui. C'est juste que je suis vraiment nulle en patinage.

— Exact, confirma Matt, le bras toujours passé autour d'elle pour la maintenir. DJ leva les yeux au ciel.

Merci, elle savait. Tout le monde savait.

— On n'a qu'à s'arrêter et prendre une table où on pourra tous se réunir, suggéra Darby d'un ton où DJ décela une pointe de regret.

Ils adoraient tous patiner et, si elle n'avait pas été là, ils se seraient fait plaisir sur la glace au moins une heure de plus.

— Non. Vous, continuez, dit-elle en se cramponnant à Matt. Matt m'a proposé de rester avec moi et de me rattraper en cas de chute.

— Tu es sûre ? demanda Julie en levant un sourcil.

DJ hocha la tête.

— Tout à fait. Retrouvons-nous tous dans une heure. La première tournée est pour moi.

Après avoir chaudement approuvé la proposition, tout son clan repartit patiner. En les regardant évoluer sur la glace, DJ sentit une énorme bouffée d'affection lui gonfler la poitrine.

Comme elle les aimait. Tous.

Se refusant à céder à l'émotion, elle tourna légèrement la tête vers Matt. Son regard était posé sur elle ; il la regardait avec tendresse. Elle n'avait jamais vu une telle expression sur son visage – un mélange de fierté, d'affection et de désir. DJ se mordit l'intérieur de la lèvre ; il ne pouvait pas, n'aurait pas dû, la regarder de cette façon. Non seulement elle avait envie de lui arracher tous ses vêtements sur-le-champ, mais elle avait l'impression que son cœur était enveloppé d'une douce guimauve.

Ça suffit, ces pensées fleur bleue de midinette.

Le programme, c'était juste une série de rendez-vous sensuels pendant environ un mois. Elle ne laisserait pas ça se transformer en autre chose que faire l'amour avec quelqu'un qu'elle appréciait.

Qu'elle appréciait vraiment.

Beaucoup.

DJ redressa ses épaules, essaya de faire fi de ses chevilles douloureuses et d'afficher un sourire coquin.

— Bon, allons-y, dit-elle d'un ton enjoué.

— Oui. Allons-y.

Mais, au lieu de lui indiquer comment positionner ses pieds sur la glace, Matt lui souleva doucement le menton. Sa bouche effleurant la sienne, ses mots dansaient sur les lèvres de DJ.

— D'accord, on va patiner. Mais, d'abord, faisons *ça*.

Les yeux verts de Matt interrogèrent les siens puis allèrent se poser sur sa bouche avant de revenir à ses yeux. Sentant sa peau frissonner, DJ se dit que, décidément, se parler avec les yeux était terriblement excitant. De son pouce un peu froid, il la caressait, exerçant un doux mouvement de va-et-vient qui achevait de l'émoustiller.

Puis, il se pencha sur elle mais, au lieu de l'embrasser, il frotta sa joue contre la sienne. Sa peau contre sa peau.

DJ murmura son nom et renversa la tête pour que ses lèvres rencontrent celles de Matt… une fois, deux fois, en une demande muette d'un baiser. Quand la bouche de Matt toucha ses lèvres glacées de froid, DJ ressentit une chaleur l'envahir tout entière. Leurs langues se cherchaient, s'esquivaient, se mêlaient dans un langoureux ballet. Ils n'entendaient plus les chants de Noël ni le glissement des lames sur la glace des autres patineurs. Ils étaient à nouveau seuls au monde, au milieu de la foule joyeuse.

Finalement, le mois de décembre et Noël, avec ses décorations, ses lumières et ses festivités n'étaient pas si horribles que ça. Mais il fallait dire qu'elle était dans les bras de Matt et qu'ils étaient en train de s'embrasser. De quoi rendre tout ce qui l'entourait plus beau. Même Noël.

7

DJ ouvrit la porte de son appartement et entra. Les rideaux du salon étaient ouverts et elle remarqua immédiatement les illuminations blanches qui avaient été suspendues sur Lockwood House et venaient adoucir la façade un peu austère de la vieille demeure.

Elle retira son manteau et l'accrocha au portemanteau situé près de la porte avant de se rapprocher de la fenêtre qui donnait côté rue.

— Lockwood House est vraiment belle.

Matt vint se placer derrière elle et enveloppa sa taille d'un bras, la main posée sur son sein gauche, d'un geste à la fois familier et très excitant.

— Est-ce que les lumières de couleur sont absolument proscrites dans le quartier ? demanda Matt en frottant doucement son menton contre ses cheveux.

— Le grand-père et l'arrière grand-père de Noah ont toujours utilisé des guirlandes blanches pour décorer Lockwood House, et la tradition s'est propagée à toutes les maisons du quartier.

— Ça doit être agréable de vivre ici, murmura Matt.

— Oh ! oui. C'est un quartier vraiment à part.

DJ inclina légèrement la tête sur le côté pour que Matt puisse lui embrasser plus librement le cou. Seigneur, comme il savait bien utiliser sa langue et ses dents…

Elle se pencha pour appuyer sur l'interrupteur de la lampe, et une douce lumière dorée se répandit dans la pièce. Ils n'étaient pas dans la suite d'un hôtel, réalisa-t-elle soudain.

Ces livres sur les étagères étaient les siens. C'était elle qui avait choisi la toile accrochée au-dessus de la cheminée et le vase posé sur la table basse.

Ce n'était pas un terrain neutre, mais son appartement. Et Matt était là avec elle et il allait bientôt lui faire l'amour.

Il se trouvait dans son espace… Son espace très intime et très féminin. Et s'il repartait – *quand* il repartirait –, il lui resterait des souvenirs de lui ici, dans son lit, nu dans son appartement. Elle n'était pas sûre d'avoir envie de ça, mais elle ne pouvait pas empêcher que cela arrive…

Enfin, si, elle pouvait. Bien sûr. Si elle le lui demandait, Matt s'en irait, mais elle ne voulait pas lui demander quoi que ce soit.

Sauf peut-être s'il avait l'intention de la déshabiller et de l'embrasser dans certains de ses endroits les plus secrets.

Matt lui retira d'abord son pull, puis elle sentit que son soutien-gorge libérait ses seins avant de tomber sur le sol, telle une feuille morte bleue. Les mains bronzées de Matt se posaient maintenant sur sa peau claire, pressant ses seins, pinçant ses mamelons dressés.

Elle le sentit s'écarter d'elle et se retourna pour le regarder retirer son pull et sa chemise, qu'il passa par-dessus sa tête, révélant son torse puissant couvert de fins poils blondis par le soleil. Une ligne de poils plus foncés partait de son nombril pour s'enfoncer sous la ceinture de son jean.

DJ caressa son ventre, laissant ses doigts s'attarder sur ses abdominaux bien dessinés. Dieu seul savait comment il réussissait à garder un corps aussi parfait tout en travaillant comme un forcené.

— Allons dans la chambre, ordonna Matt en désignant l'escalier de la main.

DJ le précéda dans sa chambre sous les toits en se demandant s'il en apprécierait les tons crème et vert pâle que Julie avait choisis pour la décorer.

Mais Matt n'avait d'yeux que pour elle. Alors qu'il se

débarrassait de ses chaussures et de son jean, son regard passa de ses seins à son visage pour revenir se poser sur sa poitrine.

Puis il alla s'allonger sur le lit, les bras croisés derrière la tête.

— J'adore te regarder te déshabiller, dit-il d'une voix suggestive.

Sous son regard gourmand, plein de désir, elle se sentait intensément belle, extraordinairement toute-puissante dans sa féminité, et elle prit son temps pour retirer ses bottes puis faire descendre son jean le long de ses hanches, centimètre par centimètre, en une douce torture.

Une fois nue, elle s'assit sur le lit, pressant sa hanche contre la cuisse musclée de Matt. Elle effleura le bas de son ventre, comme toujours émerveillée par la douceur de sa peau à cet endroit. Puis, ramenant ses cheveux en arrière d'une main, elle se pencha jusqu'à ce que ses lèvres touchent son sexe et que sa langue en taquine le bout, comme il aimait tant qu'elle le fasse. Elle sentit qu'il devenait dur comme de l'acier et elle ne fut pas surprise quand la main de Matt se posa sur sa tête pour qu'elle le prenne dans sa bouche.

Après l'avoir caressé avec sa langue, elle se redressa et vint s'asseoir sur lui. Sentir la force de son érection tout contre elle l'excita encore davantage.

Matt tendit les mains vers ses seins et s'assit, les muscles de son ventre saillants, et passa sa langue sur un de ses mamelons puis l'autre. Puis, sans changer de position, il glissa un doigt entre elle et lui et se mit à la caresser.

— J'ai envie de toi, dit-il d'une voix sourde. De son autre main, il fouilla la poche de son jean. D'un coup de dents, il déchira l'étui, souleva légèrement DJ, puis déroula le préservatif, le regard luisant de désir.

DJ aurait aimé qu'ils puissent faire l'amour sans se protéger. Elle avait envie de sentir sa peau contre sa peau, toute sa chaleur. Elle songea un instant à le lui proposer, mais elle savait qu'il ne lui faisait plus confiance en matière de contrôle des naissances et qu'il ne serait pas prêt à prendre le risque.

Bien sûr, elle ne pouvait pas le lui reprocher, mais elle aurait aimé que les choses soient différentes.

Matt la souleva par les hanches. Elle s'attendait à ce qu'il la pénètre – elle était prête et il le savait –, mais Matt se contenta d'attirer son visage vers lui et de lui donner un long et langoureux baiser avant de plonger son regard vert émeraude dans ses yeux.

— À quoi penses-tu, DJ ?

Elle ne pouvait pas le lui dire. C'était beaucoup trop intime, trop loin de ce qu'ils étaient en droit d'attendre l'un de l'autre. Alors, elle se contenta de sourire et se frotta doucement contre lui, regrettant que cette fine barrière entre eux demeure.

— Je me disais que j'adorais ce que nous sommes en train de faire, que j'aime être avec toi.

— C'est la vérité, je le sais. Mais seulement en partie. Dis-moi, Dylan-Jane.

Elle tourna la tête vers la fenêtre pour éviter son regard, mais Matt l'obligea avec douceur à le regarder. DJ vit qu'il était bien décidé à ce qu'elle lui livre le fond de ses pensées. Et qu'il ne bougerait pas tant qu'elle ne lui aurait pas dit l'entière vérité.

— Je me disais que j'aimerais que tu aies assez confiance pour faire l'amour sans préservatif, pour qu'il n'y ait pas cette barrière entre nous.

Elle vit un éclair de panique passer dans ses yeux et secoua la tête.

— Je comprends pourquoi tu ne veux pas et je ne t'en veux pas… C'est juste que ça aurait agréable, dit-elle doucement.

Matt ne répondit pas, son regard restait rivé au sien. Puis, elle sentit sa main se glisser entre eux et ensuite se retirer. Avant qu'elle ait pu comprendre qu'il avait enlevé le préservatif, Matt était entré en elle, et elle le sentait tout entier, sa chaleur venant rencontrer la sienne sans aucune entrave. Physiquement, c'était une sensation tellement plus intense.

Mais, surtout, elle sentit son cœur se gonfler de joie face à une telle preuve de confiance. Des larmes coulèrent le long de ses joues, et elle enfouit son visage dans le cou de Matt. Il lui avait totalement pardonné et il avait foi en elle. C'était de l'ordre du fantasme, elle le savait, mais elle avait enfin l'impression d'être vraiment aimée. Au moins un peu.

Et cette pensée décupla la force de son orgasme, qui l'emporta tout entière, corps et âme.

Allongé sur son lit, Mason repoussa la couette et jeta un regard désabusé à l'écran de télévision géant en face de lui. Puis, il s'assit sur le bord de son lit et examina la pile de livres posés sur sa table de chevet. Il n'avait pas envie de regarder la télévision et encore moins envie de lire. Ce qu'il voulait, c'était Callie…

Il aurait voulu qu'elle soit ici, dans sa très élégante chambre ivoire et ébène, en train de se rouler avec lui sur son lit actuellement désespérément vide.

Il passa la main sur sa nuque. Après avoir patiné, il aurait dû être fatigué, mais ce dont il avait vraiment besoin maintenant, c'était se détendre. Il avait besoin d'une ou deux – ou cinq – heures d'intense plaisir.

Il prit son téléphone et fit défiler la liste de ses contacts, s'arrêtant sur le nom de Kate. Elle était sûrement encore réveillée ; il lui suffisait d'appeler, de se faufiler en douce hors de la maison, et il serait chez elle en vingt minutes.

Il était très tard. Ses fils étaient endormis et il aurait fallu une bombe atomique pour les réveiller. Ils ne s'apercevraient même pas qu'il avait quitté la maison. Mais, au fond de lui, Mason savait bien qu'il n'irait nulle part. Ce n'était pas de Kate qu'il avait envie.

Il n'avait envie de personne, à part Callie.

Merde. Mason laissa retomber sa tête et échapper une bordée de jurons, se maudissant d'être aussi attiré par une femme qui occupait toutes ses pensées et venait même hanter ses rêves. Une fois qu'il se la serait ôtée de la tête, sa vie pourrait reprendre un cours normal, il en était convaincu.

Il remonta la liste de ses contacts jusqu'aux C. Son numéro

s'affichait là, énorme, le mettant au défi de l'appeler. Puisqu'il ne pouvait pas la voir, goûter à sa peau, lui faire l'amour, il pourrait au moins entendre le son de sa voix.

Mason regarda l'heure. Il était presque minuit. Il soupira ; elle était sûrement déjà en train de dormir et n'apprécierait pas un appel aussi tardif…

Mais admettons qu'elle ne dorme pas ? Qu'elle soit encore réveillée en train de penser à lui… se sentant seule, frustrée et d'humeur coquine…

Et si elle se trouvait dans le même état que lui ? Ou presque…

Allez, courage.

Mason appuya sur l'icône verte de son téléphone et retint sa respiration pendant que le numéro se composait. Une sonnerie. Deux.

Quatre, cinq… Merde. Mason était sur le point de raccrocher quand il entendit le « allô » essoufflé de Callie interrompre la litanie des sonneries.

Il en fut si surpris que, l'espace d'un instant, il ne sut pas quoi dire.

— Mason, les blagues au téléphone, ça n'est vraiment pas votre truc.

— Désolé. Je ne m'attendais pas à ce que vous répondiez. Du coup, j'ai eu un moment d'absence, reconnut-il.

— Et pourquoi ne répondrais-je pas ? demanda Callie.

— Je ne sais pas. Parce que vous dormiriez déjà ou parce que ça vous agacerait que j'appelle aussi tard, répondit Mason en s'installant plus confortablement sur son lit et en fermant les yeux pour se laisser envahir par le son de la voix de Callie.

— Je me couche rarement avant minuit et demi et je suis heureuse que vous m'appeliez.

Mason sourit.

— Est-ce que vous étiez en train de penser à moi, Callie ?

— Oui. Je vérifiais ma liste des choses à faire et je me demandais quelle serait votre réaction si je vous appelais pour faire quelque chose que je puisse ensuite éliminer de ma liste.

Le cœur de Mason s'emballa :

— Si je me souviens bien, il y avait deux activités que vous ne pouviez pas faire toute seule. Un coup d'un soir et l'amour au téléphone. Je serai ravi de vous assister pour les deux, chérie, dit Mason, la bouche un peu sèche.

Vraiment, vraiment ravi. Il était du genre très serviable dans ce domaine.

Callie ne répondit rien, et Mason l'imaginait sans peine en train de rougir et de regarder vers le ciel d'un air mortifié. Il s'apprêtait à rompre le silence et à dissiper le malaise en lançant une petite plaisanterie quand Callie reprit la parole.

— Si je ne suis même pas capable de vous demander de faire l'amour au téléphone, comment imaginer pouvoir le faire ? murmura Callie.

Merci, petit Jésus !

Mason referma les yeux, soulagé au-delà de toute expression. Ces quelques mots l'avaient déjà excité et il voulait amener Callie au même niveau d'anticipation que lui.

— J'adorerais faire l'amour au téléphone avec vous, Cal.

Callie poussa un profond soupir de soulagement.

— Alors, comment est-ce que ça marche ? Est-ce que je dois vous dire des choses un peu coquines ? demanda-t-elle au bout d'un moment.

Mason était heureux qu'elle ne puisse pas voir son sourire.

— Et si vous me laissiez vous faire l'amour, Cal ?

— C'est possible ? demanda Callie d'un air sceptique.

Oh que oui, pensa Mason tout en laissant échapper un léger rire. Il allait commencer en douceur.

— Qu'est-ce que vous portez ?

— Oh… Hum, hésita Callie. Un négligé noir très transparent ?

Bien sûr que non. Selon lui, elle devait porter quelque chose de confortable, quelque chose qu'elle mettait tous les soirs pour aller dormir.

— J'imagine plutôt un long T-shirt et un pyjama short, peut-être même juste le haut. Vos cheveux sont lâchés, vous n'êtes pas maquillée, et vos yeux ont cette nuance incomparable que j'appelle le bleu *mucho caliente*.

— Oh.

Callie avait poussé son premier gémissement, et Mason eut l'impression d'avoir gagné un billet de loto à un million de dollars. Il avait bien l'intention de continuer à la faire gémir.

— Vous savez, Cal, je n'ai pas besoin de vous imaginer en négligé coquin et talons hauts. Dès que je vous vois, quelle que soit votre tenue, j'ai une érection.

— Heu… Ah, oui ?

Comment pouvait-elle ne pas avoir remarqué ? Mason effleura son sexe turgescent de la main, s'imaginant que c'était celle de Callie qui le caressait.

— Est-ce que vous êtes en train d'imaginer que je suis là, avec vous ? Vous aimeriez que je sois là ?

— Oh ! oui. Je m'imagine en train de vous embrasser, votre langue qui touche la mienne…

Mason dut s'avouer que Callie l'avait surpris. Agréablement.

— J'adore votre bouche, Cal, dit Mason tout en glissant sa main sous la ceinture de son pantalon. Je vous embrasse dans le cou, Cal. Je descends jusqu'à votre épaule et je lèche votre peau délicieuse. Vous avez la peau si douce.

Callie laissa échapper un rapide soupir et un petit gémissement. Est-ce qu'elle était aussi excitée que lui ? Seigneur, il aurait tant voulu pouvoir la regarder. Il songea à lui proposer de passer en appel vidéo, mais il ne voulut pas prendre le risque de l'effaroucher.

— Je me vois en train de vous prendre dans mes bras, de vous serrer contre moi. Vous, toute douce, et moi si dur. Et croyez-moi, Cal, je suis vraiment dur de partout. Vous êtes en train de vous caresser ?

— Heu… Non ?

Mason se mordit la lèvre pour ne pas éclater de rire.

— Chérie, comment voulez-vous que je vous fasse jouir sans que vous vous caressiez ?

Il poursuivit avec des suggestions de plus en plus explicites, au point qu'il se demanda combien de temps il pourrait encore tenir.

— Oh ! mon Dieu, Mason. C'est tellement excitant.

Et ils n'en étaient pas arrivés au meilleur moment.

Mason agrippa les draps de son lit ; il ne voulait pas finir avant elle. Pas avant Callie.

Callie n'était pas n'importe quelle femme avec qui il voudrait faire l'amour et qu'il quitterait ensuite. Non, cette femme, plus âgée que lui et pour laquelle il déployait bien plus d'efforts que pour ses conquêtes habituelles, c'était Callie Brogan. Une mère de famille, une veuve, oui. Mais ce n'était pas comme ça qu'il la voyait. Lui, il voyait simplement une femme bien dans sa peau, qui avait connu l'amour et la souffrance et qui portait fièrement les cicatrices de la vie. Une femme sage, amusante, généreuse… Pas une femme dont il s'amuserait.

Mais qu'est-ce qui lui prenait ? Callie avait beau prétendre ne pas chercher l'amour, elle n'était pas du genre à se donner à un homme avec qui elle ne partagerait pas un lien émotionnel.

Or, il ne voulait pas de liens. Ni émotionnel ni d'aucun ordre. Veiller à ce que ses fils s'en sortent bien était déjà une tâche assez difficile, il refusait de prendre la responsabilité du bonheur d'une autre personne.

Son rôle se limitait à rendre une femme heureuse dans sa chambre. Ensuite, c'était chacun de son côté.

— Mason ?

— Oui ?

— Je ne vous entends plus…

Il ferma les yeux.

— Peut-être que nous devrions arrêter ça, Cal.

— Vous plaisantez ! Pourquoi ?

— Je ne peux pas vous donner ce que vous voulez, chérie.

— Pour l'instant, tout ce que je demande c'est un orgasme, et je vous jure que, si vous me laissez en plan, je viendrai en personne vous ouvrir le ventre avec un couteau à beurre.

Les coins de la bouche de Mason se soulevèrent en entendant sa menace.

— Où en étions-nous ? reprit Callie. Est-ce que vous êtes en train de vous caresser ? Est-ce que vous aimeriez que cette main soit la mienne ?

Oh ! oui. Elle n'avait pas idée à quel point.

DJ mit du temps à se réveiller complètement. Elle avait les paupières lourdes et ne désirait qu'une chose ; replonger sa tête dans son oreiller. Il faisait encore sombre dans la chambre et elle regarda vers la fenêtre pour évaluer l'heure. Est-ce qu'il lui restait encore une heure ou deux à dormir ?

Les rideaux étaient fermés, mais elle distingua une fine bande très lumineuse le long du chambranle de la fenêtre. Pourquoi les rideaux étaient-ils tirés ? Il n'y avait pas de voisins de ce côté-là de la maison, donc aucun problème d'intimité, et elle ne les fermait jamais.

DJ voulut rouler hors du lit, mais la chaleur d'un bras d'homme se referma autour d'elle. Son corps se tendit. Matt prenait presque toute la place dans son grand lit. Avec sa barbe de trois jours, ses longs cils reposant sur ses joues, sa bouche plus pleine dans le sommeil, il dormait paisiblement, la tête sur son oreiller à elle.

Comme elle, Matt était nu, et DJ n'en revenait pas de trouver ça ausssi normal de se réveiller avec cet homme dans son lit. Elle était à moitié couchée sur lui. Les poils de son torse lui chatouillaient les seins et, sous sa joue, elle sentait les muscles impressionnants de ses bras et sa peau d'homme, si douce. Son genou reposait sur son érection matinale.

Étrangement, cela lui semblait plus naturel que de se réveiller seule. Matt occupant tout le lit et la tenant serrée, cela lui donnait un sentiment de sécurité. Le sentiment d'être aimée.

La veille au soir, ils s'étaient bien amusés. Bien plus qu'elle ne l'aurait cru possible. Il avait commencé par lui faire faire des tours de patinoire en la remorquant, puis elle avait fini par pouvoir faire quelques mètres seule sans tomber et, ensuite, ils avaient retrouvé le reste du clan au Frog Pond Café pour se réchauffer. Avec son humour un peu caustique, Matt les avaient tous régalés de remarques bien senties sur les autres patineurs et, quand Levi lui avait posé des questions sur son travail, il les avait tous captivés en leur racontant quelques-uns de ses cas les plus intéressants. DJ, qui était plus au courant de sa carrière que les autres, savait bien qu'il ne parlait pas de ses plus grandes victoires ni des procès très médiatiques auxquels il avait participé. Sans doute parce que ces procès-là étaient synonymes de tant de désespoir et de tragédie.

Parce qu'il fallait être vraiment fort pour exercer son métier, se dit DJ. Il évoluait dans un monde dont peu de gens avaient conscience. Réfugiés de guerre ou politiques, criminels internationaux, les aspects les plus sombres de l'humanité. Elle comprenait donc son besoin de prendre du recul, de ne pas trop s'impliquer. Autrement, il n'aurait pas été capable de faire son travail. Ce détachement émotionnel était-il devenu une habitude ? Était-ce ce qui expliquait son refus de s'engager ?

DJ soupira. Pourquoi cette curiosité, tout à coup ? Pourquoi avait-elle soudain envie de connaître la réponse à ces questions ? De toute façon, tout ça n'aboutirait pas à une relation sérieuse ; c'était impossible. Dans quelques semaines, il la laisserait à Boston, et elle ne savait pas quand ils se reverraient ensuite. Jamais elle ne lui demandait de détails sur sa vie parce qu'elle ne pouvait pas s'autoriser à se sentir proche de lui, à créer un lien qui rendrait la séparation encore plus difficile.

Il n'était pas question de créer des liens émotionnels ou autres. Ce qu'ils partageaient, c'était un respect mutuel et le sexe. Des relations sexuelles très, très chaudes.

Sauf que, cette nuit, ça n'avait pas été le cas. Cette nuit, ils avaient fait l'amour. On ne pouvait pas appeler ça autrement.

Et ça avait été un moment si émouvant, si merveilleux. Du sexe digne d'un conte de fées. Du sexe comme elle en voulait jusqu'à la fin de ses jours. Du genre où on marche la main dans la main, où on se blottit l'un contre l'autre au petit matin, où on se dispute gentiment pour savoir qui va faire le café, aller chercher du lait ou passer faire les courses.

DJ était furieuse contre elle-même. Une nuit, il n'y avait

eu qu'une nuit, et elle en était déjà à choisir la ménagère et à penser à la vie à deux ?

Elle et Matt n'étaient pas faits pour ce genre d'avenir, sauf peut-être le temps de quelques week-ends volés à droite à gauche. Ils ne vivaient pas sur le même continent, même pas dans le même fuseau horaire. Ils avaient tous les deux une carrière exigeante en temps et en énergie. Pour eux, il ne pourrait y avoir davantage que les quelques semaines à venir et peut-être quelques rendez-vous dans l'année. C'était ça, leur relation. Comme ça que ça fonctionnait.

DJ contempla ses yeux fermés, son profil aux traits si virils et elle s'ordonna d'arrêter de divaguer. Ni l'un ni l'autre n'avait vraiment envie de quelque chose de plus. Même si elle avait promis d'essayer de faire partie intégrante du clan Brogan, elle ne laisserait plus jamais à personne l'occasion de lui faire du mal. Cette leçon, elle la tenait de ses parents et elle n'était pas près de l'oublier.

Ici, il n'était question que de plaisir physique, et Matt était un partenaire dans ce jeu, pas un mari.

8

— Bonjour, marmonna Matt, les yeux encore fermés, son pouce se promenant sur la peau nue de sa hanche. Questions : combien de temps a-t-on dormi ? Où est mon café ? Quelle heure est-il ?

DJ souleva le poignet de Matt, jeta un œil sur sa montre hors de prix et fronça les sourcils.

— Ta montre s'est arrêtée.

Matt ouvrit un œil.

— C'est une des marques les plus connues du monde. Ma montre ne peut pas s'arrêter.

— Elle indique 10 heures.

Matt souleva le bras, examina l'écran bleu acier et confirma :

— C'est parce qu'il est 10 heures. Du matin.

Il reposa son bras sur sa taille, enveloppa son sein dans sa main et se serra contre elle.

Il fallut un moment à DJ pour comprendre qu'elle était en retard, très en retard.

— Matthew ! Je devrais être au bureau depuis trois heures !

— Non. D'une part, on est samedi et d'autre part, hier soir, les jumelles t'ont donné ta journée, tu te rappelles ?

Il garda les yeux fermés, mais un sourire satisfait s'afficha sur son visage.

— Elles avaient l'air de se douter qu'on aurait besoin de temps pour se remettre. Et elles avaient bien raison.

DJ ne désirait rien plus que rester au lit avec Matt – enfin, peut-être une tasse de café –, mais elle avait des chèques à signer, des ordres à faire passer, des contrats à négocier. Et puis, pour être tout à fait honnête, elle voulait mettre une distance entre elle et toutes ces sensations dérangeantes que Matt avait fait remonter à la surface en se montrant aussi confiant et tendre avec elle.

Elle avait l'impression qu'il avait découvert une fissure dans son âme et qu'il s'appliquait à l'ouvrir pour découvrir l'incroyable chaos de son monde intérieur. Elle pouvait continuer à coucher avec lui, mais plus question qu'elle se confie.

Il était son amant qui allait bientôt s'en aller, pas son ami.

Elle avait besoin d'un café. Et sans doute aussi de quelques points de QI en plus.

DJ se dégagea de l'étreinte de Matt et s'assit au bord du lit. Elle ramassa la chemise de Matt qui traînait sur le sol, l'enfila puis alluma son téléphone. Sur l'écran d'accueil, elle vit qu'il y avait plusieurs messages dans la boîte du groupe qu'elle partageait avec les jumelles.

Peut-être qu'il y avait un problème à la boutique, qu'elles voulaient qu'elle vienne, qu'elles avaient besoin d'elle.

Ses espoirs firent long feu.

Il est 9 h 30. J'imagine que la nuit a été agitée.

Le message de Darby était ponctué d'icônes de victoire et de pouces levés.

C'est tranquille à la boutique. Je ne veux pas que tu te pointes ici.

Telle était la contribution de Julie à la conversation.

Zut. DJ jeta un œil à Matt par-dessus son épaule. Il était allongé sur le côté, la tête posée sur sa main. Elle sentit son estomac se nouer et tout à coup, elle eut très chaud. Il était trop sexy…

— Je ne vais pas travailler. Je suis bannie, dit-elle en faisant la moue.

— Si je ne possédais pas un ego aussi surdimensionné, je

me sentirais vexé par ton air déçu, dit Matt avec un sourire amusé.

DJ sentit qu'il passait la main dans ses cheveux. Encore un geste de tendresse. Elle se leva et alla jusqu'à la fenêtre, dont elle écarta les rideaux. Ouvrant légèrement un des vantaux, elle inspira une bouffée d'air frais, puis appuya son front contre la vitre glacée. Elle se sentait nerveuse, agitée. Qu'est-ce qui n'allait pas chez elle ?

— À quoi penses-tu, Dylan-Jane ?

Elle ne pouvait pas lui répondre ; elle s'était trop dévoilée la veille, et il fallait qu'elle se remette les idées en place. Tout ça était si étrange, si inhabituel, elle n'y comprenait plus rien. Et c'était une sensation qui l'angoissait…

Elle entendit Matt bouger derrière elle. Il sortit du lit et s'étira, superbement indifférent à sa propre nudité. D'ailleurs, pourquoi aurait-il voulu se cacher, avec son corps d'athlète et son visage de mannequin ? Elle admira ses longues jambes musclées – et ses fesses – tandis qu'il disparaissait dans la salle de bains.

Ressaisis-toi, ma vieille. Tu deviens complètement idiote…

Son téléphone vibra. Un nouveau message ; de Callie, cette fois.

Prochaines réjouissances pré-Noël : achat d'un sapin de Noël suivi d'une préparation de cookies chez moi. Vendredi. Invite Matt.

Matt sortit de la salle de bains, ramassa un boxer et l'enfila.

— Je peux me faire un café ? demanda-t-il en fourrageant dans ses cheveux.

— Bien sûr.

DJ le suivi le long de l'escalier en colimaçon, s'accouda au plan de travail en granit et le regarda s'affairer dans sa cuisine. Le voir évoluer dans son espace, vêtu d'un simple caleçon et les cheveux en bataille, c'était bon. Elle les imaginait très bien dans la même situation la semaine prochaine, le mois prochain, et même…

Arrête ! Prends de la distance, ma vieille ! C'est ta vie, là. Pas une comédie romantique.

— Au fait, Callie t'invite à venir acheter un sapin de Noël et à fabriquer des cookies vendredi.

Matt attrapa deux mugs sur une étagère et examina la sélection de capsules de café. Il choisit deux expressos et déposa la première capsule dans la machine. Il attendit que le café coule, nonchalamment appuyé contre le comptoir.

— À t'entendre, on a l'impression que ça va être un pensum, dit-il avec un sourire.

— C'est tout à fait ça. D'abord, acheter un sapin de Noël avec les jumelles et Callie peut prendre des heures ; il leur faut l'arbre parfait. Comme pour moi tous les sapins se ressemblent, c'est une vraie torture. Ensuite, je ne suis pas du genre à faire des cookies.

— Tu n'auras qu'à regarder en buvant du vin.

Matt lui tendit une tasse de café. Son expression s'était faite sérieuse.

— Pourquoi est-ce que tu détestes autant Noël, Dylan-Jane ?

C'était l'occasion rêvée de mettre en application la distanciation émotionnelle. Elle opta donc pour une de ses réponses toutes faites.

— C'est une arnaque pour nous pousser à consommer.

— Très cynique, commenta Matt tout en préparant son propre café.

DJ soupira d'aise quand le riche arôme du café envahit sa bouche.

— Réaliste, plutôt. En plus, je sais que tu penses la même chose. C'est quand même bien toi qui es rentré à La Haye le jour de Noël l'an dernier.

— Mon client était en difficulté. Je ne déteste pas Noël, c'est juste que je n'ai pas beaucoup d'expérience en la matière. Quand j'étais petit, on n'avait pas d'argent pour des cadeaux de Noël. C'est à peine s'il y en avait assez pour payer le loyer.

Voyant l'air étonné de DJ, il expliqua :

— Mes grands-parents étaient riches comme Crésus, mais

ils ont coupé les vivres à mon père quand il a commencé à avoir des problèmes d'alcool et de drogue. La troisième fois qu'il a laissé tomber l'université, ils s'en sont lavé les mains.

DJ sentait que Matt ne cherchait pas des paroles de réconfort. Elle se contenta de continuer à l'écouter.

— Ensuite, je suis allé vivre chez mes grands-parents. Beaucoup d'argent. On vivait dans le luxe. Mais ils étaient athées. Donc, chez eux, Noël était un jour comme les autres. Après, quand j'ai été à la fac, les vacances de Noël, c'était soit le ski soit la plage. Bref, la fête. Le patinage et acheter des sapins n'a jamais fait partie du programme. Mais ça a l'air sympa, conclut-il après avoir bu une gorgée de café.

Les souvenirs affluèrent.

— Papa adorait Noël. Bien plus que ma mère. Il m'emmenait faire du patin à glace, dans les magasins, voir la cérémonie de l'illumination du sapin au Boston Common. On faisait des bonshommes de neige et on décorait la maison.

— Mais maintenant, tu détestes cette période de l'année. Qu'est-ce qui s'est passé ?

Non, ne réponds pas...

— Il est parti. Une semaine avant Noël, il s'en est allé en me laissant avec ma mère, fit DG avec une grimace.

Elle s'en voulait d'en avoir trop dit. Jamais elle ne parlait de son père et elle détestait évoquer sa mère.

Matt n'essaya même pas de la consoler avec les platitudes d'usage.

— Une semaine avant Noël ? C'est rude. Et vous êtes toujours en contact ?

DJ sentit des picotements dans la gorge, les larmes n'étaient pas loin.

— Non. Il est complètement sorti de ma vie un an plus tard. À peu près au moment où il s'est remarié et où il m'a remplacée par sa belle-fille.

Matt plongea son regard au fond de sa tasse en secouant la tête.

— Franchement, il devrait y avoir des lois pour interdire

d'avoir des enfants quand on ne peut pas s'en occuper. Il faudrait un permis pour en avoir.

— J'aimerais avoir ce permis, Matt.

Les mots étaient sortis de sa bouche sans qu'elle y réfléchisse, et Matt la regarda. Aussi choqué qu'elle. Elle se mordit la lèvre en se demandant en quoi elle était en train de se transformer. Cette nouvelle DJ tolérait Noël, avait envie de se rapprocher de Matt et n'arrêtait pas de laisser échapper des propos bizarres.

La version originale de DJ aurait voulu balancer la nouvelle version du haut d'un immeuble.

Le visage de Matt trahissait la surprise la plus totale.

— Heu… Qu'est-ce que je suis censé répondre à ça ?

— Rien du tout, dit DJ sans oser le regarder dans les yeux.

Elle secoua la tête, ressentant soudain le besoin de s'avouer la vérité. Tout haut.

— Je crois que j'ai envie d'avoir un bébé, Matt. Je veux avoir un jour un enfant que je pourrai aimer et qui ne pourra pas me quitter.

Les yeux baissés sur son café, DJ se demandait comment il allait réagir, ce qu'il allait dire à propos de cette révélation profondément personnelle. Elle préférait encore qu'il ne dise rien que de l'entendre débiter des clichés ; elle sortait complètement des limites qu'ils avaient fixées. Ce qu'elle venait de dire n'était ni amusant ni superficiel. C'était profond, effrayant et c'était la vérité. C'était honnête. Peut-être commençait-elle à se lasser de toute cette légèreté, peut-être était-elle plus courageuse qu'elle ne l'imaginait, peut-être était-il temps de grandir.

Matt avait l'air complètement sonné par sa révélation, et elle savait qu'il aurait besoin de temps pour intégrer ce qu'elle venait de dire, pour comprendre qu'elle s'était engagée sur un nouveau chemin. Elle se redressa et lui tapota l'épaule.

— Ne fais pas attention, Matt. C'est juste la fatigue. Et cette période qui me rend émotive. Ne t'inquiète pas, ça n'est que de la folie passagère. Quand j'aurai mangé et bu mon café, je redeviendrai aussi distante et cynique que d'habitude.

Le problème, c'était que, pour la première fois depuis très longtemps, ce qu'elle venait de dire ne lui semblait pas être la vérité.

Pire, elle n'avait pas l'impression que Matt l'avait crue.

Quelques jours plus tard, DJ retrouva Darby dans le salon de la maison Brogan. Son amie était confortablement installée dans l'énorme canapé en cuir, près de la cheminée. DJ se réchauffa un peu aux flammes puis prit le verre de Darby et but une grande gorgée de vin.

— Hé ! Va te servir un verre, protesta Darby avec un sourire.

La défiant gentiment du regard, DJ but une autre gorgée avant de lui rendre son verre.

— Où est Julie ?

— Elle et Noah sont partis à Cancún pour rencontrer un client pour un yacht. Noah en créerait le design et Jules se chargerait de la décoration.

En regardant par la fenêtre tomber la pluie glacée, DJ poussa un long soupir. Quelle bonne idée que d'aller à Cancún. Noah et Julie avaient bien de la chance. DJ se laissa tomber sur le canapé et appuya la tête contre le dossier. Elle poussa un nouveau soupir et ferma les yeux, luttant contre l'envie de dormir. Avec les longues journées qu'elle passait au bureau et ses nuits avec Matt, elle commençait à être épuisée.

Darby souleva ses pieds aux ongles vernis d'un éclatant orange et les posa en travers des cuisses de DJ. Cette dernière remarqua que les gros orteils étaient ornés d'un papillon.

— C'est mignon.

— Merci.

DJ sentait le regard de son amie sur elle et se tourna pour la regarder. Elle savait bien que Darby brûlait de lui poser des questions sur Matt, aussi prit-elle les devants :

— Des projets intéressants en vue ?

La tactique fonctionna à merveille. Les yeux bleu orage de Darby s'éclairèrent instantanément.

— J'ai parcouru l'appel d'offres pour la nouvelle galerie d'art que la ville veut construire… Ils ont lancé un appel à candidatures pour les plans. Ils vont sélectionner les dix meilleurs dossiers, et les architectes concernés pourront présenter leur projet. Le seul souci, c'est que Judah Huntley a l'intention de participer, conclut Darby en fronçant les sourcils.

— Qui ça ?

— Judah Huntley. C'est un des meilleurs architectes du monde. Un visionnaire, connu pour être à la recherche de la perfection. D'après ce que j'ai entendu dire, il va proposer un projet.

Mince. DJ posa la main sur le genou de Darby.

— Tu es une excellente architecte.

— C'est trop injuste qu'un homme puisse être à la fois aussi talentueux, intelligent et sexy.

DJ leva un sourcil interrogateur :

— Comment ça, sexy ?

Darby se pencha pour récupérer son téléphone dans sa poche. Ses doigts dansèrent sur l'écran, puis elle tendit l'appareil à DJ, qui se trouva face au visage d'un homme d'une trentaine d'années aux yeux foncés et effectivement très beau.

— Non d'un petit bonhomme de neige.

— Si tu veux, je peux te montrer une photo de lui torse nu.

— Pas sûr que mon cœur supportera le choc, dit DJ en faisant mine de s'éponger le front. Pfffiou, sexy, c'est très en dessous de la réalité.

— Sans oublier brillant et monstrueusement doué.

Darby soupira et posa le téléphone sur l'accoudoir du canapé.

— Au fait, s'étonna DJ, comment se fait-il que tu aies une photo de Judah Huntley torse nu ?

— Je l'ai googlisé, et une photo de lui sur une plage de Chypre est apparue, répondit Darby en évitant le regard de DJ.

— Apparue ? Comme ça ?

DJ avait l'air franchement sceptique.

— Il y était avec sa copine, la chanteuse lyrique. Elle a une maison là-bas, marmonna Darby. Et il est peut-être beau gosse, mais j'ai entendu dire que c'était un type super arrogant. À propos de beaux gosses, comment va le tien ?

— Matt ?

— Tu dis ça comme s'il y en avait une dizaine d'autres. Est-ce qu'il vient avec toi pour le marathon de cookies ?

— Il bout d'impatience, en fait, répondit DJ en levant les yeux au ciel.

Et curieusement, elle aussi. Ça allait sûrement être très amusant.

— Dis donc, tu n'aurais pas utilisé ta fameuse poudre magique J'aime-Noël sur lui ? Sur nous ?

— Possible, répliqua Darby, l'air très contente d'elle. Alors, comment ça va entre Matt et toi ? Vous passez toutes vos soirées ensemble.

DJ se pencha par-dessus les jambes de Darby, prit son verre vide, y versa du vin et but une gorgée. Quand Darby voulut le lui prendre, elle plaqua le verre contre sa poitrine.

— C'est à moi. Surtout si tu as l'intention de me faire parler.

— Je t'écoute.

Comment expliquer ça ?

— L'arrivée de Matt à Boston a agi comme un catalyseur pour moi.

— Comment ça ?

— Le fait d'être avec lui, de passer du temps ensemble, ça me remue. Ça m'oblige à réfléchir. C'est comme s'il m'avait donné une paire de lunettes et que, maintenant, je voyais le monde plus clairement.

— Il fait tout ça ?

Darby avait le droit de se montrer un peu dubitative.

— Pas directement. Mais il s'est passé beaucoup de choses depuis son arrivée et j'ai été contrainte de réfléchir à ma vie et à ma relation aux autres d'une façon plus critique. Je m'aperçois que je n'ai plus envie de rester en surface. Que je ne peux plus me contenter de m'amuser, dit DJ en secouant la tête.

— Est-ce que tu as des sentiments pour lui ? demanda Darby avec précaution.

— J'en ai toujours eu. Je n'aurais pas couché avec lui pendant toutes ces années, sinon. Mais si tu me demandes si les choses sont en train de changer…

DJ hésita. Elle avait peur de verbaliser ses pensées. Tout ça commençait à devenir un peu trop réel.

— Continue.

— Ma tête me dit de ne pas m'engager dans une relation. Je sais à quel point ça peut être dangereux émotionnellement. Et puis, lui, il ne veut pas de ça.

— Pourtant, c'est déjà le cas, fit remarquer Darby. Vous êtes dans la vie de l'autre depuis longtemps et, même si ça n'est pas la relation la plus conventionnelle du monde, ça n'en est pas moins une relation.

DJ poussa un soupir de contrariété.

— Je sais. Les relations comportent toujours un risque.

— Exact. Mais vivre, c'est prendre des risques. Et il arrive – parfois même pendant vingt-cinq ans – que les gens ne vous laissent pas tomber.

— Tu ne pouvais pas t'en empêcher, hein ? grommela DJ.

— Nan, dit Darby avec un sourire. Et je répète… certaines personnes ne vous laissent pas tomber, certaines personnes sont là pour toute la vie. Et peut-être que Matt est cette personne pour toi.

DJ aurait tant aimé y croire, mais ça n'était pas vrai. Elle le savait parce qu'il n'arrêtait pas de lui rappeler qu'il allait rentrer à La Haye. Il disait des choses sur un ton apparemment désinvolte destinées à lui rappeler qu'elle ne devait rien attendre de plus que la liaison qu'ils étaient en train de vivre et dont la date de fin était prévue.

Et puis, il y avait trop longtemps qu'elle se protégeait. Elle n'allait pas tout à coup abandonner toute prudence et remettre son cœur entre les mains de quelqu'un d'autre.

— Il reste un peu de vin dans cette bouteille. Je vais faire ma BA et me dévouer pour la finir.

— Tu feras toujours ma fierté, dit Darby en lui tendant la bouteille.

9

Depuis deux jours, Matt s'enfermait dans la bibliothèque de Lockwood House pour travailler. Le cas qu'il traitait était difficile, et les échanges avec Europol, chargé de l'enquête, étaient un peu houleux. Il avait besoin d'air.

Un peu avant l'heure du déjeuner, il quitta donc Lockwood House pour le centre-ville, sans vouloir vraiment s'avouer qu'il avait besoin de voir DJ. Ils ne s'étaient pas croisés depuis quarante-huit heures, et elle lui manquait.

Pourquoi ?

Depuis des années, ils ne partageaient que quelques moments de temps à autre et, s'il lui arrivait de penser à elle, il n'avait jamais éprouvé le besoin pressant de voir son visage.

Or, il devait rentrer en Europe après Noël et, alors, DJ et lui seraient censés reprendre leur relation épisodique. Un an plus tôt, ce mode de fonctionnement lui semblait normal, civilisé, moderne… mais plus maintenant.

Il avait envie de rencontrer sa fille Emily et il voulait qu'elle fasse la connaissance de sa… Qui était DJ pour lui ? Sa petite amie, sa partenaire, sa moitié ? En tout cas, il ne voulait plus qu'elle soit seulement sa maîtresse occasionnelle. Mais comment pourrait-il conjuguer sa carrière, Emily et DJ alors qu'il vivait à l'autre bout du monde ?

Contrarié, Matt secoua la tête. Est-ce qu'il utilisait DJ pour se distraire en attendant qu'Emily lui fasse signe ou pour éviter de penser trop souvent à son grand-père, qui déclinait si rapidement ? En à peine un an, il avait compris qu'il allait perdre son grand-père, avait appris qu'il avait une fille et avait perdu un enfant qui ne naîtrait jamais… Peut-être prenait-il conscience du temps qui passait.

Il se gara à un bloc du showroom Winston et Brogan et sortit dans le froid. On sentait qu'il allait neiger. Tout en boutonnant son manteau, il se mit à marcher, la mine soucieuse. Est-ce qu'il se mettait à songer à fonder une famille, à avoir des enfants, d'autres enfants ?

Et quand bien même il déciderait d'avoir une femme, des enfants, un chat, où trouverait-il le temps ? Son travail lui prenait tout son temps. Il avait déjà eu beaucoup de mal à en dégager pour voir DJ à Noël dernier. L'année à venir, avec ce fameux procès, ce serait l'enfer.

Même s'il appréciait beaucoup la tournure que prenait sa relation avec DJ, concrètement, il n'y avait pas de place dans sa vie… et trop d'obstacles. La vie de DJ était ici, à Boston, et la sienne à La Haye. Ni l'un ni l'autre ne pouvait déménager. C'était impossible.

Alors, pourquoi pensait-il à elle dans ces termes ?

— Tu penses rester planté là longtemps ?

Matt redressa la tête et vit Darby qui arrivait au showroom, très chic et professionnelle.

— Salut, tu te promènes par ce temps affreux ?

— Je reviens d'une présentation de projets pour une nouvelle galerie d'art.

— Ça a l'air génial, dit Matt avec sincérité.

— Aucun espoir que je décroche le marché, dit Darby tandis qu'il ouvrait la porte et s'effaçait pour la laisser entrer. Judah Huntley candidate aussi, et le conseil d'administration salivait déjà à l'idée qu'il travaille sur la nouvelle galerie.

— Je l'ai croisé une fois à un cocktail de l'ambassade américaine à Amsterdam.

— Au cocktail de l'ambassade, mon cher ? le taquina Darby.

— Mortellement ennuyeux. Du coup, Judah et moi avons fini par faire la tournée des clubs de Leidseplein.

— C'est la traduction en Hollandais de quartier chaud ?

— Très drôle, dit Matt en souriant. Est-ce que Dylan-Jane est là ?

— Elle était là quand je suis partie. Tu seras des nôtres pour faire les cookies, vendredi ? Finalement, ça se passe au Coffee Shop. Maman a besoin de plus d'espace.

— Vous mangez tant de cookies que ça ?

Darby précéda Matt dans l'escalier qui menait aux bureaux.

— Pas mal, oui, mais on en donne aussi beaucoup aux refuges pour femmes de la ville, dit Darby en s'arrêtant devant la porte de son bureau. Me voilà arrivée. Tâche d'arracher DJ à son boulot et de l'emmener déjeuner. Mieux, emmène-la faire des courses de Noël. Elle sait ce que je veux, je lui ai envoyé ma liste par mail.

Le sourire aux lèvres, Matt continua jusqu'au bureau de DJ. La porte était ouverte. Sentant sa présence, elle releva la tête et lui adressa un grand sourire. Et le cœur de Matt bondit dans sa poitrine.

— Hello. Quelle belle surprise, dit DJ en se levant. Sa tenue, noire et très sobre, faisait ressortir son élégance naturelle. Il admira sa longue chevelure brune remontée en un chignon un peu lâche et ses magnifiques yeux couleur chocolat, mis en valeur par des lunettes à monture noire très sexy.

Pas touche, Edwards.

— Je t'emmène déjeuner. Et Darby veut qu'ensuite je t'embarque pour un shopping de Noël.

— D'accord.

Matt s'avança et posa la main sur le front de DJ, faisant mine de prendre sa température.

— Est-ce que tu te sens bien ? Je parle de courses de Noël, avec musique entraînante et foules atteintes de fièvre acheteuse.

— Je crois que je vais renoncer à mon aversion pour Noël. Pour l'instant, ça ne se passe pas si mal, dit-elle en repoussant la main de Matt.

— Je confirme, tu es malade. Allonge-toi, que je t'ausculte sous toutes les coutures.

N'y tenant plus, il l'attira à lui, et se pencha pour l'embrasser.

Quand les bras délicats de DJ vinrent s'enrouler autour de son cou, il oublia tout le reste… Les trafics d'êtres humains, les vendeurs d'armes et de drogue… Toute la noirceur du monde. Il n'y avait plus qu'elle. DJ.

Pour toujours.

Cette pensée le fit tressaillir. Il interrompit le baiser et, pour éviter de croiser le regard intrigué de DJ, il maintint doucement sa tête contre son torse. Il avait les mains tremblantes, et son cœur battait à tout rompre. Non, il ne pouvait pas avoir pensé ça. C'était juste une réaction à leur baiser… parce qu'ils ne s'étaient pas vus depuis deux jours.

Sauf qu'habituellement tu ne la vois pas pendant des mois et que tu n'avais jamais eu ce genre de pensées…

— Tout va bien ? demanda DJ en se dégageant de son étreinte.

Matt afficha l'expression la plus neutre possible et s'apprêta à proférer un gros mensonge. En fait, il ne comprenait plus rien à sa vie. Tout lui semblait flou… sauf quand il intégrait DJ au tableau.

Mais non. Ils ne pouvaient pas attendre plus que ce qu'ils vivaient en ce moment. Leurs existences étaient inconciliables. En outre, à part ce court instant où DJ lui avait avoué son désir d'enfant, jamais elle n'avait exprimé qu'elle attendait plus de lui. Et tant mieux, d'ailleurs ! Il lui donnait déjà tout ce qu'il était capable d'offrir à quelqu'un.

— Bien sûr que ça va.

Matt alla jusqu'à la fenêtre et posa sa main sur la vitre froide. Il se sentait complètement désorienté, bizarre, déconcerté. Comment se faisait-il que DJ soit soudainement devenue la femme avec qui il avait envie de passer tout son temps ?

Était-ce dû à Boston ? À Noël ? À une tumeur cérébrale ?

DJ s'assit sur l'accoudoir du canapé et croisa les jambes.

— En fait, j'allais t'appeler. Ne te sens pas obligé d'accepter, mais ma mère nous a invités à dîner. Elle veut rencontrer le célèbre avocat que je fréquente.

— Pas de problème. Sauf que je ne suis pas célèbre.

— Apparemment, aussi bizarre que ça puisse paraître, on raconte que tu es un grand avocat, railla-t-elle gentiment.

Matt sourit.

— Bref, Fenella veut te rencontrer. Moi, bien que je préférerais encore m'arracher un œil, je suis obligée d'y aller. Mais, toi, tu peux refuser. Je t'aime trop pour t'imposer la présence de Fenella Carew.

— Carew est ta mère ? Carew, l'ex-procureur général du Massachusetts est ta mère ?

Ça, c'était une sacrée bombe.

— Trop de chance, hein ? dit DJ d'un air sombre.

— Vu ta réaction, j'en déduis qu'elle est meilleure avocate que mère.

— Tu peux le dire. Une de mes plus grandes peurs est d'être un jour une mère qui lui ressemble. Indifférente, narcissique, autocentrée.

Matt ne rebondit pas sur ce qu'elle venait de dire. Il se contenta de la regarder, l'incitant silencieusement à continuer à parler.

— Pourquoi est-ce que je ne peux pas m'empêcher de te parler ? Comme si tes yeux étaient un sérum de vérité. Un regard et je me mets à nu. C'est franchement pénible, se plaignit DJ.

Matt était à la fois fier et inquiet que cette femme, jadis si secrète, ait autant de facilité à se livrer à lui.

— Quand j'étais petite, j'adorais les jolies robes, les chaussures, les bandeaux. Tout ce qui était rose et fifille. Et plus ça brillait, plus j'aimais. À chaque anniversaire et à chaque Noël, je ne rêvais que de maquillage, de bijoux en plastique et de robes de princesse, mais elle insistait pour que je porte un jean, une chemise blanche toute simple et des baskets immondes. Et ensuite, elle disait à tout le monde que je m'habillais comme un garçon et qu'elle était triste que je ne me comporte pas plus comme une fille. Et si, la fois suivante, je mettais une robe pour sortir, elle me disait que j'étais horrible et m'obligeait à me changer. Elle passait son temps à m'envoyer des messages contradictoires.

DJ croisa les bras. Tout son corps indiquait qu'elle était sur la défensive.

Ne sachant que dire pour la réconforter, Matt lui prit la main, mais DJ évitait son regard, fixant la fenêtre derrière lui. La confidence qu'elle venait de lui faire l'interrogeait sur lui-même. Serait-il un père négligent comme l'avait été le sien ou un tyran comme son grand-père ? Aucun des deux, bien sûr, puisqu'il ne se placerait jamais en situation d'élever un enfant.

Mais il pouvait au moins apaiser les peurs de DJ.

— Tu n'as pas à t'inquiéter, DJ. Tu n'es pas comme elle. Tu es tout le contraire de ça.

— C'est faux, protesta DJ. Comme elle, je suis perfectionniste et coincée. Je suis en permanence dans le contrôle. Désespérément cérébrale.

— Tu es aussi honnête. Tu m'as parlé de ta grossesse, de la fausse couche. Peut-être que tu n'aimes pas te confier mais, quand tu le fais, tu ne joues pas la comédie. Tu n'as rien à voir avec ta mère.

DJ allait argumenter, mais il la fit taire en lui pinçant légèrement la cuisse.

— Au lieu de considérer Fenella comme ton modèle maternel, tu ferais mieux de penser à ta véritable mère et de réfléchir à ce qu'elle t'a appris.

Devant l'air étonné de DJ, Matt sourit et poursuivit :

— DJ, Callie est plus une mère pour toi que n'importe qui au monde. Tu m'as raconté, plus d'une fois, que c'était elle qui te mettait des pansements au genou quand tu tombais, qui te faisait des câlins. Tu ne crois pas faire partie de la famille Brogan, mais tu es la seule à penser ça. Callie se soucie de toi autant que des jumelles et de Levi. Il ne se passe pas un jour sans qu'elle entre en contact avec toi, et elle te dit chaque jour qu'elle t'aime. C'est elle, ta mère, DJ. Parce qu'elle a choisi de l'être.

Bon sang, il était son amant, pas son psy ou son coach de

vie. DJ avait plutôt pas mal réussi à survivre sur cette planète pendant presque trente ans, elle n'avait pas besoin de ses conseils, même s'ils venaient du cœur.

Matt avait l'impression d'être dans des sables mouvants, que tout partait à vau-l'eau. Peut-être devrait-il sauter dans un avion pour l'Europe, histoire de reprendre pied dans la réalité. De toute façon, l'installation de son grand-père dans sa maison de retraite médicalisée n'aurait lieu qu'après Noël. Il pouvait parfaitement faire l'impasse sur les fêtes avec les Brogan et revenir juste avant le nouvel an. Si Emily souhaitait le rencontrer, ça pourrait se faire après Noël. Cela lui permettrait de prendre un peu ses distances avec DJ, ce qui était indispensable vu le speech qu'il venait de lui servir.

Bien sûr, il pensait chacun des mots qu'il avait dits, mais il ne voulait pas qu'elle le regarde avec des étoiles dans les yeux.

DJ se leva et déposa un tendre baiser sur ses lèvres qui le chamboula complètement. Bien sûr, il adorait les baisers passionnés et un peu sauvages, mais ce qui le faisait vraiment chavirer, c'était ces baisers pleins d'émotion.

Il la regarda prendre son téléphone et taper un message. Quelques secondes plus tard, son propre téléphone tinta.

— L'adresse de ma mère, au cas où l'un de nous serait en retard. Elle nous attend à 19 heures. Et tu ne me diras pas que je ne t'avais pas prévenu.

Matt entendit alors son téléphone sonner doucement dans sa poche et décrocha. Avec un peu de chance, ce serait son assistant ou un collègue. Quelqu'un qui pourrait le faire redescendre sur la planète Terre en parlant boulot. Mais c'était le nom d'Emily qui s'affichait sur l'écran.

Évidemment. Comme s'il n'avait pas assez de choses à gérer pour l'instant. Il lança un regard à DJ, songeant qu'il ne lui avait pas encore parlé de sa fille. Aurait-il dû le faire ? L'ancien Matt, celui qui ne voyait DJ qu'occasionnellement, n'aurait pas pris cette peine. Mais le Matt de Boston voulait le faire. Il mourait d'envie de lui demander conseil, de tenir sa main au moment où il parlerait à sa fille pour la première fois.

Lui qui était celui sur qui tout le monde comptait, celui qui tenait la barre, voilà qu'il avait besoin de quelqu'un d'autre pour l'aider à franchir cette étape. Et cette personne, c'était DJ.

Non. Ce n'était pas lui.

Matt se reprit et tourna le dos à DJ pour répondre à sa fille.

— Emily ? Salut, ça fait plaisir.

— Salut. J'ai passé toute la nuit à réfléchir. Ce n'est pas bien de ma part de te faire mijoter comme ça. Alors, si tu veux qu'on se voie, ça peut se faire maintenant.

Matt regarda DJ. Elle avait pris son propre téléphone et faisait défiler ses messages, mais il savait pertinemment qu'elle ne perdait pas une miette de sa conversation. Il venait de l'inviter à aller déjeuner puis à faire du shopping et il allait devoir la lâcher. Parce que, s'il ne voyait pas Emily maintenant, il ne savait pas quand l'occasion se représenterait.

— D'accord. Pas de problème. Tu es où ?

— Je t'envoie l'adresse et les coordonnées GPS du restaurant. Mais fais vite, d'accord ? J'ai peur de m'en aller, sinon.

Le cœur de Matt se serra.

— Je t'en supplie, ne fais pas ça, Emily. J'ai vraiment envie de te voir. J'arrive tout de suite. Je suis là dans dix minutes, okay ? dit Matt en consultant sa montre.

Il se tourna vers DJ. Elle avait évidemment l'air totalement déroutée. Il savait bien qu'elle s'apprêtait à lui demander qui était Emily et pourquoi il devait tant se presser. Mais il n'avait pas le temps de lui répondre, il fallait qu'il coure à sa voiture pour arriver avant qu'Emily s'en aille.

D'un côté, il avait envie – besoin même – de partager cette nouvelle, son inquiétude et sa joie avec DJ, mais, dans l'urgence du moment, les anciens réflexes prenaient le dessus.

Emily et DJ appartenaient à deux zones bien distinctes de sa vie. Il était lié à Emily par le sang et les responsabilités et elle était le fruit de sa vie d'avant. DJ, elle, représentait les moments où il pouvait échapper à toutes ses contraintes de travail et se détendre. Il n'était pas indispensable que ces deux aspects de sa vie soient mêlés.

Il n'avait rien promis de plus à DJ que du plaisir partagé.

Tu as la trouille, Edwards ?

Oui. Il avait peur et il n'en avait pas honte.

— Matt ? Que se passe-t-il ? Qui est Emily ? lui demanda DJ en lui attrapant le bras.

Il mourait d'envie de la prendre dans ses bras, qu'elle le serre contre elle, mais il dégagea son bras. Il avait besoin d'espace. Besoin de rompre ce lien, et vite, avant de céder pour de bon.

— Je n'ai pas de temps à perdre avec une scène de jalousie, Dylan-Jane.

Son cœur se serra en voyant la peine qu'il était en train de lui faire.

— Quoi ? Je ne comprends rien à tout ça, Matt.

Matt était anéanti. Une émotion qu'il n'avait pas l'habitude d'éprouver. À cet instant, il aurait voulu que le sol s'ouvre sous ses pieds et disparaître.

— Je dois y aller, DJ. Emily n'a rien à voir avec notre relation.

Et voilà. Un autre coup bas. Qui avait apparemment atteint la cible.

DJ hocha la tête, le regard vide et le visage figé.

— Est-ce qu'on peut vraiment parler d'une relation, Matt ? demanda-t-elle d'une voix glaciale.

Ce n'était vraiment pas le moment.

— Mais bien sûr. Et ça fonctionne entre nous parce que nous n'exigeons rien de l'autre. Et il faut vraiment que j'y aille, là, dit-il en regardant sa montre et les secondes défiler.

Une fois de plus, DJ hocha la tête en lui désignant la porte d'un geste un peu théâtral.

— Mais vas-y. Je ne voudrais pas te retarder.

Elle avait parlé d'une voix douce, mais il sentit la colère sous-jacente, et cela le bouleversa plus qu'il ne l'aurait voulu… ou cru.

— Au revoir, Matt.

Il y avait quelque chose de définitif dans sa voix, cette fois. Sans doute avait-il été un peu brutal, mais Emily attendait.

— On se retrouve plus tard, Dylan-Jane. Chez toi ou directement chez ta mère.

— C'est ça, marmonna-t-elle alors qu'il quittait déjà la pièce.

10

DJ fixait d'un regard absent la porte que Matt venait de claquer.

Mais qu'est-ce qui venait de se passer ? Pendant une minute, elle avait eu l'impression d'être au centre du monde pour lui et, la minute d'après, il était redevenu un amant de passage.

Quelques instants plus tôt, sa présence lumineuse chassait les ombres de son enfance ; elle avait l'impression qu'ils partageaient tout, qu'ils ne faisaient qu'un. Qu'il la comprenait complètement, au-delà des mots.

D'ailleurs, Matt avait toujours été très fort dans ce domaine, ce qui l'avait longtemps mise un peu mal à l'aise. C'était peut-être pour ça qu'elle avait gardé ses distances, qu'elle avait toujours évité les conversations trop intimes. Au fond, elle savait que, sinon, elle aurait risqué de tomber amoureuse.

Et c'était exactement ce qui était en train d'arriver.

En train d'arriver ? En fait, les choses étaient sans doute bien plus avancées que ça…

Ces derniers jours, à une ou deux occasions, elle avait cru que Matt pouvait être dans le même cas. À sa façon de la regarder, de la toucher, d'écouter ce qu'elle avait à dire.

Vraiment, elle avait pensé un moment que les choses étaient en train d'évoluer entre eux, mais ce qu'il avait dit et sa réaction après cet étrange coup de téléphone prouvaient qu'elle s'était trompée. Elle se sentait perdue… et en colère aussi.

Comment pouvait-il croire qu'elle était jalouse parce qu'elle lui posait une simple question ? Elle savait parfaitement qu'il n'était pas en train de parler avec une autre femme. Premièrement, elle et Matt avaient un accord ; quand ils étaient ensemble, ils étaient *ensemble*. Ils ne trichaient pas. Et puis, DJ savait que Matt avait une vie en dehors d'elle, et c'était normal, mais ce n'était pas un crime de lui demander d'avoir un peu accès à cet univers-là.

Ce n'était pas comme si elle lui avait demandé de l'épouser !

Qu'est-ce qu'il y avait de si grave à ça ?

Elle poussa un long soupir agacé, puis songea que Matt parlait rarement de son enfance et de ses sentiments. C'était elle qui avait livré ses secrets et dévoilé son âme. Elle lui avait parlé du départ de son père et dit combien cela conditionnait sa relation aux hommes et aux autres en général. Elle lui avait confié l'ambivalence de ses émotions quand elle avait perdu le bébé. Et, à peine quelques minutes plus tôt, elle lui avait aussi parlé de Fenella.

Maintenant, Matt la connaissait. Mais elle, elle ne le connaissait pas.

Elle entendit la porte s'ouvrir et son cœur fit un bond. Mais c'est Darby qui entra dans son bureau, l'air inquiet, et pas Matt revenu pour s'excuser. Pauvre idiote.

— Est-ce que tout va bien ? demanda son amie. J'ai vu Matt qui courait comme un dératé.

DJ se laissa tomber sur le canapé et secoua la tête.

— Je n'en sais rien du tout.

Fronçant les sourcils, Darby ferma la porte derrière elle et vint s'asseoir sur la table basse, en face de DJ.

— Qu'est-ce qui s'est passé ? Il avait l'air très détendu quand je l'ai croisé tout à l'heure.

— J'étais en train de lui parler de Fenella – elle nous invite à dîner ce soir – et de lui expliquer l'enfer que ça avait été de vivre avec elle, que je ne savais jamais sur quel pied danser…

— Tu parles de ta mère, encore un progrès, murmura Darby. Le jour où tu parleras enfin de ton père, je saurai qu'un nœud est en train de se défaire.

DJ baissa les yeux, et Darby s'écria :

— Tu as parlé de ton père à Matt ? Seigneur, DJ, tu ne parles jamais de lui, même pas à nous.

Oui. Un sujet de plus sur lequel elle avait toujours refusé de s'ouvrir.

— Je suis désolée, Darby.

— Mais il ne faut pas. Je suis si heureuse que tu parles de lui à quelqu'un. Bravo, Matt ! Ou pas, ajouta-t-elle en voyant DJ secouer la tête. Raconte-moi ce qui s'est passé, ma chérie.

— Il a reçu un coup de fil d'une femme. Une certaine Emily.

— Oh ! non.

Darby avait l'air à la fois déçue et désolée.

— Non, ça n'était pas ce genre d'appel. Emily n'est pas une petite amie, dit DJ en levant la main pour empêcher Darby de protester. Je t'assure. Tu peux me croire.

— D'accord, admit Darby d'un air dubitatif.

— Quand je lui ai demandé qui c'était, il a très mal réagi. Il m'a très clairement fait comprendre que je n'avais aucun droit de lui poser des questions, que nous n'avions pas ce genre de relation là.

— Quelle espèce de sale petit…

DJ interrompit l'escalade verbale de Darby.

— En fait, il a raison. On est juste ensemble pour s'amuser. Notre relation était basée là-dessus. Partager des bons repas, du bon vin, bien rigoler ensemble et faire l'amour. Parler ne faisait pas partie de l'équation.

— Mais j'ai l'impression que ça a changé ?

— Oui. Pour moi, du moins. Pour lui, pas vraiment.

— En quoi ça a changé ?

Il était trop tard pour botter en touche, pour passer à un autre sujet ou couper court à la conversation. Mais ce n'était pas grave. Au contraire. Darby était sa plus vieille amie et elle avait confiance en elle.

— Parce qu'il est le seul homme avec qui je puisse imaginer faire ça.

— Faire quoi, ma chérie ? demanda Darby avec douceur.

Et voilà. Darby allait lui faire verbaliser ce qu'elle ressentait.

Parce qu'elle savait qu'une fois que les choses seraient dites il serait plus difficile de refuser de prendre en compte ses sentiments ou de les nier. Une fois verbalisés, ils prendraient une existence presque concrète.

Elles sursautèrent toutes les deux quand Julie passa la tête par la porte entre-baillée, les yeux brillants de curiosité.

— Qu'est-ce qui se passe ?

Darby lui fit signe d'entrer.

— DJ allait me dire qu'elle était amoureuse de Matt, dit Darby sans quitter le visage de DJ des yeux.

— Ce n'est pas ça. Je ne crois pas que…

Et voilà. Elle freinait des quatre fers maintenant. *Allez, courage !* DJ ferma les yeux et se lança :

— Je suis amoureuse de Matt, mais je voudrais ne pas l'être. On vient de se disputer et on est invités à dîner chez ma mère ce soir !

— Tu n'as qu'à annuler. Tu as assez de problèmes sans mêler cette folle furieuse à tout ça.

DJ fut un instant tentée de suivre le conseil de Darby, mais elle se ravisa en songeant que, peut-être, c'était une occasion à ne pas rater. Elle allait mettre le paquet – robe de créateur, escarpins, chignon sexy et maquillage smoky – et montrer à Matt ce qu'il laissait passer. Cela pourrait le pousser à rester et à essayer de faire fonctionner leur relation.

— Je vais avoir besoin de votre aide.

Elles hochèrent la tête presque simultanément.

— Que nous faut-il ? demanda Darby. Une camionnette, une pelle et une corde ?

Julie leva les yeux au ciel.

— Non, franchement tu m'inquiètes, DJ. Que veux-tu que nous fassions ?

Ces filles seraient prêtes à aller enterrer un cadavre pour elle… Ça faisait chaud au cœur. Mais ce qu'elle attendait d'elles aujourd'hui était beaucoup moins amusant…

— Venez avec moi faire du shopping.

DJ se tenait dans le salon ultra-chic, décoré dans toutes les nuances de blanc, de sa mère, la main crispée autour du verre d'eau gazeuse qu'elle serrait contre sa poitrine.

Comme il le faisait toujours, Jim, le plus proche confident de Fenella lui avait proposé un verre d'un vin rouge à coup sûr absolument divin, mais DJ ne s'était pas senti le courage de prendre le risque. Elle reconnaissait l'étoffe qui recouvrait les fauteuils et savait qu'elle était scandaleusement chère. Quant au tapis blanc sous ses pieds, il était tout aussi onéreux. Vin rouge, meubles blancs et nervosité… C'était un cocktail dangereux.

— Tu n'avais pas dit que Matt venait avec toi ? observa Fenella, visiblement agacée.

Moi aussi, je suis contente de te voir, maman.

— Désolée, il n'a pas pu se libérer, murmura DJ.

— Est-ce qu'il t'a donné une raison ?

De fait, non. Ils ne s'étaient pas reparlé depuis qu'il avait quitté son bureau, quelques heures plus tôt. Par fierté, elle s'était refusée à l'appeler et, en constatant qu'il n'était pas devant sa porte à 19 heures, elle avait mis son manteau, ses gants et un chapeau et avait parcouru à pied la courte distance qui la séparait de chez sa mère. Il avait l'adresse. Il viendrait. Ou pas. Elle ne pouvait rien y changer de toute façon.

L'arrivée en solo de DJ avait été accueillie avec autant d'enthousiasme qu'un contrôle fiscal, et un silence embarrassé s'était aussitôt installé dans la pièce. Pas de sapin, pas de décorations, aucun signe indiquant que les fêtes approchaient. Étonnant qu'elle n'ait jamais remarqué auparavant à quel point sa mère était dépourvue de tout esprit de Noël.

Quand le délicat carillon de la porte tinta, Fenella bondit sur ses pieds, se précipita dans le hall et ouvrit en grand la massive porte d'entrée. De son côté, DJ croisa les bras et observa Matt tandis qu'il entrait dans la maison, son regard indéchiffrable la cherchant par-dessus la tête de Fenella. Ses yeux s'agrandirent quand il remarqua sa robe moulante noire, et elle sentit son regard descendre le long de son décolleté et suivre ses hanches jusqu'à ses cuisses nues. On aurait dit une caresse.

DJ sourit, satisfaite. Cette tenue avait creusé un trou abyssal dans son compte bancaire, mais la réaction de Matt valait chaque dollar dépensé.

Pas question qu'elle lui facilite la tâche s'il avait l'intention de s'en aller. Si ça finissait par arriver, elle voulait lui laisser un souvenir inoubliable.

DJ but une gorgée d'eau. Elle devait s'avouer qu'elle était un peu surprise par sa présence. Bien sûr, il avait dit qu'il viendrait, mais elle s'était un peu attendue à ce qu'il utilise leur dispute pour se défiler.

Cela dit, il ne fallait pas oublier que cet homme n'avait pas peur du conflit : son métier consistait quand même à s'attaquer à des gouvernements, des trafiquants ou des juges irascibles. Même sa narcissique de mère ne devrait pas faire le poids.

Elle vit Matt tendre à Fenella une bouteille de champagne avant de se défaire de son manteau de créateur. Avec son costume gris anthracite sur mesure, sa chemise blanche et sa cravate couleur charbon, il incarnait en tout point le puissant avocat raffiné et célèbre qu'il avait la réputation d'être.

Mais, alors qu'il s'avançait dans le salon, DJ vit bien que son visage était tendu et que les émotions se bousculaient dans sa tête. Elle ignorait ce qui s'était passé lors de ce déjeuner impromptu, mais il était visiblement bouleversé. Et DJ s'en voulait d'en être aussi affectée. Après tout, ne lui avait-il pas signifié que leur relation se limitait à coucher ensemble ?

Elle posa son verre d'eau sur le manteau de la cheminée et regarda Matt serrer la main de Jim, qui lui tendit ensuite un verre de vin rouge. Autrement dit, malgré une journée éprouvante, il n'était pas nerveux et ni la décoration ni la langue vipérine de la propriétaire des lieux ne l'impressionnaient. Il but une gorgée de vin et ferma brièvement les yeux avant d'engager la conversation avec Fenella.

DJ releva le menton, un peu tendue. Peut-être que Matt était capable de faire comme si rien ne s'était passé entre eux mais, elle, elle se sentait encore à fleur de peau et mal à l'aise. Elle n'était plus la même qu'un an plus tôt et ne pouvait plus faire comme si l'incapacité de Matt à communiquer l'indifférait. C'était important pour elle. Elle voulait partager plus avec lui.

En fait, et c'était terrifiant, elle voulait tout partager avec lui.

Mais c'était impossible. C'était trop dangereux. Elle risquait trop de souffrir. Elle pressa sa main contre son sternum et tâcha de calmer sa respiration. Dire qu'elle avait été à un doigt d'abandonner toute prudence et de lui dire qu'elle pensait être amoureuse de lui. C'était ridicule.

Jamais ils ne pourraient partager davantage que quelques week-ends volés à droite à gauche, comme ils le faisaient depuis sept ans. Or, aussi délicieuses qu'aient été ces escapades, maintenant qu'elle avait passé plus de temps avec lui, vécu à ses côtés, elle ne pourrait plus se contenter de quelques week-ends dans des chambres d'hôtel.

Désirer quelque chose qu'elle n'obtiendrait jamais serait même une torture, et ils finiraient par rompre. Ils ne faisaient que retarder l'inévitable. Dans ce cas, autant en finir tout de suite. Ils ne s'étaient pas vus pendant presque un an avant l'arrivée de Matt à Boston et ils avaient survécu. Autant faire comme si ces derniers jours n'avaient été qu'un de leurs week-ends. Un peu prolongé. Et se quitter bons amis.

Ce serait un peu douloureux, mais infiniment moins que si elle attendait qu'il en arrive à la conclusion qu'elle n'était pas la femme de sa vie.

Après tout, comme son père l'avait si bien prouvé, elle était facile à remplacer. Cette fois, c'est elle qui déciderait de la rupture. C'est elle qui partirait. Plus jamais elle ne laisserait quelqu'un la quitter.

C'était fini. Il le fallait. Le bénéfice – quelques week-ends de temps en temps – n'était pas à la hauteur du risque.

Matt s'approcha d'elle et se pencha pour déposer un baiser sur sa joue. DJ avait une folle envie de se lover dans ses bras et de poser sa tête contre son torse. Quelle idiote !

— Tu as l'air de m'en vouloir, dis donc.

Oui.

— Pourquoi es-tu venu ? lui demanda-t-elle à voix basse.

— Pour ne pas te laisser entrer dans la bataille sans renforts, répondit doucement Matt.

Bravo. Alors même qu'elle était en train de se dire qu'il valait mieux s'éloigner de lui, il se montrait tendre et attentionné.

— Je peux gérer ma mère.

— Oui, mais pourquoi serais-tu obligée de le faire seule ?

Parce que tu vas bientôt t'en aller. Parce que c'est ce que j'ai toujours fait.

DJ ravala sa réponse. Fenella venait vers eux ; elle ne supportait pas d'être tenue à l'écart d'une conversation.

— Je suis très heureuse que vous soyez venu, Matthew. Même avec un peu de retard. Passons à la salle à manger, je ne voudrais pas que la pâte feuilletée de mon bœuf Wellington ramollisse.

Un bœuf en croûte ? Fenella n'avait rien cuisiné de plus compliqué que des œufs brouillés depuis plus de vingt ans.

Sans un regard pour DJ, Fenella prit le bras de Matt et l'entraîna à sa suite.

Typique.

Une fois assis à la table magnifiquement dressée de Fenella, Matt prit une gorgée de vin. Il avait hâte que cette journée se termine. Elle avait été pleine d'émotions, et ce n'était pas le genre de choses qu'il avait l'habitude de gérer. Il avait parfaitement conscience de s'être mal comporté avec DJ. Il l'avait agressée quand elle lui avait demandé qui était Emily et avait ensuite insinué qu'elle était jalouse. C'était vraiment minable. Pas de quoi être fier.

Mais il se sentait tellement écartelé entre sa carrière, Emily… et Dylan-Jane. Son cœur et sa tête ne réussissaient pas à se mettre d'accord.

Emily s'était avérée être telle qu'il s'y attendait : intelligente, amusante et sûre d'elle. Son cerveau lui conseillait de garder ses distances, mais son idiot de cœur avait été conquis immédiatement. Au bout de dix minutes avec elle, il était déjà heureux qu'elle fasse partie de sa vie. Elle faisait partie de lui, ils pourraient partager ce lien à jamais et il se réjouissait de cet engagement…

Lui, se réjouir d'être engagé ? Matt résista à la tentation de soulever la nappe pour vérifier s'il n'y avait pas des poules au bec plein de dents cachées sous la table.

Peut-être qu'il se libérait enfin de son passé. Peut-être qu'il devenait enfin l'adulte qu'il croyait être depuis si longtemps.

En tout cas, son cœur et son cerveau étaient d'accord sur une chose : il s'était montré injuste avec DJ. Elle n'y était pour rien si ça le bouleversait de comprendre qu'elle était plus qu'une compagne de jeux – très sensuels –, et qu'il voulait davantage que ça sans savoir comment faire pour que ça marche.

Donc, pour commencer, il allait s'excuser et dire à DJ qui était Emily et qu'il était venu à Boston pour la rencontrer.

Pour connaître cette fille dont il ignorait l'existence. À dix-sept ans, quand il avait rencontré la mère d'Emily, Gemma, il rêvait mariage, famille. Et sa lettre lui annonçant qu'elle avait fait une fausse couche et qu'elle le quittait l'avait anéanti. À partir de ce jour-là, il s'était limité à des relations purement sexuelles. Ça, il savait gérer. Contrairement aux émotions que DJ réveillait chez lui.

En fait, elle était le plus adorable mais aussi le pire de ses cauchemars. Parce qu'elle le ramenait, lui un adulte accompli, à ses rêves d'enfant.

Mais cela ne servirait à rien de passer des heures à chercher à analyser ; il fallait agir. Il allait dire à DJ ce qu'il ressentait. Et partager avec elle sa joie d'avoir rencontré Emily. Il avait hâte de lui parler mais, d'abord, il faudrait supporter ce maudit dîner.

Fenella leur proposa à Jim et à lui de se resservir un peu de bœuf, mais pas à DJ. Elle se plaçait clairement en concurrence avec sa fille. Mais savoir que c'était une bataille perdue d'avance la rendait encore plus méchante. Chaque fois qu'elle s'adressait à DJ, elle était condescendante, et chaque fois que

DJ prenait la parole, Fenella l'interrompait. Matt mourrait d'envie de la remettre à sa place, mais il savait que DJ n'aurait pas apprécié qu'il s'en mêle, donc il se mordait la langue…

D'autre part, pour ajouter au malaise, il sentait bien que ce dîner n'avait pas été organisé pour rien et il se demandait quand on entrerait enfin dans le vif du sujet. C'est pourquoi, après avoir dû répondre aux questions d'usage concernant ses procès les plus célèbres, il fut soulagé quand Fenella se leva et demanda à Jim de venir l'aider à la cuisine pour le dessert.

Dès qu'ils eurent quitté la pièce, DJ leva les yeux vers lui.

— Tu t'amuses bien ? demanda-t-elle, le regard froid.

— Non. C'est atroce, mais… Il faut qu'on parle, DJ.

— Tu as raison. Je crois qu'il est temps de crever l'abcès, répondit DJ, en tapotant son assiette avec sa lourde cuillère à dessert.

Bien. Parfait… Il allait y arriver.

D'abord, il allait s'excuser et s'expliquer au sujet d'Emily. Ensuite, il lui dirait qu'il avait des sentiments envers elle. Des sentiments qui étaient nouveaux pour lui et qu'il espérait partagés. Ils se mettraient d'accord pour passer Noël ensemble, ils s'organiseraient pour se voir plus souvent, pour se parler tous les jours. Ils feraient en sorte que ça marche.

Matt regarda Dylan-Jane et sentit sa panique s'évanouir. Elle avait l'air d'avoir peur, d'être très émue, mais elle tenait bon. Il était sur le point de lui dire que tout allait bien se passer, qu'il ferait tout pour ça, quand la porte s'ouvrit sur Fenella et Jim portant chacun deux petits ramequins. Le regard de Fenella passa du visage de DJ au sien et, sous son sourire de façade, on sentait l'agressivité d'un barracuda.

Fenella déposa un ramequin devant DJ, puis fit le tour de la table et se pencha par-dessus l'épaule de Matt pour lui servir son dessert. Il n'était absolument pas indispensable qu'elle presse sa poitrine contre son épaule ni que sa bouche passe si près de son oreille, et Matt fit comme si de rien n'était, les yeux rivés sur DJ, espérant qu'elle ne remarquerait pas le comportement indécent de sa mère. Heureusement, elle avait la tête baissée à ce moment-là et ne vit pas que Fenella lui effleurait la nuque de la main.

Matt tenta de la remettre à sa place d'un regard, mais Fenella lui répondit par un sourire enjôleur et rejoignit sa place. Elle et Jim échangèrent un regard entendu, et Matt sut immédiatement qu'elle s'apprêtait à jeter une bombe.

— J'imagine que tu ne t'en souviens pas, Dylan-Jane, parce que tu as tendance à oublier ce qui est important pour moi, mais je suis la présidente du Boston Women.

DJ leva sur sa mère un regard méfiant, finit d'avaler sa bouchée de dessert et posa sa cuillère.

Fenella regarda Matt. Il savait qu'elle s'attendait à ce qu'il soit impressionné, mais il n'avait jamais entendu parler de cette organisation.

— Désolé, est-ce que cela devrait m'évoquer quelque chose ? demanda-t-il.

— Notre groupe a une influence considérable, en effet. Nous sommes des femmes de tête, des intellectuelles, des femmes d'affaires et autres qui partageons les mêmes valeurs et nous nous réunissons pour en discuter.

Passionnant, songea Matt.

— Outre nos cessions de discussions, chaque année, nous organisons une manifestation à but caritatif et, cette fois, il s'agit d'un bal de Noël. Bien sûr, les invités seront triés sur le volet, uniquement l'élite, ceux qui font bouger Boston. Et, à cette occasion, je compte annoncer ma candidature pour le sénat.

— Félicitations, murmura Matt.

Qu'y avait-il d'autre à dire ? Et pourquoi avait-il l'impression que la bombe n'avait pas encore explosé ?

— Nous n'invitons que deux cents personnes et, bien entendu, tout le monde a envie d'être présent, de pouvoir croiser des personnalités très influentes.

Elle se répétait. Seigneur, il avait hâte que tout soit fini pour enfin parler à DJ. Il se fichait bien de ce maudit bal.

— Chaque année, nous choisissons un intervenant principal et, cette fois, c'est vous que nous avons désigné.

Quoi ?

— Moi ? Mais pourquoi ?

— Vous êtes intelligent, jeune, beau et vous avez du succès. Vous avez remporté des procès très médiatiques dans le domaine du droit international et des droits de l'homme. Les gens se rappellent aussi votre grand-père, une légende, et ils aimeraient savoir ce que vous avez à dire. En outre, vous pourrez nouer des contacts très utiles.

Sauf qu'il ne travaillait pas à Boston mais à La Haye. Là-bas, les contacts qu'il pourrait se faire à Boston n'auraient aucun intérêt. Il regarda DJ.

— Tu y seras, toi ?

— Non. Je ne suis pas assez importante pour avoir droit à une invitation, répondit-elle froidement.

— Ma chérie, tu te sentirais tellement peu à ta place.

Le ton faux et doucereux de Fenella acheva de mettre Matt en rage.

— Avec son MBA, je pense qu'elle serait parfaitement à sa place, au contraire.

Jim s'empressa d'intervenir.

— Pour vous, c'est une belle opportunité, Matt. Beaucoup de gens travaillant dans votre domaine seront présents. Votre nom de famille est une valeur sûre et vous-même en faites une valeur montante, assura-t-il d'un ton jovial. Et il est important pour Fenella de s'entourer de personnes qui réussissent. Savoir que vous la soutenez pourrait achever de décider certains donateurs, ceux qui s'inquiètent un peu de son côté conservateur.

Oh ! non. Pitié.

— Mais je ne la soutiens pas.

Jim ne tint aucun compte de la remarque.

— Bien entendu, nous ne nous attendons pas à ce que vous fassiez part de votre soutien lors de votre discours. Mais les gens sauront que vous êtes liés sur le plan personnel et cela jouera en faveur de Fenella.

S'ils comptaient sur lui pour faire un numéro de cirque, ils en seraient pour leurs frais. Mais il avait envie de voir jusqu'où ils étaient prêts à aller.

— Je présume que Dylan-Jane pourra m'accompagner ?

— J'ai peur que non, répondit Fenella, la bouche crispée. Il n'y a pas de place à la table d'honneur, tous les billets sont vendus depuis des mois.

Matt regarda DJ. Comment avait-elle pu supporter ça toute sa vie ? Au bout de deux heures, il était déjà à bout.

— Dans ce cas, ça sera sans moi.

— Matthew, dit Fenella en souriant, Dylan-Jane sait très bien qu'elle ne sera pas à l'aise dans une salle de bal, entourée de deux cents personnes qui ont mieux réussi qu'elle ne réussira jamais.

Matt secoua la tête. Il n'en revenait pas qu'on puisse manquer à ce point d'instinct maternel et de décence. Il était sur le point de s'énerver. Cela lui arrivait rarement mais, dans ces cas-là, juges internationaux, adversaires ou membres de son équipe, tout le monde courait aux abris. Il prit une longue inspiration, compta intérieurement jusqu'à dix. Puis vingt.

Il n'allait pas pouvoir se contenir. Le besoin de défendre sa compagne était trop puissant, trop instinctif. Mais, avant qu'il ouvre la bouche, DJ repoussa sa chaise et jeta sa serviette sur la table, les yeux brillants de colère et de défi.

— Tu peux garder ton invitation, Fenella. Je préférerais encore aller tout droit en enfer que de passer des heures dans une salle de bal étouffante à t'écouter me descendre en flèche. D'ailleurs, plus jamais je ne m'imposerai cette épreuve.

— Ne sois pas aussi mélodramatique, ma chérie. Je passais une bonne soirée, et tu es en train de tout gâcher, dit Fenella en soupirant d'un air accablé.

— Et, toi, ça fait des années que tu me gâches la vie. Si tu m'as invitée ce soir, c'était uniquement pour voir Matt. Tu étais prête à me supporter parce que mon amant a du succès, que c'est un avocat des droits de l'homme reconnu.

Fenella et Jim échangèrent un long regard et, l'espace d'un instant, Matt crut que Fenella allait peut-être mentir pour rassurer sa fille. Lui dire qu'elle avait envie de la voir, qu'elle appréciait sa compagnie.

— Mes priorités sont ma carrière et mes ambitions politiques, répondit Fenella en haussant les épaules.

— Non, tu te trompes. Ton unique priorité, c'est toi-même. Depuis toujours. Tu refuses de me voir pour la personne que je suis. Je suis associée dans une des entreprises de design les plus prometteuses de cette ville, je gagne bien ma vie et je suis respectée par les personnes avec qui je travaille.

— Les jumelles Brogan ? railla Fenella. Franchement ! Callie Brogan avait un peu d'influence à une époque mais, depuis la mort de Ray, elle n'est plus aussi active socialement. Elle ne vaut plus rien. Quant à Noah Lockwood, certes, son nom de famille lui donne un certain prestige mais, comme il refuse de s'engager, il ne m'est d'aucune utilité !

— Tu n'es pas le centre du monde ! hurla DJ.

Fenella sourit, le regard aussi froid que la banquise.

— Pour moi, si. En tout cas, ce n'est pas toi, c'est sûr.

Ça suffisait. Il fallait qu'il s'en aille immédiatement sinon il risquait de commettre un acte irréparable.

Mais Dylan-Jane n'en avait pas terminé. Il vit un tout petit sourire traverser son visage, et ses épaules se détendre.

— Merci, Fenella, dit-elle avec le plus profond mépris.

Cette étrange réponse prit Fenella de court.

— Mais de quoi ?

— De m'avoir dit ça. Maintenant je peux m'en aller sans me sentir coupable du tout.

— Tout ça commence à devenir lassant.

— Tout à fait d'accord avec toi, approuva DJ. Une fois que je serai sortie d'ici, j'en aurai fini avec toi, ton narcissisme et ton désir pervers de toujours me rabaisser. Je ne compte pas pour toi et la réciproque est vraie, alors restons-en là, d'accord ?

La bouche de Fenella s'affaissa, et Matt se dit que ce devait une des premières fois que cette femme était prise au dépourvu.

— Au revoir, Fenella. Je te dirais bien que je vais voter pour toi, mais ce serait mentir.

11

En quittant la maison de Fenella, DJ savait qu'elle n'y remettrait plus jamais les pieds. Elle entendit les pas de Matt derrière elle et, au moment où elle atteignait la maison des Brogan, sentit sa main se poser sur son bras. Elle s'arrêta net.

— Matt, dit-elle en se tournant vers lui.

Sous les lumières de Noël qui scintillaient dans la nuit froide, elle comprit qu'elle ne voulait pas passer sa vie à espérer.

Elle avait besoin d'affronter la réalité et, pour la première fois, DJ se sentait assez forte pour ça. Son père l'avait remplacée, sa mère ne l'avait jamais aimée et, pour Matt, elle n'était qu'un passe-temps agréable. Elle ne lui en voulait pas. Chacun avait utilisé l'autre, et tout avait été fait dans le respect et la gentillesse.

Le problème c'était que, maintenant, elle voulait plus que ça. Au fond d'elle, elle avait toujours désiré être le centre du monde de quelqu'un, être choisie par cette personne. Matt ne pouvait pas lui donner ça, et elle savait maintenant qu'elle ne se contenterait pas de moins.

DJ regarda autour d'elle et secoua la tête en voyant les jolies maisons et les jardins décorés. C'était Noël, le moment de l'année où toutes les choses importantes se passaient. Le départ de son père, sa grossesse l'an dernier, sa rupture avec Fenella… Et, maintenant, elle allait dire au revoir à Matt. Pour de bon.

DJ enfonça ses mains dans les poches de son manteau. Une rue glaciale n'était sûrement pas le meilleur endroit pour se dire adieu, mais au moins la température empêcherait la conversation de s'éterniser.

— Écoute, Matt…

Matt leva une main, et DJ s'arrêta de parler. En fait, elle ne savait absolument pas comment exprimer ses pensées.

— Il faut que je t'explique au sujet d'Emily.

— Ça n'a pas d'importance, Matt.

— Si. C'est très important. Je te dois des excuses mais, avant ça, je dois te dire qu'Emily est ma fille biologique.

Quoi ?

DJ le regarda, bouche bée.

— J'avais dix-sept et j'étais amoureux de sa mère. Gemma m'a dit qu'elle avait fait une fausse couche et ensuite elle a déménagé. Je n'ai jamais su qu'elle avait mené sa grossesse à terme et fait adopter l'enfant. Emily m'a contacté il y a quelques mois seulement, et on a commencé à correspondre. C'est une des raisons qui m'ont amené à Boston. On devait se rencontrer. Mais elle a pris peur et elle m'a demandé un peu de temps. Tout à l'heure, elle m'a appelé et m'a proposé de la rejoindre pour le déjeuner. Tout de suite. Il fallait que j'y aille.

DJ mit quelques instants à comprendre le sens de ce qu'il venait de lui dire. Puis, l'incompréhension fit place à la colère.

— Tu connais l'existence de ta fille depuis des mois et tu ne m'as rien dit ? Tu as préféré insinuer que j'étais jalouse ?

Un peu piteux, Matt se passa la main dans ses cheveux.

— Tu as le droit d'être en colère mais, avant que tu m'envoies balader, il faut que je te dise que je suis…

DJ l'interrompit d'un geste. Le sujet n'était pas encore clos.

Elle tapa des pieds en frissonnant. Il faisait glacial, bien sûr, mais le froid qui envahissait son corps maintenant était une douleur qu'elle n'avait jamais éprouvée. Et qui n'avait rien à voir avec la température.

— Donc, tu reviens à Boston et tu insistes pour qu'on discute. Je te raconte que j'ai perdu ton enfant. Je parle du départ de mon père et du fait qu'il a adopté la fille de sa maîtresse. Mais je ne m'arrête pas là ; je te parle aussi de ma mère qui ne m'a jamais aimée. Je me mets à nu devant toi alors que je ne fais jamais ça et, toi, tu n'es même pas capable de me dire que tu as une fille ?

Seigneur, il ne la considérait vraiment que comme une fille avait qui il couchait. Elle n'était même pas une amie pour lui.

Jamais elle ne s'était sentie aussi triste depuis le soir où elle avait vu son père partir, vingt ans plus tôt.

— Dylan-Jane…

— Tais-toi ! Je t'interdis de me servir une de tes platitudes, de me dire que tu tiens à moi et que tu es désolé !

— Je suis désolé. Vraiment, murmura Matt. Entrons. On va se faire un café et discuter tranquillement. On va arranger ça, DJ, si tu acceptes de m'écouter.

Matt voulut lui prendre la main, mais DJ recula d'un pas. Elle ne voulait ni de son réconfort ni de sa pitié.

— C'est terminé, Matt. On a eu tort de tout vouloir mélanger. C'est devenu trop compliqué… On arrête là.

Quoi ?

— Il est peut-être temps de passer à autre chose. Je suis un passe-temps pour toi et, moi, je veux être le *tout* de quelqu'un. Tu ne pourras jamais me donner ça. Tu n'as même pas été capable de me parler de ton passé, de ta fille. Tu as eu plusieurs occasions pourtant. Je pense que tu ne seras jamais capable de te livrer à moi, de me dire ce que tu ressens. Et quand je pense qu'on me reproche, à moi, d'avoir des problèmes pour communiquer. Moi au moins j'ai essayé, Matt.

DJ voyait défiler des émotions dans les yeux de Matt, mais elle n'avait aucune idée de ce qu'il pensait réellement. Parce qu'il ne lui disait rien. Allez, il était temps de mettre un terme à tout ça.

Même si elle ne pouvait pas imaginer un monde sans Matt, elle trouva le courage de lui dire :

— Au revoir, Matt. J'espère que tu auras la gentillesse de ne pas chercher à me voir pendant ton séjour à Boston. Et joyeux Noël.

— Tu ne crois pas à Noël.

— Je commençais, si.

DJ traversa le jardin et monta en courant les escaliers menant à son appartement.

— DJ…, appela Matt.

Sa voix était si triste. Elle aurait voulu courir vers lui, apaiser sa peine, mais un premier sanglot lui échappa, puis un deuxième. Elle se glissa dans son appartement, ferma la porte et s'effondra sur le sol.

Là, roulée en boule, elle s'autorisa enfin à pleurer.

Mason entendit le son strident de la sonnette et se demanda qui pouvait bien être à sa porte à 22 h 20 par une glaciale nuit d'hiver. Il passa dans le hall, s'attendant à voir descendre un des garçons pour ouvrir la porte. Il n'y avait qu'un adolescent pour être assez bête pour sortir par ce froid de canard.

Personne ne déboula dans l'escalier, et la sonnette retentit à nouveau.

Agacé, il ouvrit la porte à la volée et se retrouva face à…

— Callie ?

Il vérifia. Oui, c'était bien Callie, le nez tout rouge et visiblement nerveuse.

— Qu'est-ce que vous faites ici ?

— Vos fils sont à la maison ?

— Là-haut, répondit Mason, déconcerté. Est-ce que tout va bien ? Entrez…

Callie secoua la tête.

— Je ne peux pas. Pas si vos fils sont là.

Il était gelé, et ses fils s'en ficheraient s'il avait une invitée. Mais, voyant l'air obstiné de Callie, il soupira :

— Je peux vous faire entrer en douce dans mon bureau. Ils n'en sauront rien.

— Si un jour j'accepte de sortir avec vous, Mason James, ça se fera en toute transparence. Je suis bien trop vieille pour faire les choses en douce.

C'était prometteur, mais ça n'expliquait toujours pas sa présence sur le seuil de sa porte.

— Pouvez-vous mettre un manteau et des chaussures et me rejoindre dehors un moment ?

Il faisait atrocement froid, mais Mason commençait à réaliser qu'il était quasiment prêt à tout pour Callie.

Il enfila des bottes, prit son manteau et son écharpe et referma la porte derrière lui.

— Qu'est-ce qui se passe, Cal ?

À la lumière du porche, il vit la nervosité faire place à la détermination sur le visage de Callie. Elle glissa les mains à l'intérieur de son manteau et les posa sur son torse. Puis, elle se dressa sur la pointe des pieds et posa un baiser sur ses lèvres.

— J'ai pensé vous appeler, mais ce n'était pas ce dont j'avais envie. Je voulais être dans vos bras. Je voulais vous embrasser. J'ai bien fait ?

Laissez-moi réfléchir... Oui.

Oh ! oui.

— Un vrai baiser, alors, murmura-t-il.

Il la laissa prendre le contrôle, ferma les yeux quand les lèvres de Callie virent caresser les siennes, posa les mains sur ses hanches tandis qu'elle suçait doucement sa lèvre inférieure. Il avait envie de la faire entrer chez lui, de la prendre, de la posséder... mais elle venait de franchir un pas important pour elle et il ne voulait pas la brusquer.

Après plusieurs minutes de douce torture, il n'en pouvait plus.

— Ouvrez-moi votre bouche, Cal. Je veux vous sentir, vous goûter.

Les lèvres de Callie s'ouvrirent, et sa langue vint à la rencontre de la sienne. C'était fini pour lui. Il passa la main sous son manteau pour lui saisir les fesses et la pressa contre lui pour qu'elle sente combien il était excité, à quel point il la voulait. Oubliée, la décision d'y aller en douceur, de lui laisser donner le rythme, il lui dévorait la bouche, sa langue luttant contre la sienne pour prendre le contrôle du baiser.

Callie en avait envie autant que lui. Elle le voulait.

De vigoureux, le baiser devint féroce. Seigneur, il la voulait, nue dans son lit. Ce soir, contre le mur, maintenant.

Il arracha sa bouche à la sienne.

— Allons chez toi, Cal. Je n'en peux plus.

— Mason.

Elle était si près de dire oui. Il le voyait dans ses yeux, il l'entendait à la façon dont elle avait prononcé son nom.

— Dis-moi oui, Cal. Je t'en supplie.

Callie allait répondre quand son téléphone sonna.

Mason laissa échapper un long chapelet de jurons pendant que Callie fouillait ses poches à la recherche du maudit engin.

Elle appuya sur la touche verte d'un doigt tremblant, et sa voix était un peu essoufflée quand elle répondit.

Pendant qu'elle écoutait son interlocuteur, Mason passa son pouce sur sa lèvre inférieure. Il voulait que ces lèvres se posent sur tout son corps et il avait été à deux doigts de l'obtenir.

— Oui. J'arrive. Je suis là dans dix minutes.

Callie s'était assise sur la table basse en face de DJ, Darby et Julie, et faisait passer des mouchoirs à DJ. Cette dernière venait de leur raconter le dîner chez Fenella et sa rupture avec Matt, et Callie ne se rappelait pas l'avoir déjà vue autant pleurer.

Elle se pencha, essuya une larme sur la joue de DJ et lui sourit.

DJ les avait appelées à l'aide, et elles étaient toutes venues, sans poser de questions, abandonnant tout séance tenante. Julie sortait visiblement du lit de Noah ; elle portait un de ses sweat-shirts. Darby portait un pyjama d'homme. Et Callie ? Elle était aussi belle que jamais mais on aurait dit… une marque de brûlure de rasoir sur sa joue ?

Cette trace rappela à DJ la façon qu'avait Matt de frotter sa barbe de trois jours contre sa joue à elle. Plus jamais elle ne sentirait ça. Plus jamais elle n'enroulerait ses bras autour de sa taille musclée. Plus jamais elle ne ferait glisser ses mains le long de ses cuisses.

Oh ! Seigneur, qu'avait-elle fait ?

— Ça finira par aller mieux, Dylan-Jane, avec ou sans Matt dans ta vie.

DJ leva les yeux vers la seule vraie mère qu'elle ait jamais eue.

— Comment tu le sais ?

— Quand Ray est mort, j'ai cru mourir aussi. Pendant des années, je me suis demandé ce que je faisais encore sur terre. Pendant longtemps, je me suis contentée de... fonctionner. L'amour, ça fait mal. Pourtant, il n'y a rien de plus beau.

— Je voudrais que Matt m'aime, avoua DJ après un long silence. Mais il ne m'aime pas.

Callie prit les mains de DJ dans les siennes.

— Ça ne veut pas dire qu'il est le seul homme que tu puisses aimer. C'est très romantique de croire qu'il n'existe qu'un seul homme avec qui tu puisses partager ta vie, mais il faut garder en tête que parfois les relations échouent ou que les gens meurent. On peut avoir le cœur brisé, ça fait partie de la vie. Mais je t'en supplie, DJ, ne renonce pas. Ne laisse pas ce chagrin t'empêcher d'accueillir un jour un nouvel amour.

DJ ne pouvait même pas s'imaginer dans les bras d'un autre homme que Matt, mais elle se força à sourire.

— Peut être qu'à Noël prochain je serai prête à me relancer dans la partie.

— Ce sera bien avant ça. Et, d'ici là, Julie m'aura peut-être donné un petit-enfant à cajoler.

— Je peux me marier, d'abord ? demanda Julie, d'un air faussement exaspéré.

— Quant à toi, ma Darby, je sens que tu vas bientôt obtenir exactement ce que tu veux... et surtout ce dont tu as besoin.

— J'espère que ça veut dire un bébé, maman.

— Tu obtiendras ce dont tu as besoin, répéta Callie avant de se relever.

Elle se pencha, prit le visage de DJ entre ses deux mains et déposa un long baiser sur son front.

— Je t'aime, ma petite chérie. J'ai envie d'égorger Fenella et, si je pouvais, j'enverrais bien ton père en enfer. Mais ne t'inquiète pas, tout ira bien.

— Tu n'as pas menacé Matt, fit remarquer Darby.

— Non. Parce que je crois que ce garçon nous réserve encore quelques surprises.

12

Assis face à Emily, Matt regardait remuer la bouche de sa fille, classant automatiquement ce qu'elle disait dans les cases correspondantes. Ses projets pour le nouvel an, sa compagne de chambre à l'université, sa meilleure amie. Il l'écoutait, mais il n'arrêtait pas de penser à la soirée de la veille.

— J'envisage d'arrêter la fac et d'aller fumer de l'herbe dans une communauté au Pérou.

Matt entendit ce que disait Emily ; c'était un test pour vérifier qu'il l'écoutait. Mais il lui faudrait être meilleure que ça. Il était capable de suivre trois conversations à la fois tout en lisant un livre.

— Il faudra me passer sur le corps avant ça, marmonna Matt avant de commander un autre café.

— Donc, tu écoutais tout en ne faisant absolument pas attention, dit Emily. Je dois dire que je suis un peu déçue de ne pas être ton unique centre d'intérêt alors que je viens de débarquer dans ta vie.

— Désolé, j'ai beaucoup de choses en tête.

— Comme quoi ?

Matt voulut changer de sujet et comprit que c'était ce qu'il faisait chaque fois qu'il ne voulait pas répondre à une question personnelle. Mais Emily, comme DJ, n'était pas n'importe quelle personne. S'il voulait qu'elle fasse partie de sa vie, il fallait la laisser y entrer.

— Je vois quelqu'un depuis quelques années, et elle vient de mettre un terme à notre relation.

— Vous ne faisiez que vous voir ?

— Comment ça ? demanda Matt en fronçant les sourcils.

— Si ça te met dans tous tes états – et c'est visiblement le cas –, c'est qu'elle compte plus pour toi que tu ne croyais. Et, elle, elle a des sentiments pour toi ?

— Je crois, oui.

— Et le problème est… ?

Le problème, c'est que j'ai peur. Je suis terrifié.

— Peu importe, je vais la laisser s'en aller. De toute façon, je t'ai, toi.

— Une fille que tu vas voir une fois ou deux par an ? C'est ça, ta définition d'une famille ? Pas étonnant qu'elle t'ait laissé tomber.

Emily se pencha vers lui et riva son regard dans le sien.

— Tu as envie de fonder une famille, Matt ?

Bien sûr qu'il voulait une famille. Une maison, des enfants qui courraient dans ses bras quand il rentrerait le soir, une femme qui le réveillerait d'un baiser le matin et qui, la nuit… Bref, c'était un pur fantasme…

— Je travaille comme un dingue, tu sais.

— Rien ne t'y oblige. C'est toi qui choisis. Il n'y a aucune loi qui t'oblige à sacrifier ta vie au travail.

— Ça n'est pas si simple.

— C'est toi qui compliques tout, Matt. Tu sais pourquoi tu veux que toi et moi on soit une famille ?

— Parce qu'on en est une ?

— Biologiquement, oui. Mais en réalité, non. Je ne dis pas ça pour te faire de la peine, mais j'ai déjà un père. C'est avec lui que je fais de la moto, c'est lui qui m'envoie des blagues débiles de père, c'est lui qui a un jour fait huit heures de route pour m'emmener à une compétition de danse. C'est lui qui me conduira à l'autel le jour de mon mariage. Toi, tu vas devenir mon ami, j'espère, mais mon père, c'est lui.

Matt eut l'impression qu'on lui transperçait le cœur. Pour la deuxième fois en vingt-quatre heures.

— Mais tu as envie de tout ça, ça se voit. Des enfants que

tu emmèneras à la danse ou au foot. Une femme qui t'aime. Tu as envie d'une famille. Et, si ça se trouve, la femme dont tu me parles veut la même chose. Avec toi. Pourquoi ne vous donnez-vous pas une chance ?

Une gamine de dix-huit ans était en train de lui faire la leçon.

Cela dit, il était très fier de sa force, de son intelligence, de sa finesse.

— Tes parents ont fait du bon boulot, Emily.

— Je sais, dit-elle avec un sourire.

Matt jeta un coup d'œil sur sa montre.

— Tu as envie de la connaître ?

— Celle que tu as failli laisser te glisser entre les doigts ? Bien sûr.

— Ça impliquera peut-être de devoir faire des cookies de Noël.

— Ma mère est la reine des cookies de Noël. Du coup, j'assure. Comme ça, je suis sûre que tu ne te défileras pas au dernier moment.

Mason avait déplacé les tables du Coffee Shop pour en faire une sorte de ligne de production de cookies. Levi, Eli et Ben, sous la supervision de Callie, mixaient les ingrédients. Mason et Noah roulaient la pâte. Julie la mettait en forme, et Darby déposait les cookies à cuire sur des feuilles de cuisson que Callie mettait au four.

Arrivée en retard, DJ s'était vu confier la tâche de fabriquer du glaçage de différentes couleurs pour décorer les cookies en train de refroidir.

Les jumelles avaient supervisé les opérations et étaient enfin satisfaites du rouge. DJ avait docilement suivi leurs instructions. Pour elle, un rouge voiture de pompier ou plutôt tomate mûre, ça restait du rouge, et son cœur n'en était pas moins brisé…

Callie avait raison. Elle s'était contentée pendant trop longtemps d'une situation qui ne lui convenait pas vraiment. En réalité, elle voulait une famille. Elle l'avait compris depuis que Matt était à Boston. Mais lui ne la voyait pas comme une personne à qui il pouvait faire confiance, sur qui il pouvait s'appuyer. Or, elle avait besoin d'être une partenaire pour lui, une amie et une confidente aussi bien qu'une amante.

DJ prit une bouteille de colorant alimentaire vert et laissa tomber une première, puis une deuxième goutte sur le glaçage blanc. D'abord presque noir, le colorant se diffusa et devint du même vert profond que les yeux de Matt. Comme au ralenti, DJ vit son bras renverser le bol, puis le bol tomber sur le carrelage et exploser tel une bombe. Il y avait du vert partout.

En voyant ce qu'elle avait fait, DJ éclata en sanglots.

Bon sang, elle détestait Noël.

Elle sentit des bras qui l'entouraient, une main qui lui retirait doucement la spatule. Toujours en larmes, elle enfouit son visage dans le cou chaud et viril d'un homme.

— Ne pleure pas, DJ, murmura Matt.

C'était lui. Il était là.

Se dressant sur la pointe des pieds, DJ passa ses bras autour du cou de Matt et se dit qu'elle ne devrait pas. Qu'après ce serait encore plus dur de le quitter. Mais elle n'arrivait pas à le lâcher.

Ensuite, elle entendit Matt dire quelque chose à Callie et à Mason, mais elle ne comprit pas quoi. Puis, il y eut une autre voix derrière elle qu'elle ne connaissait pas… mais elle s'en moquait. Elle était si fatiguée…

— Viens, DJ, dit Matt.

La tenant serrée contre lui, il la soutint pour marcher jusqu'à la porte, puis lui fit enfiler son manteau, une manche après l'autre, le boutonna jusqu'en haut et serra la ceinture. À travers ses larmes, DJ remarqua son air inquiet.

Une fois dehors, Matt lui prit la main, lui fit traverser la route, puis monter dans sa voiture. Après l'avoir installée, il prit place derrière le volant, mit le contact et alluma le chauffage. Mais il ne démarra pas.

— On ne part pas ? demanda DJ.

— Non. On a des cookies à faire et je veux te présenter quelqu'un.

— Au cas où tu n'aurais pas remarqué, je ne suis pas au mieux de ma forme, dit-elle d'un ton qui se voulait sarcastique.

— C'est à cause de moi et j'en suis désolé, DJ.

Elle vit qu'il était livide.

— J'aimerais pouvoir te dire que tout va bien, mais je crois vraiment qu'il faut que tu restes éloigné de moi.

— Sauf que je n'ai pas envie de ça.

— Je ne comprends pas, dit DJ en fronçant les sourcils.

— Je ne veux pas m'éloigner de toi. Je ne veux pas vivre sans toi.

Si c'était une plaisanterie, elle allait le massacrer. Si c'était une proposition qui n'était pas à la hauteur de ce qu'elle attendait, il allait mourir dans d'atroces souffrances.

— Matthew…

Matt prit sa main, la porta à ses lèvres et ferma les yeux.

— Je veux plus que ça, Dylan-Jane. Je veux tout.

DJ se recula sur son siège, elle s'attendait à moitié à le voir ouvrir la porte et s'en aller.

— Ne dis pas ça si tu n'es pas sérieux. Ne dis pas ça si tu comptes encore sortir de ma vie.

Matt lui caressa la joue. Dans ses yeux elle ne voyait qu'une immense tendresse.

— Il n'y a que toi, DJ. Il n'y a que toi depuis sept ans. Je ne vais pas m'en aller, Dylan-Jane, et chaque fois que je devrai partir, je reviendrai. Je t'en fais la promesse solennelle. Je veux t'épouser, avoir des bébés avec toi, dormir avec toi, me disputer avec toi et je veux aimer ton corps délicieux jusqu'à la fin de mes jours. Il n'y aura que toi. Pour toujours.

Après un court silence, Matt dit enfin les mots qu'elle avait le plus besoin d'entendre.

— Je t'aime, Dylan-Jane. Pour moi, tu es et tu seras toujours irremplaçable.

D'autres larmes se mirent à couler le long de son visage, mais DJ s'en moquait. Elle laissa son corps expulser les dernières traces de peur et de méfiance. Et Matt, parce qu'il la connaissait si bien, attendit que les larmes cessent.

— Tu es sûr ? demanda-t-elle, la voix encore un peu brisée.

— Que je t'aime ? Oui. Que je ne te quitterai jamais ? Oui. Que tu es irremplaçable ? Oh ! oui.

— Je ne sais pas quoi dire, dit-elle, en tournant légèrement la tête pour embrasser la paume de la main de Matt.

— Alors, je vais te dire, moi. Nous allons nous marier, bientôt, le plus vite possible. Je ne sais pas encore comment nous allons concilier nos carrières sur deux continents, mais on y arrivera. Et on passera le plus clair de notre temps ensemble. Ce n'est pas négociable. Plus question de ne pas se voir pendant des mois… On trouvera une solution qui nous convienne à tous les deux. Peut-être qu'on devra se partager entre deux maisons, mais ça m'est égal, du moment qu'on y vit ensemble.

Une joie immense vint sécher les dernières larmes de DJ qui ouvrit la bouche pour lui répondre, mais Matt secoua la tête pour la faire taire.

— Je ne sais pas si je serai un bon mari et un bon père, mais je te jure que je ferai l'impossible, DJ. Tu seras ma priorité absolue, je te le promets.

Elle ne pouvait pas exiger ça de lui ; il avait une fille et c'était elle qui devait compter en premier.

— Tu as Emily, Matt. C'est normal que ce soit elle, ta priorité.

— Emily a déjà un père, DJ, et une famille qu'elle adore. Et c'est très bien comme ça. Moi, je veux ma propre famille, avec toi. Je veux faire mieux que nos parents n'ont fait avec nous. Tu es prête à tenter l'aventure avec moi ?

Il y avait tant d'espoir et de vulnérabilité dans sa voix… DJ hocha doucement la tête.

— Un jour, je veux avoir un autre enfant de toi, Matt. Peut-être deux. Mais, avant, je veux qu'on apprenne à compter l'un sur l'autre. Je veux être ta lumière quand tout est noir, ton ancrage quand tout semble chavirer. Ensemble, nous pourrons tout surmonter.

Matt appuya son front contre le sien, et elle sentit son souffle sur ses lèvres.

— Je t'aime, Dylan-Jane.

— Moi aussi, je t'aime.

— Veux-tu m'épouser ?

— Plus que tout au monde, murmura-t-elle.

Les lèvres de Matt rejoignirent enfin les siennes. Elle était la femme la plus heureuse du monde parce qu'elle allait pouvoir embrasser cet homme, l'aimer, jusqu'à la fin de sa vie.

Elle était à lui. Pour toujours.

DJ ne savait pas combien de temps ils s'étaient embrassés mais, quand on cogna à la vitre de la voiture, la main de Matt était dans son soutien-gorge et leurs manteaux avaient volé sur la banquette arrière. Heureusement, les vitres étaient pleines de buée. Elle entrouvrit la portière.

Ses trois bonnes fées se tenaient devant elle.

— Alors ? demanda Darby.

— Tu as envie d'être demoiselle d'honneur, Darby ?

— Quoi ? Qu'est-ce que tu viens de dire ? Vous allez vous marier ? Quand ? Maman, Julie, ils vont se marier ! Tu vas descendre de cette voiture, oui ou non ?

DJ éclata de rire et échangea un regard entendu avec Matt. Il avait rajusté ses vêtements et il était prêt à sortir de la voiture maintenant.

— Il faut qu'on y retourne. Désolée, mais elles ne nous lâcheront pas tant qu'on ne leur aura pas tout raconté.

Matt sourit.

— Je sais qu'elles font partie de l'équation, ma chérie. Et, oui, il faut qu'on y retourne, j'aimerais te présenter Emily.

— Ta fille est là-bas et tu l'as laissée seule avec de parfaits étrangers ?

— Elle est grande et tu avais besoin de moi.

Matt ouvrit sa portière mais, avant de descendre, il lui lança un regard qui la fit fondre.

— Je t'aime à la folie, Dylan-Jane. Il ne faut jamais que tu en doutes, d'accord ?

Mason pénétra dans le hall de la demeure de Callie et prit une coupe de champagne sur le plateau posé sur la console. Il était en retard parce qu'il avait passé le réveillon avec ses fils et que son ex-femme avait été un peu retardée par la neige. Il était presque minuit, mais la fête battait encore son plein et il y avait beaucoup plus de monde qu'il ne se l'était imaginé.

La maison était une ruche bourdonnante de femmes en robe de soirée et d'hommes en smoking. Mason se demanda à quand remontait la dernière fois où il avait porté le sien. Trois ans ? Cinq ?

Peu importait. Ce qui comptait, c'était d'être ici, à la première grande réception de Noël que Callie donnait depuis la mort de son mari. Mason but une gorgée de champagne et essaya de repérer sa proie, ce qui était impossible, vu que sa perspective était bloquée par les larges dos de Levi Brogan et des trois Lockwood mâles.

Il n'en pouvait plus. Il n'avait plus été seul avec Callie depuis leur fougueux baiser sous son porche, dix jours plus tôt. Ça suffisait comme ça. Il la voulait. Ils seraient si bien ensemble. Mais il allait falloir qu'elle se décide à se battre pour lui, elle aussi.

Il balaya la pièce du regard et son attention fut attirée par toute une galerie de photos de famille, et plus particulièrement par celle d'un homme aux cheveux bruns, riant aux éclats, assis sur un mur. Le fameux Ray, présuma Mason ; Levi lui ressemblait, Darby avait son nez et Julie, ses yeux.

Cet homme rayonnait littéralement d'intelligence et de bonheur de vivre, et Mason, pourtant doté d'un ego important, ne put s'empêcher de se sentir un peu mal à l'aise. Comment pouvait-il lutter contre un Ray Brogan ? Bien que plutôt riche, il n'était pas milliardaire comme lui. Il n'était pas non plus aussi sociable – c'était rarement le cas des matheux tatoués – ni, il devait bien se l'avouer, aussi beau.

Bon sang, mais que faisait-il ici ?

Mason s'apprêtait à se retourner quand il sentit une main féminine se glisser sous son bras et un parfum subtil lui chatouiller le nez. Il savait que ça n'était pas Callie parce que son rythme cardiaque était stable.

— Vous l'auriez aimé, vous savez, dit Darby, le regard fixé sur la photo de son père.

Et le pire, c'était que c'était sans doute vrai.

— Et lui, il vous aurait bien aimé, ajouta Darby. Il aurait apprécié le fait que vous ne vous laissez pas faire par maman. Il était pareil.

Mason ne savait pas s'il devait ou pas prendre la défense de Callie et préféra changer de sujet.

— Quel monde.

— Oui, dit Darby avec un sourire. Maman en voulait tellement à Fenella d'avoir été aussi méchante avec DJ qu'elle a décidé de lui donner une leçon. Elle savait qu'un bon nombre de ceux qui avaient acheté des billets pour la soirée de Fenella préféreraient assister à la réception de Noël des Brogan, alors elle les a appelés et les a invités à venir célébrer les fiançailles de Julie et de DJ. Fenella va se retrouver avec au moins un tiers d'absents.

Mason ne put s'empêcher de sourire. Cette femme, c'était quelque chose. À l'autre bout de la pièce, il aperçut Matt et DJ qui évoluaient au rythme de la musique, les yeux dans les yeux. Clairement, ils étaient fous amoureux et n'attendaient qu'une chose… se retrouver au lit, nus, rien que tous les deux.

— Vous regardez maman de cette façon-là.

Seigneur, qu'était-il censé répondre à ça ?

À nouveau, il préféra changer de sujet.

— Est-ce que DJ et Matt ont réussi à organiser leur future existence ?

Darby sourit, l'air amusé.

— Ils y travaillent toujours, mais ils vont y arriver. Ils

s'aiment trop pour vivre séparés. Êtes-vous amoureux de ma mère ?

La surprise faillit lui faire lâcher son verre.

— Heu…

— Vous l'êtes, n'est-ce pas ? insista Darby.

Mais bien sûr que non ! Il voulait coucher avec elle. Point. Il ouvrit la bouche pour mettre les choses au clair… Mais comment pouvait-il dire à la fille de la femme qu'il convoitait qu'il ne s'agissait que de sexe ?

Impossible…

— Je ne crois pas que ça vous regarde, finit-il par dire.

— Exact, concéda Darby, en regardant la photo de son père. Je l'aimais. Plus que tout au monde. Et il adorait maman. Et elle aussi.

C'est bon, il avait compris. Il était temps de s'en aller.

— C'est douloureux de devoir l'admettre, dit Darby en s'agrippant à son bras, mais je n'ai jamais vu maman le regarder comme elle vous regarde, vous.

Tous les muscles de Mason se tendirent tandis qu'il attendait qu'elle poursuive. Après ce qui lui sembla des milliards d'années, Darby reprit :

— Vous deux, au premier regard… *boum* ! J'avoue que c'est assez déconcertant. Je ne sais pas ce qu'il y a entre vous, mais ça lui fait peur. Elle résiste. Mais continuez, parce que vous avez rendu à maman sa joie de vivre. Et ça, je vous en serai à jamais reconnaissante.

Là, il ne pouvait plus laisser planer le doute.

— Écoutez, Darby, je ne serai pas le compagnon de la deuxième vie de votre mère. Il n'est pas question de ça entre nous. Je comprends que vous soyez inquiète pour elle, mais n'allez pas imaginer que je suis le chevalier blanc qui va voler à son secours.

Darby éclata de rire.

— Mason, ma mère est une femme forte. Nous le sommes toutes dans la famille. La dernière chose dont nous ayons besoin, c'est un preux chevalier. Nous, les Brogan, nous tuons nos dragons nous-mêmes.

Sur ces mots, Darby alla se fondre dans la foule.

C'est alors qu'il la vit, magnifique dans sa robe moulante verte et perchée sur ses talons vertigineux. Elle était en train de discuter avec un homme dans la soixantaine qui, à en juger par l'expression de son visage, cherchait le moyen le plus rapide de l'attirer dans son lit.

Oh ça, non. Le seul qui allait l'attirer dans son lit, ce serait lui. Et il était grand temps qu'elle se fasse à cette idée.

Il traversa la pièce, les yeux rivés sur son visage, attendant l'instant où elle le remarquerait. Très vite, il perçut une tension dans les épaules de Callie, elle tourna la tête, et leurs yeux se croisèrent. Il se demanda s'il devait aller la rejoindre, si elle voulait rendre leur liaison publique, et elle le surprit en lui faisant signe d'approcher. Et quand il fut près d'elle, elle effleura sa joue et lui donna un baiser sur les lèvres.

Une fois que son cerveau se remit à fonctionner, il prit la main délicate qu'elle avait posée contre son cœur.

— Mais qu'est-ce que tu fabriques ? murmura-t-il, remarquant son air amusé. Et, sous son air amusé, un désir très fort.

— Je fais une annonce, dit Callie en l'embrassant à nouveau.

Ses deux mains étaient posées sur son buste maintenant, et Mason savait que tout le monde les regardait. L'orchestre s'était même arrêté de jouer.

Il fronça les sourcils. Qui était cette femme et qu'avait-elle fait de la si correcte Callie Brogan ?

Callie enroula les bras autour de son cou et passa ses doigts dans ses cheveux.

— Je t'embrasse pour montrer à tout le monde ici que tu es avec moi et je vais aussi te dire ce que je veux pour Noël.

Il ne pouvait pas détacher le regard de son visage.

— Qu'est-ce que tu veux pour Noël, Cal ?

— Tu as dit qu'il y avait deux choses sur ma liste pour lesquelles tu étais prêt à m'aider…, dit Callie, les joues un peu rosies.

Il se remémora la fameuse liste. Il y avait l'amour au téléphone et… *Oh ! bon sang !*

— Tu veux tenter un coup d'un soir ? Avec moi ?

Quand Callie hocha la tête pour confirmer, son cœur faillit s'arrêter.

— Juste une nuit de plaisir, sans projets, sans attente. Est-ce que tu peux me donner ça, Mason ?

C'était la seule chose qu'il avait demandée au Père Noël, la seule chose sur sa liste. C'était ce qu'il voulait… Tout ce qu'il voulait.

Mais, quand il plongea son regard dans les yeux bleus de Callie, il se prit à penser que, peut-être, une nuit ne lui suffirait pas.

JOSS WOOD

Architecte, femme et mère

INTÉGRALE

AMOUR, GLOIRE ET POUVOIR

Traduction française de
ROSELINE AULIAC

SAGAS

HARLEQUIN

Titre original :
THE RIVAL'S HEIR

Ce roman a déjà été publié en 2019

Prologue

Callie Brogan embrassa du regard la somptueuse salle de réception du Lockwood Country Club et se dirigea discrètement sur le côté. Elle avait organisé et assisté à suffisamment de manifestations dans cette salle pour en connaître toutes les issues.

Encore deux ou trois pas à reculons et elle se retrouverait adossée aux immenses baies vitrées. Après de petits tâtonnements, elle fit coulisser le panneau vitré et se faufila sur le petit balcon qui courait sur toute la longueur de la façade. Elle mit quelques secondes pour s'habituer à l'obscurité.

À vrai dire, l'obscurité et le froid ne la gênaient pas, au contraire. Elle les préférait à la musique assourdissante, aux rires et aux bavardages joyeux. Avant d'affronter la nouvelle année, elle avait besoin d'un instant de tranquillité pour réfléchir à son avenir.

Ray, son mari bien-aimé, était mort depuis plusieurs années.

Il était temps de le laisser partir.

Elle ne pouvait pas se raccrocher à lui pendant qu'elle avait une aventure avec l'homme qui l'avait accompagnée ici ce soir. C'était injuste pour l'un comme pour l'autre.

Callie contempla la bague que Ray avait glissée à son doigt plus de trente ans auparavant. Le moment était venu de l'enlever ou, du moins, de la mettre à sa main droite. Elle n'appartenait plus à Ray.

Et même si elle couchait de temps à autre avec Mason – un homme aventureux, tatoué et tellement sexy –, elle ne lui appartenait pas non plus. Elle avait besoin de se forger une nouvelle vie. Sa propre vie. Elle ne voulait plus être la femme qu'elle était, mais elle ne savait pas non plus qui elle voulait être.

Elle devait se réinventer.

Mais comment ?

Soudain, un manteau soyeux se posa sur ses épaules et de grandes mains viriles lui encerclèrent la taille.

— Tu vas bien ? susurra Mason, son souffle chaud sur son oreille.

— Oui, répondit Callie plus sèchement qu'elle n'aurait voulu.

Elle avait simplement eu besoin de quelques minutes de solitude pour faire le point.

Mais c'était le réveillon du nouvel an, et ils étaient à un bal. Elle se demanderait demain pourquoi sa vie actuelle ne lui convenait plus malgré la présence d'un homme hyper sexy dans son lit. La musique jouait, et le compte à rebours commencerait bientôt. Ses problèmes pouvaient attendre.

Souriant, elle pivota et noua ses bras autour du cou de Mason.

— Rentrons à l'intérieur, buvons une coupe et dansons, proposa-t-elle, s'efforçant à la gaieté.

Mason recula d'un pas et secoua la tête.

— Je t'observe depuis une dizaine de minutes. J'ai vu comment tu jouais avec ta bague.

Callie ne put s'empêcher de jeter un coup d'œil au solitaire qui rutilait à son annulaire.

— Oui. Et alors ? répliqua-t-elle, perplexe.

— Juste une fois, Callie, j'aimerais aller quelque part, faire quelque chose sans que le souvenir de ton défunt mari plane au-dessus de nous.

Sans lui laisser le temps de protester qu'elle ne pensait pas à Ray, il poursuivit :

— Est-ce que ce sera comme cela l'année prochaine ? Les deux années suivantes ? Les dix autres années ? Je te pose la question pour savoir combien de temps je vais devoir me battre pour capter toute ton attention.

Une fois remise de sa surprise, Callie sentit la colère monter en elle.

— Ce que tu dis est injuste !

— Non. Ce qui est injuste, c'est que tu t'esquives pour le rejoindre par la pensée alors que je suis ici. Ce qui est injuste, c'est que tu portes sa bague au moment où je te fais jouir, la photo de ton mari enfouie dans le tiroir de ta table de chevet. Est-ce que tu la remets à sa place après mon départ, Callie ?

Seigneur ! Oui, elle le faisait, et Mason le savait.

Pour masquer son embarras, elle passa à l'attaque :

— Pourquoi te montres-tu aussi possessif et jaloux ? Je pensais que nous avions une simple aventure.

Mason ouvrit la bouche pour répondre, lâcha un juron, puis pinça les lèvres, son visage dénué d'expression.

— Tu as raison. Pardonne-moi, dit-il d'un ton glacial.

À l'intérieur, les invités commençaient le compte à rebours, et quand ils se mirent à hurler et à se congratuler, Mason déposa un baiser froid sur sa joue, l'air distant.

— Bonne Année, Callie.

Quand elle réintégra la salle de bal quelques minutes plus tard, Mason avait disparu.

1

Contrairement aux autres architectes présents dans la salle et très attentifs, Darby Brogan écoutait d'une oreille distraite l'orateur exposer le projet du nouveau musée d'art de Boston qui faisait l'objet d'un appel d'offres. Bien qu'elle ait l'intention de poser sa candidature, à cet instant, ce projet était le cadet de ses soucis.

Agacée, Darby tapota son téléphone sur son genou, intimant mentalement l'ordre à l'orateur de se dépêcher. Un bâtiment moderne, original, remarquable, respectueux de l'environnement… Oui, elle savait tout cela. C'était mentionné dans le cahier des charges.

Soudain, elle sentit son portable vibrer dans sa main. Elle glissa son doigt sur l'écran et lut les messages postés dans le groupe Facebook composé d'elle-même, de Jules, sa sœur jumelle, et de DJ, leur meilleure amie et associée.

Où es-tu ? Pourquoi n'es-tu pas rentrée ? Comment s'est passé ton rendez-vous avec le Dr Mackensie ?

Darby tapa une brève réponse à la question de DJ :

Suis à la présentation de l'offre pour le projet de musée. Serai de retour dans une heure environ.

Voyant que Jules tapait un message, elle attendit qu'il apparaisse à l'écran. Comme elle le présumait, il ne concernait pas le travail mais son rendez-vous.

Raconte-nous !

Darby regrettait d'avoir récemment incité DJ à se confier plus facilement. Désormais, Darby ne pouvait faire autrement que de partager ses secrets intimes avec sa sœur et son amie.

Le résultat n'est pas bon. Si je veux avoir un enfant, je dois tenter une fécondation in vitro dans les six prochains mois.

Elle marqua un temps avant d'ajouter :

C'est une décision importante que je dois prendre. Et vite.

Voyant que ses amies ne lui répondaient pas dans la foulée, Darby comprit qu'elles tâchaient, comme elle, d'assimiler la nouvelle ô combien déprimante.

Darby voulait des enfants. Être une maman était son souhait le plus cher. Mais, tout en connaissant ses problèmes de fertilité, elle avait toujours cru qu'elle aurait du temps devant elle pour les affronter. Sauf que… ce n'était pas le cas. Selon le médecin, son état déjà jugé sérieux s'était aggravé, et elle devrait subir une hystérectomie au cours des prochaines années.

Et elle n'avait pas encore trente ans.

Je pensais que j'aurais un mari, du moins un partenaire, le moment venu. Je n'aurais jamais imaginé devoir faire cela seule – si tant est que je me décide à le faire.

La réponse de Jules fusa :

Tu ne seras jamais seule ! ! !

Elles avaient beau être formidables et réconfortantes, Darby aurait préféré se réfugier dans les bras virils d'un compagnon. On la disait belle, forte et intelligente. Il n'empêche qu'elle était seule dans son lit, tous les soirs.

Être une femme alpha était assez mal perçu par la plupart des hommes. Mais être une femme alpha avec des problèmes de fertilité était rédhibitoire. La triste vérité, c'est qu'elle ne pouvait plus se permettre d'attendre de rencontrer un homme partageant ses rêves de fonder une famille. Si elle voulait un enfant, elle devait le faire maintenant et seule. Du moins, avec l'aide de la science. Et celle d'un donneur de sperme.

Le nom de DJ réapparut sur l'écran.

Comment pouvons-nous t'aider ?

Darby sourit, heureuse d'avoir ces deux femmes dans sa vie. Ignorant résolument ses yeux brûlants de larmes, elle redressa ses épaules. Certes, les nouvelles étaient mauvaises, mais tout espoir n'était pas perdu.

Essaie de relativiser. L'humour étant une arme de défense efficace pour lutter contre les aléas de la vie, elle tapa :

J'espère que vous m'aiderez à sélectionner un donneur de sperme.

Jules répondit aussitôt :

Je suis partante. Tous les prétextes sont bons pour reluquer les beaux mecs !

DJ abonda dans son sens, ajoutant deux émoticônes aux visages souriants et aux yeux en forme de cœur pour exprimer son enthousiasme. Bien sûr, Darby savait qu'elles voulaient simplement la réconforter. Toutes deux étaient fiancées et éperdument amoureuses de leurs compagnons respectifs, intelligents, prospères et très séduisants.

Non, Darby n'était pas jalouse.

Enfin… si. Un peu.

Toutes – y compris sa mère ! – avaient un homme sexy dans leurs lits. Jules était fiancée à son ami d'enfance et DJ à son amoureux de longue date. Quant à sa mère, Callie ? Elle avait une aventure avec un homme terriblement attirant et plus jeune qu'elle de dix ans.

Darby aussi aimerait bien passer du bon temps avec un homme tatoué et sexy. Depuis plus d'un an, elle travaillait d'arrache-pied et se divertissait très peu. À vrai dire, ce programme résumait bien toute sa vie. Quelle tristesse !

Après une série ininterrompue de succès scolaires et universitaires, elle avait été récemment désignée comme une des quarante architectes de moins de quarante ans les plus prometteuses par un célèbre magazine spécialisé dans l'architecture et la décoration d'intérieur. Elle était associée dans le cabinet réputé être le meilleur de Boston, voire de toute la côte Est. Elle était raisonnablement jolie, riche et en bonne santé. Bon. Mis à part son satané appareil reproducteur.

Et elle était célibataire.

Hélas, très, très célibataire.

Elle sentit la panique la gagner. Et si elle était incapable d'aimer quelqu'un ? De tout partager avec lui ? Et si elle était trop indépendante, trop volontaire, trop compétitrice dans l'âme pour bâtir une vie avec un homme ?

Quant à devenir une maman célibataire, en serait-elle capable ?

Darby s'agita nerveusement sur son siège. Elle refusait de donner libre cours à ces pensées négatives. Elle voulait un enfant et elle serait une maman célibataire grâce à la science. Bien sûr, elle regrettait de ne pas avoir rencontré quelqu'un de spécial, mais elle était contente de ne pas avoir perdu son temps avec un partenaire médiocre.

Si elle devait se marier un jour, ce serait avec un homme qui aurait les mêmes aspirations qu'elle, c'est-à-dire… tout. Des enfants, une carrière fabuleuse, une relation stable et respectueuse.

La paix dans le monde, la fin de la famine…

Soudain, Darby se rendit compte que l'orateur ne parlait plus. Jetant un regard alentour, elle remarqua que l'attention de l'assistance s'était reportée sur le fond de la salle. Pivotant sur son siège, elle haussa les sourcils, stupéfaite, en apercevant la silhouette masculine adossée nonchalamment contre le mur, une cheville croisée sur l'autre.

Oh…

Oh… waouh !

Judah Huntley était encore plus beau au naturel que sur les photos. Plus grand aussi, environ un mètre quatre-vingt-dix. Sous son costume anthracite digne d'un styliste italien, son corps était plus charpenté et plus musclé qu'elle n'aurait cru. Il affichait de larges épaules, de longues jambes, des bras robustes et un visage viril. Une ombre de barbe bleuissait sa mâchoire, son nez semblait avoir été cassé à une ou deux reprises, et ses épais cheveux bruns ondulés semblaient peignés avec les doigts.

Sexy, bien bâti, doté d'un esprit brillant, il avait tout pour plaire.

Darby déglutit avec peine, consciente que sa bouche était sèche et que son cœur cognait violemment dans sa poitrine. Une chaleur inhabituelle se lovait au creux de ses cuisses – sa libido était enfin de retour ! Oh ! oui, elle irait bien faire un petit tour entre les draps de Judah Huntley.

Bon sang, Darby, qu'est-ce qui te prend ?

Elle sortait peu et couchait très rarement, mais, elle le savait, il suffirait que Judah Huntley lui fasse signe pour qu'elle accoure aussitôt.

De fait, elle ne parvenait pas à détacher son regard du visage d'ange déchu de cet homme.

Sois raisonnable, Darby.

Cette attirance torride était une aberration, le fruit de son esprit perturbé. Il n'y avait rien d'alarmant. Elle était simplement fascinée par le talent de cet architecte hors pair qui avait conçu cette superbe maison respectueuse de l'environnement au Danemark, ce complexe hôtelier sensationnel à Davos et le siège central d'un des plus importants éditeurs de logiciels à Austin. Il était original et créatif aussi bien dans les techniques de construction que dans les matériaux qu'il utilisait.

Et il était suffisamment sexy pour susciter en elle des tonnes de regrets.

Soudain, les yeux sombres – noirs ou bleus ? – de Judah Huntley croisèrent les siens.

Sous leur impact, elle sentit l'univers trembler sous elle.

Un petit sourire étira les coins de sa bouche charnue. Troublée, elle posa une main sur son cœur. Seigneur ! Cette façon qu'il avait de la dévisager, comme s'il l'imaginait nue…

Il se redressa et glissa les mains dans les poches de son pantalon, dévoilant un ventre plat. Elle se souvint d'avoir vu une photo de lui courant sur une plage à Chypre. Tout ce déploiement de muscles… Sa seule vue lui procurait plus de plaisir qu'elle n'en avait eu depuis un bon bout de temps.

De façon inopinée, une image s'imposa à elle : celle de ses ovocytes et du sperme de Judah Huntley entrant en collision dans une boîte de Petri et créant un embryon. Puis elle se représenta au lit avec lui, pratiquant l'art de faire des bébés de façon classique… Stop ! Elle allait imploser. Mais la perspective était tellement séduisante.

— Mademoiselle Brogan ? *Mademoiselle ! Brogan !*

La voix irritée de l'orateur la tira de sa rêverie. Quel était le problème ? Les sourcils froncés, elle jeta un coup d'œil alentour et remarqua les visages amusés de ses collègues.

— Puis-je continuer ?

Les joues en feu, Darby acquiesça d'un signe de tête. Elle entendit des rires étouffés. Bon sang, tous les participants l'avaient surprise en train de dévorer des yeux Judah Huntley. Et comme, aux dires de sa famille, elle avait un visage très expressif, ils avaient compris qu'elle se l'était figuré nu.

Terriblement gênée, Darby se tassa sur son siège et résista à l'envie de se cacher le visage dans ses mains. Même si elle trouvait le courage de lui faire des avances – une hypothèse hautement improbable –, coucher avec lui était inenvisageable. Surtout maintenant qu'elle s'était couverte de ridicule.

Darby garda les yeux rivés sur l'orateur, résistant vaille que vaille à l'envie de jeter un nouveau coup d'œil derrière elle. Quand il eut terminé la présentation du projet, dix interminables minutes plus tard, elle se leva et se retourna discrètement.

Mais Judah Huntley avait disparu.

Six semaines plus tard

Judah Huntley but une gorgée du champagne trop doux qu'on lui avait servi et réprima une grimace. Seigneur, il détestait ce genre de réceptions ! Il aurait préféré cent fois recevoir un mail l'informant si oui ou non il avait remporté l'appel d'offres. Arborer un smoking et un nœud papillon, et échanger des banalités l'agaçaient prodigieusement.

Mais Jonathan, son directeur commercial, avait répondu pour le compte de Judah qu'il serait ravi d'assister au cocktail organisé par la fondation. Il avait aussi promis que si Huntley and Associates était chargé de concevoir le nouveau musée d'art, Judah engagerait un architecte local chargé d'assurer la liaison avec le cabinet new-yorkais.

Cet architecte local s'acquitterait des tâches ennuyeuses, notamment les démarches auprès des services de l'urbanisme, et il aplanirait les difficultés éventuelles. Mais il ne participerait pas à la conception du projet. Judah avait une équipe parfaitement rodée à New York pour mettre en œuvre ses idées.

En tant que gagnant de deux des plus prestigieuses récompenses dans le domaine architectural, il savait que sa candidature à ce projet de musée avait de quoi surprendre. Financé par une fondation à but non lucratif, ce projet n'était pas très important ni même rentable ; ses honoraires seraient dérisoires. Mais, grâce aux hommes d'affaires richissimes désireux de voir son nom figurer sur leurs bâtiments, Judah avait un compte en banque bien garni et pouvait se permettre d'accepter un projet peu rémunérateur.

Il avait construit des édifices partout dans le monde, mais pas à Boston, sa ville natale. Il voulait créer quelque chose de beau et de fonctionnel, dont les Bostoniens seraient fiers. Il était renommé pour ses bâtiments d'entreprise innovants et ses demeures à l'architecture révolutionnaire, mais il y avait quelque chose d'exaltant à concevoir un édifice abritant des œuvres d'art et des trésors. L'écrin devrait être aussi excitant et sensationnel que son contenu…

Voilà pourquoi il se tenait dans une salle de bal bondée, attendant que quelqu'un annonce ce que tout le monde savait déjà : Judah se verrait attribuer le contrat.

Se retrouver à Boston était à la fois un avantage et un inconvénient. Le site était magnifique et le projet intéressant. Mais tout lui rappelait sa vie d'autrefois. Étouffante. Exigeante. Claustrophobe. Chargée de responsabilités et dépourvue d'amusement.

Judah fut reconnaissant à la main féminine qui se posa sur son bras et le ramena à la réalité. Une femme séduisante se tenait devant lui, blonde, les lèvres rouges et le regard intrépide. Il bavarda poliment avec elle, mais ce n'était pas la femme qui avait occupé son esprit en premier.

La dernière fois qu'il s'était tenu dans cette salle, il avait croisé le regard d'une blonde plus jeune, plus sexy et beaucoup plus troublante. Au début, elle lui avait fait penser à Cendrillon à cause d'une certaine fragilité qu'il avait cru déceler en elle, puis il avait surpris la lueur dans ses yeux, l'expression sur ses traits, et il avait décidé qu'elle était plus duchesse que princesse, plus raffinée que simple.

Il se demanda si elle assistait à la réception.

Et même si c'était le cas, qu'importait ? Bien qu'il ait été troublé par leur attirance instinctive – à quand remontait la dernière fois où il avait eu ce genre de réaction physique instantanée vis-à-vis d'une femme ? – l'idée de bavarder avec elle et de l'inviter à danser était au-dessus de ses forces.

Courtiser une femme, l'emmener dans sa chambre d'hôtel et coucher avec elle lui faisait penser aux montagnes russes d'une fête foraine. Il fallait de la patience pour atteindre le sommet, puis venait la brève sensation de plaisir avant l'inévitable déception quand le wagon s'arrêtait.

Après Carla, il avait usé et abusé des montagnes russes. Un an et une kyrielle de femmes plus tard, il s'était rendu compte qu'il n'était pas fait pour les relations sexuelles sans lendemain. Et il avait arrêté d'un seul coup. Durant les dix-huit derniers mois, il était passé de la monogamie aux rencontres d'un soir puis à l'abstinence charnelle.

Judah soupira. Certes, il était seul, mais du moins sa vie était dépourvue de drame.

Il n'empêche, cette blonde qu'il avait vue ici – grande, mince, hyper sexy – était la première femme qui suscitait son intérêt depuis six mois. À tel point qu'elle avait fait grimper en flèche sa température interne. Elle avait le visage d'un elfe mutin, le corps d'un mannequin et les yeux d'une naïade. Quand il l'avait regardée, la réalité s'était estompée. Il l'avait imaginée allongée sur un tapis devant un feu ronflant dans la cheminée, nue sur le sable blanc de Tahiti ou sur le comptoir en marbre d'une cuisine haut de gamme. Et même contre le mur de cette salle de bal quelconque.

Oh ! oui, il l'avait désirée.

Et parce qu'il avait été terriblement tenté de s'avancer vers elle, de la prendre par la main et de l'entraîner vers le lieu privé le plus proche pour faire un festin de son corps de rêve, il s'était comporté comme l'adulte responsable qu'il se targuait d'être et avait quitté la salle. Il ne voulait plus d'aventures d'un soir, et en même temps l'idée de s'impliquer dans une relation et de nouer des liens affectifs le terrifiait.

Il se retrouvait donc dans une sorte de no man's land. Seul avec lui-même. Et Dieu sait s'il était las de cette situation…

À moitié concentré sur sa conversation avec la femme qui l'avait abordé, il vit le président du conseil d'administration de la fondation se diriger vers le podium. De sa place au fond de la salle, Judah jeta un regard circulaire sur les invités et reconnut certains candidats qu'il avait aperçus quelques semaines plus tôt.

Il jura à part soi en se rendant compte qu'il cherchait une superbe blonde dotée de jambes exceptionnelles.

— Mesdames et messieurs, au nom de la Grantham-Ford Foundation…

Prêtant une oreille distraite aux remarques préliminaires du président, il jeta un coup d'œil vers la porte et remarqua un homme d'âge mûr en costume de ville qui balayait la salle du regard, visiblement à la recherche de quelqu'un. Son visage hâlé lui était vaguement familier, comme un rappel désagréable de son passé.

Intrigué, Judah se rapprocha de la porte. L'homme perçut son mouvement, et contre toute attente le soulagement se peignit sur son visage. C'était *lui* que l'homme recherchait. Mais pourquoi ici, à l'hôtel, au milieu d'une réception ? Judah avait un bureau et un assistant qui gérait son emploi du temps.

Bizarre.

— Nous avons tous été émerveillés par les plans qui nous ont été soumis et nous avons eu le plus grand mal à choisir…

Judah fronça les sourcils en voyant l'inconnu lui faire signe de le rejoindre dans le couloir. Comme l'orateur ne semblait pas pressé d'en arriver au fait, il obtempéra à contrecœur et laissa la porte entrouverte au cas où on le chercherait.

— Monsieur Huntley ! Je suis si heureux de vous avoir trouvé !

Judah eut un coup au cœur en entendant l'accent italien du compatriote de Carla. Puis une colère sourde monta en lui. Pourquoi diable son ex, richissime héritière et chanteuse d'opéra, lui envoyait-elle ses sous-fifres ? Il n'avait rien à lui dire, de vive voix ou par le truchement de ses employés. Elle l'avait trompée, et ce n'était sans doute pas la première fois, mais ce jour-là il l'avait prise en flagrant délit avec son amant dans *son* propre appartement et dans *son* propre lit. Nue dans *ses* draps.

Judah ne partageait pas. Jamais. Il était intransigeant en matière de fidélité. Et il en voulait encore à Carla d'avoir dû acheter un nouveau lit et de nouveaux draps. Il avait même envisagé de vendre son appartement tant il était écœuré, mais c'eût été exagéré. Carla ne méritait pas qu'il lui sacrifie la vue fantastique qu'il avait sur Central Park.

Il leva une main pour interrompre son interlocuteur.

— Cela ne m'intéresse pas.

— Attendez, monsieur Huntley.

Judah haussa un sourcil, l'air dédaigneux.

— Vous avez trente secondes. Et je vous les accorde uniquement parce que cette soirée manque de distractions.

L'homme redressa les épaules et, d'une main soignée, repoussa une mèche argentée qui retombait sur son front.

— Je m'appelle Maximo Rossi et je suis l'avocat personnel de Carla.

Soit. Et qu'attendait-il de lui ? Étant seule bénéficiaire des milliards de son père, Carla était riche comme Crésus, en plus d'être dotée d'une plastique superbe et d'une voix d'ange. Cela faisait dix-huit mois qu'ils n'avaient plus aucun contact, alors pourquoi maintenant ? Judah sentit son estomac se nouer sous l'effet de l'appréhension car il n'attendait rien de bon de cet entretien.

— Carla va bien ? demanda-t-il, se forçant à rester calme.

— Oui… en partie.

Oh ! Seigneur ! Il perçut la lassitude et la frustration dans le regard de son interlocuteur. Il ne put s'empêcher de ressentir un élan de compassion envers lui. Carla Barlos n'était pas une femme de tout repos, tant s'en faut.

— Que voulez-vous dire ?

— Bertolli a écrit un nouvel opéra à son intention.

La musique de ce compositeur avait le don d'écorcher les oreilles de Judah. Malgré tout, c'était un des compositeurs les plus renommés au monde, et il comprenait que cet opéra soit une aubaine pour Carla.

— Il s'agit d'un conte moral. Le personnage principal interprété par Carla milite en faveur de la réforme morale.

Tout en appréciant l'ironie de la situation, Judah ne voyait pas où Rossi voulait en venir. Que lui importait ce que Carla faisait ? Elle était sortie de sa vie depuis dix-huit mois.

Décidant qu'il n'avait plus rien à faire ici, il s'apprêtait à prendre congé quand les portes de l'ascenseur s'ouvrirent et qu'une longue paire de jambes perchées sur des escarpins verts émergea de la cabine. Une robe couleur menthe à l'eau dansait autour de cuisses fuselées.

Sa belle inconnue venait d'arriver.

Au diable Rossi.

Comme aimanté, le regard de Judah remonta plus haut, interceptant une ceinture soulignant une taille fine et un corsage emprisonnant des seins menus mais pointés fièrement en avant. La silhouette était athlétique et en même temps tellement féminine. Et juste ciel, ce visage !

Le cœur de Judah bondit dans sa poitrine tandis que son sang refluait vers son bas-ventre. Sa belle inconnue avait une grande bouche pulpeuse faite pour les baisers, des pommettes hautes, des yeux gris acier sous des sourcils délicats et des cheveux blonds noués en une queue-de-cheval lisse.

La dernière fois qu'il l'avait vue, c'était dans une salle bondée, des semaines auparavant. Il l'avait trouvée séduisante. Mais aujourd'hui il la trouvait hyper sexy et ultra-féminine.

Il la désirait. Là, maintenant, contre le mur, ses mains pétrissant ses cuisses hâlées, sa langue se promenant sur son cou, ses seins, son nombril. Il redeviendrait chaste demain…

Encore fallait-il qu'elle le remarque. Car son attention était monopolisée par les autres occupants de l'ascenseur, une femme d'âge moyen au visage sévère, portant un bébé aux cheveux et aux yeux bruns. La femme tenait la fillette de façon maladroite et craintive, comme si elle était une fiole de poison. Il ne la blâmait pas ; lui-même ne raffolait pas des enfants.

Pourtant, il fut un temps où il avait joué le rôle de nounou. Quand il était jeune et stupide.

Rossi s'éclaircit la gorge.

— Voici mon assistante. Et le bébé s'appelle Jacquetta Huntley. Carla a besoin que vous la preniez pendant au moins six mois. Elle ne peut pas s'en occuper car elle prépare le plus grand rôle de sa carrière.

Pendant que Judah s'efforçait de comprendre le sens des paroles de Rossi, la voix tonitruante de l'orateur retentit jusque dans le couloir :

— Je suis heureux et fier de vous annoncer que l'architecte désigné pour concevoir le Grantham-Ford Art Museum est Judah Huntley. Judah, s'il vous plaît, venez dire quelques mots.

Le regard atterré de Judah se posa tour à tour sur Rossi, le bébé et la blonde.

C'était officiel. Il venait d'être catapulté dans un univers parallèle.

2

Trois choses vinrent en même temps à l'esprit de Darby :

Judah Huntley était plus beau que dans son souvenir.

Il ignorait qu'il avait une enfant.

Elle n'était pas la seule à avoir un gros problème dans la vie.

Elle ne pouvait qu'admirer la faculté de cet homme à contrôler ses émotions. De fait, en apprenant qu'il avait une enfant, son expression avait à peine changé. Seul son regard bleu outremer avait trahi son incrédulité et une bonne dose de « Bon sang, c'est quoi cette histoire ? » Le bébé, adorable avec ses joues roses et ses cheveux couleur chocolat amer, les contemplait avec de grands yeux depuis son perchoir dans les bras raides de cette femme.

Darby avait conscience qu'elle devait s'éloigner, les laisser régler leurs problèmes entre eux, mais…

C'était plus fort qu'elle. Elle était curieuse de voir comment Judah Huntley réagirait en apprenant qu'il avait remporté l'appel d'offres *et* qu'il était papa. Piquerait-il une crise ? Resterait-il pétrifié ? S'enfuirait-il à toutes jambes ?

Oh ! oui, elle avait hâte de le découvrir.

Le bébé poussa un petit cri, Judah fut de nouveau invité à monter sur le podium, et la femme s'avança, lui tendant le bébé comme s'il était un colis encombrant. Judah leva les mains, horrifié, et le bébé répondit par un cri perçant.

Oubliant le drame qui se nouait sous ses yeux, Darby concentra son attention sur le petit visage convulsé virant au rouge. Les cris s'intensifièrent, et un homme qu'elle reconnut comme étant un membre du conseil d'administration de la fondation apparut sur le seuil de la porte.

— Monsieur Huntley, on vous appelle. Vous avez obtenu le contrat.

Cela ne la surprenait pas. Il était un architecte remarquable.

Mais sa capacité à ignorer les cris du bébé la contrariait. Passant devant l'homme aux cheveux gris, elle tendit les bras vers l'enfant, ignorant l'expression de soulagement sur le visage de la femme. Calant la fillette au creux de son bras, elle introduisit l'extrémité de son auriculaire dans la petite bouche qui l'aspira aussitôt.

— Elle a faim, dit-elle, s'adressant à Judah.

Il leva derechef les mains en l'air et secoua la tête.

— Ce n'est pas mon problème.

— Apparemment, si, répliqua-t-elle sèchement.

— Hum, monsieur Huntley, il faut que vous veniez, insista le représentant de la fondation, le tirant par la manche de sa veste.

Darby ne peut s'empêcher de remarquer *de nouveau* que ladite veste recouvrait des bras robustes et de larges épaules. Elle avait beau être irritée par l'attitude négative de Judah envers ce superbe bébé, ses hormones n'en avaient cure et suivaient leur propre logique, l'incitant perfidement à imaginer à quoi ressemblait le corps de Huntley sous ce smoking onéreux.

Judah passa une main nerveuse dans ses cheveux à la coupe impeccable, et elle l'entendit jurer entre ses dents. Oh ! oui, sa soirée s'annonçait mouvementée.

Après un bref instant de réflexion, il se redressa de toute sa hauteur, et Darby perçut la détermination sur ses traits et l'assurance dans son regard. L'alpha mâle dans toute sa splendeur.

— Je dois retourner à l'intérieur pour accepter ce contrat. Rossi, reprenez le bébé et appelez-moi plus tard pour qu'on fixe un rendez-vous et qu'on discute de l'attitude irresponsable de Carla. Et ne vous avisez plus de me tendre une embuscade !

Puis il darda son regard bleu outremer sur elle.

— Quant à vous, j'ignore qui vous êtes, mais, si vous pouviez rendre ce bébé à qui de droit, nous pourrions reprendre le cours de nos vies.

Sur quoi, il pivota sur ses talons et retourna dans la salle de bal, suivi de près par le représentant de la fondation. Darby entendit un tonnerre d'applaudissements et contempla la fillette dans ses bras.

Elle avait le nez et la forme des yeux de Judah. Sans oublier la fossette qui creusait sa joue gauche. Comme lui, elle avait des cheveux brun foncé et des sourcils bien dessinés. Et elle fixait Darby de ses grands yeux sombres – marron et non bleus –, ravie de sucer son petit doigt.

C'était le plus beau bébé que Darby ait jamais vu, et comme elle était obsédée par les bébés depuis plus longtemps qu'il n'était raisonnable, elle en avait vu beaucoup.

Avant de mourir, le père de Darby avait été un homme d'affaires réputé, et ses parents avaient fait partie du gratin bostonien. Elle avait donc eu un avant-goût de la renommée. Mais Huntley et son ex-petite amie étaient célèbres sur un tout autre plan. Chanteuse d'opéra superbe et richissime, Carla avait des millions de *followers* et faisait les choux gras des tabloïds. Judah faisait aussi la une des médias grâce à son talent, son sex-appeal et son penchant pour les mannequins et les actrices.

Cependant, à cet instant, les parents de la fillette n'impressionnaient pas Darby. Tant s'en faut.

Comment Carla pouvait-elle se défaire de son enfant comme d'un colis encombrant ? Et pourquoi Judah refusait-il de s'en charger ? Ne comprenaient-ils pas qu'un enfant était un don du ciel ? Qu'est-ce qui clochait chez eux ?

Le monde était-il devenu fou ?

Le bébé fit un rot, puis son visage se crispa et ses yeux se fermèrent. Darby avait suffisamment d'expérience pour savoir que la fillette était sur le point de remplir sa couche. Bientôt, l'odeur caractéristique se répandit, et Darby esquissa un sourire. Oui, elle avait vu juste.

Levant les yeux, elle remarqua que le couple grimaçait de dégoût.

— Elle a besoin d'être changée, intervint Darby, au cas où ils n'auraient pas fait le lien entre l'odeur et le problème.

Elle eut droit à deux regards horrifiés.

— Non ! s'écrièrent-ils en chœur, reculant de deux pas.

Le bébé s'agita dans les bras de Darby et poussa un cri strident. Bon. Il était temps qu'elle s'en sépare.

Après tout, elle était venue ici pour travailler. Comme elle s'y attendait, c'était Huntley qui avait remporté l'appel d'offres, mais il y avait des membres du Tout-Boston aux comptes en banque bien garnis dans la salle, et certains d'entre eux auraient peut-être envie de se faire construire une résidence d'été ou de rénover un appartement.

Les affaires s'étaient ralenties récemment, et elle avait besoin de décrocher un nouveau projet lucratif. Elle devait aussi terminer la rénovation de deux petits immeubles d'habitation qu'elle possédait dans le quartier chic de Back Bay avant de les mettre sur le marché, mais elle savait que cela prendrait du temps pour les vendre au prix qu'elle voulait.

Par chance, demain, elle percevrait son dividende trimestriel au titre de sa participation dans le cabinet Winston and Associates. Avec cet argent et celui qu'elle réussirait à économiser durant les quatre prochains mois, elle pourrait entamer les démarches pour sa fécondation in vitro.

Car, contrairement à Huntley et à son ex, elle désirait pardessus tout un enfant.

Comme les deux Italiens ne se décidaient toujours pas à se charger de la corvée du changement de couche, Darby se fit plus insistante :

— Il faut vraiment que je parte.

Un sourire charmant éclaira le visage de l'homme.

— La nourrice que nous avions engagée en Italie pour s'occuper de Jacquetta a été renvoyée. Pourriez-vous la changer car nous ne savons pas comment procéder ?

— Qu'est-ce qui vous permet de penser que je saurais le faire ? demanda Darby.

Toujours souriant, l'homme haussa les épaules, et Darby comprit qu'elle avait été dupée. Cela faisait des années qu'elle n'avait pas changé une couche, mais elle avait fait du baby-sitting, adolescente. C'était sûrement comme le vélo, cela ne s'oubliait pas. Et, si elle laissait cette adorable fillette entre leurs mains, elle serait encore plus malheureuse qu'elle ne l'était. Après tout, il ne s'agissait que d'une simple couche.

Darby tendit sa main libre pour récupérer le sac accroché à l'épaule de l'assistante. Elle changerait Jacquetta – *Jac* sonnait mieux –, lui préparerait un biberon puis la remettrait au couple. Oh ! elle ne risquait pas d'oublier cette rencontre ! Un homme sexy, un bébé adorable, un drame…

— Il y a une salle à langer juste après le tournant. Venez avec moi, dit-elle, s'adressant à la femme.

— *Perché* ?

Comment ça, pourquoi ? C'était l'évidence même !

— Parce qu'on ne remet pas un bébé à une inconnue !

L'homme ne se départit pas de son sourire.

— Le couloir se termine à la hauteur des toilettes. Si vous vouliez enlever Jacquetta, vous seriez obligée de passer devant nous. Et nous vous attendrons ici.

Darby hésita, mal à l'aise.

— Par ailleurs, insista-t-il, c'est un des meilleurs hôtels de Boston et il est truffé de caméras de surveillance.

Comme le volume sonore des cris du bébé s'intensifiait, Darby s'engagea dans le couloir à contrecœur. Sentant leurs regards fixés sur son dos, elle se retourna. Son instinct lui dictait que leurs expressions étaient trop innocentes pour être honnêtes. Comment diable s'était-elle retrouvée dans cette situation ?

Jac poussa un hurlement strident, et Darby reporta son attention sur elle, compatissant à sa détresse. Cette fillette sans défense et innocente passait en premier. Darby la changerait, lui préparerait un biberon, la câlinerait un peu, puis la rendrait au couple.

Sa vie redeviendrait normale dans une dizaine de minutes.

Elle accéléra le pas, tapotant le petit derrière de Jac et déposant un baiser sur ses boucles brunes. Parvenue dans la salle, elle l'allongea sur la table à langer et contempla son adorable frimousse.

— Aurai-je bientôt un bébé aussi mignon que toi ?

Bien sûr, Jac, guère plus âgée de neuf mois, n'en avait aucune idée.

Jac tétait son biberon tandis que Darby longeait le couloir en sens inverse, la courroie du sac à langer très lourd lui sciant l'épaule. La fillette était propre et heureuse, et Darby s'apprêtait à reprendre le cours normal de sa vie.

Sauf qu'après le tournant il n'y avait plus personne à qui remettre le bébé.

Entendant le coulissement des portes de l'ascenseur, elle fit volte-face et aperçut les deux Italiens dans la cabine.

— Remettez le bébé à Judah Huntley, lui lança l'homme alors que les portes se refermaient sur le couple.

Darby se figea, interdite. Ils avaient osé laisser Jac à une inconnue ! Comment pouvaient-ils savoir qu'elle n'était pas psychopathe ou qu'elle ne s'enfuirait pas avec le bébé ?

Déposant le sac dans la poussette, elle poussa la porte de la salle de bal avec sa hanche et balaya l'assemblée du regard. Elle n'eut aucun mal à repérer Huntley car il dominait la plupart des invités de sa haute taille. Il semblait prêter une oreille attentive à une brunette au teint olivâtre et au profond décolleté. À en juger par son expression aguicheuse, elle ne dirait pas non si Huntley l'invitait à visiter sa suite ou le recoin le plus proche.

Agacée malgré elle, Darby se focalisa sur les photos défilant sur l'écran de présentation à l'autre extrémité de la salle. La première photo montrait le projet proposé par Huntley pour le nouveau musée d'art. Le bâtiment tout en courbes avait un côté féminin, sensuel, voire sexy. Il était fabuleux et tellement plus original que ses propres plans. L'homme méritait vraiment de remporter l'appel d'offres. Alors que les photos de ses précédentes réalisations défilaient sur l'écran, elle demeura là, fascinée par ce qu'elle voyait.

Elle s'arracha à la contemplation de ces images et reporta son attention sur le concepteur de ces magnifiques constructions. Quelle ne fut pas sa surprise de constater qu'il avait les yeux rivés sur elle. Seigneur, comme il était beau et fascinant ! À la fois sexy et intelligent, rude et taciturne.

Elle lui fit signe de venir la rejoindre et l'observa pendant qu'il s'avançait vers elle d'une démarche féline malgré sa haute taille et sa robustesse.

Reculant dans le couloir, elle contempla la petite forme endormie dans ses bras, souriant à la version féminine de cet homme si séduisant. Elle lui remettrait Jac et tâcherait de se rappeler que ce superbe bébé n'était pas son problème. Sa vie était suffisamment compliquée comme cela.

Au moment où Judah la rejoignait, l'orateur tapota son verre avec une cuiller, et le silence se fit dans la salle.

— Étant donné la volonté affirmée de la fondation de soutenir les talents bostoniens, je comprends que certains de nos professionnels locaux aient pu être déçus par notre décision d'attribuer le contrat à un architecte dont le cabinet est situé à New York, mais son plan était tout simplement remarquable. Cela dit, j'ai le grand plaisir de vous annoncer que Huntley and Associates recherche un architecte local pour travailler sur le projet avec Judah Huntley.

Un tonnerre d'applaudissements salua cette annonce, et Darby arqua un sourcil surpris en direction de Judah.

Il haussa les épaules avant de murmurer :

— Il exagère. La personne que j'engagerai sera simple stagiaire et assurera la liaison entre la fondation et moi-même.

— Cette personne ne participera pas au dossier de construction ? demanda Darby, déçue.

— Non. J'ai une équipe très compétente à New York qui s'en chargera.

Dans ces conditions, le poste ne l'intéressait pas. Elle était une architecte confirmée, pas une stagiaire.

— Comptez-vous rémunérer cette personne ou travaillera-t-elle pour avoir l'honneur de mentionner votre nom comme référence sur son CV ?

— Elle sera rémunérée, répondit-il, ignorant son sarcasme.

— Combien ? s'enquit Darby.

Même si elle n'était pas intéressée, elle était curieuse de savoir combien payait un architecte mondialement renommé.

Judah mentionna un chiffre, et Darby écarquilla les yeux, abasourdie. Tant que cela ? Mince ! À ce tarif-là, son intérêt grimpait en flèche. Quel dommage qu'il se montre aussi odieux avec cet adorable bébé, sinon elle aurait volontiers posé sa candidature.

Jac hoqueta dans son sommeil, et Judah reporta son attention sur cette poupée vivante. Darby chercha une trace d'acceptation ou de compassion sur son visage et n'en trouva aucune. Elle ne l'appréciait pas, mais elle était forcée d'admettre que son expression dure et maussade était aussi séduisante que la façade courtoise qu'il offrait au monde.

Il se désintéresse de son propre enfant ! Il est le contraire de ce que tu recherches chez un homme.

— Pourquoi avez-vous encore le bébé ?

Darby tiqua devant la sécheresse de son ton.

— Parce que j'ai changé sa couche à la demande de vos amis. Ils m'ont dit qu'ils m'attendraient dans le couloir, mais ils sont partis avant que je puisse leur rendre le bébé.

Une lueur d'inquiétude traversa le regard de Judah.

— Quoi ?

Il était intelligent. Était-ce si difficile à comprendre ?

— Faites un effort, Huntley ! J'ai changé sa couche, je lui ai préparé un biberon, et quand je suis revenue les deux Italiens étaient dans l'ascenseur. J'ai songé à les rejoindre, puis je me suis dit que le plus simple était de vous remettre Jac.

— Jack ? Elle s'appelle Jack ?

Percevant le léger tremblement dans sa voix, Darby se demanda pourquoi ce prénom le troublait autant.

— Les deux Italiens l'appellent Jacquetta, mais le diminutif de Jac me paraît plus adapté pour ce bout de chou, expliqua-t-elle. Tenez, prenez-la.

Darby lui tendit le bébé, mais il se recula, horrifié.

Ah, non, l'intermède était terminé. Elle s'était suffisamment dévouée comme cela.

— C'est une enfant, Huntley ! *Votre* enfant, apparemment, et non un colis qu'on peut refuser.

Judah se frotta la nuque, l'air consterné.

— Maudite Carla. À quoi joue-t-elle ? grommela-t-il.

— Vous ignoriez l'existence de Jac ?

— Évidemment ! Elle n'est pas…

Judah se tut brusquement et exhala un soupir de frustration. Il s'apprêtait sûrement à dire qu'elle n'était pas sa fille. Mais Darby n'était pas stupide. Le bébé lui ressemblait comme deux gouttes d'eau.

— Je ne peux pas la prendre, dit-il à la fin.

Oh ! c'en était trop ! De sa main libre, elle agrippa le revers de la veste de Judah et se dressa sur la pointe des pieds, contrariée de ne pas assez être grande pour le regarder droit dans les yeux.

— Bien sûr que si ! Ce bébé vous a été confié personnellement. Quant à ces deux crétins, si je les retrouve, je leur arrache les yeux pour avoir laissé Jac aux mains d'une inconnue avant de disparaître. J'aurais aussi bien pu appartenir à un réseau de trafiquants d'enfants ou être une psychopathe !

Contre toute attente, une lueur d'amusement traversa le regard de Judah.

— Et c'est le cas ?

À la vue de la fossette qui se creusait dans sa joue gauche, son arme de séduction fatale, elle se sentit chavirer.

Pourquoi fallait-il qu'elle pense à son charme ? Elle était

censée lui faire la leçon ! Qu'à cela ne tienne, elle allait lui dire le fond de sa pensée.

— Il faut vraiment que vous soyez stupide pour ne pas vous rendre compte que Jac est votre portrait craché ! Et, même si je suis la seule personne à me soucier d'elle, je n'en suis pas responsable.

— Vous avez accepté de la changer. Vous avez laissé les deux Italiens partir. Vous auriez pu la leur rendre.

Comment cet homme qui créait de véritables œuvres d'art pouvait-il se montrer aussi insensible, aussi froid ?

— Vous n'avez pas de cœur ! Vous ne savez pas à quel point vous avez de la chance d'avoir un enfant. Vous ne savez pas le nombre de gens qui aimeraient être à votre place.

Elle se rendait compte qu'elle élevait la voix, mais elle était trop ulcérée pour s'en soucier. Quelqu'un devait prendre fait et cause pour Jac, et manifestement ce rôle lui incombait.

— Quels que soient vos différends avec sa mère, Jac est une victime innocente. Et, si vous ne le comprenez pas, vous n'êtes pas digne de considération.

Elle était au bord des larmes. Elle prenait cette situation trop à cœur. Il valait mieux qu'elle s'en aille, sinon elle risquait de craquer… Ou de partir avec le bébé dont personne ne se souciait.

Déposant un baiser sur le front lisse de Jac, elle la casa de force au creux du bras de Judah et s'assura qu'il la tenait fermement avant de relâcher sa prise. Puis elle lui fourra le biberon vide dans son autre main.

Levant les yeux vers Judah, elle lui décocha une dernière flèche :

— Mon amie DJ dit qu'avoir des enfants devrait être strictement réglementé et faire l'objet d'une autorisation préalable. Je n'ai jamais été plus d'accord avec elle qu'à cet instant.

Elle contempla son beau visage viril, et sa colère céda le pas à la confusion.

— Je ne comprends pas comment quelqu'un d'aussi talentueux que vous et capable de mettre autant de sensibilité dans ses créations peut se montrer aussi dur et aussi froid.

Judah inclina alors la tête vers elle, et quand son souffle frôla son oreille, elle ne put faire autrement que d'inhaler sa fragrance à base de citron, de savon et de masculinité – une fragrance tellement grisante qu'elle lui donnait envie d'enfouir son visage dans le cou de cet homme. Durant une fraction de seconde, elle s'imagina qu'elle et Judah formaient un couple et qu'il montait la garde auprès de sa famille, mais les mots qui sortirent de sa bouche brisèrent le charme.

— Ce bébé n'est pas à moi.

Comme si elle allait croire un mensonge aussi éhonté !

— Dites plutôt que vous ne voulez pas qu'elle soit à vous, marmonna-t-elle, furieuse. Elle se tiendra tranquille pendant une demi-heure environ. Après quoi, j'espère qu'elle vous fera vivre un enfer ! Sur ce, bonsoir.

Elle croisa une dernière fois le regard de Judah. Toute cette beauté virile masquait un cœur sec. Quel gâchis !

Bonne chance, Jacquetta. Avec des parents pareils, tu vas en avoir besoin.

3

Judah jura entre ses dents en voyant les portes de l'ascenseur se refermer sur la Duchesse. Pourtant, il devrait se réjouir qu'elle soit partie.

Elle s'était mêlée d'une situation qui ne la regardait pas et elle l'avait critiqué vertement. Or, au lieu d'être furieux après elle, il avait été excité… ! Mais, pour sa défense, elle était tellement séduisante.

Et elle l'avait laissé en plan.

Judah secoua la tête. Il devait se faire une raison. Reportant son attention sur le bébé niché au creux de son bras, il contempla sa jolie frimousse. C'était un fait, elle lui ressemblait. Mais lui et Jake tenaient de leur père, et rien ne laissait deviner qu'ils étaient demi-frères.

Judah avait cru qu'il avait été la seule victime du week-end que Jake et Carla avaient passé de façon illicite dans son appartement, mais il s'était trompé. Ces deux-là n'étaient pas du genre à faire les choses à moitié.

Une profonde amertume le submergea. Dix-huit mois s'étaient écoulés depuis cette double trahison. Comment se faisait-il qu'elle le fasse encore souffrir ? Il caressa la joue soyeuse de Jac. Et soudain il comprit que ce n'était pas seulement pour lui mais aussi pour ce bébé qu'il ressentait de la colère et de la douleur. Ce petit être humain méritait mieux que des parents stupides et dysfonctionnels.

De sa main libre, il sortit son téléphone de la poche intérieure de sa veste et fit défiler la liste de ses contacts. Il n'avait pas composé ce numéro depuis dix-huit mois. Restait à espérer qu'il était encore opérationnel.

Le téléphone bourdonna, bipa, puis commença à sonner.

Reste calme…

— Judah !

Au son de cette voix sensuelle, sa colère redoubla.

— Bon sang, Carla, es-tu devenue folle ? Que veux-tu que je fasse d'un bébé ?

— Je comprends que tu sois surpris, mais j'ai besoin que tu la prennes, le temps que je finalise ce projet.

— Non ! Mille fois non ! C'est hors de question ! s'exclama-t-il, ulcéré et faisant un suprême effort pour ne pas hurler.

— Il le faudra bien, répliqua Carla, durcissant le ton. Toi ou ton frère serez forcés de vous en occuper jusqu'à ce que je décide de la reprendre.

— Alors, appelle Jake, pour l'amour du ciel ! C'est lui le père et non moi ! Vous n'avez même pas daigné m'informer que j'avais une nièce.

— À qui la faute ? Tu nous as clairement déclaré que tu ne voulais plus entendre parler de nous.

— Tu sembles oublier que je vous ai trouvé nus dans mon lit dans une position qui ne laissait place à aucune équivoque. Puis tu as répandu des détails dégoûtants sur notre rupture pour empêcher les médias de découvrir que tu m'avais trompé avec mon jeune frère.

Pourquoi se donnait-il la peine d'évoquer le passé ? Carla s'en fichait éperdument.

— Demande à Rossi ou à Jake de venir récupérer ta fille, ajouta-t-il. Elle. N'est. Pas. Mon. Problème !

— Crois-tu que ce serait une bonne idée la confier à Jake ? Il est toxicomane et par ta faute il a un casier judiciaire. Il n'est pas en mesure de s'occuper d'un bébé.

— Carla, tu ne peux pas te débarrasser de ton enfant comme si c'était un colis encombrant !

Bon, c'était l'argument utilisé par la Duchesse, mais il était pertinent. Seigneur, comment avait-il pu tomber sous le charme de Carla ? Oh ! bien sûr, le sexe avait été fantastique, mais Carla était comme les loukoums, il ne fallait pas en abuser.

— Viens la chercher toi-même, Carla.

— Non ! J'ai besoin de temps. Écoute-moi, Judah, s'il te plaît.

Il ne devrait pas la laisser plaider sa cause, mais elle profita de son silence pour poursuivre sur sa lancée :

— J'ai une nouvelle proposition de travail. Bertolli a composé un opéra et il m'accorde le premier rôle.

— Oui. Un rôle à contre-emploi, ironisa-t-il.

— Hélas, tu n'es pas le seul à en faire la remarque. Beaucoup de bruits malveillants circulent sur mon passé, sur toi, sur ma relation avec Bertolli.

— Quelles insinuations ?

Carla ne répondit pas. Cela signifiait donc qu'elle couchait avec Bertolli. Elle jouait avec le feu. Si le bruit se répandait qu'elle avait une liaison avec l'homme le plus conformiste, le mari le plus fidèle, le compositeur préféré des Italiens – un trésor national ! –, on la qualifierait de séductrice immorale, et elle serait clouée au pilori.

Judah alla se poster devant la baie vitrée à l'extrémité du couloir et contempla les rues encombrées du centre-ville de Boston, le front appuyé contre la vitre froide.

— Le bruit a couru récemment que tu n'étais pas son père. Je ne peux pas prendre le risque que les gens apprennent que Jake est le père de Jacquetta et non toi. Déjà que j'ai suscité le scandale en ayant un enfant hors mariage, si on apprenait en outre ma liaison avec Jake…

— Une aventure passagère.

— Si on apprenait qu'il est ton frère, héroïnomane et le père de mon bébé, l'histoire ferait la une des tabloïds du monde entier. Ce serait un énorme scandale. Or, mon contrat avec la production stipule que ma réputation doit être sans tache.

Un horrible sentiment de frustration l'envahit. Rien de tout ceci ne le concernait. Jake et Carla avaient fait l'amour dans le lit de Judah et maintenant ils devaient assumer les conséquences de leurs actes. Il n'était pas responsable d'eux ni du fruit de leurs ébats.

Judah jeta un coup d'œil à la fillette et ignora le nœud qui lui obstruait la gorge.

Elle aurait pu être sa fille…

Non, il ne voulait pas d'enfant ; il n'en avait jamais voulu. Il se rappelait avoir changé les couches de Jake et l'avoir bercé nuit après nuit pour qu'il s'endorme parce que leurs parents étaient sortis ou s'étaient absentés pour quelques jours. Pendant six ans, il s'était occupé de Jake, lui achetant des vêtements et lui préparant ses repas. Judah n'avait alors que douze ans, mais il avait assumé cette responsabilité d'adulte parce que son père et sa belle-mère étaient d'une inconséquence coupable. Et Judah s'était juré qu'il ne se retrouverait plus jamais dans ce genre de situation.

À l'université, il avait eu la peur de sa vie quand il avait cru avoir mis une jeune fille enceinte. Par chance, c'était une fausse alerte, et il avait envisagé une vasectomie pour ne plus être confronté à ce genre de problème. Mais le médecin avait refusé, lui expliquant qu'il était trop jeune et qu'il pouvait changer d'avis. Furieux, il s'était promis de voir un autre médecin, puis sa carrière avait pris son essor, et il n'avait jamais trouvé le temps de faire pratiquer cette intervention.

Mais il le ferait. Dès qu'il mettrait fin à son abstinence charnelle. Désormais, il avait trente-cinq ans, et on ne pourrait plus lui opposer le moindre refus. Adolescent, il avait élevé un enfant, et il était hors de question qu'il renouvelle l'expérience.

À l'époque, l'obtention d'une bourse pour l'université lui avait permis de fuir cette vie contraignante, mais il se sentait encore coupable d'avoir laissé Jake, alors âgé de six ans, derrière lui. Malgré ses efforts pour garder un œil sur lui, Jake avait mal tourné. À treize ans, il fumait de la marijuana ; à seize ans, il devenait dépendant aux drogues dures et volait des voitures pour acheter ses doses ; à dix-huit ans, il s'était retrouvé dans un centre de détention pour mineurs.

Plus jamais Judah ne se verrait contraint de choisir entre

son avenir et ses obligations. Voilà pourquoi il ne voulait pas d'enfant. De la même façon, après des liaisons qui ne l'avaient mené nulle part et après la tornade Carla, il ne voulait plus nouer de liens durables avec une femme.

Jamais.

Judah prit une profonde inspiration pour calmer ses nerfs à vif.

— Je suis descendu à l'hôtel Sheraton, dans le centre-ville de Boston. Suite présidentielle. Demande à Rossi de venir me voir.

— J'ai essayé de le contacter juste avant ton coup de fil, mais il ne répond pas.

Ulcéré, Judah jura entre ses dents.

— Bon sang, Carla, trouve une solution !

Après une pause interminable, Carla suggéra :

— Je vais appeler une agence. Ils t'enverront une nourrice.

Seigneur, elle allait envoyer une inconnue pour récupérer Jac ? C'était exactement le genre de démarche irresponsable que son père et sa belle-mère auraient entrepris. Une colère froide s'empara de Judah.

— Non, Carla. Tu viens *toi-même* chercher Jac !

— C'est impossible !

À en juger par son exclamation paniquée, on aurait dit qu'il lui demandait de se faire nonne.

— Jacquetta est ta fille. Tu viens la récupérer. Ce n'est pas négociable.

Il entendit un chapelet de jurons à l'autre bout du fil. Carla devait le maudire, mais il s'en fichait éperdument.

— Soit, dit-elle à la fin. Je viendrai la chercher, mais j'ai besoin de temps.

— Je t'accorde vingt-quatre heures. Passé ce délai, je contacterai les tabloïds.

— Judah, non ! Je me trouve à Côme. Il me faudra davantage de temps.

— Tu aurais dû y penser avant de te débarrasser de ta

fille comme d'un vulgaire colis, riposta Judah. Dépêche-toi, Carla. L'heure tourne.

Sur quoi, il raccrocha, ulcéré. Alors qu'il proférait à son tour un chapelet de jurons, il se rendit compte que Jac le fixait avec de grands yeux.

— Désolée, mignonne, marmonna-t-il, penaud. Ta maman a le don de me mettre dans tous mes états.

Jac cilla, puis elle lui sourit, révélant une adorable fossette et des gencives roses. Elle était ravissante, convint-il, et elle faisait preuve d'une remarquable capacité d'adaptation après être passée de mains en mains.

— Ainsi donc, ce sera toi et moi pendant les prochaines vingt-quatre heures.

En guise de réponse, Jac battit des bras et des jambes.

— Je suis content que tu sois d'accord avec ce programme. La dernière fois que j'ai préparé un biberon et que j'ai changé une couche remonte à une éternité. Alors, cela m'arrangerait si tu pouvais éviter d'avoir faim ou de remplir ta couche pendant que je te garde.

Jac lui lança un regard, l'air de dire : faut pas rêver.

Tant pis, il se ferait une raison.

Il l'attacha dans la poussette, heureux de voir que ses réflexes étaient intacts.

Il prendrait soin du bébé pendant une journée. Une journée, ce n'était pas long comparée aux six années pendant lesquelles il avait veillé sur son frère.

Du moins, cette fois, il était un adulte, il avait une voix et il n'hésiterait pas à s'en servir.

Le lendemain après-midi, après le travail, Darby se lova sur le canapé violine dans le showroom de Winston and Associates et cala un coussin assorti sous sa tête.

DJ lui pressa l'épaule avant de prendre place à côté d'elle, l'énorme diamant à l'annulaire de sa main gauche étincelant de mille feux. L'émeraude arborée par Jules était tout aussi impressionnante et de grande valeur. Les futurs beaux-frères de Darby – l'un par la loi et l'autre par l'amitié – étaient éperdument amoureux de leurs fiancées respectives. Et Darby était heureuse qu'elles aient trouvé leurs âmes sœurs.

La sienne devait s'être perdue en route ou fait écraser par un chauffard. À moins qu'il n'y ait aucun homme désireux de supporter une femme déterminée, ambitieuse, têtue et ayant des problèmes de fertilité.

Jules déposa une tasse de thé sur la table basse blanche avant de prendre place à son tour sur le canapé.

DJ pressa affectueusement la main de Darby.

— Je regrette que tu n'aies pas remporté l'appel d'offres pour le projet de musée, Darby.

Darby haussa les épaules avec une feinte désinvolture. Elle détestait perdre, même si l'enjeu était minime.

— Le choix de Huntley est amplement justifié. Ses plans et ses perspectives sont sensationnels.

L'homme aussi aurait été sensationnel s'il n'avait pas été froid ct sans cœur.

Jules entoura ses genoux de ses bras.

— Sait-on déjà qui assurera la liaison entre Huntley and Associates et la Grantham-Ford Foundation ?

Chaque architecte en ville rêvait de travailler avec Huntley. Sauf elle. Hier soir, elle avait pris la pleine mesure de cet homme et elle n'avait pas du tout été impressionnée.

— Non. Mais il s'agira d'un simple poste de stagiaire. Je ne postulerai donc pas.

Elle prit les documents que lui tendait DJ et sourit. C'était les résultats financiers trimestriels. Ils feraient l'objet d'une petite discussion, puis elle récupérerait son chèque. Voilà qui était parfait.

De la pointe de son stylo, DJ tapota les feuillets qu'elle tenait sur ses genoux et s'éclaircit la gorge.

— Laissons de côté les deux premières pages et passons directement à la partie financière.

Darby s'exécuta et examina les colonnes détaillant les

recettes et les dépenses. Elle eut la désagréable surprise de constater que les recettes provenant de l'activité architecture dirigée par elle-même étaient inférieures de moitié à celles émanant de la décoration intérieure sous la houlette de Jules. Jusqu'à présent, elles avaient contribué de façon égale au résultat de leur cabinet, DJ gérant les finances. Le triangle avait été parfait, mais maintenant le côté de Darby s'effondrait.

Elle prit le chèque que lui tendait DJ et lut le montant. Puis elle fixa DJ, consternée, se demandant si elle n'avait pas oublié un zéro.

— C'est le bon montant ?

— Oui.

Mince !

DJ se pencha vers elle, la mine grave.

— Le résultat trimestriel n'est pas fameux, j'en conviens, mais la conjoncture actuelle est défavorable. Si les recettes provenant de l'activité décoration intérieure ont bondi, c'est grâce à Noah qui a fait appel à Jules pour décorer les yachts qu'il a conçus. Quant à toi, tu as multiplié les petits travaux, mais ils n'ont pas rapporté beaucoup d'argent.

Darby contemplait son chèque, l'esprit en ébullition. Il ne lui permettrait pas, tant s'en faut, de combler la somme manquante pour sa prochaine FIV. Elle devrait mettre ses deux immeubles en vente plus tôt que prévu et accepter le prix qu'on lui en offrirait. Elle risquait de ne pas récupérer sa mise, mais du moins elle aurait l'argent nécessaire. Elle avait beau tourner la question dans tous les sens, elle était forcée de constater qu'elle reculait au lieu d'avancer. *Quelle poisse !*

— D'autres facteurs ont contribué à ce piètre résultat, Darby.

— Lesquels ?

— Le loyer de notre showroom a augmenté de façon significative.

— Nous étions convenues qu'il nous fallait cet emplacement, répliqua Darby. Par ailleurs, l'augmentation n'est que de 10 %. En fait, si nous n'avons pas progressé ce trimestre, c'est parce que mon chiffre d'affaires est insuffisant.

La preuve était là, noir sur blanc. Elle avait échoué. Et elle détestait cela.

— Le prochain trimestre, je mettrai les bouchées doubles, promit-elle, dépitée. Je suis vraiment désolée. Vous avez travaillé dur, et je n'ai pas rempli ma part du contrat.

— Oh ! pour l'amour du ciel ! protesta Jules. Cesse de t'autoflageller !

— Mais…

— Qui a financé ce cabinet, Darby ? poursuivit Jules, sans lui laisser le temps de répondre. C'est toi. Tu as acheté et remis en état ce cottage, et les bénéfices que tu as faits ont permis de régler nos dépenses du premier semestre. C'est grâce à toi si nous n'avons pas eu à emprunter de l'argent à maman, à Levi ou à une banque.

— Le loyer du showroom et le personnel supplémentaire que nous avons engagé dans la perspective d'un développement de nos activités ont contribué pour une large part à la chute des bénéfices, renchérit DJ. Tout cela est normal, Darby.

Darby examina le compte de résultat et accusa le coup.

— C'est catastrophique !

DJ leva les yeux au ciel.

— Tu es trop perfectionniste. Nous pouvons nous permettre d'avoir un trimestre médiocre. Nous avons quand même réalisé un petit bénéfice.

Mais il était insuffisant. À partir de maintenant, Darby prendrait tous les projets qu'elle trouverait. Elle en serait quitte pour faire des heures supplémentaires, mais elle devait doubler son chiffre d'affaires pour compenser son déficit.

— Oh ! tu viens de la piquer au vif, DJ, plaisanta Jules. Elle est en train d'échafauder des plans pour me battre à plate couture le prochain trimestre.

Puis elle se pencha vers Darby.

— Nous travaillons en équipe, sœurette. Alors, cesse de penser que c'est ton problème. Ce n'est pas une compétition.

Darby avait entendu ce refrain toute sa vie : tu as trop

l'esprit de compétition, tu prends les choses trop à cœur, tu n'es pas obligée de gagner à tous les coups.

Ce que personne ne comprenait, c'est qu'elle avait la compétition dans le sang. Cela faisait partie intégrante d'elle.

Un de ses premiers souvenirs se passait dans une cour de récréation. Elle voulait être celle qui courait le plus vite, sautait le plus loin et se balançait le plus haut. Elle excellait dans tous les sports. Elle était une des filles les plus populaires de l'école. Elle se souvenait à quel point elle appréhendait les résultats des examens. Il fallait qu'elle obtienne les meilleures notes. Ses carnets ne mentionnaient que des A. Et, quand elle avait eu son premier C à l'université, elle avait été anéantie.

Oui, elle avait l'esprit de compétition. Oui, elle était ambitieuse. Et alors ? Cela lui permettait d'obtenir d'excellents résultats. Bon, sauf cette fois-ci. Elle devait se recentrer sur ses objectifs. Faire mieux que les autres. La détermination, sa vieille amie, se coula en elle, la regonflant à bloc. Les options, les scénarios et les plans se bousculaient dans sa tête…

DJ lui donna un petit coup d'épaule, la tirant de sa rêverie.

— Dans toute entreprise, il y a des hauts et des bas, Darby, mais tout s'équilibre à la fin. Notre cabinet n'est pas en danger. Le prochain cycle sera meilleur.

Et si ce n'était pas le cas ? Et si la conjoncture économique se dégradait un peu plus ? Elle ne pouvait pas vivre dans l'incertitude. Elle avait besoin d'un plan pour stimuler son activité. Elle avait besoin d'un contrat lucratif et elle savait vers qui se tourner.

Judah Huntley avait trouvé son architecte local. Il ne restait plus qu'à l'en informer.

4

Après vingt-quatre heures passées à jouer les nounous, Judah était exténué et à bout de nerfs. Il avait besoin de prendre une douche et de dormir pendant une semaine.

Jac devait être aussi épuisée que lui. Elle avait constamment besoin d'être rassurée. Et elle le faisait savoir en pleurant sans discontinuer. Il avait eu beau la changer, la nourrir, la bercer, arpenter la pièce avec elle, rien n'y faisait. Elle pleurait toujours.

Comment s'était-il débrouillé avec Jake, alors qu'il n'était qu'un adolescent ? C'était à croire qu'un ange gardien lui avait prodigué ses conseils car son père et sa belle-mère ne lui avaient été d'aucune aide.

Fourrageant dans ses cheveux, il se demanda pour la énième fois où diable était Carla. Il n'avait pas réussi à la joindre au cours des douze dernières heures. Au début, il ne s'était pas inquiété. Elle devait être dans l'avion. Mais il avait atterri deux heures plus tôt, et elle aurait dû être ici. Puis Judah se rappela à quel point Carla était étourdie. Elle avait dû oublier l'heure.

À moins qu'elle ne soit coincée dans les embouteillages ou retenue à la douane. Il y avait une foule d'explications plausibles pour justifier son retard. Elle finirait par arriver, le suppliant de lui pardonner et le gratifiant de son grand sourire enjôleur.

Oh ! oui, il était prêt à lui pardonner à condition qu'elle reparte avec son bébé et qu'elle le laisse dormir.

En attendant, il cala Jac sur son épaule, lui tapota le derrière et soupira quand elle poussa un autre cri perçant. Pourquoi diable ne dormait-elle pas ?

Le téléphone de sa chambre d'hôtel sonna, et il traversa en hâte la suite présidentielle pour décrocher.

— Monsieur Huntley, vous avez une visiteuse…

— Faites-la monter, répondit-il, soulagé, avant de raccrocher.

Il massa le dos de Jac.

— Ta maman est ici. Tu penses qu'elle peut nous sauver ?

En guise de réponse, Jac émit un cri plaintif, et il hocha la tête.

— Je comprends ton inquiétude. Mais, connaissant ta maman, elle viendra accompagnée d'une nourrice, et tu seras entre de bonnes mains.

Il allait enfin pouvoir dormir. Il balaya la chambre du regard et soupira d'aise à la vue de l'immense lit agrémenté de draps en coton égyptien et d'un édredon moelleux. Sitôt allongé, il s'endormirait comme une masse.

Il alla se poster dans l'entrée, s'adjurant de rester calme. Il se contenterait de remettre Jac sans mot dire à son ex-amante volcanique – elle avait la fâcheuse habitude de hurler et de jeter des objets quand la discussion prenait une tournure qui lui déplaisait –, puis il fermerait sa porte à clé et se déshabillerait tout en se dirigeant vers sa chambre. Il sentait le lait régurgité car Jac avait manifesté son mécontentement en vomissant sur sa chemise. Il devrait se doucher auparavant, mais il avait encore plus besoin de sommeil.

À trente-cinq ans, il était trop âgé pour rester des jours sans dormir et pour subir des scènes mélodramatiques.

Entendant frapper, il ouvrit la porte en grand et oublia ses bonnes résolutions.

— J'ai toujours pensé que tu étais incroyablement égocentrique, mais ta conduite actuelle est inqualifiable ! C'est un bébé, Carla, et non une poupée… *Bon sang de bois !*

Judah cilla plusieurs fois puis se frotta les yeux. Il devait halluciner. Mais, quand il les rouvrit, la Duchesse se tenait toujours sur le seuil, ses grands yeux gris métallique fixés sur lui.

Gardant espoir en dépit de tout, il passa la tête dans le couloir. Hélas, aucune chanteuse d'opéra en vue. Il consulta sa montre. Elle avait maintenant une heure et demie de retard.

Il commençait sérieusement à s'inquiéter. Il devait passer des coups de fil. Un tel retard sans prévenir n'était pas normal.

— Vous tombez mal, Duchesse.

L'emploi de ce surnom ne l'impressionna pas, mais Judah s'en moquait. Il était trop épuisé pour discuter avec cette blonde donneuse de leçons.

Elle pénétra dans l'entrée de sa suite, referma la porte derrière elle et contempla Jac qui continuait de pleurer.

— Depuis combien de temps est-elle perturbée ?

— Depuis toujours, soupira Judah. Elle n'a pas arrêté de pleurer.

— Quand l'avez-vous changée pour la dernière fois ?

Dieu sait pourquoi, son ton sec et autoritaire l'excita. Peut-être parce qu'il avait perdu la raison ou parce qu'elle portait un pantalon noir moulant qui mettait en valeur sa silhouette longiligne. Son chemisier, pincé à la taille, était du même bleu que la mer Ionienne baignant Corfou et laissait deviner un soutien-gorge de la même couleur. Judah était prêt à parier sa fortune – considérable – que sa culotte était assortie à son soutien-gorge. C'était bien le genre de la Duchesse.

Cela lui fit penser qu'il ne pouvait pas continuer à l'appeler par son surnom.

— Qui êtes-vous ?

— Darby Brogan, architecte. Je suis associée dans le cabinet Winston and Associates. Alors, quand ?

Elle attendait aussi une réponse, et Judah dut rassembler ses esprits pour se souvenir de la question. Ah, oui, le changement de couches.

— Il y a une demi-heure.

Darby haussa ses sourcils à l'arc parfait en signe de surprise.

— Et son dernier biberon ?

Cela ressemblait au tribunal de l'Inquisition !

— Après le changement de couches.

— Hum.

Qu'est-ce que cela signifiait ? Était-ce bon ou mauvais signe ? Puis il cessa de s'inquiéter car Darby, Dieu la bénisse, lui prit le bébé des bras. Soulagé, Judah retourna au salon et s'affala sur le canapé le plus proche.

Quel délice ! Luttant pour garder les yeux ouverts, il observa Darby qui sortait une petite couverture du sac de Jac. Par chance, il lui restait assez de force pour admirer ses jambes interminables et sa démarche sensuelle tandis qu'elle se dirigeait vers le fauteuil en face de lui. De sa main libre, elle étendit la couverture sur le siège, et le peu de sang alimentant encore son cerveau reflua vers son bas-ventre quand elle inclina son derrière parfait dans sa direction. Il n'avait aucun mal à l'imaginer nue, la taille pliée en deux, sa chevelure blonde touchant le sol. S'il rajoutait des talons hauts et un sourire coquin, elle ressemblerait à la pin-up du poster qu'il avait épinglé au mur de sa chambre d'adolescent.

Bon. Peut-être n'était-il pas aussi fatigué qu'il le croyait.

Inconsciente de la tournure licencieuse que prenaient les pensées de Judah, Darby déposa Jac au centre de la couverture avant de l'emmailloter dedans avec dextérité. Puis elle cala le bébé contre sa poitrine et lui tapota le dos. En l'espace de vingt secondes, le volume sonore de ses pleurs diminua avant de cesser complètement.

Comme Darby lui tournait le dos, il apercevait le visage désormais apaisé de Jac. Elle s'endormait.

Dieu merci. Et merci à Darby.

— Si je ne vous étais pas aussi reconnaissant, je vous flanquerais volontiers à la porte. Malgré tous mes efforts, je n'ai pas réussi à la calmer.

— Les bébés sont des baromètres. Ils ont besoin de savoir que les adultes autour d'eux savent ce qu'ils font. Visiblement, ce n'est pas votre cas.

Il était trop épuisé pour se formaliser de son sarcasme. Si seulement elle savait…

Darby se cala confortablement dans le fauteuil en face de lui et se mit à l'observer. Sous son regard scrutateur, il se faisait l'effet d'un microbe sous un microscope. Soudain embarrassé, il regretta de ne pas avoir pris une douche ni de s'être changé. Alors que Darby était fraîche comme une rose, on aurait dit qu'il était tombé dans une fosse à purin.

Elle n'avait pas l'air impressionnée, mais pourquoi le serait-elle ? Et lui, pourquoi se souciait-il de savoir s'il l'impressionnait ou non ? Pourquoi était-il aussi content de la revoir ?

Certes, il lui savait gré d'avoir apaisé Jac, mais il était aussi captivé par ses prunelles couleur d'orage et par sa façon de prendre les choses en main. Lui-même était quelqu'un d'ambitieux et de déterminé, il se chargeait aussitôt de régler les situations difficiles et il n'appréciait pas qu'on empiète sur ses plates-bandes. Pourtant, l'attitude résolue de Darby était non seulement rafraîchissante mais aussi terriblement sexy. Elle était la dernière personne qu'il s'attendait à voir sur le seuil de sa suite. Mais au fait…

— Pourquoi êtes-vous ici ?

Darby ne cilla pas ni ne détourna les yeux.

— Je souhaite travailler avec vous. Pour vous.

Interloqué, Judah se passa une main sur le visage.

— De quoi diable parlez-vous ?

— Vous avez besoin d'un architecte local pour mener à bien le projet de musée. Je désire être cette architecte. Alors, qu'en dites-vous ?

Mince ! En plus d'être ambitieuse et directe, elle était impatiente. Entre les séances de pleurs de Jac, il avait délégué de nombreuses tâches à Jonathan, son directeur commercial, et le choix de l'agent de liaison ne faisait pas partie de leurs priorités. Mais Darby les avait battus de vitesse.

Il ne pouvait pas l'engager. Il la désirait éperdument, il la voulait nue et rêvait de faire avec elle des choses qui n'avaient rien à voir avec l'architecture.

Mais il avait pour principe de ne pas mélanger le plaisir et le travail. Il n'empêche, quel dommage !

Darby releva le menton d'un air de défi.

— Je veux ce job.

Il n'aimait pas qu'on lui donne des ordres, même s'ils étaient énoncés par une superbe blonde au visage d'ange.

— Durant ces deux derniers jours, j'ai dû dormir quatre heures au maximum, et j'ai passé une bonne partie de la nuit et toute la journée d'aujourd'hui à m'occuper de Jac. Je vous fais la même réponse qu'à mon directeur commercial : je verrai le moment venu.

Elle avait à la fois un côté maternel et agressif tandis qu'elle tenait tendrement le bébé et qu'elle mettait Judah au pied du mur. Un mélange ô combien fascinant.

— Si vous prenez la peine d'examiner les plans que j'ai soumis à la fondation, vous remarquerez que mon concept était plus novateur que celui de mes concurrents. J'ai utilisé des techniques de construction modernes et des matériaux intéressants tout en étant respectueuse de l'environnement. J'ai besoin… Je mérite ce poste.

Judah perçut la note de détresse dans sa voix au moment où elle hésitait.

Intéressant.

Il avait le sentiment que Darby Brogan était ici par nécessité et non par envie. Oh ! elle pensait sûrement qu'il était un bon architecte, voire un grand architecte, mais si elle tenait tant à ce poste, ce n'était pas pour travailler avec lui ou pour mentionner son nom dans son CV. Non, l'ambition n'était pas sa principale motivation.

Manifestement, elle avait besoin de son aide. Était-ce à cause de la rémunération du poste ? Il examina discrètement sa tenue : un pantalon de styliste, un corsage coûteux, des chaussures provenant d'un bottier renommé. Des bijoux discrets mais raffinés. Darby ne semblait pas avoir de problèmes d'argent.

— Ne vous donnez pas la peine de faire passer un entretien aux autres candidats, Judah. Engagez-moi. Je travaillerai d'arrache-pied. Je vous donnerai le meilleur de moi-même.

Selon lui, le *meilleur* d'elle-même signifiait qu'elle soit nue, sa chevelure cascadant sur ses épaules, tandis qu'il se plaquerait derrière elle dans le plus simple appareil pour cueillir ses seins au creux de ses paumes et l'envelopper de son grand corps.

Confus, Judah se passa une main sur le visage et ordonna à son corps de se calmer. Comment pouvait-il être excité sexuellement alors qu'il était épuisé ?

La réaction que Darby lui inspirait constituait une excellente raison pour ne *pas* l'engager.

Sans doute déconcertée par son silence, elle s'agita sur son siège, son regard toujours rivé sur lui.

— Je ne suis pas mariée et je n'ai pas de petit ami. Je serai donc à votre entière disposition.

Oh ! non, ne dites pas cela !

— Je peux vous fournir des références, insista-t-elle, vous montrer d'autres esquisses.

La migraine menaçant de lui vriller les tempes, il leva une main pour lui imposer silence. Mais cinq secondes plus tard elle ouvrait à nouveau la bouche pour parler, et il secoua la tête. Il n'était pas en mesure de statuer sur quelque projet que ce soit, encore moins de l'engager. Il était très attiré par elle, et cela compliquait tout.

Avant de décider de la faire entrer dans sa vie et dans son cabinet, il avait besoin de dix bonnes heures de sommeil. Il devait clore cette conversation avant que Darby lui force la main pour avoir le poste.

En temps normal, c'était *lui* qui mettait la pression pour obtenir ce qu'il voulait, mais depuis trente-six heures plus rien n'était normal. Où diable était Carla ?

— J'ai une clé USB flash dans mon book…

— La ferme, Darby !

Elle se tut aussitôt, les sourcils froncés.

Judah se retint de sourire. Il en était sûr, peu de personnes osaient lui parler sur ce ton. Il était soulagé qu'elle lui ait obéi. Mais il savait qu'elle ne demeurerait pas silencieuse très longtemps.

En attendant, sa priorité était de remettre Jac à Carla. Ensuite, il fixerait un rendez-vous à cette architecte très sexy – *cesse de tout ramener au sexe, Huntley !* –, très intelligente et très déterminée. Et, enfin, il dormirait tout son soûl.

Récupérant son téléphone, il composa le numéro de Carla. À son grand soulagement, il ne tomba pas directement sur sa boîte vocale, mais perçut la sonnerie habituelle.

— Judah ?

Il fronça les sourcils en reconnaissant la voix du manager de Carla.

— Luca ? Pourquoi est-ce vous qui répondez sur le téléphone de Carla ? Et où diable est-elle ? Elle devrait être ici depuis longtemps ! s'exclama-t-il, furieux.

En face de lui, Darby lui fit de grands signes pour l'inciter à baisser d'un ton afin de ne pas réveiller Jac. De fait, la réveiller serait une très mauvaise idée.

— Êtes-vous en train de me dire qu'elle est toujours en Italie ? Dans ce cas, je lui ramène Jac.

— Non, ne faites pas cela, Judah. Elle n'est pas en mesure de s'occuper du bébé.

Évidemment qu'elle en était incapable ! Elle avait la fibre maternelle d'une sauterelle. Et encore !

— Elle engagera une nourrice et fera ce qu'elle fait toujours, se décharger de ses responsabilités sur autrui, répliqua Judah avec amertume.

Il n'aurait jamais dû faire confiance à Carla. Il aurait mieux fait de ramener Jac en Italie. Le comportement passé d'un être humain n'était-il pas le meilleur indicateur de son comportement futur ?

— Elle est hospitalisée, Judah. Elle a eu une crise d'appendicite.

Quoi ? Non, ce n'était pas possible ! Elle allait débouler dans sa suite et l'invectiver copieusement à cause des désagréments qu'il lui avait occasionnés. Il contempla Jac, hébété, priant pour qu'il ait mal compris les propos de Luca.

— Elle a été transportée directement au bloc opératoire et se trouve maintenant dans le service des soins intensifs. Nous attendons qu'elle se réveille.

— Son état est-il aussi grave ?

— Non, elle a été transférée dans ce service par mesure de précaution et aussi parce que la sécurité y est mieux assurée que dans une chambre. Elle devrait se rétablir sans problème.

Judah sentit un flot d'adrénaline courir dans ses veines.

— Je prends le prochain avion. S'il le faut, j'affréterai un jet privé, mais nous serons là-bas demain matin.

Judah se leva d'un bond et se dirigea vers sa chambre. Il ouvrait la porte de l'armoire pour faire sa valise quand Luca reprit la parole :

— Non, Judah, je vous en prie.

Agacé, Judah resserra sa prise sur la poignée de l'armoire.

— Et pourquoi non ?

— À en juger par les commentaires alarmistes des tabloïds, on croirait que Carla a eu une crise cardiaque et non une appendicectomie, marmonna Luca. Croyez-vous que votre arrivée en Italie avec le bébé passera inaperçue ? Beaucoup trop de spéculations et de ragots circulent à son sujet. Il n'est vraiment pas nécessaire d'en rajouter.

Quelle poisse ! Il avait raison. La situation était suffisamment explosive sans la présence de Judah.

— Il faut que vous gardiez Jacquetta pendant deux semaines, voire trois, le temps que l'attention des tabloïds retombe. Avant que Rossi vous l'amène, nous avons fait signer à Carla un document dans lequel elle déclare être heureuse de vous confier la garde temporaire de Jacquetta.

Luca marqua une courte pause avant de marteler :

— Et vous devez impérativement tenir votre frère éloigné de Carla !

La demande de Luca et sa mise en garde lui firent l'effet d'un coup de massue.

— Cela fait dix-huit mois que je n'ai pas parlé à Jake, et j'ignore où il est, répliqua Judah avec amertume.

— Selon les médias, il se trouverait à Côme et serait en contact avec Carla. J'espère que ce ne sont que des ragots car la présence dans les parages de son ex-amant toxicomane lui causerait un tort considérable.

— Ne croyez-vous pas que vous dramatisez ? rétorqua Judah, sceptique. Ils n'ont passé *qu'un* week-end ensemble.

— Détrompez-vous, Judah. À l'époque, Carla avait un contrat de huit semaines avec le Met, et à cette occasion vous avez mis votre appartement de New York à sa disposition. Or, votre frère a emménagé avec elle trois jours plus tard, soit une semaine après votre départ pour Sydney. Ils ont vécu ensemble pendant trois mois.

Cette nouvelle fut un nouveau choc pour Judah, mais il ne l'anéantit pas. Quelle importance que leur aventure ait duré un week-end ou trois mois ? La trahison était la même.

Voyant que Judah demeurait silencieux, Luca intervint à nouveau :

— Judah, je vous en prie, il faut que vous gardiez Jacquetta.

— Pourquoi devrais-je mettre mon univers sens dessus dessous à cause de Carla ? s'insurgea Judah.

— Parce que vous l'avez aimée ? Parce que Jac n'a nulle part où aller durant les deux prochaines semaines ? Parce que je dois détourner l'attention des médias du bébé et que, pour ce faire, j'ai besoin de vous en votre qualité d'oncle de Jac ?

— Bon sang, Luca ! Je croyais en avoir fini avec le mélodrame !

Luca eut un rire bref.

— Tant que Carla sera dans votre vie, vous n'en aurez jamais fini.

Hélas, c'était la triste vérité.

Mason comptait mentalement la recette du jour – c'était plus amusant qu'avec une calculette – quand le carillon de la porte d'entrée tinta.

Il était 16 heures en cet après-midi neigeux, et aucun client n'avait franchi le seuil de son établissement depuis deux bonnes heures. Il avait autorisé ses employés à rentrer chez eux une heure plus tôt et il s'apprêtait à annoncer qu'il fermait à sa cliente emmitouflée jusqu'aux yeux, mais il décida qu'il serait plus courtois de lui proposer une tasse de café avant de la renvoyer.

Quelle ne fut pas sa surprise en découvrant, une fois le bonnet et l'écharpe enlevés, une magnifique chevelure blonde – dans laquelle il avait enfoui son visage –, de grands yeux bleus, des joues roses et une bouche pulpeuse dont il était encore accro, tel un toxicomane à sa dose de drogue.

Callie.

Mason agrippa le rebord du comptoir, luttant contre les vagues jumelles de la colère et du désir. Il ne l'avait pas revue depuis le réveillon du nouvel an, neuf semaines et deux jours plus tôt. Il n'avait reçu aucune nouvelle d'elle. Il ne l'avait jamais aperçue au volant de sa voiture. En revanche, il avait remarqué que sa maison était fermée.

Il lui en avait voulu ce fameux soir du réveillon – rivaliser avec un fantôme n'était jamais agréable. Il s'était attendu à ce qu'elle accoure chez lui pour s'excuser. Mais elle s'était précipitée dans une tout autre direction.

— T'es-tu amusée là où tu étais ?

Toujours vêtue de son manteau, Callie s'avança vers la caisse d'une démarche gracieuse, son regard rivé au sien.

— Oui. Je suis allée en Thaïlande puis à Bali.

— Tant mieux pour toi, dit-il à travers ses dents serrées. J'aurais apprécié une carte postale. Ou une explication.

— Ce soir-là, tu as quitté la réception sans un mot et tu ne t'es pas donné la peine de me contacter par la suite. J'en ai donc conclu que c'était fini entre nous.

Il avait été ulcéré et jaloux. Mais de là à rompre avec elle ? Oh ! non. Sûrement pas.

Quand il avait appris qu'elle s'était envolée pour l'Asie du Sud-Est, il avait failli céder et lui courir après. Furieux contre elle et contre lui-même, il était sorti à deux reprises mais, trop obsédé par le souvenir de Callie, il avait décliné les avances sexuelles qu'il avait reçues.

Il l'examina plus attentivement et sut que quelque chose en elle avait changé. Elle paraissait détendue, sûre d'elle…

À cet instant, il comprit qu'elle avait coché une autre case sur la liste de ses envies : le sexe au soleil. Une bouffée de jalousie l'envahit, mais il ne s'abaisserait pas à lui poser la question.

Non, cela ne le regardait pas…

— Qui était-ce ? demanda-t-il, les dents serrées.

— De qui parles-tu ?

Il avait envie de savoir ce qui s'était passé en Asie. Parce que, oh, Seigneur, même un aveugle se rendrait compte qu'il s'était passé quelque chose.

Mason ouvrit la bouche, puis la referma. Il n'avait aucun droit sur elle, pas même celui d'être jaloux. Tout ce qu'il y avait entre eux, c'était une attirance réciproque et des rapports sexuels torrides. Ni l'un ni l'autre ne souhaitaient s'engager ou avoir l'exclusivité sur l'autre.

Ils avaient fixé des règles, et il devait les respecter.

Callie posa ses mains sur les siennes, et il eut l'impression d'être soudain branché sur une puissante source d'énergie. Oh ! comme elle lui avait manqué !

Callie regarda par-dessus l'épaule de Mason, en direction de sa minuscule cuisine.

— Y a-t-il quelqu'un d'autre avec toi, Mace ?

Machinalement, il jeta un coup d'œil derrière lui, ne comprenant pas où elle voulait en venir.

— Non, il n'y a personne. Pourquoi cette question ?

— Tant mieux.

Un sourire mutin aux lèvres, elle commença à déboutonner son manteau.

— Veux-tu qu'on reprenne là où on en était resté ?

Il était trop médusé pour répondre car, au lieu de révéler un pantalon et un pull, le lent strip-tease de Callie dévoila un soutien-gorge en dentelle noire et une minuscule culotte assortie. Non, il devait halluciner !

Tétanisé, il vit le manteau élégant de Callie glisser le long de ses épaules soyeuses avant d'échouer sur le sol.

Elle se tenait maintenant devant lui, seulement vêtue de lingerie en dentelle et de cuissardes.

Par tous les saints du paradis… !

Il n'arrivait pas à croire que Callie Brogan, plutôt collet monté et un peu pudibonde, se tienne presque nue dans sa cafétéria alors que dehors la neige tombait à gros flocons. Quelqu'un pouvait pénétrer dans l'établissement, passer lentement en voiture…

Après tout, qu'importait ?

Prenant son élan, il sauta par-dessus le comptoir, attrapa Callie par la main et l'entraîna vers la porte. Puis il ferma à clé et jeta un rapide coup d'œil à la rue déserte. Grâce à la tempête de neige, le risque d'être pris en flagrant délit était minime.

Il ne lui ferait pas l'amour ici, mais si quelqu'un s'aventurait devant chez lui et apercevait Callie Brogan, en lingerie noire et cuissardes, plaquée contre la devanture et embrassée éperdument, ce serait entièrement sa faute à elle.

Elle n'aurait jamais dû le quitter ; elle aurait dû revenir plus tôt. Il avait envie de l'invectiver, de l'embrasser, de la prendre là, au vu et au su de tous…

Elle lui avait trop manqué. La vie sans elle était terne et ennuyeuse à mourir…

Callie noua ses bras autour de son cou et posa sa bouche sur la sienne.

— Embrasse-moi, Mace. Tu m'as manqué.

5

Après avoir déposé Jac dans sa poussette, Darby traversa la suite en direction de la chambre de Judah. Par la porte ouverte, elle l'apercevait accoté à l'armoire, l'air exténué. Bien sûr, elle avait envie de décrocher le poste d'architecte local et elle ne partirait pas d'ici avant de l'avoir obtenu, mais elle avait des scrupules à le déranger dans un moment pareil.

Elle ressentit un élan de compassion envers lui. Manifestement, il n'aimait pas les surprises et entendait mener sa barque à sa guise. La découverte inopinée de sa paternité devait lui compliquer terriblement l'existence et le tirer hors de sa zone de confort.

Bien qu'il ait discuté en italien au téléphone, elle pressentait que Jac restait avec lui. À en juger par son air prostré, il devait être dépassé par les événements ou terriblement frustré. Voire les deux. Sans crier gare, son ex l'avait mis devant le fait accompli. Un homme comme Judah – fort, alpha, sûr de lui – détestait être acculé.

— Judah ?

Il releva la tête, et elle perçut de l'émotion dans ses yeux. Oh ! oui, cette conversation avait bousculé son univers. Ses prunelles bleu outremer exprimaient la confusion, la colère, mais aussi la douleur, quand bien même il ne l'admettrait jamais.

Elle admirait son talent et sa beauté, mais ce qui l'attirait surtout chez lui c'était son mode de fonctionnement. Elle brûlait d'envie de savoir ce qui le motivait, ce qui lui plaisait, ce qui l'effrayait. Et ce besoin impérieux, viscéral, de mieux de le connaître la terrifiait.

Elle avait un cabinet à faire tourner, de l'argent à gagner, une FIV à envisager. Elle ne pouvait pas se permettre d'être détournée de ses objectifs par cet homme séduisant et aussi insondable que la fosse des Mariannes.

— Carla devait venir récupérer Jac, mais elle a été hospitalisée en urgence, expliqua Judah d'une voix lasse. Je dois m'occuper de Jac pendant deux semaines.

Après tout, il était le père du bébé. C'était le rôle des papas.

Darby espérait qu'une fois que Judah aurait surmonté le choc d'avoir une fille il se battrait pour faire partie de sa vie de façon permanente, et que Jac aurait au moins un parent qui se soucierait d'elle. Mais il était un homme très occupé, toujours par monts et par vaux. Elle doutait que Jac trouve auprès de lui la stabilité indispensable à son bon développement.

Elle secoua la tête, dépitée. Elle serait une bonne mère, mais elle était incapable d'avoir des enfants sans l'aide de la science, alors que Judah et Carla ne voulaient pas du superbe bébé qu'ils avaient.

La vie était trop injuste…

Il fallait qu'elle parte d'ici, qu'elle prenne du recul, avant d'être submergée par la cohorte de ses pensées négatives devenues trop familières ces derniers temps. La présence de Jac lui rappelait constamment ce qu'elle ne pouvait pas avoir. Et son attirance pour Judah compliquait un peu plus la situation.

— Je comprends. Maintenant, si vous pouviez me fixer un rendez-vous pour me faire passer un entretien…

Judah se redressa et s'avança vers elle. Comme hypnotisée, elle était incapable de bouger ou de détourner son regard du sien. Il s'arrêta devant elle, si près qu'elle percevait sa chaleur et l'odeur de son déodorant, et qu'elle discernait une minuscule cicatrice au coin de son œil gauche et une autre sous son menton. Il posa une main sur sa hanche, et un frisson la parcourut. Si elle se dressait sur la pointe des pieds, sa bouche serait à la hauteur de la sienne, et elle pourrait goûter sa saveur.

Ne fais pas cela, Darby. C'est une très mauvaise idée.

Judah plaqua son autre main au creux de ses reins et l'attira contre lui. Ses seins effleuraient son torse musclé et ses tétons pointaient contre la dentelle de son soutien-gorge. Elle voulait qu'il l'embrasse, se rendit-elle compte, choquée, qu'il promène ses lèvres charnues sur son ventre et plus bas, là où elle se sentait moite et palpitante.

Attention ! C'est peut-être ton futur patron ! L'embrasser est contraire à l'éthique !

Ignorant les signaux d'alarme émis par son cerveau, elle gardait les yeux rivés aux siens, pressentant ce qui pourrait advenir entre eux.

Tout en ne la forçant jamais à faire quelque chose susceptible de la mettre mal à l'aise, il serait un amant perfectionniste. Il exigerait tout d'elle et, en retour, lui donnerait le meilleur de lui-même. Oh ! comme elle aspirait à connaître la félicité absolue entre ses bras !

Judah captura sa bouche, et, comme elle s'y attendait, un feu d'artifice explosa derrière ses pupilles.

Pour la première fois, que Dieu lui vienne en aide, elle eut l'impression de pénétrer dans un univers parallèle où les contingences extérieures ne l'atteignaient plus, où seules comptaient la bouche et les mains viriles de cet homme sur son corps.

Brûlant d'envie de l'explorer, elle pétrit avec délice ses pectoraux et ses abdominaux ciselés. Il avait des hanches étroites, mais son érection pulsant contre son ventre était dure, longue et épaisse. Il continuait de l'embrasser avec fougue, lui faisant des choses coquines avec sa langue. Et chacune de ses caresses attisait un peu plus son désir pour lui…

Oh ! Seigneur, elle avait intérêt à se ressaisir !

Le cœur battant à tout rompre, elle se recula à regret.

— C'était… hum…, commença-t-elle, soudain très embarrassée.

Judah écarta délicatement une mèche de cheveux collée

au coin de sa bouche. Mais, au lieu de la repousser derrière son oreille, il l'enroula autour de son index.

Va-t'en, Darby.

Mais elle restait figée sur place, comme ensorcelée, luttant contre le besoin impérieux de reprendre là où ils en étaient restés, devinant que leur étreinte serait plus profonde, plus intense, et qu'ils feraient un excellent usage de ce lit immense et confortable.

Évite le lit, Darby.

— Il faut vraiment que je parte, dit-elle.

Cette fois, ses pieds coopérèrent. Elle recula de deux pas, et sa mèche de cheveux glissa du doigt de Judah.

Il ne dit rien, se contentant de la fixer, son regard exprimant clairement ce qu'il attendait d'elle : qu'elle se glisse nue dans son lit.

Ignore son message. Conduis-toi en adulte responsable !

Bien sûr, le sexe était tentant, mais l'occasion de travailler avec un architecte aussi renommé et qui proposait une rémunération bien supérieure à la moyenne était inespérée.

Pivotant sur ses talons, elle retourna au salon, consciente du regard de Judah entre ses omoplates. Dans l'entrée, elle récupéra son sac qu'elle suspendit à son épaule et ramena ses longs cheveux en arrière, les faisant cascader sur son dos. Puis, prenant une profonde inspiration, elle tourna son visage vers lui, espérant que son sourire était simplement poli et n'exprimait pas le fond de sa pensée, à savoir : *S'il vous plaît, prenez-moi ici et maintenant.*

L'expression de Judah demeurait indéchiffrable, et elle regretta de ne pas savoir ce qu'il pensait à cet instant.

— J'espère avoir bientôt de vos nouvelles. Soyez sûr que si vous me donnez ce poste, vous n'aurez pas à le regretter.

— Je sais.

Darby ouvrit de grands yeux, surprise.

— Que voulez-vous dire ?

— Vous avez le poste.

Sans lui laisser le temps de réagir, Judah poursuivit d'un ton déterminé :

— Et, pour que les choses soient claires à propos de ce qui vient de se passer, je vous ai embrassée avant de prendre ma décision. J'entretiens des rapports uniquement professionnels avec mes collègues ou mes employées.

— Je vois, répondit Darby.

C'était tout ce qu'elle était capable de dire car elle luttait encore contre l'envie folle de plaquer sa bouche contre la sienne et de reprendre là où ils en étaient restés.

Elle le savait, ils ne pouvaient pas coucher ensemble. Le risque était trop grand. Comment saurait-elle s'il était impressionné par son travail ou par ses talents – un peu rouillés – au lit ? Et puis, mettre fin à une liaison était toujours embarrassant, a fortiori quand ladite liaison était avec son *patron.*

Alors pourquoi persistait-elle à penser qu'un ou deux orgasmes époustouflants valaient la peine d'être vécus, quelles qu'en soient les conséquences ? Cette bouche, charnue. Cette nuque hâlée. Ces larges épaules…

Concentre-toi, Darby !

— Merci, ajouta-t-elle quand ses neurones survoltés finirent par se calmer.

— Il y a toutefois une condition, précisa Judah, frottant sa mâchoire bleuie par une barbe naissante.

Oh ! ciel, qu'allait-il exiger d'elle ?

— Je veux que vous m'aidiez avec le bébé. Comme les médias s'intéressent beaucoup à Carla, et par voie de conséquence à Jac, j'ai besoin de faire profil bas. Je vous donnerai ce poste si vous m'aidez à m'occuper du bébé. Je demeurerai à Boston durant les deux prochaines semaines. Vous travaillerez avec moi sur le projet du musée d'art, et nous veillerons sur Jac à tour de rôle. Si vous acceptez ma proposition, j'augmenterai votre rémunération de 5 %.

Darby fit un rapide calcul dans sa tête. Grâce à cette augmentation, elle doperait le résultat net de Winston and Associates, elle travaillerait avec un homme qu'elle respectait et s'occuperait d'un bébé. Trois avantages. Comment pourrait-elle refuser ?

Sauf que son esprit de compétition la poussait à exiger un peu plus que ce qu'il lui proposait.

— C'est d'accord, dit-elle posément. Mais, comme je devrai faire des heures supplémentaires pour m'occuper de Jac, je réclame aussi une commission nette par journée travaillée.

Elle énonça un chiffre. Voyant que Judah écarquillait les yeux, un peu effaré, elle s'attendait à ce qu'il négocie et divise la somme par deux. Même ainsi réduite, cette somme compléterait de façon substantielle la cagnotte qu'elle constituait pour sa FIV.

Aussi, quelles ne furent pas sa stupeur et sa joie quand Judah acquiesça d'un signe de tête.

— C'est entendu.

Puis, pivotant sur ses talons, il se dirigea vers sa chambre, et Darby lui emboîta le pas.

— Mais vous devez commencer dès maintenant. Cette nuit, vous serez de garde. Ne me réveillez pas sauf si Jac a une hémorragie ou une brusque montée de fièvre. Bonsoir.

Sur quoi, il pénétra dans sa chambre et lui ferma la porte au nez.

Bon. Vu la rémunération qu'il lui offrait, elle n'était pas en mesure de refuser. Par ailleurs, elle n'aurait aucune difficulté à s'occuper de Jac puisqu'elle avait déjà fait du baby-sitting, étant adolescente.

Mais trois heures plus tard, alors que Jac pleurait encore sans discontinuer, elle n'était plus aussi sûre d'elle.

Tôt le lendemain matin, dans la cafétéria attenante à l'hôtel, Darby entamait sa troisième tasse de café en contemplant Jac enfin endormie dans sa poussette.

Quelle nuit affreuse elles avaient passée, songea-t-elle, exhalant un soupir las.

La porte de l'établissement s'ouvrit, livrant passage à Jules et DJ. Elles firent halte au comptoir pour commander leurs boissons avant de la rejoindre. Darby fut soulagée en apercevant son sac fourre-tout sur l'épaule de sa sœur. Elle portait ses vêtements de la veille et avait désespérément besoin de se doucher et de se changer.

L'image incongrue de Judah partageant sa douche, son grand corps couvert de mousse soyeuse, s'imposa à elle.

Tout était de sa faute. Qu'est-ce qui lui avait pris de l'embrasser ? Depuis qu'elle connaissait l'effet dévastateur de sa bouche et de ses mains sur elle, elle avait été bombardée d'images classées X durant toute la nuit.

— J'ai besoin de sexe, marmonna-t-elle.

Elle s'empourpra en se rendant compte que non seulement elle avait prononcé ces mots à voix haute, mais que DJ et Jules les avaient entendus.

— Nous te le recommandons vivement, acquiesça Jules avec un grand sourire.

— Va au diable ! rétorqua Darby, se couvrant la bouche pour dissimuler un bâillement. Au fait, j'ai obtenu le poste d'architecte locale auprès de Huntley.

— Dans ce cas, que fais-tu avec ce bébé ? s'étonna Jules.

Darby ne put résister à l'envie de caresser les boucles soyeuses de Jac.

— Judah et moi avons conclu un accord. Je travaille avec lui à condition que je l'aide à s'occuper de Jac le temps qu'elle demeure avec lui.

L'inquiétude s'afficha sur le visage des deux jeunes femmes, mais ce fut DJ qui l'exprima de vive voix.

— Il n'a pas les moyens d'engager une nourrice ?

Darby se pencha en avant et leur raconta à voix basse ce qu'elle savait au sujet de l'arrivée de Jac dans la vie de Judah.

— J'ai consulté Internet, hier soir. L'état de Carla est stable, mais les médias ne lâchent pas prise. Ils ont déjà mentionné la présence de Judah à Boston. Il ne veut pas attirer leur attention sur Jac. Il m'a offert une rémunération faramineuse pour assumer les deux casquettes d'architecte et de nourrice. C'est un contrat en or !

— Un contrat très *inhabituel*, répliqua Jules, sceptique.

— C'est un travail comme un autre, Jules.

Mis à part le baiser d'hier soir.

C'était de loin le baiser le plus fabuleux qu'elle ait reçu, à la fois doux et sexy, torride et tendre. Le sexe avec lui devait être explosif…

DJ fit claquer ses doigts sous le nez de Darby.

— Eh, à quoi penses-tu ?

Au corps viril de Judah. Je l'explorerais volontiers avec ma langue et mes dents.

Mince ! Si elle disait cela à voix haute, elle n'en finirait pas de se faire chambrer.

DJ ricana.

— Oh ! je reconnais ce regard rêveur et cet air béat.

Gênée, Darby détourna les yeux et arrangea la couverture de Jac.

— Je ne vois pas de quoi tu parles.

— Allons donc. Cela fait des mois que tu as le béguin pour lui.

Darby sentit ses joues s'empourprer.

— C'est faux ! protesta-t-elle, fusillant son amie du regard. Il y a une grande différence entre admirer le travail de quelqu'un et avoir le béguin pour lui.

Si elle s'enthousiasmait depuis des années pour les bâtiments qu'il construisait, son attirance pour l'homme était plus récente. Mais elles n'avaient pas besoin de le savoir.

— Et puis à quoi rime cette expression « avoir le béguin » ? Nous ne sommes plus des ados !

Un sourire espiègle fleurit sur les lèvres de DJ.

— Dans ce cas, explique-moi pourquoi tu m'as montré un jour une photo de lui courant torse nu sur une plage ?

On pouvait faire confiance à DJ pour se souvenir de ce genre de détail.

— Tu es agaçante au possible !

— Je sais, admit DJ en riant.

Puis elle s'empara du téléphone de Darby et balaya l'écran à l'aide de son doigt.

— Jules, je vais essayer de retrouver la photo qu'elle m'a montrée.

Bon sang, pourquoi n'avait-elle pas verrouillé son téléphone ? Le lui arrachant des mains, elle le fourra dans son sac. Puis elle consulta sa montre et constata qu'il était plus tard qu'elle ne pensait. Bien qu'elle ait laissé un mot à Judah lui indiquant où elle se trouvait et lui notant son numéro de téléphone, elle jugea préférable de retourner dans sa suite. Ils avaient beaucoup de choses à voir ensemble, et elle devait se doucher.

— Je vous remercie de m'avoir apporté des affaires, dit-elle en se levant.

Elle fit la bise à Jules et s'apprêtait à faire de même avec DJ quand elle aperçut Judah qui pénétrait dans la cafétéria.

Elle sentit sa bouche devenir sèche quand leurs regards se croisèrent. Elle oublia aussitôt Jules, DJ et même Jac tandis qu'elle se noyait dans ces lagons bleu outremer. Elle y voyait tout ce qu'elle voulait qu'il lui fasse…

Elle entendit vaguement DJ évoquer l'air chargé d'électricité et réclamer un ventilateur.

Faisant un effort pour se ressaisir, elle se rassit, les yeux rivés sur Judah tandis qu'il souriait à la serveuse derrière le comptoir. Elle n'en revenait pas. Elle s'était attendue à le voir d'humeur maussade, les yeux cernés, pas rasé et en tenue négligée. Mais l'homme qui réglait son café avait le regard vif, était rasé de frais et vêtu avec soin. Il arborait un pull en cachemire vert cendré par-dessus une chemise blanche et un pantalon chino caramel. Ses manches retroussées dévoilaient une montre de prix et des avant-bras musclés.

Judah les rejoignit, s'arrêta à côté de la poussette et passa son doigt sur le crâne duveteux de Jac. Pour un homme qui ne voulait pas d'enfant, il était très à l'aise avec le bébé.

— Bonjour. Comment s'est passée votre nuit ? demanda-t-il.

Faute de pouvoir l'embrasser, elle lui jeta un regard noir.

— Je n'ai pas fermé l'œil.

— Il faut que vous souffriez pour justifier le salaire exorbitant que vous m'avez extorqué, murmura-t-il, prenant place sur le siège vide à côté d'elle.

Puis, sans attendre d'être présenté, il tendit la main à Jules et à DJ.

Bien qu'éperdument amoureuses de leurs fiancés respectifs, elles étaient en pâmoison devant Judah, au grand déplaisir de Darby. Qu'est-ce qu'elles lui trouvaient ? Il n'était pas si beau que cela.

D'accord, il l'était. Mais sérieusement ? Elle espérait davantage de retenue de leur part.

Elle récupéra son ordinateur portable dans l'espace de rangement de la poussette et le posa sur la table devant elle. Puis elle fixa Jules et DJ d'un œil acéré.

— Je suis sûre que vous voulez retourner au showroom.

DJ secoua la tête.

— Non. Depuis que nous avons engagé Maribeth en tant que directrice commerciale, nous sommes beaucoup plus disponibles. Et nous sommes ravies de te tenir compagnie.

Darby jeta un regard noir à son amie, laquelle lui répondit par un sourire ingénu. Oh ! elle ne perdait rien pour attendre ! L'ignorant royalement, elle se tourna vers Judah.

— Nous devrions remonter. Nous avons beaucoup de choses à discuter.

— Laissez-moi au moins finir mon café, protesta-t-il.

Pourquoi personne ne l'écoutait ? Irritée, Darby ouvrit un document sur son ordinateur et le fit pivoter vers Judah.

Il écarquilla les yeux, surpris par les colonnes de différentes couleurs.

— De quoi diable s'agit-il ?

— D'un plan d'action, indiqua Darby, ignorant les murmures de mécontentement de Jules et DJ.

Jules se pencha en avant pour regarder l'écran et lança un regard de commisération à Judah.

— Elle vous a gâté ! Condoléances.

Sérieusement ? De quel côté était Jules ? À l'évidence, pas du côté de Darby.

Avant qu'elle ait le temps de proférer une réplique cinglante, DJ changea de sujet :

— Judah, je crois savoir que vous connaissez mon fiancé, Matt Edwards ?

Judah sourit, et Darby se sentit toute chavirée. Quel sourire ravageur ! Il devrait être enregistré en tant qu'arme de séduction massive. Par malchance, ou peut-être par chance, il ne lui était pas destiné.

— L'avocat défenseur des droits de l'homme ? Oui. Je l'ai rencontré à Amsterdam. Comment va-t-il ?

— Bien, merci, répondit DJ très excitée. Je vais m'installer avec lui à La Haye. Comme il ne peut pas se déplacer en ce moment, c'est moi qui vais le rejoindre.

— Transmettez-lui mon bon souvenir.

Un éclair de malice traversa le regard de DJ.

— Au fait, si vous envisagez de rester à Boston pendant quelque temps et que vous recherchez un endroit discret où loger, je peux vous proposer mon appartement.

Quoi ! Non ! Darby lança un regard affolé à DJ, la suppliant en silence de retirer son offre.

— DJ occupe l'appartement au-dessus du garage attenant à notre maison d'enfance, expliqua Jules. Darby la partage avec Levi, notre frère aîné. Nous vivons tous dans la résidence sécurisée de Lockwood Country Club. Je m'étonne que Darby ne vous en ait pas parlé dans la mesure où vous voulez éviter d'attirer l'attention des médias sur vous et Jac.

Je n'en ai pas fait état parce que j'ai besoin de me tenir à distance de mon nouveau patron, beaucoup trop sexy pour ma tranquillité d'esprit !

— Je ne pense pas que cette solution conviendrait à Judah, objecta Darby.

C'était surtout à elle que cette solution ne convenait pas !

— Au contraire, elle est très judicieuse, Darby, répliqua

vivement DJ. Vous pourrez établir votre QG dans le bureau de la maison, et personne ne verra d'inconvénient à ce que vous installiez cette ravissante poupée avec vous, ajouta-t-elle, désignant Jac toujours endormie dans sa poussette.

DJ jouait-elle les entremetteuses ? Si c'était le cas, Darby lui revaudrait cela, amie ou pas. L'attirance entre elle et Judah était suffisamment puissante sans qu'on les force à cohabiter.

— Je demanderai à mon fiancé, Noah Lockwood, de vous inscrire en tant que membre temporaire du Lockwood Country Club, Judah, reprit Jules. Vous pourrez ainsi profiter du terrain de golf, de la salle de gym ultramoderne et de la piscine aux dimensions olympiques. En cas de besoin, vous pourrez aussi engager une nourrice expérimentée à l'heure ou à la journée.

Oh ! Seigneur, elles se mettaient à deux contre elle !

Avant que Darby puisse trouver un autre argument dissuasif – pourquoi son cerveau refusait-il de fonctionner ? – Judah prit la parole :

— C'est une offre inespérée. Je l'accepte avec gratitude.

Quelle poisse ! songea Darby, atterrée. Cette solution était terriblement risquée. Levi était rarement à la maison. La plupart du temps, elle et Judah seraient livrés à eux-mêmes. Qui plus est, le quartier étant très étendu et chaque maison étant construite au milieu d'immenses espaces verts, ils pourraient rester des jours sans voir âme qui vive.

Ils pourraient avoir une aventure torride sans que personne ne le sache.

DJ et Jules se levèrent en même temps, et Darby les fusilla du regard. *Maintenant que vous avez semé la pagaïe dans ma vie avec votre plan diabolique, vous filez à l'anglaise. Merci, les filles !*

Jules se contenta de lui adresser un grand sourire, mais DJ contourna la table pour lui donner l'accolade.

— Je te verrai dans quelques mois. Je t'adore, Darby.

Darby l'étreignit à son tour et lui murmura à l'oreille :

— Tu me le paieras !

Darby sentit le sourire de DJ contre son oreille :

— Il va te faire l'amour comme un dieu. N'oublie pas de m'informer de ce que tu décides à propos de la FIV. Entre-temps, amuse-toi bien avec M. Sex-appeal. Après tout, ce sera peut-être ta dernière occasion de prendre du bon temps avant de devenir une maman célibataire.

Lovée sur son grand canapé, les jambes repliées sous elle, Callie se demandait quand le blizzard cesserait enfin.

Elle n'était de retour aux États-Unis que depuis quarante-huit heures et elle en avait déjà assez du froid polaire et de la neige. C'était un petit miracle si elle n'était pas morte de froid, hier, quand elle avait parcouru le peu de distance entre sa voiture et la cafétéria de Mason. De même, elle avait eu de la chance de ne pas avoir embouti un autre véhicule ou dérapé sur le verglas. Elle aurait été au centre de toutes les conversations de Boston si les secouristes l'avaient trouvée seulement vêtue d'un manteau et de lingerie sexy.

Ce qu'elle avait fait était stupide, et elle vitupérerait contre ses filles si elle découvrait qu'elles avaient bravé une tempête de pluie verglaçante pour séduire un homme, mais Callie avait été incapable d'attendre. Elle avait eu besoin de savoir si Mason voulait toujours d'elle malgré sa longue absence.

Et, à en juger par sa réponse passionnée, il la désirait toujours autant.

Pour sa part, sitôt débarquée sur le sol américain et après s'être assurée que ses enfants allaient bien, elle avait été incapable de penser à autre chose qu'à revoir Mason, le toucher, explorer son corps puissant, inhaler sa fragrance virile, sentir sa bouche et ses mains sur elle, et entendre le son de sa voix profonde et sensuelle.

Elle ne pouvait même pas mettre son impatience sur le compte de la frustration sexuelle puisqu'elle avait fait des rencontres intéressantes.

Un sourire aux lèvres, elle récupéra son téléphone et fit défiler ses photos de Thaïlande, s'attardant sur celle d'un homme blond tenant une bière dans sa main robuste. Laquelle main avait cueilli son visage au creux de sa paume et caressé son corps. Et, l'espace d'une nuit, elle avait apprécié ses attentions. Elle l'avait rencontré sur la plage de Ko Tao et avait couché avec lui deux nuits plus tard.

Leurs ébats avaient été agréables, amusants…

Callie continua de faire défiler ses photos et s'arrêta sur celle d'un homme brun, un peu plus jeune qu'elle. Elle se trouvait alors à Candidasa (Bali). Elle et Greg avaient passé la semaine ensemble avant qu'elle l'autorise à l'embrasser et à lui prodiguer des caresses intimes sous la pleine lune.

À cinquante-cinq ans, elle avait désormais couché avec trois hommes et demi, dont deux et demi au cours des deux derniers mois. Elle était à la fois fière et stupéfaite, mais nullement honteuse.

Peut-être devrait-elle l'être, mais ce n'était pas le cas.

Son cœur et surtout sa libido avaient été en hibernation pendant si longtemps ; Mason l'avait en quelque sorte ramenée à la vie. Elle ne l'avait pas compris quand elle avait réservé sur un coup de tête un billet d'avion pour l'Asie du Sud-Est. Elle avait eu besoin de s'éloigner pour savoir qui elle était et ce qu'elle voulait désormais faire de sa vie.

Son mari lui manquait, il lui manquerait sans doute toujours, mais en Thaïlande elle avait finalement accepté de le laisser partir. Ses actes ne pouvaient plus l'affecter là où il était. Sa vie lui appartenait.

Tout comme son corps. Elle pouvait coucher avec qui elle voulait.

Il lui avait fallu du temps et beaucoup d'honnêteté avant d'admettre qu'elle avait le droit et même le devoir de remettre sa vie et ses croyances en question ; de s'interroger sur elle-même, sa sexualité, ses projets d'avenir.

Grâce à son défunt mari, elle était très à l'aise sur le plan financier et elle voulait dépenser cet argent utilement, ne serait-ce que pour lui faire honneur. Ainsi, elle envisageait de fournir un capital de départ à des micro-entreprises dans les pays en voie de développement. Son diplôme de commerce et son rôle de bras droit de Ray l'aideraient à faire les bons choix. Il y avait tellement de personnes et de régions qui avaient besoin d'aide. Elle ne risquait plus de s'ennuyer.

Mais que ressentait-elle envers cet homme tatoué, exigeant et rebelle, doué pour les chiffres, qui lui mettait le feu au corps, selon l'expression de Darby ?

Mason était-il simplement une passade, un pont entre son ancienne vie et la nouvelle ? Était-il le symbole de sa rébellion, par opposition à Ray, si sûr et si stable ?

De fait, hier, elle avait pris un risque insensé en se rendant chez lui en manteau et lingerie sexy alors que la tempête faisait rage. Mais le choc sur le visage de Mason et sa réponse passionnée l'avaient amplement récompensée.

Après l'avoir plaquée pour ainsi dire nue contre la porte vitrée de sa cafétéria et l'avoir embrassée éperdument, il l'avait juchée sur son épaule et transportée dans son bureau encombré, puis il l'avait prise au beau milieu de ses papiers, stylos et autres ustensiles.

Le sexe avait été explosif et très inconfortable.

Après ses deux rencontres en Asie, elle pressentait que Mason était le seul homme capable de la mettre à feu et à sang, et de la rendre accro au sexe avec lui.

Callie soupira. Elle ne voulait plus d'ébats agréables avec un partenaire prévenant, comme en Thaïlande. Elle voulait le genre de rapports qu'elle avait eus hier avec Mason : euphorisants, incandescents, dévastateurs.

Elle aimerait toujours Ray, elle garderait précieusement son souvenir dans son cœur, mais dorénavant le seul homme qu'elle imaginait dans son lit et dans sa vie, c'était ce rebelle tatoué et agaçant au possible qui tenait une cafétéria au bas de la rue.

Mais comment pourrait-elle concilier Mason et la nouvelle

vie qu'elle envisageait de mener ? Elle tenait autant à l'un qu'à l'autre.

Hélas, elle devrait faire un choix.

À quoi allait-elle renoncer ?

À sa liberté ou à son avenir avec Mason ?

6

— Vos amies sont charmantes.

Darby leva les yeux vers Judah et hocha la tête. Certes, elles *étaient* charmantes, mais elles pouvaient se montrer horripilantes, comme tout à l'heure.

— Ne vous sentez pas obligé d'accepter l'offre de DJ.

Judah se cala contre le dossier de son siège et croisa les doigts sur son ventre plat.

— Je ne me force jamais à faire quelque chose. En l'occurrence, je pense que cet appartement est une solution pratique à mon problème de tabloïds. Cependant, vous n'avez pas l'air du même avis, et je suis curieux de savoir pourquoi.

Comme il n'avait pas formulé une question, elle s'abstint de répondre et reporta son attention sur l'écran de son ordinateur.

— Redoutez-vous de ne pas pouvoir résister à mon charme ?

Un afflux de sang colora les joues et le cou de Darby. Cette fois, malgré son embarras – et le fait qu'il avait vu juste –, elle était forcée de relever le défi.

— Votre ego surdimensionné vous fait prendre vos désirs pour des réalités !

Darby apprécia la façon dont ses traits demeuraient impassibles tandis que le rire allumait une étincelle dans ses prunelles bleu outremer. Ce fut plus fort qu'elle, son regard se posa sur ses lèvres, et elle se souvint de leur saveur et de l'assurance avec laquelle il l'avait embrassée et serrée contre lui. Il prendrait le contrôle au lit, et cette pensée l'émoustilla.

Évidemment qu'elle redoutait de succomber à son charme. Il était tellement séduisant !

Mais elle devait résister de toutes ses forces. Sa vie était déjà suffisamment compliquée comme cela sans qu'elle y ajoute une déception sentimentale. Car cela se finirait ainsi.

Jac soupira dans son sommeil, et Darby la contempla avec tendresse et une pointe d'exaspération. Le bébé l'avait tenue éveillée une bonne partie de la nuit, et maintenant qu'il était l'heure de se réveiller elle dormait à poings fermés.

Contrairement à elles deux, Judah avait dû dormir d'un sommeil de plomb car il était frais et dispos, et fleurait bon le gel douche au citron.

Bon. Faute de pouvoir améliorer son apparence dans l'immédiat, elle reporta son attention sur le tableau qu'elle avait créé pendant les rares moments de répit que lui avait accordés Jac. Il comportait la liste des choses que Judah et elle devaient accomplir pour que les deux prochaines semaines soient une réussite.

Ou à tout le moins, qu'ils évitent de négliger Jac, de faire échouer le projet de musée ou de s'entre-tuer.

Elle était une adepte des listes. Elles lui donnaient le sentiment de maîtriser la situation, voire de dominer le monde si elle le voulait.

Mais pour l'instant son objectif était plus modeste puisqu'il consistait à rallier Judah à ses vues.

Darby rapprocha sa chaise et son ordinateur de Judah pour lui permettre de mieux visualiser le contenu de l'écran. Aussitôt, sa fragrance et la chaleur de son corps mirent ses sens en émoi. Secouant la tête, elle se força à ignorer l'onde de désir qui la parcourait tout entière. Elle était ici pour travailler et non pour batifoler.

Judah désigna l'écran avec sa tasse de café.

— Il s'agit donc de votre fameux plan d'action ?

— En effet.

Il se pencha pour l'étudier de plus près, l'air perplexe.

— Tout a l'air codifié par des couleurs différentes.

— Oui. Je ne les ai pas choisies pour faire joli mais par souci de clarté. Le rose se réfère à Jac, le vert au projet de musée, le bleu à vos activités personnelles et le pourpre aux miennes.

Judah examina le tableau avec attention.

— Pourquoi avez-vous posé une journée de congé la semaine prochaine ?

Darby s'empourpra. Qu'elle décide de tenter une FIV maintenant ou plus tard, elle avait besoin de faire prélever ses ovocytes. Et, comme elle avait surestimé le montant de son dividende trimestriel, elle avait déjà pris rendez-vous et réglé les frais de l'intervention chirurgicale.

Curieusement, elle ressentait le besoin de faire part de ses problèmes de fertilité à Judah. Pourtant, elle n'était pas du genre à se confier à un inconnu, surtout sur un sujet aussi intime.

Déconcertée, elle contempla le profil de Judah et, pour la première fois depuis des années, elle éprouva le besoin de dire à quelqu'un – à *lui* – qu'elle faisait un complexe d'infériorité à cause de son appareil reproducteur déficient. Mais pourquoi se confier à lui et pourquoi maintenant ? Tout ce qu'elle savait à son sujet c'est qu'il était un architecte très talentueux, qu'il avait une forte personnalité et qu'il embrassait divinement.

Bon. C'était sans doute la fatigue qui faisait germer ces étranges idées dans son cerveau. Une fois qu'elle aurait dormi, tout rentrerait dans l'ordre.

Du moins, elle l'espérait.

— Vous n'avez pas répondu à ma question, remarqua-t-il.

Et elle n'en avait pas l'intention. Darby toucha l'écran tactile, et un autre tableau apparut.

— J'ai listé tout ce que nous devons faire. Si j'ai oublié quelque chose, libre à vous de le rajouter. J'ai créé un compte pour que nous puissions partager ce document et je vous ai envoyé le code d'autorisation par mail.

Le regard de Judah se posa tour à tour sur l'écran, sur elle, puis de nouveau sur l'écran.

— Quand avez-vous préparé tout cela ?

— La nuit dernière, entre les crises de larmes de Jac.

Devant sa mine perplexe, elle leva les mains, sur la défensive.

— Eh bien, quoi ?

— Vous avez la manie des tableaux. Je n'ai jamais rien vu de tel dans ma vie.

Ne sachant pas s'il se moquait d'elle ou s'il la complimentait, elle répondit simplement :

— J'aime les listes. Elles m'aident à m'organiser.

Judah se renversa contre le dossier de sa chaise et inclina la tête de côté.

— Je pense plutôt que vous les aimez parce qu'elles vous donnent le sentiment de maîtriser la situation.

Elle balaya sa remarque d'un revers de la main. Non. Ce n'était pas juste une impression. Elle maîtrisait *vraiment* la situation. Elle avait toujours su ce qu'elle voulait et comment l'obtenir. Il suffisait d'être préparé et de persévérer. La plupart des projets complexes aboutissaient si on les divisait en tâches qu'on pouvait mener à bien individuellement.

Hélas, elle avait beau dresser une foule de listes, elle ne parvenait pas à convaincre son corps de se montrer coopératif et de procréer. De même, elle ne parvenait pas à convaincre de potentiels candidats au mariage de rester avec elle après leur avoir expliqué qu'il leur faudrait beaucoup d'efforts et d'argent pour fonder une famille, et que le risque d'échec était très réel.

Arrête de ressasser, Darby, et mets-toi dans la tête que tu en es quitte pour entreprendre ce long voyage en solitaire.

Faisant un effort sur elle-même, elle changea de sujet.

— Je m'inquiète pour Jac. J'aimerais qu'un médecin l'examine. Il se peut qu'elle ait une otite, ce qui expliquerait ses crises de larmes et ses insomnies.

— Peut-être est-elle simplement perturbée par son changement d'environnement, suggéra Judah.

— En effet. Mais elle colle souvent son poing contre son oreille. Je me souviens qu'un des bébés que je gardais faisait ce même geste, et il s'est avéré qu'il avait une otite.

Incapable de rester assise si près de lui sans le toucher, elle se décala sur le côté pour établir une distance de sécurité entre eux.

— Vous gardiez des bébés quand vous étiez adolescente ?

Darby acquiesça d'un signe de tête. Après avoir appris qu'il lui serait très difficile de mettre au monde ses propres enfants, elle avait recherché la compagnie des bébés, éprouvant le besoin de se rapprocher de ce qu'elle ne pouvait pas avoir. Pour elle, une fin de non-recevoir était l'équivalent d'un drapeau rouge pour un taureau. Sa nature têtue et déterminée enclenchait aussitôt la vitesse supérieure.

Par chance, à l'époque, elle n'avait pas eu de petit ami, sinon elle aurait été capable d'avoir des rapports non protégés avec lui pour se prouver qu'elle pouvait tomber enceinte.

Était-ce pour cette raison qu'elle tenait tant à entreprendre une FIV ? Parce qu'on lui avait dit non ?

Gênée par le tour que prenaient ses pensées, elle reporta son attention sur sa liste.

— J'ai pris rendez-vous à 10 h 30 en votre nom avec un pédiatre qui exerce dans le même cabinet que mon médecin, prévint-elle. Auparavant, j'aimerais rentrer chez moi pour me doucher et me changer. Pendant ce temps, vous pourrez visiter l'appartement de DJ et voir s'il vous convient.

Judah reposa sa tasse sur la table et réexamina sa liste.

— Êtes-vous toujours aussi obsédée par les détails ?

Elle avait envie de mentir, de minimiser la réalité, mais il découvrirait la vérité tôt ou tard.

— Oui.

— Que le ciel me vienne en aide ! plaisanta-t-il.

Pivotant vers elle, il écarta une mèche qui lui retombait sur le front. Et, quand leurs regards se croisèrent, elle vit de l'amusement et de la préoccupation dans ses prunelles.

— Détendez-vous, Darby. Il ne sert à rien de vous faire autant de souci.

C'était précisément son sens de l'organisation qui l'empêchait de s'angoisser et qui l'aidait à atteindre ses objectifs. Pourquoi personne ne le comprenait-il ?

— Je ne me fais pas du souci. Je veux simplement faire mon travail, protesta-t-elle, nerveuse.

Judah esquissa un sourire.

— Et ce travail consiste à dominer le monde ?

Oh ! maintenant il se moquait d'elle.

Darby se redressa, vexée, et maudit le flot de chaleur qui empourprait ses joues.

— Êtes-vous disposé à tenir compte de ce que j'ai dit ?

Judah joua avec une mèche de ses cheveux, la frottant entre ses doigts.

— C'est d'accord. Nous conduirons Jac chez le pédiatre. Et je vais très certainement louer l'appartement de DJ… en espérant que vous cuisinerez.

Bien essayé, monsieur l'architecte.

— Seulement un soir sur deux. Et nous nous occuperons de Jac à tour de rôle. J'ai préparé un planning à cet effet.

— Oh ! je n'en doute pas, dit il, son pouce glissant sur sa lèvre inférieure. Dites-moi, est-ce que vous programmez aussi le sexe ?

Darby sursauta, choquée.

— Quoi ?

Judah lui décocha un sourire effronté. Puis il haussa une épaule avec insouciance.

— Je suppose qu'une femme décidée à conquérir le monde a besoin de déstresser de temps à autre.

— En tout cas, pas avec vous ! riposta Darby, furieuse.

Judah neutralisa son sourire de pirate et redevint sérieux.

— Bien sûr, vous avez raison. Nous ne pouvons pas mélanger le travail et le plaisir.

Le cerveau de Darby savait que c'était une sage décision, mais sa libido négligée depuis trop longtemps la désapprouvait avec véhémence.

Et, quand elle croisa le regard de Judah et qu'elle y discerna du regret, elle pressentit que sa libido était sur la même longueur d'onde que la sienne.

Après sa deuxième douche – celle qu'elle avait prise en hâte dans la suite de Judah ne comptait pas vraiment –, Darby se rendit dans la grande cuisine de sa maison d'enfance et se dirigea tout droit vers la machine à café sophistiquée de Levi.

Ressentant le besoin de faire une pause, elle récupéra sa tasse favorite, la déposa sous la sortie du café et appuya sur le bouton approprié. Puis elle s'agrippa au comptoir, les bras tendus et le regard rivé au carrelage en damier noir et blanc.

Elle avait besoin de cinq minutes, voire dix, pour que la caféine fasse son effet.

Après leur visite chez le pédiatre – Jac avait bel et bien une otite –, Darby avait suggéré qu'ils profitent de cette sortie pour se procurer des couches, du lait maternisé et des vêtements chauds pour Jac. Judah avait acquiescé, mais, au lieu de s'arrêter dans un supermarché de hard discount, il avait garé son SUV luxueux dans le parking d'un centre commercial chic abritant une des boutiques pour bébés les plus haut de gamme de Boston.

Ils en étaient ressortis avec des vêtements et des articles d'hygiène, mais aussi avec un siège auto, un lit d'enfant, des babyphones et un grand ours en peluche marron. Le montant de la facture était astronomique, mais Judah avait tendu sa carte de crédit noire sans sourciller.

Il réexpédierait sans doute tout ce matériel à son adresse à New York quand il aurait achevé sa mission à Boston. Cela voulait-il dire qu'il envisageait de voir Jac plus souvent ?

Elle espérait sincèrement ne pas être attirée par un homme qui ne prêtait attention à sa fille que quand cela lui convenait.

Darby entendit la porte du vestibule s'ouvrir et se refermer, puis le bruit familier des bottes de Levi tombant par terre. Tournant la tête, elle vit son grand frère pénétrer dans la cuisine, l'air maussade. Elle avait depuis longtemps renoncé à comprendre si c'était après elle qu'il en avait ou non ; s'agissant de Levi et d'elle, les deux hypothèses étaient plausibles.

Ils n'avaient jamais été proches, même s'ils continuaient de vivre sous le même toit, et elle savait qu'il ne partagerait jamais une relation étroite avec elle comme il le faisait avec Jules ou DJ. Il les adorait. Mais elle ? Pas tant que cela.

— Bonjour, dit-elle, prudemment. Tu rentres de bonne heure.

Levi fourragea dans ses cheveux auburn. Une blonde, une brunette et un brun aux reflets cuivrés – aucun des enfants Brogan ne se ressemblait.

— Je dois m'absenter de Boston, répondit-il sèchement. Au fait, j'ai reçu un message de DJ me prévenant qu'elle avait loué son appartement à Judah Huntley.

— Oui. Il est en train de s'installer.

Darby récupéra sa tasse et la tendit machinalement à son frère. Puis elle en déposa une autre pour elle.

— Il a sa fille de neuf mois avec lui. Il m'a engagée pour le seconder dans le projet de musée d'art. J'ai aussi accepté de l'aider à s'occuper de Jac.

Comme elle s'y attendait, Levi esquissa une moue désapprobatrice.

— Oh ! toi et les bébés !

— Que veux-tu dire ? rétorqua-t-elle, piquée au vif.

Levi sirota son café et haussa une épaule musclée.

— Pourquoi est-ce par maman que j'apprends que tu veux recourir à une FIV ?

Bien sûr, elle aurait dû lui en parler, mais elle avait voulu éviter une dispute car Levi adorait dire aux autres ce qu'ils devaient faire. Or, elle avait cessé d'écouter ses conseils depuis qu'elle avait sept ans.

— Est-ce une bonne idée, Darby ? As-tu étudié toutes les conséquences de ta décision ?

Pour l'amour du ciel ! Elle avait tourné et retourné la question dans tous les sens.

— Je ne vais pas dépenser plusieurs dizaines de milliers de

dollars pour quelque chose dont je ne suis pas sûre ! Fais-moi confiance, pour une fois.

— Darby…

Épuisée et stressée, elle répliqua vertement :

— Il s'agit de mon corps, de ma décision, de ma vie. Rassure-toi, je ne te demanderai pas de me prêter de l'argent ou de m'aider à t'occuper de mon bébé si je décide d'en avoir un. Tu n'as pas ton mot à dire.

À sa grande surprise, elle le vit tressaillir.

— Tu serais prête à faire appel à maman, Jules ou DJ mais pas à moi ? Cette façon que tu as de me repousser me fait de la peine, Darby.

Oh ! Seigneur, elle l'avait blessé. Ne sachant pas quoi dire, elle se contenta de le fixer, mal à l'aise. Elle et Levi se chamaillaient constamment. Aussi évitaient-ils les sujets sérieux et se bornaient-ils à échanger des banalités.

Levi reposa bruyamment sa tasse de café sur la table et riva son regard au sien.

— Où avons-nous commis une erreur, Darby ? Pourquoi faut-il que chacune de nos conversations se termine en dispute ? Je veux simplement te protéger et te rendre heureuse. Est-ce si difficile à comprendre ?

Oui, ça l'était, car depuis qu'elle avait sept ans elle avait toujours eu la désagréable impression d'être la sœur de rechange, celle qui ne comptait pas vraiment.

Elle ouvrit la bouche pour dire… quoi ? Elle n'en avait aucune idée.

Levi ne lui laissa pas l'occasion de répondre. Il fit ce qu'il faisait toujours quand ils se disputaient. Il tourna les talons et disparut.

Debout dans l'appartement au-dessus du garage à quatre places, Judah examinait le loft décoré avec goût et désormais encombré de paquets contenant les affaires de Jac. Des tonnes de vêtements, de couches, d'équipements et de jouets.

Les bébés avaient besoin de tant de choses !

Mais, comme Darby l'avait suggéré à deux ou trois reprises, il avait peut-être vu les choses trop en grand… Fourrant les mains dans ses poches, il contempla la fillette endormie dans sa balancelle, ses longs cils recourbés sur ses joues veloutées, sa minuscule bouche en bouton de rose légèrement pincée. Et son cœur fondit de tendresse.

Non, se rappela-t-il. Il ne devait pas se laisser émouvoir par ce spectacle touchant. C'était un de ces moments trompeurs que la vie vous offrait pour vous inciter à croire qu'élever des enfants était plus facile que ce qu'on prétendait.

Mais c'était archifaux.

Jac était une nouveauté dans son existence, une adorable diversion, mais il savait qu'après une semaine ou deux de tâches répétitives et fatigantes il en aurait vite assez. Il se souvenait trop bien de tout ce qu'il avait fait pour Jake, jours après jours, semaines après semaines : les biberons de lait maternisé, les changements de couche, la toilette, les réveils nocturnes. Être à l'entière disposition d'un nourrisson puis d'un petit enfant exigeant, lui apprendre à contrôler ses émotions ou son comportement, était exténuant sur le plan physique et moral.

Cette expérience l'avait profondément marqué. Et il n'avait aucune intention de la renouveler. Ne pas avoir d'enfant lui ouvrait des perspectives infinies. Il pouvait accepter des contrats n'importe où dans le monde, passer des vacances où cela lui chantait, dîner dehors tous les soirs, visiter des expositions, aller au théâtre, au cinéma…

A contrario, avoir des enfants, c'était dire adieu à l'amusement et à la liberté.

Adolescent, il n'avait pu profiter ni de l'un ni de l'autre, et maintenant qu'il était adulte il était hors de question qu'il s'en prive. Aimer et élever un enfant – et s'impliquer dans une relation – signifierait sacrifier sa carrière et sa liberté. C'était hors de question.

Il accorderait deux semaines à sa nièce, et par extension à Carla, mais pas une minute de plus.

La porte de l'appartement s'ouvrit, et Darby s'avança dans la pièce.

Sa tenue chic et son maquillage subtil avaient disparu. Ils donnaient d'elle l'image d'une femme forte, indépendante et maîtresse de sa vie – ce qu'elle était, bien sûr. Mais la tenue décontractée qu'elle arborait à cet instant – jean, T-shirt manches longues, bottes usagées – et ses cheveux simplement coiffés en queue-de-cheval la faisaient paraître plus jeune, plus douce, incroyablement féminine. Et tellement sexy avec son ventre plat, ses longues jambes fuselées et ses fesses d'une rondeur parfaite pour ses mains !

C'était plus fort que lui, il la désirait de tout son être. Pourtant, Dieu sait qu'il n'avait pas besoin d'une complication supplémentaire dans sa vie.

Se ressaisissant, il discerna une émotion inhabituelle dans les yeux de Darby. Un mélange de douleur, de confusion et de stress. Il ne devrait pas y attacher d'importance, mais elle était tellement fascinante.

— Tout va bien ? demanda-t-il.

Son sourire lui parut un peu trop éclatant pour être sincère.

— Oui, j'ai un petit coup de pompe mais ça va passer.

Elle mentait bien, mais il n'était pas dupe. Quelque chose la tracassait, c'était évident. Toutefois, il ne put s'empêcher de sourire en la voyant lisser le drap sur le matelas du berceau flambant neuf, puis redresser l'ours en peluche. Certes, elle était maniaque, mais tellement efficace.

Jac poussa un petit cri, et tous deux pivotèrent dans sa direction, s'attendant à ce qu'elle se réveille. Mais elle entrouvrit les yeux et esquissa un sourire avant de se rendormir.

— Elle dort depuis un bon moment, remarqua-t-il, soucieux. Pensez-vous qu'elle va bien ? Le médecin ne lui a-t-il pas prescrit une dose trop forte d'antalgique ?

Devinant son inquiétude, Darby posa une main rassurante sur son épaule.

— Elle va bien, Judah. Elle a très mal dormi la nuit dernière et, maintenant qu'elle ne souffre plus, elle rattrape son sommeil en retard.

Darby consulta sa montre.

— Nous la laisserons dormir le plus longtemps possible, mais nous devrons la réveiller dans quelques heures pour lui administrer les antibiotiques.

— Dans combien de jours ira-t-elle mieux ?

— Dans quelques heures. Les bébés réagissent vite aux médicaments. Cessez de vous inquiéter, papa poule, plaisanta-t-elle.

Papa poule ? Il la contempla, interdit, et elle arqua un sourcil narquois.

— Un problème ?

De fait, si elle s'obstinait à croire que Jac était sa fille, ils avaient un très gros problème.

— Attendez une minute…

Sans plus s'occuper de lui, elle récupéra un paquet et en sortit des vêtements chauds. Après avoir retiré les étiquettes, elle les déposa dans le panier à linge qui contenait déjà les serviettes et les couvertures qu'ils avaient achetées.

Elle croyait réellement qu'il était le père de Jac ? Comment était-ce possible ? Judah se remémora les trente-six dernières heures et comprit soudain que son faible démenti avait conforté Darby dans sa supposition initiale.

Bien sûr, s'il s'était montré très réticent à s'occuper de Jac et à entrer dans le jeu de Carla, c'est parce qu'il n'était pas le père du bébé. Mais, quand il examinait la situation du point de vue de Darby, il apparaissait comme un salaud de la pire espèce. Et il détestait cela.

— Darby ?

Elle se tourna vers lui, un léger froncement plissant son front lisse. Elle avait la peau la plus veloutée qui soit.

— Darby, je viens de comprendre que vous vous méprenez sur mon compte.

— Vraiment ?

— Oui. Jac n'est pas ma fille, précisa-t-il d'un ton ferme.

Le regard incrédule de Darby se posa tour à tour sur le bébé et sur lui.

— Je sais que vous aimeriez que ce soit le cas, mais elle vous ressemble comme deux gouttes d'eau, répliqua-t-elle posément.

Sa réponse pleine de tact lui tira un petit sourire.

— En fait, elle ressemble à mon demi-frère, lequel me ressemble trait pour trait.

Stupéfaite, Darby ouvrit la bouche et la referma. Manifestement, elle avait besoin de quelques secondes pour assimiler la nouvelle, et il les lui accordait volontiers. Il n'était pas pressé de lui donner les détails de la liaison de Jake avec son ex-petite amie.

— Oh ! cela explique beaucoup de choses, dit-elle à la fin.

Était-ce du soulagement et un peu plus de respect qu'il percevait dans sa voix ? Il l'observa attentivement et en eut la confirmation dans son beau regard. Sous le coup de l'émotion, il sentit ses jambes flageoler et dut faire un effort pour se ressaisir.

Pourquoi son opinion lui importait-elle tellement alors qu'il la connaissait depuis peu ? Une chose était sûre, la dissipation du léger voile de censure qu'il avait perçu chez elle lui procurait un immense soulagement.

Alors qu'il s'apprêtait à lui fournir des réponses aux questions qu'elle devait sûrement se poser, elle se pencha au-dessus de Jac et posa une main sur son front.

— Elle n'a pas de fièvre. Je pense que nous avons enrayé l'infection avant qu'elle devienne hors de contrôle.

Ils parlaient de Jac et de son otite. Tant mieux. Ce changement de sujet était le bienvenu.

Prenant place sur le canapé, il posa une cheville sur son genou opposé.

— Je m'en veux de ne pas avoir compris plus tôt qu'elle souffrait. Carla n'est pas une mère très attentive, et je doute qu'elle s'en serait aperçue. En revanche, vous l'avez tout de suite remarqué. Et je vous en remercie.

— C'est grâce à mes années de baby-sitting, déclara Darby, enroulant deux chaussettes ensemble.

— Était-ce votre choix ? demanda-t-il, parcouru par un frisson désagréable.

Elle sourit devant son air horrifié.

— Oui. Personne n'a braqué un fusil sur moi pour me forcer à le faire.

Les parents de Judah n'avaient pas utilisé de fusil, mais la contrainte et les brimades avaient été des armes puissantes.

— N'aviez-vous pas envie de faire ce que font les ados normaux ? Sortir, vous amuser, faire du sport ?

— Bien sûr que si. Et j'ai fait tout cela, mais en intercalant du baby-sitting.

Oh ! le fameux *équilibre*. Un concept que son père et sa belle-mère ignoraient.

Darby se cala dans un fauteuil en face de lui.

— Rassurez-vous, je ne vais pas vous bombarder de questions à propos de Carla et de votre frère, mais je souhaiterais vous dire une chose…

Judah s'arma de courage, appréhendant ce qui allait suivre.

— Compte tenu de ce que vous venez de me dire, je respecte profondément votre décision de vous occuper de Jac.

Bon. Il ne s'attendait pas à ce genre de remarque. Il n'empêche qu'il ne pouvait pas accepter un tel éloge.

— Que pouvais-je faire d'autre, Darby ? Sa mère est hospitalisée, mon frère est Dieu sait où et les parents de Jake – Judah ne les considérait plus comme ses parents puisqu'ils l'avaient renié – sont irresponsables. Je n'allais quand même pas la laisser aux bons soins des services sociaux !

Il fourragea nerveusement dans ses cheveux avant d'ajouter :

— Certes, s'occuper d'un bébé est très contraignant, mais elle a neuf mois, et rien de tout ceci n'est de sa faute. Après tout, elle ne m'est confiée que pour deux semaines.

Un petit sourire étira la bouche sexy de Darby.

— Et vous n'envisagez pas de vous attacher à elle ?

Il n'était pas disposé à s'attacher à qui que ce soit. Par ailleurs, comment pouvait-on s'attacher à quelqu'un en un laps de temps aussi court ?

— Non. C'est hors de question.

Son sourire irrésistible atteignit ses yeux.

— Tenez-moi au courant de la façon dont vous vous en sortirez.

— Je fuis les engagements émotionnels, Darby, dit-il, se demandant si cette mise en garde était destinée à Darby ou à lui-même.

Elle demeura impassible, rivant sur lui son regard gris de la même teinte que les nuages porteurs de pluie. Puis elle secoua la tête, comme pour chasser des pensées importunes, et afficha de nouveau une expression professionnelle.

— Jac devrait dormir pendant un petit moment. Les babyphones fonctionnent. Aimeriez-vous voir le bureau où nous travaillerons ?

— Non. Je préférerais t'emmener au lit. Qu'en penses-tu ?

Ces mots sortirent de sa bouche avant qu'il puisse les stopper. Il devrait les regretter, mais il en était incapable.

Darby le dévisagea, un peu choquée et très excitée.

Elle avait des pensées plein la tête. Certaines, inquiétantes. Mais la plupart étaient des variations sur le thème : *Oh, oui, s'il te plaît, prends-moi maintenant.*

Comme hypnotisée, elle vit Judah s'avancer vers elle, poser les mains sur les accoudoirs de son fauteuil et incliner la tête vers elle, lui permettant ainsi de se délecter de son souffle chaud et de voir le désir étinceler dans ses yeux.

Il avait une petite cicatrice sous le menton, et le hâle de son cou formait un contraste parfait avec la blancheur de sa chemise. Oh ! quelles tentations elle avait à portée de main : une peau lisse et chaude à explorer, des cheveux drus à caresser et une bouche charnue où se perdre.

Il pourrait être son dernier acte de folie avant qu'elle se décide à devenir une maman célibataire et qu'elle entreprenne ce voyage aléatoire, fait d'espoir, de chagrin potentiel et d'hormones.

Il pourrait représenter sa dernière occasion de s'abandonner au désir et d'assouvir ses pulsions et ses fantasmes.

Il y avait une éternité qu'elle n'avait pas fait l'amour, mais, puisqu'elle ne fréquentait pas les boîtes de nuit ou les bars et qu'elle n'avait guère de relations sociales en dehors de son cercle familial, les chances de rencontrer un homme qui l'attire suffisamment pour qu'elle se donne à lui étaient minces. Judah pourrait représenter son dernier espoir d'avoir des rapports sexuels fabuleux avant très, très longtemps.

Bien qu'elle le connaisse depuis peu, elle savait qu'elle serait en sécurité avec lui. À en juger par leur baiser d'hier, il serait un amant attentionné. À presque trente ans, elle était une femme indépendante, maîtresse de son destin et qui n'avait pas peur d'exprimer sa sexualité. Elle pourrait se donner à lui ; elle *devait* le faire.

Oui, mais… *Non.*

C'était trop tôt. Il était beaucoup trop séduisant pour sa tranquillité d'esprit. L'attirance entre eux était trop intense et hors de contrôle. Ce serait comme monter un cheval sauvage, une expérience ô combien excitante mais impossible à maîtriser.

Darby se força à se lever, ôtant une poussière imaginaire de son jean.

— Je pense que nous ferions mieux de nous mettre au travail. Nous avons du pain sur la planche.

Le sourire que lui adressa Judah était à la fois affable et déterminé.

— À un moment donné, il faudra bien que nous prenions en compte cette alchimie entre nous, Darby.

Sans doute. Mais seulement quand elle se sentirait en mesure de maîtriser l'explosion qui en résulterait.

7

De retour à Boston après deux jours passés à New York pour régler des dossiers urgents, Judah grimpait allègrement les marches du perron de la demeure de style géorgien quand Darby ouvrit la porte d'entrée. Il s'arrêta, tout excité, la balayant d'un long regard admirateur. Il était…

Seigneur, il avait failli dire *de retour à la maison*.

Il était de retour. Tout simplement.

Perchée sur la hanche de Darby, Jac lui adressa un sourire dévoilant ses gencives roses et agita les bras en l'air. Puis elle se pencha vers lui, et il ressentit un flot de plaisir inattendu. Si seulement Darby pouvait tomber dans ses bras aussi facilement !

— Eh, mignonne, murmura Judah, prenant Jac dans ses bras et frottant son menton sur son crâne duveteux.

À sa grande surprise, elle lui avait manqué. Il avait hésité à laisser Jac aux bons soins de Darby, mais elle lui avait assuré qu'elle arriverait à gérer deux nuits seule avec le bébé et que sa mère l'aiderait en cas de besoin. Il était parti, persuadé qu'il serait trop débordé à New York pour penser à Jac ou à Darby, et trop heureux d'être libéré de la corvée de changement de couches.

Or, c'était le contraire qui s'était produit.

Au beau milieu d'une présentation, il avait vu un pigeon passer à tire-d'aile devant la fenêtre de la salle de conférences et il avait aussitôt pensé au rire de Jac chaque fois qu'elle apercevait un oiseau, un chat ou un chien.

Une autre fois, il discutait de surface au sol et d'éco-efficacité quand l'image de Darby penchée sur un bureau, l'air concentré, avait traversé son esprit. L'espace d'un instant, le souvenir de ses jambes interminables, de sa chevelure chatoyante et de son corps sexy l'avait déconcentré.

— J'étais sur le point d'aller courir en emmenant Jac. Elle adore ça, expliqua Darby en désignant la poussette à trois roues. Comment s'est passé ton séjour à New York ?

— Bien. Très occupé.

Levant les bras, Darby peigna ses cheveux soyeux avec les doigts et les rassembla en une queue-de-cheval. Fasciné, Judah contemplait sa poitrine se soulever et ses tétons pointer dans le courant d'air froid. Aussitôt, il sentit son bas-ventre se contracter et soupira.

À New York, une consœur lui avait proposé une aventure sans lendemain, mais il avait décliné l'offre. Il était tenté par le sexe, mais Darby était la seule femme qu'il imaginait dans son lit.

Hélas, c'était la seule femme qu'il ne pouvait pas avoir. Car si les choses tournaient mal entre eux il perdrait à la fois une architecte brillante, qui était tout sauf une stagiaire, et la personne qui l'aidait à s'occuper de Jac.

Coucher avec Darby serait stupide, mais plus il s'efforçait de chasser cette pensée de son esprit, plus elle *s'imposait* à lui. Et son désir pour Darby commençait à devenir dévorant…

Super !

— Oublie le jogging et prenons un petit déjeuner, suggéra-t-il. C'est samedi, le soleil se décide à briller, et nous sommes dans les temps. Nous pouvons nous permettre de prendre une journée de repos.

Il n'avait pas vu Darby depuis deux longues journées et, si elle partait courir, il devrait attendre des heures avant de la retrouver.

Darby s'avança sur la galerie longeant la maison et se dirigea vers la partie fermée à l'arrière. L'endroit était moins ensoleillé, mais ils étaient à l'abri du vent.

— Pourquoi ne téléphones-tu pas au club pour engager

une nourrice pour une heure ou deux. Tu pourrais courir avec moi… Si tu arrives à suivre le rythme, précisa-t-elle, une lueur malicieuse dansant dans son regard.

Judah prit place sur la balançoire et cala Jac sur son genou. Puis il fixa Darby droit dans les yeux.

— Mets ton fichu esprit de compétition de côté, Darby. Nous savons tous les deux que je te battrai à plate couture dans n'importe quelle course.

La petite lueur de défi qui s'était allumée dans les prunelles de Darby s'aviva.

— Tu veux tester ta théorie ? Je suis prête à parier que je te ferai mordre la poussière.

— Si jamais je restais derrière toi, ce serait pour admirer ton fessier sculptural.

Le désir étincela dans le regard de Darby, adoucit sa bouche et durcit ses tétons. Il allait se lever pour l'attirer contre lui et l'embrasser quand la porte derrière eux s'ouvrit.

Jurant en son for intérieur, il vit Levi Brogan pénétrer dans la galerie. Celui-ci eut un froncement de sourcils à l'intention de Judah et lança un coup d'œil énigmatique à Darby.

— Judah, je te présente Levi, mon frère. Levi, voici Judah Huntley. Je travaille avec lui sur le projet de musée de la fondation Grantham-Ford.

Judah serra la main de Levi et se retint de lever les yeux au ciel quand Levi exerça une pression un peu plus forte que nécessaire, l'air de dire : *si tu fais du mal à ma sœur, tu auras affaire à moi.*

Oui, il avait compris le message.

Puis, contre toute attente, Levi s'accroupit en face de Jac. Il lui sourit, et Jac agita ses menottes en l'air, son petit corps tremblant d'excitation. Visiblement, elle aimait qu'on lui conte fleurette, admit Judah avec une moue ironique.

— Salut, beauté, murmura Levi, tapotant la cuisse de Jac du bout du doigt.

Jac se pencha vers lui, et Judah laissa Levi la prendre dans ses bras. La calant sur sa hanche, il lui attrapa la menotte et fit semblant de lui manger les doigts, à la grande joie de Jac.

Puis il se tourna vers Darby.

— Je m'absente pour quelques jours. Tu penses que ça va aller ?

— Je me débrouille toujours, Levi.

— Je tenais simplement à m'en assurer, Darby, répliqua sèchement Levi, une note de frustration dans la voix.

— Je suis une grande fille, riposta-t-elle d'un ton glacial.

Levi rendit Jac à Judah, et il crut voir un éclair de douleur et de déception dans le regard de Levi, mais ce fut si rapide qu'il l'avait peut-être imaginé. Il n'empêche que la tension entre le frère et la sœur était palpable. Ils devaient passer leur temps à se chamailler.

Après un rapide au revoir, Levi quitta la galerie, et Judah le vit se diriger vers une voiture au moteur surpuissant, stationnée près du garage. Peu après, le grondement du moteur déchira l'air matinal, et Judah soupira. Il devrait s'acheter un de ces bolides…

Sauf qu'il ne possédait pas de garage et qu'il était trop occupé pour profiter d'un véhicule, quel qu'il soit. Ses principaux modes de transport étaient l'avion et les voitures de location. Judah reporta son attention sur Darby, laquelle fixait la route où disparaissait son frère.

— Vos relations semblent compliquées, remarqua-t-il.

— Oui, très compliquées, acquiesça Darby, prenant place sur la balançoire et ramenant ses genoux contre sa poitrine.

Il ne devrait pas poser de questions, mais il était dévoré de curiosité, et elle semblait perturbée par sa prise de bec avec son frère.

— Que s'est-il passé ?

Elle parut soudain absorbée par la contemplation des lacets multicolores de ses baskets.

Il avait besoin de savoir ce que dissimulait son expression distante. Jac, s'aperçut-il, s'était endormie sur son épaule. Il songea à la mettre dans sa poussette ou à l'emmener à l'intérieur, mais il se ravisa de peur de la réveiller.

— Explique-moi ce qui s'est passé, Darby.

— Pourquoi ?

C'était à croire que le défi était une seconde nature chez elle ! Certes, elle n'était pas commode, mais il pourrait trouver un certain plaisir à échanger quelques passes d'armes amicales avec elle. À l'exception de Carla, les femmes qu'il avait rencontrées étaient peu exigeantes et consentantes.

Darby était tout le contraire.

— Parce que je te le demande, répondit-il patiemment.

Le soleil brillait, Jac dormait et il n'avait rien d'urgent à faire, si ce n'était comprendre comment fonctionnait cette femme fascinante et exaspérante.

— Ce n'est pas si important, Judah.

— Tu ne devrais donc pas avoir de problème pour me l'expliquer.

— Ce que tu peux être agaçant !

— On me l'a déjà dit. Et maintenant, arrête de tergiverser et raconte-moi tout.

— C'est un secret de polichinelle que Jules est la favorite de Levi, suivie par DJ. J'arrive loin derrière dans l'estime de mon frère.

— Qu'est-ce qui te fait penser cela ?

Darby cala sa tête contre l'appui-tête de la balançoire et tripota nerveusement l'ourlet de son maillot.

— À l'époque, j'avais sept ans. C'était le matin de Noël, et nous ouvrions nos cadeaux sous le sapin. Levi avait offert une boîte à musique à Jules. Quand on l'ouvrait, une ballerine se mettait à danser sur un air de musique. J'adorais cette fichue boîte. Elle était si belle.

— Que t'a-t-il offert ?

— Une carte représentant un joueur de base-ball. Elle était d'occasion, et il ne s'était même pas donné la peine de l'emballer. Il en avait toute une collection. Il avait dû choisir la plus vieille et la plus sale, et il me l'a tendue.

Judah se souvenait d'en avoir fait la collection et il savait que les plus vieilles étaient parfois les plus recherchées.

— Qui était le joueur ?

— C'était il y a plus de vingt ans, Judah. Je n'en ai aucune idée. Je me rappelle simplement avoir jeté la carte dans la cheminée et hurlé qu'il ne m'aimait pas, que Jules était sa préférée et qu'il avait gâché mon Noël. J'ai refusé de descendre pour le repas et j'ai pleuré tout le reste de la journée. À mon tour, j'ai gâché ce jour de fête pour tout le monde, précisa Darby, la mine sombre. Depuis lors, il y a eu cette barrière entre nous. Levi et Jules ont toujours été proches, et j'ai toujours eu l'impression qu'il l'aimait beaucoup plus que moi, qu'il me tenait à l'écart.

— Je suis sûr que tu te trompes.

— J'ai toujours eu l'esprit de compétition, Judah, mais ce Noël a marqué un tournant dans ma vie. Désormais, chaque fois que j'arrive en deuxième position, je me sens mal-aimée, flouée, pas à la hauteur.

Judah mit une main sur la cuisse de Darby et la pressa doucement, stupéfait de voir à quel point cette femme intelligente et talentueuse était vulnérable. Elle avait tout pour elle, sauf l'intime conviction qu'elle était parfaitement acceptable telle qu'elle était. Comprendrait-elle un jour qu'elle n'avait pas besoin d'entrer en compétition avec qui que ce soit ?

Sans doute pas, admit-il à contrecœur. Mais ce n'était pas son rôle de l'en convaincre.

Darby soupira et posa sa main sur la sienne. Quand elle entrelaça leurs doigts, une onde de plaisir parcourut son bras et redescendit le long de sa colonne vertébrale avant de refluer vers son bas-ventre.

Il se sentit durcir. Mais n'était-ce pas le cas chaque fois qu'il était près d'elle ?

Darby appuya sa tempe contre son épaule, et il perçut son souffle léger sur son cou. Tous ses sens en émoi, il imagina ses lèvres chaudes imprimant leur marque sur sa peau et ses mains élégantes lui prodiguant des caresses érotiques.

Oh ! Seigneur, comme il la désirait !

Il avait envie d'explorer son corps superbe, de s'enfouir en elle, de la faire sienne. Mais, comme elle n'était pas le genre de femme avec qui il pouvait avoir une aventure éphémère, il devrait se contenter de ce moment d'intimité.

Et à cet instant cela suffisait presque à son bonheur.

— Levi a le chic pour se montrer revêche avec moi. Mais j'en viens à me demander si je n'ai pas aggravé le fossé qui s'est creusé entre nous à force de le repousser chaque fois qu'il me propose son aide. J'ai besoin de lui en tant que frère et non en tant que protecteur autoritaire, expliqua Darby en se redressant et en enroulant ses bras autour de ses genoux.

En sa qualité de grand frère, Judah savait comment c'était d'essayer de protéger quelqu'un qui refusait votre aide et ne voulait pas entendre raison. Darby était sans doute aussi têtue que Jake. Et comme Judah était le genre d'homme à prendre les choses en main et à rechercher des solutions, comme devait l'être Levi, son incapacité à régler les problèmes le rendait fou. C'était la raison pour laquelle, à bout de nerfs, il avait éprouvé le besoin de couper tout lien avec Jake.

Mais il ne pensait pas que Darby et Levi en soient arrivés à cette extrémité ni qu'ils y arrivent un jour.

— Je supporte de plus en plus mal cette distance affective qu'il met entre nous, admit Darby.

— Alors, dis-le-lui. Les hommes sont des créatures simples ; ils ont besoin qu'on leur indique clairement la voie à suivre. La subtilité leur est étrangère.

— Ah, les hommes, quelle plaie !

Il s'abstint sagement de commenter cette remarque désabusée et conseilla à la place :

— Parle à ton frère, Darby. Tu n'as plus sept ans. Aie une discussion d'adulte avec lui. Explique-lui que son attitude distante te blesse, que tu ne te sens pas soutenue.

— Cela ne s'apparentera-t-il pas à un aveu de faiblesse de ma part ?

Comment une femme aussi énergique pouvait-elle être aussi vulnérable ?

— Il s'agit de ton frère, Darby ! Tu as le droit de paraître faible avec lui.

Elle se tourna vers lui, et son souffle se bloqua dans sa gorge à la vue de ce regard étincelant chargé d'émotion.

Il fallait qu'il la touche. Il n'en pouvait plus d'attendre.

Alors il se leva, déposa Jac dans sa poussette et l'enveloppa dans sa couverture. Puis, ouvrant la porte, il guida la poussette dans l'entrée, priant pour que l'attrait magnétique qui les poussait l'un vers l'autre incite Darby à le suivre à l'intérieur.

Quand elle referma la porte derrière elle, il sentit son cœur battre la chamade. Son vœu allait-il être exaucé ? Il posa les yeux sur elle, puis sur l'escalier imposant qui dominait l'entrée et de nouveau sur elle.

Oh ! oui, à en juger par le trouble qui assombrissait ses prunelles et colorait ses joues, elle le désirait autant qu'il la désirait.

Merci, mon Dieu.

Sans plus hésiter, il franchit la distance qui les séparait et pressa sa bouche contre la sienne.

Il sentit les doigts de Darby s'enfoncer dans son torse. L'espace d'un instant, il crut qu'il s'était fourvoyé et qu'elle allait le repousser, mais ses lèvres soyeuses s'amollirent sous les siennes et sa langue s'insinua dans sa bouche, animée d'intentions mutines.

Posant ses mains sur les hanches de Darby, il la souleva de terre et la plaqua contre lui, son érection vrillant son ventre plat, trop heureux de lui montrer l'effet qu'elle produisait sur ses sens. S'agrippant à ses cheveux, elle lui rendit son baiser avec passion, mêlant sa langue à la sienne et embrasant son sang dans ses veines.

Il avait l'impression de vivre un moment hors du temps, comme si la terre avait cessé de tourner et que la gravité avait disparu…

Tout cela parce que Darby l'embrassait et émettait des

petits bruits de gorge sexy. Parce que sa main douce glissait le long de sa mâchoire, de son cou et dans l'entrebâillement de sa chemise…

Parce qu'elle le désirait.

Tous ses sens exacerbés, il la reposa sur le sol, agrippa l'ourlet de son maillot en Thermolactyl et le fit remonter le long de ses flancs. Il brûlait d'envie de se repaître de la vue de sa peau crémeuse mais ne se résolvait pas à détacher sa bouche de la sienne. C'était si bon de l'embrasser ! Alors, à défaut de l'admirer, il caressa sa poitrine affriolante, et son érection s'intensifia en réponse au durcissement de ses petits mamelons.

Mais ces caresses étaient insuffisantes à satisfaire le désir impérieux qu'elle suscitait en lui. Il fallait qu'elle soit nue. Maintenant.

Détachant à regret sa bouche de la sienne, il fit passer son maillot par-dessus sa tête et la couva d'un regard chaud.

Oh ! oui, elle était aussi belle qu'il l'avait imaginé ! Une peau soyeuse, un cou gracieux, des épaules à la fois fines et robustes. Il promena un doigt sur sa clavicule et le long de cette peau crémeuse jusqu'au renflement de ses seins dissimulés sous le coton de sa brassière de sport. Au diable ce sous-vêtement utilitaire ! Il voulait cueillir ses seins dans ses paumes, se délecter de leur texture et de leur saveur.

— Judah…

Son prénom sur ses lèvres était un murmure et une supplique. Intrigué, il reporta son attention sur son visage et perçut de l'appréhension mêlée à son désir.

Oh ! non, par pitié. Il voulait qu'elle se trémousse et ondule sous lui, haletante et palpitante, il voulait l'entendre crier son prénom au moment d'atteindre le paroxysme de son plaisir.

Avec douceur, il posa une main sur sa joue.

— Ceci ne concerne que nous. C'est sans rapport avec Jac ou notre travail. Il s'agit uniquement de *nous*. Dis-moi que tu le comprends, Darby, insista-t-il d'une voix pressante, à la limite du désespoir.

Elle acquiesça d'un signe de tête, et la gratitude le submergea. Tous ses sens en ébullition, il promena ses mains le long de ses flancs et titilla ses tétons à l'aide de ses pouces. Pour sa plus grande joie, il perçut son halètement et contempla ses prunelles qui s'assombrissaient sous l'effet de la passion charnelle. Désormais, ce n'était plus son cerveau mais son corps, avec ses exigences et ses désirs, qui tenaient les leviers de commande. Elle n'était plus en capacité de réfléchir, d'échafauder des scénarios, d'évaluer les risques. Et il ne put s'empêcher d'éprouver un sentiment de puissance virile d'avoir réussi ce tour de force.

Il avait l'impression d'être à la fois Atlas, Bogart et Clooney. Elle le rendait faible, et pourtant il ne s'était jamais senti aussi fort de toute sa vie.

Lui ôtant sa brassière, il inclina la tête et aspira un téton d'une belle teinte framboise dans sa bouche et le suça avec gourmandise. À l'instar de ce fruit délicieux, sa saveur s'avérait délectable sur sa langue. Mais, comme cela ne suffisait pas à satisfaire son désir exacerbé, il plongea son autre main sous ses leggins jusqu'à ce qu'il perçoive la chaleur et la moiteur de son intimité.

Aussitôt, son sang s'échauffa et un torrent de feu se rua dans ses veines. Il avait besoin d'elle tout de suite. Il avait besoin de sentir sa peau sur la sienne, de s'enfouir en elle.

Pourtant, une part de lui hésitait, refusant d'abdiquer tout contrôle. Il y avait trop de choses en jeu. Ne risquait-il pas de se fourvoyer et de le regretter par la suite ?

Il recula d'un pas et riva son regard à celui de Darby.

— Veux-tu que nous nous arrêtions ou que nous continuions ?

La main de Darby caressant son érection à travers le tissu de son jean était une sorte de réponse, mais il avait besoin qu'elle manifeste son approbation de vive voix. Ils ne pouvaient pas se permettre le moindre malentendu.

Il emprisonna sa main, se forçant à se concentrer.

— Darby…

— Hum ?

Elle frotta son gland à l'aide de son pouce, et il faillit perdre tout contrôle.

— Veux-tu que nous le fassions ?

Elle esquissa un sourire mutin, et son cœur se mit à cogner si fort qu'il eut l'impression qu'il allait jaillir de sa poitrine pour retomber aux pieds de cette femme si désirable. Stupide organe. Entre-temps, le pouce de Darby poursuivait ses exquises attentions, le menant tout droit au bord du précipice.

Non contente de le caresser, elle se mit à défaire la boucle de sa ceinture et à déboutonner lentement son jean. Oh ! Seigneur, si elle ne se décidait pas à parler tout de suite, il allait imploser !

Puis elle referma sa main autour de son pénis, le pressant et le cajolant.

— Je ne sais pas ce que tu en penses, dit-elle d'une voix sensuelle, mais j'ai l'intention de poursuivre ce petit jeu.

— À la bonne heure, gronda Judah entre ses dents.

Avant que son cerveau disjoncte, il sortit son portefeuille de la poche arrière de son jean, en retira deux préservatifs et les déposa sur la table de l'entrée. Puis, s'efforçant d'ignorer de son mieux la main de Darby sur son pénis, il lui ôta ses leggins. Se reculant hors de sa portée, il la balaya d'un long regard admirateur et exulta en constatant qu'elle était aussi consumée de désir que lui.

À son tour, il se débarrassa de ses chaussures et chaussettes, et fit glisser son jean et son boxer sur ses jambes, observant les prunelles écarquillées de Darby quand elle découvrit sa formidable érection enfin libérée de son carcan. Elle passa sa langue sur ses lèvres, sa bouche formant un O parfait, et il se sentit durcir un peu plus… un exploit qu'il n'aurait pas cru possible.

Elle se tenait sous le portrait d'une ancêtre, une dame à l'air sévère vêtue d'un corsage à jabot et d'une jupe longue, ses cheveux bruns coiffés en un chignon sur la nuque. À côté de Darby, une table supportait des photographies encadrées de ses parents, de sa sœur et de son frère, d'amis ou de cousins.

C'était sa demeure familiale, et Judah sut qu'à l'avenir elle ne verrait plus cette pièce de la même façon.

Pour sa part, il ne trouvait aucun inconvénient à ce qu'elle pense à lui chaque fois qu'elle franchirait la porte d'entrée.

Lui prenant la main, il l'attira à lui et posa son front contre le sien, le duvet de son torse frôlant ses mamelons durcis.

— J'ai tellement envie de toi. Je veux te prendre ici.

Pour son plus grand bonheur, Darby murmura contre ses lèvres les mots qu'il avait tellement besoin d'entendre :

— Oh ! oui, je t'en supplie, caresse-moi.

Alors, il s'exécuta et commença par égrener des baisers le long de sa mâchoire, de son cou et de sa clavicule. Lui jetant un rapide coup d'œil, il vit qu'elle le contemplait, les yeux assombris par la passion et les lèvres entrouvertes. Il savait ce qu'elle attendait de lui, mais, histoire de la tester et de la taquiner, il embrassa le doux renflement d'un sein et aspira sa peau tendre juste assez fort pour y laisser la trace d'un léger suçon.

Elle exhala un gémissement de plaisir et de désir mêlés, et ce son délectable le transporta de joie.

Prenant un téton dans sa bouche, il le suça avec gourmandise tout en titillant l'autre avec ses doigts. Puis il promena ses mains plus bas, effleurant sa toison pubienne soigneusement épilée et jouant avec elle.

Il sourit quand elle écarta les jambes, signe qu'elle attendait davantage de sa part. Il obtempéra en frottant son petit clitoris à l'aide de son doigt, et Darby, haletante, bondit du mur où elle était appuyée.

Ses caresses lui faisaient de l'effet ? Parfait. Il en avait toute une panoplie en réserve.

S'agenouillant devant elle, il lui souleva la jambe droite et la posa sur son épaule. Puis il enfouit son visage contre son intimité et inhala sa fragrance sensuelle, tous ses sens en ébullition. Bien sûr, ce qu'il faisait était un acte éminemment intime pour leur premier rapport, mais il brûlait d'envie de découvrir chaque centimètre de son corps, et le cœur de sa féminité n'était-il pas le meilleur endroit par où commencer ? À en juger par les murmures appréciateurs qu'elle émettait, ils étaient sur la même longueur d'onde.

Ainsi encouragé, il poursuivit ses attouchements, la léchant, la suçant, plongeant sa langue en elle et harcelant sa chair hyper sensible avant de se retirer. Bref, la rendant éperdue de désir. Quand il sentit qu'elle était proche de la combustion, il glissa un doigt puis deux en elle et titilla son petit clitoris avec sa langue. Il voulait que pour leur première fois Darby jouisse sur sa langue et qu'elle s'effondre dans ses bras.

Et c'est ce qui se produisit. Elle cambra les reins et plaqua ses mains contre le mur derrière elle. Puis il sentit ses muscles internes se resserrer autour de ses doigts humides de son essence intime.

Quelle promptitude à réagir, songea-t-il, pas peu fier de lui, tandis qu'un deuxième orgasme plus puissant que le premier la terrassait et qu'elle s'affaissait sur lui.

La maintenant par les hanches, il se releva et prit son visage entre ses paumes. Comme elle était belle, ses traits délicats alanguis par le plaisir.

Judah captura sa bouche, permettant ainsi à Darby de savourer sa propre fragrance. Il soupira de bien-être quand elle cueillit ses testicules au creux d'une main et qu'elle enserra son membre viril dans l'autre, le caressant sur toute sa longueur. Après quelques tâtonnements, il récupéra un préservatif sur la table à côté d'eux et le retira de son emballage. Un sourire mutin aux lèvres, Darby lui prit le latex des mains et l'enfila sur son pénis avec une lenteur délibérée. Quel supplice raffiné lui infligeait-elle là ? Si elle ne se dépêchait pas, il risquait d'imploser.

— Tu préfères le mur ou le parquet ? murmura-t-elle.

Ce fut au tour de Judah de sourire.

— Ni l'un ni l'autre. Je choisis l'escalier.

Marchant à reculons, il s'assit sur la troisième marche.

— Chevauche-moi, ordonna-t-il.

Sans la moindre hésitation, elle se positionna au-dessus de

lui, et quand son intimité brûlante et encore moite effleura l'extrémité de son membre, ce fut comme si un incendie dévastateur se propageait dans tout son corps.

— Prends-moi en toi, ordonna-t-il à nouveau, repoussant la masse de sa chevelure blonde de son visage.

Car il avait besoin de la contempler pendant qu'il la ferait jouir encore une fois.

L'agrippant par les hanches, il commençait à l'abaisser sur son membre érigé et à savourer la sensation quand il se souvint brusquement qu'il était un homme vigoureux et qu'elle avait peut-être besoin d'un temps d'adaptation.

— Ça va ? demanda-t-il, serrant les dents et demeurant aussi immobile que possible.

— Oui. Sauf que je ne sais pas si je m'y prends bien.

Elle devait sûrement plaisanter, mais il était dans un tel état de transe qu'il était incapable d'aligner une pensée cohérente.

— Il n'y a qu'une seule façon pour que je sois en toi. Prends le temps qu'il te faut, mais... dépêche-toi quand même, d'accord ?

Par chance, elle se mit à rire et se coula sur son membre, ne s'arrêtant qu'après l'avoir absorbé complètement.

— Oh ! par tous les saints..., gémit-il dans un soupir extasié.

Il ne put compléter sa phrase car elle se mit à le chevaucher avec fougue, le rapprochant inexorablement du bord du précipice. Oh ! non, il fallait qu'elle jouisse maintenant, avant qu'il perde tout contrôle. Alors, tentant le tout pour le tout, il glissa une main entre leurs deux corps à la recherche de son petit bouquet de nerfs si sensible et le caressa fiévreusement.

Exhalant un feulement, elle rejeta la tête en arrière, les yeux mi-clos, et se souleva et s'abaissa sur lui à un rythme de plus en plus soutenu. Dans l'esprit exalté de Judah, l'éclat du lustre au-dessus de leurs têtes se transformait en une myriade d'étoiles, l'escalier raide devenait un lit de plumes, l'entrée se métamorphosait en boudoir, et Darby était une fière amazone caracolant au-dessus de lui. Il donna un vigoureux coup de reins, puis un autre, et elle s'abandonna à l'extase dans un cri étranglé, lui permettant de lâcher prise et d'atteindre à son tour le paroxysme du plaisir.

Quand il refit surface, il constata que Darby était étendue sur lui, sa chevelure éparse sur son épaule et sa bouche. La marche en bois lui sciait les reins, sa jambe droite était ankylosée et le chemin d'escalier lui râpait les fesses.

Pourtant, il ne s'était jamais senti aussi bien, car il venait d'avoir le rapport sexuel le plus fabuleux de son existence.

Alors, non, il ne regrettait pas ces petits inconvénients matériels.

Bon. S'il perdait sa jambe par manque d'irrigation sanguine il serait un peu ennuyé, mais à part cela ? Il était prêt à rester dans cette position aussi longtemps qu'il le pourrait.

8

Judah courait à petites foulées en direction de la demeure des Brogan, heureux de sentir la morsure de l'air sur son visage. Darby était partie de bonne heure ce matin pour faire ce qu'elle avait prévu à l'occasion de cette journée « personnelle ». En son absence, il avait travaillé tout en veillant sur Jac, mais il avait déclaré forfait vers 15 h 30.

Désireux de faire un peu d'exercice, il avait appelé le country club, et dix minutes plus tard une baby-sitter chaudement recommandée se présentait au domicile des Brogan. Par chance, Jac s'était montrée coopérative et s'était endormie dans les bras de la nounou, laissant à Judah environ quatre-vingt-dix minutes pour s'entraîner. Il s'était aussitôt rendu dans la salle de gym aux équipements ultramodernes et il terminait en ce moment sa séance par un running.

Alors qu'il s'approchait de la demeure de Darby et Levi, il aperçut une berline luxueuse qui se garait dans l'allée. Ralentissant, il vit une femme blonde et svelte sortir de la voiture et s'avancer vers la portière du passager. Interloqué, il reconnut Darby qui mettait lentement pied à terre. La blonde plus âgée, sans doute sa mère, noua son bras autour de la taille de Darby et l'aida à monter les marches du perron.

Inquiet, Judah accéléra le rythme et rattrapa les deux femmes alors qu'elles arrivaient en haut des marches.

— Que se passe-t-il ?

La mère et la fille se retournèrent, et Judah fut frappé par l'extrême pâleur de Darby et ses traits tirés.

— Tu vas bien ? Où est ta voiture ?

Callie posa une main sur son bras. Après s'être présentée rapidement, elle expliqua :

— Darby va bien, Judah. Elle a subi une intervention mineure et souffre un peu. Je l'ai ramenée parce qu'elle n'est pas autorisée à conduire pendant vingt-quatre heures.

— Où est Jac ? demanda Darby, un pli soucieux barrant son front.

— J'ai engagé une baby-sitter auprès du club. Jac dormait quand je l'ai quittée.

Callie sourit à Darby avant de lui donner une tendre accolade.

— Je te confie aux bons soins de Judah, ma chérie. Repose-toi, d'accord ? Je t'appellerai demain matin.

— Mais, maman, attends…

Interloquée, Darby suivit des yeux sa mère qui descendait les marches presque en courant. Puis elle secoua la tête, visiblement mortifiée.

— Dire qu'elle avait promis de veiller sur moi et de m'aider à m'occuper de Jac… !

— Je suis là et la baby-sitter aussi, la rassura-t-il, ouvrant la porte d'entrée et l'invitant à pénétrer dans la maison.

Voyant qu'elle grimaçait de douleur et qu'elle portait la main à son flanc, il la souleva prestement de terre et la transporta à l'intérieur.

— Bon sang, Huntley, je peux marcher, maugréa Darby, lui martelant le torse à l'aide de son poing.

— Ce sera plus rapide si je te porte.

Il se dirigea tout droit vers le bureau, ouvrit la porte à l'aide de son pied et déposa délicatement Darby sur un canapé en face d'une télévision à grand écran. Puis il s'assit sur la table basse en face d'elle et se rappela opportunément qu'il n'avait aucun droit de l'interroger.

— Où étais-tu ? Et que t'est-il arrivé ?

Hélas, les questions fusèrent sans qu'il puisse les retenir. Mais il se faisait un sang d'encre pour elle. Il avait besoin de savoir qu'elle n'était pas malade ou blessée. Il frotta un point douloureux à l'emplacement de son cœur. Il détestait la voir affaiblie et dolente, à l'opposé de la femme débordante de vitalité qu'il connaissait.

Comme elle se refusait à croiser son regard, il lui souleva le menton pour l'obliger à lui faire face. Dans ses yeux, il perçut un peu d'embarras, beaucoup de défiance et aussi de la peur. Craignant de la voir se refermer sur elle-même, il esquissa un sourire apaisant.

— Darby, je suis en train d'échafauder un millier d'hypothèses toutes plus alarmantes les unes que les autres.

Elle prit une profonde inspiration avant de dire d'une traite :

— Je viens de faire prélever mes ovocytes. Et l'intervention a été plus douloureuse que je ne m'y attendais.

Il la contempla, déconcerté. De quoi diable parlait-elle ?

— Je suis désolé, mais je ne comprends pas.

Darby dessina des motifs sur ses leggins à l'aide de son index.

— J'ai de graves problèmes de fertilité. Je ne pourrais jamais concevoir un enfant de façon naturelle. Selon les médecins, si je veux avoir des enfants, je dois recourir à une fécondation in vitro dans les prochains mois. La première étape consiste à prélever mes ovocytes et à les congeler.

Il ouvrit la bouche pour prononcer quelques paroles compatissantes, puis les ravala aussitôt. Darby n'avait pas besoin de compassion mais de compréhension. Sauf qu'il ne savait pas trop comment l'exprimer.

— Et je suppose que tu veux des enfants ? demanda-t-il prudemment.

— Oui. Et comme je ne peux pas me permettre d'attendre, j'entreprends les démarches seule.

Courageuse Darby, songea Judah, admiratif. Quand elle voulait quelque chose très fort, elle mettait tout en œuvre pour l'obtenir.

Soudain, un coup fut frappé à la porte du bureau, et la baby-sitter passa la tête par l'entrebâillement :

— Je vous ai entendu rentrer, monsieur Huntley. Jac est

dans son parc. Je lui ai donné un biberon et une banane en en-cas. J'espère que cela vous convient ?

Judah acquiesça d'un signe de tête.

— Avez-vous d'autres obligations dans l'immédiat ? Si ce n'est pas le cas, pourriez-vous rester deux heures de plus ?

— Bien sûr, monsieur.

Une fois la porte refermée, Judah, soucieux, reporta son attention sur Darby. Elle avait l'air tellement fatiguée !

— Puis-je t'apporter quelque chose ? Du café ? Du chocolat ? Des antalgiques ?

— J'en ai pris tout à l'heure, répondit-elle, s'allongeant sur le canapé et calant un coussin sous sa tête. Je te remercie de ne pas avoir fait de commentaire inepte sur mon appareil reproducteur défaillant.

Il le savait, elle s'efforçait de paraître courageuse, mais elle semblait plutôt abattue. Et il se sentait impuissant à l'aider.

— À vrai dire, Darby, je n'ai aucune idée de ce que tu ressens. Car contrairement à toi je ne veux pas d'enfants et je suis très heureux ainsi.

— Vraiment ?

— Oui.

— Peux-tu m'expliquer pourquoi ?

Ils s'engageaient sur un terrain inconnu. Jusqu'à présent, ils n'étaient que de simples collègues couchant ensemble, mais cette conversation modifierait la nature de leur relation, la rendant plus profonde, plus indéfinissable… deux notions qu'il n'aimait pas. Toutefois, Darby s'était montrée honnête avec lui, et il devait – il voulait – faire de même avec elle.

— Mon demi-frère a douze ans de moins que moi, et quand il est né c'est essentiellement moi qui me suis occupé de lui, expliqua-t-il d'une voix monocorde. La contribution de mon père et de ma belle-mère s'est limitée à fabriquer Jake et à le mettre au monde. Je l'ai élevé jusqu'à mon départ pour l'université.

Darby le contempla, incrédule.

— Tu veux dire que tu t'occupais de lui quand il rentrait de l'école, le faisant goûter et l'aidant à faire ses devoirs.

Voilà pourquoi il ne parlait jamais de son enfance. Personne ne voulait croire ce qu'il leur disait. C'était trop inconcevable.

— Non. Je me suis entièrement occupé de lui. Il est né au début de l'été alors que j'avais douze ans. Ma belle-mère souffrait d'une grave dépression post-partum. Elle n'était pas du tout en mesure de s'occuper de lui, et mon père travaillait. Quand j'ai repris le chemin de l'école en septembre, elle parvenait tout juste à se lever pour s'occuper de Jake jusqu'à mon retour, puis je devais prendre le relais pendant qu'elle dormait ou qu'elle sortait. Ensuite, sans que je sache trop comment, la responsabilité d'élever Jake m'a incombé.

— Oh ! Judah, c'est horrible !

Il haussa les épaules avec une nonchalance feinte et perçut de l'empathie dans le regard de Darby. Dieu merci, elle ne lui témoignait pas de la pitié. Il détestait ce sentiment.

— Je n'avais pas le temps de faire du sport ou de sortir. Mon travail consistait à prendre soin de mon frère. Quand mon père a commencé à dire qu'il était hors de question que j'aille à l'université locale, j'ai su que je devais faire quelque chose pour sortir de ce cercle infernal. Alors, j'ai étudié d'arrache-pied et obtenu une bourse complète. Et j'ai abandonné Jake pour sauver ma peau.

Oh ! mince ! Il n'avait pas eu l'intention de prononcer cette dernière phrase, mais il y avait quelque chose chez Darby qui l'incitait à se confier, et cela le terrifiait.

Darby noua ses mains autour de ses genoux relevés, son regard rivé au sien.

— Et la culpabilité a failli te tuer.

Sa compréhension lui mit du baume au cœur.

— Je suis revenu à la maison aussi souvent que j'ai pu, mais à chaque fois Jake s'éloignait un peu plus de moi. Il m'en voulait terriblement d'être parti. Et il faisait tout son possible pour me mettre en colère, comme faire des virées au volant de voitures volées, boire de l'alcool, prendre de la marijuana puis des drogues plus dures.

— Tu avais le droit de vivre ta vie, Judah.

Bien sûr, il le savait. Du moins, de façon abstraite.

— Depuis lors, Jake n'a jamais cessé de m'en vouloir.

— C'est pour cette raison qu'il a eu une aventure avec ta petite amie.

Il accusa le coup.

— Oui. J'ai prêté mon appartement de Manhattan à Carla. Elle avait une série de récitals au Met, et j'avais un projet en Australie. Jake a trouvé le moyen de la séduire et s'est installée avec elle. Je les ai surpris au lit ensemble et leur ai donné le reste de la journée pour vider les lieux. Sauf que Jake m'a pris au mot et a dépouillé mon appartement de tous ses objets de valeur pour s'acheter de la drogue.

Darby porta la main à sa bouche, l'air horrifiée.

— J'espère que tu as porté plainte contre lui.

Dieu merci, elle le comprenait.

— Mon père m'a intimé l'ordre de retirer ma plainte. Sinon, il me bannissait de la famille.

— Et tu n'as pas cédé, suggéra-t-elle d'une voix dénuée de jugement.

— Non. Jake a fait un an de prison. Ma famille m'a rendu responsable du fait qu'il avait désormais un casier judiciaire et a coupé les ponts avec moi.

Darby secoua la tête, incrédule.

— Après tout ce que tu as fait pour Jake ? C'est honteux.

Il trouvait à la fois étrange et merveilleux qu'une personne intelligente et réfléchie comprenne ses choix et les approuve. L'étau qui comprimait sa poitrine se desserra, et pour la première fois depuis des années son sentiment de culpabilité reflua. Il pouvait enfin respirer.

— Voilà pourquoi je ne veux pas d'enfant. J'ai été un père et j'ai échoué.

Darby lui effleura la main.

— Tu n'as jamais été tenté de changer d'avis ?

— Non. J'ai même failli recourir à une vasectomie il y a une dizaine d'années.

Darby eut un sourire ironique. Comme il haussait un sourcil surpris, elle précisa :

— Je me disais que nous étions très mal assortis. Tu ne veux pas d'enfant, et moi si. Encore heureux qu'il n'y ait rien d'autre entre nous que du sexe fabuleux, sinon notre couple irait droit dans le mur !

Mis à part le fait qu'ils n'étaient pas d'accord sur ce qu'ils attendaient de la vie – une peccadille ! – ils s'entendaient merveilleusement bien ; ils étaient compatibles sur le plan sexuel et mental ; ils étaient tous deux forts et indépendants. Elle était la seule femme qu'il verrait bien dans sa vie durant les cinq ou dix prochaines années. Cela ne lui était encore jamais arrivé, et il ne savait pas quoi en penser.

Voyant que les yeux de Darby étaient lourds de sommeil, il se pencha vers elle et déposa un baiser sur son front, ses lèvres s'attardant plus longtemps que nécessaire.

— Dors, chérie. Je serai là quand tu te réveilleras.

Mason s'écarta de Callie endormie, roula hors du lit et se dirigea nu vers la salle de bains attenante. Après s'être lavé, il agrippa les rebords du lavabo et contempla son reflet dans le miroir. Il n'avait pas changé, nota-t-il, hormis la barbe de trois jours. Sinon, même bouche, même nez, même yeux bleus…

Alors pourquoi avait-il l'impression d'être un étranger à l'intérieur de son propre corps ?

Ouvrant le robinet, il se pencha pour boire au creux de sa main avant de s'asperger d'eau le visage. Quatre ou cinq mois auparavant, il menait l'existence normale et plutôt satisfaisante d'un père célibataire, s'autorisant de temps à autre des aventures discrètes, gérant sa cafétéria, ayant l'œil sur ses deux adolescents. Se la coulant douce.

Puis l'ouragan Callie avait bouleversé son train-train quotidien.

Il avait cru que tout serait simple : elle l'attirait, ils coucheraient ensemble aussi longtemps qu'ils y trouveraient du plaisir, puis se sépareraient bons amis.

Sauf que maintenant il ne savait plus où il en était. Sa cafétéria était florissante, mais sa gestion l'ennuyait ; ses fils devenaient de plus en plus indépendants ; et la vie dans cette résidence sécurisée l'étouffait et lui donnait l'impression d'être un poisson rouge dans un bocal. Oh ! comme il enviait Callie et cette liberté de faire ce qui lui plaisait et de partir où elle voulait.

En Thaïlande, par exemple. À vrai dire, chaque fois qu'il pensait à ce maudit voyage, il avait envie de tout casser.

— J'aimerais que nous parlions, Mace.

Tournant la tête, il vit Callie sur le seuil de la pièce, tenant deux verres de vin rouge à la main, son corps somptueux dissimulé sous un peignoir blanc. Elle se dirigea vers sa baignoire massive sertie dans un cadre en bois de cèdre et s'assit sur le rebord, les jambes croisées.

Elle désigna du menton une serviette. Mason s'en saisit et la noua autour de ses reins avant de prendre le verre qu'elle lui tendait. Il but une gorgée de vin et s'accota contre le mur.

— Ce n'est plus pareil, n'est-ce pas ? demanda Callie, rivant sur lui son regard bleu si lumineux.

Il avait envie de mentir, mais à quoi bon ?

— Non, en effet.

Cela ne voulait pas dire pour autant que c'était une mauvaise chose. C'était différent, tout simplement.

— Est-ce parce que je suis sortie de ma coquille… sexuellement parlant ?

Il faillit avaler son vin de travers.

— Bien sûr que non !

Son assurance sexuelle était fabuleuse et tellement excitante. En fait, le sexe était la seule chose qui allait bien en ce moment.

— Alors, quel est le problème, Mace ?

Le hic, c'est qu'il était plus accoutumé aux chiffres qu'aux mots ; les chiffres étaient carrés, logiques. A contrario, les mots lui manquaient pour exprimer ses sentiments agaçants et indéfinissables.

Il fourragea dans ses cheveux, mal à l'aise.

— J'ai du mal à le cerner, avoua-t-il. C'est un peu comme si j'avais un problème de math à résoudre, sachant que la formule est fausse tout en ignorant où est l'erreur.

— Et cette erreur viendrait de moi ou de toi ?

Il détestait être sur la sellette, aussi lui renvoya-t-il la balle.

— Toi aussi, tu as changé, Callie.

Elle inclina la tête, curieuse, et attendit qu'il poursuive.

— Tu es moins nerveuse, plus posée, plus sûre de toi.

— Et cela te pose un problème ?

Non... Mais c'était différent.

— En as-tu assez de moi, Mason ?

Elle fixait son verre, le visage impénétrable, et il ne parvenait pas à savoir ce qu'elle pensait. Avant le réveillon du nouvel an et son voyage en Asie, il avait été capable de lire en elle. Mais maintenant elle ressemblait à un livre fermé.

Puis il prit conscience du sens de ses paroles, et il sentit une colère sourde monter en lui.

— Comment peux-tu me poser une pareille question ?

Callie fit tourner son vin dans son verre, s'obstinant à fuir son regard.

— Il y a plusieurs mois, j'étais perdue, plutôt naïve et manquant de confiance en moi sur le plan sexuel. Puis tu as fait irruption dans mon existence, toi, l'archétype de l'homme fort et intrépide. Tu m'as demandé d'affronter de nouveau la vie, de m'amuser, de redécouvrir les plaisirs charnels avec toi. Je t'ai écouté et j'ai relevé le défi.

Callie leva les yeux vers lui et fit la moue.

— Nous avons vécu une semaine merveilleuse entre Noël et le réveillon du jour de l'an. Lors de la fameuse réception, j'ai éprouvé le besoin de prendre un peu de recul, l'espace d'un instant, et tu as pris prétexte de ce retrait momentané pour fuir.

Ces paroles le frappèrent de plein fouet et explosèrent en petites bulles de vérité. Incapable d'assumer le fait qu'il se sentait merveilleusement bien avec elle et qu'il était très heureux de l'avoir dans sa vie, il s'était servi de Ray comme excuse.

L'intensité de ses sentiments pour elle l'avait effrayé, et il avait fui.

Son orgueil en prenait un sacré coup !

Alors, il fit ce que les hommes faisaient quand ils avaient tort, il contre-attaqua :

— Je n'ai pas fui aussi loin que toi.

— C'est vrai. Mais j'ai ôté ma bague, enlevé la photo de Ray et surtout je suis revenue. Nous nous sommes revus deux fois depuis nos retrouvailles à la cafétéria, nous avons eu des rapports sexuels que je qualifierais de miraculeux, mais… j'ai le sentiment que la petite étincelle s'est éteinte. Et la seule conclusion qui me vient à l'esprit, c'est que tu en as assez de moi.

Non, il ne pouvait pas lui laisser penser une pareille absurdité !

— C'est faux, Cal ! Je ne me suis pas lassé de toi.

— Écoute, Mace, je n'ai pas l'intention de rester assise là à jouer aux devinettes avec toi.

Elle se leva et croisa les bras sur sa poitrine, son verre de vin en appui contre la partie supérieure de son bras.

— Je vais me conduire en adulte responsable et te dire comment j'envisage l'avenir. Je ne me sens pas prête à prendre ma retraite et à vivre le reste de mon existence comme une veuve riche. Je veux faire quelque chose, Mace, être quelqu'un. J'ai toujours été l'épouse de Ray et la mère de nos enfants, j'ai toujours soutenu leurs rêves, leurs objectifs et leurs intérêts. Désormais, je veux être *utile*.

Il ne pouvait qu'admirer son enthousiasme et sa détermination à évoluer et à se forger une place au soleil.

Il pourrait même tomber amoureux d'elle !

— J'ai étudié différents projets auxquels je pourrais participer, et cela suppose que je ne vivrais pas ici de façon permanente. J'aime voyager, Mason, j'ai adoré Bali et la Thaïlande, et j'ai envie de découvrir d'autres endroits fabuleux.

Callie prit une profonde inspiration et esquissa un sourire.

— Je suis folle de toi, Mace, mais si je reste ici en me laissant vivre dans l'attente de tes visites, je partirai de nouveau à la dérive et je serai perdue. Et je ne veux pas me perdre encore une fois.

Trop ému pour parler, Mason garda le silence. Il redoutait de perdre Callie, mais il redoutait encore plus de lui demander de se sacrifier pour rester avec lui. Il appréciait trop la liberté – la sienne et celle des autres – pour exiger un tel renoncement de la part de cette femme qu'il adorait.

Alors il la prit dans ses bras et posa son menton sur son crâne. Il comprenait son besoin de voler de ses propres ailes ; il fallait simplement qu'il trouve un moyen de lui fournir une paire d'ailes.

Ou d'en trouver une pour lui et voler de concert avec elle.

Darby pénétra dans la salle de jeux de la demeure familiale et la balaya d'un rapide coup d'œil.

Judah, Noah, Matt et Levi jouaient au billard américain sur la table achetée par un ancêtre Brogan au début du siècle dernier. Un flot d'injures s'échangeait au-dessus du tapis vert, et Darby tiqua ; entre ces quatre mâles dominants, la concurrence était rude. Heureusement qu'elle ne jouait pas avec eux !

Elle s'avança dans leur direction et vit que Judah s'apprêtait à exécuter une figure difficile.

— Tu es un bon joueur, Judah, intervint Noah. Tu devrais faire une partie avec Darby de temps à autre. Elle aime jouer, mais nous n'aimons pas l'avoir comme partenaire.

Judah tomba dans le piège de Noah.

— Elle joue si mal que ça ? demanda-t-il, levant les yeux depuis son poste devant la table.

— Dites donc, je ne suis pas aussi mauvaise que vous le prétendez ! protesta Darby avec une colère feinte.

— Nous détestons jouer avec toi, Darby, répliqua Matt

avant d'émettre un sifflement admiratif à l'intention de Judah qui venait de réussir son coup de fantaisie.

Quelle chance ! Il serait un adversaire digne d'elle. Comme ce serait excitant de le défier au strip-billard et de voir avec quelle facilité elle le dépouillerait de ses vêtements.

Judah contourna la table, lui tapota les fesses et susurra un « oui ! » sexy à son oreille.

— Oui à quoi ? rétorqua-t-elle, tout émoustillée.

— Oui à tout ce que tu es en train de manigancer en me dévorant des yeux, chuchota-t-il, écartant ses cheveux de son cou et déposant un baiser sous son oreille.

Indifférent aux murmures amusés de ses partenaires de jeu, il plaqua son grand corps contre le dos de Darby, sa main posée sur son ventre. Il était si chaud et il sentait si bon. Et cette bouche sur sa peau hyper sensible… De la dynamite !

Puis d'une voix redevenue normale, il grommela :

— Pourquoi ai-je la désagréable impression que ces trois lascars essaient de m'induire en erreur à propos de ton jeu, Darby ? Je parie que tu es une joueuse hors pair.

S'efforçant de prendre un air innocent, elle pivota dans ses bras.

— Qu'est-ce qui te fait penser cela ?

Elle se sentit fondre sous son grand sourire sexy et se laissa aller contre son torse musclé, consciente que la partie était finie et que les trois amis discutaient entre eux d'un nouveau yacht que Matt concevait.

— À cause du choix de leurs mots. Ils détestent jouer avec toi parce que tu es très douée. Cela ne me surprend pas. Tu réussis tout ce que tu entreprends et tu as l'esprit de compétition. Et je ne suis pas idiot.

Décidément, cet homme avait tout pour plaire : une plastique superbe, un immense talent, un bel esprit de déduction…

— Et, oui, j'adorerais te défier au strip-billard, ajouta-t-il, un sourire coquin aux lèvres.

Darby éclata de rire et leva les mains en signe de reddition. Oh ! oui, ils étaient sur la même longueur d'onde. Hélas, le moment était mal choisi. Désireuse de mettre un peu de distance entre eux avant qu'elle se ridiculise en se jetant à son cou et en l'embrassant à perdre haleine, elle se dirigea vers la cheminée. DJ et Jules étaient installées sur un canapé moelleux, et Callie leur faisait face, entièrement absorbée par le bébé assis sur ses genoux.

Mason ne participait pas à ce dîner de famille, et son absence surprit Darby.

DJ leva les yeux vers elle en souriant.

— Es-tu au courant de la dernière trouvaille de Mme Jenkins ? C'est tellement insensé ! Je crains que notre chère voisine ne perde la tête.

Mme Jenkins était déjà une vieille dame quand Darby était enfant. Qu'il pleuve, qu'il vente ou qu'il neige, tous les après-midi, elle enfourchait son scooter et faisait le tour de la résidence sécurisée. Elle était la première source de nouvelles et de ragots dans leur communauté.

— Non. Que raconte-t-elle ?

— Tiens-toi bien, elle affirme avoir vu une femme à moitié nue dans la cafétéria de Mason, mercredi dernier. Elle était plaquée contre la porte vitrée, et un homme l'embrassait.

En effet, la chère vieille dame devait déraisonner. Jamais Mason ne permettrait qu'une chose aussi scandaleuse se produise dans son établissement.

— C'est curieux, remarqua Darby. Mercredi dernier, le blizzard soufflait et il n'y avait pas un chat dehors.

— Mme Jenkins devient un peu sénile, déclara Callie, les mains sur son visage tandis qu'elle jouait à « coucou » avec Jac, laquelle riait aux éclats.

— Comment Mason a-t-il réagi à propos de cette rumeur, maman ? demanda Jules.

— Il n'écoute pas les rumeurs. Mais je suis sûre qu'il trouverait l'histoire amusante.

Puis, prenant Jac dans ses bras, Callie se leva, le rose aux joues.

— Il fait un peu trop chaud près du feu, remarqua-t-elle.

Darby, qui se tenait encore plus près de l'âtre, ne trouvait pas qu'il faisait une chaleur excessive.

— Je pense que c'est toi, maman.

Callie s'empourpra violemment.

— Moi ? Quoi, moi ?

Pourquoi sa mère réagissait-elle de façon aussi étrange ?

— Te sens-tu bien ? As-tu de la température ? Beaucoup de personnes sont grippées, en ce moment.

— Oh… non, ne t'inquiète, pas. Je vais bien. Allons, Jac, il est temps que je te change.

De plus en plus perplexe, Darby suivit sa mère des yeux. Elle avait changé Jac il y avait à peine une demi-heure, mais… bon. Depuis son retour de Bali, le comportement de sa mère était un peu déroutant.

Reportant son attention sur sa jumelle et leur meilleure amie, Darby se souvint qu'elle voulait leur demander quelque chose :

— Au fait, l'une de vous m'aurait-elle emprunté mes cuissardes noires très sexy que j'avais achetées pour la réception de Halloween ? Je n'arrive pas à mettre la main dessus.

Jules et DJ dirent que non mais qu'elles vérifieraient. Leurs armoires étaient pleines à craquer de vêtements, chaussures et accessoires empruntés à l'une ou à l'autre. Puis la conversation reprit son cours. Darby se pelotonna sur l'autre canapé, silencieuse, et observa sa famille.

Elle avait sous les yeux une représentation du bonheur. Sa sœur et sa meilleure amie étaient heureuses et amoureuses d'hommes honorables ; sa mère fréquentait un homme qui n'était pas son père, mais elle n'y voyait pas d'inconvénient ; il y avait un homme à l'autre extrémité de la pièce qui la comblait de joie ; Jac était adorable et facile à vivre.

Le cabinet d'architecture et de décoration intérieure qu'elle codirigeait avec Jules et DJ prenait son essor. Elle avait à son actif plusieurs belles réussites. Elle devrait donc être heureuse.

Sauf qu'elle ne l'était pas. Car tout ceci était un mensonge, une imposture, une illusion. Oh ! elle ne parlait pas de sa sœur ni de son amie ni même de sa mère. Mais pour le reste ? Le bébé ? Judah ?

Elle et Judah n'étaient pas ce qu'ils paraissaient être.

Fermant les yeux, elle laissa la douleur familière la submerger. Elle préférait affronter la vérité, aussi pénible fût-elle, plutôt que de se bercer d'illusions en imaginant que le reste de sa vie ressemblerait au tableau idyllique qu'elle avait sous les yeux. Cela n'arriverait jamais.

Elle avait beau tourner la situation dans tous les sens, un happy end était impossible pour elle et Judah.

Leur relation était étroitement liée au projet de musée et à la garde de Jac, l'un et l'autre limités dans le temps. La prétendue petite famille qu'ils avaient formée si rapidement avait une date d'expiration imminente. Les nouvelles en provenance d'Italie étaient bonnes, Carla se rétablissait et faisait passer des entretiens à des nourrices. Elle et Judah étaient dans l'attente du coup de fil qui les priverait de Jac.

En tant qu'architecte locale pour le compte de Huntley and Associates, Darby maîtrisait tous les tenants et aboutissants du projet de musée d'art. De son côté, Judah avait soumissionné pour un projet à Kuala Lumpur et il avait été contacté pour concevoir un complexe hôtelier respectueux de l'environnement au Costa Rica.

Il remettrait Jac à Carla et passerait à autre chose. Darby aussi devrait aller de l'avant et décider si elle recourait ou non à une FIV.

Quoi qu'il arrive par la suite, elle était heureuse d'avoir eu cet intermède avec Jac ; elle avait pu se rendre compte de ce que signifiait concrètement s'occuper d'un bébé jour après jour, nuit après nuit. Elle avait une meilleure idée de ce qui l'attendait, de l'énergie qu'il lui faudrait déployer si elle décidait d'élever un enfant seule. Elle y parviendrait, mais…

Ce serait tellement plus facile avec un partenaire. Avec Judah.

Mais il ne voulait pas d'enfant.

Et comme une sotte elle était tombée amoureuse de lui. Son cœur était convaincu qu'il était l'homme de sa vie, mais son cerveau ne comprenait pas comment elle pouvait aimer un homme qui ne voulait pas ce qu'elle désirait par-dessus tout. Judah demeurait un mystère pour elle. Comment pouvait-il se montrer si merveilleux avec Jac – d'une patience et d'une gentillesse exemplaires – et refuser d'avoir des enfants ? Comment une telle aberration était-elle possible ? Pourquoi la vie était-elle aussi cruelle ?

Darby appuya sa tête contre la colonne, se torturant l'esprit pour essayer de comprendre. Il était tellement chaleureux, amusant, aimant… Un homme comme lui devrait avoir une partenaire, un foyer, des enfants.

La semaine dernière, ils avaient longuement discuté du désir de Darby d'avoir des enfants, de la décision de Judah de ne pas en avoir, et elle savait désormais qu'elle n'avait aucune chance de partager avec lui l'avenir dont elle rêvait, à savoir, une maison remplie de garçons turbulents et de fillettes débordantes de vitalité.

Même si tous deux continuaient de se voir après le départ de Jac – la distance entre Boston et New York n'était pas si grande –, ils ne connaîtraient que quelques moments de satisfaction sexuelle.

Qui plus est, Judah ne l'aimerait jamais comme Noah aimait Jules ou comme Matt aimait DJ. Et elle se sentirait terriblement mortifiée, surtout lors des réunions de famille.

Il valait donc mieux qu'ils passent à autre chose dès maintenant. Jac devait retrouver Carla, Darby devait tenter une FIV. Quant à Judah, il ferait ce qu'il voudrait.

Le cœur meurtri, Darby reporta son attention sur Judah. Il portait une chemise blanche aux manches retroussées, flottant sur un pantalon chino. Il ne s'était pas rasé depuis deux jours, et son ombre de barbe lui donnait un petit air canaille. Pourquoi fallait-il qu'il l'obsède à ce point ? Sa vie et son lit seraient désespérément vides sans lui.

Comme s'il sentait son regard peser sur lui, il releva la tête et la chercha des yeux. Quand il la localisa enfin, il fronça les sourcils, perplexe. Puis il vint se poster derrière elle et lui effleura la joue avec ses phalanges repliées.

— Eh, ça va ?

Darby se força à sourire.

— Oui. Je m'apprêtais à aller chercher Jac. Cela fait un moment que ma mère l'a emmenée en disant qu'elle avait besoin d'être changée.

À cet instant, Callie apparut sur le seuil, Jac dans les bras.

— Le dîner est presque prêt. L'une de vous peut-elle m'aider en cuisine ?

Judah posa sa main sur l'épaule de Darby, l'obligeant à rester assise pendant que DJ et Jules se levaient prestement. Puis il se cala contre le dossier du canapé, sa grande main posée sur le genou replié de Darby.

— Que se passe-t-il, chérie ? Tu as l'air un peu perdue.

Le cœur de Darby se serra. Judah était tellement attentionné, que ce soit dans le travail ou dans l'intimité.

— J'avais besoin d'un petit moment pour réfléchir.

— Je pensais que tu te joindrais à moi pour battre Noah, Matt et Levi à plate couture et leur infliger la honte de leur vie, plaisanta-t-il.

— Ils l'auraient mérité, répliqua-t-elle d'un ton faussement enjoué.

Percevant de la perplexité dans le regard de Judah, elle tenta de faire diversion en lui chipant sa bouteille de bière et en sirotant une longue gorgée.

— J'ai un peu mal à la tête, expliqua-t-elle.

— Quand comprendras-tu que tu es incapable de me mentir, Darby ? Quelque chose te tracasse, mais quoi ?

— Tu te trompes. Je vais bien, Judah.

— Non. Je vois bien que tu es triste.

Il lui pressa le genou, se faisant plus insistant :

— Parle-moi, Darby.

Comment pourrait-elle lui avouer qu'elle l'aimait ? Qu'elle voulait vivre son rêve, avec une maison remplie d'enfants qu'ils élèveraient ensemble, des dîners dominicaux réunissant la famille, toutes générations confondues ?

Cette conversation la mettait sur des charbons ardents, aussi changea-t-elle de sujet :

— As-tu parlé à Carla, dernièrement ?

— Oui.

— T'a-t-elle dit quand Jac devait repartir ?

Judah se rembrunit.

— Bientôt. Dans les prochains jours.

Darby hocha la tête, s'adjurant de ne pas pleurer.

— Elle va me manquer.

— Je sais, dit-il, fourrageant dans ses cheveux, l'air malheureux. Si j'avais su que tu voulais à ce point des enfants, je ne t'aurais jamais demandé de t'occuper d'elle.

— Tu m'as proposé un marché, et je l'ai accepté.

— Il n'empêche que c'était injuste.

À l'entendre, il l'avait obligée à s'occuper du bébé, mais il se trompait.

— Je suis une adulte, Judah. Je prends mes propres décisions. J'ai été ravie de m'occuper de Jac, mais…

— Mais quoi ?

Elle prit une profonde inspiration, rassemblant les bribes de son courage.

— Mais je suis soulagée qu'elle parte bientôt. Je me suis attachée à elle, et plus elle restera, plus la séparation sera douloureuse.

Judah garda le silence pendant un long moment.

— C'est si difficile ?

Oh ! oui, ça l'était.

Mais elle ne voulait pas seulement la fillette. Elle voulait aussi l'homme, son rêve, la maison et… Stop ! Elle devait arrêter de penser à ce qu'elle ne pouvait pas avoir et se focaliser sur ce qui était à sa portée. Être une maman célibataire.

Sentant la panique la gagner, elle inspira profondément. Elle pouvait y arriver. Elle *devait* y arriver.

Et elle devait se détacher de Judah, le laisser poursuivre

son chemin comme il l'entendait. Elle refusait de passer sa vie à espérer qu'il changerait et qu'il en viendrait à l'aimer suffisamment pour lui donner ce qu'elle voulait par-dessus tout. Coucher avec lui, le côtoyer, jouer à la famille heureuse avec Jac, tout cela était trop difficile. Elle risquait de craquer si la situation s'éternisait.

Elle l'aimait et, chaque fois qu'ils faisaient l'amour, elle tombait un peu plus sous son charme. Chaque fois qu'ils parlaient d'architecture, de livres, d'art, de sport ou de politique, elle s'émerveillait de son intelligence, de sa culture et de son humour pince-sans-rire.

Elle l'aimait, et cet amour équivalait désormais à une petite torture.

— Que veux-tu exactement, Darby ? demanda Judah, affichant une expression d'une gravité inattendue.

Il avait dit qu'il était impossible de s'attacher à quelqu'un en deux semaines, mais il s'était lourdement trompé.

— Hélas, je veux tout, Judah.

9

Judah pénétra dans la maison familiale, où il s'était installé le lendemain du jour où lui et Darby avaient fait l'amour pour la première fois, puis il ôta ses bottes et son manteau dans le vestibule. Dehors, le vent soufflait en rafales et de gros nuages menaçants couraient bas dans le ciel. Selon le dernier bulletin météo, un autre épisode de blizzard frapperait Boston durant la nuit et ensevelirait la ville sous plusieurs centimètres de neige.

La maison était silencieuse, et Judah fronça les sourcils, perplexe. Durant les quinze dernières années, il avait vénéré le silence, mais maintenant il lui paraissait oppressant, presque étrange. Depuis deux semaines, il s'était habitué à la musique, aux cris perçants de Jac, aux fredonnements dissonants de Darby, au brouhaha de la radio ou de la télévision.

Les bruits familiers d'un foyer.

Se demandant où étaient passées ses filles, il sortit son téléphone pour appeler Darby, mais avant qu'il ait le temps de composer son numéro, la sonnerie de son portable retentit. Il contempla l'appareil comme si c'était un serpent prêt à mordre, car il savait que cet appel aurait pour conséquence la reprise du cours normal de sa vie.

Or, il ne voulait pas qu'elle redevienne comme avant. Il aimait sa nouvelle vie avec Darby et Jac.

Il ne devrait pas. Mais c'était ainsi.

La sonnerie s'interrompit avant de reprendre deux secondes plus tard. Il ne pouvait pas tergiverser indéfiniment. Cette conversation était inévitable.

— Bonjour, Carla.

— Hello, Judah.

La voix de Carla paraissait tendue, très différente de la voix sensuelle dont il gardait le souvenir.

— Comment va ma fille ?

Heureuse. Radieuse. Épanouie. Ravalant ces qualificatifs, il répondit simplement :

— Elle va bien. Es-tu sortie de l'hôpital ?

— Oui. Je suis de retour chez moi, à Côme, avec une infirmière à plein temps. Luca a engagé une nourrice pour Jac, une Américaine ayant un master en développement de la petite enfance.

Jac n'avait pas besoin d'une enseignante mais d'une maman.

— J'ai besoin de paix et de tranquillité pour me rétablir et retrouver mes forces. La nounou et Jac s'installeront dans le cottage jusqu'à ce que je sois en mesure de les avoir à la maison.

Pour l'amour du ciel ! Jac n'était pas aussi bruyante qu'un chantier de construction ! Et Carla n'avait subi qu'une simple appendicectomie et non une transplantation cardiaque !

— Voyons, Carla, ce n'est pas un petit animal non dressé mais ta fille ! protesta Judah, agacé.

— Quoi qu'il en soit, je dois me recentrer sur moi-même et me rétablir le plus vite possible. Je t'enverrai la nounou pour qu'elle récupère Jacquetta. Elle arrivera vendredi. Tu voudras bien faire préparer ses affaires pour que la nounou puisse l'emmener aussitôt.

Il faudra d'abord me passer sur le corps.

Ulcéré, Judah se pinça l'arête du nez si fort qu'une douleur aiguë se diffusa dans ses sinus.

— Je refuse de remettre Jac à une inconnue.

— Dans ce cas, tu en seras quitte pour la ramener toi-même.

— Si je dois en passer par là, grommela-t-il.

— Cesse de t'inquiéter, Judah. La nounou est très compétente. Et j'essaierai d'être une meilleure mère pour Jacquetta.

Bien sûr. Avec des si on mettrait Paris en bouteille !

— Je rêve de normalité, Judah, d'une vie simple. Un homme, mon bébé, du soleil sur mon visage, de l'air pur et de la nourriture saine. Rien qu'une vie simple.

Sauf que Carla ignorait tout de la simplicité. Dès qu'elle irait mieux, elle oublierait cette conversation et s'arrangerait pour revenir sous les feux des projecteurs. Elle était un papillon de nuit qui avait besoin de la flamme de l'attention, et elle s'y brûlerait – et son entourage avec – avant de s'extirper du feu.

Pauvre Jac.

Il l'imagina, recherchant constamment l'attention de Carla, et cela le mit hors de lui.

— Essaie de te rappeler que Jac n'est pas un fichu livre qu'on peut prêter, récupérer et prêter à nouveau, Carla. C'est une petite fille, et elle a besoin de stabilité. Es-tu en mesure de la lui procurer ?

— La stabilité est une notion surfaite. Je n'ai pas eu une enfance stable et je ne m'en porte pas plus mal.

C'était à voir !

— Ramène-moi Jacquetta, Judah. Je ne t'ennuierai plus avec elle, c'est promis.

Sur quoi, elle raccrocha. Désespéré, il se frappa le front avec son téléphone.

Comment allait-il annoncer à Darby que Jac s'en allait ? Où puiserait-il la force de la ramener à Carla ?

Hélas, il n'avait pas le choix. Jac n'appartenait pas à Darby, encore moins à lui. Il ne voulait pas d'enfant, n'est-ce pas ?

Il devait retourner à son ancienne vie, retrouver sa liberté, ses longues nuits studieuses, ses promenades matinales dans les rues de la ville où il séjournait, ses repas dans les restaurants locaux…

Il n'avait de comptes à rendre à personne, il n'avait à se soucier de personne, et personne ne se souciait de lui.

Alors, si c'est ce qu'il voulait, pourquoi éprouvait-il un horrible sentiment de vide en lui ?

Furieux contre lui-même, il pénétra dans la cuisine, déposa son téléphone sur le dessus en marbre de l'îlot et se dirigea vers le couloir. Parvenu au pied de l'escalier, il perçut des sons et des rires féminins. Il se trouvait trop loin pour distinguer les mots prononcés, mais il s'attarda un moment pour savourer ce moment d'intimité et de gaieté. À mesure qu'il grimpait les marches, les mots devenaient plus distincts, et la voix assourdie de Darby plus audible.

Il longea le couloir du premier étage, se demandant comment il pourrait retourner à la solitude de son existence ; comment il allait supporter cette liberté retrouvée sans les chants de Darby et le rire de Jac.

Il pénétra dans la chambre de Darby et soupira à la vue du désordre – le lit défait, les vêtements éparpillés au sol jusqu'à la salle de bains, tels les cailloux du Petit Poucet. Il entrouvrit la porte de la salle de bains attenante et passa la tête par l'entrebâillement.

La femme et l'enfant, l'une blonde et l'autre brune, mais toutes deux belles et fascinantes, étaient installées dans la baignoire massive aux pieds griffus, remplie à ras bord d'eau mousseuse. Jac, assise sur le ventre de Darby, essayait d'attraper les bulles de savon et de les manger.

Les yeux rivés sur la fillette, Darby lui souriait avec tendresse, et pour la première fois il prit pleinement conscience de son désir d'avoir son propre enfant.

Jusqu'à cet instant, il avait compris, de façon abstraite, sa volonté de faire prélever ses ovocytes, mais c'est en la voyant jouer avec Jac qu'il se rendit compte de son besoin viscéral d'être appelée maman, d'être le centre de l'univers d'un enfant.

Et cela le terrifia.

Malgré tout, il avait envie de lui donner un enfant.

Non parce qu'il voulait être père, mais parce que, pour la première fois depuis très longtemps, il plaçait le bonheur de quelqu'un d'autre au-dessus du sien. Darby voulait connaître les joies de la maternité avec ses *propres* enfants, et il ferait tout son possible pour lui permettre de réaliser son rêve.

Cette pensée le bouleversa jusqu'au tréfonds de son être.

Il prenait là une décision capitale. Ce serait le projet le plus important de sa vie.

Judah s'épongea le front couvert de sueur, regrettant de ne pas pouvoir souscrire pleinement au genre de vie à laquelle Darby aspirait, mais il se sentait incapable de s'investir dans l'éducation et le bien-être d'un autre être humain. Il l'avait fait avec Jake, et avec quel résultat ? Son frère était un ex-détenu toxicomane, et il ne savait même pas où il se trouvait.

La vie était mal faite. Pourquoi fallait-il que Darby ressente ce besoin viscéral de procréer ? Ils auraient pu former un couple merveilleux, travailler ensemble et concevoir des bâtiments fabuleux aux quatre coins du monde. Pour la première fois de sa vie, il s'imaginait capable de se fixer quelque part. Ils achèteraient une parcelle de terrain – pourquoi pas dans cette résidence sécurisée ? Et établiraient les plans de leur maison parfaite tandis que Jules se chargerait de la décoration. Ils passeraient une partie de l'année à Boston, et le reste du temps, où bon leur semblerait.

Ils seraient libres ; sans aucune entrave.

Sauf que Darby rêvait d'avoir un bébé et qu'il voulait en être le géniteur.

Mais alors, elle l'obligerait à se conduire en père digne de ce nom et à assumer pleinement ses responsabilités.

En serait-il capable ? Pour elle ? Pour la rendre heureuse ?

Oh ! oui, il ferait n'importe quoi pour la rendre heureuse… Peut-être même était-il amoureux d'elle.

Seigneur ! Il ignorait à quoi ressemblait l'amour, mais il pensait tout le temps à elle. Il ne se rassasiait pas de son corps splendide. Il avait envie de la faire sourire et rire. Il aimait discuter avec elle. Elle seule connaissait son passé et les répercussions qu'il avait eues sur lui. Durant ces deux semaines, elle était devenue sa meilleure amie et son amante, la seule personne capable de trouver le chemin de son âme meurtrie et de la réchauffer.

Il ne voulait pas d'enfant, mais il en aurait.

Pour Darby.

Avec Darby.

Le cri joyeux de Jac le tira de ses réflexions, et il reporta son attention sur la scène charmante se déroulant sous ses yeux. Jac agita ses menottes dans sa direction en guise de bienvenue, et Darby tourna la tête vers lui, un sourire radieux aux lèvres.

— Eh, tu as l'air aussi morose que le temps, plaisanta-t-elle.

Quel dommage de gâcher sa belle humeur, songea-t-il, la mort dans l'âme. Mais il devait lui annoncer qu'il allait ramener Jac à Carla. Quand Darby aurait accepté l'idée de ce départ, il lui expliquerait qu'il voulait continuer à la voir et qu'il était prêt à être le père de ses enfants. Qu'il le ferait pour elle.

Darby regarda par la fenêtre, et il suivit son regard. La neige commençait à tomber, et s'il n'avait pas eu le poids de la mauvaise nouvelle sur ses épaules, il aurait apprécié la scène : Darby nue, la neige, une grande baignoire…

Judah jeta un coup d'œil à sa montre et se rendit compte qu'il était temps de coucher Jac. Il pourrait différer la nouvelle jusqu'à demain, réchauffer l'eau du bain et faire des dessins sur la peau de Darby avec les bulles de savon.

Elle claqua des doigts, l'obligeant à détourner son attention de sa poitrine sublime.

— Que se passe-t-il, Judah ?

Il retira une serviette-éponge chaude du sèche-serviettes, en enveloppa Jac et la serra contre son torse, inhalant sa fragrance de bébé.

— Je vais la préparer pour la nuit et la mettre au lit, dit-il en souriant.

Un petit pli se creusa entre les sourcils de Darby.

— J'ai laissé son biberon dans le chauffe-biberon sur ma table de chevet. Elle devrait s'endormir vite, elle est épuisée.

Sans mot dire, il se pencha vers elle et posa ses lèvres sur les siennes. À travers son baiser, il s'efforça de l'avertir, de la réconforter, de l'assurer que tout irait bien, qu'il avait un plan. Il perçut son hésitation, sa peur, et il soupira contre ses lèvres.

Il ferait n'importe quoi pour ne pas la blesser.

Mais, hélas, il ne pouvait pas lui donner Jac.

Judah ferma à moitié la porte de l'ancienne chambre de Jules de façon que la lumière du couloir filtre jusqu'au berceau de Jac. Puis il retourna dans la chambre de Darby, là où ils s'étaient aimés et avaient ri, il s'assit au bord du lit et attendit qu'elle sorte de la salle de bains.

Ce n'était pas le genre de conversation qu'il pouvait avoir quand elle était nue.

Reposant ses avant-bras sur ses cuisses, il fixa le parquet en bois massif, un début de migraine pulsant derrière ses pupilles. La faute aux liens affectifs – voilà pourquoi ils les avaient évités.

— Elle repart, n'est-ce pas ?

Levant les yeux, il contempla Darby debout dans l'encadrement de la porte. Elle lui avait emprunté son sweat-shirt qui lui couvrait les cuisses et avait noué ses cheveux en un chignon désordonné. Son air hagard et sa lèvre inférieure tremblante trahissaient son trouble.

— Oui, acquiesça-t-il.

Blêmissant, elle noua les bras autour de sa taille.

— Quand ?

— Le plus tôt possible. J'affréterai un jet privé demain matin, et nous partirons dès qu'il sera prêt.

Il serra le poing, malheureux. Mis à part la fois où il avait laissé Jake derrière lui, cette séparation serait la chose la plus difficile qu'il ferait.

Pourquoi diable avait-il accepté de s'occuper de Jac ? Pourquoi n'avait-il pas sommé Luca de trouver une autre solution ? Oh ! parce qu'elle était sa nièce, parce que son père était un loser toxicomane et qu'elle n'avait personne d'autre. Darby l'avait prévenu, mais il n'avait pas cru qu'il s'attacherait à elle si vite. Ramener Jac à Carla lui était un crève-cœur, et il savait que Darby était aussi malheureuse que lui.

S'il avait su à quel point elle désirait des enfants, il ne lui aurait jamais demandé de s'impliquer dans la vie de Jac. Et, quand il l'avait découvert, il avait été incapable de laisser partir Darby.

Il ne le pourrait jamais.

Il se leva, franchit la distance qui les séparait et caressa sa joue encore humide. À cause du bain ou parce qu'elle avait pleuré ? Il n'en avait aucune idée.

— Ça va ?

Elle haussa les épaules, fataliste.

— Ce n'est pas comme si nous ne savions pas ce qui allait arriver.

Ce n'était pas une réponse.

— Carla est sa mère, Darby, nous ne pouvons pas la garder.

Elle exhala un soupir agacé.

— Je le sais, Judah. Je n'ai jamais eu l'intention de l'arracher à sa mère. Je ne suis pas stupide à ce point !

Elle est bouleversée, sois patient avec elle.

— Tu n'es pas du tout stupide. Simplement, tu t'es attachée à Jac et tu souffres à l'idée de t'en séparer.

Il s'exprimait d'une voix unie. La situation était suffisamment difficile. Il n'avait aucune envie de se disputer avec Darby.

Elle passa devant lui, contourna le lit et se posta à la fenêtre. Écartant les rideaux, elle contempla la neige qui tombait à gros flocons.

— Tu te comportes comme si j'étais la seule à être affectée par le départ de Jac, mais elle va te manquer à toi aussi, Judah.

Bien sûr. Mais à quoi bon s'appesantir sur ce point ?

Elle pivota vers lui, ses yeux immenses dans son visage blême.

— Je sais que tu vas la voir quand elle dort, Judah. Je me rends compte à quel point tu l'aimes.

Il se frotta la nuque, mal à l'aise.

— Elle est adorable, et c'est ma nièce, Darby.

— Elle est davantage que cela, et tu le sais ! Pourquoi ne te bats-tu pas pour elle ? Sa mère est irresponsable ; elle la confiera à une nourrice dès votre descente d'avion. Jac aura tout ce qu'elle voudra, hormis la seule chose dont elle aura besoin : des parents pour l'aimer, l'élever, la guider dans la vie.

— Alors, selon toi, je dois exiger de Carla qu'elle me confie la garde exclusive de sa fille ? demanda Judah, élevant la voix malgré lui.

Avait-elle perdu l'esprit ? Ce n'était pas comme cela que les choses se passaient.

— Oui ! répliqua-t-elle avec force. C'est précisément ce que tu devrais faire.

D'accord, elle était encore plus bouleversée qu'il n'aurait cru possible.

Il fit un geste en direction de la porte.

— Allons au salon, suggéra-t-il d'un ton apaisant. Nous allumerons un feu dans la cheminée, commanderons une pizza et boirons un verre de vin.

— Tu veux manger ? demanda Darby d'un ton incrédule.

Eh bien, oui, il avait eu une longue journée harassante.

— Descendons, Darby.

Elle reprit sa contemplation devant la fenêtre.

— J'ai besoin d'être seule, Judah.

Il s'avança derrière elle et noua ses bras autour de sa taille, l'attirant contre son torse.

— Je sais que tu aimes Jac et que tu souffres de la voir partir. Mais cette séparation est inévitable. Nous avons toujours su que ce jour viendrait.

— Et nous deux ? Est-ce aussi la fin ?

— Je ne le souhaite pas, admit Judah. Nous sommes bien ensemble. Nous nous apprécions mutuellement. Le sexe est fabuleux. Cela… fonctionne entre nous.

Fonctionner ? Quel terme affligeant ! Pourquoi ne lui disait-il pas le fond de sa pensée ? *Je veux t'avoir dans ma vie. J'ai besoin de toi. Je t'aime.*

C'était des mots tout simples, mais ils exprimaient des émotions aussi vastes que le ciel du Montana et aussi profondes que les eaux d'un fjord norvégien.

Et si elle lui disait non ? Et si ses sentiments n'étaient pas réciproques ? Elle aimait Jac, il le savait, mais l'aimait-elle ? À vrai dire, il n'en savait rien.

Aussi décida-t-il de jouer la prudence.

— Jac va nous manquer, c'est certain, mais dans une semaine ou deux, quand nous commencerons à nous habituer à une vie sans elle (la souffrance diminuerait, ils iraient mieux), nous pourrions prendre un nouveau départ. Un de mes plus fidèles clients a acheté un terrain dans l'Arizona, au cœur du désert, et m'a demandé de concevoir une maison qui soit en harmonie avec le paysage alentour. J'aimerais que tu viennes avec moi.

Au moins, le travail serait un dérivatif à l'absence de l'adorable fillette brune aux joues roses et au sourire radieux.

— Je codirige un cabinet à Boston, Judah. Je ne peux pas m'absenter sur un coup de tête.

Ce serait un voyage d'affaires pour eux deux. Il appréciait son opinion en tant que professionnelle ; il la rémunérerait comme il le ferait avec n'importe quel autre consultant. Mais le moment était mal choisi. Il aborderait de nouveau ce sujet quand ils se sentiraient moins bouleversés.

— Descendons, Darby. Lovons-nous au coin du feu et buvons un verre de vin.

Avec un peu de chance, il commanderait cette pizza. Car son estomac se fichait de savoir que son cœur saignait et que son cerveau était sur le point d'exploser.

Mais Darby secoua la tête et posa sa main sur la vitre froide. Il sentait qu'elle s'éloignait de plus en plus de lui et qu'elle se retranchait derrière un bouclier protecteur. Il resserra sa prise autour d'elle, s'efforçant de la garder ancrée à lui.

Oh ! comme il préférerait qu'elle pleure, qu'elle crie, qu'elle se batte au lieu de demeurer inerte dans ses bras.

— Darby, reste avec moi, implora-t-il.

Elle ne répondit pas, et il enfouit son visage dans son cou, inhalant sa fragrance. Il ne supportait pas de la voir souffrir à ce point. Il ferait n'importe quoi pour elle…

Y compris cela.

— Darby, tu ne peux pas avoir Jac, mais si tu veux un bébé je peux t'en donner un.

Il la sentit tressaillir, comme sous l'effet d'un mini-tremblement de terre. Puis son rire s'éleva, un peu forcé et incrédule.

— Ai-je bien entendu ? Tu veux me donner un bébé ?

— Oui.

Il la fit pivoter dans ses bras et enserra son visage entre ses paumes.

— Au lieu de choisir un donneur de sperme anonyme, choisis-moi. Faisons un bébé ensemble.

Darby se mordilla la lèvre, visiblement confuse.

— Pourquoi ?

Il déposa un baiser sur son front, puis captura sa bouche si douce et si sexy. Sienne.

Il interrompit son baiser et appuya son front contre le sien.

— Parce que tu en veux un, chérie. Si tu voulais la lune, j'essaierais de la décrocher pour toi.

C'était une offre mirifique, incroyablement généreuse et sincère, mais ô combien déroutante, alors qu'elle était anéantie par le départ de Jac.

Elle se sentait trop exposée, comme un fil électrique dénudé qui grésille par intermittence et menace de provoquer un court-circuit. Elle avait envie de dire oui ; de hurler non ; de fuir, de se cacher et de remonter six semaines en arrière quand elle était confrontée à un choix relativement simple : devenir ou non une mère célibataire.

Judah et Jac avaient compliqué sa vie au-delà de toute mesure. Répondre non était impossible et répondre oui était trop facile. Judah lui offrait tout ce qu'elle voulait mais rien de ce dont elle avait besoin.

Elle était dans la confusion la plus totale, et peut-être valait-il mieux que les mots lui fassent défaut. Car elle ne savait pas quoi dire ni comment réagir.

Alors elle fit la seule chose qui lui venait tout naturellement. Se haussant sur la pointe des pieds, elle effleura la bouche de

Judah avec la sienne, imprimant dans son cerveau l'exquise sensation que ce léger contact suscitait en elle. Puis, nouant ses bras autour de son cou, elle se pressa contre lui, soupirant d'aise quand il glissa une main sous son sweat-shirt et qu'il cala son bras sous ses fesses pour la soulever de terre et l'ajuster contre son corps. Désormais, ses seins étaient plaqués contre son torse tandis que la langue de Judah s'insinuait dans sa bouche, la mettant à feu et à sang.

Là, du moins, elle était en terrain connu. Les caresses de Judah lui étaient familières. Elles avaient un sens.

Elle pouvait poursuivre dans cette voie.

Et c'est ce qu'elle fit. Elle enroula ses jambes autour de la taille de Judah, lui faisant confiance pour qu'il la tienne solidement pendant qu'elle ôtait son sweat-shirt afin d'être entièrement nue dans ses bras. Puis elle plongea son regard dans le sien, s'émerveillant de voir la couleur de ses iris passer du bleu outremer au noir d'encre. C'était la couleur des océans démontés et des nuits sans lune, du royaume du péché et du sexe.

Leurs regards se soudèrent et ne se lâchèrent plus. Dans celui de Judah, outre la passion incandescente, elle perçut une émotion plus profonde qui l'effraya, comme un appel à capituler et à tomber sous son charme. Tentée mais terrifiée, elle baissa les yeux sur sa bouche charnue si sexy et posa ses lèvres sur la petite fossette au coin de sa joue, se délectant du picotement de son ombre de barbe sur sa chair tendre. Il fleurait bon la neige et l'eau de Cologne, la tentation et la peur. Comme ce serait facile d'offrir son cœur à cet homme…

Prends-le. Prends-moi. Aime-moi autant que je t'aime.

Ces mots dansaient sur le bout de sa langue, mais elle les ravala, consciente qu'une fois qu'elle les aurait prononcés elle ne pourrait plus les retirer. À la place, elle s'exprimerait avec ses mains, sa bouche et son corps avide de caresses.

Cela, au moins, était à sa portée.

Reposant ses pieds par terre, elle dépouilla Judah de son pull noir en cachemire et de sa chemise blanche en coton, puis elle plaqua avec délectation ses mains sur son torse sculptural, faisant rouler ses mamelons sous ses paumes.

— Tu es tellement séduisant, Judah. Si tu savais à quel point je te désire…

Il haleta et se tint immobile tandis qu'elle promenait ses doigts sur ses côtes, son ventre plat et sa ligne de duvet si sexy qui se prolongeait sous son pantalon. Tous ses sens en émoi, elle contempla son érection prometteuse qui tendait le tissu de son jean.

Croyant bien faire, il entreprit de détacher la boucle de sa ceinture, mais elle secoua la tête, désireuse de le dépouiller de ses vêtements et de lui procurer le plus de plaisir possible. Lui écartant les mains, elle insinua ses doigts entre la peau lisse de son ventre et la bande élastique de son boxer noir, puis effleura l'extrémité de son membre palpitant, se délectant de le voir tressaillir et respirer de façon saccadée.

Elle ignora de son mieux la main de Judah qui descendait le long de sa hanche et de sa cuisse, et se rapprochait de plus en plus de son intimité moite et brûlante. Quand sa main effleura sa toison pubienne, elle la repoussa, refusant de se laisser distraire par ses caresses expertes.

Judah obtempéra et laissa retomber ses bras le long de son corps, les poings serrés, comme s'il devinait que dans son désarroi elle avait besoin de se retrouver en terrain balisé, d'accomplir des gestes familiers. Le départ de Jac la rendait à la fois furieuse et triste, la proposition de Judah de lui donner un enfant la sidérait, et elle s'interrogeait sur les implications qu'une réponse positive de sa part aurait sur leurs vies respectives. En revanche, elle savait comment aimer Judah, le caresser et lui procurer du plaisir.

Alors elle déboutonna son pantalon et le fit lentement glisser sur ses fesses et ses hanches, le regard rivé sur son sexe érigé vers elle, comme s'il mendiait ses caresses.

Judah finit de se déshabiller prestement, puis il demeura immobile, les pupilles dilatées par le désir et la bouche crispée.

— Quel corps splendide tu as, Judah ! s'exclama-t-elle, effleurant son membre viril du bout du doigt.

— Darby…

Il prononça son nom d'une voix saturée de désir, et elle sentit des ondes brûlantes se concentrer dans son entrecuisse. Comment le simple fait de contempler le corps de cet homme pouvait-il l'émoustiller à ce point ? Lui seul lui faisait cet effet-là.

Enroulant une main autour de son sexe frémissant et cueillant ses testicules de l'autre, elle leva un regard ardent vers lui.

— Embrasse-moi.

Sans hésiter, il captura sa bouche, l'explorant, la pillant. Ce baiser impérieux et dévastateur ne ressemblait à aucun de ceux qu'ils avaient échangés. Il n'y avait aucune délicatesse, aucun raffinement, rien que du désir à l'état brut. De la passion débridée.

Elle se sentit soulevée de terre par les bras puissants de Judah et, quand il l'allongea sur le lit, elle sut qu'elle ne maîtrisait plus rien… Mais lui non plus.

Il délaissa sa bouche pour aspirer son téton entre ses lèvres, et elle exhala un gémissement de pur plaisir, se cambrant pour lui offrir davantage d'elle et augmenter la pression. Mais, quand il s'écarta pour dispenser ses caresses expertes à son autre téton, elle le prit de vitesse et encercla son mamelon avec sa langue, le titillant avec ses dents jusqu'à ce qu'il se contracte. Avec un sourire mutin, elle poursuivit ses attouchements érotiques, égrenant des baisers le long de son ventre plat et effleurant son gland avec ses lèvres.

Elle exulta quand Judah laissa échapper un grognement sourd. Puis il intervertit les rôles, et elle se retrouva renversée sur le dos, le genou de Judah lui écartant les jambes et l'extrémité de son érection titillant ses replis brûlants.

Les mains à plat sur le lit de chaque côté de la tête de Darby, il demeura immobile, son regard ardent rivé au sien.

— Darby, es-tu d'accord pour qu'on le fasse comme ça ?

— Oui, haleta-t-elle, s'arc-boutant sous lui et écartant davantage les jambes pour l'encourager à la pénétrer.

Ne comprenait-il pas qu'elle était proche de la combustion et qu'elle avait besoin de lui ? *Maintenant.*

Judah secoua la tête.

— Chérie, il faut que je sache si tu es d'accord pour que je te fasse l'amour sans préservatif.

Oh ! ciel ! Elle ne s'en était même pas rendu compte. À vrai dire, elle s'en fichait. Avec ou sans préservatif, elle avait simplement envie de se laisser emporter par la jouissance et oublier tout le reste.

— Oui ! Si tu savais comme j'ai besoin de toi, Judah !

Elle perçut un sanglot dans sa propre voix, mais qu'importait. Elle était prête à sangloter, implorer, crier… à faire n'importe quoi pourvu qu'il la prenne ici et maintenant. L'amour avec Judah était la seule chose qui ait un sens dans sa vie ; la seule chose à laquelle elle pouvait se fier.

Il la désirait, elle le désirait. Telle était la vérité, pure et simple.

Judah la pénétra d'une seule poussée, et ses sanglots se transformèrent en halètements. Elle enroula ses jambes autour de lui, pour qu'ils soient peau contre peau, chaleur contre chaleur, inconsciente des larmes qui roulaient sur ses joues. Jamais elle n'aurait imaginé que l'acte d'amour puisse être si parfait, si juste.

Judah allait et venait en elle, lui imposant une cadence de plus en plus soutenue. Chacun de ses assauts puissants la rapprochait du vertige suprême. Le plaisir devenait si intense ; elle était au bord de l'implosion. Puis, sans crier gare, il pivota sur une hanche, caressa son point hyper sensible, et elle se sentit propulsée dans cette lumière brillante, mélange de feu et de glace, de fulgurance et de béatitude. De très loin, elle perçut le cri rauque de Judah quand il atteignit l'orgasme à son tour, et elle s'envola vers un nouveau pic de jouissance.

La perfection. Le plaisir. Judah.

Elle l'enserra dans ses bras, les larmes coulant sur son visage et celui de Judah tandis qu'ils redescendaient sur terre.

Et qu'ils reprenaient pied dans la réalité.

10

Judah envoya un mail à Carla pour lui confirmer qu'il s'envolerait pour l'Italie avec Jac en fin d'après-midi.

Il se renversa contre le dossier de son fauteuil et contempla Jac assise dans son parc, babillant avec son canard jaune qu'elle adorait. Il emballerait la peluche et sa couverture préférée, mais il laisserait ici les autres affaires qu'il lui avait achetées.

Avec son immense fortune, Carla n'avait besoin de rien. Et peut-être qu'un jour lui et Darby auraient l'utilité de tous ces équipements. Après tout, ils étaient flambant neufs.

Judah reporta son attention sur Darby installée sur le canapé, son ordinateur portable sur les genoux. Il s'était réveillé dans un lit vide et était parti à sa recherche. Il l'avait trouvée dans la chambre d'amis, lovée dans un fauteuil devant la fenêtre, Jac endormie contre sa poitrine. Darby avait les yeux clos, mais il la connaissait suffisamment pour savoir qu'elle ne dormait pas. Malgré tout, voyant qu'elle ne se décidait pas à ouvrir les yeux, il avait respecté son besoin de passer du temps seule avec le bébé.

Puis au cours de la matinée, l'un et l'autre sur la réserve, ils avaient abordé des sujets inoffensifs, notamment les rénovations qu'elle voulait entreprendre dans ses deux immeubles avant de les mettre en vente, les prochaines étapes concernant le musée d'art et le voyage de Judah à New York après l'Italie pour signer des contrats et rencontrer un client.

En apparence, ils se comportaient comme si leurs univers n'avaient pas basculé, comme s'il ne lui avait pas proposé de lui donner un enfant, comme s'ils n'étaient pas extrêmement conscients qu'elle n'avait pas encore fait part de sa décision. Et il était suffisamment intuitif pour comprendre qu'elle avait évité de lui répondre en lui faisant l'amour.

Elle lui avait offert son corps mais avait conservé par-devers elle son plus grand rêve.

Sachant qu'elle n'aimait pas être bousculée, il avait laissé passer une grande partie de la matinée avant d'aborder le sujet épineux, mais ils étaient désormais pressés par le temps. Judah se frotta la nuque, mal à l'aise, et s'arma de courage. Il avait besoin de savoir à quoi s'en tenir.

— Darby, il faut qu'on parle.

Il la vit tressaillir, sa nervosité aussi palpable que la neige qui continuait de tomber.

— Sauras-tu te débrouiller avec Jac ? lança-t-elle sans lever les yeux de son ordinateur. Ne serait-il pas préférable que je t'accompagne ?

Il avait envie d'acquiescer, de lui accorder ce délai supplémentaire, mais cela ne ferait que différer l'inévitable. Qu'ils disent au revoir à Jac aujourd'hui ou demain matin à Côme, la douleur serait la même.

— Tout se passera bien.

Darby fit un signe d'assentiment sans croiser son regard.

Exhalant un soupir, il se leva et s'avança vers elle. Voyant qu'elle s'obstinait à garder les yeux baissés, il s'assit sur la table basse, lui ôta son portable des mains et referma le couvercle. Darby lui jeta un regard courroucé et croisa les bras sur sa poitrine.

— N'oublie pas d'emporter son canard et sa couverture rose. Que veux-tu que je fasse avec le reste de ses affaires ? Que je les expédie en Italie ? demanda-t-elle d'une voix tendue.

Judah se pencha en avant, laissant pendre ses mains entre ses cuisses.

— Je préférerais que tu les conserves. Nous pourrions en avoir besoin.

Elle se mordilla la lèvre inférieure et fixa un point derrière l'épaule de Judah.

Devant son silence, il exhala un soupir de lassitude.

— Sérieusement, Darby, allons-nous faire comme si je ne t'avais pas proposé de te donner un enfant ?

Darby reporta son attention sur lui et secoua la tête.

— Tu ne sais pas à quoi tu t'engages, Judah. Ce n'est pas si simple.

— Très bien. Alors explique-moi.

— La fécondation in vitro est un processus onéreux, et les chances de réussite lors de la première tentative sont très faibles. C'est une expérience épuisante sur le plan émotionnel et contraignante sur le plan mental. C'est beaucoup plus qu'un simple don de sperme.

Il n'était pas stupide à ce point ! Pourquoi diable se comportait-elle comme s'il se contentait de lui offrir son sperme ?

— Darby, je suis conscient des difficultés. Et je ne t'ai pas fait cette offre à la légère. Je veux m'impliquer pour toi.

Elle le contempla un long moment avant de secouer la tête et de pointer son index vers lui.

— C'est là tout le problème.

Il fronça les sourcils, perplexe.

— Je ne comprends pas. Explique-toi, pour l'amour du ciel !

Darby ramena ses pieds sous elle et enroula ses bras autour de ses tibias. Puis elle cala son menton sur ses genoux, les yeux braqués sur lui.

— Dans un monde parfait, me ferais-tu cette offre ?

Il ne pouvait pas lui mentir.

— Non. Je te proposerai de voyager avec moi, d'explorer le monde, de m'aider à concevoir des bâtiments extraordinaires. Avoir des enfants n'est pas mon premier choix.

Le regard de Darby se posa sur Jac.

— Comment est-il possible que tu ne veuilles pas d'enfant après l'expérience formidable que nous venons de vivre avec Jac ? Elle est tellement adorable.

Parce que s'occuper de Jac était une sorte de conte de

fées. La fillette était facile à vivre. Ils jouaient au papa et à la maman. C'était une nouveauté. Un moment hors du temps.

— Cela ne se passe pas toujours aussi bien, Darby. Je sais à quel point c'est difficile d'élever un enfant.

Elle secoua la tête avec véhémence.

— Tu n'étais qu'un adolescent exploité quand tu t'occupais de Jake. Désormais, tu es adulte. Nous le ferions ensemble.

Ces paroles l'ébranlèrent, mais sans le convaincre.

— Darby, je sais de quoi je parle. Je l'ai fait pendant six ans. Élever un enfant n'est pas un chemin pavé de roses.

Il fourragea nerveusement dans ses cheveux. Pourquoi s'entêtait-elle ? Il lui offrait ce qu'elle désirait le plus au monde.

— Néanmoins, insista-t-il, *je le referais* parce que tu veux un enfant. À mon retour de New York, nous irons voir ton spécialiste, et il nous dira ce qu'il convient de faire.

— Décidément, tu ne comprends pas, Judah, dit-elle tristement. Je préfère me débrouiller seule plutôt que d'accepter que tu deviennes père uniquement pour me rendre service.

Quoi ?

Judah la contempla, interloqué. Repoussait-elle son offre ?

— Tu parles sérieusement ?

Il l'aimait. De toute son âme. Il était prêt à lui donner ce qu'elle désirait par-dessus tout, et elle lui disait non ? Si elle ne voulait pas d'enfant avec lui, comment pourrait-il la persuader d'accepter son cœur ?

— Tu me fais cette proposition parce que tu n'as pas envie de me laisser partir, répondit-elle.

Évidemment qu'il n'avait pas envie de la perdre !

Le visage de Darby paraissait encore plus défait qu'hier soir, si tant est que ce fût possible.

— Sais-tu à quel point ton offre est tentante ? Tu es intelligent, amusant, superbe, et je t'aime tellement…

Il ouvrit la bouche pour lui dire qu'il l'aimait aussi, mais elle leva une main pour lui imposer silence.

— Si j'acceptais ton offre, tant de choses pourraient mal tourner. Je ne veux pas vivre avec la pensée lancinante qu'avoir un enfant n'était pas ton premier choix ; que tu suis ce terrible parcours du combattant uniquement pour me faire plaisir ; que tu risques de regretter le temps, l'énergie et l'argent que tu auras investis dans ce processus.

Il tenta à nouveau de s'exprimer, mais elle poursuivit son raisonnement :

— J'ai entendu parler d'un couple, elle voulait des enfants et lui n'en voulait pas. Quand ils ont eu un bébé, leurs relations se sont détériorées. Elle lui reprochait de ne pas s'impliquer dans l'éducation de leur enfant. Il lui rétorquait qu'il n'avait jamais voulu d'enfant et qu'il ne voyait pas pourquoi il changerait une couche ou préparerait un biberon.

— Cette comparaison est injuste. Je ne suis pas comme cela !

— Je n'en sais rien, Judah. Nous nous connaissons depuis si peu de temps ! Peux-tu comprendre que tu as fait cette offre de façon précipitée, pour me rendre service, sans réfléchir aux conséquences qu'elle aurait dans nos vies ? Il ne s'agit pas de la conception d'un bâtiment, de la forme d'un toit ou de l'emplacement des fenêtres, de quelque chose qui peut être redessiné ou reconstruit en cas de mauvais choix. Nous créerons une vie. Le comprends-tu ? Une vie dont nous serons responsables tous les deux jusqu'à la fin de nos jours, que nous le voulions ou non. Mon enfant, *notre* enfant, mérite que nous lui offrions le meilleur de nous-mêmes, Judah. Et, quand tu dis que tu me *donneras* un enfant, tu es très loin de m'offrir le meilleur de toi-même. Ce que j'attends du père de mon enfant, c'est qu'il ne se contente pas d'être un géniteur mais qu'il s'engage à fond auprès de lui. Si ce n'est pas le cas, je préfère être une mère célibataire.

Judah la fixait, sous le choc. C'était comme si elle venait de lui arracher le cœur et de le piétiner avec ses chaussures de marque. Il se sentait malade et suprêmement… vexé.

Blessé. Frustré. Furieux.

Ne comprenait-elle pas combien c'était difficile pour lui de faire une telle offre ? Combien il l'aimait pour envisager d'*avoir* un enfant ? Il était disposé à renoncer à sa liberté, à dépenser une somme d'argent considérable et à passer du temps pour faire cet enfant avec elle… Et elle refusait ?

Quelle femme têtue et contrariante !

Parce que la colère était plus facile à gérer que la douleur, il contre-attaqua :

— Es-tu sûre que tes motivations concernant ton désir d'enfant sont aussi pures que tu le prétends, Darby ?

Elle fronça les sourcils, prise de court.

— Que veux-tu dire ?

— Peut-être qu'une part de toi veut un enfant parce que c'est le seul domaine où tu as échoué.

Darby tressaillit et porta une main à son cœur, comme s'il venait de la poignarder. Il devrait se lever et partir, mais les mots s'échappèrent de sa bouche.

— Je ne doute pas que tu aies l'instinct maternel, mais je pense que ce désir d'enfant est avant tout une façon de te prouver que tu maîtrises la situation, que tu peux réussir aussi dans le domaine parental. Tu es prête à troquer une vie excitante avec moi pour une existence étriquée entre les changements de couches et la préparation des biberons. Te rends-tu compte à quel point c'est stupide ?

— Tu dépasses les bornes, Huntley ! s'exclama-t-elle, le fusillant du regard.

Sans doute, mais il était trop en colère, il souffrait trop pour en rester là. Il fallait qu'il lui dise tout ce qu'il avait sur le cœur.

— Je t'offre la seule chose à laquelle j'ai renoncé afin de te rendre heureuse, et tu me la renvoies à la figure !

— Et toi, tu mets en doute mes motivations concernant mon désir d'enfant ! riposta Darby ulcérée, en se levant d'un bond.

— Si tu étais tellement sûre de vouloir des enfants, tu n'aurais pas autant tergiversé avant de recourir à une FIV !

À en juger par ses mains tremblantes et ses traits livides, il comprit qu'il l'avait touchée au vif.

— Tes accusations sont injustes, Judah, murmura Darby d'une voix tellement brisée qu'il en éprouva des remords.

— La vie aussi est injuste, Darby, marmonna-t-il, penaud.

Les pleurs de Jac détournèrent leur attention de la dispute, et ils se précipitèrent vers le parc, mais Darby fut la première à soulever la fillette en sanglots et le visage congestionné. Elle la serra tendrement contre sa poitrine et la berça en lui chuchotant des paroles apaisantes.

À cet instant, il fut frappé par le besoin instinctif de Darby de réconforter le bébé et il comprit que dans sa colère il avait commis une terrible erreur. Darby était intelligente, talentueuse, très ambitieuse, mais elle était faite pour tout avoir. Une carrière, le succès, des enfants…

— Chut, trésor, susurra-t-elle.

Comme par miracle, les sanglots de Jac s'espacèrent. Puis elle enfouit son visage dans le cou de Darby, enroula une mèche de cheveux blonds autour de sa menotte et la porta à sa joue, comme si c'était un doudou. Rassurée, elle ferma les yeux et s'endormit aussitôt.

Darby l'embrassa et l'étreignit encore une fois avant de l'allonger sur le matelas dans le parc et de ramener la couverture rose sur son petit corps.

— Je t'aime, trésor. J'espère que tu trouveras le bonheur, murmura-t-elle en lui caressant la joue.

Puis elle se redressa et croisa brièvement le regard de Judah.

— Elle est tout à toi.

Le cœur en miettes, il la suivit des yeux pendant qu'elle sortait de la pièce et, sans doute, de sa vie.

C'était le silence radio du côté de Mason. Encore une fois.

Retirant ses oreillettes, Callie s'arrêta devant la porte vitrée de la cafétéria et scruta l'intérieur de l'établissement. Quatre jours s'étaient écoulés depuis la dernière fois où elle avait vu Mason.

Elle lui avait expliqué quelles étaient ses aspirations, comment elle envisageait l'avenir. Il l'avait écoutée sans mot dire, et elle attendait toujours qu'il lui fasse part de sa réaction et de ses souhaits éventuels.

Elle s'adossa contre le mur et replia une jambe sous elle, son pied chaussé de basket calé contre le mur. Le quartier était désert à cette heure matinale. Mais, puisqu'elle était réveillée, elle avait décidé de faire un peu d'exercice.

Callie examina les alentours avec un regard neuf. Elle et Ray avaient beaucoup voyagé, mais ils avaient toujours habité ici. Bien sûr, cet endroit lui manquerait, et ses enfants encore plus. Mais elle avait besoin de partir, de ne plus être uniquement la mère de ses enfants et la veuve de Ray.

Mason serait forcé de demeurer ici une année ou deux, jusqu'à ce que son plus jeune fils termine sa scolarité au lycée.

Elle leva les yeux vers le beau ciel bleu hivernal et soupira. Elle avait envie de garder Mason dans sa vie, mais elle ne voulait pas d'une relation longue distance. C'était injuste pour l'un comme pour l'autre. Elle pourrait lui proposer de la rejoindre chaque fois qu'il serait disponible, mais Dieu sait où elle se trouverait, ce qu'elle ferait et qui elle rencontrerait entre-temps.

Elle ne pouvait pas se projeter aussi loin dans l'avenir. Seul le présent comptait. Or, elle avait besoin de partir, et il avait besoin de rester. Alors… peut-être était-il temps qu'elle se détache de Mason.

Percevant le ronflement du moteur de sa jeep, elle tourna la tête vers la droite et l'observa pendant qu'il garait son véhicule noir sur son emplacement habituel. Après avoir coupé le contact, il mit pied à terre et claqua sa portière. Puis il s'adossa à son SUV et contempla Callie, le visage grave.

— Je suis amoureux de toi.

Callie remonta ses lunettes de soleil sur son crâne, regrettant qu'il ait prononcé ces mots. Savoir qu'ils éprouvaient les mêmes sentiments l'un pour l'autre rendrait son départ beaucoup plus compliqué.

— Ce n'était pas dans mes intentions de tomber amoureux de toi, poursuivit-il, haussant ses épaules musclées. Tu étais censée être une distraction parmi d'autres.

Il reporta son regard sur la façade de son établissement, une moue mi-exaspérée mi-amusée aux lèvres.

— J'ai vécu ainsi pendant quelques années. Après le stress de mon précédent job, je trouvais très délassant de préparer des cappuccinos et des *latte*. J'avais du temps pour mes enfants, faire du sport, me détendre. C'était le paradis sur terre.

Le cœur battant, Callie plaqua ses paumes contre le mur, se demandant où il voulait en venir.

— Je te préviens, lança-t-il, si nous faisons cela, c'est toi qui prépareras le café. Tout le temps. J'en ai terminé avec les cafétérias.

Callie déglutit avec peine, la gorge nouée par la peur ou par l'anticipation. Ou les deux.

— Et qu'allons-nous faire, Mason ?

Il croisa les bras sur son torse puissant, et elle remarqua les plis d'inquiétude autour de sa bouche et l'appréhension dans son regard. Pour la première fois depuis qu'elle le connaissait, il semblait un peu dépassé par les événements. Et curieusement elle en éprouva du soulagement. Elle n'était pas la seule à jouer le tout pour le tout, comme dirait Levi, et c'était rassurant.

— Ma plus grande inquiétude, mon plus grand défi, ce fut l'avenir de mes garçons. J'en ai la garde depuis mon divorce, même si mon ex s'implique beaucoup dans leurs vies. Je me suis creusé la cervelle pour trouver un moyen de les avoir et de t'avoir auprès de moi.

— Tes enfants passent en premier, Mace. Il n'y a pas à discuter là-dessus, répliqua-t-elle fermement.

Il était hors de question qu'elle s'immisce entre Mason et ses fils.

— À la rentrée prochaine, Emmet entamera des études universitaires et Teag sera en terminale au lycée, puis il rejoindra son frère. Tous deux s'entendent bien avec leur beau-père. J'aurais pu continuer à avoir leur garde, mais ils passent autant de temps avec Karen et Doug qu'avec moi.

Il prit une profonde inspiration avant de poursuivre :

— Finalement, mon ex et son mari sont ravis que les garçons viennent vivre avec eux. En fait, ils sont tous les quatre très excités.

Un petit sourire étira les lèvres de Mason.

— Bien sûr, quand je serai de retour à Boston, mes enfants resteront avec moi.

De retour à Boston ? Que diable voulait-il dire ?

— Explique-toi. Je ne comprends pas.

— Je veux voyager avec toi, Cal. Grâce à mes investissements, et si nous ne faisons pas d'extravagances, j'aurai largement de quoi respecter mes obligations financières envers mes enfants et nous faire vivre confortablement. Si nous sommes à court d'argent, ou si je m'ennuie, je pourrais toujours faire des conférences dans une université quelque part dans le monde ou me faire engager par une organisation internationale pour résoudre des problèmes épineux.

— Oh ! toi et ton cerveau de scientifique, murmura Callie, éprouvant le besoin de le taquiner.

C'était cela ou éclater en sanglots. Elle se sentait submergée, terrifiée et en même temps tellement heureuse qu'elle avait envie de faire quelque chose d'insensé.

— Mes problèmes étant résolus, je suis en mesure de voyager avec toi. C'est mon vœu le plus cher… Si c'est ce que tu souhaites, bien sûr, précisa-t-il, se frottant la nuque, visiblement sur des charbons ardents.

Si c'est ce qu'elle souhaitait ? Et comment !

C'était son rêve devenu réalité !

— Callie, je sais que tu aspires à te forger une nouvelle vie, une nouvelle identité. Et je te rassure, je n'ai nullement l'intention de t'en empêcher. Tu seras libre de faire ce que tu veux.

Elle perçut un soupçon de panique dans la voix de Mason.

— Je me contenterai de t'observer pendant que tu chercheras ta voie. Mais, si tu préfères être seule, je comprendrai. J'en serai désolé, mais je comprendrai.

Oh ! cet homme… Si fascinant, si intelligent, si sexy et tellement tolérant.

Il ne voulait pas la changer. Il voulait l'aimer pendant qu'elle explorerait la prochaine phase de son existence. C'était un cadeau merveilleux qu'il lui faisait là. Il la laisserait libre d'agir à sa guise et d'exister par elle-même, et il se tiendrait toujours derrière elle, aimant et protecteur.

Elle s'apprêtait à se jeter à son cou et lui dire combien elle était heureuse de l'avoir dans sa vie, mais il y avait encore des mises au point à faire, des conditions à poser.

— J'adorerais que tu voyages avec moi, Mace, mais il faut que tu saches que je ne t'épouserai jamais. Je t'aimerai, sans doute jusqu'à la fin de mes jours, mais je ne me remarierai pas.

— Cela me convient, acquiesça Mason, une lueur d'amusement dansant dans ses yeux. De cette façon, je saurai que tu es avec moi parce que tu le désires et non parce qu'un bout de papier t'y oblige. Par ailleurs, j'apprécie tout particulièrement le passage où tu dis que tu m'aimes. C'est un vrai soulagement, assura-t-il, faisant mine de s'éponger le front avec son avant-bras.

— Je crois que je suis tombée amoureuse de toi quand tu m'as proposé de m'aider à établir la liste de mes envies, admit Callie.

Le regard de Mason rivé sur elle débordait de tendresse.

— Tu es l'aventure que j'attendais, Cal.

Encore une fois, elle brûlait de se jeter dans ses bras et d'échafauder des projets d'avenir avec lui, mais il lui restait une autre mise au point à faire.

— Attends, Mace. Je n'en ai pas terminé.

— Alors, dépêche-toi, Cal, parce que je meurs d'envie de t'embrasser !

— Quel que soit l'endroit où nous nous trouverons ou quoi que nous fassions à ce moment-là, nous reviendrons à Boston chaque année pour trois mois en été et deux semaines à Noël. Cela nous permettra de passer du temps avec nos familles respectives, ensemble ou séparément. Je tiens à ce que nous voyions nos enfants deux fois par an. Ce n'est pas négociable.

L'expression de Mason se radoucit.

— Je suis d'accord à cent pour cent. Autre chose ?

— Non.

Elle s'autorisa à sourire. Oh ! oui, elle était la femme la plus chanceuse du monde. Elle avait eu un mari aimant et maintenant elle avait un partenaire merveilleux avec qui passer le reste de sa vie.

Tandis que Mason l'attirait contre lui – Dieu, comme il sentait bon ! – elle posa ses mains sur son torse musclé et dit en riant :

— Apparemment, Mme Jenkins a été témoin de mon strip-tease impromptu l'autre jour. La moitié du quartier se demande si tu n'organiserais pas des orgies dans ta cafétéria et l'autre moitié est convaincue qu'elle a perdu la tête.

— Est-ce que quelqu'un te soupçonne ?

— Non. Tout le monde sait que je n'ai pas l'habitude de me donner en spectacle, dit-elle d'un ton délibérément guindé. Ce n'est pas ce que font les femmes comme il faut.

— Menteuse, murmura Mason contre son oreille, cueillant un sein dans sa paume et titillant son téton. La vraie Callie Brogan n'est pas sage du tout. Elle est coquine et hyper sexy. Et je suis fou d'elle.

La main de Mason remonta le long de son cou et de sa mâchoire.

— J'aperçois un groupe de joggers en haut de la rue et derrière eux Mme Jenkins sur son scooter. Veux-tu leur donner un nouveau motif de commérage ?

Éclatant de rire, Callie se dressa sur la pointe des pieds et effleura les lèvres de Mason.

— Oh ! oui, au diable le qu'en-dira-t-on ! Embrasse-moi éperdument, Mace.

11

Darby avait beau essayer de se concentrer sur son travail, ses pensées la ramenaient invariablement à Jac. Elle s'inquiétait de savoir si la fillette était en âge de comprendre que sa vie était en train de prendre un nouveau tournant et si elle regretterait Darby et Judah. Puis, ses pensées se reportaient sur Judah – comme si elle avait besoin de songer à lui ! Et elle se demandait s'il tenait le coup.

Malgré leur dispute, malgré son stupide refus de ne pas vouloir d'enfant, elle savait qu'il était très malheureux de se séparer de Jac. Bien sûr, il ne pouvait faire autrement que de la rendre à sa mère, mais son attitude stoïque ne parvenait pas à masquer son chagrin.

Elle en était sûre, il ferait passer un entretien à la nouvelle nourrice de Jac et il la rétribuerait pour qu'elle le tienne au courant des progrès de la fillette, pour qu'elle lui envoie des photos et le prévienne si Carla avait d'autres écarts de conduite.

Car c'était à la fois les liens du sang et les liens de l'amour qui l'unissaient à Jac.

Lovée sur le canapé dans la maison de sa mère, Darby leva les yeux quand Jules pénétra dans la pièce, ses cheveux bruns scintillant d'humidité. Callie avait appelé Darby un peu plus tôt pour prendre de ses nouvelles et elle avait aussitôt deviné que son moral était au plus bas. Elle l'avait invitée à la rejoindre et avait demandé des renforts autour d'elles. Un ordinateur était posé sur la table basse, et Darby savait que DJ ne tarderait pas à appeler depuis les Pays-Bas. Chaque fois qu'une crise éclatait, les femmes de la tribu Brogan se mobilisaient pour apporter leur soutien au membre en difficulté, quel que soit l'endroit où elles se trouvaient.

Callie rejoignit ses filles, portant un plateau garni de mugs de chocolat chaud. Darby en prit un et sentit sa gorge se nouer en contemplant les petits marshmallows flottant sur la surface mousseuse. Les deux êtres qui avaient pris une place considérable dans sa vie en l'espace de quinze jours se trouvaient dans un avion à destination de l'Europe, et ce départ lui brisait le cœur. Incapable d'avaler quoi que ce soit, elle reposa son mug et appuya sa tête contre le dossier du canapé, les yeux clos.

Elle entendit l'appel entrant sur Skype et la voix de DJ, mais elle garda les yeux fermés. Elle n'avait pas envie d'affronter le moment présent, cette nouvelle vie sans Judah ou Jac. Ses deux J, les deux amours de sa vie.

Quand Callie prit place à côté d'elle et qu'elle posa une main sur sa cuisse, elle se décida à ouvrir les yeux et à croiser le regard inquiet de sa mère.

— Je vais bien, maman, assura-t-elle.

Parce qu'elle devait prendre sur elle. Elle était une femme courageuse et indépendante… avec le cœur en miettes.

— Jac est-elle repartie ? lança DJ.

Darby contempla l'écran et hocha la tête.

— Carla est rentrée chez elle et a engagé une nounou.

— Tu savais que ce jour viendrait, n'est-ce pas ? demanda doucement Jules.

— Oui, et je pensais que je gérerais la situation, admit-elle d'une voix enrouée par l'émotion. Mais il s'avère que j'en suis incapable.

Elles tournèrent toutes la tête en entendant des pas dans le couloir, et Darby fut surprise de voir surgir Levi et non Mason. Lissant ses cheveux humides, il contempla Darby, l'air soucieux.

— Maman m'a prévenu que Jac et Judah étaient partis,

dit-il, se dandinant d'un pied sur l'autre, mal à l'aise. Je voulais m'assurer que tu allais bien.

Cette prévenance inattendue l'émut profondément. Elle avait réussi à contenir ses larmes avec Callie et Jules, mais l'arrivée de son grand frère, qui avait quitté son travail plus tôt pour prendre de ses nouvelles, fut la goutte d'eau qui fit déborder le vase de ses émotions.

— Oh ! mince, marmonna Levi, consterné. Désolé, je m'en vais.

Darby secoua la tête et tendit une main vers lui, essuyant ses larmes avec son autre main. Levi vint s'asseoir sur l'accoudoir du canapé, et elle s'inclina contre son frère, recherchant désespérément sa force.

Elle sentit sa grande main qui lui caressait les cheveux d'un geste apaisant et elle se força à parler :

— Il m'a proposé de me donner un bébé.

DJ fut la première à réagir avec un bruyant « Super ! »

Callie arbora un grand sourire, et Jules épongea des gouttes de sueur imaginaires sur son front.

— Waouh ! Exit les donneurs de sperme anonymes ! Et bienvenue à cet homme intelligent, sexy et sympathique !

Darby leva la tête pour voir la réaction de Levi. Parmi ces personnes qui la connaissaient si bien, ce fut son frère qui comprit aussitôt qu'elle n'appréciait pas l'offre de Judah.

— Tu veux un bébé. Judah t'a dit qu'il t'en donnerait un. Où est le problème ? demanda-t-il, les sourcils froncés.

Darby haussa une épaule et joua avec la bague à son majeur.

— Judah ne veut pas d'enfant. Il m'a fait cette offre uniquement pour me faire plaisir.

L'expression de Jules s'adoucit.

— Oh ! comme c'est romantique ! Il t'aime.

Peut-être. Elle comprenait leur perplexité : un homme superbe lui offrait une relation et un enfant. La vie parfaite qu'elle avait imaginée était à portée de main, et pourtant elle pleurait. C'était incompréhensible pour les autres, mais pas pour elle.

— Il m'apprécie et se soucie de moi, admit-elle. Mais cela ne me suffit pas.

Jules et Callie échangèrent un regard dubitatif.

— Qu'attends-tu de lui, chérie ? s'enquit Callie avant de porter le mug à ses lèvres.

— Son idée d'une relation parfaite diffère de la mienne. Il veut voyager, concevoir des bâtiments, ne pas avoir d'enfant et être libre. Mon idée d'une relation parfaite, c'est une maison que nous aurons conçue ensemble, une carrière et des enfants. Un mari qui s'implique pleinement dans notre vie de couple et dans celle de nos enfants.

— Si je comprends bien, tu crains que, si vous avez des enfants ensemble, il ne t'en veuille et fasse passer sa carrière avant toi et les enfants, intervint Levi.

— Oui. Je pourrais à la rigueur faire passer ma carrière en second derrière la sienne…

— Oh ! tu en serais incapable ! la coupa Jules.

— Peut-être. Mais je me connais, si nous avons des enfants et qu'il ne se conduit pas en père modèle, je n'aurai plus de respect pour lui. Et ce serait injuste car c'est quelqu'un de bien, je l'ai vu à l'œuvre avec Jac.

Elle marqua une courte pause avant de poursuivre :

— Je sais aussi que si nous nous engageons dans ce processus difficile et onéreux de la FIV et si nous ne donnons pas le meilleur de nous-mêmes aux enfants que nous aurons par ce biais, ce sera… Comment dire… *Immoral* ? *Injuste* ? Voilà pourquoi je préfère le faire seule.

Voyant que personne ne disait mot, elle se demanda si elle n'avait pas poussé la réflexion un peu trop loin, si elle ne s'était pas montrée trop analytique, trop exigeante. Elle espérait qu'ils n'essaieraient pas de la faire changer d'avis ; elle aimait tellement Judah et elle était tellement malheureuse sans lui qu'elle se laisserait facilement convaincre.

Mais une voix au tréfonds de son âme l'incitait à ne pas céder. Il valait mieux qu'elle trouve un autre moyen d'avoir les bébés qu'elle désirait si ardemment…

À condition qu'elle veuille vraiment des enfants et non réussir dans le seul domaine qui lui échappait, comme l'en avait accusée Judah.

Elle n'arrivait pas à oublier ses paroles. Elle les tournait et retournait dans sa tête, les examinant sous tous les angles. Se pourrait-il qu'il ait raison ? Elle leva les yeux vers Levi. Il lui dirait le fond de sa pensée. Il n'essaierait pas d'atténuer la portée de ses paroles pour la ménager. Il était trop honnête pour recourir à ce genre de subterfuge.

— Judah m'a accusée de vouloir des enfants parce que j'aimais tout contrôler, parce que je n'avais jamais échoué jusqu'à présent et que je ne voulais pas échouer dans ce domaine-là.

Levi fronça les sourcils, furieux.

Elle leva une main en guise d'avertissement. Elle n'avait pas besoin de sa protection mais de sa franchise.

— D'après toi, a-t-il raison ?

Callie ouvrit la bouche pour parler, mais Darby garda sa main levée, son regard rivé sur celui de son frère.

Levi se frotta la nuque, cherchant visiblement ses mots.

— Je pense que c'est un argument à prendre en considération.

Ignorant les protestations de ses supportrices, elle hocha lentement la tête et posa la paume de ses mains sur ses paupières, s'efforçant de repousser son chagrin. Puis elle laissa retomber ses mains, rouvrit les yeux et observa la façon dont Callie, Jules et DJ s'en prenaient à Levi, lequel absorbait leur colère, impassible, son regard fixé sur elle.

Incapable d'en supporter davantage, elle leva une main.

— Il a raison.

Il fallut un moment pour que ses paroles pénètrent dans les esprits échauffés. Quand un silence pesant s'établit dans le salon, elle intercepta tour à tour le regard de Callie, Jules et DJ avant de s'appuyer sur la cuisse de Levi.

— Il a raison et Judah aussi. Pas à cent pour cent, mais un petit peu quand même.

— Je ne comprends pas, Darby, remarqua sa mère, perplexe.

— Je ne m'en étais pas rendu compte jusqu'à ce que Judah ait le toupet de me le dire. Depuis quelques mois, je luttais contre une peur diffuse mais sans parvenir à l'identifier.

Elle se leva et se dirigea vers la cheminée pour prendre une photo d'elle, de Levi et de Jules, enfants. Jules était assise sur les genoux de Levi, et Darby se tenait à côté d'eux, mais légèrement à l'écart.

— J'ai toujours eu l'esprit de compétition, c'est dans ma nature.

Elle se tourna vers Levi et lui montra le cliché.

— Toi et Jules avez toujours été unis par un lien très fort. Du plus loin que remontent mes souvenirs, je voulais avoir ce lien avec toi.

Levi hocha la tête, et elle interpréta ce petit signe comme un encouragement à poursuivre. Il était temps de crever l'abcès et d'éliminer tout ce poison qui nuisait à leur bonne entente.

— Quand j'avais sept ans, tu as offert une boîte à musique à Jules pour Noël et tu m'as donné une carte de base-ball toute racornie.

— Oh ! oui, je m'en souviens. Tu as piqué une grosse colère et tu t'es enfermée dans ta chambre pour le reste de la journée. Je ne comprenais pas ce que j'avais fait de mal. Tu commençais à jouer au base-ball, et c'était ma carte préférée.

Il n'empêche que cette carte était vieille et laide. Comment était-elle censée interpréter son geste ? Il avait cru bien faire, et elle s'était crue insultée. Elle secoua la tête, dépitée. Ah, les garçons. Elle ne les comprendrait jamais.

— Tout ce que j'ai vu, c'est la disparité des cadeaux, et j'en ai conclu que tu aimais Jules plus que moi, ce que je soupçonnais depuis longtemps. Ce fameux jour de Noël, je me suis juré de ne plus jamais arriver en deuxième position, de toujours être la première. Alors peut-être finirais-tu par m'aimer autant que Jules.

— Oh ! mon Dieu ! Darby…, marmonna Levi en se levant.

Il la rejoignit en deux enjambées et la serra dans ses bras.

Elle s'imprégna de sa force, brûlant d'envie de prolonger

indéfiniment cette étreinte. Mais elle devait en finir avec cette vieille histoire, aussi le repoussa-t-elle gentiment. Elle savait que sa mère, sa sœur et son amie pleuraient, mais elle s'abstint de les regarder de peur de craquer à son tour.

— C'est ainsi qu'est né mon esprit de compétition. Récemment, quand le médecin m'a appris que le temps m'était compté pour recourir à une FIV, j'ai soudain hésité. Et si ce processus ne fonctionnait pas ? Et si j'échouais dans cet objectif prioritaire que je m'étais fixé ? Et si je voulais devenir maman uniquement parce que je refusais l'échec ?

Levi s'assit en tailleur sur le tapis et invita Darby à prendre place en face de lui. Puis il posa ses grandes mains sur les genoux de Darby et plongea son regard vert brillant d'émotion dans le sien.

— Déjà, petite fille, tu étais tellement dynamique et indépendante, commença-t-il, un petit sourire en coin. Et tellement têtue. Jules acceptait que je la protège, que je joue au grand frère avec elle, alors que tu refusais. Tu préférais patauger dans les flaques d'eau plutôt que de me laisser t'aider à les franchir. Quand je prévenais Jules qu'il était dangereux de grimper dans un arbre, elle m'écoutait, mais toi ? Tu t'empressais d'y grimper. Tu étais une petite fille intrépide, déterminée et tellement contrariante ! Cela me rendait fou que tu refuses mon aide, et c'est *encore* le cas aujourd'hui.

Il prit une longue inspiration avant de reprendre :

— Je regrette de t'avoir causé de la peine. J'aurais dû m'efforcer de mieux te comprendre, de te prouver que tu étais aussi spéciale que Jules, mais cela ne veut pas dire que je t'aime moins que Jules. Franchement, Jules, DJ et toi êtes des enquiquineuses de première classe !

Des rires assourdis dissipèrent la tension ambiante.

— Mais pour en revenir à la question de savoir si tu veux des enfants parce que tu as l'esprit de compétition…

Darby retint son souffle, inquiète à l'idée qu'il puisse confirmer ses propres craintes.

— Je répondrais oui, dans une certaine mesure. Mais ce

qui te motive surtout, c'est ton amour des enfants. Tu as la fibre maternelle, tu es une mère nourricière, mais parce que tu es une femme autoritaire et indépendante les gens ne s'en aperçoivent pas.

Trop émue pour parler, elle le laissa poursuivre son raisonnement :

— Tu étais une fillette intrépide et tu seras une maman intrépide, Darby. Tu n'hésiteras pas à grimper aux arbres, à faire des châteaux de sable et à prendre des leçons de surf. Tu apprendras à tes filles à devenir fortes et indépendantes, et à tes fils à respecter le sexe improprement dit faible. Si tu veux tellement des enfants, c'est parce que tu as quelque chose à leur donner, Darby. Ne doute jamais de cela. Et, oui, je suis d'accord avec toi. Tu nc peux pas te contenter de ce que t'offre Judah. Tu finirais par lui en vouloir, et lui aussi. Tu es trop entière. Tu veux tout. Et tu as raison. Quand on aime, on ne devrait jamais se contenter d'un pis-aller.

Darby acquiesça d'un signe de tête, émue aux larmes. Son frère la comprenait si bien !

— Si tu savais comme je suis malheureuse, Levi.

Il la prit dans ses bras et la berça gentiment.

— Je sais, chérie. Connaître l'amour et le perdre est un vrai déchirement.

Dans la villa luxueuse de Carla au bord du lac de Côme, Judah serrait Jac dans ses bras, retardant le plus possible le moment de la séparation.

Comme il s'y attendait, Carla avait manifesté peu d'intérêt envers sa fille et lui avait présenté Joa, la nouvelle nourrice, d'un ton détaché. Pendant que Carla feuilletait un magazine, allongée sur un canapé, pâle et indifférente, il faisait passer un entretien en règle à Joa.

Âgée d'environ vingt-cinq ans, elle était plus pugnace qu'elle en avait l'air et résistait bien à son flot de questions. Ses références étaient solides, et elle avait franchi brillamment l'épreuve du contrôle des antécédents. Elle paraissait chaleureuse, capable et organisée, et Jac l'appréciait. S'il avait eu la garde permanente du bébé, elle aurait été exactement le genre de nounou qu'il aurait engagée pour s'occuper de la fillette.

Il appréciait sincèrement Joa. C'était Carla qui lui posait problème.

Il reporta son attention sur son ex et, tout en se sentant désolé pour elle, il s'interrogea sur ce qui avait bien pu l'attirer chez elle. Certes, elle était d'une grande beauté, mais aussi égocentrique et superficielle. Il comprit soudain qu'il était resté avec elle parce qu'elle ne menaçait pas son statut de célibataire ; parce qu'il savait qu'il n'aurait pas à se demander un jour s'il l'aimait assez pour former un projet de vie durable avec elle.

Seule une certaine jeune femme blonde aux yeux gris, dans cette grande demeure familiale à Boston, avait réussi à le faire changer d'avis.

Curieusement, il s'était senti chez lui là-bas. Mais, désormais, où serait-il chez lui ? Il n'eut pas besoin de réfléchir longtemps pour avoir la réponse. Son foyer serait là où se trouverait Darby. Car il l'aimait passionnément.

Comment allait-il continuer à vivre sans elle ?

Et comment pourrait-il laisser Jac derrière lui ? Il la considérait comme sienne, au même titre que Darby.

Elles étaient les deux femmes de sa vie, et il devait se battre pour elles, se battre pour pouvoir mener cette vie qu'il n'aurait jamais cru désirer un jour : une maisonnée pleine de garçonnets et de fillettes joyeux et turbulents, une maman hyper sexy qui l'aiderait non seulement à concevoir des bâtiments fabuleux, mais surtout à mener une existence de rêve, remplie d'amour, de rires, de disputes et de sexe fantastique…

— Je pense qu'il est l'heure, monsieur Huntley, intervint Joa.

Oui, il était plus que temps. Il aurait dû lui remettre Jac depuis une demi-heure déjà.

Pourtant, il resserra sa prise autour de Jac. La rendre à Carla était la chose légale à faire, mais aussi une ineptie.

Jac lui appartenait. Et Darby aussi…

Comment diable allait-il résoudre cette équation ? Quels arguments pouvait-il faire valoir auprès de Carla pour qu'elle l'autorise à repartir avec Jac ?

Il entendit la porte du solarium s'ouvrir et vit Luca, le manager de Carla, pénétrer dans la pièce, suivi d'un jeune homme qui lui rappelait… Oh ! Seigneur, était-ce Jake ?

Tenant jalousement le bébé, Judah se leva d'un bond et examina son jeune frère. Il ne ressemblait plus à l'homme émacié et hagard qu'il avait affronté dix-huit mois plus tôt. Ses cheveux bruns étaient plus longs et ses yeux d'un bleu plus clair que ceux de Judah, mais Dieu merci ils n'étaient pas ternis par les effets de la drogue. Son corps et son visage s'étaient étoffés. Il se dégageait de lui une impression de vigueur et de bonne santé.

Le soulagement le submergea, suivi d'un accès de colère.

— Où diable étais-tu ? J'ai appris que tu avais interrompu ta cure de sevrage et que tu avais disparu.

Il imaginait que Jake le rembarrerait, mais il s'avança vers lui, la main tendue.

— Elle ne me convenait pas. Alors j'ai décidé de tenter autre chose.

Jake parut déçu que Judah ne lui serre pas la main, mais il la laissa retomber sans rien dire. Puis il se pencha vers Jac.

— Ainsi, c'est Jacquetta. Elle est belle.

Lui et Carla étaient beaux. À quoi diable s'attendait-il ?

— Que fais-tu ici, Jake ? demanda sèchement Judah.

Il se tourna vers Carla, laquelle ne paraissait pas surprise par l'irruption de Jake.

— Quelqu'un va-t-il se décider à me dire ce qui se passe ?

Ce fut Luca qui prit la parole.

— Ainsi, les rumeurs selon lesquelles votre frère se trouvait dans les parages n'étaient pas erronées.

Il fronça les sourcils en direction de Carla avant de poursuivre :

— Apparemment, Carla pensait que ce serait une bonne

idée de laisser les gens croire qu'elle avait une liaison avec Bertolli pendant qu'elle voyait Jake en cachette.

Judah leva les yeux au ciel, exaspéré. Décidément, son ex et son frère se complaisaient dans le mélodrame.

— Puis, j'ai eu cette fichue crise d'appendicite, et Jake s'est faufilé tous les soirs dans ma chambre d'hôpital pour me voir, intervint Carla, lançant à Jake un regard rempli de gratitude et aussi… d'amour ?

Oh ! ciel, ces deux-là étaient de nouveau ensemble ?

Curieusement, il ne ressentait plus aucune jalousie à leur égard. À vrai dire, il se désintéressait d'eux. Seule Jac lui importait. Baissant les yeux, il s'aperçut qu'elle s'était endormie dans ses bras. Il ne pouvait pas la leur rendre. Ce serait criminel de sa part.

Jake était toxicomane, et même s'il était sevré, une rechute était toujours possible. Certes, il ne doutait pas des compétences de Joa, mais il ne pouvait pas laisser Jac grandir dans une maison habitée par deux êtres aussi instables et imprévisibles.

Il s'apprêtait à leur dire qu'il repartait avec Jac et qu'ils pouvaient entamer des poursuites contre lui si cela leur chantait, quand son frère le prit de court en s'avançant vers Carla et en s'agenouillant devant elle. Elle leva vers lui des yeux pleins de défiance.

— Carla chérie, il faut que tu prennes cette décision.

Judah lança un regard perplexe à Joa, mais elle semblait aussi déroutée que lui. En désespoir de cause, il se tourna vers Luca, lequel lui fit signe d'attendre. Soit, il attendrait, mais pas longtemps. Dans cinq minutes, il s'en irait avec Jac – et peut-être avec Joa –, quelles qu'en soient les conséquences. Bien sûr, la perspective d'un séjour dans une geôle italienne pour cause de kidnapping d'enfant ne l'enchantait pas, mais il était prêt à courir ce risque.

— Chérie, nous en avons déjà discuté, insista posément Jake. Quand tu m'as dit que tu avais parlé à Judah, je pensais que tu avais évoqué avec lui l'éventualité qu'il garde Jac et non qu'il la ramène ici.

Attendez une minute. De quoi parlait-il ? De lui laisser Jac ? Qu'il *ait la garde* de Jac ?

Carla se mordit la lèvre, visiblement nerveuse.

— Mais les gens vont penser que je suis une mère indigne ! Que j'abandonne ma fille.

— Ils penseront que tu la confies à son père, et je suis sûr que Judah t'accordera un droit de visite.

— Mais c'est toi son père ! gémit Carla. Nous l'avons faite tous les deux.

Jake se releva et la contempla, une expression d'amour et de regret peinte sur son visage.

— Chérie, toi et moi ne lui apporterons rien de bon. Nous sommes trop désaxés, trop brisés… C'est pourquoi nous nous entendons si bien. Si Jacquetta reste avec nous, nous élèverons une autre âme brisée, et je m'y refuse. J'ai causé suffisamment de dommages autour de moi.

Il se tourna vers Judah, et dans les yeux de son frère, il reconnut l'enfant qui l'avait adoré, le garçon dont il se souvenait.

— Tu n'avais que douze ans et pourtant tu as été un meilleur père pour moi que papa. Tu étais incroyable et tu l'es encore aujourd'hui. Aussi contradictoire que cela paraisse, je t'aime et je te déteste en même temps. Je t'aime parce que tu t'es occupé de moi comme jamais notre père et ma mère ne l'ont fait. Et je te déteste parce que tu m'as laissé tomber, même si je comprends tes motivations.

Très ému, Judah déglutit avec peine.

— Tu les comprends vraiment ?

— Oui. Tu avais besoin de mener ta propre vie, Judah. Celle qu'on t'obligeait à mener auprès de moi te tuait à petit feu. J'ai fait mes propres choix. J'avais beau n'avoir que treize ans, j'étais conscient d'aller droit dans le mur, mais cela ne m'empêchait pas de faire les quatre cents coups. Sans doute pour te forcer à revenir.

— Jake, murmura-t-il, bouleversé par cet aveu et brûlant d'envie de lui demander pardon.

— Cesse de culpabiliser, Judah. Tu n'étais pas mon père.

Tu n'étais pas responsable de moi. Quand je suis sevré et que j'ai les idées claires, je le comprends. Mais quand je consomme de la drogue, tout s'embrouille dans ma tête, soupira Jake. Depuis quelques mois, je ne touche plus à aucun psychotrope, mais la tentation est toujours là, et je ne peux pas garantir que je n'y succomberai pas de nouveau. Quant à Carla, elle est accro à sa carrière, à elle-même, à l'attention qu'on lui porte.

Elle haussa les épaules.

— Il a raison.

— Ni l'un ni l'autre ne sommes suffisamment adultes et suffisamment responsables pour élever un enfant, nous ne le serons jamais, intervint Jake.

Puis il fit un signe de tête à Luca, lequel se dirigea vers le bureau.

— Luca a établi un document stipulant que Carla et moi t'octroyons la garde exclusive de Jacquetta. Acceptes-tu de te charger d'elle ? De l'élever comme tu l'as fait avec moi ?

Le cœur de Judah battait à tout rompre. Il avait tellement envie de dire oui, de prendre ce qu'on lui offrait et de s'enfuir à toutes jambes.

— Que se passera-t-il si vous changez d'avis ? Si vous voulez la reprendre ?

Ce fut au tour de Luca d'intervenir :

— Tout est prévu, je m'en suis assuré. Si vous signez, Carla et Jake renoncent à tous leurs droits sur Jacquetta. Vous pouvez leur refuser un droit de visite et leur interdire tout contact avec elle jusqu'à ce qu'elle soit majeure. Bien sûr, je ne m'attends pas à ce que vous me croyiez sur parole et je vous laisse libre d'envoyer ce document à votre avocat pour qu'il en examine les différentes clauses.

Judah contempla le crâne duveteux de Jac, ses joues roses, sa bouche parfaite, et il prit soudain conscience que sans elle, sans la présence d'autres enfants dans sa vie, il deviendrait aussi égocentrique que son frère et Carla, aussi dépendant de son travail et de son mode de vie nomade qu'ils l'étaient à la drogue et à l'attention d'autrui. Il avait conçu des bâtiments fabuleux dans le monde entier, mais ils étaient faits de briques, de mortier, d'acier. Ils étaient dépourvus d'âme.

Pour l'amour de Darby, il avait déjà envisagé de changer son mode de vie, mais cette conversation avec son frère le conforta dans sa résolution.

Oh ! oui, il s'occuperait de Jac. Il l'aimerait, ainsi que les autres enfants que lui et Darby auraient la chance d'avoir. Il serait un bon père. Même son frère en était convaincu.

Le moment était venu pour lui d'être un père *fabuleux*... le père et l'homme dont Darby avait besoin.

Il s'avança jusqu'au bureau et prit le document, soulagé qu'il soit rédigé en anglais et qu'il contienne un minimum de termes juridiques pour attester de sa validité. C'était, comme Luca l'avait dit, un accord qui lui octroyait la garde exclusive de Jac.

Sans hésiter, il récupéra le stylo le plus proche et apposa sa signature au bas du document. Désormais, il avait une fille.

Il l'aimait. De tout son cœur.

Il ne lui manquait plus que Darby pour parfaire son bonheur.

Retrouve-moi à l'angle nord-est du quartier dans une heure. J'apporterai du café.

Pourquoi ?

Ne sois pas en retard.

Dixit le dernier texto de Judah.

Au comble de la perplexité, Darby gara sa voiture à côté du SUV de Judah.

Certes, elle l'admettait, leur relation était tout sauf conventionnelle, mais cela dépassait son entendement qu'il lui donne rendez-vous ce lundi matin avant le petit déjeuner dans cette partie du quartier déserte et non bâtie.

La neige recouvrait le sol et le vent accentuait la sensation de froid, pourtant cela n'empêchait pas Judah de se tenir au sommet de la côte sur sa droite, sans couvre-chef, les mains enfoncées dans les poches de son épais manteau.

Pourquoi était-il ici et non à New York, comme il le lui avait dit ? Pourquoi avait-il l'air aussi déterminé ?

Malgré l'air chaud sortant des bouches d'aération, elle frissonnait. Il ne servait pas à grand-chose qu'ils se parlent – pour qu'ils soient ensemble, il faudrait que l'un d'eux consente à sacrifier son mode de vie au profit de l'autre. Alors n'était-il pas préférable qu'ils se séparent ?

Ce n'était pas en discutant qu'ils trouveraient une solution. Pour la simple raison qu'il n'y en avait pas.

Elle vit que Judah sortait son téléphone de sa poche, et quelques secondes plus tard la sonnerie du sien retentit. Elle regarda son écran en secouant la tête. Si elle mettait pied à terre, elle courrait jusqu'à lui, se jetterait dans ses bras et lui dirait qu'elle ne voulait pas le perdre. Elle l'aimait tellement. Elle ferait n'importe quoi – avec ou sans bébé – pour l'avoir dans sa vie. Ils seraient heureux pendant un an ou deux, voire quatre. Puis viendrait le temps des doutes, du ressentiment et des regrets. Et ils finiraient par se haïr.

Non. Il valait mieux qu'ils se séparent maintenant pendant qu'ils éprouvaient de l'amour et du respect l'un pour l'autre.

Elle jeta un dernier regard à Judah, s'adjurant de partir. La sonnerie de son téléphone retentit de nouveau, annonçant l'arrivée d'un texto, et elle lut le message :

S'il te plaît, accorde-moi cinq minutes.

À contrecœur, elle coupa le moteur et ouvrit sa portière. Le froid la saisit, et elle enfouit son visage dans son écharpe en cachemire.

Tout ceci était ridicule. Si Judah voulait lui parler, pourquoi ne pas le faire chez elle autour d'un café ? Déjà qu'elle était malheureuse comme les pierres, elle n'avait pas besoin d'être transie de froid par-dessus le marché.

Elle grimpa la côte, se félicitant de porter des bottes dotées de talons plats et de semelles antidérapantes.

Quand elle rejoignit Judah, il lui tendit la main, mais elle l'ignora. Elle contempla le vaste terrain vallonné qui s'étendait devant elle. Cela faisait des années qu'elle n'était pas venue ici. L'architecte en elle remarqua aussitôt le formidable potentiel de cette parcelle. Elle savait que Noah projetait de l'aménager un jour ou l'autre. Elle se rappelait l'avoir entendu dire qu'il réservait ce terrain pour des clients très fortunés. Avec un peu de chance, elle pourrait être amenée à concevoir une ou deux maisons sur ce lotissement.

Mais ce serait dans un avenir plus ou moins lointain, un avenir sans Judah.

— Accepteras-tu enfin de me dire pourquoi je dois me geler ici ? demanda-t-elle d'un ton aussi coupant que le vent soufflant autour d'eux.

Oh ! pourquoi fallait-il qu'elle tienne autant à cet homme ! Comment allait-elle supporter de le voir sortir pour toujours de sa vie ?

— Noah est disposé à vendre cette parcelle.

Oui. Et alors ?

— Je lui ai fait une offre, et il l'a acceptée, ajouta-t-il de sa voix grave et bien timbrée. Je sais exactement ce que je construirai ici.

Il devait avoir un client que Noah lui avait recommandé. Peut-être Judah voulait-il lui proposer d'être son agente de liaison locale pendant qu'il s'occuperait de projets plus importants aux quatre coins du monde.

Non.

Il devrait trouver un autre architecte. Elle ne supporterait pas de le côtoyer de nouveau. Chaque fois qu'elle pensait à l'avenir sans Judah, elle avait l'impression qu'on lui plongeait une lame chauffée au rouge dans le ventre. Il fallait qu'il sorte complètement de sa vie. C'était une question de survie.

— Je ne peux pas travailler avec toi, Judah. C'est vrai, j'ai beaucoup appris en collaborant avec toi, mais je souffre trop de savoir que nous ne pourrons jamais vivre ensemble.

Elle fit un geste en direction de sa voiture.

— Puis-je m'en aller, maintenant ? Je suis gelée.

Elle s'apprêtait à faire demi-tour quand la main de Judah se posa sur son épaule.

Il la fit pivoter de façon qu'elle se tienne face à la vaste étendue de terre recouverte de neige et aux bois bordant l'extrémité de la propriété. Elle le savait, par temps clair, on apercevait la mer.

— Chaque matin, nous nous réveillerons avec cette vue fabuleuse, mais je n'y jetterai qu'un rapide coup d'œil car toute mon attention sera focalisée sur une adorable blonde aux yeux gris et à la chevelure emmêlée. Et je serai le plus heureux des hommes de l'avoir dans ma vie.

Interloquée, Darby fit volte-face et plongea son regard dans les prunelles scintillantes d'émotion de Judah.

— Que veux-tu dire ? demanda-t-elle, le cœur cognant violemment contre sa poitrine.

— J'essaierai de te faire un câlin matinal, mais je serai sûrement interrompu par nos enfants qui réclameront toute notre attention. Nous nous chamaillerons pour savoir lequel de nous deux doit se lever pour s'occuper d'eux, mais je céderai le premier pour avoir le plaisir de te voir sourire. Parce que j'aurai l'immense chance de vous avoir tous dans ma vie.

Darby percevait la sincérité dans la voix de Judah et entrevoyait ses propres rêves dans ses yeux. Elle avait tellement envie d'y croire, mais ce n'était qu'un beau conte de fées. Redoutant de ne pouvoir en supporter davantage, elle leva une main, bien décidée à rompre le charme.

— Judah, non. Je t'en prie, arrête.

— Arrêter quoi ? répliqua-t-il, son regard rivé au sien.

— Cesse de me faire miroiter ce dont je rêve le plus au monde, mais qui est hors de ma portée. C'est trop cruel, balbutia-t-elle.

Elle sentit la main de Judah sur sa joue, son pouce lui caressant la mâchoire.

— Je t'offre ce rêve, Darby. Tout ce que tu as à faire, c'est dire oui. Nous pouvons bâtir notre maison ici et la remplir d'enfants. Ne sors pas de ma vie, Darby. Reste avec moi et faisons en sorte que ce rêve devienne réalité.

Oh ! pourquoi s'obstinait-il à ne pas comprendre !

— Je ne veux pas que ce soit uniquement mon rêve, Judah, mais notre rêve à tous deux. Or, ce n'est pas ce que tu veux.

Judah la contempla longuement, puis un petit sourire étira le coin de sa bouche, et il désigna un chêne immense à l'imposante ramure dépourvue de feuilles.

— Je suspendrai une balançoire à une de ces branches pour Jac ; je l'emmènerai à la chasse aux têtards dans le ruisseau derrière la maison et je la surveillerai pendant qu'elle pourchassera les papillons dans ce pré.

Il parlait comme si Jac faisait partie intégrante de sa vie !

— Qu'essaies-tu de me dire, Judah ? demanda-t-elle, au comble de la perplexité.

Il se frotta la nuque, l'air frustré.

— Manifestement, je m'exprime mal. Je veux bâtir une maison sur cette parcelle avec toi. Pour nous et Jac. Et pour les autres enfants que la vie voudra bien nous accorder. Je serai toujours obligé de voyager, mais toi et nos enfants m'accompagnerez. Et, si tu as un empêchement, je m'arrangerai pour être de retour au bout d'une semaine ou dix jours. Et je veux que tu poursuives ta carrière, avec ou sans moi.

Darby le contempla sans mot dire, terrassée par l'émotion.

— Je veux vivre ton rêve, Darby. La maison, les enfants, toi. Tout commence et finit avec toi.

S'efforçant d'ignorer la vague de joie qui menaçait de la submerger, elle plongea son regard dans celui de Judah, cherchant à lire dans son âme. Elle ne perçut en lui aucune hésitation, aucune crainte. Il lui disait la vérité. Il désirait vraiment la vie qu'il lui avait dépeinte. Il souhaitait sincèrement la même chose qu'elle.

Mais, avant de s'abandonner à l'immense bonheur qu'il lui promettait, elle éprouva le besoin de l'avertir de ce qui l'attendait.

— Judah, avec mes problèmes de fertilité…, ce ne sera pas facile.

Il l'attira contre lui et posa son front contre le sien.

— Chérie, il nous faudra sans doute du temps et de l'argent pour avoir des enfants, mais je suis résolu à m'engager à fond dans ce processus. Je ferai tout ce qu'il faut pour que tu puisses porter nos propres bébés. C'est un parcours que nous entreprendrons ensemble. Je te promets que nous trouverons un moyen.

Il avait mentionné Jac. Cela signifiait-il qu'il était prêt à se battre pour elle ? Comment ? Était-ce même possible ?

Mais, avant qu'elle ait le temps de le lui demander, il reprit la parole :

— En attendant que tu tombes enceinte, j'ai une petite fille qui a désespérément besoin d'une maman.

Le cœur rempli d'espoir, Darby recula d'un pas et porta les mains à ses joues. Il avait laissé entendre qu'il avait Jac, mais elle n'avait pas voulu y croire. Le départ de l'enfant l'avait presque autant anéantie que celui de Judah.

— Tu peux récupérer Jac ? Quand ? Comment comptes-tu t'y prendre ? As-tu un plan ?

Judah lui sourit, son visage rayonnant d'amour.

— Mon plan est de te dire que je t'aime, que je veux t'épouser, et quand tu m'auras dit oui, nous rentrerons à la maison, je te déshabillerai et je ferai un festin de ton corps. Ou c'est toi qui feras un festin du mien, je ne suis pas pointilleux sur ce chapitre.

Darby arbora un grand sourire. Oh ! oui, ce plan lui convenait.

— Après deux heures passées à nous aimer, poursuivit-il, nous irons voir Callie et récupérerons notre fille.

Attendez une minute… Quoi ? Par tous les saints du paradis… Il lui avait annoncé tellement de bonnes nouvelles qu'elle ne savait plus où elle en était.

— Jac est chez ma mère ? Tu l'as *récupérée* ?

— Oui. C'est une histoire longue et compliquée, mais pour faire court, mon frère et Carla se sont remis ensemble et m'ont accordé la garde exclusive de Jac. J'aimerais l'adopter comme notre fille. Es-tu d'accord ?

Sa réponse fusa.

— *Oui !*

Elle sauta de joie dans la neige. Son bébé était de retour. Sa petite fille chérie…

Elle brûlait d'envie de dévaler la pente jusqu'à sa voiture, de foncer chez sa mère pour serrer sa fille dans ses bras, mais elle et Judah avaient encore quelques questions à régler.

Inclinant la tête sur le côté, elle demanda :

— M'aimes-tu ? Veux-tu vraiment m'épouser et bâtir une maison pour nous ?

— Pas seulement une maison, mais *une vie*. Je t'aime et je veux mener une vie centrée autour de toi, chérie.

— Judah, tu es contre le mariage, les engagements et les enfants. Tu aimes ta liberté, répliqua Darby, soudain terrifiée.

Et s'il changeait d'avis ? Et s'il lui offrait cette vie de rêve pendant deux ou trois ans puis qu'il commence à se sentir entravé, prisonnier ?

— Je t'aime plus que tout, assura-t-il d'une voix chargée d'émotion. Darby, je ne changerai pas d'avis. Je ne te laisserai pas avec une maison et des enfants sur les bras pour reprendre ma liberté. J'en ai largement profité pendant dix-sept ans et aujourd'hui j'en ai assez d'être seul. Je vous veux dans ma vie, toi, Jac et les autres enfants que nous aurons.

S'abandonnant enfin à la joie immense qui l'inondait, elle noua ses bras autour de lui et se dressa sur la pointe des pieds pour enfouir son visage dans son cou. Ignorant ses larmes, elle se lova contre lui, s'efforçant de retracer le fil de ces dix dernières minutes si riches en émotions. Tandis que les bras de Judah lui encerclaient la taille, l'attirant dans sa chaleur, dans son cœur et dans la vie qu'il avait créée pour eux, elle renonça à comprendre et s'autorisa à donner libre cours à son amour pour cet homme merveilleux.

Elle s'arracha à son étreinte et, quand il voulut l'enlacer de nouveau, elle leva les mains.

— Si tu me touches, je serai incapable de parler. Or, il faut que je te dise quelque chose.

Il acquiesça d'un signe de tête, le regard empreint de tendresse.

Elle prit une profonde inspiration et essuya ses larmes avant de se lancer :

— Je t'aime…

Sa voix se brisa, et elle s'éclaircit la gorge, s'efforçant de sourire.

— J'aurais pu vivre sans toi, de même que tu aurais pu vivre sans moi… Nous sommes suffisamment forts pour surmonter ce genre d'épreuve, mais Dieu sait que j'aurais souffert le martyre. J'aurais été malheureuse comme les pierres parce que t'avoir dans ma vie a été une révélation… Tu as *donné un sens* à ma vie.

La gorge nouée par l'émotion, elle dut marquer une courte pause avant de poursuivre :

— Alors, oui, je veux être ta femme et mener cette existence de rêve que tu m'as si bien dépeinte.

En ce matin glacial, le sourire qui s'épanouit sur le visage de Judah réchauffa chaque cellule de son corps transi. Il la souleva de terre et la hissa à sa hauteur, un bras calé sous ses fesses et son autre main lui soutenant la tête.

— Je te préviens, je vais t'embrasser éperdument.

Darby lui rendit son sourire.

— C'est un bon début.

— Puis nous irons chercher notre fille et la ramènerons à la maison.

Elle lui déroba un baiser avant de répondre avec un sourire mutin :

— J'ai des scrupules à déranger ma mère de si bonne heure. Nous ferions mieux d'attendre deux ou trois heures avant de nous rendre chez elle.

Les yeux de Judah pétillèrent d'amusement et de passion.

— Je me demande comment nous pourrions meubler ce temps, plaisanta-t-il.

Darby fit semblant de réfléchir.

— Oh ! nous finirons par trouver. Après tout, nous sommes raisonnablement intelligents.

D'un geste tendre, Judah écarta une mèche rebelle de son visage.

— Toi et moi ensemble, Darby ? C'est la décision la plus brillante jamais prise.

Oh ! oui, la meilleure qui soit.

Retrouvez prochainement,
dans votre collection

SAGAS

PARENTHÈSE AU PARADIS - N°194

Le temps d'une idylle, de Cathy Williams

Les semaines de croisière que Delilah a passées avec Daniel auraient pu rester le plus beau souvenir de sa vie... mais lorsqu'elle découvre que Daniel lui a menti sur son identité, Delilah met un terme à leur idylle. Une question ne cesse alors de la tourmenter : comment le célibataire le plus riche d'Angleterre réagira-t-il à l'annonce de sa paternité ?

Une délicieuse comédie, de Melanie Milburne

Vingt-quatre heures. C'est le temps qu'il reste à Abby pour se trouver un fiancé. Comment pourrait-elle se rendre seule au bal du magazine où elle est journaliste, alors qu'elle y raconte qu'elle est en couple avec l'homme parfait ? Abby voit soudain l'image de Luke s'imposer à son esprit. Se pourrait-il que son ami, doté d'un charme ravageur, accepte de se prêter à cette comédie ?

La vengeance d'un milliardaire, de Chantelle Shaw

C'est la rage qui envahit Sabrina le jour où Cruz lui fait la plus humiliante des propositions : il sauvera sa famille de la ruine... en échange de six mois passés entre ses bras. Il est hors de question qu'elle cède ! N'a-t-elle pas déjà assez souffert à cause de lui, qui lui a brisé le cœur en la quittant sans une explication ?

UNE NUIT AU BOUT DU MONDE - N°195

Entre les bras d'un milliardaire, de Robyn Donald

Seule et sans moyen de quitter Londres pour rentrer en Nouvelle-Zélande, Siena pensait que sa situation ne pouvait être pire. C'était compter sans Nicholas Grenville, qui l'a abandonnée cinq ans plus tôt... et le seul à pouvoir lui permettre de rentrer chez elle. Mais avant cela, elle devra séjourner avec lui quelques jours à Hong Kong !

Une irrésistible attirance, de Jennifer Rae

Huit ans qu'Amy n'avait pas revu Luke, le frère de sa meilleure amie. Il l'avait fait rêver pendant tout un été, ensemble sur une île perdue au large des côtes australiennes... Mais cette nostalgie n'est rien comparée au choc que lui inflige le retour de Luke. Il est plus viril, plus imposant. Hors de question pourtant de céder au désir...

Retrouvez prochainement,
dans votre collection

SAGAS

Une nuit bouleversante, d'Andie Brock

En rejoignant Orlando aux Caraïbes, Isobel avait un but : convaincre le milliardaire d'investir dans son entreprise. Elle était alors loin d'imaginer que cet homme lui ferait passer une nuit inoubliable. Une unique nuit de plaisir qui devait rester sans suite. Seulement, Orlando souhaite poursuivre leur aventure ! Mais Isobel reste interdite. Comment annoncer à cet homme qu'elle porte son enfant ?

LES HOMMES DE LOI, d'Elizabeth Heiter - N°196

La menace cachée

Andre fixe le revolver que Juliette Lawson braque sur lui. Ainsi, son intuition ne l'a pas trompé : la prise d'otage dont la jolie graphiste vient d'être victime n'était pas un hasard. Mais qui est-elle en réalité, cette fragile jeune femme qui dirige sur lui son arme d'une main tremblante ? Quel secret la pousse ainsi à menacer un agent du FBI ?

Pour l'amour d'un garde du corps

Troublée, Shaye soutient le regard de Cole Walker. Pour la seconde fois en un an, le policier vient de risquer sa vie pour la sauver du malfaiteur qui a mis un contrat sur sa tête… Mais, cette fois, le bel inspecteur souhaite devenir son garde du corps. Une proposition que Shaye hésite à accepter car, s'il reste à ses côtés nuit et jour, Cole deviendra aussi la cible des tueurs qui la traquent…

Au cœur du risque

Marcos regarde la femme que son hôte vient de lui présenter comme étant une de ses amies. Pourquoi Brenna, son premier amour, se trouve-t-elle dans la demeure du baron de la drogue qu'il est venu espionner ? Priant pour qu'elle ne révèle pas son identité, il croise le regard de Brenna et se détourne. Car ce qu'il y a lu le déstabilise : un trouble égal au sien, preuve que leurs sentiments n'ont rien perdu de leur intensité…

Retrouvez prochainement,
dans votre collection

SAGAS

LA SAGA DES LEOPARDI, de Penny Jordan - N°197

L'héritier des Leopardi

Depuis la mort de sa sœur, Julie élève le fils de celle-ci, un bébé de trois mois à qui elle est bien décidée à offrir tout son amour. Mais, alors qu'elle rentre chez elle, Julie découvre devant sa porte la silhouette imposante d'un homme dont le regard est tout sauf amical. Un homme qui se présente comme Rocco Leopardi, l'oncle de Josh, et qui exige que l'enfant aille vivre dans la famille de son père, en Sicile...

Un bouleversant mensonge

Désemparée, Léonora comprend que, si elle veut éviter la prison à son frère, elle va devoir accepter l'ignoble chantage d'Alessandro Leopardi : faire croire à tous qu'elle est sa maîtresse, et l'accompagner en Sicile pour une grande fête familiale...

Un château en Sicile

Alors qu'il n'y croyait plus, Falcon retrouve enfin la trace de l'héritier de la famille Leopardi, le fils de son demi-frère Antonio. Mais, lorsqu'il fait la connaissance de la mère du bébé, il découvre une jeune femme épuisée et apeurée, pour laquelle il éprouve soudain un étrange désir de protection...